# Secretos de un Siglo

## Leticia Calderón

**Outskirts Press, Inc.**
**Denver, Colorado**

This is a work of fiction. The events and characters described herein are imaginary and are not intended to refer to specific places or living persons. The opinions expressed in this manuscript are solely the opinions of the author and do not represent the opinions or thoughts of the publisher. The author has represented and warranted full ownership and/or legal right to publish all the materials in this book.

Secretos de un Siglo
All Rights Reserved.
Copyright © 2012 Leticia Calderón
v2.0

Cover Photo © 2012 JupiterImages Corporation. All rights reserved - used with permission.

This book may not be reproduced, transmitted, or stored in whole or in part by any means, including graphic, electronic, or mechanical without the express written consent of the publisher except in the case of brief quotations embodied in critical articles and reviews.

Outskirts Press, Inc.
http://www.outskirtspress.com

ISBN: 978-1-4327-7868-2

Library of Congress Control Number: 2011915217

Outskirts Press and the "OP" logo are trademarks belonging to Outskirts Press, Inc.

PRINTED IN THE UNITED STATES OF AMERICA

# AGRADECIMIENTOS

**ESTE LIBRO ESTÁ** dedicado a todos los que me inspiraron para escribir esta historia. La escribí con pasión, respeto y con la intención de captar la atención del lector dejando una huella imborrable en sus memorias.

Gracias a mi mamá Irma Salinas Flores por darme la vida, llenarme de amor, respetar mis ideas, apoyar mis sueños y darme la fortaleza para enfrentar cualquier adversidad. Ella es mi ejemplo a seguir, me heredó su valentía para afrontar la vida y lo que más admiro de ella es que tuvo el valor para romper el ciclo abusivo de un macho mexicano. Gracias mamá por tu ejemplo, cariño y amistad.

¡Eres la mejor!

Gracias a mi gran amor y compañero Julio Jiménez. Gracias por apoyarme en esta aventura como en muchas otras. Gracias por animarme cuando más lo necesito. Gracias por darme consejos en el momento exacto, por ser paciente, comprensivo, ser mi confidente, mi mejor amigo, por tu amor incondicional y sobre todo por creer en mí ¡Siempre!. Gracias por los viajes planeados a lugares inimaginables e increíbles, gracias a ellos mi concepto visual se ha fortificado. Te quiero tanto que pasaré el resto de mis días a tu lado viviendo aventuras y viajando al fin del mundo. Te necesito a mi lado cada segundo de mi vida.

¡Eres lo máximo!

Gracias a mis 8 hermanos por su lealtad y amor incondicional: Héctor por tener un corazón de ORO, Ofelia por tu carácter INDESTRUCTIBLE, Juan por tu NOBLEZA, Luis Manuel por tu ESPIRITUALIDAD, Alma Rosa por tu SENTIDO DEL HUMOR, José Víctor tu SABIDURIA, Perla Emely por tu FORTALEZA y Raúl Calderón Salinas por tu HONESTIDAD. Los quiero profundamente, gracias por sus consejos, con ellos he logrado forjarme un mejor sendero y ser mejor cada día. Escribiría otro libro para nombrar sus cualidades como seres humanos. ¡Son los mejores hermanos! Gracias también por esos hermosos sobrinos que adoro y siempre están en mi corazón.

Gracias a mis hijos Julio, Irving y Wendy. Hijos ustedes son la razón de que quiera vivir mi vida al máximo. Ustedes son mi motivo cada mañana para aventurarme a hacer cosas nuevas y no estancarme en el proceso de la conformidad o mediocridad. Ustedes le dan color a mis días y me animan cuando las fuerzas me traicionan para cumplir mis sueños. Gracias por comprenderme, darme espacio en el tiempo dedicado a ustedes y su amor absoluto, siempre están en mis pensamientos. Julio tú con tu sonrisa iluminas mis días, los haces alegres y llenos de diversión. Irving gracias a ti aprendí a cocinar mejor porque tu apetito amerita algo especial todos los días, te agradezco tu confianza y tus pláticas sentimentales. Wendy con tu ternura, tu alegría, tu inocencia y dedicación esmerada a todo lo que emprendes, eso hace que me esfuerce por ser una mejor mamá y espero nunca defraude tus expectativas.

Gracias a mis tías Licha y Ofe a mi prima Jazmín, por su cariño que disfruto hasta estos momentos. Llevo en mi ser tantos recuerdos hermosos que nunca olvidaré.

Gracias a mi tío Héctor Camacho por ayudarme cuando más lo necesitaba, a ti te debo el ser maestra y mi formación espiritual. Gracias tío, por tu ayuda.

Gracias a mi padre por no habernos buscado cuando mi mamá lo abandonó. Gracias padre, por dejar que mi mamá nos educara abriendo un camino de éxitos y confianza en nosotros mismos. No creo que lo hubiéramos logrado a tú lado.

A la memoria de mi gran amiga y confidente Bertha Cabrera Cuan. A su esposo Ernesto Rangel que es uno de los mejores seres humanos que conozco. Gracias Campeón por el privilegio de ser tú amiga, abrirme las puertas de tu corazón y ser parte importante de mi vida. Gracias a David y Mayra por darme la urna con las cenizas de su mamá, recibiendo el honor de llevar a mi amiga Bertha al altar el día de su funeral, estaré eternamente agradecida por ese gesto de amor.

A la memoria de mi abuelita Manuelita por inspirar mi historia y darme tanto cariño mientras vivió. A la memoria de mi abuelito José Salinas que siempre ha sido parte esencial en mi existencia, nunca olvidaré tu sabiduría para vivir la vida y todo el amor recibido.

A mis amigas de la infancia, adolescencia y mi edad adulta, gracias por su amistad, consejos y hacer de mi vida un festival de colores. Gracias a mis profesores y compañeros de trabajo por el legado recibido. Nora, Dora, Lorena, Carmelita y Guille.

He aprendido de tanta gente que he tenido a mí alrededor que ellos han influido en la formación de mi carácter, mis sentimientos, mis principios, mis valores y sobre todo el ser humano que ahora soy. Le agradezco a todas esas personas (amigos, primos, familiares, compañero de trabajo y conocidos) que confiaron en mi discreción y me contaron sus vidas que ahora forman parte de esta historia novelesca, por supuesto les agradezco su confianza. Gracias a mis amigos en Estados Unidos Alma y Mike Leibowitz, Paula del Pozo, Claudia Dugan, Karen Surdu, Joan Merza, Hugo Cantú, Rosa Elena Ponce, tía Irma Curry y Kim ustedes forman una parte especial en mi vida y son parte de mi familia.

A mis autores favoritos por escribir esos maravillosos libros que influyeron en mi decisión de escribir, gracias Isabel Allende, Vargas Llosa, Jorge Ramos, Gabriel García Márquez, Jodi Picout e Irving Wallace entre muchos otros.

Dedico este libro a los lectores, espero se diviertan, lloren, suspiren por un amor y odien de impotencia pero también reflexionen sobre sus vidas y si están viviendo alguna situación similar a la de algún personaje abusado, recuerden que hay que luchar por un cambio y que siempre hay una luz al final del camino. No tenemos porque tolerar ningún abuso a nuestra persona, valemos demasiado para estar dominado por alguien inferior a nosotros.

Por último quiero agradecer a la vida por darme la oportunidad de que un día mientras esperaba a uno de mis hijos salir de su clase de baile, me iluminara y decidiera escribir una historia que cualquier similitud con la realidad es mera coincidencia. Empecé a escribir en los lugares donde uno pierde tanto tiempo esperando ser llamados por el doctor, por el dentista, en el banco, etc. Si todos aprovecháramos ese tiempo inútil desperdiciado, escribiríamos varios libros al año. Me dedique a aprovechar el tiempo derrochado e improductivo y de ahí surgió la idea extraordinaria de escribir. Gracias vida por darme esta oportunidad de plasmar mis inquietudes en esta bella historia de amor y denuncia a un cambio social.

¡A TODAS LAS MUJERES! ¡QUE SE ACABAN LOS MACHOS ABUSIVOS!

# INTRODUCCION

**ESTA ES UNA** novela contada en su momento por sus tres protagonistas: Manuela, Irma y Azucena. Cada una vive en una época importante de la sociedad mexicana. Las tres mujeres envueltas por sus propias historias narran de manera emotiva e interesante sus experiencias como mujeres invisibles e improductivas en su entorno machista.

Manuela es una mujer golpeada duramente por su destino retorcido y por sucesos inesperados cada 20 de Noviembre, día de su cumpleaños. Nacida en 1900, vive parte de su infancia en medio de la Revolución Mexicana. Manuela forma parte de una de las tropas más importantes del General Pancho Villa, donde sobreviven batallas marcadas por el dolor, el hambre, la muerte y la esperanza.

Con el fin de la Revolución Mexicana, se da por terminada la dictadura de más de 30 años protagonizada por el Gral. Porfirio Díaz, nace una nueva sociedad mexicana. Así pasan algunos años tratando de reconstruir los pueblos y convertirlos en ciudades, dándole paso al progreso. Lo que el tiempo nunca sanará son las heridas de los campesinos que perdieron sus tierras y a sus seres queridos luchando por una sociedad justa.

Manuela ve pasar ante sus ojos presidentes de México, algunos de ellos eficientes, ineficientes, rectos y corruptos, poco a poco van construyendo un país donde la mujer juega un papel cada vez más importante pero el proceso es lento. Manuela se convierte en mudo testigo del desarrollo político, tecnológico, social y económico del país.

El amor toca las puertas de su corazón pero por circunstancias de moral, principios e idealismo lo aleja de ella para siempre. La desilusión amorosa y venganza la hacen tomar una decisión que cambiará su destino para siempre.

Manuela se casa abruptamente con "El Palomo". En la casa de su esposo empieza su peor pesadilla. Más tarde las tradiciones y sobre todo la mentalidad del hombre mexicano marcan el sendero oscuro y amargo en la vida de Manuela.

Manuela es valiente, intenta con todas sus fuerzas cambiar su destino pero su condición femenina se lo impide. Tal parece que su pecado es haber nacido mujer en una sociedad echa por hombres y para hombres. Manuela tiene que seguir luchando contra las costumbres de su época aunque le cueste la vida.

Irma, la hija menor de Manuela, es la segunda protagonista de esta historia. Envuelta entre sus propios miedos, debilidades y limitaciones, escribe páginas de ilusión y esperanza en su libro de fe.

Irma, se enamora perdidamente. Iniciando su propio camino de adversidad y desaventura. Irma tiene su destino marcado por su condición de mujer. Ella, será el retrato exacto de su madre pero, los acontecimientos cargados de sufrimiento, alegrías, amor, decisiones y nostalgia harán que ella escriba su propio atardecer.

A Irma le toca vivir en la época del cine dorado en México. Entre las radionovelas e inicios de la televisión, despiertan en ella el romanticismo y una lucha interna por exigir sus derechos como mujer ante el abuso de los hombres en su vida. Con el alma desgarrada y arriesgándose a lo impredecible, decide tomar la decisión más difícil de su existencia. Ese paso le traerá a su vida muchos sinsabores y tristezas, pero su fuerza interior supera su camino escabroso.

Azucena, la hija mayor de Irma, es la tercera protagonista. Ella, quiere vivir su vida al máximo y se resiste a aceptar el destino heredado por su abuela y su madre. Llena de ilusiones y sueños, luchando cada día por los derechos de la mujer de su época. Azucena, experimenta la mayor humillación de su vida por uno de los hombres más queridos por ella. Este acontecimiento cambia drásticamente el rumbo de sus planes de vida.

Azucena intenta superar sus traumas del pasado. En su búsqueda incansable por encontrar un hombre bueno que la valore y la trate con respeto, como toda mujer se merece. Se encuentra con un joven, con quien por fin se arriesgará a probar el verdadero amor y porque no, encontrar su realización como mujer. Ella arriesgará todo por romper sus cadenas y ser feliz.

## CAPÍTULO UNO
## UN GOLPE BAJO

La vida siempre nos tiene preparado algo inesperado ese sazón que nunca falta en un buen platillo. Siempre hay algo esperando por nosotros ya sea agradable o desagradable y nosotros somos los únicos que damos la pausa para que se quede en nuestra vida o se vaya según nuestras expectativas.

Me llamo Rebeca tengo 40 años y trabajo para el mejor programa radial de México llamado "La Verdad Aunque Duela". Me dedico a investigar chismes, husmear por todos lados tanto a políticos, como a cantantes, actores, escritores, etc., en fin todo el que sea figura pública y famosa. Me fascina el trabajo ya que tienes el poder del micrófono y cada vez que me encuentro frente a él siento que la adrenalina se calienta y puedo decir cualquier información de la manera que quiera, así que soy afortunada por estar en este negocio al que respeto y me da para vivir decorosamente.

Nosotros, me refiero a los reporteros, comunicadores, conductores, etc. somos perfectos y no permitimos que nadie diga un chisme de alguno de nosotros porque ahí no nos detiene nadie. En fin esta sección está dirigida a gente que le gusta el chisme que no tiene nada que hacer, que le fascina el morbo y las intimidades de los demás, esta gente, que es afortunadamente, la mayoría de nuestra sociedad es a la que está dirigido nuestro segmento. "La Verdad Aunque Duela". Se transmite diariamente por dos horas y somos el platillo fuerte de la programación del radio. Aunque aquí entre nos, si no tenemos mucho material de repente nos inventamos un torito (un chisme) para sacar la semana y tener al público contento. Porque para contar la noticia hay que tener gracia, carisma, sazón y sobre todo agregar un poco de pimienta y exagerar la nota para cautivar a los radioescuchas. Ese es mi trabajo, para eso me pagan, además lo encuentro tan apasionante que creo que si volviera a nacer escogería otra vez esta profesión que tantas satisfacciones me ha dado y sobre todo en el aspecto económico. A muchas personas no les gusta lo que digo o pienso al aire durante el programa, es lo que mejor se hacer y creo que lo hago estupendamente ya que he elevado el raiting y aumentado los patrocinadores en los últimos dos años y cada día nos va mejor. Llevo trabajando para ellos casi una década, ya poseo algunas acciones de la radio así que me puedo llegar a ser socia importante en algunos años.

Todos mis días son muy ocupados y excitantes pero hoy es el peor de todos y el más aburrido porque no me he sentido muy bien y estoy esperando el resultado de unos análisis, creo que es cansancio, exceso de trabajo, la mala alimentación que siempre he llevado, estoy segura que no es para tanto y que es un chequeo de rutina. Sólo me dirán que coma mejor y que estoy un poco anémica eso es lo que dicen siempre los doctores. El problema es que llevo una hora esperando los dichosos resultados, si ellos supieran que cada hora que pasa es una noticia que se me va de las manos, es dinero que no se recupera. Además este doctor que se cree, ¿qué puede disponer del tiempo de los demás como si estuviéramos a su disposición? así que si no me atiende en los siguientes minutos mañana me escucharán decir su nombre a primera hora para desacreditarlo a él y a todo este hospitalucho de mala muerte que no se como vine a parar aquí, como si cobraran tan barato.

Escucho un ruido peculiar como si se tratara de una manifestación de maestros (que no saben hacer otra cosa que pedir aumento de salario y hacer sus interminables protestas). Ese sonido proviene de las afueras del hospital. Al asomarme por la ventana veo mucha gente rodeando una ambulancia como si se tratara de alguien famoso y muy importante. Me digo a mí misma: esta es una noticia que puedo cubrir, a la mejor es la Tigresa (esa mujer que su verdadero nombre es Irma Serrano. Se atrevió a escribir un libro, detallando sus intimidades con el Lic. Gustavo Díaz Ordás cuando éste era presidente de México. El chisme fue uno de mis escándalos favoritos. Esta señora, a pesar de su edad avanzada, siempre es noticia por su manera exótica de vestir, su manera vulgar de hablar y su personalidad extravagante). Ahora anda con un joven "El Pato Zambrano", 40 años menor que ella. Dicen las malas lenguas que

La Tigresa está embarazada del Pato y está aquí en este hospital porque tiene amenaza de aborto y ella quiere salvar al bebé. Creo que es un buen título para empezar el programa mañana; "La Tigresa aborta a hijo del Pato Zambrano", eso me gusta. Espero que el doctor se tarde con los resultados de mis análisis, porque voy a trabajar. Bajo corriendo las escaleras para llegar antes que las cámaras de televisión o algún reportero muerto de hambre que ande por aquí, comiendo tortas en la esquina. Saco mi libreta de notas, la cámara fotográfica (ésta siempre la cargo porque nunca falta el momento de tomar una foto in fraganti y venderla al mejor postor, nunca falta una revista amarillista que la compra a buen precio), sin olvidar mi pluma chapeada en oro, me dirijo al bullicio.

Al llegar a la escena del gran acontecimiento, me aproximo con una de las señoras que estaba parada más cerca de la ambulancia y le pregunto con sigilo, ¿quién es el famoso que está tan enfermo? y ella contestó con lágrimas en los ojos y la voz quebrada: "No, no es ningún famoso, es mi madre, se sintió muy mal mientras celebrábamos una fiesta". Me extraña tanto que por una viejita común y corriente hicieran tan alboroto pero bueno, me desilusioné de la gran noticia que parecía tener, hasta la saboree en la boca y en el bolsillo. La bomba hubiera salido por mis labios con exclusividad e ímpetu pero bueno así es esta profesión.

Regreso a la sala de espera. Cada paso que doy me siento más enojada por la larga espera, así que antes de abrir la boca la recepcionista me dice: "Señorita, pase al consultorio, el doctor, la atenderá". Al entrar mi actitud de enojo disminuye. El doctor respira profundamente y me dice: "Tengo los resultados de todos los análisis que le hicimos, le doy una disculpa por la demora pero antes de hablar con usted, quise estar seguro de mi diagnóstico, consultando los resultados con algunos colegas. Espero que tenga un familiar cercano que la aconseje o ayude en la decisión que vaya a tomar porque de usted depende el camino al que dirija su vida de ahora en adelante". La verdad es que nunca le he entendido a los doctores, pero a éste menos, no comprendía nada de lo que éste tipo estaba hablando y pienso, parece que va ha decirme que tengo una de esas enfermedades raras para sacarme dinero y muchos tratamientos costosos. La canción para sacarme dinero ya me la sé doctorcito, pero sólo por educación lo voy a dejar terminar para oír todo lo que me va a decir (me dije a mí misma). "Bueno, como le decía" agregó el doctor, "Lo que le voy a decir no será nada agradable pero usted tiene leucemia y en un grado que si actuamos rápido y coopera con nosotros podemos salvarla de una muerte segura y rápida". Mí primer reacción es de incredulidad y sarcasmo, y sin ningún cambio en mí tono de voz le pregunto ¿Y cuánto me queda de vida según usted doctorcito mediocre? La pausa que hace no me gusta nada puedo notar en su rostro que lo que me había dicho no era ninguna jugarreta o trampa para sacarme dinero, por lo que después de un silencio angustioso agrega: " No se si se da cuenta de la magnitud de este diagnóstico pero usted tiene el derecho de repetir los análisis y pedir una segunda opinión y hasta de cambiar de doctor si así lo desea pero lo que decida hágalo lo más rápido que pueda, pronto empezarán los verdaderos síntomas y con ellos el fin de sus días. Perdóneme que le hable así pero me da la impresión que no me cree, es normal pero le aseguro que es un diagnóstico confiable". Por mi mente pasan mil cosas pero una de ellas es que se equivocaron de persona o de resultados, así que me levanto, le doy las gracias al doctor y me salgo del consultorio sin dar pauta a que agregara algo más. El doctor dice varias cosas que ya no escucho, bloqueo todos los ruidos a mi alrededor, solo veo siluetas, personas que me golpean al pasar, como si no me vieran, encuentro una salida, camino hacia ella en medio de un silencio aterrador.

    Manejo automáticamente rumbo a la oficina ubicada en la colonia Roma, respiro profundamente, mis sentidos y mi razón regresan, es como si nada hubiera pasado, como si nada me hubieran dicho. Recuerdo varias enfermedades que le he inventado a algún famoso, también los he matado en accidentes, los he matado de cáncer o de sida, por supuesto para seguir siendo el programa número uno del radio en México.

En varias ocasiones he recurrido a las bromas por teléfono que les juego a los familiares de famosos; como secuestros o divorcios para ver su reacción ante un hecho dramático, en fin tantas y tantas mentiras que aunque suene cruel no tengo el mas mínimo remordimiento de lo que he hecho, dicho o escrito porque después de algunos días que sale la noticia y el programa se oye como nunca entonces pido una disculpa por escrito a las celebridades afectadas. En ocasiones hasta me conceden una entrevista para desmentir la información. Algunos hasta a las demandas llegan pero siempre son tan largos los procesos que renuncian al caso o lo pierden porque lo que ellos no saben es que tenemos a casi todos los jueces comprados y a la mayoría de los abogados así que de cualquier manera los famosos son los que pierden tiempo y dinero. Ni modo, así es el sistema en este país lleno de corrupción y les aseguro que cualquier celebridad tiene su precio y siempre salimos triunfadores.

La verdad es que nunca se me hubiera ocurrido esta bomba publicitaria para la revista: "Rebeca, la reportera más famosa del medio más escuchado de comunicación tiene LEUCEMIA y tiene los días contados". Creo que no se oye tan mal, empezarían las entrevistas y las muestras de solidaridad y mi imagen que hasta ahora ha sido de frívola y macabra cambiaría drásticamente por la de víctima. Víctima de un destino cruel y despiadado que desafortunadamente está viviendo. Creo que no suena mal, después de unos meses desmentiré la información como muchos, diciendo que el doctor que me diagnosticó esta enfermedad lo hizo en venganza por sacar al aire en mi programa radial, que su hija salió desnuda en una revista para caballeros (la verdad fue un fotomontaje muy malo, no sé como la gente lo creyó pero eso le costó, al doctor, el divorcio y la desintegración de su familia según la joven hija). Pero creo que le hicimos un favor porque ella se destapo y más tarde en verdad posó para la revista de caballeros y le pagaron muy bien, por lo que nunca nos dió las gracias. De ahí la venganza del doctor al diagnosticarme leucemia.

## *CAPÍTULO DOS*
## LA REVELACION

Antes de escribir mi propia noticia y darla a conocer al día siguiente como una bomba publicitaria para mi programa de radio. Despierto sobresaltada por unos quejidos ensordecedores que escucho. Por varios minutos sin poder despertar, creo que estoy en uno de mis sueños o pesadillas que tengo después de ingeniar algún bombazo noticioso. Por fin, abro los ojos, al observar detenidamente a mi alrededor me doy cuenta que me encuentro en un cuarto de hospital. Busco el lugar de donde provienen esos molestos quejidos de moribunda, abro la cortina, veo unos ojos azules penetrantes que destellaban fuerza y decisión. La verdad es que me congelo y no pude reclamarle que deje de hacer ese ruido espantoso producido por su boca, esta hecha ya casi una ciruela pasa en conjunto con su cara y a decir verdad todo su cuerpo era como si la hubieran exprimido y no la hubieran extendido para secarla. Todo indica que ella es mi compañera de habitación. Pienso que es un sueño raro, en cualquier momento despertaré, todo quedará como un recuerdo desagradable. Escucho una voz de ultratumba que me dice "¿Qué me estás viendo? ¿Qué nunca has visto a una persona enferma? te aseguro que no me voy a morir ahora, así que más vale que te aguantes por que me duele mucho y no voy a dejar de quejarme, deja de verme como si ya fuera un cadáver. Tú no tienes muy buen semblante que digamos", agrega la anciana.

En ese momento me doy cuenta que desafortunadamente no estaba en un sueño, esa señora estaba vivita y coleando. Me pregunto que había pasado conmigo porque me encuentro en ésta situación tan incómoda y extraña que por primera vez en mi vida estoy confundida. Pasaron algunos minutos, por fin, aparece la enfermera, me dice que tuve un desmayo entrando a mí oficina, que pronto vendría el doctor para hablar conmigo. Me deja unos papeles para que los llene con mis datos personales y le llame a algún familiar o amigo cercano porque lo necesitaré. A decir verdad no encontraba en mí tupida agenda llena de números telefónicos, direcciones y tarjetas de presentación ni uno solo al que le pudiera pedir el favor de acompañarme a lo que me fuera decir el doctor. Empecé por hacer unas llamadas a compañeros de trabajo los cuales no contestaron mis mensajes o están muy ocupados, así que de 15 personas ni una sola pudo ayudarme, pero de que me quejo si lo mismo hice en muchas ocasiones cuando ellos necesitaban algo, creo que nunca les he hecho un favor en los 10 años que tengo trabajando en la radio, así que me dediqué en seguida a llamar a algunos vecinos o familiares éstos últimos no los he visto en más de 8 años, lo único que sé de mis padres es que son unos interesados y no soportan que yo haya triunfado más que los fracasados de mis hermanos que afortunadamente no tuve que mantener, como mis padres hubieran deseado, por supuesto tampoco tengo galán porque los pretendientes no soportan que uno sea famosa o que gane más que ellos desgraciadamente tienen una mentalidad de inferioridad del tamaño del mundo. Pienso que todos los seres humanos giran alrededor del señor dinero y ese sí que todo lo puede hacer posible y como siempre he sido independiente y triunfadora en la vida, el precio que tengo que pagar es estar sola. Eso desgraciadamente causa envidias. Así que el último recurso que me queda es hablarles a mis padres para cubrir este requisito del hospital y después que se olviden de que existo. Ninguno de mis vecinos regresó mis recados, nadie está dispuesto a ayudarme, claro como uno no les ofrece dinero, ya nadie quiere hacerlo de a gratis, infelices, que bueno que ni siquiera les dirijo la palabra.

Al tomar el teléfono para hacer esa llamada en la que me humillaré ante mis padres, recordando sus últimas palabras antes de que partiera, le dije que eran unos interesados y que nunca verían un centavo de mí parte, ellos sólo agregaron: "Que Dios te bendiga mija y recuerda que el día que nos necesites no dudes en hablarnos, allí estaremos para darte mucho amor, apoyarte en lo que necesites y ojala cambies de opinión acerca de nuestro amor incondicional". Esas fueron sus frases finales en el momento en que me dirigía a mi carro BMW del año. Así que recordando esas palabras me armo de valor para comunicarme con ellos, sólo porque el hospital necesita ese requisito imprescindible. De no ser así jamás hubiera intentado hablarles.

Mientras sonaba el teléfono, repito en mí mente (sólo es por una emergencia, no porque quiero reconciliarme con ellos, se los dejaré muy claro en cuanto me contesten). Después de 30 segundos de espera, alguien de sexo femenino contesta el auricular, trato de reconocer la voz de mi hermana, no lo logro, me pide que me identifique antes de darme cualquier información o comunicarme con el señor de la casa, ya que hoy en día con tantos secuestros Express uno ya ni sabe las intenciones de las llamadas de desconocidos. Le digo que soy Rebeca Beltrán, la hija de Don Genaro Beltrán y Doña Josefina, la joven no sabe quienes son esas personas, así que me dice: "Espere por favor, la comunicaré con el señor". Escucho una voz varonil, muy amable, me dice: "¿Qué se le ofrece señorita?". Disculpe la molestia, le contesto de la misma manera educada, estoy buscando a mis padres y este es su número telefónico, "Ay, ay, ay, señorita ya recuerdo ¿Un matrimonio que tiene cinco hijos?", pregunta el señor cordialmente. Sí, sí, le respondo ansiosa por conocer el resto de la información. "Pues bien", agrega el señor pausadamente, "Yo no los conozco pero la vecina que tiene viviendo muchos años aquí, me informó que corrieron a los muchachos de este lugar, después de que murieran sus señores padres, Los Beltrán. Que en paz descansen, fue en un accidente". Por supuesto que no doy crédito a lo que el señor me estaba diciendo ¿Cómo que habían fallecido mis padres, sin que nadie me lo comunicara? eso era verdaderamente inverosímil. Lo primero que se me ocurrió es que es la equivocación más atroz que alguien pudiera pronunciar, (a parte de la que me dijo el doctor). Ya eran bastantes mentiras graves en los últimos días. Antes de recobrar el aliento para contestarle que continuara su relato, él agrega: "Fíjese, señorita, que fueron a visitar a uno de los hijos –su hermano- que tenían trabajando en Nueva York, precisamente en las Torres Gemelas y les cayó la de malas, cuando ellos estaban en el restaurante sintiéndose muy orgullosos de su hijo, disfrutando su desayuno con la maravillosa vista en las alturas y el mundo a sus pies, bueno eso se imagina la gente, fue entonces cuando se impactó el primer avión en una de las torres y lo demás usted ya lo sabe. Los tres muchachitos -sus hermanos- quedaron desamparados y les quitaron esta casita, no se sabe que pasó con ellos, ni siquiera Doña Margarita que ella todo lo averigua, sabe del paradero de esos pobres niños. Pero si usted quiere hablar con ella sólo dígame". No, no, le dije, ansiosa por que me siguiera platicando lo que sabía. "Meses más tarde me vendieron esta casita, el número no lo quise cambiar para que no me cobraban extra, así que decidimos quedarnos con él esperando no ser molestados por amigos de sus hermanos o de sus padres y a decir verdad usted es la primera persona que habla buscando a los señores Beltrán, desde hace varios años".

Por primera vez en mí vida no encontraba las palabras para quitarme el dolor de mí garganta y ésta sensación de vacío y sobre todo de desconcierto. Lo que se me vino a la mente fue lo siguiente aunque suene frío y cruel. Cuando pasó lo de las Torres Gemelas yo me encontraba realizando una entrevista a Yolanda Saldívar desde la cárcel de mujeres donde cumple una condena de cadena perpetua por la muerte de la reina del Tex Mex Selena. Yo, la reportera estrella de la radio más escuchada en todo México realizaba esa exclusiva que sólo por mis méritos pude obtener. Unos meses mas tarde me entregarían el premio más codiciado en el medio, el premio: "Alfa", éste es un trofeo con el que todo comunicador sueña y para envidia de todos yo lo recibiría gracias a la exclusiva con Yolanda Saldívar. En el momento en el que lo recibía pensé que mis padres y los parásitos de mis hermanos me veían por televisión y se dirían entre ellos; "Mírala, es exitosa y triunfadora, lo que nunca podremos hacer nosotros en nuestras miserables vidas llenas de pobreza e ignorancia". Por lo que yo gozaría esas palabras nunca escuchadas por mis oídos pero estoy segura pronunciadas por mi familia en numerosas ocasiones.

Pero después de esta noticia inesperada creo que no sucedió así y ahora no entiendo porque ni siquiera me avisaron o me pidieron ayuda en estos momentos que deben haber sido muy duro para mis tres hermanos menores. Reacciono al escuchar una voz ronca e inquisitiva al mismo tiempo que sacude mi cuerpo. Al abrir los ojos se encuentra frente a mi el doctor del hospital preguntándome si me siento mejor, agregando que me encontraron desmayada y el teléfono celular tirado en el suelo, el ruido lo escuchó la señora que comparte el cuarto con usted, ella nos pudo avisar de su situación, agregó el doctor.

No digo una palabra, la enfermera me pregunta, con una expresión de esperanza: "¿Señorita, ya localizó a sus familiares? porque necesitamos urgentemente a alguien que esté con usted y la acompañe en estos momentos difíciles de su vida", el doctor agrega; "No tenemos mucho tiempo, hay que empezar con las quimioterapias y las transfusiones si quiere seguir respirando en este mundo. Su familiar tiene que firmar unos papeles, usted firme una autorización para que tome decisiones importantes por si usted se encuentra imposibilitada para hacerlo, no importa que no sea su familiar puede ser como ya le dijimos, un amigo, un vecino o hasta un conocido. Recuerde, cada minuto es vital en su condición". Cómo les digo que no tengo a nadie en este mundo que quiera ayudarme, que quiera dar la cara por mí, que quiera hacerme un favor, de las 50 llamadas que he hecho no he recibido ni una sola respuesta positiva a mi petición, no tengo familia, nadie me quiere, todos me odian por mis triunfos o por mi dinero, le hablé a la costurera que hace mis vestido y recibí la misma respuesta, no puedo, estoy muy ocupada, no tengo tiempo. Estoy sola en esto y es mejor porque no es verdad que me estoy muriendo y saldré de este hospital en este momento por mis propios pies.

Al intentar sentarme sentí una cascada abundante y caliente brotando de mí nariz y pude sentir como me ahogaba ya que salía por todos los canales de mi cuerpo, oídos, nariz, boca y hasta por la vagina. Como si algo explotara dentro de mí haciendo erupción como lava de un volcán. Después de unos minutos eternos los doctores controlaron la hemorragia y me advirtieron que este era el principio del final si no actuaban inmediatamente.

## *CAPÍTULO TRES*
## EL DESCUBRIMIENTO

La gente que entra y sale visitando a la anciana es interminable, son innumerables las llamadas telefónicas que recibe. Me sigo preguntando si no es una famosa encubierta, pero en verdad todo parece que es la familia tan grande que tiene. He escuchado que le llaman abuelita, mamá, suegra, cuñada, amiga, vecina, bueno creo que hasta el carnicero la vino ha ver. No me explico como una persona a su edad pueda tener tanta atención y le importe a tanta gente y yo no pude conseguir a nadie que me acompañara ni una sola noche para que me diera por lo menos un vaso con agua o me preguntara ¿Cómo te sientes hoy? Y como no vino nadie la enfermera firmó de responsable para las quimioterapias.

A través de la ventana puedo contar más de 30 personas día y noche como si estuvieran en un campamento esperando noticias sobre la salud de mí compañera, la anciana, se ven niños jugando como si estuvieran en un día de campo, llenos de inocencia y alegría ya que constantemente sale alguien a callarlos o a bajarlos de las bardas y los barandales, señoras fumando por la ansiedad y preocupación, señores ahogando sus penas con tequila o vino, algunos en bicicletas otros en sus carros usándolos como camas o refugios cuando arrecia el frío de la madrugada, lo que más me llama la atención es que a pesar de sus penas todos se solidarizan. Su organización es impecable ya que cada familia trae su comida y todos la comparten como en una gran mesa llena de exquisitos manjares, sin que se note que están en la banqueta sucia y terrosa enfrente de un hospital. Ellos con su armonía y unión cambian el panorama y se siente como lo disfrutan el estar juntos. Todos los familiares se han turnado para siempre estar cuidando de la anciana pero hay una señora en especial me parece que la anciana, la llama Irma, ella no se ha despegado ni un instante de la anciana y vaya que ya llevamos una semana en este suplicio, bueno a mí ya se me está cayendo el pelo y me siento cada vez peor, ya me sé las rutinas de las enfermeras, todas las rayas y manchas que tiene el techo del cuarto, me sé la rutina de la gran familia de la anciana. Por supuesto no he recibido ni una sola visita, ni una sola llamada ni mucho menos ramos de flores, lo único que mandaron mis compañeros de trabajo fue una tarjeta cursi firmada por todos deseándome lo mejor y por supuesto excluyéndome de todos los proyectos en puerta, según ellos por lo delicado de mi salud.

La verdad es que son unos buitres, me imagino el gusto que les dá el saber de mi situación y en estos momentos se están disputando mi puesto, pero no creo que lo consigan porque ninguno me puede sustituir ya que nadie se atreve a decir lo que yo digo sin pelos en la lengua y además las fuentes que tengo son secretas así que no creo que consigan muchas noticias. Son unos mal nacido, malagradecidos, infelices muertos de hambre, envidiosos por mis triunfos pero pronto saldré y todos me las pagarán.

Afortunadamente mi cuarto es le de la esquina y eso me dá privacidad ya que cierro mi cortina y nadie tiene que pasar por allí o interrumpir mi sueño. Me encuentro con mis pensamientos, que es lo único que tengo, algunas veces escucho que alguien me habla, con una voz dulce y melodiosa, repitiendo: "Señorita, señorita, ¿está despierta?, espero que no lo esté", continúa la voz proveniente del cuarto contiguo y no es la voz de ninguna enfermera, ni la de la anciana. Decidí prestarle atención para dejarle bien claro que era la primera y última vez que me molestaba, así que le contesto de una manera seca y cortante, ¿Qué quiere? Al ver su cara blanca, sus ojos verdes, su expresión llena de humildad, honestidad y sobre todo ternura. Me dice " ¿Quiero saber si no le molesta que le traigamos un radio a mi mamá? a ella le gusta mucho la música, el doctor me dijo que siempre y cuando usted estuviera de acuerdo lo podemos oír, por supuesto si ha usted no le incomoda". Sin pensarlo hago un movimiento afirmativo con la cabeza, después de todo no me caería nada mal enterarme de algunos chismes de la farándula y política, quiero saber que ha pasado con los narcovideo que esta tan de moda. Ya nadie se escapa de una sorpresita o una trampa, después lo vemos en la televisión, como le pasó a Bejarano (alguien lo filmó metiéndose fajos de dólares en su saco y en el pantalón también recibió un portafolio lleno de dinero) y al Niño Verde el del partido Ecologista (a éste le propusieron un negocio para hacer casas en áreas verdes en Cancún, cuando él era el defensor, hasta el más honesto tiene precio), así que no estuvo mal la decisión de escuchar las noticias.

A los pocos minutos escuche la música de Los Panchos el trío más famoso de México, tocando esa música romántica que te llega al alma y te mueve tantos sentimientos encontrados y sobre todo de nostalgia. La verdad eso era lo que menos necesitaba, en estos momentos de depresión, por los que estoy pasando. Así que decidida a decirles que he cambiado de opinión. Abro la cortina y me encuentro con unos ojos azules, grandes, llenos de vida aunque su cuerpo dijera lo contrario. Inmediatamente la anciana me dice: "hasta que le veo la cara vecina, me llamo Manuela y voy a cumplir ciento un años en unos días, se dicen fácil pero no lo son y aunque no me puedo mover muy bien mi cerebro está intacto recuerdo hasta el día en que nací como si fuera ayer. Es increíble como pasan los años por el cuerpo, éste se arruga y ya no puedes hacer nada al respecto pero con tus recuerdo puedes hacer mucho y sobre todo transmitirlos a tus seres queridos para que esos recuerdos no mueran cuando muera el cuerpo, sino que vivan de generación en generación como lo he hecho yo. Le voy ha decir algo, yo me he asegurado de que eso pase y que algún día alguien hable de mí aunque nunca me haya conocido, con eso me doy por bien servida el haber vivido más de un siglo".

"Pero bueno", le respondo, instintivamente, "¿qué quieres decirme vecina?", me dice: "Bueno, primero dime ¿cómo te llamas?". Me dije a mí misma, ¡oye Rebe! y ¿por qué, no?, hacer una conversación con ella; Al fin hace mucho que no hablo con nadie, además me sedujeron sus palabras y su manera tan lúcida de expresarse para tener más de cien años, es sorprendente. Acomodo las almohadas para sentarme y estar cómoda, me dispuse a charlar un poco para romper la monotonía de los últimos días. Juro que es la primera vez que me interesa hablar con alguien que no fuera trabajo.

El interés al hacer una entrevista es saber cuánto me van ha pagar por la exclusiva, no porque en realidad me importen la vida de los famosos. Si les va bien o mal me tiene sin cuidado, sólo con que me digan algo insignificante, con eso puedo armar un gran chisme, un simple comentario es suficiente para que lo modifique, le agregue o le quite para que la gente no le cambie de estación en fin uno se las ingenia para que se oiga atractivo para el oyente. Es más aunque no diga nada lo convierto en noticia, diciendo que algo esconden por eso no quieren hablar. Por eso, sino hay dinero de por medio, no me interesa lo que a la gente le pase, sus vidas son aburridas y llenas de basura cotidiana.

En el momento que Manuela, la anciana, abre la boca para platicar conmigo, llega una mujer, de unos cincuenta años de edad, ojos verdes, figura esbelta pero fuerte como un árbol frondoso, con una voz firme y segura me saluda con tanta amabilidad que le contesté con un movimiento de cabeza (es una costumbre cuando no tengo la menor intención de llevar una charla). La anciana me la presenta: "Ella es mí hija menor, se llama Irma, siempre esta conmigo y es a la única que le pido que se quede durante la noche y me ayude en todo lo que necesite". Irma con una sonrisa auténtica y sincera contestó: "No le haga mucho caso lo que pasa es que la tenemos muy consentida y todas las personas que la queremos -que son muchas- no encontramos la manera de que esté a gusto y se sienta cómoda ya que estoy segura que pronto nos la llevaremos a la casa, porque ella siempre ha sido muy saludable, nunca ha estado en un hospital, hasta ahora. Bueno, señorita si nos lo permite voy a bañar a mi mamá, mucho gusto y que se mejore, no dude en decirme si necesita algo". Esta vez le contesto, "sí, gracias". Ahora recuerdo, (me digo a mí misma). Ella es la persona que en la mañana me pidió permiso para escuchar el radio, ahora recuerdo, sus ojos verdes profundos.

Cierro las cortinas, para que Irma bañe a gusto a su madre. En segundos puedo darme cuenta de la relación bonita que llevan, platican como unas adolescentes contando sus intimidades. Recordé a mis padres y la nula relación que mantuvimos durante años hasta que dejé a mi familia para probar fortuna lejos de la pobreza, la mediocridad, la ignorancia y sobre todo el desamor.

Al caer la tarde escucho que Irma se retira a su casa para bañarse y atender un poco a sus hijos, también escucho que su nieta Azucena vendrá a cuidarla porque nunca la dejan sola. En el momento, que la hija sale del cuarto, la anciana, Manuela se dirige a mí con su voz de ultratumba pero a la vez transmisora de paz, "Ya les he dicho muchas veces que yo sé el día en que me voy a morir, les digo que no hagan tanto circo, aunque usted no me lo crea, estoy segura que me queda una semana de vida, así como lo oye, sólo una semanita. Por eso le digo al doctorcito que me deje fumar mis cigarritos, que me deje comer mí cabrito que tanto me gusta y sobre todo que me permita comerme mis semillitas de flor de calabaza para acordarme de cuando iba al estadio a apoyar a mí equipo favorito de fútbol, el Laguna, creo que ahora le cambiaron el nombre por El Santos Laguna. Espero convencerlos y pueda morir en paz".

Señora, Manuela ¿Por qué está tan segura de la fecha de su muerte? Me interesa sobremanera la seguridad de sus palabras, como si tuviera la vida en sus manos y ella decidiera cuando morir. "Pues verás muchachita si me permites" - agregó la anciana suspirando profundamente - "te voy a contar algo que aunque sea difícil de admitir, yo tuve una vida marcada por eventos desafortunados que de una u otra manera eran señales que nunca supe descifrar hasta ahora que estoy a apunto de morir, lo puedo ver claramente. Desgraciadamente si me hubiera percatado antes todo sería diferente. Es algo que no puedo explicar pero estoy segura que moriré el 20 de noviembre, el día en que nací porque es mi destino y ahora lo veo claro. Te voy a contar unos secretillos antes de que venga mi nieta".

## *CAPÍTULO CUATRO*
## LA PLENITUD DE LA INFANCIA

Así, la anciana comienza su relato.
Todo empieza cuando mi abuelo materno con tan solo 14 años llega a México en un barco proveniente de España. En México, trabajó de todo; cargador de frutas, vendiendo boletos para rifas de

algunas tiendas, mesero, ayudante de albañil, bueno hasta cantinero. Siempre tuvo suerte porque además de ser carismático era bien parecido de ojos azules, pelo rubio, alto, esbelto y sobre todo de buen corazón. A los 18 años conoce a mí abuela, en unas semanas se la roba de su casa, zarparon en otro barco rumbo al Puerto de Veracruz, ahí se alojaron sin volver a saber de la familia de mi abuela por temor a venganzas, ya que mí abuela era hija única con tan sólo 14 años de edad y por si fuera poco tenía 12 hermanos, mayores que ella. Así que mi abuelo tenía motivos poderosos para desaparecer. De esa relación nacieron cinco hijos uno de ellos por supuesto mi madre, la única mujer y la menor de ellos de nombre Refugio -de cariño le llamaban Cuca-. Cuca siempre tuvo un aspecto de fortaleza y sabiduría, transmitía tranquilidad y quietud. Mis abuelos murieron por un contagio de viruela loca -herencia española-.

Mi mamá junto con sus hermanos huyeron al norte con unas amistades dejando todas sus pertenencias por supuesto importaba más la vida. Al llegar al norte se instalaron con una familia la cual los ayudó hasta que cada quien se fuera formando un futuro decoroso, aunque para la mujer de aquella época el futuro decoroso consistía en saber las labores del hogar y lo más importante conseguir marido para tener hijos. Sobre todo la obediencia al marido y la sumisión que eran virtudes indispensables en toda mujer. Para el hombre era más fácil, sólo tenía que tener un pedazo de tierra heredado por su familia, cultivarla para el sustento, buscar la mujer que le gustase, robársela, tener los hijos que Dios le mandara -por supuesto ir con los amigos a divertirse a las cantinas- y sobre todo nunca dar explicaciones de sus actos a nadie porque el hombre siempre sabe lo que hace y lo hace bien.

Mi mamá Cuca se casó a los 14 años con un jovencito de 16 años de nombre Chón,- ellos sí se casaron porque las familias se conocían y los papás de ambas partes así lo dispusieron en una partida de cartas -.

En el año 1900 nazco yo, en un pueblito remoto al norte de México, llamado Arcinas (hoy estado de Coahuila). Por herencia de mis abuelos y mi madre mis ojos son azules y mí pelo rubio. Mi padre me llama Manuela en memoria de su hermano fallecido Manuel. Soy la menor de 14 hermanos, mis padres campesinos y dueños de una pequeña parcela la cual provee a la numerosa familia de alimento y un poco de educación elementaría. También contamos con un proyecto llamado Misiones Culturales donde los que tienen habilidades o creatividad para algo lo enseñan a los demás teniendo dos turnos el matutino y vespertino. En estos talleres es donde aprendo a bordar, coser ropa y sobre todo a las faenas del hogar y del campo.

Todos los niños tenemos las mismas actividades y obligaciones: empieza cuando canta el gallo a las 4 de la mañana, nos levantamos todos los integrantes de la familia y aunque yo sólo cuento con cuatro años era útil de cualquier manera. Primeramente nos dirigimos a ordeñar las vacas a los establos, lo cual aprovecho para tomar una rica y tibia leche bronca - como se llama a la leche recién ordeñada de la vaca -. Mi papá Chón y mi mamá Cuca siempre dicen que esta leche bronca es la mejor y la más dañina porque cuando la leche no se toma inmediatamente salida de la vaca, te puede dar "La Fiebre de Malta" y te mueres. Por supuesto hay que hervir la leche, antes de consumirla. También para sacar la nata -es una capa espesa, cremosa y gruesa que se forma después de haber hervido la leche- ésta nos la comemos con azúcar, en una telera de pan bolillo o simplemente a cucharadas, es realmente exquisita.

Después, del establo nos dirigimos a desgranar el maíz para llevar los granos al molino, éste es un lugar con un ruido ensordecedor que apenas se escuchan las charlas de las mujeres. Cuando el proceso de obtener la masa fresca llega a su termino todas las mujeres recogen las tinas llenas de masa, ayudadas con el rebozo haciendo una especie de cuenca en la cabeza para poder apoyar la tina tan pesada que cargan hasta las casas. Las niñas por supuesto contamos con nuestra tinita llena de masa y nuestro rebozo para no lastimarnos el cuero cabelludo. Ya casi por amanecer nos dirigimos a la casa para continuar las labores, durante el recorrido se puede respirar aire puro y fresco, la salida del sol es espectacular - ver como se asomaba en el horizonte -. En todas las casas hay mucho movimiento, gente regando y barriendo sus banquetas para aplacar un poco la tierra suelta y revoltosa. Se escuchan resonantes las campanadas de la iglesia dando la primera llamada para la misa de las 7:00 AM.

Toda la gente sin excepción es católica y existe una unión excepcional, todos son compadres y comadres hasta entre nosotros los niños nos decimos comadres porque nos bautizamos las muñecas. Todos nos saludamos con afecto y de buen humor. Al llegar a la casa juntamos olotes (es la mazorca del maíz sin granos y seco), para prender el horno de adobe y ahí cocinar el pan, también tenemos que prender un bracero con carbón y olotes para hacer las tortillas de maíz. Por supuesto las mamás son expertas en esta actividad, por ejemplo mi mamá Cuca, puede hacer las tortillas con los ojos cerrados y no se quema. Es una experiencia única, comer tortillas recién hechas, agregando un poco de sal, incluso las últimas 3 tortillas se quedan en el comal para que se tuesten y esas me las guardan para el desayuno para acompañar los frijolitos o el huevito revuelto como los mejores manjares de reyes. La verdad es que eso compensaba las arduas tareas del día y sobre todo la levantada de madrugada.

Los hombres hacen sus labores: mis hermanos recogen los huevos de los gallineros, alrededor de 22 huevos diarios, éstos son blancos y grandes, por eso mucha gente los llama blanquillos, aunque no sé si a los huevos que son de color café les llaman cafecillos. Todos nos damos cuenta cuando los muchachos andan en los gallineros ya que escuchamos un tremendo cacaraqueo, similar al que oímos cuando vamos al pequeño mercado los domingos para que mis padres vendan el frijol, maíz, sandía, melón y uno que otro marranito los cuales mis hermanos alimentan con las sobras de comida y aunque no es una tarea muy agradable, no tienen opción, hay que hacerlo todos los días.

Por fin llega la hora del desayuno por lo regular son huevos con papas, papas con chile, frijoles con huevo, huevos con tomate o cebolla, etc., sin faltar nunca la salsa hecha en molcajete y las tortillas recién hechas. El café de olla es parte del menú mexicano, todos lo tomamos con un poco de leche. Al terminar el desayuno hay que seguir con las labores del día. Como dice mi papá Chón, el día apenas comienza.

Elvira de 7 años es mi única hermana, ella se ocupa de la limpieza de la casa de regar los cuartos, barrerlos aunque siempre ocasiona una gran nube de polvo, es lógico porque todas las casas tienen pisos de tierra y piedras. Elvira - mi hermana mayor -, mi mamá Cuca y yo lavamos la ropa de todos los integrantes de la familia, nos vamos al río Nazas, pasa a un kilómetro del rancho, así que a caminar y darnos prisa para estar listas y preparar la comida del medio día. En el río juego con el agua, me baño -con ayuda de Elvira-, tiro las piedritas haciendo patitos en el agua, hago pasteles de lodo, atrapo culebras, lombrices o insectos. Por supuesto no me salvo de lavar mí ropita tallándola fuertemente en una piedra rasposa para quitarle toda la mugre y ponerla en las canastas para mas tarde tenderlas sobre unos lazos en el patio de la casa para que se sequen durante el día. A pesar de todas las labores cotidianas siempre buscamos un espacio para divertirnos y jugar con la naturaleza.

Los hombres por su parte se van a la labor (al campo) a sembrar, regar o cosechar, las mujeres en las labores domésticas. Así por fin llega la hora de la comida alrededor de la una y media de la tarde. Una o dos veces a la semana comemos carne de puerco, pollo, gallina, guajolote o res, el menú básico es sopa de arroz o aguada (sopa caldosa) taquitos o gorditas de papas con chile, rajas con queso y el platillo principal frijoles en varias presentaciones; a la olla, refritos, caldosos, etc. No cambio esos manjares por nada. Mí padre nos inculca que aunque estemos apretados en la mesa siempre tenemos que comer juntos y es cuando platicamos los planes familiares y hasta los problemas para sus posibles soluciones, nunca para regaños o castigos pero eso sí, nadie puede faltar porque la hora de la comida es sagrada y de unión familiar. Por supuesto en la conversación sólo tiene la palabra mi padre, como cabeza de familia y los mayores de mis hermanos, las mujeres sólo escuchan, no importa su opinión.

Al termino de la comida los muchachos llevan a pastar las ovejas al cerrito, darle de comer a las vacas, los caballos y a los burros. Las mujeres a limpiar los frijoles y cocerlos, traer agua de los pozos y filtrarla en unas ollas de barro, irnos a bordar, cocer o tejer la ropa para toda la familia. Las familias se turnan para mantener limpia la iglesia, la placita y un pequeño cuarto que le llamamos escuelita, sólo se abre en las tardes, los pocos que saben leer y escribir les enseñan a los que quieran aprender, (si es que no es tiempo de levantar las cosechas). Antes de caer la tarde es hora de amasar la harina de trigo con levadura y sal para hacer el pan bolillo o las teleras y así calientitas cenar con unos ricos frijoles o tortas de nata (proveniente de la leche hervida). En este momento todos reímos nos relajamos de la ardua tarea del día. Soy muy feliz y sobre todo consentida por todos mis hermanos y mí única hermana pero sobre todo por mis amorosos padres que no pude tener mejor suerte.

Al llegar la noche nos preparamos para dormir por supuesto después de lavar los trastes en la pileta y dar un avance para el día siguiente como el preparar la ropa, sacar los frijoles ya cocidos o la comida que sobra para que no se eche a perder, etc. Sacamos los catres las cobijas, los muchachos se acomodaban seis en un cuarto, seis en el otro y nosotras (Elvira y yo) en el cuarto de mis padres, Se apagaban las velas y las linternas de petróleo, mí madre reza con mucha devoción y pide bendiciones para todos y después caemos a dormir como piedras, sobre las piedras del piso.

En tiempo de calor es muy agradable porque se cubren las ventanas y puertas con telas delgadas, por un lado para protegernos de las víboras de cascabel, las tarántulas e insectos, por otro lado, durante el día podemos sentir una brisa acogedora y refrescante, así que durante la noche es una delicia dormir en el suelo con ese ventilador natural. Por el contrario en invierno es un congelador y es en los inviernos cuando nosotras nos dormimos en medio de mis hermanos para sobrevivir las duras heladas que afortunadamente no son prolongadas. Los que si me dan lástima son los dos hermanos que les toca en las orillas ya que no les alcanza la cobija y amanecen con los pies congelados, por eso, mi padre, los turna cada noche para que sea justo el sacrificio de dormir en las orillas.

Todos los domingos sin excepción nos reunimos en la única iglesia católica del pueblo, es como una pequeña fiesta. Todos nos vestimos con nuestras mejores galas listos para escuchar los sermones del padre Aurelio. Su edad avanzada no le impide ser una persona agradable, paciente y sobre todo siempre dispuesto a ayudar a los demás. Entre todos los hombres construyeron la pequeña capilla sin ningún pago y con material comprado poco a poco por ellos. Después de la misa es hora de platicar, jugar, comer golosinas hechas por las mamás (jamoncillos, cocadas, dulce de leche, tamarindos con chile en jarritos, pinole, etc.) Por supuesto los adolescentes aprovechan para revisar el ganado femenino ya que los hombres caminan alrededor del kiosco y las mujeres en dirección opuesta, pero la regla es que no se pueden parar a platicar sólo echarse miraditas y si acaso uno que otro recadito si es que no los descubre un adulto. Siempre añoro el domingo, es un día de fiesta para todos. Los hombres forman un círculo para platicar, fumar cigarros, volteando constantemente para cuidar a sus hijas, de los gavilanes que andan sueltos dispuestos a robar a las pollitas en cualquier momento.

## *CAPÍTULO CINCO*
## LOS DIAS VUELAN

Los días pasan sin muchos cambios aparentes, sin nada importante que contar, las mismas actividades cotidianas. Llega con ello mí cumpleaños mis seis años, con un pequeño pero significativo festejo donde el detalle principal es un pan de dulce delicioso que hace mí mamá Cuca y por supuesto en compañía de mis hermanos y primos por parte de mi padre los cuales se mudaron hace un año a unas cuadras de la casa. Mis padres no olvidaron la piñata hecha de barro, rellena de cacahuates y naranjas. Todos entonaron las mañanitas al unísono, repartiendo abrazos y besos, esperando el momento de saborear el panecillo de dulce, leche con canela y azúcar que le da un toque especial al festejo.

Como todos los niños tengo la edad ideal para entrar a la escuelita, que ahora no es más que unas lonas como techo sobre unos árboles, unas piedras lisas como bancas y unos cuadernos viejos y amarillentos con lápices. Lista para aprender de los adultos o jóvenes que ya saben leer y escribir y así en un futuro seguir la tradición de enseñar a los que no saben, el cuartito que antes había ahora lo usan como bodega, lo consideraron de más importancia que la escuela. No todos los niños pueden asistir a esas clases informales porque el campo es prioridad, es lo que nos dá el sustento para vivir. Pero la mejor enseñanza que podemos adquirir proviene de los padres los cuales nos preparan para la vida, ser buenos hijos y sobre todo en mi caso ser una buena esposa y madre.

En 1906 y a mis escasos seis años el mejor medio de comunicación masiva con el que contamos es la radio por medio de la cual se oyen las eternas radionovelas como "Simplemente María, "Chucho el roto", "Rarotonga" y otras tantas que son interminables y a todos hacen llorar. Nadie se las pierde ni siquiera el cura de la iglesia, por supuesto acompañado de un rico cafecito de olla. El medio de transporte más popular es el tren que para este tiempo está expandido por todo el país. Mí papá Chón dice que se lo debemos al General Porfirio Díaz Presidente de México, ésta es la primera vez que escucho ese nombre y algo me dice que lo pronunciaré muchas veces más, dice mi papá que ha gobernado nuestro país por más de 25 años.

Todos se empezaron a quejar de la pobreza que reina en nuestro país, pero a pesar de lo que escuchó, yo veo a mí pueblo próspero, con tierras para cultivar, con la ventas de nuestros productos, cada vez mejor, en fin siento que nuestra gente se ve feliz y bendecidos por lo que tenemos. Así que no entiendo el significado de sus quejas.

Una tarde estando en las labores cotidianas vemos venir a una persona desconocida, misteriosa, proveniente del pueblo contiguo, su cara refleja preocupación y ansiedad por llegar a alguna morada y tomar un descanso. Puedo percibir que es una noticia urgente e importante. Rápidamente se reúnen todos los hombres en mí casa que es el lugar indicado para tratar ese tipo de noticias todo parece que la información que trae ese hombre concierne a toda la comunidad. Les preparamos un cuarto con bastantes sillas y les dejamos una jarra con agua fresca por si se prolongaba la sesión. Cerramos las puertas para darles privacidad.

Pasaron varias horas y nadie daba señas de noticias, todos

dejamos de hacer nuestras labores para conocer lo que tiene que decir el forastero. Nadie sale excepto el humo de los faritos (cigarrillos) que no deja de fluir por entre las endiduras de las puertas y ventanas. Por fin sale mí padre nervioso y al mismo tiempo pensativo, con voz ronca de tanto fumar, dice; "Vieja más café y que nadie nos moleste". Todas suspiramos decepcionadas. Por fin al caer la tarde ya obscurecido, se abrieron las puertas dejando salir todo el humo y las ideas reprimidas por horas, sin decir palabra salen todos los hombres del pueblo, apurados, caras descompuestas de preocupación y repitiendo unos con otros "hasta mañana, compadre, hasta mañana". Sólo se les olvida un pequeño detalle, el visitante misterioso y causante del alboroto aún se encuentra en el cuarto limpiándose con su paño (paliacate) el sudor de su cuello, frente y cara.

Mí mamá Cuca le pregunta a mi padre, completamente angustiada y desconcertada; "¿No me asustes viejo, pues que pasa?" Mí papá Chón le responde abruptamente y sin manera de seguir la conversación, sólo agrega: "Vieja prepara un catre para el señor Teófilo. Pasará con nosotros esta noche, ya es tarde para que regrese de donde vino". Al verle la cara a mí mamá adiviné lo que pensaba; "¿Ahora en dónde lo voy a dormir?, si apenas cabemos nosotros, ni siquiera tenemos otro catre. Chón a veces se pasa de buena gente y es capaz de darle su espacio al forajido". De cualquier manera se arregla el problema y uno de mis hermanos será el sacrificado esta noche.

En esta época la mujer no tiene ni voz ni voto en asuntos exclusivos del hombre como es el caso de la política, ingresos o negocios. Así que mí madre sólo acatando órdenes y sin derecho a recibir ninguna explicación -jamás nos enteramos lo que se dijo esa tarde-, lo único que estoy segura es que todo ha empezado a cambiar y que los hombres del pueblo tienen un semblante diferente, algo anda mal y parece que en cualquier momento alguno de ellos explotará, soltará la sopa y todos sabremos la carga que han estado llevando desde hace algunas semanas.

## *CAPÍTULO SEIS*
## LA CRUDA REALIDAD

Después de la visita misteriosa, los días pasaron y mí papá Chón se nota irritado, molesto, fumando y bebiendo mezcal como nunca, estoy segura que algo grave pasa pero todos fingimos no darnos cuenta.

Un día mí padre no pudo más y nos reúne en la cocina para comunicarnos que nos tenemos que cambiar de casa y buscar un nuevo lugar donde vivir. Por supuesto que todos nos quedamos sin habla sin saber que decir, bueno aunque no podemos opinar en estos asuntos, creo que todos estamos pensamos ¿Por qué?, ¿A dónde nos iremos?, ¿Qué pasó?, todo lo que tenemos está aquí no conocemos otro mundo más que éste, nunca hemos viajado mas allá del monte, ni siquiera hemos cruzado el río Nazas, ésto es lo nuestro, ¿Por qué está diciendo eso tan absurdo? Mí papá continua después de respirar profundamente y dice: "El Presidente de México, El General Porfirio Díaz dicta una nueva ley sobre las tierras en las que cosechamos, las declara propiedad del gobierno mexicano, propiedad de la nación, en otras palabras; los campesinos que no tengamos papeles de propiedad, papeles de nuestra propia tierra, tendremos que pagar renta por ellas o comprar nuestras propias tierras, desgraciadamente no tenemos dinero para comprarlas y la renta es inalcanzable para nosotros, ahora tenemos trabajar para pagar la renta que nos exigen, los cultivos ya no son nuestros, todo lo que produzca nuestras parcelas serán del gobierno, ahora tendremos que comprar lo básico para sobrevivir.

Así que, no tenemos dinero, ni tierras, ni ganado, ni productos que vender. Estamos buscando otras soluciones y esperar llegar a un arreglo con el gobierno para que nos den más tiempo o reduzcan las mensualidades, no nos prometieron nada, todo parece que no les importa nuestra situación ni lo pobre que nos dejan". Continua diciendo: "Les informo ésto para que estén preparados, trabajemos más duro y ojala podamos pagar la renta porque no creo que podamos comprar nuestras tierras". Con lágrimas en los ojos y voz temblorosa, mi padre termina su doloroso mensaje. Nuevamente me pregunto, ¿trabajar más duro?, sí trabajamos de sol a sol, creo que se refiere a trabajar también de noche y los domingos, porque es lo único que nos falta".

Durante un año nadie pisó la escuelita, ni las Misiones Culturales, nos olvidamos de la bordada, de la escritura, de la lectura, de la diversión y por supuesto del domingo tan añorado. Todo se ha convertido en más trabajo y trabajo. A los hombres no se les ve en todo el día (incluyendo a los niños), ya no hay comida sagrada ni cena donde todos estemos reunidos. Las mujeres además de las labores de la casa ahora vendemos la leche, huevos, frijol cocido y hasta empezamos a vender gallinas, cerdos, en fin todo lo que nos de dinero para alcanzar a pagar la renta impuesta por el gobierno, de esa manera poder mantener nuestras tierras.

Pasa otro año terrible y aunque se alcanza a pagar la renta de las parcelas, no queda nada para nosotros, ya casi no tenemos ganado, no tenemos fertilizantes, no tenemos alimentos para los animalitos, no tenemos dinero, ni ropa en fin poco a poco el gobierno nos esta exprimiendo y lo que más me temo es que también las fuerzas para trabajar como animales se nos están terminando. Este año está peor que el otro y lentamente perdemos todo lo poquito que teníamos.

Llega mí octavo cumpleaños. Por supuesto no hubo reunión familiar, ni pan de dulce, ni leche con canela. Todo eso es un lujo que el señor Presidente de México ya no lo permite, además todos están tan preocupados y desesperados que la relación familiar es cada vez más tensa. Los hombres se reúnen constantemente para platicar sobre el futuro de sus familias. Algunas familias se han ido a probar fortuna a otros poblados, con la ilusión de encontrar una oportunidad de prosperidad o esperanza de mejoría. Lo más difícil para ellos ha sido abandonar sus casitas, llenas de recuerdos que durante generaciones cubrieron las paredes de los jacalitos, se van tristes por tener que renunciar a sus propias parcelas que de la noche a la mañana cambiaron de dueño. Se llevan con ellos la miseria, el hambre, la desilusión. Se llevan brazos fuertes para trabajar y construir de nuevo sus vidas. Puedo ver desde mi ventana la gente un poco más afortunada, marchándose con algunos animalitos flacos, unos trastes viejos, un bulto de ropa percudida, unos costalitos de frijol y maíz, llenos de tristeza y amargura por abandonar la tierra que los vió nacer y crecer, dejar atrás sus casitas hechas con amor y solidaridad, sus tierritas que les dió de comer por años. Desde la ventana les deseo que encuentren lo que buscan, una vida mejor que nos ha sido arrebatada sin explicación.

Las enfermedades no se hicieron esperar los niños pequeños se mueren hasta por un resfriado, sin medicamento ni siquiera se puede ir al pueblo más cercano a 20 kilómetros, que son como 2 ó 3 horas a caballo y cuando llueve no hay manera de salir o entrar al pueblo. Estamos totalmente incomunicados.

Al caer la tarde le avisaron a mí mamá Cuca que Saúl un niño de 5 años se encuentra muy enfermo. Es el hijo de la vecina pensé yo. La señora le explica a mi mamá Cuca que el niño comió algo ya echado a perder lo que le provocó fiebre, vómitos, dolores en el abdomen, no ha dejado de llorar en más de una hora. Por supuesto mandaron traer a la curandera del pueblo con sus hierbas naturales hechas pomadas o bebidas que no daban ganas de tomar por sus colores verdosos inapetentes. La curandera hace todo lo que puede por dos días, lo llena de una crema pastosa y apestosa, de hojas, flores, quema pirules, le limpia el cuerpo con huevos, le dá a tomar un sinfín de bebidas asquerosas, prende comales con carbones bendecidos para que el humo le sane el alma. Saúl sigue en la misma situación, sin ninguna mejoría. Así que mejor deciden llevarlo al pueblo más cercano, les prestaron un burro y emprendieron el viaje. Desgraciadamente Saúl a mitad del camino muere y es necesario regresar.

La costumbre en el pueblo es que todas las familias cortan flores silvestres, hacen un ramillete y lo llevan como ofrenda a la familia del difunto, además de gorditas de frijoles, café negro o algo de comer para compartirlo con todos los demás. La gente llega para rezar, es como si fuera una fiesta pero no es divertida. La verdad es que nunca he visto a una persona muerta a pesar que mí mamá me ha llevado a todos los entierros, nunca tuve la curiosidad de acercarme a ver al difunto. Este día no sé porque es diferente a los demás velorios pero me llama la atención lo que se encuentra en medio del patio rodeado de sillas, flores, música y personas, además veo a todos mis vecinos llorar sobre esa mesa y decir muchas cosas como; ¿Por qué tú?, ¿Qué pecado cometimos?, ¿Nunca te vamos a olvidar?, Dios, ¿por qué nos castigas?, ¡No nos abandones Saúl! La verdad es que no sé a quien le están hablando y ¿Por qué dicen tantas cosas que no entiendo?

La curiosidad me está matando y estoy acercándome para ver lo que hay en la mesa misteriosa y cuando estoy a punto de llegar escucho una voz ronca y masculina que me dice "¿Quieres verlo por última vez? Y sin esperar mí respuesta, Martín, el hermano mayor de Saúl, me toma de la cintura y me sube, para que alcance a ver, pero no me atrevo a hacerlo así que aprieto fuertemente los ojos y no los abro hasta que siento el piso nuevamente.

En mi mente tan confundida no dejo de preguntarme ¿Qué es la muerte?, ¿Qué les pasa cuando se mueren? ¿Dónde está Saúl? La verdad es que no me esta gustando esta situación. La noche pasa muy lenta y aunque estamos bien cobijados en el suelo del patio, de cualquier manera llega el frío de la noche, entre los lloridos, rezos y los borrachos que de repente echan algún pleito -uno no duerme como es debido-. Por fin amanece y esperamos al padre Aurelio para que oficie la misa y despedir a Saúl. De repente mí mamá Cuca me da una flor y me toma de la otra mano, me sube a una silla, sin esperarlo, me encuentro de frente, con el rostro de Saúl. Tiene los ojos cerrados y le sale líquido amarillento y espumoso por la nariz, los oídos y la boca. Y a pesar de todas las flores aromáticas que se encuentran alrededor del cuerpo inerte, el olor a muerte no se soporta. Sin quitarle la mirada dejo la flor cerca del cuerpo, morado e hinchado, sin darme cuenta le toco la mano que está fría y dura, siento un escalofrío en mí cuerpo, que me estremece. No puedo creer que sea el mismo niño con el que jugué tantas veces y sólo hace unos días reíamos juntos, ahora está en esta mesa totalmente diferente y oliendo tan mal. Parece que pasaron horas antes de que el padre Aurelio me tocara el hombro para indicarme que la misa daría comienzo en unos minutos, que me retirara del cuerpo de Saúl.

Después del servicio religioso nos dirigimos al pequeño panteón a las afueras del pueblo, todos lloran amargamente detrás del cuerpo (cubierto con unas mantas), es la primera vez que asomaron lágrimas incontenibles sobre mi rostro, ahora estoy conociendo la tristeza. Desde este momento el panteón tiene un significado diferente, antes jugábamos con los montones de tierra, las piedras formando cruces, las flores secas y en fin, todos nos divertía. Ahora es totalmente diferente, ahora sé que esas montañas de tierra representan cuerpos de personas o niños amados que están muertos pero dejan con su partida a tanta gente tristes y desconsoladas, no sé que pasa con sus cuerpos ahí adentro, ni con sus almas. Lo que si sé es que juro no volver a jugar en el panteón jamás, ahora sé que hay que respetar ese lugar porque alguien tiene un ser querido ahí.

Otro significado que estoy aprendiendo este año es el del hambre. Mi madre empezó a medir y racionar la comida como la sopa, las tortillas, las papas, las frutas e increíblemente los frijoles. Por supuesto la carne ni olerla, ya se me está haciendo costumbre irme a la cama con un hueco en el estómago, al igual que mis hermanos lo llenamos con agua. Puedo notar la angustia de mis padres cuando nos sentamos todos en la mesa y saben que no completarán de comida para ese día. Pero nadie replica porque conocerlos la situación. Mis padres siempre dicen, "ya saldremos y comeremos a llenar como hace unos años", ojala que eso llegue pronto porque cada día estoy más flaca y desnutrida.

## *CAPÍTULO SIETE*
## EL MOVIMIENTO SALVATORIO

Con la pobreza y miseria, llega el 20 de Noviembre de 1909, nuevamente mí cumpleaños que desde hace unos años pasa desapercibido, ni siquiera se acordaron, sólo mí mamá Cuca me dá un abrazo y me dice al oído "No te preocupes te prometo que el siguiente año celebramos tú cumpleaños como te mereces, por todos los que te debemos. Te deseo mucha felicidad y ya verás que este trago amargo no durará mucho". Espero que mí mamá no se equivoque porque eso vengo escuchando desde hace 4 años y cada vez tengo más hambre.

Tres de mis hermanos se robaron a sus novias y están viviendo con nosotros desde hace una semana (como si tuviéramos comida de sobra) y ellas me dijeron que me van a dar unos sobrinos pronto, así que más bocas que alimentar. Por lo regular la mujer al cumplir 14 ó 15 años ya esta lista para formar una familia, para ser esposa y madre. Como si fuese una regla no escrita pero muy bien aplicada. Los hombres empiezan a escoger esposa a los 17 ó 18 años, por lo regular se las llevaban con sus padres y después de unos años se independizan pero siempre construyen su casa al lado de la de los padres o cerca para seguir dependiendo de alguna manera de ellos. Entre las dos familias ayudan a la nueva pareja, hasta que ellos se hagan de su propia parcela para cultivar, sus animalitos, su casa, etc. Así que como están las cosas creo que se quedarán a vivir con nosotros para siempre, desgraciadamente no tuvieron la suerte de otros jóvenes hace algunos años, no creo que ahora se hagan de casa, ni de cultivos, ni siquiera creo que mis padres puedan mantener a los bebés que vienen en camino.

Mis hermanos tienen muchos conocidos por todos lados y en una ocasión después de venir de una fiesta del pueblo vecino, llegan corriendo con mí papá Chón y le platican que se anda rumorando acerca de un movimiento campesino que resolvería todos los problemas económicos, este movimiento es una esperanza para el pueblo, mí padre dijo: "Yo también he escuchado que quieren una revolución y no pagarle al gobierno la renta de las tierras, creo que es muy arriesgado porque el Presidente no se quedará con los brazos cruzados, y le he estado dando muchas vueltas al asunto y no estoy seguro si valga la pena el riesgo. Pero tampoco quiero seguir pagando por algo que es mío y seguir con esta pobreza así que espero que el precio no sea muy alto y que tomemos la mejor decisión para todos".

Una mañana trabajando rutinariamente, oímos unos ruidos muy fuertes, provenientes del monte, nunca antes los habíamos escuchado todos salieron de sus casas para saber lo que sucede, fue entonces cuando percibimos una nube enorme de polvo, (como si fuera un gran remolino que llega hasta el cielo) provocada por unas docenas de personas a caballo. Todos nos quedamos atónitos y paralizados. Siento un miedo a lo desconocido, nuestro pueblo siempre ha sido pacífico, no hay gente de pleito, no hay gente mala, todos nos queremos y respetamos mucho. Al tener a esa gente lo suficientemente cerca veo que todos traen armas; machetes, rifles, pistolas, palos, cuchillos hasta piedras. Nuestro pueblo esta totalmente desprotegido ante este mar de personas que se les ve rostros de determinación, decididos a luchar con uñas y dientes. Al llegar hasta nosotros se paran y preguntan por el líder del pueblo, agregando que no nos preocuparemos ya que sus intenciones no son hacernos ningún daño. Sólo queremos hablar con los hombres de aquí, pasar la noche para descansar y comer algo. Mí mamá Cuca les dice que los hombres se encuentran en la labor, les podemos proporcionar agua y compartir un poco de comida pero les advierto que ya casi no tenemos nada, así que pueden esperar a que lleguen los hombres del campo.

Mí mamá les dice a las demás mujeres que traigan tortillas, frijoles y alguna gallinita para hacerles una comida a los extraños visitantes. Durante unas horas me he estado preguntando ¿Quiénes son esos hombres? ¿Qué quieren de nosotros?, ¿Serán de verdad gente buena? Ya que la última vez que tuvimos un visitante misterioso no nos fue nada bien. Espero que esta ocasión sea diferente. Lo que más me llama la atención es que hay muchos jovencitos casi niños con machetes o rifles, eso no me gusta nada.

Por fin llegan los hombres apurado, sus rostros expresan desconcierto y preocupación, sin más preámbulo mí padre se presenta y les pregunta: "¿Qué los trae por aquí, mis amigos?". El hombre más alto del grupo le responde "Somos revolucionarios, estamos de su lado, estamos peleando a favor de ustedes no en su contra. Nos hacemos llamar Los Dorados de Villa". Otro nombre que jamás he escuchado y creo que jamás olvidaré porque suena muy especial como si fuera un hombre místico, pero ¿Quién es Villa?, me pregunto. El hombre alto continúa hablando: "Mí General Francisco Villa es el líder de nuestro grupo, estamos luchando por nuestras tierras, por nuestras familias, por nuestro país, por nuestra dignidad de campesinos y nuestro orgullo de mexicanos. El tirano que nos obliga a pagar altas rentas por nuestras tierras se llama Porfirio Díaz, gracias a él estamos cada vez más pobres y él y los suyos, cada vez más ricos. Nuestra lucha consiste en juntarnos todos los afectados por sus reformas, hay que luchar con todas nuestras fuerzas por la justicia, para defender lo que nos pertenece. Por supuesto no será nada fácil ya que el Presidente se enteró de nuestro movimiento y quiere desintegrarnos y acabarnos antes de que tome más fuerza, así que como respuesta a nuestra rebelión ya mandó a su ejercito para detenernos (su ejército lleno de soldados rapados de la cabeza, los cuales llamamos despectivamente pelones). Nosotros no contamos con el armamento que ellos usan pero el General Villa está haciendo tratos con los norteamericanos (gringos) y nos están vendiendo rifles, municiones y pistolas para defendernos y combatir más equitativamente contra los pelones. Y como se preguntarán ¿Y nosotros qué vela tenemos en ese entierro?, pues les contesto que mucha porque al igual que ustedes, todos estamos pagando injustamente desde hace años renta por nuestras propias tierras y ahora estamos en la miseria. Si les consuela, ustedes no son los únicos, todo el país se encuentra en la misma situación. Yo sé que cada día dicen que ésto cambiará y será como antes, pero permítanme desengañarlos ésto será peor y peor hasta que regresemos a la esclavitud o nos maten de hambre, ya que por si no lo saben el siguiente paso del gobierno es que perdamos nuestras tierras y nos ofrezcan bondadosamente trabajar las tierras por un sueldo de porquería y así retroceder en lugar de avanzar".

Mí padre tiene un brillo especial en sus ojos que hace mucho no veía como si estuvieran inyectándole vida, fuerza, coraje y sobre todo orgullo, al recorrer con la mirada los rostros de todos los demás hombres del pueblo percibo el mismo brillo, como si estuvieran dispuestos a dar la vida si fuera necesario por ese movimiento revolucionario, como si fuera la última carta que les queda jugar.

El hombre alto sigue con su discurso de convencimiento: "Y se preguntarán de que manera pueden ayudar a la causa, pues verán, la primera es que todos los hombres mayores de doce años se unan a nuestras tropas para los combates, la segunda es que las mujeres que forman parte importante en esta lucha; son las que nos hacen los alimentos, lavan la ropa, alimentan a los caballos, curan y cuidan a los enfermos, crían a los chamacos, cuidan nuestras espaldas y velan nuestros sueños para que no nos sorprendan dormidos y si es necesario tienen que tomar un fusil y entrarle al ruedo como toda revolucionaria de las tropas de mí General Pancho Villa. En tercera pueden dar alimento y hospedaje a las tropas que pasen por aquí, por supuesto a las de mí General Villa".

"También pueden construir barricadas en los lugares estratégicos que se les indique. Los niños y mujeres pueden servir como espías en los poblados ya sea obteniendo información de los pelones o filtrando mensajes equivocados sobre las estrategias de los revolucionarios. pues como ven hay mucho que hacer y nada que perder, porque ya todo no lo ha quitado el gobierno, empezando con las tierras, el ganado, las granjas, el poco dinero, las cosechas, los sueños, la seguridad la estabilidad de nuestras familias. Pero lo que nunca nos podrán arrancar del alma es la dignidad y las ganas de luchar por el bienestar de nuestras familias que son lo más importante para nosotros". Cuando el hombre alto terminó su discurso todos guardaron un silencio cauteloso y reflexivo. Mis hermanos fueron los primeros en romper la solemnidad de los pensamientos y con una determinación categórica dijeron: "¡Queremos enlistarnos al ejército de los Dorados del General Pancho Villa, incluyendo a nuestras esposas y luchar por nuestros ideales y derechos como mexicanos!". Al terminar de pronunciar estas palabras todos, aplaudimos y gritamos al unísono; "¡Viva la revolución mexicana! ¡Viva Pancho Villa!", las mujeres lloraron y los hombres presentes se levantaron dispuestos a dar la batalla contra el gobierno actual dirigido por el General Porfirio Díaz.

El más chico de mis hermanos cuenta con tan sólo 15 años y el más grande con 37 años. Desgraciadamente mis 12 hermanos decidieron enlistarse para la revolución, ya que cumplen con los requisitos básicos, por supuesto mis cuñadas no se les ven cara de irse con ellos, pero no están autorizadas para abrir la boca para opinar porque la mujer sólo acata las disposiciones de su esposo.

Al día siguiente todos listos para partir, despedimos a todos los valientes que van a luchar para ofrecernos una vida mejor. Aproximadamente se llevan a 100 hombres y 50 mujeres, los niños se quedan con abuelos, tíos o parientes cercanos.

No entiendo aún esta despedida, no sé si llorar o estar feliz, no sé si es mejor irse o quedarse, no sé lo que les espera y lo peor aún, no sé si los volveremos a ver y recuperar la familia feliz que fuimos por varios años. Cada uno se despide de mis padres, de Elvira, de mí con un fuerte abrazo y un beso en la frente, agregando que regresarían victoriosos y todo sería para bien. Todos empezamos a llorar y aunque quiero decirles a mis hermanos que los quiero mucho, que los extrañaremos, de mí boca no sale ni un sonido no puedo pronunciar ni una palabra para animarlos o motivarlos en su lucha. Creo que ese silencio de nosotras las mujeres lo heredamos de generación en generación. Por otro lado a los hombres no les importa lo que tengamos que decir u opinar, la verdad es que ninguna de nosotras dijo nada, sólo lloramos y lloramos, creo que es más difícil decir algo que reprimirlo.

Es la primera vez que veo a mí papá Chón llorar con lágrimas del corazón, con dolor en el alma con ganas de retener a sus 12 hijos de los cuales nunca se había separado, pero a la vez esa mezcla de sentimientos por las injusticias que estamos pasando no le dejan otra opción más que apoyar esta batalla. Mis cuñadas cargando los bultos de ropa en sus espaldas, siguen a sus hombres, con miradas de incertidumbre y nostalgia, con los ojos rojos e irritados de tanto llorar, levantan un brazo y dicen adiós

## *CAPÍTULO OCHO*
## UN TRÁGICO DESENLACE

Los días transcurrieron con más miseria que nunca, han pasado algunas tropas de Pancho Villa a las que hemos auxiliado, pero ninguna noticia de mis hermanos, sólo nos informan que están bien y que debemos estar orgullosos de su valentía y fortaleza. Mi padre cada vez más cansado y viejo. Con todo ésto llega mí décimo cumpleaños, sí, llega otro 20 de Noviembre del año 1910, por supuesto no hay piñata, no hay invitados, ni pastel, es más ni siquiera se enteran, excepto, como siempre, mi mamá Cuca y con un beso tierno me desea irónicamente felicidad. En el preciso momento que siento su abrazo protector, escuchamos ruido de caballos galopando abruptamente y debido a la nube de polvo no alcanzamos a distinguir a los jinetes pero estamos seguros que son tropas que necesitan hospedaje, hasta pudieran ser mis hermanos.

Al acercarse, se paran los caballos. Nos sorprendemos al ver que no eran de nuestra gente, sino soldados con uniformes verdes y por supuesto armados. Uno de ellos que parece ser el Coronel de la tropa, se baja del caballo y pregunta con voz autoritaria y no muy amigable: "¿Dónde se encuentran los hombres de este pueblo señoras?" Nadie abre la boca, sólo hay miradas de complicidad y miedo. Se escuchan unos disparos del otro lado de la calle y gritos ensordecedores de auxilio, todos empiezan a gritar y correr. Los soldados disparan indiscriminadamente y en unos minutos se vuelve un caos, mí madre nos agarra de la mano a Elvira y a mi y nos mete en un pozo que usamos para jugar a las escondidas y alcanzo a ver a mis sobrinos en un arbusto llorando muy asustados, así que me salgo del pozo y corro a traerlos al refugio de nosotras y les pedimos que no hagan ruido como lo ordenó mí mamá Cuca. Todo es confusión, mi madre se asoma para asegurarse que estemos bien y nos recuerda que no asomemos la cabeza y mantengamos a los niños callados, que ella regresará por nosotros. Escuchamos a alguien entrar a la casa, que tiran trastes, ropa, no sé si buscan algo o quieren destruir lo poco que tenemos en la casa.

Ya no aguantamos la posición en la que estamos y ya casi no podemos respirar por todo el humo que proviene de algo que están quemando. Creo que ha pasado más de una hora y ya estamos desesperadas. Por fin cesa el fuego y los disparos. Parece que ya todo terminó, ya se escucha la retirada de los caballos y los soldados gritando: "¡Retirada!, ¡Retirada!". Al salir de nuestro refugio no podemos creer lo que vemos, gente por todos lados mal herida, unos gritando de dolor y otros ya muertos, partes de cuerpos inertes, unos con el tiro de gracia y otros vivos de milagro, esto es una masacre, los cuerpos no sólo tienen un balazo, parecen coladeras. Por otro lado vemos soldados con sus uniformes llenos de sangre luchando por vivir, pidiendo compasión y auxilio. Creo que lo que estaban buscando era al General Francisco Villa por tener el atrevimiento y la osadía de encabezar esta batalla contra el gobierno.

Mi mamá, Elvira y yo seguimos observando como en una pesadilla lo que había pasado, lo imperdonable y deshumano es cuando veo a Doña Dominga muerta, con su bebé y cuatro hijos enredados todos en su rebozo (tratando de protegerlos amorosamente), están balaceados, eran solo unos angelitos sin culpa. No respetaron ni siquiera a los niños o mujeres, nuestro razonamiento no alcanza a comprender la magnitud de este acto de cobardía, ¿Por qué tanta crueldad al matar gente inocente? Seguimos caminando, descubriendo horrores, a lo lejos vemos un cuerpo boca abajo bajo un charco de sangre, nos dirigimos a él, antes de llegar a donde esta el cuerpo, mi madre grita con todas sus fuerzas y corre en esa dirección. Es como ir en cámara lenta en un sueño, quieres despertar y decir: "todo es una pesadilla", pero mientras pienso eso, estoy corriendo detrás de mi mamá, al llegar al lugar veo la cara del hombre, siento como las piernas se me doblan y el corazón para de funcionar. Es mi papá Chón, muerto frente a nosotras, lleno de sangre, con una expresión de dolor en su rostro y sus ojos mirando al cielo, como implorando que nosotras estuviéramos a salvo.

Las tres lloramos sin control, mi madre grita "¿Por que él siempre fue un buen hombre?", recordé todas las expresiones que escuché cuando el funeral de Saúl y entonces todo tuvo sentido. Ahora el que está frente a mí sin vida, es el ser que me dió la vida, el que contaba historias de misterio, el que me enseñó a ser honrada, humilde, el que me enseñó lo que es ser feliz, el que me heredó su amor al campo y hacer el bien al prójimo, ese hombre bueno ahora está sin alma. Espero que como dice el padre Aurelio mí papá Chón ya esté en el cielo. El dolor que siento en el pecho me oprime los pulmones, nunca había sentido tanto odio en mi ser como el que me embarga hoy.

Oímos unos gritos pidiendo auxilio, es el padre Aurelio con una pierna herida, sangrando de la cabeza y los oídos. Los pelones, malditos soldados, acabaron con más de la mitad de la gente en su mayoría mujeres y niños, sobrevivieron muy pocos hombres. La mayoría de los soldados que dejaron malheridos después de la retirada, murieron llenos de dolor sin auxilio, pidiendo perdón porque a pesar de todo se dieron cuenta que estaban matando a su propia gente y que ellos no se iban a hacer ricos. Lo más triste es que mataron niños y dejaron desprotegidas a sus familias por una causa que al filo de la muerte comprendieron que se encontraron luchando del lado equivocado. Los pocos que sobrevivieron, jovencitos de veinte años se horrorizaron de lo que habían hecho, rogaron por sus vidas, imploraron no ser colgados o ejecutados por la gente del pueblo. Nadie dudó en perdonarles la vida, tan solo son unos jovencitos dirigidos por un tirano y dictador. Los soldados ofrecieron quedarse a ayudarnos y trabajar hombro con hombro en lo que se necesitara. Todo parece que de corazón cambiaron sus convicciones.

Enterramos decentemente a todos los muertos, curamos a los heridos, tratamos de reconstruir algunas casas, el padre Aurelio, ya recuperado, convoca a una junta en lo que queda de mi casa, para hablar sobre el destino de nuestro pueblo. El padre Aurelio con lágrimas en los ojos dijo: "No tenemos alimento, ni donde resguardarnos del duro invierno que apenas comienza, lo que les propongo que hagamos es esperar a la siguiente tropa Villista y nos unamos a ellos con la esperanza de protección, advertir a otros pueblos lo que están haciendo los soldados y se protejan de esos salvajes. Les pido que juntemos lo que queda de alimento, de petróleo, maíz, ropa, cobijas, catres, animalitos, en fin todo lo que crean que nos pueda servir para sobrevivir lo más que podamos, no olviden agua filtrada y sobre todo tequila ya que lo usaremos como anestésico y antiséptico, también hay que preparar escondites por si regresa otra tropa de soldados, ya no nos agarren desprevenidos. Que Dios nos acompañe y nos proteja." Por supuesto todos estuvieron de acuerdo y apoyaron al padre Aurelio.

A pesar de la pesadilla vivida, nosotros, los niños, seguimos jugando con lo que sea, con piedritas, haciendo una pelota de trapo, con los cascos de los soldados, con muñecas hechas de retazos, en fin uno siempre encuentra en que entretenerse, ya que no había mucho que hacer.

Una tarde vimos a lo lejos una nube de polvo y ruido de caballos, todos corrimos desesperados a los escondites, todos completamente en silencio esperamos hasta que oímos unos gritos "¡Viva la revolución!", "¡Viva Pancho Villa!", "¡Viva México!". Todos salimos corriendo llorando de emoción y esperando que se abriera una puerta de salvación. Después de que descansaron un rato y el padre les informó lo sucedido, ellos contestaron que no están seguro que lo mejor para nosotros sea unirse a las tropas, pero el padre Aurelio y las mujeres los presionaron al decirles que nos estaban condenando a una muerte segura, ya que no hay alimento, ni de donde sacarlo o lo que es peor, que regresaran los pelones y ahora sí terminaran con nosotros.

El resto del día fue muy activo, seleccionando lo que nos serviría para la travesía desconocida. Al alejarnos del pueblo mi mamá Cuca voltea con sus ojos llenos de lágrimas a ver por última vez lo que fue nuestro pueblo, donde quedan tantos recuerdos hermosos, felices, tristes, llenos de amor y unión, donde se queda tanta gente querida enterrada. Jamás imaginas salir de tú hogar sin la certeza alguna de regresar para empezar una nueva vida.

Durante el camino encontramos varias señales, según el Coronel de la tropa, indican las direcciones por donde seguir. También se distingue gente colgada en los árboles, gente fusilada, desgraciadamente revolucionarios en su mayoría. Al principio me tapaban los ojos para no ver lo deprimente del panorama, pero fue imposible evitar que me diera cuenta ya que son muchos los cadáveres que están por doquier.

Caminamos días y noches eternas y aunque descansamos periódicamente los pies ya hinchados no daban para más. Hasta que distinguimos una población a lo lejos y después que las tropas recibieran señas de que es un lugar seguro, entramos. Es un pueblo grande me dijo mi hermana Elvira, la gente con gran hospitalidad nos dieron comida y agua, todo indica que este será nuestro nuevo hogar. Todos nos incorporamos inmediatamente a las labores cotidianas. Lo que me llamó la atención es que hay muchos hoyos en los patios de las casas por donde cabe una persona parada, mi madre le pregunta a una señora para que servían esos pozos y ella le contesta que es el escondite para las jovencitas y niños ya que los soldados se los roban, abusan de ellos, los torturan para sacarles información y después los dejan por ahí sin ninguna misericordia o compasión. Así que en esos hoyos tapados con hojas los protegemos de esos salvajes. No olviden hacer sus hoyos y tener lista unas ramas y en cuanto oigan caballos o ruidos desconocidos corran a esconderse. Y sin demorarnos empezamos a escarbar nuestro refugio. Al término del día, mi mamá, Elvira y yo quedamos exhaustas, llenas de ampollas. Recordé a mí padre al llegar de la labor, con sus manos, resecas, llenas de callos que me acariciaban con mucho amor.

Al día siguiente continuamos las labores, nuevamente había mucho que hacer, la gente iba y venía tan ocupada como nosotras. Mi madre no pierde oportunidad de preguntar por sus hijos a todos los hombres que llegan heridos o buscando desesperadamente entre los cadáveres los rostros de mis hermanos. Desgraciadamente nunca tiene respuesta pero creo que nunca se dará por vencida.

## *CAPÍTULO NUEVE*
## LOS REFUGIOS

Pasaron varios meses con cierta tranquilidad y aunque aún recibimos heridos y tropas revolucionarias hambrientas, todo marcha ordenadamente. Una mañana muy temprano, mí madre estaba peinando a Elvira cuando escucha unos caballos y sin pensarlo me levanta de la cama y me pide que nos vayamos a los escondites y lleve conmigo a mis sobrinos sin hacer ruido, al entrar a los fríos agujeros ella cubre los pozos con ramas y hojas. Mí madre con su gran sabiduría e instinto nos esconde sin vacilar ni un segundo. Regresa para alertar a las demás familias que algo anda mal. Desgraciadamente es una emboscada de los pelones, matando a los vigías del monte y golpeando con los fusiles a los hombres que protegen la entrada al pueblo. Mí mamá al darse cuanta que no lograría avisarle a todos antes de que llegaran los soldados, decide gritar con todas sus fuerzas: "¡Un ataque!, ¡Los soldados están aquí!, ¡Despierten, un ataque!" Puedo oír a mí madre desesperada gritando, corriendo y estoy segura que ayudando a otras mujeres a esconder a sus hijos en los pozos que pensamos nunca los usaríamos. Pero aquí estoy, en uno de ellos, sin poder moverme y casi sin poder respirar, salvando mí vida y esperando volver a ver a la poca familia que me queda. Pienso, mí madre siempre tan fuerte, nunca se queja de nada, ella daría la vida por cualquiera de sus hijos sin pensarlo, espero que en esta ocasión no me la arrebaten como a mi padre.

Nuevamente se escuchan disparos, gritos, caballos galopando y gente corriendo desconsoladamente. Con tanta tierra cayendo al pozo ya no puedo respirar y a pesar de las recomendaciones de no asomar la cabeza, lo tengo que hacer para no ahogarme. En ese instante veo como queman la pequeña bodega donde guardamos los víveres para alimentarnos. De nueva cuenta estoy frente a una masacre cruel y despiadada. Cuerpos sin vida por doquier, heridos desangrándose, ahorcado en los árboles, no comprendo ¿Por qué nuestra gente mata a nuestra gente?, es increíble las escenas de odio desmedido.

De repente escucho un ruido estremecedor y pierdo el conocimiento, al parecer debido a una granada que cayó cerca de nuestros pozos. Al despertar no siento heridas mayores (excepto la sordera, espero que no dure mucho tiempo). Otra vez a enterrar a los muertos, curar a los heridos y limpiar todos los destrozos provocados por el ataque de los pelones. Muchos niños y jovencitos no aparecieron ni muertos ni heridos, se los llevaron los soldados.

El Coronel de la tropa Villista nos informó que esta batalla la habíamos ganado y a pesar de todo, este pueblo sigue al mando de Pancho Villa, agradeció la valentía y entereza de todos para soportar esta revolución y pidió que no nos desanimáramos que esta había sido una victoria.

Un día mí mamá Cuca me dijo: "Manuela, ¿Ya sabes que día es mañana?","claro que no", le contesté desanimada, "madre, no sé ni cómo me llamo". "pues yo si sé", agrega mi madre: "Es 20 de noviembre, mañana cumples 11 años, ya te estas haciendo toda una mujercita, lástima que como tus otros cumpleaños no te podremos festejar, ya sabes la situación no está para fiestas de cumpleaños, pero te juro que algún día lo haremos con bombos y platillos". Sin contestarle nada me alejé lentamente de su lado sin importarme el mañana.

Algo importante pasará, ya que todos se secretean y hablan quedito entre sí, además nombran constantemente al General Pancho Villa. Los hombres reunidos alrededor de la fogata pidieron café, por lo que inmediatamente me ofrecí a llevar, para así escuchar la conversación misteriosa. El Coronel Rufo es un hombre robusto, moreno, no tan alto y lleno de cicatrices en el rostro, dirige la reunión, les dice que mañana recibirán una visita muy agradable y es todo lo que escucho que les dice. A pesar de que me tardé más tiempo del necesario sirviendo el café, para conocer todo el chisme, el Coronel Rufo no agregó más.

A las cinco de la mañana los hombres nos despertaron indicándonos que saliéramos al patio, recogiéramos algo de ropa, ya que ellos ya estaban listos con los víveres, todos nos vestimos y con mis sobrinos de la mano y Elvira salimos al patio para la partida. Alcanzamos a ver a un grupo de revolucionarios escoltando a un hombre de mediana estatura, moreno claro, con un gran bigote negro tupido, fornido, con sombrero, botas, fusil, pistola y sus carrilleras rodeándole el torso. Todos mantuvimos la respiración esperando lo que ese hombre extraño nos viene a proponer.

El Coronel Rufo dijo solemnemente: "General Villa, es un gusto que esté entre nosotros y sea nuestro líder, estas son las familias que se unirán al batallón para la misión del pueblo de la torre, ya tenemos el plan y esperamos usted lo apruebe y nos dé luz verde". Mi corazón late tan rápido que siento que se me va a salir del pecho, vaya regalo de cumpleaños tener al General Pancho Villa frente a mi, al que organiza esta revolución, por el cual pagan costosas recompensas por su cabeza, por el cual perdimos nuestro pueblo a mi padre y hermanos. Este personaje lleno de determinación y energía es al que tengo frente a mí en estos momentos. Al escuchar su voz tan ronca y autoritaria, creo que nos llevará por buen camino.

Hoy se cumple una semana que dejamos el pueblo y nos unimos con una de las tropas del General Villa, éste movimiento es sumamente importante para la causa según las pláticas de los hombres, este pueblo es muy grande, es estratégico porque tiene un río que une a otros dos poblados, también cuanta con tierras laborables, mucho ganado (abundante leche), hectáreas de melón, sandía y algodón, es un poblado que el General llama Torreón, ya que tiene una torre construida por sus pobladores para ver cuando se acercara el ejército enemigo pero por desgracia perdieron el mando del pueblo y ahora esta en manos del gobierno, por eso está resguardado por soldados.

Este día es importante porque atacaremos, según escuche decir a los hombres. Todos corren de un lugar a otro, movimientos de caballos, fusiles, machetes, en esta ocasión hasta las mujeres participarían como plan emergente. La noche anterior hicimos las trincheras y parece que todo está listo para la orden del General Villa.

Elvira y yo nos subimos a un árbol para ver mejor, el General se la pasa dando órdenes a los coroneles de las tropas con su voz ronca y firme, nadie abre la boca, la verdad es que impresiona a cualquiera, nunca se le escapa ningún detalle, hasta disfruto la forma en que lava su precioso caballo negro que nadie tiene permiso de tocar.

Dicen que Pancho Villa no sabe leer ni escribir pero hace mapas y croquis como ninguno. La escolta que lo acompaña no es para su protección personal, como uno piensa. Uno de ellos es para ayudarle a leer los mensajes, otro es para escribir las cartas o respuestas que tiene que mandar a sus otras tropas, otro es su consejero personal en las estrategias de combate, otro es el que cuida a sus caballos que nadie más lo puede hacer y por último tiene otro que le cuida las espaldas pero no de los soldados sino de todas las mujeres que tiene y no quiere ser descubierto o molestado. Así que esa es su gente de confianza y nunca anda sin ellos. En pocas palabras Villa es el actor intelectual de todos los combates para alcanzar la justicia en nuestro país.

Un sábado muy temprano, escuchamos un grito a todo pulmón: "¡Tráiganme mi caballo!, el negro y vamos a darle hasta por debajo de la lengua a esos pelones Porfiristas", "¡Síganme mis valientes y no se me rajen!". Todos gritaron: "¡Viva la revolución!", "¡Viva México!",

"¡Abajo la tiranía y el Porfirismo!". Se marcharon con júbilo y un gran ánimo que los despedimos aplaudiéndoles y con lágrimas en los ojos de emoción. El padre Aurelio aún con nosotros, nos dijo que Los Dorados regresarían con la victoria y a los que ese día les toque morir no será en vano, porque están luchando por una causa justa y en contra de la pobreza y dictadura que nos consume cada día. Y no se preocupen los que pierdan a algún familiar en la revolución no quedan desamparados, todos estamos aquí para solidarizarnos y apoyarnos siempre.

Este el es segundo día sin saber de los Dorados de Villa y todos temen lo peor. Al atardecer vemos que llega un mensajero a hablar con el padre Aurelio, al término de la charla tan apresurada, nos informa que el General necesita el batallón de emergencia, así que los niños mayores de 10 años y las señoras no mayores de 60 años tienen que reforzar la lucha por la toma de Torreón. Así que con palos, machetes, fusiles, piedras, hondas y los pocos caballos que quedaban nos dirigimos al campo de batalla, cantando y mientras unos gritan "¡Viva la revolución!" otros contestamos "¡Que viva!" Nunca me imaginé caminando con mi hermana de la mano y mí madre rumbo a una muerte segura. Le pregunto a mi madre "¿Dónde está el padre Aurelio?" Y ella me contesta que él no puede venir ya que sus votos de religioso no le permiten matar a nadie, ni siquiera en defensa propia, así que el se queda en el pueblo para recibir a los heridos o lo que haga falta.

Al llegar al cerro de las Noas como le llaman, se encuentra una capilla y un cristo pequeño hecho de barro blanco. De ahí se distingue todo el pueblo y aunque este lugar ya esta lleno de revolucionarios, se puede apreciar la cantidad de soldados que aún están luchando. Escuchamos un ruido muy fuerte y vemos una gran bola negra por los aires en dirección nuestra, todos corremos y al caer la bola explota cerca de nosotros. Salen volando 5 de los hombres a caballo. Uno de los señores gritó: "¡Cuidado!, están usando cañones y ya nos vieron, así que alerta y dispérsense. También tengan cuidado con las víboras de cascabel, las tarántulas, los coyotes hambrientos y las espinas venenosas". Esa parte no me preocupa ya que crecí en este ambiente, pensé para darme valor.

Este es el tercer día en el monte, esquivando los cañonazos, comiendo pitayas, nopales, liebres, pájaros, víboras, todo cocinado por las mujeres, tomando aguamiel sacada de los magueyes y esperando la seña para bajar a apoyar a las tropas. Soportando el calor durante el día y el frío nocturno, los piquetes de mosquitos, mal durmiendo sobre las rocas, escuchando a toda hora gritos, quejas, cañones, armas, pero sobre todo siempre alerta de un ataque o de la orden de atacar. El quinto día de espera, escuchamos unos gritos que no se alcanzan a distinguir lo que dicen pero al instante todos estamos listos para lo que sucediera. Al llegar hasta el monte y ya sin aliento, los hombres que corren se tiran al suelo, escucho por fin: "¡Ganamos!, el pueblo es de la revolución, se fueron los pocos pelones que quedaban, así que la toma de Torreón fue todo un éxito". Todos nos abrazamos y gritamos de alegría y emoción como nunca.

Bajamos al pueblo llenos de júbilo, esa noche festejamos como nunca con música, comida, tequila y hasta dulces para los niños. Recuperamos las fuerzas, es una inyección de energía para la siguiente jornada

## *CAPÍTULO DIEZ*
## UN NUEVO AMANECER

La gente nos atiende muy bien, nos ofrecieron una rica cena, uno se siente como en una gran familia, me siento como una reina con el estómago lleno, sin frío y un lugar con techo para pasar la noche, es como si por fin encontraras la paz después de la tormenta, dispuesta a disfrutarlo como nunca porque no sé lo que nos espera mañana al abrir los ojos. Al día siguiente las mujeres se levantaron muy temprano y empezaron las labores cotidianas, mi mamá nos despierta con un rico desayuno calientito y con tortillas recién hechas, por un momento recordé lo viejos tiempo que tanto añoro. Sin terminar el desayuno aún, escuchamos las campanadas de la iglesia, significan que es la primera llamada para reunirnos ya sea al servicio o algún aviso importante.

Al escuchar la tercer campanada todos salimos rumbo a la iglesia, el pueblo está muy grande y a pesar de que se ve destruido por las batallas, hay muchas casas construidas con material resistente, hasta tienen un kiosco en medio de la plaza, la iglesia es muy bonita también. Tengo una corazonada de que este será nuestro hogar por mucho tiempo.

Después de unos minutos de espera sube el General Pancho Villa para hablar con todos, de la siguiente estrategia, con su voz ronca y fuerte dice: "Ganamos una batalla pero no la guerra, nos falta mucho por recorrer, les agradezco su ayuda y apoyo, mis más sentido pésame a la gente que perdió algún familiar, recuerden que no están desamparados y entre todos nos ayudaremos para salir adelante. La mitad del pueblo se queda para defenderlo de cualquier ataque, la otra mitad se va conmigo, en el camino les diré que haremos, bueno eso es todo y que "¡Viva la revolución!" "¡Al ataque mis valientes!". No falta siempre quien grite "¡Viva Pancho Villa!" y todos respondemos "¡Viva!", "¡Viva!" Por suerte en esta ocasión no nos eligieron para ir con ellos.

A casi 10 días de su partida, los Dorados de Villa regresan con el doble de gente, comida, animales, caballos, ropa, heridos, y con varias victorias a cuestas. Mi mamá Cuca nunca pierde la oportunidad de preguntar por sus hijos, pero nadie le dá una esperanza, sólo le dicen que no se preocupe, que han de estar bien, que confíe en Dios y que regresarán con bien.

Una noche sirviendo la cena a los revolucionarios, escucho que atacaron el ferrocarril, lleno de gente rica, les roban su dinero, los despojan de joyas, ropa y alimentos, también fusilan a todos los soldados que se resistan. Con expresiones burlonas, arremedaban a las señoras encopetadas que les suplicaban que no les quitaran sus joyas o su dinero y a los señores trajeados que imploraban por sus vidas. Los Dorados no matan gente sin fusil o personas indefensas, sólo lo hacen cuando ponen resistencia y no hacen lo que se les ordena. Los revolucionarios los intimidaban y amenazaban de tal manera que alguno de ellos se orinaba en los pantalones de puro miedo, algunos hasta lloraban pensando en que los fusilarían. Entonces todos se reían y se marchaban complacidos de su juego.

Una mañana lavando ropa en el río Nazas, escucho a las señoras platicando acerca del Gral. Villa, que su verdadero nombre es Doroteo Arango y que en cada pueblo tiene una mujer pero ellas entre sí no lo saben, nombraron algunas como La Valentina, La Rielera, La Cucaracha, y dicen que la favorita es La Adelita, también mencionan que tiene muchos hijos por doquier, quien lo diría, tan serio y formal que se ve, pero ojos vemos mañas de los hombres no sabemos. Como dice mi mamá Cuca.

Una tarde limpiando la iglesia, escucho al padre Aurelio platicar que el Gral. Villa no está actuando correctamente con los chinos que se encuentran trabajando honradamente en el país, que el Gral. Villa ha mandado cortarles las orejas a todos los chinos que encuentren en su camino, ya que es gente que explota a los mexicanos y les paga una miseria por su trabajo. Los chinos se enriquecen con sus negocios mientras sus empleados se mueren de hambre, así que les cortan las orejas, esa es la orden irrevocable del Gral. Villa.

Los jóvenes platican que llegan con las tropas de Villa, a las haciendas y las saquean totalmente, todo lo que encuentren lo toman desmedidamente, y si los hacendados se resisten los fusilan, pero si no se oponen al atraco, los desvisten, juegan un poco con ellos, los dejan en su nuevo hogar vacío, sin alimento y sin campesinos porque éstos se unen a la revolución.

En una ocasión me toca ir con la tropa, nunca se nos dice a donde iremos o que haremos, para que no se filtre información. Esa mañana caminamos unas horas y de repente nos paramos en unas vías del tren, en donde colocamos unas carretas viejas, unas camisas y pantalones rellenos de paja, unos sombreros simulando hombres tirados en las vías con sus carretas destruidas. Mi General nos da la orden de escondernos en los arbustos y esperar su señal. Pasa media hora, escucho el ruido del tren que para mis oídos es un sonido completamente nuevo y hasta agradable, me dije a mí misma, por fin conoceré un tren. Lo veo venir con gran velocidad y echando una gran bola de humo blanco. Escuchamos su silbido ensordecedor, el maquinista, desesperado creyendo que mataría a las personas tiradas en las vías. Usando los frenos de emergencia de arena frena y logra parar el tren a unos metros de nosotros, en ese momento escuchamos la seña para correr y entrar a los vagones, para nuestra mala suerte uno de los vagones venía lleno de pelones armados hasta las cachas y que empieza el combate, todos corremos y gritamos, se escuchan tiros, quedan caballos mal heridos, durante una hora lucharon por la suculenta presa ferroviaria. Por fin llega el silencio lleno por una nube de polvo acompañados por los gritos de alegría, exclamando un nuevo éxito en el combate. Todos gritamos "¡Viva Pancho Villa!", "¡Viva la revolución!", "¡Fuera Porfirio Díaz!". Nos abrazamos llenos de júbilo.

Todos estamos listos para tomar el botín y regresar a casa, pero uno de los Coroneles a cargo dijo: "En esta ocasión nos quedaremos con el tren y de hoy en adelante nos servirá de transporte para expandirnos a otras poblaciones para seguir con nuestra causa, así que acomódense para partir".

Al sentarme en uno de los asientos de primera clase, me asomo por la ventana y veo a mí General Villa hablando con su voz ronca: "A Todos los soldados me los desarman, me los amarran de las manos y me los suben al tren en un vagón". Uno de los hombres de la tropa le informa al General que ya todo está muy lleno y que no pueden meter ni uno más de los rehenes. Entonces le contesta Villa: "Muy bien, si ya no cabe ni uno solo, a todos los que se queden sin subirse al tren me los fusilan y arreglado el problema". "Sí mi General", le contesta el hombre con una mirada pícara. Ese día todos cupimos en el tren.

El gobierno y la aristocracia mexicana le ponen precio a la cabeza de Pancho Villa, por muchos motivos no lo quieren suelto ni alborotando a los campesinos que cada día se unen más al movimiento. Elvira, mi hermana, me platica que a ella le tocó ir con la tropa para asaltar una hacienda como de costumbre. En esa ocasión antes de que llegaran a la hacienda, les dijeron que ahí vivía un enano muy rico de nombre Max, él los estaba esperando en la puerta de la hacienda, montado a caballo, para impedirnos la entrada, me cuenta Elvira. Uno de los villistas se acercó y Don Max sin pensarlo lo tumba del caballo usando su látigo. Le dá un latigazo en la cara al general Villa y agregó, "Ustedes están defendiendo lo que es suyo, esa es su causa, pues yo también lo estoy haciendo y ésto es todo lo que tengo y si lo quieren tendrán que matarme porque lo defenderé hasta morir". Todos se quedaron en silencio porque lo que el enano no sabía es que le había pegado al mismísimo Pancho Villa. Fue una pausa angustiosa, todos esperaban la palabra ¡Fusílenlo! Pero el General se río, sobándose el rostro y le dijo: "¿Sabes qué, hombrecito?, yo no mato valientes, no mato a los hombres de verdad defendiendo lo suyo, como tú y por eso te perdono el golpe y la vida. Ordeno respetar esta haciendo y ningún revolucionario traspasará esta propiedad".

Cada vez que Villa pasa por ese pueblo llamado Parral, llega y saluda a Don Max como grandes amigos, el otro día hasta nos recibió con unas carnitas para toda la tropa, nos dejó dormir en su hacienda, ese Don Max se la jugó y ganó.

Pancho Villa se está convirtiendo en un obsesión para mí, quiero saber todo sobre él, hasta quiero lavar su caballo preferido. Me gusta ir al río a lavar la ropa porque aquí me entero de lo último de mí General. Mi mamá Cuca le platica a otra señora que el General tiene negocios con los norteamericanos, a ellos les vende lo que roban, el oro, las joyas y luego les compra las armas y cartuchos para seguir con la revolución. En esa ocasión los norteamericanos no cumplieron con lo prometido a Villa y le entregaron menos armas y municiones. Pancho Villa al verse estafado cruza la frontera y de manera sorpresiva secuestra a la esposa del gobernador y les dice que no quiere ninguna guerra con ellos, que no quiere matar a la señora, sólo quiere lo que es de él y nada más, que no le gustan los fraudes y que le entreguen sus armas y municiones tal como era el trato y les regresa ilesa a la primera dama. Los norteamericanos inmediatamente le entregan lo acordado y los revolucionarios entregan a la señora sin un rasguño en la frontera de México para desaparecer entre una nube de polvo hecha por sus caballos a todo galope. Eso por supuesto no les agradó a los gringos y ahora también dan una recompensa por la cabeza del General. La recompensa es de 1000 dólares y lo quieren vivo o muerto. Lo llaman bandido, asesino y loco revolucionario. Al escuchar esa plática lo único que puedo hacer es rezar para que mí General salga librado de esta y nunca lo atrapen, porque para muchos es un bandido, para otros es un ladrón, un asesino pero para nosotros es un héroe porque gracias a él ahora puedo comer y sentirme protegida.

LETICIA CALDERÓN

## *CAPÍTULO ONCE*
## UN CAMBIO DE PODER

"¡Manuela, Manuela!, ya levántate niña floja, ¿No te acuerdas qué día es hoy?" Escucho a mi madre con su voz dulce y llena de buen humor. "¡Ay mamá!, no tengo ni idea. Para mí ya todos los días son iguales, no sé como usted los cuenta y sabe el cumpleaños de cada uno de nosotros y nunca se le olvidan aunque estemos en los momentos más angustiosos, usted siempre tiene un deseo positivo y bonito que ofrecernos, o que ¿sabe algo de mis hermanos?". Todo lo que le dije a mi madre le gustó excepto el haberle recordado a sus hijos, ya que en cuanto los mencioné, su cara cambió y reflejó tristeza y dolor. "No se preocupe mamá ya verá que cuando ésto termine, mi General en persona nos los traerá y hasta le dará las gracias por habérselos prestado todo este tiempo, así que no se apure ya tanto porque ya casi tiene el pelo blanco por tantas penas y preocupaciones. Pero bueno, dígame que día es hoy que la ha puesto tan contenta", le dije y ella me respondió, "hay hija mía, pues es 20 de noviembre, hoy cumples 12 años". La verdad es que ya no me está gustando mucho la idea de cumplir años porque siempre pasa algo inesperado y por desgracia algo malo, así que mejor lo festejamos en otra fecha o no me mencione el día de mí cumpleaños, antes de que terminara la frase, se escucharon las campanas de la iglesia, dando la primer llamada, salto de la cama para cambiarme y estar lista para reunirnos en la iglesia y conocer el motivo de tan urgente llamado.

Los rostros de todos no reflejan preocupación ni miedo como antes, ya estamos acostumbrados a la vida de sobresaltos, tiroteos, cañones, gritos, quejas de heridos, entierro de muertos, en fin, ¿Qué peor noticias nos podían dar?, todos estamos apáticos. El General Villa se para al centro del kiosco y dice:" Les tengo tres grandes noticias que darles, la primera es que de hoy en adelante tendremos nuestro propio dinero que circulará a partir de hoy y lo utilizaremos en lugar del trueque o la moneda nacional, estos billetes tienen mi fotografía y son los únicos que serán aceptados en la parte norte del país, así que desde hoy estos son los únicos billetes de un peso, cinco pesos, diez pesos y veinte pesos para empezar. Este es nuestro dinero del norte. La otra noticia es que en el sur de México hay otro movimiento revolucionario dirigido por el General Emiliano Zapata, el caudillo del sur. Ellos tienen ya casi todo el sur del país controlado como nosotros el norte. Nos reuniremos para unirnos en una sola causa que es derrocar al dictador Porfirio Díaz y regresar a los campesinos sus tierras y su libertad". Todos aplaudimos, recobrando nuestras energías y alegría al saber que no éramos los únicos que luchamos, que no estamos solos en contra de la tiranía, así que me uno a todos los demás en un grito unísono; "¡Viva Pancho Villa!" El General espera a que todos nos callemos y continúa: "La tercer noticia es que después de tanto luchar, el Presidente abandona el país y huye. Deja la presidencia, así que hemos ganado y sólo resta platicar con los demás líderes y ponernos de acuerdo en quién será nuestro dirigente, por lo pronto nuestro candidato más fuerte es al Licenciado Francisco I. Madero para que ocupe la presidencia de México y resuelva nuestras demandas".

Ni siquiera le permitimos que terminara de hablar, todos estallamos de euforia y nos abrazamos, brincamos, lloramos de alegría en fin no lo podemos creer, pero el General nos interrumpe, agregando: "Los días que siguen no serán fáciles, de cualquier modo el país se encuentra en un pozo de pobreza y miseria el cual todos tenemos que reconstruir con mucha paciencia y disposición, pasarán varios meses de negociaciones hasta que recuperemos nuestras tierras, así que no canten victoria, no hagan la burra panda y no dejen de luchar. Ahora todos a trabajar muy duro, que se abra nuevamente la escuela, los chamacos necesitan leer y escribir. Por último, que vivan los valientes que perdieron la vida en esta lucha. ¡Viva México! y ¡Viva la revolución!". Estas últimas palabras me calaron en el alma. No puedo contener las lágrimas al acordarme de mi padre, mis pobres hermanos y cuñadas que hasta abandonaron a sus hijos por esta revolución. Al mirar a Elvira y a mi madre las veo llorar también, estoy segura que lloran por lo mismo que yo. Pero es un buen regalo de cumpleaños de cualquier manera.

Para muchos, Pancho Villa es un asesino, un mocha orejas de chinos, un bandido sin causa, un violador de mujeres, un analfabeta ignorante, un ladrón y estafador. Todo eso y más, pero para mí, él es el hombre que devolvió la tranquilidad a mi familia, él es la esperanza contra la injusticia y la dictadura, él nos dá fuerzas para palear por lo nuestro y mantenernos en pie ante la adversidad y el dolor. Pancho Villa es y será siempre en mi vida mi General, mi héroe, aunque muchos digan lo contrario.

Las semanas transcurrieron sin muchos cambios. Ahora vamos a la escuela y aunque ya estoy mayorcita para eso no me importa porque quiero aprender a leer y escribir. Hay tres turnos, en la mañana van los pequeños menores de 10 años, en la tarde los de entre 10 y 15 años y en la noche los de 15 años y adultos. La maestra se llama Lolita y es la que más sabe del pueblo y aunque no se le paga por enseñar, siempre esta dispuesta a ayudarnos a todos.

Los domingos nos reunimos en la iglesia a rezar y cantar coros religiosos, es una buena terapia para olvidar nuestras penas. Nunca hemos sabido que pasó con el padre Aurelio, ya que entre combate y combate un día no apareció más, creo que pasó a mejor vida, como siempre decía él. Otros creen que fue prisionero de los soldados y ellos se lo llevaron, otro rumor es que fue fusilado. Pero sea lo que sea siempre lo recordaremos.

Los domingos en el kiosco unos músicos tocan lindas canciones que a todos nos ponen contentos y nos hacen caminar alrededor del kiosco como buscando a quien mandarle una miradita coqueta.

Elvira tiene 15 años (como a muchas jovencitas, no les celebraron sus quince primaveras, debido a la crisis), según mi mamá ya está en edad de casarse y a ella se le permite detenerse por unos minutos a hablar con algún muchachito, pero mi mamá se mantiene cerca de ella. Elvira camina diferente, se ríe diferente, hasta habla diferente, su mirada es picarona y siempre anda con secretitos con sus amigas y hasta se sonroja si la ve algún chamaco de su edad. Ya ni quiere jugar o andar conmigo como antes, siempre trae un pañuelo, lo huele todo el día y toda la noche hasta parece que con tanto suspiro se fuera a desmayar, el pecho se le hincha por tanto suspiro. Quiero a mí hermana de regreso, ese cambio no me gusta y espero sea pasajero.

Por radio escuchamos que el nuevo Presidente de México sería el Lic. Fco. I. Madero, el señor que mencionó el Gral. Villa hacía unos meses. Mamá Cuca ¿Por qué el Gral. Pancho Villa, no es el Presidente de México? le pregunto a mi madre y ella me contesta sin mucho interés, "Porque él nunca ha querido ser Presidente, lo único que él siempre ha deseado es el cambio y no el poder". Por cierto que ya no hemos vuelto a ver al General Villa ni sabemos su paradero, espero que esté bien y que nunca lo encuentren los gringos.

Pasaron tres meses y nuevamente escuchamos en las noticias que alguien asesinó al Lic. Madero convirtiéndose en una nueva preocupación para todos porque ¿De qué manera reconstruirían lo destruido si no hay un líder de nuestro lado? Meses más tarde también se escucha que asesinan al General, Zapata, el caudillo del sur, como lo nombró Pancho Villa. ¿Qué vamos a hacer con tanto asesinato y con este caos político?, es una locura y lucha por el poder.

Unos meses más tarde dieron a conocer que se disputan la presidencia Álvaro Obregón y Victoriano Huerta para Presidente de México. Huerta, dice mí madre que es un señor que perdió uno de sus brazos en una batalla y es el principal sospechoso del asesinato del Lic. Fco. Madero pero nunca se lo han probado.

Todos nos preguntamos ¿Dónde está nuestro héroe?, el hombre que nos trajo hasta aquí, en el que confiamos y al que le tenemos respeto y admiración, ¿Dónde está? La respuesta la estoy escuchando de los hombres del pueblo, diciendo que el General deja las armas para vivir tranquilo con una maestra Griense, en Parral, creyendo que cumplió con el país y como revolucionario, él ya no quiere saber nada de política ni pleitos por el poder.

Una tarde Pancho Villa recibe en su casa a un periodista para una entrevista que le quieren hacer sobre la crisis del país y como en otras ocasiones aclararles que él no tiene ningún comentario al respecto, el periodista hábilmente, le hace una pregunta y Pancho Villa inconscientemente responde su preferencia por Álvaro Obregón, el contrincante de Victoriano Huerta. Al día siguiente en primera plana sale la nota de que Villa apoya a Obregón, ese es motivo suficiente para que Villa sea traicionado y en una emboscada lo acribillen rumbo a su casa después de un bautizo en un pueblo vecino. Muere al instante en manos de cobardes asesinos pagados. Con el Gral. Villa mueren muchas esperanzas, sueños y sobre todo una leyenda a la que los norteamericanos nunca pudieron atrapar, dicen que reclamaron su cabeza según ellos para estudiar su cerebro y saber porque un hombre que no sabía leer pudo lograr lo que él hizo. Sea un bandolero, ratero, asesino, secuestrador y todo los calificativos que usen para mí siempre será mi héroe, mi General Francisco Villa. Y como dicen, cada quien cuenta del baile como le fue. Todos los que estuvimos en la revolución lloramos su partida, siempre lo recordaremos como un héroe le pese a quien le pese. Obregón gana la presidencia.

Regresamos a la pobreza, al hoyo de la miseria, nuestra alimentación se basa en frijoles, tortillas, café, de vez en cuando carne, algunas veces frutas o vegetales, otras veces huevos o leche. Ya no sentimos lo fuerte sino lo tupido. El dinero del que habló Villa en aquella ocasión jamás circulo y nunca se usó.

La única buena noticia es que ya sé leer y escribir, por primera vez hice las tortillas yo sola, ya prendo el bracero, etc. Ayudo en todas las labores del campo y de la casa y cada vez lo hago con gusto por que sé que mi mamá se siente muy orgullosa y cada vez me recuerda que ya estoy lista para casarme, así como ella a los 13 años. Mis sobrinos cada vez más grandes ya ni preguntan por sus padres. Me fascinan las radionovelas y ahora estamos escuchando una que se llama "Chucho el roto". Ensayamos todas las tardes para danzar y festejar un aniversario más de la virgen de Guadalupe y por lo que más le pedíamos a la virgen es por las cosechas de frijol, sandía, melón, algodón que serían las primeras en muchos años, así que decidimos festejarla como una reina, para que nos hiciera unos milagritos. Y aunque la situación se componía un poquito no nos confiamos mucho. No estamos acostumbrados a la buena suerte.

Elvira sigue con sus secretos y su actitud rara. Esa noche antes de dormir nos mira a los ojos y con una sonrisa sarcástica nos dice: "Pronto les daré una sorpresita, ya lo verán, ya lo verán". Mí mamá le dá un beso en la frente y se retira no sin antes agregar, "Hay Elvira, estás más loca que una cabra, ya duérmete y deja de meterle cosas raras a Manuela, hasta mañana". Yo si quiero saber la sorpresa Elvira, le recalqué con mucha insistencia, pero no recibo ni una respuesta, así que mejor me duermo porque hoy no sabré la revelación del secreto de mi hermana, pero desde ahora la llamaré la extraña.

## *CAPÍTULO DOCE*
## UNA SORPRESA NO GRATA

"Manuela", me dice mi mamá mientras nos cambiamos de ropa, para la jornada diaria, "Hoy te tengo una sorpresita y como ya sé que lo has olvidado como siempre, te recuerdo que es 20 de noviembre y hoy cumples 13 años. Hace tiempo que no lo festejamos, te prometo que este día será diferente". Me dió un beso en la frente y al salir de la habitación recordé que siempre algo inesperado pasa esta fecha, espero sea algo grato esta vez.

Mi madre organiza una pequeña merienda en mi honor, rodeada de algunos vecinos, Elvira, mis sobrinos, mi madre y yo, nos disponemos a saborear el riquísimo pan de nata y un vaso de leche tibia con canela. Para mí son los más deliciosos manjares, todos comemos en medio de una plática llena de optimismo, haciendo planes para el futuro que por fin se está componiendo para todos. Antes de terminar la merienda, Elvira se para repentinamente, interrumpiendo el festejo y con voz suave pero firme dice: "Les comunico que me voy a casar con Toño, el hijo de los Méndez". Lo único que oímos es a mi madre soltando el llanto como si tuviera las lágrimas reprimidas por años. A mí, la noticia no me parece buena porque Elvira se tendrá que ir de la casa, tendrá sus propios hijos, ya no jugará conmigo y nos quedaremos muy solas, pero es la ley de la vida, como dijera mi padre. Las vecinas la abrazan y le desean mucha felicidad, mi madre le dá un beso en la frente y le pregunta si está segura que es eso lo que quiere, "Aunque ya estás pasadita de edad", añade mi mamá Cuca riéndose. Añade "Yo me casé a los 13 años, pero afortunadamente me tocó un excelente marido y padre. Espero que seas muy feliz y seas una buena esposa como has sido buena hija", las dos se abrazaron fuerte y lloraron juntas por un rato, después de unos minutos me uno al dueto de mi madre y Elvira, tan emotivo y sensible. Sintiendo una vez más el amor que nos tenemos. Elvira me mira y me dice "no te preocupes todo saldrá bien".

Se inician los preparativos de la boda con el tal Toño, un vil desconocido que jamás hemos visto, esta tarde por fin lo conoceremos. Llega Toño una hora tarde a la cita con su nueva familia, es un tipo muy raro, alto, moreno, y 10 años mayor que mi hermana. Dicen que su primera esposa se murió en un accidente. Se casarán por la iglesia y las familias de ambos prepararán una cenita de mole con gallina, frijoles refritos, arroz rojo, tortillas y sin faltar el tequila, pulque y los músicos para amenizar la boda.

Debido a la falta de dinero, el vestido, el ramo y el tocado son muy humildes, decorados con flores naturales del campo, Elvira me recuerda que sus zapatos estén muy limpiecitos. Estos eventos nunca pasan desapercibidos y se trata de ofrecer lo mejor a los invitados. La misa es dirigida por el sacerdote de la iglesia. Mi hermana se ve feliz y muy bonita, el novio no tanto pero a la mejor está nervioso. El coro canta durante la misa para darle un toque de alegría al evento. Mi madre no deja de llorar, no sé si de alegría o de tristeza. Al salir de la misa nos dirigimos al patio de la casa, la que compartimos con otra familia por motivos obvios (secuelas de la revolución). Los novios bailan el vals y Elvira avienta el ramo, yo lo atrapo como si fuera un imán, estoy muy contenta hasta que me dicen las señoras que seré la próxima en casarme ya que esa es la creencia de quien atrapa el ramo, en ese momento lo aviento instintivamente. Yo no me quiero casar. Todas se rieron y me dijeron "aunque no quieras tú serás la próxima".

Observo como todos bailan diferente, es la primera vez que estoy en un baile, se acerca Elvira y me pregunta si quiero bailar con ella y le contesto que no porque no sé cómo moverme, ella agrega, "No seas tonta, sólo inténtalo y mueve los pies, oye la música y trata de seguir el ritmo, es fácil y divertido". Empiezo a moverme y me gusta tanto que duraría toda la noche bailando como un trompo, es genial, es una experiencia única.

Al final del baile, mi madre se acerca y me dice, con una voz triste y melancólica: "Ve a despedirte de Elvira, porque ya se va a la casa de su suegra", al llegar con Elvira rodeada como siempre por sus amigas, le pico la cintura para que me haga caso y al voltear, con una cara radiante de alegría, me abraza y me dice al oído: "Quédate con todas mis muñecas de trapo, te las regalo, te voy a extrañar mucho pero nos seguiremos viendo, por favor cuida a mi mamá Cuca".

Al día siguiente de la boda todo luce diferente y aunque mi hermana está a 3 kilómetros de distancia, de cualquier manera no la puedo ver todos los días como quisiera. Nadie del pueblo, ni mi madre sabe nada de ese Toño ni de su familia. Elvira prometió visitarnos a la semana después de su boda pero ya habían pasado 3 y no sabíamos nada de ella. A la mejor está muy ocupada con sus nuevas labores, decía mi mamá para consolarse. Después de un mes sin noticias, mi mamá me manda al pueblo donde vive Elvira y me dá la consigna de no molestar a la familia, sólo traer información de cómo está mi hermana. "Llévate a dos de los niños y toma el camino corto, vas a caminar como 30 minutos de ida y otros 30 de venida. El pueblo se llama Juan Eugenio, no tiene pierde, este camino te llevará" me indicó. Esta es la primera vez que salía del pueblo sola pero necesitábamos noticias de Elvira.

El recorrido al pueblo es muy agradable, hay caballos, ganado, un riachuelo con ranas, pero lo que me levanta el ánimo es ver los cultivos, las parcelas dando inicio a las primeras cosechas de frijol, maíz, algodón, sandía, melón y hasta árboles frutales de durazno, granada, chabacano, nuez y hasta viñedos, esto sí que es un milagro después de lo que pasamos. Es como ver un espejismo en el desierto.

Al llegar al pueblo, la gente me saluda amablemente y sonriente. Veo a una señora barriendo el patio de su casa, me acerco para preguntarle por Toño, su familia o haber si sabía algo de mi hermana. La señora contesta que no los conoce, me recomienda que mejor hable con el líder campesino ya que él conoce a toda la gente del rancho. Cuando llegamos al lugar que me indicó, tocamos la puerta, oímos los ladridos de unos perros enfurecidos, dimos un brinco y gritamos tan alto que creo que me oyó mí madre en la labor. Nadie abría, aunque los perros siguen ladrando y nosotros tocando la puerta, es difícil que oigan, pero esperaré unos minutos más, si no pregunto en otra casa. Esta casa es tan grande y bonita que parece que por aquí no pasó la crisis revolucionaria.

La vecina de enfrente me señala un agujero, para que por ahí les grite lo más fuerte que pueda antes de que los perros empiecen a ladrar. Así lo hice, alguien por fin está abriendo el portón, pero por temor a que salieran los perros y nos mordieran, nos escondimos en un árbol, veo salir a una persona tapada de la cabeza con un rebozo y una canasta colgada al brazo, se nota que lleva prisa y antes de que caminara más le grito; señora, señora, necesito hablar con el señor ejidatario, ¿Usted nos puede ayudar? Cuando la señora da la vuelta para contestarme y para nuestra sorpresa es Elvira, mi hermana. Ella con cara de sorpresa me abraza tan fuerte sin quererse separar de mí, le pregunto ¿Cómo has estado?, estamos muy preocupadas por ti, ¿Estás bien? Al separarnos y aunque ella trata de ocultar su rostro con el rebozo, se lo quito en un impulso de ver lo que oculta, me encuentro con una cara hinchada, morada, muy golpeada y con el labio roto. Antes de que yo dijera algo, ella me empieza a decir que se cayó de una escalera tratando de subir unas macetas al tejado. Agrega nerviosamente Elvira, "Me dá gusto verlos, dile a mi mamá que estoy bien, no le menciones los golpes, deja que me alivie y pronto los visitaré, váyanse con cuidado y los quiero mucho". Se aleja rápidamente y alcanzo a escuchar un llanto retenido y silencioso.

Confundida regreso al pueblo, peor que como vine, les advierto a mis sobrinos que no le mencionen a su mamá Cuca (como ellos le dicen también) lo de su tía Elvira pero creo que ni cuenta se dieron. Al ver la cara de mi mamá ansiosa de noticias, no sé si le deba mentir o decir la verdad, ya que mis padres siempre nos han enseñado que las mentiras no son buenas y que tarde o temprano salen a la luz, pero a la vez, creo que también se merece un poco de tranquilidad y no más problemas, así que la abrazo y le digo, no te preocupes Elvira está bien, te manda besos y que pronto vendrá a saludarte.

Déjame ir al corral para hacer pipí porque ya no llego (algo se me tenía que ocurrir para no hacer la mentira más grande y buscando cualquier excusa para que no preguntara más) he logrado que se quede tranquila y ya no indague más sobre Elvira.

Las amigas de Elvira también necesitan respuestas, constantemente se detienen en la casa para preguntar por ella y siempre escuchan la misma canción, está bien y les manda saludos, pronto vendrá a saludarlas. Es el tercer mes sin saber de Elvira, ya empieza otra vez la preocupación de mí madre. Creo que este día no me escaparé y se que me mandará al pueblo a saber de Elvira y así fue. Rumbo al pueblo, observo los sembradíos ya casi listos para la pizca y para levantar las cosechas, que alegría por fin progresaremos a los buenos tiempos.

Durante el camino, pienso sobre los cambios que está sufriendo mí cuerpo, algunas amigas me dijeron que me pasarán cosas peores, muy feas, y además secretas, nadie se puede enterar porque se burlarán de ti, no sé que será pero me dá miedo con tan solo pensarlo. Al llegar al pueblo acompañada como siempre de mis 2 sobrinos, me dirijo a la casa de los perros, y gritando lo más fuerte que pude antes que los perros ladraran. Esta vez abre la puerta una señora mayor y nos pregunta: "¿Qué es lo que desean?", queremos hablar con mi hermana Elvira, ella vive aquí y su esposo se llama Toño. Soy su hermana y me manda mi mamá para saber cómo está, le contesté rápidamente. ¿Puedo verla? La señora con una expresión pensativa y vacilante, sin saber que contestar, agrega: "Déjame amarrar a los perros para que no los vayan a morder, son muy bravos", "Pásenle, pásenle, ahorita le hablo a Elvira". Al ver la casa por dentro recordé aquellas haciendas de gente rica que dejábamos limpias en tiempos de la revolución. Esta se ve una simple casa por fuera pero por dentro las huertas son innumerables, sembradíos, gente trabajando con maquinaria, en la entrada no tienen tierra y piedras como todos lo tenemos, ellos tienen suelo, un piso de verdad y hasta una noria para ellos solitos, no la tienen que compartir con nadie como todos los del pueblo, ésta gente si que es rica, vaya, en que buenas manos está Elvira.

La señora nos pasa a un cuarto muy amplio y bonito con una

cama suavecita, unas sillas alrededor, un gran espejo dorado y en los ventanales unas cortinas floreadas coordinadas con las paredes y la colcha de la cama. Por un instante soñé despierta, tirándome a esa cama esponjadita y fresca, siempre me he dormido en el suelo arriba de un catre. Daría lo que fuera por dormir una noche en esa cama de sueño. Una de las puertas se abre abruptamente, sobresaltados volteamos para ver la procedencia del ruido. !Elvira!, ¿otra vez te caíste?, ¿Esta vez de dónde?, pero mírate nada más, aunque te cubras todo el cuerpo, se nota que estas muy golpeada, dime la verdad ¿Qué te pasó?, le pregunto asustada, Elvira responde con una evasiva: "No, no me veas, no me encuentro bien de salud", pero Elvira, le digo impaciente, tú nunca has sido enfermiza, siempre fuiste muy sana, ¿Qué enfermedad tienes?, al esperar su respuesta, uno de mis sobrinos mueve la mesita de la esquina del cuarto y se cae un florero, Elvira corre a tratar de agarrarlo antes de que llegue al suelo, y se le cae el rebozo que lleva en la cabeza, por fortuna el florero no se rompe, pero al verle su pelo todo trasquilado, con heridas en la cabeza, golpes y cortadas, ella se queda muda y llena de vergüenza, yo me quedo paralizada y llena de dudas. No hay un lugar sin golpes en su cabeza y rostro, me temo que está en el mismo estado su cuerpo entero. Al verse descubierta por mis ojos, corre para tapase con la colcha esponjosa y limpia. Elvira empieza a llorar como cuando de niña le dolía la panza. Al ver que era el momento de hablar de mujer a mujer, les dije a los niños que salieran a jugar afuerita porque su tía se tiene que cambiar, al quedarnos solas, le digo, espero impaciente a lo que me tengas que decir, no soy tonta y puedes confiar en mí, le dije con una voz de mujer de 13 años. Elvira se quita la colcha de la cara y me mira como nunca lo había hecho en su vida, nerviosamente y sin dejar de llorar me confiesa: "Manuela, Toño me pega todos los días, a cualquier hora, sin motivo alguno, él me cortó el pelo con las tijeras que podan los árboles, no me deja salir de la casa, no hablo con nadie, por supuesto no me permite visitarlas, estoy sólo a sus órdenes y a su disposición, además me lastima mucho en las noches, no te lo puedo explicar porque eres una niña pero es algo que me dá mucha pena decir. Ahora vete, no quiero que te encuentre aquí y te haga daño, dile a mi mamá que la quiero mucho y la extraño, que no he ido a visitarla porque la casa es muy grande y no me doy abasto, dile que estoy muy contenta, que vivo como rica y pronto estaré por allá". Elvira, le digo agregando unas palabras de consuelo, no te preocupes ya te crecerá el pelo tan largo y hermoso como lo tenías, todo va a cambiar, no te pongas triste, todas tus amigas te mandan saludos, dos de ellas se van a casar en un mes y quieren invitarte, todos te extrañamos mucho. Cuídate, vendré pronto a visitarte. Antes de retirarme Elvira me dice con una mirada de complicidad, "me fijé como le echaste el ojo a la cama y no te preocupes yo pensé lo mismo cuando la vi, pero si te consuela saberlo, nunca me he dormido en ella, yo me sigo durmiendo en un catre a veces sin cobijas por orden de mi marido, así que no te estas perdiendo de nada, esta hermosa casa es un infierno y preferiría mil veces no haber salido de la pobreza pero ser feliz que con esta riqueza y estar así". Con eso dió por terminada la plática entre nosotras.

De regreso al pueblo, no dejo de pensar en la situación de Elvira y de lo que le diré a mi madre. Al llegar a casa y ver su carita implorando que empezara a platicarle de su hija, le dije lo de su casa hermosa y ella insiste en que le cuente todos los detalles, mamá, Elvira es feliz y le manda muchos besos y todo su amor.

## *CAPÍTULO TRECE*
## LA MUJER ESCLAVA O SUMISA

No he dejado de visitar a mi hermana, a su casa, cada dos semanas para ser exactos, siempre regreso con el corazón destrozado y con un nuevo repertorio de mentiras para mi mamá. Las labores del campo no son nada fáciles y menos aún cuando no hay hombres en la familia y sólo somos mi madre, mis 3 sobrinos y yo, no nos rinde el día y eso que nos levantamos a las 4:30 de la mañana. Todos trabajamos a marchas forzadas para sacar el trabajo retrasado y poder progresar un poco. En innumerables ocasiones ni el tiempo tenemos para nuestras radionovelas que nos gustan tanto, mi mamá siempre dice que primero está la obligación que la diversión, así que ni modo. Por otro lado las pláticas entre nosotras sólo son de cosas cotidianas, triviales y laborales, yo espero que me hable de los notables cambios que estoy sufriendo, y la verdad que me dá mucha pena preguntarle.

En sí el objetivo de las madres es hacer de los niños: hombres trabajadores, valientes, machos y fuertes. De las niñas: mujeres obedientes, sumisas, cocineras, buenas madres (criando los hijos que Dios nos mande), buenas para trabajar en la casa y en el campo, pero sobre todo y muy importante no tener una opinión propia, ya que el hombre siempre sabe lo que hace. Por supuesto que mi madre no es la excepción ya que siempre nos ha inculcado un respeto omnipotente para el sexo masculino.

Una de las secuelas de la revolución es que ahora todos los hombres andan armados con su pistola para todos lados, motivo por cual después de un baile, y ya pasados de copas, casi siempre el pueblo amanece con un muerto que enterrar o un herido que curar. Se volvieron peligrosos hasta las bodas, bautizos o quinceaños.

Hoy se cumplen siete meses desde que Elvira se casó, voy camino a su casa para saludarla y ver como está, aunque eso ya lo sé, pero creo que le doy un poco de alegría entre tanta amargura. Al llegar a la casa y antes de tocar me doy cuenta que la puerta esta entreabierta y los perros amarrados, algo anda mal pensé, no sé si gritar o simplemente entrar, en eso escucho gritos y quejidos de Elvira y sin pensarlo, corro con todas mis fuerzas cruzando el gran patio. Al llegar a su cuarto veo a su suegra con unas sábanas llenas de sangre y Elvira retorciéndose en la cama esponjosa, toda desfigurada de la cara y mucha sangre por doquier. La señora al verme, me grita, "¡Corre ve por Doña Socorro!, es la comadrona del pueblo y vive en la esquina, donde esta una carreta, pero ¡córrele, niña!, dile que es una emergencia". Así lo hice. Doña Socorro entra al cuarto y nos pide agua caliente y sábanas limpias. Pasaron más de 30 minutos hasta que paró la hemorragia y entonces mi hermana se deja de quejar. Me salgo del cuarto para tomar un poco de aire fresco, ya que todo pasó tan rápido. La suegra de Elvira sale y me dice con una voz de profundo dolor: "No te preocupes, Elvira está bien pero perdió al bebé, ella es fuerte se recuperará y saldrá de esta, es muy valiente".

El impacto de la noticia me deja sin palabras. Elvira me llama varias veces y me levanto para ir a su lado. Al ver la cara de Elvira, demacrada, flaca, golpeada y aún con sangre en todo su cuerpo. La tomo de la mano en señal de solidaridad, ella me la aprieta y dice: "Manuela, no sabía que estaba embarazada, no lo sabía", no hables mucho hermanita, estas muy débil, le dije muy quedito. Elvira, pues ahora ¿Qué pasó, cómo sucedió todo?, me tomé el atrevimiento de preguntarle. "Toño me pateó en el estómago porque no estaba bien caliente la comida, la otra vez porque me tardé en servirle la cena, la otra noche porque cuando llegó en la madrugada no estaba listo el café. Lo tengo que esperar despierta y con la cena lista por si trae hambre, también tengo que quitarle las botas y darle unos masajes porque anda cansado y si no lo hago bien, también recibo mí merecido como él dice. No importan los motivos, sea el caballo mal ensillado, el cigarro mal encendido o la cerveza no muy fría, total siempre hago algo mal, para merecer el castigo".

"Elvira, si tus suegros y cuñados viven aquí, ¿Que no te defienden de ese salvaje?" "¡No, no!", responde Elvira: "Ellos también le tienen miedo y hasta a la señora le prohíbe que me cure, platique conmigo ó trate de defenderme. Mi suegro siempre está tan ocupado, además el se comporta casi igual con su esposa, así que a él no le importa y mis cuñados están por las mismas a ellos sólo les importa que no les deje de dar dinero, lo demás les vale un cacahuate".

"Manuela, siempre me pregunto, ¿Por qué, estoy viviendo esto?, si yo lo único que quería era tener un hogar propio y muchos hijos. Bueno ¡ya vete!, para que mi mamá Cuca no se preocupe, dile lo mismo de siempre y gracias a Dios que entraste a tiempo para ayudarme, nunca lo olvidaré, te quiero mucho. ¡Ah y mírame ya estrené la cama esponjosa!". No puedo creer que Elvira me esté haciendo una broma irónica después de casi desangrarse.

Caminando por la vereda, de regreso a mi pueblo, siento mojado mi calzón, como si fuera sudor o pipí, pero no lo puedo controlar, es caliente y espeso, es un líquido pegajoso, que a cada paso se escurre entre mis piernas. Me detengo y me oculto detrás de un árbol para asegurarme no ser vista por algún pastor de ovejas. Subo mi falda larga y ancha, no puedo creer lo que mis ojos ven, es un chorro de sangre, saliendo de mi cuerpo como una catarata de agua. Me tapo al instante y recuerdo lo que le pasó a Elvira, ¿Será que tendré un hijo, dentro de mí? o ¿Será que lo estoy perdiendo?, estoy segura que Elvira me contagió su enfermedad y ahora, ¿Qué le voy a decir a mí mamá? Me quito el fondo con rapidez, hago como una almohadita y me lo pongo entre las piernas para evitar que llegue al piso y todos se den cuenta de lo que me está pasando.

Al llegar con mi madre, le dijo lo más rápido que puedo que todo está bien y que Elvira pronto vendrá a visitarla. Corro hacia el cuarto y me pongo a llorar, no sé por cuanto tiempo, después trato de detener el sangrado para que nadie se dé cuenta de mi desgracia, mi castigo por mentirosa, espero que Dios tenga compasión de mí y detenga esto.

Sin decir una palabra a nadie, pasaron unos días y la sangre, se torna de diferente tonos rojizos y un día es espeso y el otro día es ligero, tiene un olor desagradable, por lo que evito estar cerca de alguien para que no se den cuenta, ya no sé ni que trapos ponerme, ni como caminar, por supuesto ya no juego, no salto, ni corro, no me siento para no mancharme y me quiero bañar muchas veces para que no huela a sangre fresca. Ésta desgracia ha cambiado mi vida y ahora no tango idea cuando se detendrá mi enfermedad. Además mi estómago me duele, lo peor son las noches, ya que temo manchar el catre y las únicas cobijas que tenemos, así que me la paso en vela acostándome de ladito, apretando muy fuerte las piernas para que no salga el chorro mientras duermo.

Nunca he estado tan desorientada, porque hoy de repente paró el sangrado y ya no sale nada de mi cuerpo, espero no vuelva a pasarme ese horrible incidente.

Recordé lo que me dijeron las vecinas, acerca de las cosas malas que les pasan a las niñas que cumplen 13 años, las tengo que ir a buscar para que me digan si esto es a lo que se referían. Después de hablar con ellas, efectivamente me confirmaron que éste es una de las cosas que me esperan y que me pasará cada mes sin falta por toda mi vida o hasta que tenga hijos. Es lo más feo que escuchado pero si a todas les pasa por lo menos no me siento tan mal.

El país por fin esta recuperando su economía y estabilidad. Están haciendo una reestructuración y reubicación de las poblaciones, registrar oficialmente los nombres de cada rancho, pueblo, ciudad o estado. De acuerdo al número de habitantes era la denominación, al nuestro se le adjudica el título de pueblo, su nombre: Torreón y donde vive Elvira es Lerdo, solo a unos metros esta Gómez Palacio, estos dos ranchos pertenecen al estado de Durango y Torreón al estado de Coahuila. El río Nazas abastece a las tres poblaciones y están planeando en un futuro hacer un puente para conectarnos directamente y hacer más fácil la venta y la compra de productos entre las tres poblaciones. También en cada poblado se esta eligiendo a un representante ejidal para que sea quien tome decisiones importantes para los campesinos. El poblado en el que nací lo más seguro es que lo hayan borrado del mapa, porque no sabemos ni siquiera dónde estábamos ubicados.

Los beneficios que dejó la revolución son: 1. Revocar al dictador Porfirio Díaz, que por más de 30 años se enriqueció y nos empobreció. 2. No reelecciones a la Presidencia del país, al término de seis años de gobierno ningún Presidente se podrá reelegir. 3. Mejoría en la repartición de tierras y equidad. 4. Apertura de créditos a los campesinos para cultivar sus tierras. 5. Educación para niños, adolescentes y adultos. 6. Ampliación y mejora de los medios de transporte y comunicación. Lentamente estos cambios nos dieron la oportunidad de una vida mejor y más digna, por lo menos ya tenemos que comer y no son sólo frijoles y tortilla. Por supuesto que el precio que pagamos por esos logros fue muy alto, la muerte de mi padre, la desaparición de 12 de mis hermanos, hambruna por varios años, sí, eso y más nos costó, la revolución mexicana.

El día de la virgen de Guadalupe es una celebración muy esperada por todos, ya que, debido a las dificultades del país, por muchos años tuvimos que celebrar con sólo un servicio religioso, este año es diferente, ahora sí tenemos que celebrar. Se preparan las pastorelas (con los danzantes, el diablo y el viejo de la danza), las peregrinaciones, la decoración de las calles con mantelitos y las cadenas hechas con papel de china (verde, blanco y rojo). La iglesia se engalana y se llena de flores naturales. Estos festejos se llevan a cabo durante 3 días y aparecen las famosas kermeses con su principal atractivo: el juego de la lotería. Se vende comida en las calles: tamales, champurrado, buñuelos, pan de dulce, gorditas, etc. Cierran con broche de oro con el gran baile familiar, músicos en vivo para bailar hasta la madrugada. En estos festejos, los líderes municipales han anunciado que las pistolas se guardarán durante 3 días para asegurar el buen comportamiento de todos y las familias puedan andar en cualquier evento sin temor a alguna balacera. Todos estuvieron de acuerdo de entregar sus armas al padre Segura, el nuevo párroco de la iglesia.

Mis amigas convencieron a mi mamá Cuca de que me dejara ir al baile auque fuera un ratito, ella, les dijo que sí, pero que ella nos acompañaría. No lo puedo creer, será mi primer baile. Mientras espero el gran momento, me conformo con caminar alrededor del kiosco, después de misa. La caminata es en dirección contraria que la de los muchachos, nos damos unas miraditas con ellos, me secreteo con mis amigas, hasta nos sonrojamos si por accidente nos roza con el brazo uno de ellos. Ya ni juego a las muñecas, ya quiero verme bonita y con vestidos hermosos (como los que me hace mi mamá Cuca), para salir a pasear en la plaza de Armas (llamada así porque aquí fue donde vencieron los Villistas a los soldados del gobierno). Mi mamá Cuca a pesar de sus 60 años de edad todavía luce joven y cuando oye la música le brillan los ojos igual que a mí. Ella me cuenta que se casó a los 13 años, nunca tuvo la oportunidad de ir a ningún baile, siempre fueron niños, campo, casa, marido, etc. Ahora creo que quiere ir al baile más por ella que por mí, pero eso me alegrará la noche, verla mover sus pies debajo de la mesa y sonreírles a todos demostrando que todavía hay vida y esperanzas.

## *CAPÍTULO CATORCE*
## UN ENCUENTRO Y UN REENCUENTRO

Hoy mi madre me comunica que visitará a Elvira y la traerá a las fiestas de la virgen de Guadalupe, patrona del pueblo. No sé que decirle para desanimarla, porque se nos va a caer el teatrito y descubrirá la situación real de Elvira, así que tengo que hacer algo rápido y averiguar exactamente el día que quiere ir y espero no sea hoy. Pensé, no importa el día que vaya, la encontrará de la misma manera, golpeada. Me acordé que el lechero reparte la leche muy temprano por todos las rancherías, así que le escribo un recado a Elvira, por lo menos para que esté prevenida. Así lo hice, como pude, le escribo: "Elvira, mi mamá va a visitarte en unos días, para traerte a la fiestecita de la virgen, adiós y suerte, Manuela". El lechero me asegura que una de sus paradas es con los Méndez (la casa de mi hermana).

Al día siguiente recibo la respuesta por el mismo conducto: "Gracias por avisarme, estaré preparada, Elvira". Por fin le encuentro utilidad a lo que aprendí en la escuela, me gusta la idea de comunicarme con Elvira de una manera tan rápida y segura.

Hoy 20 de noviembre cumplo 14 años, ya no se me olvida porque en todos los poblados se hace un pequeño acto cívico en las escuelitas o plazas para recordar que hace 4 años empezó la revolución mexicana, recordamos a todos los valientes que dieron la vida para que hoy tengamos un futuro prometedor. Al estar en la plaza por lo del festejo, veo a mis amigas secreteándose de algo y me señalan algo pero no veo nada, hay mucha gente y no distingo lo que quieren que vea. Por fin una de ellas se acerca lo suficiente para poder oírla, me dice que hay un muchacho nuevo en el pueblo y que no está nada mal, yo le contesto que ahora no estoy para eso. Hoy es mi cumpleaños y mi mamá me hará una merienda, espero puedan ir a mi casa en la tarde, les digo, sin prestar atención al comentario. Sin esperar respuesta, no puedo creer lo que ven mis ojos, son los ojos más preciosos que he visto en mí vida, es un joven alto, fuerte, de pelo castaño rizado, moreno claro y con una sonrisa de sueño, no lo puedo creer, es tan hermoso. El mejor regalo que nadie me ha dado en mi cumpleaños. Siento que alguien me jala del brazo, es cuando reacciono y vuelvo a la realidad. Es mi madre sacándome de entre la gente para regresar a la casa.

Por la tarde, en la merienda, extraño a Elvira, todo está muy rico, lleno de invitados y gente que nos quiere. No dejo de pensar en el joven atractivo pero sin ningún comentario a mis amigas, porque el secreto es sólo para mí.

Por primera vez en años empiezo a descuidar mis labores rutinarias, mis obligaciones, tanto en la casa como en el campo y con mis sobrinos. Lo único que me importa es estar con mis amigas, toparnos por ahí con el rizado (así lo llamo porque no sé su nombre aún). Ahora sí suspiro tan hondo que se me reventarán los pulmones. Ese muchacho es lo más importante en mi vida, con el pelo rizado y su sonrisa venida del cielo. Cuando se cruzan nuestras miradas me pongo a flotar y no regreso a la tierra en varias horas. Y aunque no sé su nombre, sueño con él bailando en el gran baile, al cual iré con el vestido más bonito para que lo cautive y baile conmigo toda la noche.

Mi mamá, hizo un vestido con retazos que compró en la pequeña tiendita de Don Conrado que cada día está más surtida. La gente cuenta con cuidado sus centavitos para completar su mandado, por lo menos con la venta del frijol a todos nos tocó algo. A mí no me importa nada, sólo el día del baile y el encuentro con mi rizado.

Llega el día de caminar rumbo a Lerdo, la casa de Elvira. Mi mamá Cuca me explica como negociar la venta de frijol y lo fértil que es nuestra parcelita. También me comenta que la situación va mejorando poco a poco, eso le levanta el ánimo a cualquiera, pienso yo.

Al llegar a la casa de Elvira, no tardaron en abrirnos, aparece la suegra de mi hermana para darnos la bienvenida y muy amablemente pasarnos a la sala, nos ofrece algo de tomar o comer, pero humildemente le contestamos que no deseábamos nada, así que con una de las empleadas, hace llamar a Elvira, seguramente en su cuarto. Todo parece muy normal hasta que llega Elvira, que para mi grata sorpresa, trae un vestido muy bonito, su cara por fin alegre y sin indicios de golpes, su pelo aunque cortito, no está trasquilado, un poco demacrada y flaca pero no se ve tan mal, creo que nos salvamos de ser juzgadas por mentirosas. Las dos se abrazaron y lloraron, era de esperarse después de más de 8 meses sin verse.

Empezaron las preguntas de rigor: "Hija, ¿Qué te pasó en el pelo?", "Mamá, no lo vas a creer", le contesta Elvira, "pero me lo quemé con petróleo, prendiendo el horno para el pan entonces me lo tuve que cortar hasta quitarme lo quemado". "Hija, ¿Qué te pasó en los brazos, las piernas y hasta en tu cara?", mi madre insiste con el interrogatorio. Pero Elvira con sus respuestas muy bien estudiadas agrega, "Aquí hay un transporte que le llaman la maroma, es una canastilla sostenida por unas cuerdas que cuando el río está muy crecido, la gente no puede pasar a las otras rancherías, así que usan la maroma para cruzar el río ayudada por varios hombres que se encuentran en ambos lados tiran de las cuerdas debidamente amarradas en árboles gruesos de cada extremo, así es como funciona. Cuando el río no lleva tanta agua hay mucha gente que va a la maroma a jugar con ella, pues yo fui una de ellas, en el momento en que esperaba mi turno para subirme a la canasta, no me dí cuenta que una de las cuerdas se enredó en mis pies, me arrastró por toda la colina, golpeándome con piedras, espinándome con toda clase de cactus, en fin, hasta llegar al río. No te preocupes ya estoy mucho mejor y te juro que no vuelvo a jugar en la maroma". Todos nos reímos y hasta me creí lo que nos contó Elvira.

A punto de irnos, se escucha un portazo estremecedor en la entrada de la casa, que todas saltamos del asiento. A Elvira le cambia el rostro y salta como un rayo de la silla, lista para lo que viniera. Escuchamos una voz ronca y malhumorada decir: "¿Qué no hay nadie que lo reciba a uno?", Elvira sale de la habitación para decirle que hay visitas. Toño entra a la sala y saluda a mí mamá, molesto y acalorado. Antes de que salga del cuarto, mi mamá se atreve a decirle: "Oiga Toño, ¿Deja ir a Elvira a Torreón, para las celebraciones de la virgen?". Con un silencio de pánico, Toño se defiende y voltea a ver a Elvira parada cerca de él como una momia, sin mover un pelo y con cara de terror. Toño le pregunta: "¿Quieres ir a esas fiestas?". Elvira sin pensarlo, mueve la cabeza en señal de negación, "Así que ahí tiene su respuesta señora", agrega Toño con voz triunfante. Mi madre sin darse por vencida, insiste con voz suplicante pero firme: "Ándele Toño, déjala ir, hace muchos meses que no la veo y usted también está invitado, sólo serán unos días, la extraño mucho y me hace mucha falta". Antes que Toño abriera la boca, entra sorpresivamente su padre alcanzando a escuchar el ruego de mi madre. Con su autoridad inminente se dirige a Toño: "Deja que vaya tu señora a visitar a su madre, nosotros nos iremos al norte a dejar un ganado y no regresaremos en varios días, déjala ir no tiene nada de malo, además no la necesitarás en esos días".

Toño sin pretexto para retenerla, dobla su orgullo y aunque le clava la mirada a Elvira para mandarle un mensaje, ella permanece con la mirada en el suelo sin ni siquiera mirarlo por temor a sus amenazas. Elvira regresa con nosotros a la casa. Siento a mi hermana como cuando a los presos se les dá la libertad y no quieren perder el tiempo recogiendo sus pertenencias, lo que quieren hacer es salir corriendo y no regresar jamás, eso es lo que hace Elvira, no quiere ni entrar a su cuarto para empacar algo de ropa, no quiere toparse con Toño, prefiere aprovechar el momento no sea que se arrepienta y no la deje irse. Así que "patas pa' que las quiero", salimos casi corriendo de ese lugar.

Elvira aunque demacrada y flaca refleja un brillo especial en sus ojos su cuerpo disfruta del aire y la naturaleza, disfruta de su libertad y hasta empieza a cantar y reírse por la nada, no deja de abrazarnos y darnos besos por el milagro que acabamos de recibir. Transpira felicidad por todos los poros de su cuerpo. Durante todo el día no se despega de mi mamá y como en los viejos tiempos platicamos y platicamos hasta quedarnos sin saliva. En la noche no deja de hablar de la celebración que se avecina, de que mañana verá a sus amigas, dos de ellas ya casadas. Es como si no quisiera que se terminaran los días y se suspendiera este momento para siempre.

Llegan las celebraciones con las famosas pastorelas, los desfiles con carros alegóricos, las peregrinaciones, los danzantes (con sus espectaculares penachos), la música con la tambora por doquier. Todos sacan sus imágenes de la virgen esperando que los danzantes bailen por varias horas en sus altares Guadalupanos, para después ofrecer la reliquia (consiste en una comida para todos con varias sopas y chile colorado –una delicia-). Lo más anhelado es el baile. Elvira llena de felicidad y libertad anda por todos lados ayudando para que los eventos tengan éxito y salga todo perfecto, tiene miedo a tomar decisiones por sí misma y aunque no nadie notan la diferencia, yo sí y estoy segura que algo murió dentro de ella. La gente por unos días se olvida del campo y de las actividades cotidianas y gozan cada momento de las fiestas, hay mucho que comer, como nunca en el pueblo, todo es regocijo, creo que ya nos merecemos días como estos. Yo sigo con mi gran secreto y suspirando por el rizado.

Una de las sorpresas para Elvira es ver que dos de sus mejores amigas de 13 y 14 años ya están embarazadas, al encontrarse con ellas en el kiosco, se dieron cuenta que ya no pueden caminar alrededor porque ahora son señoras, la caminata es sólo para señoritas, yo sí puedo así que ahí nos vemos chicas, me voy a dar unos roses de brazo con mi rizadito.

## *CAPÍTULO QUINCE*
## EL GRAN BAILE

Llega el momento tan esperado, el gran baile, mi primer baile, creo que no puedo bailar con ningún muchacho hasta que cumpla mis 15 años, de cualquier manera puedo bailar con mis amigas y ver a mi rizado. Me siento bonita, las piernas me tiemblan al salir de la casa con mi mamá, Elvira, mis sobrinos, algunas vecinas y mis amigas. Nos dirigimos a la iglesia para la misa con el padre Segura, después a la kermés y por último el baile. Todo es divertido, la comida riquísima y por fin se escucha la música del grupo, todos nos dirigimos al salón casi en ruinas por las batallas libradas pero todavía en condiciones de aguantar un zapateado.

Veo venir a mí rizado con sus botas impecables, su tejana negra, su camisa de cuadros roja y su pantalón de mezclilla negro sin faltar su cinto grueso con una cobra dorada. Al cruzar nuestras miradas, mueve la cabeza en señal de un leve saludo, hubiera querido correr a abrazarlo y decirle que me diera mi primer beso, después me robara y me llevara con él a donde quisiera.

La música empieza a tocar y la gente a bailar, mis piernas se mueven sin control y por un instante lo pierdo de vista, ¿Dónde está mi rizado?, no te me escondas. Siento unos dedos tocando mi hombro y una voz electrizante que me dice al oído: "¿Quieres bailar conmigo?". Siento un paro respiratorio y uno cardiaco, no lo pudo creer. Al pararme sin poderle contestar por la emoción, siento otra mano agarrarme del brazo y decirme: "No tan rápido niñita, tú no puedes bailar", mi madre se dirige al rizado y agrega: "Ella no puede bailar todavía, tiene 14 años, hasta que cumpla sus 15, lo siento jovencito". No lo puedo creer, mi madre me está dando una puñalada por la espalda, me está quitando la oportunidad de hablar con el hombre de mis sueños, con mi rizado, no lo puedo creer, tan cerca de él y a la vez tan lejos. Mi madre me sienta al ver que las piernas no me responden. Bueno eso ya lo sabía, así que no quise amargarme la noche, estoy resignada a verlo bailar con otras muchachas en mis narices pero no puedo hacer nada, así que me voy con mis amigas a bailar como trompos. Por supuesto no nos quitamos la mirada y estoy contenta de que él me corresponda.

Por desgracia Elvira no puede bailar porque está casada. Sus amigas están en la misma situación y aunque sus esposos se encuentran en el baile, no sé porque no bailan con ellos. Así es la ley del matrimonio; cuando estás soltero quieres bailar toda la noche con la persona que te gusta pero cuando estás casado con ella ya no la quieres ni ver, menos bailar. Que raro son los hombres, espero mi rizado sea la excepción.

Las canciones ahora tienen significado y un mensaje especial. Me acerco con una de mis amigas y le digo que quiero ir al baño, ella me contesta ahora te alcanzo. Antes de llegar al baño, en realidad es una letrina (un cuarto oscuro con un pozo en medio y un olor asqueroso), me encuentro con mi rizado, tiene una cerveza en la mano. Me dice: "Te estoy esperando, te tardaste mucho, me llamo Alberto ¿Y tú?", tardo uno segundos en reaccionar, le contesto abruptamente Manuela, me llamo Manuela, como para que no olvidara mí nombre. Alberto, con una mirada atrevida dijo: "¿Cuándo nos podemos ver sin tú mamacita que te cuide?, te espero mañana a las 5 de la tarde en la plaza". Sin saber que contestarle, le sonrió en señal de afirmación. Siento que me orino de la emoción pero la verdad es que se me había olvidado hacia donde me dirigía antes de verlo. Después de este encuentro hasta el baño olía a flores silvestres del campo en primavera. Se me olvidó que estaba en una letrina inmunda.

El próximo encuentro con el rizado no me deja dormir, no pienso otra cosa más que en él, en su sonrisa y en sus rizos. Por fin amanece, escucho el gallo, brinco de la cama para hacer todas mis obligaciones para que mí mamá no tenga pretexto y me deje salir, no sé todavía lo que le voy a decir, bueno, algo se me ocurrirá, faltan más de 12 de horas. Por fin las 4 de la tarde me baño y le pido permiso a mi madre para pasear con mis amigas, ella me lo dá sin problema, al salir de la casa mí corazón palpita y las manos me sudan. Al dar la vuelta a la esquina, escucho una voz diciendo mí nombre, me paro y al voltear es Elvira, corriendo hasta mí, y me dice: "Ay Manuela, pensé que no te alcanzaría, estoy un poco aburrida y cansada, así que me voy contigo a donde vayas". No puedo creer mi mala suerte, ¿Qué voy a hacer? No quiero perder esta oportunidad de hablar con Alberto. Así que le voy a platicar a Elvira lo de mí cita romántica y así lo hice. No le pareció muy agradable la noticia, sólo agregó: "Manuela, vete en mí espejo, pero espero que tú corras con más suerte, te espero en la iglesia a las 6:30, no llegues tarde y cuídate mucho".

Son las 5 en punto y ahí está muy puntual e impecable como el día que lo conocí, no tengo ni idea como empezar la conversación nunca he hablado con un hombre a solas y tan cerca. Alberto se ve más relajado y nota inmediatamente mí nerviosismo, me toma de la mano y la aprieta como pidiendo que me calme. La cita se desarrolla amena con pláticas triviales. Al despedirnos quedamos en repetir nuestro encuentro. No recuerdo lo que platiqué con él sólo recuerdo sus ojos de sueño.

Pasaron varias citas más hasta que llega el beso tantas veces soñado. Me toma de las manos, se acerca a mis labios vírgenes y ansiosos de ser besados, los toca con los suyos húmedos y experimentados todo es mágico y romántico. Es mejor de lo que soñé.

Hoy, Elvira regresa con su esposo Toño, va llorando inconsolable, vuelve a su rostro esa expresión de terror y resignación de antes. Pobre de mi hermana pero no le queda otra salida, ya que el matrimonio es para toda la vida, como nos han educado.

Hoy se cumple un mes que Elvira se fue a su casa y por andar con Alberto no he ido a visitarla, mañana lo haré. Camino a Lerdo para ver a Elvira, en esta ocasión ya no voy con mis sobrinos ahora me acompaña Alberto, pero sólo hasta la entrada del rancho para evitar murmuraciones de la gente y que llegue a oídos de mí mamá Cuca. Parada en el portón de la casa de Elvira, me abre la puerta su suegra, después de amarrar a los perros, y me dice: "Que bueno que llegas, tú hermana te necesita". Al entrar al cuarto la encuentro en un rincón como desmayada, al tocarle el hombro, se estremece y empieza a gritar, "¡Ya no me pegues!, ¡Me voy a portar bien!". "Elvira, Elvira", le digo mientras la estrujo fuertemente por el brazo; "Reacciona soy yo Manuela, tú hermana". Al ver su rostro, ahora si que este maldito se pasó de la raya y dejó a mí hermana irreconocible, parece un monstruo de pies a cabeza, es un salvaje, un cobarde, "¿Qué vamos a hacer, Elvira? No es justo lo que te hace, creo que ésta vez hay que hablar con mi mamá". Mi hermana dice; "No he podido comer, ni siquiera tomar agua porque me duele todo y así como estoy he tenido que servirle la cena, la comida en fin todas mis obligaciones".

"Manuela, ya no puedo más, ¿Cuánto tengo que aguantar para que esto termine o él se canse de tratarme así? La otra noche hasta me amenazó con la pistola, me la puso en la cabeza y dijo que me mataría la siguiente vez, yo creo que sí es capaz de hacerlo y ¿Sabes qué? Ojala lo haga y me mate de una vez. ¿Por qué, Toño cambiaría tanto? si cuando nos veíamos a escondidas era tan romántico y parecía la mejor historia de amor, por eso no dudé en aceptar irme con él a donde fuera, ahora es otra persona, es un barbaján, espero se muera para poder regresar a mí casa con ustedes". Elvira no deja de llorar y yo de consolarla. Antes de retirarme su suegra me encamina a la salida y me comunica que sospecha que Elvira está embarazada, debido a los síntomas que padece, "Qué mala suerte" dice la señora, y agrega; "Espero esta vez sí logre vivir el bebé".

Al ver a Alberto esperándome a la salida del rancho, no me entusiasmo en lo más mínimo, creo que hasta me dan ganas de decirle que se vaya y no me busque más, no quiero promesas y luego malos tratos. Ese día, precisamente ese día, Alberto me toma de la mano y después de 2 meses de relación, me propone que me case con él, esperando una reacción emocionada y positiva de mi parte, él nota mi cara desencajada e inexpresiva, reflejando una negativa a su propuesta. Que diferente hubiera sido si esto me lo hubiera propuesto antes de ver a me hermana, creo que hubiera saltado hasta las estrellas de gusto y hubiera sido la mujer más feliz y afortunada del mundo. Desgraciadamente no me puedo quitar la imagen de mi pobre hermanita en ese rincón toda desfigurada y suplicando que ya no le peguen. Mi respuesta a Alberto es que esperemos un poco más, para conocernos mejor. Alberto desconcertado argumenta: "Yo pensé que en verdad me querías, que tú deseo es estar conmigo para toda la vida, eso me lo has dicho miles de veces, ahora ¿Por qué, ese cambio de parecer?, ¿Qué te dijo tú hermana en contra mía? ¿Y todos nuestros planes y sueños? ¿No significan nada para ti?" Alberto, no estoy diciendo que no te quiero, sólo te pido un poco de tiempo. La conversación tuvo que acabar con esa frase porque ya estamos en las afueras del pueblo, no quiero que alguien nos descubra, así que nos vemos en el lugar de siempre y adiós -termino diciéndole-.

Alberto y yo seguimos con nuestra relación secreta, sin tocar el tema de la huida o el matrimonio ni en irnos a otro pueblo, como antes él lo planeaba. También pienso en mi madre que se quedaría sola con todo el trabajo y mis sobrinos.

Una tarde llega al pueblo una familia nueva, compuesta por 4 hermanos; José grande, José chico, Gonzalo y Ángel, una hermana; Lupe y sus padres; Doña Aurelia y Don Anasiano. Los conocimos en la misa del domingo, se ve una familia de dinero y bien portada. Llegaron a invertir y poner los primeros negocios en Torreón. Lupe es una chica de nuestra edad, desde que la vi, me cayó muy bien. Uno de los hermanos de nombre José chico, llama mucho la atención porque siempre anda vestido de blanco, sin duda tiene estilo, pero se ve un poco presumido y arrogante. Por supuesto todas las chicas empezaron a tirarle los perros, como se dice vulgarmente cuando te gusta una persona y tratas por todos los medios de que se fije en ti. Todo el pueblo habla de ellos y nos preguntamos ¿Por qué uno es José grande y otro José chico?, si hay tanto nombres de donde escoger, pero bueno se nota que la familia es un poco extraña.

Olvidando un poco lo de Elvira, vuelvo a creer en el amor de Alberto y a considerar la posibilidad de irme con él a donde me lo pidiera. Una mañana al salir de mi casa rumbo a la iglesia para dejar unas flores, paso por la tiendita de Don Conrado y escucho mi nombre, al voltear, veo que es el joven nuevo que siempre anda de blanco. Se quita el sombrero y me tiende la mano presentándose: "Hola, me llamo José", al extenderme la mano, no me queda otro remedio que saludarlo, al sentir su piel me doy cuenta que no es un campesino, ya que las tiene suaves, tersas, sin rastro de ampollas o callos. Su forma de vestir pulcra y su olor a loción fina, por supuesto que no es campesino, ya que nuestros hombres huelen a sudor, a estiércol, a patas, a caballo, cigarro y licor. Este joven se nota que nunca ha tocado un azadón en su vida, hasta habla educadamente. Cuando se ríe sus dientes brillan de blancos, se pueden ver parejitos y todos en su lugar. Platicamos un rato de mi familia y de las costumbres del pueblo, nada importante a decir verdad. Me hizo prometerle que nos volveríamos a ver para platicar un poco más, no sé cómo lo consiguió, pero se lo prometí. No esta mal pero yo ya tengo a mi rizado Alberto, el amor de mi vida.

Mi mamá nunca nos deja salir de noche porque dice que las muchachas decentes no salen después de las 8 p.m., pero en esta ocasión es diferente. Mi sobrino de 6 años sale al corral sin avisarle a nadie para hacer sus necesidades fisiológicas, escuchamos sus gritos despavoridos y llenos de dolor. Lo encontramos en el piso revolcándose, sudando y agarrándose su nalguita con los pantalones hasta la rodilla. No sabemos lo que le pasó, así que empezamos a buscar por todos lados, podría ser una víbora, un alacrán o una araña. No encontramos nada en el suelo pero cuando le subimos el pantalón descubrimos una viuda negra, grande como una pelota de la matatena. Mi madre me ordena que vaya por Doña María la curandera del pueblo, eran como las 9 de la noche. Corro para sacar un caballo y a pelo (sin silla) lo monto, pensando en segundo cuál es el camino más corto. Llego a la casa de Doña María para avisarle de la tragedia, regresamos juntas a todo lo que da el caballo llevando consigo todas sus hierbas, pomadas y bebidas. Al llegar a la casa y rodeado de vecinas curiosas se encuentra mi sobrino sudando, temblando y quejándose del dolor. La curandera esteriliza un cuchillo con mezcal, le hace un corte alrededor de la picadura y le chupa la sangre escupiéndola en un frasco de vidrio, después le coloca unas hojas de parra con un vendaje, con la sangre que escupió, agrega unos líquidos y hace una bebida y trata de dársela.

El niño deja de llorar, pone los ojos en blanco y se desvanece entre sus brazos como una hoja de papel. Todos estamos perplejos, Doña María le pone hojas de laurel en el pecho, le da masaje en el pecho, le trata de dar el líquido en la boca llena de espuma amarillenta, lo sacude varias veces, se nota la impotencia y desesperación por ganarle la batalla a la muerte pero todo es inútil, mi sobrino no tiene aliento, no tiene alma. Doña María exhausta, llorando, toma la sábana mas cercana, cubre la carita de mi sobrino y se dirige a mi madre: "Perdóneme Doña Cuca, se nos fue, tienen que ser muy fuertes, esas arañas son malas, su veneno es mortal, ya no puedo hacer nada". Desde de la muerte de mi padre nunca he sentido tanto dolor como ahora, no hay palabras para describir cuando a uno se le desgarra el corazón, las pérdidas de los seres queridos te arrancan una parte de tu ser, que nunca recuperarás.

## *CAPÍTULO DIECISÉIS*
## UNA PARTIDA REPENTINA

Recuerdo con toda claridad la muerte de Saúl, pero ahora es mi sobrino que lo tengo entre mis brazos, sin vida, muerto, inerte, no más sonrisas, ni travesuras, nunca volverá a ver a sus padres, se cortó su destino, sus sueños, su corta vida. Mi madre está desmayada, todas las vecinas llorando consolándonos unas a otras. Todo ha sido tan rápido que sigo impactada con lo sucedido. Se acerca Doña María y me dice suavemente al oído: "Manuela ¿Me llevas a mi casa?, también hay que avisarle al padre Segura para que apoye a tú mamá que esta tan descontrolada, voy a preparar todo para el velorio". Nos subimos al caballo y sin decir una palabra llegamos a su casa. Al bajar del caballo me dice: "Mija, hice todo lo que pude para salvarlo, en estos casos el tiempo es oro y ya habían pasado demasiados minutos, cuida mucho a tú mamá y recuerda que es la voluntad de Dios". Le dí las gracias, automáticamente el caballo toma el camino a casa, sin darme cuenta, ya pasan de las 11 de la noche.

Casi todos duermen a excepción de una que otra vela o linterna de petróleo aún encendida, no se ve ni un alma en las calles. Al pasar por el callejón siento un aire helado, me da escalofrío, se escucha un ruido y volteo hacia el callejón de donde proviene el extraño sonido. Alcanzo a ver una pareja de novios comiéndose a besos y tan juntos que parecía una sola persona, la noche es tan clara que alcanzo a identificar a la muchacha decente que a esta hora se encuentra en el callejón, sí, es la hija del dueño del establo, mírala tan santita que se ve, mis amigas no me lo van a creer, pero ¿Quién será el muchacho que se la quiere comer y no le quita la mano de entre las piernas? El caballo relincha y casi me caigo de él, los novios se separan al ser descubiertos y voltean conmigo. ¡Es Alberto!, mi novio, el amor de mi vida, el dueño de mis pensamiento, el padre de mis hijos, mí pareja para toda la vida, es él besando apasionadamente a otra muchacha. Le doy con el látigo al caballo para que me sacara de esa escena lo más rápido posible, dejando atrás mis sueños y mis ilusiones. Enfocándome sólo en la tragedia familiar que me espera en casa, tengo que enfrentar esta situación desafortunada como una mujer llena de fortaleza, el desamor lo resolveré después.

La noticia corre como un rayo por todo el pueblo, no tardaron en llegar las flores. Mi sobrino con sus ojitos cerrados y su carita de dolor se encuentra en una mesa en medio de la sala. Es lo mismo que viví de niña con Saúl, sólo que hoy soy la protagonista de la desgracia, la que llora y dice frases incoherentes sin sentido para esos niños que juegan como si fuera una fiesta, y voltean extrañados cuando lloramos, estoy segura que ellos se preguntarán como yo me pregunté en su momento; ¿A quién le lloran?, ¿A quién le dicen esas frases sin sentido?, ¿Quién estará en esa mesa? Pienso, pobres niños, ellos descubrirán y entenderán la muerte a su tiempo. La gente llega con tanta muestra de cariño y solidaridad. Todos traen algo; comida, flores, café y lo más importante compañía y consuelo.

Alcanzo muy temprano al lechero para que le entregue una nota a Elvira avisándole de lo sucedido. La gente reza el rosario y canta canciones para los muertos. A medio día recibo noticias de Lerdo: "Hermana, siento un gran dolor por la pérdida de nuestro pequeño sobrino, no puedo presentarme en estas condiciones, no puedo caminar, mi madre no se merece más preocupaciones, dile que me fui al norte con mis suegros por unos días, te juro que aunque Toño me mate las paso a ver en cuanto pueda. Estoy desgarrada como ustedes y más aún sin poder acompañarlas, las quiero mucho y ahora tú eres la fuerte de la familia. Gracias por avisarme y que dios me perdone adiós, Elvira".

Todo el pueblo nos acompaña por las calles rumbo al panteón a enterrar a mi sobrino, mi mamá algo recuperada, camina como todos detrás del cuerpo sin vida de nuestro pequeño. Al llegar al pozo preparado para dejar su cuerpecito, saco de mi vestido negro una nota que escribí anoche, con una frase escrita; "Querido Alberto nuestra historia de amor fue muy bonita pero tú la pisoteaste y le diste un tiro de gracia, ahora te entierro para siempre con todo el dolor de mí corazón que un día palpitó aceleradamente por ti, ahora te quedas aquí en este hoyo oscuro y enterrado para siempre, adiós mí rizado, adiós para siempre, Manuela." Al depositar el cuerpo de mi sobrino en ese pozo profundo también deposito mi historia de amor, hasta nunca Alberto. Regresamos a la casa con mucha tristeza pero con la certeza de que mi sobrino se va directo al cielo para convertirse en un ángel.

Después del funeral del angelito siguen los acostumbrados novenarios y las misas. Alberto intenta hablar conmigo pero mi orgullo y dignidad me lo impiden, le mando decir con el niño que

## LETICIA CALDERÓN

manda de mensajero que no me vuelva a molestar, se acabó, no quiero hablar con él en toda mi vida, que se olvide de mí, como bien lo hizo la otra noche cuando se revolcaba con esa fulana. Ahí no se acordó de nuestro amor, de sus promesas, lo que me hizo no se lo perdonaré mientras viva, como que me llamo Manuela Flores.

En una semana cumplo mis quince años, después de lo ocurrido con mi sobrino no me atrevo a mencionarle a mi madre de la gran celebración que se acostumbra hacer a las quinceañeras, nadie tiene ánimo de nada, será uno de muchos cumpleaños desapercibidos. Mi mamá como siempre es la única que se acuerda, me dice: "Manuela no se me olvida que en unos días es tú cumpleaños pero no tengo ánimos de hacer nada espero me comprendas, no te sientas mal, ya se que este cumpleaños es muy importante para ti pero ya saldrá el sol otra vez para mí y te festejaré tus quince años en grande, perdóname esta vez." Me dá un beso en la frente y sigue en sus quehaceres.

Mi madre, que aún guarda la esperanza de encontrar a sus hijos desaparecidos en la revolución, se siente doblemente culpable ya que si regresan mis hermanos algún día, con que cara le comunicará que su único hijo al que adoraban y lo dejaron a su cargo cuando tenía 2 añitos de edad, ahora esta muerto. Eso dice ella, que su hijo no se lo perdonará nunca. Mucha gente sigue dándonos el pésame, hasta la familia Salinas Pérez, los padres de José chico, fueron y nos llevaron rejas con diferentes frutas. Ahí volví a ver a El palomo como ya le puse a José, por su forma de vestir, siempre de blanco.

El palomo se acerca a mí sigilosamente para decirme que lo siente mucho, tomando mi brazo con sus tersas manos, levantándome de la silla donde me encontraba lavando los trastes de la comida. Al estar frente a frente se sonríe y me dice: "Manuela que bonitos ojos verdes tienes, es muy raro encontrar una muchacha tan blanca, pelo rubio y linda como tú". Lo único que se me ocurre contestarle es: Soy así por que mi abuelo era español. Los dos nos reímos como tontos, la verdad es que no me cae muy bien pero para platicar unos momentos, no está mal. Antes de retirarse me dice: "Manuela, ya estás en edad de casarte, en el momento que quieras, te hago mi esposa y te llevo a mi casa, piénsalo y dime tú repuesta mañana antes de las ocho de la noche, si no recibo noticias tuyas, sabré que tú respuesta es negativa. Te quiero para que seas mi esposa, recuérdalo, hasta mañana, Manuela". Al escuchar esa propuesta de matrimonio tan repentina e inesperada, no sé a quien pedirle un consejo o alguien que me dé una cachetada para que reaccione. No puedo creerlo, el palomo me quiere hacer su esposa, ni me conoce, no lo conozco, esto es una locura.

Al contarles a mis amigas, lo primero que dijeron fue, "Eres la muchacha más afortunada que conocemos, es un galanazo, no te atrevas a decirle que no, es el mejor partido que se te presentará, es guapo y tiene dinero. ¿Qué más quieres?". " Ustedes tienen razón pero, no siento amor por él, no tiemblo cuando estoy cerca de él, no sueño con él, no pienso en él". Eso que importa, me dije a mi misma, a final de cuentas si el amor de mi vida me pagó con una infidelidad, de que me sirvió el amor con el rizado, tienen razón mis amigas, creo que sí me quedo con José aunque me engañe. No me hará sufrir porque no lo quiero. Además de esa manera dejará de molestarme Alberto y se olvidará de mí, esa será mí mayor venganza, que sufra lo que yo sufrí por su culpa. Por otro lado José y toda su familia viven aquí en Torreón, podré ver a mi madre todos los días.

No esperé al día siguiente, esa misma tarde le mando con uno de mis sobrinos una nota: "José, le mando mi respuesta por este conducto porque no me atrevo a verle la cara, sí me quiero casar con usted pero tiene que ser en mí cumpleaños, es el 20 de noviembre, ese día cumplo 15 años y como no pude tener mí fiesta de quinceañera, me gustaría tener una gran fiesta de bodas. Hoy voy a caminar hasta Lerdo para visitar a mí hermana, si quiere acompañarme nos vemos a la salida del pueblo por el camino corto. Hasta pronto. Manuela".

Durante el camino, José pasa su brazo sobre mí hombro y acaricia mi pelo largo varias veces, eso no me gusta pero no le puedo decir nada porque él será mi esposo, así que tiene todo el derecho de tocarme y hasta de besarme. Como si me hubiera escuchado, en ese momento se para bajo un árbol y me da un beso nada romántico, lo siento húmedo y quiere meter su lengua en mi boca, la cual aprieto con fuerza para que no lo haga. Es asqueroso, al ver José mi reacción, se separa y extrañado con mi actitud, dice: "¿Qué te pasa, Manuela?,

¿Qué nadie te ha besado en la boca?, creo que te tengo que enseñar varias cosas y ser paciente contigo".

Claro que sí me han besado, pensé, pero los otros sí me gustaron. José trata de besarme nuevamente, de camino a mi boca se topa con mis manos, lo empujo un poco y le digo que no puedo llegar tarde con mi hermana, porque se preocupa. Así que veámonos, aceleremos el paso, ándele ya tendrá tiempo para sus cosas cuando nos matrimoniemos, le dije. José me espera a la entrada del rancho como lo hacía Alberto. Aunque ya pronto será mi esposo y podré pasearme con él por donde quiera sin necesidad de escondernos.

Escucho como siempre a los perros ladrar y alguien que se acerca a abrirme el portón, me sorprendo al ver que es Elvira quien la abre y más aún con una cara de alegría, que hace tiempo no se le veía. "¡Pásale!" me dijo, entramos a su cuarto y le pregunto, "¿Cómo estás?" ella contesta: "Felicítame, estoy embarazada, fíjate que Toño tiene otra mujer aquí en el pueblo y estoy contenta porque ya no viene todos los días. Pasa más tiempo con la otra, parece que está enamorado y la vieja lo trae bien cortito. Dicen que a ella no le pega y que hasta le tiene miedo, ¿Cómo la ves? Por fin me dejó de pegar, bueno, sí me da mis cachetadas y mis patadas pero no como antes, te platico que hasta pasa una semana sin darme un rasguño. ¿No te parece maravilloso? Mi suegra está de lo más feliz por la llegada del nieto y sin Toño en la casa, es la gloria. Hasta las visitaré pronto". No lo puedo creer, quien lo diría, que a mi cuñadito una mujer lo pondría en cintura y un alto a sus abusos de macho, pero me siento alegra de ver a mi hermana radiante de felicidad por su maternidad, se fue un angelito al cielo pero Dios nos manda otro. Mi mamá saltará de alegría cuando le demos la noticia, le digo a Elvira.

Elvira está tan eufórica que esa tarde llena de valor regresa conmigo a Torreón para darle la noticia a nuestra madre. Antes de llegar a la salida del rancho le advertí que no andaba sola, dos calles caminando fueron suficientes para ponerla al tanto sobre el palomo. No hubo oportunidad de decir nada porque Elvira no deja de hablar, de su nueva vida, su bebé, sus planes para el futuro, etc. Por fin llegamos y me despido del palomo con un saludo apretado de manos y un hasta mañana.

Mí madre revive su ánimo con la visita de Elvira, recobra el brillo en sus ojos y la alegría en su rostro. Se abrazan fuerte y lloran de alegría y tristeza a la vez. Cuando le dá la noticia del bebé vuelven a llorar y gritar de emoción. Elvira dura sólo una hora en la casa y nos promete que nos visitara seguido. Nos besa hasta cansarse y se despide, yo la acompaño hasta la salida del pueblo. Le deseo suerte y prudencia en todo lo que haga. A mi madre le hizo muy bien la visita de Elvira, al regresar a la casa hasta la oigo cantar, es grandioso tenerla entre nosotros otra vez.

## *CAPÍTULO DIECISIETE*
## UNA DECISIÓN IRREVOCABLE

Los padres de José son gente de negocios y con dinero. Ellos serán los primeros que abrirán 2 cantinas en Torreón, grandes, con billares, peleas de gallos, rocola (con los tan nombrados discos de corta duración) para escuchar la música de moda, hasta música en vivo traerán algunos fines de semana. Por supuesto sólo para hombres no armados. El padre Segura no está de acuerdo con las cantinas y trata a toda costa de que no se les dé el permiso para abrirlas, pero ningún campesino o líder ejidal se opone. Ya que según ellos traerá alegría y esparcimiento después del trabajo arduo del campo, además, crearán empleos y como son las únicas cantinas a la redonda, vendrá gante de fuera a consumir y podemos aprovechar para vender nuestros productos y poner a Torreón en el mapa. De cualquier lado que se vea, las cantinas son de provecho para todo el pueblo.

El argumento del padre Segura es simple, los hombres gastarán dinero y descuidarán sus obligaciones laborales y conyugales. Se les está poniendo en bandeja de oro un lugar donde se embrutezcan de licor y gasten más de lo que tienen. Se puede convertir en un burdel y dar pie a la prostitución. La verdad es que es exagerado el punto de vista del padre pero él sabrá por que lo dice. De cualquier manera se dio el permiso para abrir las cantinas antes de las festividades de la virgen de Guadalupe.

José me comunica que ya habló con sus padres y no se opusieron, sólo le dijeron que la fecha de la boda no podría ser la de mi cumpleaños, como se lo pedí a José en la nota, la boda se tiene que celebrar después de las inauguraciones de las cantinas, "Los negocios son primero, después y con calma planearemos la boda", me dice José. No me pareció mala idea, lo mismo da una fecha que la otra. Eso me dará tiempo de conocer a su familia un poco y preparar la fiesta. Así que le digo a José, no te preocupes, no hay problema, esperar unas semanas más no me afecta.

Esta mañana no es la excepción, estamos en el festejo del inicio de la revolución, sólo que en esta ocasión la escuelita hizo un pequeño desfile, recorriendo las principales calles del pueblo, decoraron una carreta, los niños se disfrazaron de revolucionarios, las niñas de Adelitas, Marietas y La Rielera (algunas de las mujeres de mi General Pancho Villa). También algunos niños se vistieron por primera vez de Pancho Villa y de Emiliano Zapata los grandes héroes, hasta entonaron algunos corridos (canciones revolucionarias) de las vivencias de esos años. Otros niños se vistieron de los soldados o pelones y haciendo una representación de las batallas, imitaron a Pancho Villa y lo que decía "eje je muchachito, eje- je" (frotando su gran bigote) en señal de aprobación o triunfo, es algo que ya se me había olvidado. Esta celebración a todos nos sorprendió mucho pero nos encantó, aplaudimos tanto que dieron otra vuelta la carreta con todos los niños disfrazados. Espero cada año lo hagan tan divertido y que todos conozcan la verdadera historia de esos años.

Después, todos a misa y más tarde la pequeña merienda organizada por mi madre para mí. Rumbo a la casa y ya casi al llegar nos encontramos corriendo a Elvira, tratando de llegar al festejo, pero no lo logró. Me da mucho gusto verte, hermana, no te esperábamos, que gran sorpresa, le dije y ella respondió "¿Cómo crees que se me olvidaría tú cumpleaños? y menos tus quince". Ya toda la familia reunida, nos abrazamos hasta llegar a la casa.

Empezamos a comer, cuando tocan la puerta, me levanto a abrir, es José, de blanco como siempre e impecable, le dije en voz baja ya todo están reunidos, pásale, hasta Elvira está aquí y todas mis amigas. Mi madre me pregunta, "¿Quién es, Manuela?". Hay voy mamá Cuca, hay voy, le respondo. Entro con José a la cocina y les digo: Ya todos conocen a José Salinas, les queremos anunciar que nos casaremos en unas semanas, sus padres están de acuerdo y espero que me apoyen y me ayuden a preparar mi boda. Por supuesto que me deseen mucha felicidad. José es un muchacho decente, ya que otro a la mejor me roba en medio de la noche como ya sabemos que ha pasado con algunas de las muchachas del pueblo o que se van con el novio y huyen para no casarse o por temor a la negativa de los padre. Nosotros no queremos hacer nada de eso, lo deseamos hacer con la bendición de mi mamá Cuca y la bendición de Dios por medio del padre Segura. Quiero salir de blanco como lo manda la iglesia católica, mamá le juro que nunca la voy a abandonar, la voy a seguir ayudando en lo que pueda, José esta de acuerdo.

No sé de donde me salieron tantas palabras. Al voltear con José, lo veo con la boca abierta como si no se esperara éste discurso de mí parte, su mirada me trata decir, ya no me dejaste nada, ya lo dijiste todo y demás. Mi madre sin poder fingir, se ve asustada, sorprendida y confundida, agrega con dificultad: "Bueno, si ustedes ya lo decidieron, que le vamos a hacer, espero que la haga feliz, como ella se merece, siempre ha sido una excelente hija y hermana. Lo que hemos vivido juntas ha sido muy duro, ella se merece la felicidad, un hombre bueno que le dé todo lo que la vida le ha negado. Les deseo lo mejor y tienen todo nuestro apoyo hoy y siempre". Mis amigas no lo pueden creer, se acercan entusiasmadas: "Que guardadito te lo tenías, Manuela. Con que contando dinero delante de los pobres. Te llevas un buen partido, espero nos presentes a tus cuñados y sean tan casaderos como tú palomo, quisiera verle la cara a Alberto, cuando se entere de tú boda relámpago. ¿Verdad que no te comiste el pastel antes de la fiesta, amiguita?" Están locas, les repliqué, ya cállense que José o mi madre las pueden oír, así que les repito que Alberto se acabó y no me lo vuelvan a nombrar, porque de lo contrario dejarán de ser mis amigas y no las invitaré a la boda, me oyeron bola de urracas parlanchinas y chismosas".

José y yo encaminamos a Elvira a la salida del pueblo. Aunque no tuvimos oportunidad de platicar, la veo bien, su pelo le está creciendo otra vez y su cara con unas cicatrices, se ve mejor aunque todavía no se le nota lo del embarazo, ya no está delgada ni demacrada, eso me da gusto y ánimo.

De regreso, José me sujeta la mano como para que todos vieran que ya somos novios oficiales y comprometidos, me trata de dar un beso pero finjo caerme y lo esquivo por tercera vez. No se me antoja su lengua en mi boca y aunque huele a loción cara, no me gusta que me abrace, menos en público. Creo que no me va a gustar mucho esta venganza, pero esta decisión es irrevocable, yo soy mujer de palabra.

Tengo varios días sin ver a José debido a la inauguración de sus cantinas. Mientras tanto yo me ocupo de la lista de invitados, el salón, los músicos, el banquete, las flores de la iglesia, la cerveza, el tequila, los refrescos (barrilitos mis preferido), el vestido blanco que lo hace mi vecina, bueno un sin fin de detalles, lo cual me tiene muy ocupada. Por otro lado están los preparativos para las fiestas patrias y de la virgen. Todo es agotador y demandante.

Me preocupa que ya pasaron varios días y José aún no me presenta a su familia, espero que organicemos alguna cena para que vengan a pedir mi mano, como es debido y se conozcan las familias, ya que un matrimonio es para toda la vida y José por un tiempo me llevará a vivir a la casa de sus padres, mientras construye nuestra casa, cuando esté lista nos mudaremos para tener independencia, espero llevarme bien con todos y no tener problemas.

Las fiestas como siempre fueron todo un éxito. Esta mañana, 12 de diciembre todo el pueblo unido, le cantamos las mañanitas a la virgen en la iglesia, como siempre. Este año tenemos por cortesía de la familia Salinas Pérez, los padres de José, a los voladores de Papantla, provenientes de un lugar llamado Veracruz muy lejos de Torreón. Son 5 indígenas que danzan tocando unas flautas que ellos hacen de carrizo, se suben a un poste de unos 15m, un pequeño asiento para cuatro personas. Uno de ellos baila parado y toca la flauta en medio del asiento, dando vueltas en círculo, los otros 4 sentados con la mirada hacia los espectadores (o sea de cabeza), dan vueltas y tocan sus flautas, para ellos es un ritual religioso, para nosotros un espectáculo único. Los 4 danzantes sentados se lanzan de espaldas al vacío, sin dejar de tocar sus flautas, dando vueltas y vueltas, sujetados por la cintura por una cuerda, hasta llegar a tierra firme. Todos estamos muy sorprendidos y por lo menos yo, con las manos llenas de sudor. Todos les aplaudimos emocionados, ese acto lo repitieron cada hora hasta las 8 de la noche. La gente les dá algo de dinero por su valentía.

Otra novedad son los fuegos artificiales y el torito. El torito es un señor con un armazón de metal en forma de toro, se lo pone en la espalda, le prenden los cuetes, los chifladores y las luces de bengala y corre detrás de todos como queriéndolos atrapar. Es un espectáculo de luz maravilloso y todos corremos para que no te queme cuando exploten los cuetes. Este año, es el mejor que hemos tenido, ahora sigue el gran baile y como ya tengo la edad para bailar, ahora sí será excepcional.

José no asistirá al baile, tienen casa llena en la cantina y no se dan abasto, todos les ha salido de maravilla y han venido de varios poblados con la novedad de las cantinas, los voladores de Papantla y el torito, ya no hay que vender, ni donde pararse de tanta gente, es una gran fiesta llena de alegría y sobre todo familiar, ya que a todo el que entra se le revisa y se le desarma. Me siento al lado de mi madre, como de costumbre y empieza el gran baile familiar para clausurar las fiestas de la virgen de Guadalupe. Ahora sí que tengo la edad para bailar. Alguien me toca el hombro y me dice al oído: "¿Quieres bailar conmigo?", no me importa quien sea, lo único que quiero es mover el esqueleto, al instante me levanto y lo tomo de la mano. Mi mamá me agarra del brazo bruscamente antes de que me fuera a la pista y me dice: "Manuela, no puedes bailar, estás comprometida, pronto te casarás, además José no está aquí, las muchachas comprometidas tienen sus limitaciones, siéntate y disfruta del baile viendo a los demás bailar. Joven", dirigiéndose al muchacho que se atrevió a sacarme a bailar, "Ella no puede bailar, es una muchacha comprometida en matrimonio, pronto se casará y será la señora Salinas, así que retírese por favor y disculpe".

No lo puedo creer, no bailaré otra vez, ¿Que nunca se me hará echarme una bailadita? Tantas ganas que tengo, espero que el año que entra José venga conmigo y bailemos toda la noche, hasta que se me hinchen los pies o me sangren. Por pura curiosidad volteo a ver ¿Quién fue el valiente? ¡Es Alberto!, no puede ser, ¡era él!, ¿Cómo se atreve?, ahora ya está enterado de mi boda, ojala que le haya dolido y aprenda la lección, pero ¿Cómo no le reconocí la voz ni sus manos?, pobre de mi rizado, el tiro le salió por la culata, se quería pasar de listo tomándome por sorpresa, pero el sorprendido fue él. Quisiera por lo menos darle un último beso de despedida, la verdad es que no me siento tan contenta con la venganza. ¿Y sí mejor le doy otra oportunidad y lo escucho? A la mejor me convence, mejor me rajo con José y me voy con el rizado a otro pueblo, ja, ja, ja, que tonterías se me ocurren, mejor me voy a dormir porque aquí, ya no hay nada que hacer. Adiós gran baile, nos vemos el año que entra.

## *CAPÍTULO DIECIOCHO*
## UNA BODA DE ENSUEÑO

Dos semanas antes de la boda con el palomo, la familia de José organiza una cena para pedirle a mi madre formalmente mi mano, por fin se conocerán las familias. Afortunadamente Elvira vino para la ocasión, por cierto ya se le nota el embarazo. Sin tener ropa apropiada para vestirnos, tratamos de ir lo más presentables posible. Todas vamos muy nerviosas. Es como si las tres nos fuéramos a casar. Al llegar a la casa, nos abre la puerta Lupe, la hermana menor de José, con una sonrisa de oreja a oreja. Todos nos reciben muy amables y alegres por el enlace matrimonial. El padre de José, Don Anasiano es el que mejor me cae, se le ve lo buena gente hasta en el bigote, sus 3 hermanos están bien vestidos y son muy serviciales. La que muy apenas nos saludo es Doña Aurelia, la madre de José.

Es una señora mal encarada, con una expresión de fuchi. Tiene una actitud autoritaria y mandona. La única vez que se dirige a mí es para decirme: "¿Y tú muchacha, de perdido sabes hacer de comer?". Le respondo al instante, claro que sí. Es la única vez que me habló en toda la reunión. Con el resto de la familia siento una química especial, aunque no pasa eso con mi suegra, de cualquier manera, José me dijo que será temporal, así, o la esquivo o me gano su cariño. Nos despedimos y regresamos a casa complacidas por los resultados de la cena con los Salinas.

Elvira decide quedarse a dormir esa noche en la casa, no tarda en platicarme, "Toño ya casi se cambia a vivir con la fodonga vieja que lo tiene como un corderito, bebiendo agua de su mano y aunque en algunas ocasiones al ir a la casa se pone bravo conmigo, yo ya no le tengo miedo, la última vez le dije que si me tocaba un pelo otra vez, le diría a su amante que estoy embarazada, a ver como le va con su vieja fodonga. Toño, demacrado, flaco y como enfermo, se fue con la cola entre las patas y golpeando la pared con los puños salió de la casa bufando de coraje". No te lo puedo creer hermana, ¿Cómo te atreves a decirle eso?, ¿No tienes miedo de que te golpeé o te mate?, le pregunto a Elvira atónita. "No mensa, si me quisiera matar, ya lo hubiera hecho, además ya todos en el pueblo, se burlan de su situación, ya no es más el macho que golpea mujeres indefensas o anda de mujeriego. Ahora es un pobre hombre embrujado por la fodonga esa, todos dicen que practica la magia negra y lo tiene enyerbado, vete tú a saber si es verdad o no, lo único que te puedo decir es que yo salí premiada, ¡con decirte que hasta su madre se le pone al brinco! Es que a Toño le quitaron las fuerzas y su voluntad, mi suegra está tan feliz como yo, tenemos libertad, nos paseamos, nos compramos ropa, comemos cuantas chucherías encontramos, estamos empezando a vivir la vida sin hombres. Eso le gusta a cualquiera, ¿No crees?". Pues sí, espero les dure eternamente, le contesto boquiabierta.

Mi mamá está emocionada, no pierde oportunidad para enseñarme las labores de toda ama de casa y darme los consejos que a ella le sirvieron para tener contento a su viejito. "Manuela" me dice mi mamá: "Recuerda que el matrimonio es para toda la vida, que debes de obedecer incondicionalmente a tú esposo, atenderlo, consentirlo, nunca hacerlo enojar, se humilde, se paciente y sobre todo agradece a Dios por los hijos que te mande, ya que son una bendición y la mayor alegría de toda mujer". No se preocupe, mamá, le juro que no haré quedar mal la educación y los buenos principios que me ha inculcado.

Mi próxima boda ha servido para que mi madre y yo estemos más unidas, platicamos, reímos, cantamos y bromeamos como nunca. Han sido los momentos más hermosos de toda mi vida junto a ella, nunca los olvidaré. En silencio nos hemos prometido, muchas veces, jamás separarnos. Mis amigas están tan emocionadas como yo. Desafortunadamente no todas tienen el privilegio de casarse por el civil y la iglesia como yo. Por el civil son más comunes los matrimonios, pero la mayoría de las muchachas se van con los novios o salen embarazadas, en esos casos el padre Segura las casa por la iglesia pero no pueden vestirse de blanco porque ya cometieron pecado y según los católicos uno debe de ir pura y virgen, cosa que no entiendo mucho ¿Cuál es la diferencia y a qué le llaman ser virgen? o ¿Cuál es el pecado del que hablan? Por otro lado no todos los hombres se querían casar por la iglesia y a veces ni por el civil. Por lo tanto yo soy una de las afortunadas y envidiada por las chicas de mi edad.

Alberto trata por varios medios de hablar conmigo para que no me case sin amor y cometa un error, que lo perdone y le dé otra oportunidad. Pero no tengo ninguna intención de escucharlo y le mando decir por sus diferentes medios, que se pudra en el infierno, se olvide de mí y siga arrinconando muchachas en la oscuridad.

José con 17 años y yo con 15, los padres tienen que dar su consentimiento para el enlace matrimonial porque somos menores de edad. Pero en nuestro caso no hubo ningún problema. Hoy, el día de mi boda, me entero que Alberto se fue para siempre del pueblo, se llevó todas sus cosas según él, para no presenciar mi enlace y para seguir sus sueños fuera de éste pueblo miserable. Espero no volver a verlo en mi vida para que no me no mueva el tapete y deje mis sentimientos dormidos y enterrados para siempre.

El gran día está aquí, la decisión más importante de mi vida estoy por realizarla. Todos corren en la casa, unos preparando la comida, otros arreglando las flores para la iglesia, otros arreglado los vestidos, en fin todos hacen algo apresuradamente, yo vistiéndome para la misa que será en un ahora. La tradición es que el novio no te vea hasta que te entreguen tus padres en la iglesia, dicen que si te ve antes de la misa, tendrás mala suerte en el matrimonio. Llega, para sorpresa de todos, el primer carro visto en nuestro pueblo, ¡no lo puedo creer!, yo, arriba de un artefacto de esos, me dá miedo subirme a ese carro tan brilloso, he oído que estos carros alcanzan una velocidad de 40 Km. por hora, ¡no lo puedo creer! Gonzalo abre la puerta del carro y me hace la seña de que entre al auto. El carro decorado con flores, y moños blancos preciosos. Con ayuda de mi madre me subo al auto, con mi vestido blanco, un ramo con flores naturales y un discreto tocado en mi pelo largo rubio que para esta ocasión me hacen un chongo utilizando mucho limón para que el pelo no se mueva en todo el día. Todos mis vecinos aplauden y gritan "¡Bravo!", "¡Bravo!", muy emocionados. Mí cuñado Gonzalo, el hermano menor de José, conduce y antes de llegar a la iglesia se desvía un poco para pasar por unas calles, donde hay gente esperando ver a la novia, y por supuesto el carro. Así que parece un desfile, saludo a todos y ellos me demuestran cariño, aplauden y me desean felicidad para siempre. Es conmovedor para mí porque nunca me imaginé ser tan popular ni ser el centro de atención de esa manera, así que me siento la muchacha más afortunada, dichosa e importante del mundo. Y además inaugurando un carro en el pueblo.

Al llegar a la iglesia veo otro mar de gente esperando a la novia y al carro. Al llegar veo a Elvira y a su suegra, con un rostro radiante y muy elegantes, que gusto me da verlas, les digo entre dientes. Mi madre y Gonzalo me ayudan a bajar del automóvil, la gente aplaude y por fin, entro a la iglesia donde me espera José. Mis suegros y cuñados están listos para la entrada, todos nos acomodamos. Yo seré la última en entrar con el mayor de mis sobrinos del brazo para que sea él, quien me entregue a José, frente al altar. Todo pasa como en cámara lenta y a la vez no te fijas en nadie. Al llegar con José lo veo con su traje blanco impecable, como siempre, acompañada con la música del coro, me toma de la mano y nos disponemos a escuchar la misa. Todo está muy bonito, lo único que cambiaría sería a José por Alberto, todo lo demás es perfecto.

Nunca he visto a tanta gente para presenciar una boda, sí la grandiosa boda de José Salinas y Manuela Flores. Han venido de los ranchos vecinos Gómez y Lerdo. Al salir de la misa la gente aún ahí, aplaudiendo y lanzándonos pétalos de flores, eso no estaba en el plan pero es bonito el detalle. Nos dirigimos a la recepción para ofrecer una comida a los invitados. A petición de la gente tuvimos que dar otro recorrido por las principales calles de Torreón tocando el claxon, como niños con juguete nuevo.

El mole, el asado, el arroz, los frijolitos refritos, las tortillas recién hechas, los chicharrones de puerco, la salsa picante y el pastel fueron una delicia, hasta nos chupamos los dedos. Los músicos iniciaron el baile con un tradicional vals, por fin bailo y me siento como flotando en las nubes, bailé con mi suegro y mis cuñados. He bailado como siempre soñé, toda la noche, ahora siento los pies hinchados y adoloridos. Los invitados sin excepción bailan sin parar, todos están felices y disfrutan de la cerveza y el tequila.

Lo más difícil es despedirme de mi madre, las dos con los ojos rojos de llorar. No me quiero ir con mi esposo y dejar a mi madre sola con todo el trabajo. Son momentos muy difíciles pero hay que afrontarlos, no hay alternativa. Fuimos los últimos en retirarnos del salón, hay que recoger lo que sobró de comida, bebidas y pastel. Pagarles a los músicos, recoger los regalos, etc. José me pide que lo espere en el carro, que ya casi termina, así lo hice. Ya en el carro, me pongo a meditar todo lo sucedido.

Escucho que alguien toca el vidrio de una de las puertas del auto, volteo con una sonrisa para saludar, al ver el rostro de Alberto frente a mí, se me congela el corazón, no me atrevo a decir una palabra. Con su sonrisa fresca y sus labios rosados, me dice: "Mañuela, te quiero, te amo, nunca te voy a olvidar y espero me perdones. Pero quiero saber ¿Por qué rompiste nuestro amor tan drásticamente?, todos merecemos una oportunidad, no lo debiste haber hecho. Nunca te voy a olvidar, lo nuestro es amor de verdad nunca morirá, siempre estarás conmigo y en mis pensamientos, me voy para siempre, deseo que seas muy feliz, adiós Manuela, adiós". Son las palabras más dulces que he escuchado en mi vida, quiero salir corriendo atrás él y decirle que yo también lo amo. La moral y los buenos principios no te permiten hacer cosas indebidas e imposibles, ahora soy una mujer casada, este sentimiento lo enterré con mi sobrino y ahí se quedará toda la vida, a mí, Manuela Flores, nadie me traiciona de esa manera, que te vaya bien amor, rizado, adiós para siempre. Reprimo el llanto y lo veo desvanecerse entre los matorrales y la sombra de la noche.

## *CAPÍTULO DIECINUEVE*
## UN MATRIMONIO CONSUMADO

Es la primera vez que me encuentro con un hombre a solas, a altas horas de la noche, sin haberlo conocido lo suficiente para sentirme cómoda, no encuentro ningún tema de conversación para romper el hielo. Estoy con un desconocido y voy rumbo a su casa donde compartiremos el resto de nuestras vidas. Tengo miedo a lo que me espera con este muchacho, además de compartir mi vida, tengo que compartir la cama.

Al llegar a la casa, José me indica donde está nuestra recámara, es un cuarto espacioso con varios roperos, en medio una cama grande y esponjosa, un escritorio con papeles, el piso de cemento y aunque es muy bonito, es frío, húmedo y no se respira amor. José inmediatamente se desviste sin importarle que la lámpara de petróleo está prendida, yo me tapo los ojos para no verlo y él como todo un experto en estos asuntos, me ayuda a desvestirme, pero inmediatamente le quito las manos y le digo; yo puedo sola, ¿por favor podrías apagar la linterna por que me da mucha vergüenza? José lo hace apresuradamente. Desnudo se mete a la cama, con voz impaciente me apura para que me meta entre las cobijas y según él dormirnos. Tan rápido como pude me puse la bata que mi madre me hizo para esta noche. No sabía que más ponerme para no sentir el cuerpo de José totalmente desnudo esperando por mí impacientemente.

Paralizada cerca del ropero, como esperando que se durmiera para poder descansar por fin. José vuelve a insistir que me está esperando pero ahora con una voz más determinante. Sin duda no se dormiría hasta que yo entre a la cama. Me dije a mí misma, Manuela, es tú esposo y tienes que pasar por esto de cualquier manera, así que respiré profundamente, me di valor y entre como rayo a las cobijas para dormirme inmediatamente.

Siento su respiración muy agitada, su cuerpo hirviendo, como si tuviera calentura, sus manos se fueron directo a mi busto, sus labios mojados besan mi cuello, tratando de besar mis labios pero lo esquivo, entonces dirige su lengua por mi pecho nunca antes tocado por un hombre. Una de sus piernas abre las mías tocando con su rodilla mis genitales. Mi cuerpo tiembla con un sudor helado, trato de rechazar sus caricias, me muero de vergüenza, él no me permite ni moverme, agarra con su mano las mías de manera que no pueda detenerlo. Cuando logra abrirme las piernas se sube con un brinco arriba de mí y siento una cosa dura que me la quiere meter al cuerpo, como si deseara perforarme. Se mueve vigorosamente sobre mí, sin dejar de chuparme y tocarme por todos lados. Hasta me muerde mis pechos provocándome un intenso dolor.

Mi cuerpo está muy tenso, no puedo respirar ni moverme, es como si estuviera luchando contra un hombre con ocho manos y tres bocas. Con una fuerza increíble me logra abrir las piernas totalmente y me introduce con un movimiento brusco su garrote duro y caliente, siento como entra a mi cuerpo produciendo un dolor tan fuerte que se me salen las lágrimas, pero él sigue con movimientos oscilatorios, empieza ha quejarse como si a él también le doliera y a la vez le gustara lo que hace, a pesar de mis lágrimas de dolor José sigue moviéndose cada vez más rápido y fuerte. Toda la cama se mueve y hace un ruido que espero nadie oiga. Después de varios minutos con ese garrote dentro de mí, José ya cansado y bañado de sudor, se deja caer por completo en mí, dando señal de haber terminado su trabajo, se quita y sin decir una palabra se voltea y empieza a roncar.

Es increíble lo que me acaba de hacer y se quede dormido como si nada. De mis genitales escurre un líquido espeso y pegajoso. Me duele mucho y estoy segura que es sangre, que me lastimó en serio. Puede ser también la sangre que me llega cada mes sin avisar, lo que fuera, mañana lo averiguaría con luz. A pesar del dolor, el cansancio me vence y los ojos se me cierran.

Escucho al gallo que canta, anunciando el nuevo día. Minutos más tarde alguien toca la puerta del cuarto con mucha insistencia. Me levanto adolorida y completamente mojada. Al asomarme por la ventana, veo a mi suegra que me hace una seña, no muy cortés, de que abra la puerta. Desconcertada abro para ver que desea a esta hora y en domingo. "Manuela, vístete, hay que empezar las labores del día. No te tardes, te espero en la cocina". Me ordena con su cara agria y malhumorada. Me pregunto, pero ¿Cuáles labores? Descubro el líquido pegajoso mezclado con sangre, con un olor muy desagradable. Me limpio muy bien con una sábana y me visto apresuradamente para no hacer esperar a mi suegra. Al salir del cuarto, desvelada, casada y atropellada por José, me dirijo a la cocina. Veo a mi suegra, al llegar le digo; "Buenos días Doña Aurelia". Sin recibir respuesta, me señala unas ollas muy sucias, llenas de manteca y chile colorado. Me dice que las tengo que lavar y cuando termine me ponga a preparar el desayuno para todos. Después tengo que lavar los trastes y recoger la cocina, etc. Es imposible que con tanto dinero no tenga quien le ayude en la cocina, además es domingo, apenas me casé ayer, por lo menos que me deje descansar un día ¿No?

Todos llegan a desayunar y sin hablarse entre sí terminan su desayuno, sin decir ni siquiera gracias, se paran de la mesa y se retiran. Todos se van a misa porque es domingo, y ¿yo? sigo aquí limpiando y fregando trastes, como si fuera la sirvienta. Ni siquiera me preguntan si quiero ir. Al despertar José, como a la una de la tarde, me dice que le vaya a comprar menudo con la señora de la esquina y que no me tarde por que no se siente muy bien y saldrá. La verdad es que no entiendo nada, ¿Qué les pasa a todos?

No hay nadie en la casa, aprovecho para darme un baño, después de terminar todas mis labores que me encargó mi suegra.

## LETICIA CALDERÓN

Hace dos semanas que me casé y me siento como si fuera invisible, nadie me dirige la palabra, todos me dan órdenes, es una familia muy extraña. No dejo de trabajar, como si fuera la esclava de la familia, como si me quisieran matar de cansancio. No le tengo miedo al trabajo pero si a la manera que me lo pide, me humilla, no me trata como su nuera, me trata como una empleada o peor. A José sólo lo veo a la hora de la comida y por supuesto en la noche cuando se sube en mí a gemir. Lo que más me duele es que no he visto a mi mamá Cuca a quien tanto extraño. Una tarde voy con Doña Aurelia para pedirle permiso de ir a visitar a mi madre. Ella me contesta con su cara agria y enojada: "No puedes ir, recuerda que ya eres una mujer casada, te debes a tú casa, no quiero que la gente murmure que andas por ahí sin tú marido. No puedes ir y ahora vete a lavar la ropa de los muchachos antes que se haga tarde porque después no se alcanza a secar, vete y no molestes más, eres una niña tonta e igualada". Salgo llorando de su cuarto, me tropiezo al salir con Lupe, la hermana menor de José, es la primera vez que me sonríe y escucho su voz: "No llores Manuela, yo te voy a ayudar para que visites a tú mamá sin que mi madre se entere, vente a mi cuarto, vamos ha hacer un plan, ya no llores".

Desde ese día nos hicimos amigas, cómplices y confidentes. Es como una luz que se enciende en la oscuridad. Planeamos mi salida a casa de mi madre para el día siguiente, como una travesura de adolescentes.

Me escapo de la casa de José por las huertas, como si fuera una ladrona, pero vale la pena por ver a mi madre aunque fuera por una hora. Al llegar con ella nos abrazamos y lloramos juntas, me dijo que me extraña como nunca, que me quiere y todavía no se hace a la idea de mi ausencia. Como no tengo tiempo le platico lo que mi suegra me está haciendo, esperando recibir un poco de apoyo y comprensión. Para mi sorpresa mi madre me contesta: "Manuela, tú suegra merece todo tú respeto y obediencia, ahora te debes a tú marido y lo debes de atender sin replicar, ya que eso te dará la felicidad, no repliques ni te quejes, la sumisión es una virtud, Dios tiene un destino para ti, no reniegues de tú suegra, estoy segura que ella tiene buenas intenciones contigo, no te preocupes Manuela, todo está bien, no te preocupes por mi, estoy organizada para todo el trabajo y los niños me ayudan en todo. Cuídate mucho y cuando puedas ven a verme, ¡ándale, ya vete!". Regreso a casa de José convencida que todo eso es normal y no debo estar de remilgosa, debo ser obediente y servir a los demás.

Hoy cumplo seis meses de matrimonio, cada vez trabajo más y atiendo a todos en la casa, por lo menos todo son amables excepto la amargada de mi suegra, pero siempre trato de evitarla, ya estoy acostumbrada, veo todo ésto como mi vida de hoy en adelante. Por supuesto José me visita sin faltar todas las noches y a la hora que llega quiere montarse en mí y a dormir, otras veces sólo viene a eso y regresa a la cantina. Por cierto, las cantinas son todo un éxito, les ha ido de maravilla, ahora ya cierran hasta las doce de la noche y entre semana a las diez. Están pensando en abrir dos cantinas, una en Lerdo y otra en Gómez, los ranchos vecinos.

Cada vez son más frecuentes las escapadas que me doy para ver a mi madre, está vez el riesgo es mayor, voy a visitar a mis amigas, 2 de ellas se escaparon con el novio, unos forasteros que llegaron de la capital a ayudar a los Salinas para la construcción de las cantinas, Ellos se llevan a las muchachas cuando terminan su trabajo de construcción y no volvemos a saber de ellas. Otra de mis amigas está embarazada y el novio no le quiere cumplir, debido a la presión de la familia decidió irse a los Estados Unidos, de mojado evadiendo toda responsabilidad de paternidad o manutención al bebé. Sólo queda una soltera, dice que ella se va a quedar a vestir santos, se quedará de solterona, como comúnmente llaman a las muchachas que no se casan al cumplir 17 ó 18 años. Tantas cosas que han pasado mientras yo estoy en la cárcel matrimonial, no tengo ningún contacto con nadie, ni siquiera Lupe me cuenta los chismes. Regreso a mi celda deprimida y triste por la noticia de mis amigas, esperando estén bien y se comuniquen pronto.

La familia se prepara para la inauguración de la cantina en Lerdo, todos andan muy ocupados y ni siquiera perciben mi presencia, tal parece que yo no estoy invitada a la gran ocasión familiar. Veo a José a lo lejos y corro para poder hablar con él, al llegar al patio le comento: José no tengo un vestido que ponerme, ¿Puedo comprarme uno?, fíjate que en la tienda de Don Conrado hay ropa bonita, antes de que terminara de hablar, me contesta: "Manuela, yo no sé si vayas a ir, pregúntala a mi madre, ella es la que toma esas decisiones y si ella te deja ir, pídele un vestido a Lupe, yo me tengo que ir y no se te olvide lavar al caballo enfermo y darle su medicina, disuelta en agua, nos vemos mañana".

Todo absolutamente todo lo decide Doña Aurelia, nadie tiene las agallas para contradecirla, ni siquiera el pobre de Don Anasiano puede con ella, los hijos son una bola de viejas falderas que no dan un paso sin el consentimiento de mamita. Doña Aurelia trata a todos incluyendo a sus hijos y marido con la punta del pie, ya me estoy hartando de esta situación tan denigrante y abusiva, todos le tenemos miedo, ¿Qué, me puede hacer?, ¿castigarme?, de cualquier manera no puedo ni ir al baño si ella no autoriza, es increíble lo que le aguantamos.

Me quedo en el patio, observando como se van uno por uno al festejo, sin ni siquiera voltear a verme, cuando sale mi suegra, me recuerda todo lo pendiente que tengo que hacer y sin dirigirme una mirada se va, subiéndose al carro que la espera afuera, cuando arranca el carro alcanzo a escuchar su voz ronca gritándome: "¡Manuela, cierra el portón!". Con lágrimas en los ojos cierro el portón y corro por todo el patio, gritando, llorando de rabia, me meto a la pileta y me mojo toda, arrancándome unos mechones de pelo, golpeándome en la cabeza con los cepillos para bañar a los caballos, corro a la sala intocable y brinco en los sillones y las sillas, voy a la cocina y como toda la fruta que puedo, la comida que siempre se me niega, grito por todos los rincones de la casa, meses de represión y silencio. Me río como loca mientras brinco en la cama de mi suegra. Monto al caballo consentido de mi suegro y galopo por entre las huertas hasta quedar exhausta. Me siento liberada de tanta tensión y lista para limpiar todo el reguero que dejé, por primera vez desde que me casé me siento libre y muy a gusto, me trepo a un árbol para contemplar las estrellas.

Alguien toca el portón, me bajo del árbol y pregunto con voz temerosa "¿Quién es?", "Tía Manuela, abre soy yo", es mi sobrino. Le abrí tan rápido como pude, "¿Qué pasa chiquito?". "Mí tía Elvira está en la casa y ya viene el bebé, Doña María está con ella, pero mi mamá Cuca quiere que estés enterada de lo sucedido". Sin pensarlo dos veces, le dije que me esperara, deja voy por un chal y regresamos juntos a la casa. Cierro el portón de la casa y nos vamos apresuradamente.

## *CAPÍTULO VEINTE*
## UNA LECCIÓN INOLVIDABLE

Cuando tú familia te necesita, hay que estar ahí y apoyarla, de camino a casa de mi mamá, encontré el significado del no haber ido a la inauguración, por algo pasan las cosas. Desde la esquina se pueden oír los gritos de Elvira, al abrir la puerta, mi madre, se sorprende al verme, pensando que estaría en Lerdo con toda la familia, pero le dije antes de que preguntara, después té platico, ahora lo importante es Elvira y el bebé. ¿Cómo va todo?, Doña María dice: "El niño viene muy grande y será un parto muy complicado, lleva más de tres hora con los dolores y no hay indicios del nacimiento, ya se le reventó la fuente" me contestó.

Ya pasaron 5 horas y Elvira ya sin fuerzas sigue gritando, sudando y pidiendo compasión que le quiten los dolores como sea. Doña María grita entusiasmada: "¡Ya veo la cabeza del bebé!, ahora puja fuerte para que salga rápido, puja, puja, y no olvides la respiración". Elvira en cada pujido se pone tan roja que parece que reventará. Al fin vemos salir al bebé, no doy crédito a lo que mis ojos ven, el bebé está saliendo por un agujerito cerca por donde hacemos pipi y se estira dando paso a una nueva vida, no lo puedo creer. Todas gritamos "¡Es un hombrecito!, ¡Es un varoncito!". Elvira con una sonrisa de alivio, le dice a mi madre que los dolores siguen y siente la necesidad de seguir pujando. Mi madre toda una experta le contesta, "Es la placenta, no te preocupes, son cólicos después del alumbramiento, ahora descansa, te vamos a dar al niño para que lo amamantes, tienes que darle el calostro, lo mejor es hacerlo inmediatamente, para que te baje la leche".

Doña María después de darle una nalgada a la criatura que está arrugada y llena de sangre, le corta el cordón umbilical, le saca las flemas y lo limpia. Lo envuelve en una cobija para dárselo a Elvira y lo amamante. Mi hermana no deja de sentir dolores y empieza a pujar tan fuerte. Doña María grita desconcertada: "¡Hay virgen santísima, viene otro bebé!, puja, puja, ya veo la cabeza". Saca a otro bebé, pero todas sorprendidas le anunciamos: "¡Es una niña, Elvira, es una niña!". Nadie lo puede creer, dos chiquitos preciosos, alegrando nuevamente la vida de mi madre, por el dolor sufrido de la pérdida primero de sus hijos y luego de su nieto.

Elvira ya sin fuerzas sostiene a sus dos angelitos y les da de comer muy emocionada porque ellos después de la llorada por la nalgada de bienvenida se merecen de recompensa unos suculentos pezones, llenos de leche tibia esperando por ellos y como si lo hubieran hecho toda su vida, se prenden del pecho y maman hasta quedar satisfechos y profundamente dormidos. Es una experiencia única, nunca olvidaré este momento de angustia y alegría.

Doña María, antes de partir, le da unas recomendaciones a mi madre y con su sabiduría de partera agrega: "Estos bebés son gemelos idénticos, serán como dos gotas de agua, serán personas muy especiales porque nacieron en la madrugada sin estrellas y con la luna oculta, yo sé lo que les digo, hasta mañana y muchas felicidades, cualquier cosa estaré en la casa todo el día".

En la gran celebración de la cantina José se da cuenta de mi ausencia y le pregunta a su madre por mí, ella le contesta molesta: "Manuela no hace falta, ella tiene muchas cosas que hacer en la casa, además es una mocosa miserable, a ver ¿Para qué la quieres aquí?, no te pongas necio y atiende a la clientela". José insiste y le dice: "Creo que ahora sí te pasaste de la raya, ella es mi esposa y tiene que estar con la familia y aunque te enojes mandaré por ella al terminar esta ronda de bebidas". José manda a Gonzalo a la casa para llevarme a la cantina, para su sorpresa no estoy en la casa, al muy tonto jamás se le ocurre buscarme en casa de mi madre, por lo que regresa a Lerdo y le informa a José y a Doña Aurelia que no me encontró. ¡Qué mala suerte la mía! Para rematar esa mala suerte, ellos regresan a la casa antes que yo. Y aún con la insistencia de mi madre de pasar la noche con ellas, regreso ya casi amaneciendo con la seguridad que José y mi suegra entenderán el motivo de mi repentina partida. El portón está entreabierto, no me dio buena espina porque yo me aseguré de cerrarlo al partir. Entro y lo cierro sin hacer el menor ruido, veo el carro en el patio de la casa, como señal que todos se encuentran ahí, pero lo que no alcanzó a ver es el caballo de José, espero que todavía no llegue y así será más fácil la explicación. Nunca me hubiera imaginado que ellos están enterados de mi ausencia, así pecando de confiada me dirijo como si nada a mí recámara.

Siento que alguien me agarra de las trenzas, con tanta fuerza que me tumba al suelo, donde mi cabeza se estrella con el cemento, con una fuerza brutal y llena de coraje, alguien me arrastra hasta la bodega donde se almacena el maíz. Escucho el cerrojo de la puerta cerrarse a mis espaldas. Cuando volteo, para mi sorpresa, es Doña Aurelia con un cinto de cuero y una hebilla gruesa me empieza a pegar por todo el cuerpo y me dice con voz enfurecida: "¿Quién te crees que eres, niña estúpida?, ¿Cómo te atreves a desobedecerme, a pisotear mi autoridad? eres una malcriada, mal educada y mal nacida. Pero te voy a dar una lección que nunca olvidarás, ni te atreverás a romper las reglas de esta casa otra vez".

A pesar de cubrirme el rostro, siento la cara hinchada igual que las piernas, los brazos y la espalda. Cada vez que me toca la correa se levanta la piel y en algunas partes se revienta y sale sangre. No comprendo su actitud, ni el motivo de los golpes, si no me deja explicarle. Pasaron minutos eternos antes que ella se cansara y me dejara en paz. Sin pronunciar palabra se va, dejándome tirada como un animal roñoso sin ninguna compasión. No me puedo mover, me duele tanto la cabeza, creo que con la hebilla me la abrió. Los labios están adoloridos de tanto hacer presión para mantenerlos cerrados y no pedir ayuda por pena que los demás me escucharan y presenciaran la golpiza, de cualquier manera ella se aseguró que aunque gritara a todo pulmón nadie me escucharía en la bodega con la puerta tan ancha y cerrada.

Me arrastro como puedo a la recámara, quiero acostarme antes de que llegue José, porque estoy segura que será el segundo round de la noche. Al llegar a la cama, lo único que deseo es dormir y no despertar más. Me parece que dormí sólo cinco minutos, cuando escucho la voz de mi verdugo diciendo mi nombre: "Manuela, Manuela, ¡no son vacaciones!, tienes cosas que hacer, en esta casa nunca se descansa y aunque no estés disponible, nada justifica tu flojera, así que, ¡preparar el desayuno y rápido! o ¿Prefieres discutirlo en la bodega, como anoche?", su voz es burlona y con mala intención. Me da asco y repugnancia.

Lupe pide permiso de entrar a la recámara, y como caída del cielo, me ayuda a vestirme de manera que nadie vea lo que me hizo Doña Aurelia. Lupe me consuela y con su sonrisa fresca me dice: "Sé por lo que estás pasando, ahora entiendes porque nadie la contradice, no tienes idea todas las veces que nos ha pegado, a uno de mis hermanos lo dejó sin dientes. Vamos a trabajar y de hoy en adelante ¡pórtate bien!, no más escapadas para visitar a tú madre y por tú bien, no le des motivo a la mía, para que te castigue".

Afortunadamente la cara no está tan lastimada, así que cubro mi cuerpo y salgo a iniciar mis labores diarias. Con el alma y el cuerpo llenos de heridas insanables. José se encuentra en la huerta, caminando despacio llego con él y antes de abrir la boca, para explicarle lo sucedido, me dice molesto: "Ya sé lo de tú hermana, también mi madre me explicó lo sucedido y la apoyo totalmente, no lo vuelvas hacer. Mandé a Gonzalo por ti anoche para que nos acompañaras, por eso nos dimos cuenta de tú ausencia y de tú atrevimiento, espero sea la última vez y ya no recibir quejas de ti. Estaré en la cantina, avísale a mi mamá". Tal parece que todos apoyan a mi suegra, mi madre, José, el padre Segura, Don Anasiano, total que yo soy la inadaptada y la anormal de esta sociedad, así que de hoy en adelante juro ser la mejor en todo y no volver a desobedecer a mis mayores ni a mi esposo, deseo tener una vida feliz y saludable, lo juro, yo, Manuela Flores de Salinas.

A las pocas semanas del incidente con mi suegra, le pido a Lupe me ayude a escapar otra vez, para visitar a mi familia. Lupe como siempre se niega pero después de rogarle un rato, accede. Se me olvidó la promesa que me hice a mi misma y es más fuerte los deseos de saber de mi hermana, mis sobrinos y por supuesto mi mamá Cuca. Me encuentro con la novedad de que ya tienen nombre mis dos nuevos sobrinos, Guillermina y Ottón, de cariño le llamamos, a la niña, Guille. Son unos niños preciosos, es difícil diferenciarlos, como dijo Doña María son dos gotas de agua.

Las cosas en el país mejoran cada día, las primera cosechas dan alimento a todos y se están venciendo los excedentes, tal parece que la revolución arroja sus frutos.

Mi vida de casada no es nada envidiable aunque viva en la casa de los Salinas, la familia con más dinero en estos momentos en Torreón (por sus negocios de cantinas). Yo no gozo de ningún privilegio, ni del dinero de José, lo que ellos no saben es que no tengo el derecho ni de comprarme mis jarritos de tamarindo que tanto me gustan, ni de comer fruta cuando se me antoje, mucho menos de comprarme ropa, zapatos ni siquiera un elote con chile después de la misa. Toda la ropa usada que traigo es la que mi suegra me regala de Lupe, todo pasa por ella y luego la puedo usar yo. Es triste que a pesar de lo que me explotan atendiendo a toda la familia, no tenga derecho a usar un vestido nuevo o comprarle unos calzones a mi madre o un juguetito a mis sobrinos. Todos ha de creer que soy una tacaña y no quiero compartir la fortuna que poseo con ellos, que equivocados están.

Doña Aurelia tiene buen olfato para los negocios, le propuso a José que llevara peleas de gallos los sábados, pusiera unas mesas de billar, se jugara cartas, póker, conquian, canasta, dominó y se sirviera una botana de caldo de camarones, tostaditas o cacahuates tostados a ciertas horas todo ello para atraer más gente y así fue. Todas estas ideas han sido todo un éxito. Piensan abrir en unos meses otra cantina en el rancho vecino, en Gómez.

José está haciendo tratos con gente de la capital, para que instalen en el pueblo el primer poste de electricidad y pueda comprar uno de esos aparatos de televisión que dicen que puedes ver personas vivas pero que están en otros lugares del país. Por supuesto sólo la casa de José y las cantinas gozarán de ese maravilloso privilegio, aunque me emociona la idea, estoy segura que mi suegra me lo prohibirá, como tantas cosas en esta casa.

A unos meses de mi matrimonio y ya acostumbrada a mis labores, de un día para otro me siento cansada, con mucho sueño, antojos raros y vómitos repentinos. Al comentarlos con mi madre sin demorar un segundo me abraza y me dice: "Manuela, felicidades, estás embarazada, es normal, no te asustes, ahora tienes que comer bien y no cargar cosas pesadas, ¡No lo puedo creer Manuela!, recuerda esto toda tú vida, un hijo es una bendición del cielo".

Todos se alegraron con la noticia del bebé, hasta José, excepto mi querida suegra. Y no me extraña, ella no está contenta con nada.

## *CAPÍTULO VEINTIUNO*
## LA IMPOTENCIA POR SER MUJER

Mi embarazo pasa volando, sin ser notado por nadie, estoy más delgada que antes, sigo con mis actividades, mi cuñada ahora me ayuda bastante hasta me cuida de mi suegra para dormir un rato durante el día y aguantar el arduo trabajo. Ella, me cumple mis antojos y esconde mis frutas predilectas para que me las coma en la noche sin que nadie me vea. Lupe, es un ángel que Dios puso en mi camino para aliviar mi amargura y como dice mi mamá, Dios aprieta pero no ahorca.

Al llegar a casa de mi madre, siento un hormigueo por todo el cuerpo y un sudor frío que antes no había sentido. Mi madre me pone al tanto de que Elvira esta nuevamente embarazada, también me cuenta cosas de los niños y como le ha ido en las cosechas. En ese momento, veo todo blanco, me caigo al suelo, siento como unos toques eléctricos por todo mi cuerpo y mis extremidades se mueven sin control. Después de varios espasmos pierdo el conocimiento. Mi madre al verme en el suelo, retorciendo mis manos y brazos, lo único que se lo ocurre es mandar por ayuda a casa de mi suegra, fue la peor decisión. Doña Aurelia recibe la noticia muy enojada, estoy segura que no le interesa mi salud, lo que a ella le importa en ese momento es enterarse que la desobedecí, se prepara para castigarme como ella sabe por mi rebeldía. Manda a Doña María la curandera a casa de mi madre. Aunque escucho sus voces distorsionadas no las puedo ver, todo está oscuro. Escucho el diagnóstico de la curandera: "Es un ataque de nervios resultado de mucho estrés y exceso de trabajo. Le recomiendo reposo absoluto, tranquilidad, Manuela esta desnutrida, por favor que no dejar de comer, necesita tomar leche, agua, comer pollo, carne, vegetales y frutas". Mientras escucho a Doña María decir su recomendación pienso; no creo que pueda cumplir lo de comer bien porque a pesar de que sobra el alimento en casa de mi suegra ella se encarga de que coma sólo las sobras, ella me vigila de que no toque nada que ella no autorice. Siempre como a deshoras y muchas veces sólo tortilla, frijoles y pan duro, otros días es tan tarde la hora que me permite comer que se junta el desayuno, comida y la cena. No puedo mover un dedo sin su permiso.

Nuevamente me desmayo y me hacen reaccionar, poniéndome en la nariz un lienzo impregnado de tequila. Lo primero que veo al abrir los ojos, es la cara cacariza de Doña Aurelia, clavándome la mirada, como un puñal. Mi madre sin querer me puso la soga al cuello. Doña Aurelia es otra persona delante de los demás, que no sea su familia, así que fingiendo compasión e interés en mi estado, me lleva de regreso a su casa a pesar de las súplicas de mi madre por cuidarme personalmente por unos días, de cualquier manera, tuvo la habilidad de dejar a mi madre convencida y con la plena confianza que estoy en las mejores manos.

Cuando entro a la bodega, sé lo que me espera pero ahora hay un inocente que no tiene la culpa de mis errores y en esta ocasión no me cubro la cara, protejo a mi hijo y al sentir los primeros golpes ahora con el cinto mojado para que marque más y el dolor te llegue hasta la médula (grita mi suegra). Aguanto todos y no grito, sólo rezo para que se canse rápido y no lastime al bebé. Con la respiración agitada y vociferando se retira dando un portazo al salir. En ese momento suelto el llanto reprimido y le pido a Dios paciencia y fortaleza. Lupe me espera escondida detrás de la puerta para ayudarme y llevarme a la recámara, mientras me cura las heridas que tengo en la cara y el cuerpo. José llega apurado, no espera ninguna respuesta, los hechos hablan más que las palabras. Al verme llena de heridas y golpes por todo el cuerpo, se retira indignado, con rabia en sus ojos, buscando a su madre. Después de 20 minutos, regresa convencido de que me gané el castigo, sin decir nada, mueve la cabeza y se marcha.

Es impresionante el dominio que ejerce con todos sus hijos y su esposo, Don Anasiano. A todos sin excepción los manipula a su antojo y más que respeto, le tienen miedo. Como si los fuera a convertir en sapos si la llegan a contradecir. No lo entiendo, ojalá, un día pague todo el daño que nos ha hecho a los que la rodeamos. Pero más aún espero que me toque ver cuando le llegue su castigo.

José siempre anda ocupado en los negocios, cuando llega en la madrugada sólo platicamos cosas insignificantes, a pesar de mi enorme panza, se me monta como cada noches sin ninguna consideración, hasta la fecha siempre esquivo sus intentos de besarme en la boca, eso le importa un pepino, ya que ni se da cuenta de mi sutil rechazo. Es que no puedo dejar de pensar en Alberto y a pesar de que lo enterré, me pregunto, ¿Cómo sería la vida a su lado?, sí, eso estoy pensando mientras José gime y me deja mojada, pegajosa oliendo a pescado muerto todos los malditos días. Porque a él no le importa si me lastima o me incomodan sus ataques, él hace lo suyo y se acabó.

Mi suegra, manda colocar pedazos de vidrio en la parte superior de toda la barda, según ella para que los gatos no se metan a la casa. Pero estoy segura que es para que no se me ocurra saltarme. Lupe y yo encontramos un rincón en la huerta, detrás de unos árboles llorones. Hicimos un agujero entre la barda de adobe y el suelo arcilloso, lo tapamos con hojas secas y listo para usarse. La primera oportunidad salgo corriendo de la prisión para ir a casa de mi madre y ésta vez le pediré absoluta discreción. Por coincidencia veo a Elvira a lo lejos y le grito que me espere para llegar juntas con mi mamá, ella se detiene, llevando a sus 2 hijos en los brazos y asomando una pequeña pancita por su embarazo. Al estar lo suficientemente cerca de ella, noto que nuevamente trae su cara marcada con golpes, ¿Qué pasa, Elvira?, sus ojos se llenan de lágrimas: "Toño ya empezó con las andadas de golpearme, la mujer con la que andaba lo dejó y se fue del rancho, ahora se desquita conmigo de todo lo que, según él le está pasando. Se enoja por todo y ahora con los niños es peor, ya que tengo que asegurarme de que no lloren o balbuceen cuando se encuentra dormido porque de lo contrario me pega o me avienta cuanto objeto esté a su alcance. Mi suegra también sufre con esta situación porque también a ella le pega, no tenemos alternativa. Lo que se me ocurre hacer es ir a buscar a la mujer rogarle que vuelva con Toño y lo controle nuevamente, pero creo que es muy arriesgado, porque si la mujer no regresa y Toño se entera que fui a buscarla, no quiero ni pensar lo que me pasaría. Sobre todo, no me lo perdonaría si algo les hace a mis hijos o a mi suegra. Espero resolvamos esto rápido, que la mujer regrese y lo vuelva a embrujar".

Cuando uno escucha la vida de los demás te das cuenta que tú situación no es tan grave, alguien está peor que tú. De lo que sí estoy segura, es que ambas estamos conformes con este estilo de vida. No hacemos nada por cambiarlo. Dios escoge el destino de cada uno, así que, no debemos blasfemar porque nos vamos al infierno.

Falta una semana para cumplir 16 años y mí panza está por reventar. Me escapo por el agujero para ir a la iglesia, confesarme con el padre Segura, es al único que le puedo platicar acerca de la situación con mi suegra y mis sentimientos hacia José. Al pasar por la plaza de Armas, distingo una silueta cerca de un árbol y para mi sorpresa, es Alberto, el amor de mi vida y aunque él no me reconoce, debido a la enorme panza, la ropa de pordiosera, los huaraches de pata de gallo, las trenzas mal hechas y toda aterrada. ¿Quién lo diría?, Manuela es la esposa del hombre más adinerado de Torreón. Mejor dicho soy la empleada sin sueldo de toda la familia más rica de este pueblo. Por suerte Alberto no me reconoció, pero mi corazón late con tanta fuerza que se saldrá del pecho y correrá con él a decirle lo infeliz que es y lo feliz que se siente al verlo tan guapo y bien vestido. Sin perder más tiempo entro a la iglesia para no ser reconocida por Alberto.

## LETICIA CALDERÓN

Me confieso con el padre Segura, éste me aconseja: "Manuela, guarda ese sentimiento en lo más profundo de tú ser, no lo comentes con nadie, es un pecado muy grave, faltarle a tú marido hasta con el pensamiento, recuerda que el matrimonio es para toda la vida y lo que une Dios no lo separan los hombres, así que, te dedicas a complacer a tú esposo y nunca vuelvas a pensar en ese muchacho. Con respecto a lo que me platicas de tú suegra, aunque es difícil de creer, porque ella se ve muy buena persona. Te sugiero no faltarle al respeto, ya que es una persona mayor, además si te portas mal es normal que la gente que te quiera, te reprenda por tu bien. No vuelvas a escaparte de tú casa y acepta el destino que Dios tiene trazado para ti. Ahora vas a rezar un rosario completo, 3 Aves Marías, 3 Padres Nuestros. Te portarás bien de ahora en adelante, en el nombre del Padre, del Hijo...". Regreso a la casa, arrepentida de mis pecados y con la firme convicción de mantener mi promesa de obediencia. Y no involucrar a Lupe en mis asuntos.

Llega el 20 de noviembre de 1916, el día que cumplo 16 años, estoy muy emocionada, me levanto más temprano que de costumbre, porque hoy son los festejos de la revolución mexicana, los niños de la escuelita desfilan y representan lo ocurrido hace unos años de una manera muy divertida y peculiar. Los carros alegóricos, los bailes, la kermés y los ricos antojitos. En la cantina de José nombrada "Los Tres Alegres Compadres", Se transmitirá por primera vez un desfile por televisión desde la capital del país, y como en la cantina está la única televisión, todo el pueblo está invitado a asistir, el único requisito es el consumir por lo menos una bebida. José me dió permiso de ir al evento, pero acompañada de Lupe y Gonzalo, su hermano menor. No me importa, sólo quiero hacer algo diferente el día de mi cumpleaños y presiento que éste será inolvidable.

La casa es una locura, todos están haciendo algo para que el evento sea todo un éxito, algunos recibiendo las bebidas alcohólicas, otros los refrescos, los camarones para los caldos, los adornos para las paredes y la fachada, sillas y mesas para toda la gente que se espera. Gente preparando comida y tortillas de maíz. También, trajeron de la capital unos cajones enormes llamados neveras, para que mantenga fríos los refrescos y la comida no se eche a perder.

José se arregla más que de costumbre, su ropa es más blanca que nunca se perfuma para que lo huelan la gente de Gómez o Lerdo. Se va más temprano que otros días, lo veo contento y entusiasmado, no es para menos, él tiene toda la responsabilidad de los negocios y Doña Aurelia le tiene una confianza ciega. El palomo, mi esposo, se retira de la recámara sin decir una palabra o darme una mirada de despedida. Nadie me ve, soy invisible, hasta que necesitan algo, tienen hambre, quieren ropa limpia o hasta para limpiarles las botas entonces se acuerdan que existe Manuela la que nunca se cansa y siempre dice que si a todas sus peticiones. Pero después vuelvo a ser invisible.

## *CAPÍTULO VEINTIDÓS*
## SENTIMIENTOS ENCONTRADOS

Elvira me manda una caja, con mi sobrino, es un regalo por mi cumpleaños. Cuando la abro, no lo puedo creer, es un vestido rosa precioso, por supuesto no lo puedo usar hoy, debido a la pancita que cargo. Hay una nota adentro que dice: "Manuela, felicidades, úsalo en una ocasión especial, suerte. Tu hermana Elvira." Es el mejor regalo que he recibido en toda mi vida, bueno sin quitarle mérito al pan de dulce de mi mamá Cuca. Es que es la primera vez que tengo algo mío, algo nuevo mío y además es un color hermoso. ¡Gracias Elvira, gracias!

Listas para irnos, mi suegra con toda la maldad del mundo, se dirige a mí en un tono despectivo y humillante: "Y tú, ¿A dónde crees que vas? Cuando termines de lavar la ropa que te dejé en el lavadero, hasta entonces nos alcanzas en la plaza, y cuidadito que me desobedezcas". Los ojos de mi suegra inyectan odio y rencor a donde quiera que dirija su mirada. Lupe, con un impulso de solidaridad, le dice a su madre: "Manuela trabajo toda la mañana muy duro para poder asistir a los eventos del pueblo, mañana lavamos la ropa y hacemos lo que usted quiera, pero por favor déjala ir hoy a ver lo de la televisión y el desfile del 20 de noviembre, por favor". Sin ninguna consideración, nos dejó a las dos lavando la ropa. ¡Qué mala suerte, Lupe!, le dije mientras mojábamos los vestidos de mi suegra para lavarlos: "No te preocupes Manuela", me contestó Lupe, resignada: "No te quiero dejar sola, por lo menos tendremos diversión y la casa para nosotras, ¡corre, corre!, vamos a comer las nueces que siempre nos esconde, vamos a brincar en los sillones, las camas, vamos a gritar lo más fuerte que podamos, vamos a mojarnos. Vamos a hacer todo lo que se nos pegue la gana".

Nunca nos la hemos pasado tan bien como en ese día, nunca me he reído tanto, estamos muy contentas hasta dejamos de lavar la ropa. Cuando me subo a la cama a brincar, siento un dolor intenso en la cadera y se me doblan las rodillas. Lupe me ayuda a bajarme de la cama y me acuesta en ella. Siento que me orino pero no es pipí, es un líquido amarillento y con un olor desagradable, tengo ganas de pujar y gritar del dolor. Lupe se asusta tanto que no sabe que hacer. Le digo que vaya a avisarle a mi mamá y a la partera. Lupe sale corriendo del cuarto. Los dolores son insoportables, la cadera se parte en dos y el corazón late aceleradamente. Mi respiración es profunda y agitada. Me quito el calzón y la falda, abro las piernas, las doblo, empiezo a pujar y pujar cada vez más fuerte para que salga pronto el bebé. Recuerdo como si fuera ayer cuando ayudé en el parto de Elvira, así que ya sé por dónde saldrá el bebé y lo que tengo que hacer. Espero alguien llegue para que me ayude.

A casi 20 minutos de que Lupe se fue, nadie aparece, tanta gente en el festejo será difícil localizarlos. Sigo pujando, gritando y sudando frío, es como si me fuera a morir del dolor. Algo duro y grande está saliendo de mis genitales, creo que es el bebé, y ahora ¿Qué, voy a hacer?, no quiero que se muera mi chiquito, no quiero morirme, no quiero seguir pujando, quiero hacer tiempo para que alguien llegue, pero es más fuerte que yo, tengo que seguir con ésto yo sola. Así que Dios me ayude, agarro los barrotes de la cabecera y pujo con todas mis fuerzas, varias veces. Cada vez el dolor es más fuerte, pero uno de mujer saca fuerzas del alma, uno es valiente y aguanta. El bebé sale poco a poco, la cabeza, los hombros, el pecho, la cadera, las piernas y por fin los pies. Cada parte de su cuerpecito es una súplica de alivio. Con gran esfuerzo me logro sentar y voy recibiendo al pedacito de carne que sale de mi cuerpo, todo arrugado, cubierto de sangre, lleno de algo gelatinoso, con una tripa conectando su ombligo con mi cuerpo, como si no terminara de salir. Cuando tengo a mi angelito en los brazos, en ese instante se me olvida todo lo sufrido. Sigo pujando y sale mas cosa gelatinosa, viscosa, de color rojizo y amarillento. No recuerdo que hizo la partera con esta tripa. Sé que no tengo mucho tiempo, el bebé esta cambiando de color y no ha llorado. Por cierto es un niño, es un machito, grandote. Trato de levantarme de la cama pero no tengo fuerzas para sostener al niño y apoyarme en la cama al mismo tiempo. No tengo fuerzas ni para pedir ayuda. No quiero que mi hijo se muera, ¡por favor, ayúdenme, ayúdame Dios, no me abandones! Los brazos no me responden, no puedo proteger al niño, lo dejo acostado en la cama entre mis piernas. En ese momento, veo entrar a la partera, mi madre y a Lupe. Caigo en la cama perdiendo el conocimiento. Al abrir los ojos lo primero que veo es el rostro dulce de mi madre que me dice: "Manuela, no te preocupes, llegamos a tiempo, tú y mi nieto están muy bien, ahora descansa y acomódate para que amamantes al niño. Fuiste muy valiente, estoy muy orgullosa de ti". Son las palabras más hermosas que he escuchado en mucho tiempo en este calvario.

Cuando el niño se me pega al pecho y empieza a mamar, te das cuenta lo maravilloso e increíble que es el crear un nuevo ser, una nueva vida y te prometes a ti misma que lo protegerás para siempre. El verlo depender tanto de uno, es como una comunicación directa y secreta, nadie más se entera de esa relación pura e inocente.

Mi suegra entra a conocer a su primer nieto, toda sudada, lo agarra tan brusco, que parece lastimarlo. Mi mamá sin perder tiempo, le dice a Doña Aurelia que me llevará a su casa para atenderme unos días, cuidar del bebé y enseñarme mis nuevas responsabilidades. Esta vez mi madre con voz determinante y firme no acepta ninguna negativa, sin esperar respuesta de mi suegra le pregunta a Lupe si le puede traer algo de ropa en un rebozo. Con una sonrisa triunfadora en le rostro, se acerca a mi y me dice al oído: "Feliz cumpleaños, Manuela, en la casa te tengo tú pan de azúcar y un champurrado. Dios ya te dió su regalito, un angelito".

Mi suegra, con una mirada diferente y como si el niño le hubiera tentado el corazón, me dejó ir, aunque argumentando algunas excusas absurdas, no tuvo más remedio que aceptar que fuera a casa de mi madre por unos días. Por un lado quiero brincar de alegría y por el otro no quisiera dejar a Lupe, sola con ella, porque estoy segura que con alguien se desquitará y más cuando se dé cuenta que no lavamos la ropa, el tiradero que no alcanzamos a recoger, su cama toda mojada y sucia por el nacimiento del bebé, en fin, todas las tonterías que hicimos las va a descubrir y alguien pagará por eso. Lupe siempre tan solidaria y ahora la estoy abandonando a su suerte, pero ¿Qué puedo hacer?, definitivamente, admiro el sacrificio que hizo por mi, yo no quiero dejar pasar esta oportunidad de irme unos días a casa de mi madre porque es como ver una luz en el camino oscuro.

Al llegar a casa de mi madre, con mi hijo en los brazos, me doy cuenta de que José no esta enterado. Mando a buscarlo con mi sobrino y darle la noticia del nacimiento de su hijo. Mi mamá me atiende como a una reina, ahora puedo respirar aire limpio y lleno de amor, ahora soy el centro de atención y puedo darme el lujo de descansar cuando quiera. Estoy tomando fuerzas para cuando despierte de este sueño maravilloso.

Después de más de media hora, regresa mi sobrino. Al verle la cara sé que no serán buenas noticias. Así que le pregunto por su tío José, él se queda en silencio por unos instantes y con su inocencia a flor de piel me dice: "Tía Manuela, me tarde porque las cantinas ya estaban cerradas, a pesar de los gritos que le pegué a mi tío y al ver que nadie contestaba, me subí en unas cajas de cartón, por la parte de atrás y ahí estaba mí tío con dos mujeres, completamente desnudos, listos para bañarse, estaban muy contentos, riéndose, y con la música muy fuerte, por más que le grité, no me escuchó, así que decidí regresar a avisarte, que no pude hablar con él, después de que se bañe, ya vendrá a ver al bebé". "Gracias, ahora vete a jugar y no repitas lo que me dijiste a nadie, sólo olvídalo y ten 10 centavos para que compres un dulce", le dije a mi sobrino conteniéndome la rabia y las ganas de salir corriendo a reclamarle su infidelidad y su engaño.

Mi madre, tratando de suavizar la situación agregó: "Manuela, no te enojes porque te hace daño y se te cortará la leche, además así son los hombres, todos tienen su movida, mientras a ti y a tu hijo no les falte un techo dónde vivir y un pan que llevarse a la boca, lo demás lo puedes sobrellevar. Nunca vas a cambiar a los hombres, esa es su naturaleza. Finge que no te diste cuenta y no lo tomes tan a pecho".

Lo que más coraje me da es que por menos de eso deje a mí rizado, a mi Alberto. Soy una tonta, si hubiera escuchado este consejo antes, todo hubiera sido distinto. Además no siento amor por José, lo que me duele es que de seguro todo el pueblo ha de estar enterado excepto yo, la esposa tonta, encerrada en la casa como una esclava y él con su don de conquistador, romántico, vestimenta blanca e impecable, perfumado y ahora con dinero, creo que nadie podría resistir su seducción. Maldito palomo, lo odio, ojalá que ya no se monte en mí, mejor que se lo haga con las viejas, a la mejor a ellas si les gusta.

Pasé el resto de la tarde aprendiendo de la experiencia de mi madre todo lo que una nueva madre debe de hacer, desde hacer los pañales con mantas, bordar las orillas para que no se deshilachen, tejer las cobijitas, los trajecitos, bañarlo, darle de comer, córtale las uñas, que eructe después de comer, darle té de manzanilla para los cólicos, el té de anís para los gases. Tienes que estar alerta las 24 horas del día para que no se ahogue o se asfixie con las cobijas, en fin, tus sentidos se agudizan por el bienestar del bebé e increíblemente te comunicas con él y sabes cuando tiene frío, hambre, trae un cólico o simplemente quiere que lo cargues y sentir tu calor.

Yo sigo sangrando, mi madre dice que en algunas semanas todo volverá a la normalidad en mi cuerpo. Los pechos duros y grandes llenos de leche tibia para cuando al niño se le antoje comer (que lo hace muy seguido).

Escuchamos que alguien abre la puerta y pensé, espero sea Elvira. "Es José", dijo mi madre, al oír su voz, siento una gran indignación e impotencia por no atreverme a reclamarle, apartarlo de mi vida para siempre. Aparece bañadito y con un ramo de flores en la mano, con una sonrisa de oreja a oreja y sus dientes blancos relucientes. Sin ocultar mi malestar, le señalo el lugar donde está el bebé y le doy las gracias, sólo por educación. José se queda varias horas disfrutando al niño hasta que llega Gonzalo por él para llevarlo a la cantina. Se despide de mi, baja del carro ropa, cobijas, y varios metros de manta para hacer pañales, y agrega: "Si necesitas algo sólo dile a Gonzalo, el tiene orden de ayudarte, adiós y cuida a mi hijo, los veo mañana".

"Ya ves Manuela, tú marido no es tan malo, mira todo lo que te trajo. Por cierto Manuela, que nombre le pondrás a mi nieto". Me pregunta mi madre. "Me gusta el nombre de Andrés, como el menor de mis hermanos, él siempre jugaba mucho conmigo y lo extraño tanto". "Me parece muy bien, sólo espero que cuando regrese tú hermano, no le haya puesto a uno de sus hijos el mismo nombre, porque ahora sí que habrá dos Andreses, ja, ja, ja", me dice mi madre con la plena convicción de que algún día todos mis hermanos entrarán por esa puerta con sus familias y nos dirán: "Por fin las encontramos". Es bueno tener siempre una esperanza y un motivo para seguir luchando en esta vida, pensé.

Muy a mi pesar, regreso a casa de mi suegra, con la novedad de que los hermanos de José, se robaron a sus novias y ahora viven en la casa. Están construyendo tres cuartos en la parte de atrás para que cada uno tenga su recámara. Espero no descubran el agujero que hicimos Lupe y yo. Son tres jovencitas muy simpáticas: Blanca, Estela y Martha.

A mí regreso, después de varios días, mis cuñadas están a cargo de toda la casa, haciendo sus labores desde el primer día que llegaron, como me tocó a mí. Mi suegra con su cara de siempre, voltea a verme y me dice: "Manuela, he decidido que el niño se llame Eulogio y todos le diremos 'Logito', ya después cuando esté más grande le diremos 'Chocho', lo bautizaremos el Domingo antes de la navidad y los padrinos serán los mismo que bautizaron a José chico, ellos vendrán de la capital. Es todo, las muchachas te dirán que te toca hacer y cuidadito estés de remilgosa ¡ah! y platícales lo de la bodega para que se anden con cuidado. Ya vete, retírate y que Logito no haga mucho ruido".

Es el nombre más horrible que he escuchado en mi vida, es espantoso, no puedo pronunciar eso, pero por otro lado le tengo tanto miedo a la bodega, jamás me atrevería a contradecirla, así que agachando la cabeza, me dirijo a mi recámara. Esta situación nueva me cayó de perlas porque ahora a Lupe y a mí se nos aligera el trabajo y tengo más tiempo para atender a mi hijo y seguir con mis escapadas. Lupe se está viendo con un chico de Gómez, espero no la descubran. Lupe recibió una buena paliza por lo que hicimos el día de mi cumpleaños, pero afortunadamente mi cuñada y cómplice, no me guarda ningún resentimiento. Tan amigas como antes.

## *CAPÍTULO VEINTITRÉS*
## YA NO CREO EN DIOS

Gracias a la familia Salinas Pérez, el pueblo se moderniza, con la instalación de postes eléctricos para las dos cuadras principales de Torreón, la plaza de Armas, la iglesia, la casa de José y las cantinas fueron las primeras con luz propia. Se está construyendo un puente que conecte a las tres poblaciones; Torreón, Gómez y Lerdo, con el fin de acortar distancias, ahorrar tiempo y atraer más consumidores a las cantinas. A las afueras de Torreón se construyen las vías ferroviarias lo que significa que pronto tendremos ferrocarril. José compró 3 carros más. Tiene muchos planes, como el meter drenaje, agua potable y otras ideas muy ambiciosas que a todos los habitantes les conviene, ya que se abren fuentes de trabajo y sus productos ahora se pueden exportar más fácil.

Estoy segura que José tiene otras mujeres, pasa días sin aparecerse por la casa, ni siquiera de noche, como antes, ahora lo veo muy de vez en cuando casi siempre con aliento alcohólico y fumando como locomotora. Ahora usa joyas, anillos, pulseras, medallas de oro y brillantes.

El 20 de noviembre cumpliré 17 años y mi hijo Logio un año. Tengo 8 meses de embarazo. Elvira, mi hermana, tuvo una niña preciosa que se llama Nora y sigue sin poder identificar a sus gemelitos Ottón y Guille, de tan parecidos que son.

Lupe esta muy ocupada haciendo preparativos para su próxima boda con Cipriano, un campesino de Gómez, gente pobre pero muy trabajadora. Al principio mi suegra no estuvo de acuerdo con la boda, pero por temor a que se escapara con Cipriano, la aceptó y ya que es su única hija, la quiere ver de blanco frente al altar. Todos los hermanos de Lupe están ayudando para que la boda sea todo un éxito.

La boda de Lupe estuvo hermosa, la familia de José no escatimó ni un centavo para que luciera al máximo. Todo quedó perfecto; el vestido, la iglesia, la fiesta, la música, la comida, la novia irradiaba felicidad, todo salió tan bien. Más de lo que Lupe esperaba. Al final de la boda, nos despedimos con tristeza, lloramos como nunca, ya que se va la única persona que le importa lo que me pasa, fuimos las mejores cómplices, amigas y cuñadas del mundo, no sé como me voy a escapar ahora sin su ayuda. De verás que la quiero y la voy a extrañar cada minuto de mi vida. Por otro lado le deseo la mejor de las suertes y que encuentre la felicidad y el amor con Cipriano.

Han pasado cinco años de mi vida. Hoy cumplo 20 años, alcanzo a escuchar a los niños afuera, festejando el aniversario de la revolución mexicana. Yo me encuentro en la cama con mi hijo en los brazos, hace unas horas nació, es un hombrecito con tez blanca y regordete. Tengo otros cuatro hijos: Logio, de cinco años, Enrique de 4, Luisa de 3, Ofelia de 2, y el que acaba de nacer Javier, por alguna causa sobrenatural, todos mis hijos han nacido el día de mi cumpleaños, es como si ese día el destino siempre me tiene una sorpresa especial guardada para mí. Mi mamá Cuca dice que es una señal divina y que yo estoy bendita. No lo creo, pero de lo que si estoy segura es que el destino me depara una sorpresa cada 20 de noviembre. Así que todos festejamos el cumpleaños al mismo tiempo. Bueno, tiene sus ventajas después de todo.

Por otro lado Lupe está muy contenta, tiene 2 hijas; Cipriana y Lupita, ella vive en Gómez son su esposo, auque no nos vemos seguido parece que le va muy bien y sobre todo es feliz.

Mi hermana Elvira ya tiene 7 hijos, sus dos gemelos mayores de 6 años: Guille y Ottón, Toñito de 5, Silvia de 4, Enriqueta de 3, Gabriel de 2 y Gabriela de un añito. Toño, el esposo de Elvira sigue pegándole y ahora también a los niños, los trata muy mal. Lo único bueno es que Toño viaja mucho por la venta de ganado al norte del país, así que esos días Elvira, con la ayuda de su suegra, visita a mi madre y descansa del salvaje de su marido.

Mi madre como siempre fuerte y trabajando duro en su parcela, criando a mis sobrinos que ya están grandecitos y le ayudan en todo. En una ocasión mi madre me dijo: "Manuela, espero algún día encontrar a mis hijos por que les quiero agradecer que me dejaron a sus angelitos para que me cuidaran y ayudaran cuando más lo necesito, creo que ahora le doy sentido de su decisión de dejarlos a mi cargo y aunque ya uno de ellos se fue al cielo, los otros dos son ahora mi apoyo y el recuerdo latente de mis hijos desaparecidos". Que razón tiene mi mamá Cuca, suspirando melancólicamente.

Estamos a punto de iniciar las festividades de la virgen de Guadalupe como cada 12 de diciembre. Mi suegra no deja de pegarme a su antojo, ahora le ha dado por cachetearme, la mayoría de las veces por la mala educación que según ella les doy a mis hijos. Todo lo ordena y dispone a su antojo. Ella les ha puesto el nombre a todo sus nietos, como si nosotras no existiéramos. Aunque ya no me ha pegado en la bodega, busca cualquier oportunidad para humillarme y hacerme sentir miserable y un mueble en su casa.

Don Anasiano, el padre de José, sigue con sus huertas, cosechas y flores. Acatando las disposiciones de Doña Aurelia, sin voluntad propia, ni voz ni voto en esta familia. Por otro lado, los hermanos de José, ya con sus familias hechas pero todos viviendo en el mismo techo, hasta que su madre disponga lo contrario. A mis cuñadas ya les tocó también su castigo por haber salido sin el permiso de mi suegra a la iglesia, para ayudarle al padre Segura con la kermés del pueblo. Las esperó en la entrada y una por una les dió su merecido. Y como muchas veces Lupe lo hizo por mí, ahora yo las consolé, las curé y para que se sintieran mejor les platiqué las veces que había pasado por eso, creo que se sintieron aliviadas por dentro. Blanca, Estela y Martha, ya tienen 2 chamacos cada una, tal parece que sólo somos máquinas para hacer niños y trabajar como burras de sol a sol, sin gozar de los privilegios de estar casadas con los hombres más ricos de Torreón. No es justo lo que nos hacen pero según mi mamá Cuca nunca hay que renegar de la vida que nos toca vivir, así lo dispuso Dios y hay que acatarlo con humildad y abnegación.

Los festejos de la virgen son siempre tan bonitos y coloridos. Ahora nos preparamos para las posadas navideñas que empiezan hoy, 16 de diciembre. Mi suegra tiene los peregrinos José y María, a las 7 de la noche salimos de la casa con toda la gante que quiera participar y nos vamos rezando, llevamos velitas y cantamos canciones religiosas, nos dirigimos a pedir posada para los peregrinos a la casa de la vecina que quiera darles hospedaje por una noche. La señora que acepte a los peregrinos en su casa se compromete a ofrecer a la gente que acompañe a los peregrinos algo de beber y comer. Antes de entregar a José y María, se canta la canción de la posada y al entrar a la casa se reza el rosario. La mayoría de la gente nos da champurrado, chocolate o café endulzado con piloncillo, además de unos ricos tamales o buñuelos, la clásica piñata se rompe al último, rellena de naranjas, tejocotes, cañas de azúcar, galletas de animalitos y dulces. Cada noche se trasladan los peregrinos a diferentes familias hasta el 23 de diciembre, la últimas noche regresan a casa de mi suegra para esperar el 24, la noche buena, el nacimiento del niño Jesús. Esas fiestas son especiales para todos, nos sentimos muy unidos y los niños se divierten en grande con 8 fiestas una cada noche y el gran día de Navidad. Es la única fecha que doña Aurelia no me pega, estoy segura que no se quiere ir al infierno, pero ese ya la está esperando desde hace mucho tiempo, no se va a salvar de irse directo al infierno por lo mala que ha sido siempre.

En espera de la noche buena, oigo a dos de mis hijos; Enrique y Luisa llorar muy fuerte agarrándose la cabecita, como si desearan arrancársela, al tocarlos me doy cuenta que están muy calientes, les quito toda la ropa y les pongo unos trapos mojados con agua bien fría por todo el cuerpo y le mando llamar a mi mamá Cuca y a la curandera Doña María. Se retuercen del dolor y no dejan de llorar ni de gritar. Con mi cuñado Gonzalo, mando a buscar a José que de seguro esta en la cantina. Al llegar Doña María, les empieza a revisar la piel, les coloca unas hiervas en el cuerpo y unas hojas grandes, mojadas con un líquido, en la frente. Me hace algunas preguntas acerca de los últimos minutos, antes de los malestares, pero no tengo ninguna información porque me encontraba lavando los pañales del recién nacido, Javier, con el ruido de los otros niños no escuché nada raro. Al entrar mi madre por la puerta, siento una fuerza muy grande dentro de mí, ya que veo muy mal a mis hijos y recuerdo a Saúl, el primer muerto que vi cuando era niña, a mi padre y a mi sobrino muriendo en mis brazos.

Si Dios existe, él no me puede quitar a mis dos pequeñitos, a mis angelitos, a mis inocentes criaturas, no lo debe de permitir. Espero con todas mis fuerzas que no se los lleve, que mejor me muera yo, ya que la única razón que me ha dado para vivir ha sido mi madre, mi hermana y mis hijos. Por favor, no me los arranques de esa manera, sólo tienen 5 y 4 años, son buenos niños y me ayudan en todo, por favor Dios no me castigues de esa manera, yo he tratado de ser una buena hija, buena esposa, buena madre y hasta una buena nuera. ¿Por qué no te llevas a la gente mala como Doña Aurelia? si eres justo entonces, déjame a mis hijos y llévate a mi suegra, te garantizo que le harías un favor a muchos. Dios escúchame por favor. Tengo miedo.

Pasaron varias horas sin ver ningún cambio en los niños, ahora ya ni se quejan, como si ya se hubieran cansado de luchar contra la muerte. Mi madre como siempre a mi lado me dijo: "Manuela, tienes que reaccionar, ser fuerte y seguir amamantando a Javier, no te dejes vencer, recuerda que es la voluntas de Dios, él sabe por que hace las cosas, además se los lleva al cielo y de ahí te van a cuidar, no te dejes vencer por la ira y la impotencia, mejor reza y pídele a Dios que los sane y los deje entre nosotros por más tiempo. ¡Ándale, Manuela! reza y pídele a Dios". "No me digas eso mamá" le contesto con palabras llenas de rabia y furia. "Dios no es bueno conmigo, siempre me ha dado tristezas, pero juro que si se lleva a mis hijos, no volveré a ir a la iglesia, ni le rezaré jamás por nada, si me quita a mis angelitos, me arranca el corazón y se lleva con ellos mi fe. No volveré a creer en la justicia divina, no volveré a creer en Dios, eso lo juro, como que me llamo Manuela Flores". Mi madre con los ojos desorbitados me estruja violentamente; "Manuela, estás blasfemando, no repitas eso nunca, Dios no te lo perdonará, debes conformarte y resignarte sin retar o poner en juicio la existencia de Dios, no quiero oírte decir eso, así que ya ¡cállate! y reza por la salud de tus hijos, que tanto lo necesitan. Que Dios te perdone por lo que acabas de decir".

Esta noche buena que debería de ser alegría, se ha convertido en la noche más cruel de mi vida. Llevan horas buscando a José y no lo encuentran, tal parece que no pasaría la noche buena con nosotros. Doña María me acerca una silla y me dice: "Manuela, creo que ya se que tienen tus hijos, tal parece que los otros niños los vieron tomando leche bronca, ya se han muerto otras personas cuando se toma así la leche, algo les pasa en la cabeza, la gente se enferma y no se recupera. Es una muerte rápida y lo que les dió a tus hijos coincide con otros casos que he atendido, desgraciadamente, no puedo hacer nada por ellos, lo siento mucho. Lo que estoy haciendo es quitarles un poquito el sufrimiento, pero vendrá una etapa muy difícil para ellos y para ti, espero seas muy fuerte y lo tomes como toda una mujer. No es tú culpa, eso pasa y ya".

Sin contestarle, me acerco a mis hijos y los abrazo como nunca lo había hecho antes, nunca les dije lo importante que son en mi vida, lo que me duele separarme de ellos, el coraje que tengo con la vida por esta jugada sucia, lo que los voy a extrañar, "¡Hijos!", les grito con todas mis ganas, "¡No me dejen!, ¡No se vayan y perdónenme por no haber sido una buena madre!". Sólo abrieron sus ojitos y me vieron como despidiéndose de este mundo y soltando un líquido espumoso y amarillento de la boca, se desvanecieron sus cuerpecitos, cayendo al catre, convulsionándose antes de quedar sin vida, sin respiración, sin palpitaciones, sin una sonrisa, sin llevarse nada y dejando tanta tristeza y amargura en mi corazón.

Al día siguiente mi madre se encarga de todo para el velorio, los enterramos cerca de la tumba de mi sobrino y simbólicamente de mi padre. El dolor que siento se convierte en odio hacia Dios y su injusticia. Aunque tengo más hijos nunca será lo mismo, mi corazón ya no está completo. El dolor invade toda mi alma, le quita el brillo que antes tenía.

José llegó después de 3 días. Se fue a Cd. de México, la capital, con unas viejas y por supuesto, no le avisó a nadie, así que cuando llegó, le dieron la noticia, no lo podía creer. Nunca lo había visto tan descontrolado, arrancándose el pelo, llorando, gritando, golpeándose las manos en la pared y la cabeza en el suelo, sin perdonarse lo que hizo, sin poder ver a sus hijos por última vez, sin poder despedirse de ellos. Corre al panteón y ahí llora y les pide perdón por lo sucedido. Creo que los remordimientos lo seguirán mientras respire.

## *CAPÍTULO VEINTICUATRO*
## LA AMARGURA PERSONIFICADA

Hoy es 20 de noviembre. Hace 6 años que perdí a mis pequeños Enrique y Luisa. No he vuelto a pararme en la iglesia ni rezarle al Dios todopoderoso. Ya no creo en esas tonterías, desgraciadamente vivimos en una sociedad cien por ciento católica, así que en todos los eventos tengo que fingir y seguirles el juego de que rezo, pero mi corazón está vacío, no hay fe, no hay creencias, no hay amor hacia Dios. José lleva los últimos años tomando sin control, fumando sus cigarros faritos como nunca, sigue con sus mujeres, ya tiene varios hijos regados por ahí y como me sigue visitando en las noches, yo sigo como máquina, niño por año.

Ahora tengo otros cinco hijos. En memoria de los que se fueron, mi suegra decidió ponerles los mismos nombres, es la primera vez que me gusta la idea, así que en total tengo 9 hijos; Logio de 11 años, Ofelia de 8, Javier de 6, Luisa de 5 que de cariño le decimos "Licha", Enrique de 4, Víctor de 3, Angélica de 2, Irma de 1 y Carlos que acaba de nacer. Todos siguen naciendo en mi cumpleaños, no lo entiendo pero ya me acostumbré.

Hoy cumplo 26 años. Después del nacimiento de cada uno de mis hijos, mi madre como siempre no me deja salir sin llevar tapada toda la cabeza con el rebozo o la pañoleta, según ella, para que no se me revienten los oídos. Debo usar blusas con el cuello alto para que no se me sequen los pechos y deje de producir leche, debo usar una faja tan apretada que no puedo respirar toda la cuarentena para que vuelva a acomodarse la matriz y el vientre no se haga flácido, no puedo comer chile, dice mi mamá que cuando el niño es amamantado, la mujer le transmite por medio de la leche lo grasoso o picante de los alimentos, le pueden dan cólicos o hipos al bebé. No estoy muy convencida de esas creencias pero tengo que seguirlas por sí a caso son verdad, no quiero que le pase algo a mis hijos. Siempre, desde el segundo día del parto, mi suegra sin ninguna consideración, me exige regresar a mis actividades cotidianas, ella dice que no hay día de vacaciones para ninguna mujer de esta casa.

Mi madre dice: "El cuerpo de las mujeres es muy fuerte porque aguanta dolores de la menstruación, dolores de parto, trabajos pesados del campo, trabajos arduos de la casa, criar a los hijos, atender al marido, atender la casa, etc. El trabajo de la mujer es inapreciable, productivo pero sin sueldo y recibiendo malos tratos. Teniendo el rol más importante en esta sociedad pero el menos valorado, que le vamos a hacer, es nuestro destino, así lo quiere Dios".

Hace algunos años que construyeron 2 salones y una letrina para recibir a las primeras 2 maestras que mandó el gobierno para educar a todos los niños entre 6 y 12 años de edad. Se formaron seis grados escolares, además les mandaron libros de textos gratuitos para todos. Los alumnos empiezan a las 8:30 de la mañana. Con media hora de recreo para que vayan a la casa a almorzar, luego regresan a seguir su educación hasta la una de la tarde. Hay otro turno en la tarde, lo hicieron de esa manera para que no dejen de estudiar los niños que trabajan en la labor y las huertas. Ahora los niños salen leyendo y escribiendo de primer grado y se gradúan al terminar el sexto. Mi hijo Logio será la primera generación que se gradúe de la escuelita y estamos preparando un baile para que todo el pueblo asista y festejemos a los 10 niños que saldrán de sexto grado. Las maestras por su parte están organizando una ceremonia y la entrega de certificados, que a nivel nacional serán los primeros de forma oficial que se entreguen. Así que el nombre de mi hijo quedará en la historia de la educación mexicana.

La economía de México se encuentra estable y ahora la gente tiene dinero, compra ropa, radios, televisiones, carros y hasta les queda un poco para ahorrar o invertir en algún negocio como las tiendas donde se empiezan a vender los excedentes de cada familia después del consumo propio como leche, huevo, ganado, frijol, fruta, carne, etc. Han tenido mucha aceptación entre los poblados, ya que si algo no lo produces pero lo necesitas vas a la tienda y de seguro lo encuentras y si te sobra el producto, es la mejor manera, rápida y segura de venderlo.

Antes de irnos a casa de mi madre para la comida que preparó por nuestros cumpleaños, mi suegra con toda la maldad en sus palabras, me pide que le lave ropa a mi suegro porque ya no tiene nada para ponerse, además de limpiar el frijol y darle de comer a los caballos, actividades que se pueden hacer más tarde o mis cuñadas lo harían con gusto a sabiendas que me voy al festejo que nos espera en casa de mi madre. Pero ella insiste que lo haga en ese momento o sino me pesará. Agachando la cabeza y con lágrimas en los ojos, le contesto que enseguida lo haré. Esta vez no se saldrá con la suya, me voy a ir a casa de mi mamá aunque sea lo último que haga en esta vida.

Agarro la ropa que me dejó en el lavadero cerca de la pileta y me la llevo para mi recámara, la tiro al suelo, le llamo a todos mis muchachos y nos dirigimos al agujero detrás del árbol en la huerta, le quito las hojas secas y empiezo a pasar uno a uno a los niños le pido a Logio que me ayude con el chiquito recién nacido. Todos nos fuimos directo a casa de mi madre saliendo de la casa como viles ladrones, como fugitivos huyendo de la cárcel. No me importa que alguien nos haya visto, con que no vayan con el chisme, lo que piensen me importa un comino.

Al entrar a la casa, todos están reunidos para darnos la sorpresa y gritarnos "¡Feliz cumpleaños!". Se encuentra en primera fila Doña María, la partera, mi hermana Elvira que ahora tiene 10 niños varones y sus gemelos que ya cumplieron 12 años, sin faltar la compañía de la suegra de Elvira, que es un ángel para mi hermana. Lupe y su esposo Cipriano, acompañados de sus seis niñas siempre tan arregladitas. Mis amigas con sus familias numerosas y sin sus esposos. Las vecinas y comadres de mi madre que nunca faltan. El padre Segura con su cara de buena persona. Las dos maestras de la escuelita, Carmen y Hermelinda, llamada cariñosamente "Mely". Mis sobrinos, ya todos unos hombrecitos. Se encuentran pendientes de las carnitas y el chicharrón. Todos a los que quiero y me quieren están reunidos aquí, compartiendo conmigo y mis hijos un cumpleaños más aunque sea retrasado, pero cualquier fecha es buena para estar con tus seres queridos.

Los niños quieren mucho a sus primos y auque no los vemos como yo quisiera, cuando lo hacemos, juegan y se divierten en grande, corren por el corral, persiguen a los marranos, a las gallinas y a los gansos. Se pasean en los caballos con la ayuda de mis sobrinos, se mojan en la pileta, se trepan en los árboles, atrapan culebras, insectos, ranas, etc. Juegan a las escondidillas, a la pelota hecha con trapos y mecates, vuela los papalotes que hicieron en la escuela y por supuesto cuando empieza la música, bailan como trompos Sin faltar las piñatas, el pastel y la canción de las mañanitas. Es de los mejores cumpleaños que he tenido en mi vida, hasta se me ha olvidado la pesadilla que vivo todos los días en casa de Doña Aurelia.

Me gustaría que estos momentos se prolongaran para siempre, que ya no tuviera que regresar a esa casa fría y sin amor. De lo que sí estoy segura es que entre más tiempo pase, me va a ir peor con mi suegra, pero más vale pedir perdón que pedir permiso.

Antes de que nos fuéramos, mi mamá llama a mis sobrinos y les dice que nos informen de sus planes. Ellos tan tímidos como siempre y después de unos minutos de espera el mayor abre la boca y dice: "Tías, nos queremos ir al otro lado, vamos a brincar el charco y buscaremos trabajo en los Estados Unidos, con los gringos, nos han dicho que pagan con billetes verdes, dólares y valen un poco más en México. Nuestra idea es ir a buscar fortuna durante el invierno, que aquí no hay mucho trabajo y regresar para la pizca de algodón, la cosecha del frijol y trigo. Sólo vamos unos meses, le podemos traer algo de dinero a mi mamá Cuca y a la mejor hasta poner un negocio, como el de mi tío José, ya ve que le ha ido tan bien. Les prometemos que no vamos a abandonar a mi mamá Cuca, les pedimos que la cuiden. Pronto recibirán noticias nuestras. Partimos en una semana, después de los festejos de la virgencita de Guadalupe, para que nos vayamos con su bendición".

Es increíble como pasa el tiempo y el pequeño que dejó mi hermano a nuestro cuidado, ahora esté frente a nosotras hablándonos como todo un hombre y con sus metas tan definidas. Ese tipo de personas son las que triunfan en la vida. Con la voz quebrada a punto de llorar las tres les deseamos lo mejor, les digo que no se preocupen por mi mamá Cuca nosotras la cuidaremos y los esperamos pronto, los extrañaremos. Como nunca antes, les doy un abrazo muy apretado y sincero, dándoles un beso y sin poder evitar las lágrimas que salen como una catarata de mis ojos. Les deseo mucha suerte y les digo "¡Cuídense, muchachos! Estoy segura que sus padres estarían orgullosos de ustedes". Sin agregar más, llamo a todos los niños y me voy despidiéndome de Elvira y mi mamá Cuca, con una sonrisa de agradecimiento por la fiesta tan divertida.

De regreso a casa el camino esta oscuro y silencioso. Apresuro el paso y me encuentro con Gonzalo, mi cuñado, en la esquina con unos amigos, tan extrañado por verme en la noche con todos los niños y de seguro sin permiso de la jefa. Me ayuda inmediatamente con el chiquito que traigo en los brazos y carga con el otro brazo a Irma, mi hija de un año de edad. Gonzalo, más preocupado que yo, abre el portón de la casa y se mete con los niños sin disimular sus nervios, casi corriendo. Los va metiendo uno por uno a mi recámara y antes de que entrara completamente, siento que alguien me agarra fuertemente de mis trenzas y sin decir una palabra me lleva directo a la bodega. No puedo safarme, las fuerzas de mi suegra son superiores a las mías y por vergüenza, no me atrevo a gritar o pedir ayuda, no quiero que se enteren mis hijos. Al entrar al cuarto obscuro, siento un escalofrío y con ello el primer golpe en la espalda, con algo tan duro que oigo como se rompen mis huesos, el siguiente es en la cara, sintiendo la sangre brotar por la nariz y la boca, después golpea mi vientre tan fuerte que caigo al suelo casi sin sentido, los demás golpes ya no los siento, es como estar luchando entre la vida y la muerte al mismo tiempo. No sé en que momento se cansó de golpearme, porque perdí el sentido de las cosas, sólo veo la expresión de esa mujer, liberando sus traumas, complejos y la vida tan dura que ha de haber vivido en su infancia.

Ella siempre busca un pretexto para descargar sus corajes internos y desquitarse de algo grave que alguien le hizo durante su vida, puedo ver su rostro pidiendo salvar su conciencia totalmente dañada. Siento lástima por ella, se nota que no es feliz, ni lo será. ¡Qué lástima me da! Al abrir los ojos, me encuentro en mi cama, con Doña María a mi lado con un rosario en la mano, su rostro refleja angustia y miedo. Me dice con voz preocupante: "Manuela, gracias a Dios estás bien, estuviste varias horas inconciente, estoy aquí sin el conocimiento de tú suegra, me trajo Gonzalo y me metió por un agujero, no quiero que me descubra Doña Aurelia, no se lo que le pasaría al pobre de tú cuñado, así que ya me voy, espero te recuperes rápido, por los niños no te preocupes, los tiene tu cuñada Martha, la esposa de Gonzalo, todo saldrá bien. Tu matriz está muy dañada, controlé la hemorragia que tenías, acuérdate que tienes unas semanas que nació tú hijo y aún estabas delicada. Ojala que esto no traiga consecuencias mayores, probablemente ya no podrás tener más hijos, bueno sólo el tiempo lo dirá, no te desanimes, si puedo te veo mañana ¡ah! también tienes unos huesos rotos. ¿Quieres que le avise a tú mamá?". " ¡No por favor!", le contesto sin perder tiempo, no quiero darle un disgusto, "Mejor la busco cuando me sienta mejor, muchas gracias por su ayuda y el haberse arriesgado por mí. Nunca lo olvidaré, se lo juro".

Todo mi cuerpo me duele hasta para respirar. Lo que siento es rabia, impotencia, coraje, tengo ganas de ahorcarla, ¡No! mejor que se muera de una enfermedad lenta y dolorosa, para qué sufra un poquito de lo que ella hizo sufrir a otros. José llega esa madrugada tan borracho que ni cuenta se da del estado en que me encuentro y para mi mala suerte, se duerme con las botas puestas, cada movimiento brusco me lastima, ahora no puedo descansar por el temor de que me dé un mal golpe, aunado a todos los que ya tengo. Pienso en la explicación que les daré a mis hijos mañana porque de milagro salí librada de ésta.

Por suerte mi suegra salió de viaje con 2 de sus hijos, fueron a la capital a hacer unos depósitos al Banco de México, el primer banco que se abre en este país. Llegaron a la inauguración del ferrocarril, abordando el viaje número uno rumbo a la Cd. de México. Esos días sin mi suegra fueron grandiosos para todos, mis cuñadas me atienden como reina, todos comemos juntos como en los viejos tiempos con mis padres y hermanos, Don Anaciano hasta canta y juega con sus nietos. Poco a poco me recupero, esta es la peor golpiza que ha dado en todo el tiempo que llevo en su casa. Espero que algún día José cumpla su promesa de hacerme una casita y me saque de aquí para siempre.

## *CAPÍTULO VEINTICINCO*
## UN COMPORTAMIENTO EXTRAÑO

Ya han pasado varias semanas del castigo de mi suegra. Me recupero lentamente día a día. José como siempre, ni siquiera habló con su madre y ahora menos con la excusa de que ella anda en la capital. Desgraciadamente mañana llega Doña Aurelia y todos estamos muy tristes por su llegada. Hoy espero a Elvira, mi hermana, viene con sus hijos a visitarme, es la primera vez que recibo invitados en esta casa. Vendrá mi madre también. Estoy muy emocionada y arreglo la casa para que todo se vea bonito. Al escuchar el portón me dispongo a recibirlas, aún con algunas cicatrices en la cara y el cuerpo. Al vernos, nos abrazamos con ganas de nunca separarnos. Los niños esperaban ansiosos a sus primos para jugar y hacer travesuras ahora que se puede ya que mis hijos también notan la diferencia de que no tienen al verdugo diciéndoles cuando respirar.

Yo, como muchas mujeres, los problemas los guardo en lo más profundo de mi ser, no me atrevo a pedir ayuda, me da vergüenza decir que mi esposos me viola y me maltrata, no comparto con mis familiares mis fracasos o infelicidades ni trato de resolverlos o por lo menos, desahogarlos y confiárselos a alguien. Eso precisamente veo en los ojos de mi hermana, algo le está ocurriendo y no lo quiere decir delante de mi mamá Cuca, y aunque ella es muy buena con nosotras, es algo que preferimos callar, uno no se atreve a platicar, creo que es debido a que mi madre, a pesar de sus buenas intenciones, no sabe como ayudarnos. Es la educación que nos transmiten, "La mujer, calladita se ve mejor", "En este mundo sólo el hombre opina", "Todo eso es pecado", "¡Es inmoral!", "¡Te vas a ir al infierno!", "¡Vete a confesar, estas blasfemando!", "¡Esto es cosa de hombres, las viejas no se meten!", "Cuando te pregunte, entonces abres la boca", estas frases y muchas otras, las he oído miles de veces y terminas por creerlas. Por eso, ninguna mujer las cuenta, porque lo que te pase en el matrimonio es normal. Lo que el hombre le haga a la mujer es correcto. Ellos siempre saben lo que hacen.

Mi madre se despide para ir a la iglesia. Elvira se queda unos minutos más y aprovecho para preguntarle que la tiene tan preocupada y me contesta con lágrimas en los ojos: "Manuela, no se que hacer, fíjate, que Ottón, se está comportando de una manera muy extraña, camina como si fuera mujer, las manos siempre las levanta y las dobla al correr, como si se fuera a caer, no quiere ponerse pantalón, dice que le aprieta, no se pone la tejana, ni las botas, quiere andar con chanclas y cuando está en la casa se amarra una sábana en la cintura, se quiere dejar crecer el pelo y se lo peina todo el día. Ahora todos le dicen marica, joto, afeminado y un sinfín de estupideces. Ayer llegó de la escuela con golpes en el cuerpo, lo esperaron unos chiquillos malosos y lo golpearon, según ellos para que se hiciera hombre. No puede salir a ningún lado porque regresa corriendo llorando, le dicen cosas feas y le avientan piedras todo el tiempo. Estoy desesperada, hace unas semanas Toño le pegó muy fuerte, para que no volviera a doblar las manos cuando corriera, le puso los pantalones a la fuerza y lo llevó a montar. Le advirtió que la próxima vez lo llevaría a sus viajes y lo dejaría por allí, porque él no quiere un joto como hijo, le gritó, que es preferible no tener un hijo que tenerlo marica. Es una situación muy difícil, yo también le he pegado cuando lo encuentro con los vestido de Guille o con mis rebozos, le meto sus cachetadas y no llora, sólo se me queda viendo con lágrimas en los ojos".

"Si eso se te hace espantoso, espérate a que te cuente, el otro problema" mi hermana continuo con su relato, "Por otro lado, Guille no quiere ponerse los vestido ni jugar con muñecas. Ella es lo contrario, se sube a los árboles, defiende a Ottón de los otros niños, se sienta con las piernas abiertas, tiene actitudes de hombre, monta a caballo con los pantalones de Ottón y a escondidas, se pinta bigotes y barba con el carbón del bracero. En la escuela le dicen; marimacha, hombrona, machetona. La diferencia con ella es que nadie se atreve a pegarle o aventarle piedras porque se defiende y pelea como un hombre. La otra noche Toño no encontraba su pistola y uno de los niños le dijo que Guille la tenía en el cuarto, al abrir la puerta, ahí estaba Guille con la pistola apuntando a Toño, ¡Imagínate, a su propio padre! él le dijo temblando que bajara esa arma, que no era un juguete, que se podía disparar y matar a alguien. Guille con voz determinante y ojos desorbitados le dijo a su padre: 'Es la última vez que usted le pega a Ottón, le juro que si le vuelve a pegar, yo lo mato como a un animal, porque mi hermanito es especial y nadie lo va a lastimar otra vez, quiero que me lo prometa papá'. Apresuradamente, Toño contestó: 'Sí Guille, te lo prometo, ahora dame el arma con mucho cuidado mija, las pistolas son del diablo'. Estaba segura que en cuanto tuviera la pistola, le daría una tunda bien merecida a Guille, pero si tú hubieras visto la mirada de determinación y de confianza en sí misma que reflja Guille, te darías cuenta que estaba hablando en serio y que era capaz de eso y más. Toño enfundó la pistola y salió del cuarto sin decir palabra".

"Como verás, tengo dos problemas enormes y no sé como enfrentarlos, no quiero pegarles, pero no hay día que no les meta un chanclazo por algo que hicieron en la escuela o afuera jugando. Estoy desesperada. Además, no quiero que los otros niños se contagien de esa enfermedad. El otro día fui con el padre Segura y me mandó a rezar y les puso agua bendita, habló con ellos y les dijo que si seguían con esas actitudes, no los dejaría entrar a la iglesia, que están cometiendo pecado mortal y que se irán directo al infierno. También fui con la curandera y la hierbera, les dieron sus limpias con huevo y hojas de pirúl, hasta saltaron en forma de cruz sobre el bracero encendido con carbones y piedras lumbre, tomaron unos líquidos amargosos e hicimos todo lo que nos dijeron al pie de la letra. Todo es inútil, nada funciona, ellos siguen con su comportamiento extraño, nadie se quiere juntar con ellos, no los invitan a ninguna fiesta, la maestra me advirtió que si sigue esta situación en la escuela ya no los recibirá. Dime, Manuela ¿Qué harías tú, si fueran tus hijos?"

"Elvira, lo único que se me ocurre decirte es que es una tragedia, pero se me viene una idea muy simple, pero sumamente peligrosa y secreta, nadie se debe enterar. Considerando que nadie los puede reconocer, ya que son idénticos, ni siquiera tú lo puedes hacer, por lo tanto déjalos que definitivamente se cambien de sexo, déjalos que adopten la personalidad del otro, nadie excepto ellos, tú y yo sabremos la verdad, les daremos la oportunidad de vivir como ellos quieren y sin que nadie los dañe ni los haga sufrir, total, a la mejor se alivian de esa enfermedad, cuando eso pase, ellos regresarán a tomar nuevamente sus cuerpos de hombre y mujer. A todos les dices que gracias a los rezos y las plantas medicinales se sanaron de esa enfermedad".

Elvira tiene la boca abierta y los ojos pelones al escuchar la solución que le estoy dando a su problema. "Mira Elvira, piénsalo, creo que es lo mejor para ellos, total, que pierdes con intentarlo y darles esa oportunidad de ser normales y aceptados por todos, nunca los dejarán en paz, la gente es muy cruel y sobre todo los niños, jamás les abrirán un espacio en esta sociedad machista y llena de prejuicios. De cualquier manera deseo que todo salga bien y tomes la mejor solución por ti y por tus hijos". Sin esperar respuesta, le cambié el tema drásticamente, para no presionar su decisión que aunque suena fácil es difícil de asimilar.

"La tarde ha estado muy amena pero me tengo que ir" dijo Elvira con un tono de pesar, "No te preocupes hermanita todo va a salir bien, espero pronto nos veamos, hasta luego y ¡Cuídate!". Cuando los gemelos se despidieron de mí, no pude evitar darme cuenta de lo raro que son y de lo mucho que se les nota.

Al llegar Elvira a su casa los sienta en la cama y les dice: "Niños, quiero hablar con ustedes de algo muy importante y sobre la enfermedad que tienen, esa manera de hablar y de actuar que les ha traído muchos problemas en la escuela, con nosotros sus padres y en la calle. Su tía Manuela me propuso una alternativa, simple pero riesgosa porque si nos descubre alguien del pueblo nos pueden linchar, su padre también, así que tienen que prometerme independientemente de lo que decidamos nunca repetir esto a nadie. Quiero saber si están de acuerdo en cambiarse de nombre y que tú Ottón seas Guille y tú Guille seas Ottón de ahora en adelante, así cada uno tendrá la plena libertad de vestirse conforme su nombre y su conciencia, no tendrá que fingir más ante los demás porque ellos no sabrán que se han cambiado, tienen que tener mucho cuidado de no equivocarse de nombre entre ustedes. Ahora quiero escuchar su opinión, ¿Qué les parece?, díganme la verdad, lo único que quiero es que ya no se burlen de su enfermedad y sean unos niños normales ante los ojos de los demás".

Los niños con un brillo especial en sus ojos y una expresión de alegría, solamente agregaron, "¿Nos podemos cambiar de ropa en este momento?, ya no queremos esperar más tiempo, gracias por ayudarnos, adiós".

Elvira, inteligentemente corrió la voz que la curandera, milagrosamente, los había aliviado de esa diabólica enfermedad y ahora sus gemelos gozan de mucha salud y han vuelto a la normalidad. Los gemelos se transformaron y externaron toda la represión que por años tuvieron oprimida. Ahora Guille es una de las candidatas a reina de la primavera de Gómez, venden los votos con su fotografía por todos los poblados cada vez está más bonita y femenina. Por otro lado Ottón es un gran jinete del jaripeo y a pesar de su corta edad pronto participará en el rodeo anual, además, Toño se siente plenamente orgulloso de su hijo macho, ya que ahora lo ve montar a caballo con mucha habilidad y trepar los árboles como un animal salvaje. Todo hasta ahora va de maravilla con el cambio.

Me da gusto que Elvira confíe en mí y que recurra a su hermana menor que siempre le daré un consejo lleno de cariño y amor. Ojala que todas ventiláramos nuestros miedos y preocupaciones, así el resultado sería diferente.

## *CAPÍTULO VEINTISÉIS*
## RENCOR Y ODIO

Hoy cumplo treinta y un años, me encuentro en el desfile tradicional del 20 de noviembre de 1930, estamos esperando los carros alegóricos, ahí vienen mis hijos; Javier de 11 años, Luisa de 10, Enrique de 9, Víctor de 8, Angélica de 7, Irma de 6 y Carlos de 5, vestidos de revolucionarios, Adelitas y sin faltar mi General Pancho Villa, Emiliano Zapata y Fco. I. Madero. Ahora los veo venir, diciendo adiós a todos los espectadores. Al pasar enfrente de mi me saludan muy contentos. Nos dirigimos todos a la plaza para presenciar la obra de teatro que tienen preparada y los corridos que cantarán acompañados con una pequeña banda que ameniza en las cantinas algunas noches.

Para nosotros que vivimos la revolución en carne propia es muy emotiva. La mayoría de los adultos sin poder controlarlo lloramos por los seres queridos que perdimos y por los miles que perdieron la vida para que ahora gocemos de una vida decorosa. Mi madre, como todos los años nos espera con un mole de gallina y hasta músicos contrata para la ocasión, espero pueda salir con permiso sin problema de la casa.

Las cantinas "Los Tres Alegres Compadres" (todas con el mismo nombre), siguen haciendo ricos a los Salinas y teniendo un éxito rotundo. José sigue con su misma actitud, tomando, siempre con mujeres, hijos por doquier, visitándome en las noches pero tal parece que Doña María tenía razón en que no volvería a tener hijos, ya que llevo cinco años sin embarazarme, creo que es lo único que le agradeceré a mi suegra después de todo.

Lo que me preocupa es que José, cuando se enoja, les pega a los niños y les avienta con lo que tenga a su alcance; trastes, vasos, palos, botellas, piedras, se quita el cinto para pegarles y hasta con el fuete del caballo sobre todo cuando anda borracho. Los niños más chicos no se escapan de sus golpizas, ni siquiera las niñas o las viejas, como él les dice a las mujeres, todos le tienen miedo, aunque no lo ven seguido en cuanto escuchan el carro, corren a esconderse y no salen hasta que se va.

La otra noche llegó irritado por unas joyas que no recibió de la Cd. de México, buscando un motivo para desquitar su coraje golpeó salvajemente a Logio sólo porque estaba comiendo parado en la cocina con el sombrero puesto, le dice: "Logio ya te he dicho muchas veces que no debes comer con el sombrero puesto". Agarra a Logio del cuello, lo arrastra y lo encierra en la bodega. Todo el pueblo podía oír los golpes y los quejidos de Logio ante el mayor de los abusos por parte de un padre a su hijo. No le basta lo que su madre me hace cada vez que se le presenta la oportunidad. En ese momento al oír a mi hijo gritar desesperado juro que daría la vida para tomar su lugar para que José me pegue a mí y no al pobre inocente. Me parte el alma con cada golpe.

Quisiera tener el valor para defenderlo, meterme a ayudarlo y no permitir al salvaje de José que siga golpeándolos de esa manera, desgraciadamente cuando les pega no me responden las piernas me paralizo me aterra la idea de que me mate en un arranque de coraje porque me meto en sus asuntos. Siento pánico. Lo único que me queda es llorar y pedir que pronto se canse. Después de largos minutos lo deja tirado sangrando, casi inconsciente corro a consolar a mi hijo le curo sus múltiples heridas. A través de sus ojos irritados e hinchados, me grita su rabia y odio hacia su padre.

La rutina y monotonía diaria se vuelven un estilo de vida, la educación también. Las madres cumplimos con atender las necesidades básicas de los hijos lo mejor que una puede pero nunca nos preocupamos por conocerlos, jamás platico con ellos de lo que piensan hacer en la vida, ni de sus proyectos. Ni siquiera le he explicado a Ofelia, la mayor de las mujeres, que ya tiene 14 años, lo de la menstruación. Me gustaría decirle que no se asuste, que es normal. También decirle como usar los trapitos para que no se manche sus vestidos, pero no me atrevo, es vergonzoso y privado como para andarlo diciendo por todos lados. Prefiero que se las arreglen como puedan.

Todas las mujeres pasamos por eso y nadie nos alerta, al cabo no pasa nada si no lo sabe. Tampoco le he dicho a Logio de 17 ó a Javier de 12 lo del bigote, la barba, las axilas, la voz, tantos cambios que sufrirá su cuerpo, espero José en algún momento lo haga y si no, ya lo descubrirán por sí solos.

Mi suegra manda revisar todas las bardas de la casa porque está segura que me sigo escapando sin su permiso, eso la llena de cólera. Para mi buena suerte el agujero ya lo había tapado con adobes sobrepuestos. Afortunadamente no me descubrió. Como cada año mi suegra no me deja ir a la celebración de nuestros cumpleaños pero como cada año nos volvemos a escapar, todos mis niños se saben el camino. La estrategia no falla, media hora antes uno de los niños va por la comadre de Doña Aurelia, diciéndole que su abuelita la invita a comer y se quede hasta que caiga el sol. Así que esperamos la visita de mi suegra y conocemos a la comadre que no se hace del rogar, seguro mantendrá entretenida a Doña Aurelia. Nos vamos a gusto y con tranquilidad de que no nos descubrirá en toda la tarde.

Al llegar con mi madre todos están esperándonos con música y mole. Ahí me encuentro a Lupe, mi cuñada que es la única feliz en su matrimonio, con sus 10 niñas todas tan bonitas, gorditas y bien arregladitas acompañada de su buen Cipriano. Elvira, con sus dos gemelos más sus otros 10 niños y su suegra inseparable, el padre Segura, Doña María, la partera, todas las vecinas y comadres de mi mamá Cuca. Puedo sentir el cariño y el amor de todos los invitados sobre todo el de mi madre. Mis hijos se divierten mucho. Comemos como reyes, también bailamos como nunca, todos nos reímos y la pasamos de maravilla.

Durante la fiesta trato de hablar con Elvira para que me cuente como va lo de los gemelos. Por cierto, mi sobrina Guille ganó el título de "Reina de la primavera de Torreón". Le han propuesto que participe en el concurso nacional en la ciudad de México. Tiene muchos pretendientes, hasta le han propuesto matrimonio. Tiene un cuerpo envidiable su pelo sedoso y largo. Por otro lado Ottón viaja por todos los pueblos en los jaripeos, es un vaquero muy solicitado por todas las maniobras que puede hacer con la reata y su manera de montar es única. Por cierto, su padre le insiste que ya es hora que forme su propia familia y que si ya escogió a la mujer que le gusta, se la pueden pedir en matrimonio.

Elvira me platica que lo más difícil de el cambio es cuando a Guille le empezó a salir la barba y el bigote y el cambio a la voz gruesa y el bello por todo el cuerpo," ¡Imagínate Manuela!", me dice, "Ella siendo toda una señorita de belleza con pelos por todos lados ¿Qué van a decir sus admiradores?". La suegra de Elvira se fue a la capital y consiguió algo para quitar el bello de las piernas, las axilas y la cara. Por lo de la voz tuvo que fingir una bronquitis, después de eso le quedó una voz ronquita que hasta ahora nadie la ha descubierto. Por su parte a Ottón le llegó su menstruación en medio de un rodeo, todos pensaron que se había herido. Ottón tan asustados como ellos se buscaba la herida. Más tarde se dio cuenta como todas las mujeres que eso le pasará cada mes. También a él le cambió la voz, pero la finge y prefiere no hablar mucho, su mayor problema es el busto y la cadera ancha. Pero lo arregla al no fajarse la camisa y trata de usar los pantalones más grandes para disimular, el busto se lo venda muy apretado para que no se mueva de su lugar y no sobresalga. Siempre usa una playera abajo de la camisa holgada que de ninguna manera se notan sus atributos.

Los muchachos se ven muy felices y realizados, lo único que no podrán hacer en sus vidas será; ni casarse, ni tener hijos. No estoy segura si podrán soportar la presión de la sociedad de que ya es tiempo de casarse y formar una familia de una ú otra manera. Los adultos a su alrededor les exigen que cumplan con la obligación de su sexo.

Lupe quiere poner una tortillería, la primera en el pueblo. La verdad es que no creo que le funcione. La mujer está muy acostumbrada a hacer sus propias tortillas y los hombres esperan sus tortillas del comal a la mesa. Me comenta que sus niñas tienen unos granos negros muy raros en la piel, que nunca ha visto algo similar.

## LETICIA CALDERÓN

Le sugerí que fuera con Doña María, la curandera lo mas rápido que pudiera.

Después de la charla con Lupe me dejó un poco inquieta con el comentario de los granos, recordé que hace muchos días que no soy yo la que baño a mis hijos sino Ofelia, así que sin pensarlo más le mandé hablar a Carlos, Irma, Angélica y Enrique. Les levanto la ropita veo los granos por todo el cuerpo y al tocárselos ellos reaccionan quejándose que los lastimé. Le grito a Ofelia y le pregunto que desde cuando están esos granos en el cuerpo de los niños, ella sorprendida no sabe de los que le estoy hablando porque dejaba que se bañaran solitos, ella sólo los supervisaba, les pasaba la toalla y su ropa y nunca se acercó a ellos para tallarlos con el estropajo. Inmediatamente le hablé a Lupe para decirle lo que descubrí, le dijimos a Elvira para que revisara a sus niños y para sorpresa de todos 4 de sus chicos presentaban el mismo cuadro. Se corrió la voz tan rápido que en unos minutos el pánico se apoderó de todos los invitados en la fiesta al descubrir que casi todos los niños menores de 10 años tienen esos granos en el cuerpo.

Esperamos angustiadas la llegada de Doña María para que nos dijera lo que pasa con los niños, algunos de los niños lloran y arden en temperatura. Doña María nunca había visto algo similar con toda su experiencia. Yo les dije no sé que es esta enfermedad pero de lo que si estoy segura es que es contagiosa porque todos los niños la tienen, así que sugiero que regresemos a nuestras casas los mantengamos aislados para no contagiar a los demás. Los granos son diferentes, como si fuera un proceso. Por ejemplo, los niños de la comadre manifiestan temperatura entonces los granos se ven rojos a punto de reventar. Los de mis hijos están rojos pero no tan grandes los de Lupe como que apenas empiezan, se ven negros así que sea lo que sea será mejor irnos. Doña María, usted nos manda las bebidas, cremas o lo que nos vaya a recetar a nuestras casas, le digo y agrego, otra cosa antes de irnos, todo indica que sólo los niños menores de 10 años son vulnerables. Doña María apoyó cien por ciento mi opinión y confirmamos que los adultos no estamos propensos al contagio. Ninguno de nosotros trae granos. "Ahora vámonos y alertemos en el camino a las demás mujeres con niños".

Todas corremos directo a sus casas como si de ello dependiera la vida de nuestros hijos. Olvidando que me había salido de la casa sin permiso abro el portón de la casa abruptamente entro corriendo gritándoles a mis cuñadas para advertirles de la enfermedad. De la cocina sale José y mi suegra antes de que abrieran la boca, José me da un puñetazo en la cara y caigo al suelo. Me cae a golpes alentado por mi suegra, ésta le grita: "Ya te lo había dicho mijo, Manuela es una mala mujer, una desobediente aún sin mi permiso se fue a la calle de vaga quién sabe a dónde, ¡Pégale José, para que aprenda! ¡Dale una buena lección, José! no te detengas". Mientras siento los golpes y patadas, escucho los gritos de terror de mis hijos y su llanto incontenible. Yo tirada en el suelo llena de vergüenza en este momento no me importan el dolor de los golpes sino el que mis hijos me vieran humillada y vencida. Desesperada, le grito a Gonzalo que se los lleve a los niños a la recámara y no los deje salir.

Inesperadamente, Logio corre y avienta a José con tal fuerza que cae en un montón de tierra. Entonces deja de golpearme a mí pero alcanza a Logio, lo abraza. Ambos ruedan entre las piedras como si fueran dos animales salvajes. Logio a sus 17 años le tira patadas y golpes tan fuertes como todo un hombre. José se encuentra sumamente desconcertado por la reacción del mayor de sus hijos de enfrentarse y faltarle el respeto de esa manera. Todos nos damos cuenta que José esta perdiendo la pelea. Sin poderse levantarse del suelo donde lo tiene Logio. Mi suegra se mete a ayudarlo y agarra a mi hijo por el pelo. Eso permite que José tome ventaja de la situación. José se levanta, se quita el cinturón y sin clemencia inicia la golpiza más cruel de su vida en contra de su primogénito. Después de unos minutos, se escucha una voz ronca: "José chico eres un cobarde deja de pegarle así a tú chamaco lo vas a matar pues ¿Qué te hizo para que lo trates así? No le pongas más una mano encima porque te la verás conmigo, ¡Déjalo en paz! ¡Mira nada más como dejaste a Manuela!, levántate hija llévate a tú muchacho al cuarto". Mi suegro nunca se mete en nada pero esta vez le salvó la vida a su nieto, porque estoy segura que José lo mataría sin pensarlo dos veces.

Logio rechaza la ayuda de su abuelo se levanta solo, se dirige a José con una mirada llena de odio: "Es la última vez que me pega me voy de la casa nunca regresaré nunca has sabido ser padre ni siquiera te veo, lo único que recibo de ti son malos tratos, golpes o groserías, así que no me volverás a ver jamás. No te quiero, eres el peor padre del mundo". Con lágrimas de sangre en los ojos y el rencor a flor de piel me da un beso en la frente, les dice adiós a sus hermanos que lo ven desde la ventana. A pesar de mis ojos inflamados sale un llanto angustioso.

Logio es un joven exigente y delicado con sus cosas, la comida no le gusta caliente ni fría, no quiere que nadie pase caminando o corriendo cuando él está sentado en la mesa comiendo, no deja que las niñas se rían fuerte o jueguen juegos ruidosos en su presencia, siempre le ha gustado el orden en su persona. También es muy exagerado, si la camisa no está bien planchada, se la avienta a Ofelia y la hace que la planche de nuevo, si un traste no está bien lavado, hace a sus hermanas o a mí que lavemos todos otra vez, así que espero le vaya bien en su nueva vida y que algún día regrese como un triunfador. Hijo, espero un día, me perdones mi cobardía.

## *CAPÍTULO VEINTISIETE*
## EPIDEMIA Y MUERTE

Al ver partir a Logio desprotegido con las manos vacías, sin rumbo fijo lleno de rencor y sin un peso en los bolsillos, una parte de mi corazón se va con él. Todos, silenciosamente, sin pronunciar palabra nos retiramos a descansar excepto José, que se sube al carro. De seguro va rumbo a la cantina. Al llegar al cuarto, Ofelia ya tiene a los niños acomodados en el suelo con catres y cobijas y dormidos reflejando en sus caritas angustia. Ofelia ayuda a curarme las heridas, ella siempre es reservada y callada, esta vez me consuela dándome aliento y ánimo, como lo hacía Lupe cuando vivía aquí. En cuanto mi cuerpo toca la cama me quedo profundamente dormida a pesar de mis malestares.

Escucho el gallo cantar. Espero la llegada de mi suegra para decirme que en esta casa las mujeres no tienen vacaciones y que empiece con mis faenas. Oigo llanto de niños, pisadas a la cocina, alguien toca la ventana de mi cuarto gritando mi nombre, no reconozco la voz. Me levanto tan rápido como puedo, al abrir la puerta, es mi cuñada Blanca, la esposa de José grande que me dice: "Manuela necesitamos que vengas, los niños están muy mal, tiene mucha fiebre tienen algo raro en sus cuerpos, también los hijos de Estela y Martha no sabemos que es, nos tienes que ayudar ¡Rápido, rápido, no pierdas tiempo!".

Llego al cuarto donde se encuentran los niños. Me enseñan los granos en el cuerpo. Parecen infectados. Les comunico que también 4 de mis niños tienen lo mismo pero no tan feos. Gonzalo llega de la calle con las mismas noticias. Las vecinas buscan desesperadamente a Doña María o a cualquiera que los ayude con la enfermedad de sus hijos.

Ofelia me grita del cuarto, asustada, al abrir la puerta veo a mis hijos con los mismos síntomas; fiebre y granos rojos. Los niños tienen comezón y les arde. Lloran y se rascan todo el cuerpo como tratando de aliviar las molestias. El pueblo es una locura, la mayoría con hijos menores de 10 años tenemos el mismo problema, desgraciadamente sin solución momentánea. La única esperanza es Doña María que por cierto nadie la ha visto. Tal parece que se escondió por falta de respuestas y sobre todo falta de hierbas, cremas o bebidas para aliviar a los niños. Gonzalo conduce el carro hasta las cantinas buscando desesperado a José y pedirle ayuda. Mientras tanto, nosotras separamos a los niños infectados en un cuarto donde nadie pueda entrar. Los bañamos con agua fría para bajarles la fiebre y les ponemos harina de trigo para aliviar la comezón. Los recostamos desnudos para que estén frescos. Los niños dejan de llorar un rato parece que se sienten mejor.

Salgo con las vecinas para decirles lo que por el momento nos dio resultado para mitigar el ardor y la comezón. Todas andamos desorientadas y asustadas, todas las familias tenemos hijos contagiados de granos. Nadie tiene idea en que momento los chamacos se contagiaron ni siquiera de donde viene esa enfermedad o cómo se quita. Veo una nube de polvo a lo lejos, al acercarse distingo a José en el carro manejando rápidamente, cuando me ve se acerca preocupado y preguntándome lo que pasa. Sin dar crédito a mis palabras ni esperar a que termine se va a la casa para ver a los niños. Es la primera vez que lo veo llorar, abrazar y besar a sus hijos hasta parece que los quiere y le importaran. Creo que son remordimientos, lágrimas de culpabilidad por lo que le pasó hace algunos años con Luisa y Enrique los hijos que se nos murieron sin que él pudiera despedirse de ellos.

José me mira a los ojos como nunca antes y me dice: "Manuela, voy a ir a la capital, estoy seguro que ahí encontraré alguna respuesta y ayuda para estos chamacos. No sé que tenga que hacer ó con quien tenga que hablar ni cuanto tenga que gastar pero traeré la cura o quien los cure. Dile a los niños que aguanten, me llevo a José grande. Gonzalo se queda con ustedes para lo que haga falta. No tardo, diles a la gente del pueblo que regresaré". Para todos nuestros angelitos la única esperanza es José.

Al caer la tarde, mueren 3 niños en los brazos de su madre sin saber que hacer. A la mañana siguiente amanecemos con la noticia de que la muerte se llevó a otros 5 chiquitos, de unos meses de nacidos. Mis hijos no parecen reaccionar ni los sobrinos, tal parece que la huesuda se empeña en quitarme más hijos. Espero con todo mi corazón me equivoque. En esta ocasión mi madre no me acompaña debido a lo peligroso de la enfermedad nadie sale de sus casas por temor a contagiar o ser contagiado. El pueblo está desierto, sólo se escuchan los llantos en las casas y los alaridos cuando alguien muere.

Han pasado 12 horas. Los niños empeoran. Los granos hacen erupción como volcanes enfurecidos. La fiebre no les baja, lloran hasta desfallecer. La que esta muy malita es Angélica la chiquita de 8 años, Enrique, Irma y Carlos por lo menos no tiene tantos granos y de repente se ven más animados. Gonzalo nos informa que mueren otros 15 niños.

Hacemos turnos para cuidar a los pequeños y poder descansar. Por cierto, mi suegra no se ha parado ni siquiera para ayudarnos según ella por temor al contagio. No sale de su cuarto. Todo lo manda pedir por la ventana. No cabe duda que tiene un bloque de hielo de corazón y queso en la cabeza, no se da cuenta que 13 de sus nietos están a punto de morir. No se doblega ante nada, es una mujer sin sentimientos. Si Dios fuera justo y misericordioso dejaría que ella se contagiara, muriera como perro y nos dejara a nuestros angelitos que apenas empiezan a vivir y no le han hecho mal a nadie.

Mis cuñadas se recuestan un rato para descansar, me toca hacer guardia. Afortunadamente, Ofelia se encarga de los muchachos. Por ese lado estoy más tranquila aunque todo indica que esta enfermedad sólo es para los chicos. Me levanto para revisar a los chamacos y descubro que algunos de mis sobrinos no se mueven, no me responden cuando les hablo. Le grito a Blanca, porque son tus tres hijos. Efectivamente están muertos, los tres yacen sin vida, mí cuñado José el grande y Blanca se van a morir al perder a sus 3 únicos hijos ¡Que calamidad!, ¡Es una pesadilla! A pesar de los granos infectados su piel queda rosadita parecen angelitos con sus manitas entrelazadas como si cada uno hubiera jalado al otro.

También los dos hijos de Estela pasaron a mejor vida. Martha corre por Gonzalo, enloquecida para advertirle que la muerte nos estaba visitando y le dice, "Viejo, de seguro nuestros hijos serán los siguientes". Gonzalo entra al cuarto gritando, llorando y temblando. Abraza a sus hijos les dice con voz suplicante: "¡Hijos no nos dejen! ¿Por qué uno tiene que pasar por estas pruebas? Serán lecciones que Dios nos da para darnos cuenta que nunca es suficiente el cariño, la atención, los besos, los juegos y las caricias que uno les da durante el tiempo que convivimos con ustedes, les dimos lo mejor de nosotros. Nos falta mucho por hacer juntos hijos, ¡no nos dejen! Necesito otra oportunidad para ser mejor padre y aprovechar cada minuto con ustedes, por favor hijos no se vayan tan pronto, ¡Dios no me los quites! Dios ten misericordia, siempre hemos sido buenos católicos, no te los lleves, por favor, Dios". Llorando como un niño, siente como la vida sale del cuerpo de sus retoños para suspenderse en el ambiente de tristeza y tragedia que invade a nuestro pueblo por el desvanecimiento de esas almas para siempre.

El padre Segura ordena que todas las familias que tengan

cadáveres en su casa lo lleven a la iglesia para darles la bendición y enterrarlos lo antes posible. El olor a muerte es insoportable, la descomposición de los cuerpos puede traer más enfermedad a la gente sana. Gonzalo no se quiere separar de los cuerpos. Escuchamos el carro de José aproximarse. Nuestros corazones reviven. Del carro bajan varias personas con batas blancas, unos maletines negros y varias cajas de cartón. Sin abrir la boca los llevo al cuarto de los enfermos. Sacan unos aparatos muy raros. A cada niño le inyectan un líquido transparente. Parece que tienen control de la situación. José les llama doctores, es la primera vez que escucho esa palabra. Ellos de dirigen hacía mí y me dicen: "Esperamos que no sea demasiado tarde para sus niños. Uno de ellos se ve en la última fase. Esta enfermedad se llama viruela loca. Es una epidemia que está en todo México. Han muerto demasiados niños. A algunos los hemos podido salvar con esta vacuna pero si el virus está muy avanzado ya no podemos hacer nada. La viruela se la debemos a los Españoles".

"Ellos nos la contagiaron cuando nos conquistaron hace muchos años, es una de sus tantas herencia. Desgraciadamente no tenemos tantas vacunas para todos los niños, nosotros elegiremos a los enfermos que estemos seguros les hará efecto, no la gastaremos en los que veamos que ya no hay remedio. Entienda que no podemos darnos el lujo de malgastarla, por supuesto los padres no se enterarán de esta decisión, así que unos recibirán la vacuna y otro solamente suero. Le pedimos discreción para que no se convierta esto en un caos" dejaron muy en claro estos doctores.

José trata de levantar a Angélica, ella es la más malita. Nota que ya no respira. José llora tan fuerte que todos nos asustamos. El doctor se acerca para revisarla. José se levanta y lo golpea fuertemente en la cara, le grita: "Todo el dinero que les pagué para que salvaran a mis hijos y ¡mira! mi chiquita está sin vida, sin aliento. No es justo que prometan tantas cosas y luego no las cumplan yo creí en ustedes y ahora vean a mi hija muerta ¿Que voy a hacer? De una vez les advierto que no los dejaré partir hasta que mis otros hijos se hayan aliviado. Si ellos mueren, ustedes también morirán, me pagarán con sus vidas mal nacidos, mentiroso, rateros, desgraciados, maldita la hora que los traje". Corro para tratar de besar y despedirme de mi hijita Angélica, José me empuja enloquecido como si quisiera golpearme pero reacciona cuando me ve el rostro tan inflamado y morado, se arrepiente. Me entrega el cuerpecito flácido de nuestra hija, con su carita tersa, hasta una leve sonrisa dibujada en su rostro de muñeca. Estoy segura que así la recordáramos toda la vida.

La pérdida de un ser querido te causa un dolor tan grande que no lo puedes explicar, pero la pérdida de un hijo te desgarra el alma, el espíritu, los huesos y el corazón. Me levanto para llevar a mi chiquita a la iglesia, así lo ordenó el padre Segura. Les digo a mis cuñadas que hagan lo mismo. No me explico como un ser humano puede soportar tanto dolor en sus entrañas.

Los doctores, después del incidente, no abrieron la boca para nada, ni siquiera para defenderse ya que también ellos se están jugando la vida. Se dirigen a la iglesia donde la gente se encuentra reunida. Los dos hablaron con el padre Segura. Todo indica que discuten con él muy acaloradamente. Por fin, el padre Segura se limpia el sudor como en señal de pactar un acuerdo. Sale, temeroso, pensativo y temblando de la sacristía y nos dice con voz titubeante: "Queridos hermanos, todos sabemos que esta enfermedad desconocida nos ha traído muchas desgracias y pérdidas humanas. No podemos enterrar a nuestros seres queridos como es la costumbre. Necesitamos darle una lección al diablo para que no se apodere del almas de nuestros seres queridos, tenemos que quemarlos, para que la infección y la maldad se conviertan en cenizas y no nos haga más daño, comparto con ustedes su inmenso dolor, les pido resignación, respeten la voluntad de Dios por haberse llevado a estos angelitos a su lado. No renieguen del destino que Dios les tiene preparado. Les doy mi bendición para que tengan valentía y fortaleza en sus corazones. Por favor dejen a los niños en este lugar y se vayan a sus casas no quiero que presencien la incineración, será dolorosa. La familia que no esté de acuerdo en quemar el cuerpo, será respetada pero no permitiré que use el cementerio público. Tendrá que enterrarlo en el patio de su casa, bajo su propio riesgo de infección para los suyos". Nadie, ni un alma se atrevió a contrariar al padre Segura. Sin perder tiempo buscaron ramas secas y troncos para que el padre los bendiga.

El padre Segura prende el fogón para quemar los cuerpos. Entre llantos, gritos, desmayos y lamentos, los cadáveres fueron arrancados a la fuerza de los brazos de sus familiares, principalmente de las madres. Uno no se quiere separar de ellos. Todos presenciamos como se consumen nuestros chiquitos a los que les dimos vida y ahora presenciamos su muerte. Antes de depositar el cuerpecito de Angélica le hago una trenza con su pelo negro largo, se la corto y le prometo que siempre estará conmigo, que su trenza se irá conmigo a la tumba.

Nadie puede separar a Gonzalo de sus hijos hasta que llega Don Anasiano le da un golpe para que reaccione y se los arranca de los brazos. El fogón cada vez es más espeso y el humo llega hasta el cielo, el padre Segura no deja de rezar, los cadáveres siguen llegando por montones, los demás niños siguen en crisis, como si todos fueran a morir.

Llegan varios niños corriendo despavoridos, buscando al padre Segura como si hubieran visto al demonio en persona. Todos gritan y lloran sin poder hablar. El padre les pide que se calmen para que le expliquen lo que quieren. EL más grande le dice: "Padrecito, corra a la casa de Doña María unos hombres la encontraron donde estaba escondida y la quieren linchar dicen que por no haber ni siquiera intentado ayudar a sus hijos. ¡Corra padrecito la quieren matar!".

Algunos de los que oímos la noticia corremos, incluyendo los doctores, para ver si podemos ayudar y salvar a la curandera que por tanto años ha servido a nuestro pueblo. Hay tanta gente enfurecida afuera de su casa con palos y piedras gritando, blasfemando, maldiciéndola y amenazándola con matarla. Le gritan que si no hace nada por salvar la vida de sus hijos morirá igual que ellos. Es difícil abrirse paso, todos están descontrolados y no escuchan razones ni la voz del padre Segura. Los doctores sugieren entrar por la puerta de atrás o por alguna ventana. Entramos a la casa y lo primero que nos recibe es un olor putrefacto, desgraciadamente el cuadro que vemos no es alentador. "¡Estos salvajes la han colgado!", grita el padre, en el mismo cuarto donde recibía a sus enfermos y preparaba sus pócimas, donde presenció el nacimiento de casi la mitad de la población. Se encuentra colgada de una viga, con la lengua de fuera, el cuerpo morado, su rostro demostrando dolor y desesperación. Abajo del cuerpo un charco de orines, y un característico olor hediondo. Sus manos se encuentran alrededor de su cuello atoradas en las cuerdas probablemente tratando de safarse en los últimos suspiros de vida. Los doctores hablan entre sí: "Colega por el color de su piel parece que lo hicieron hace ya varias horas no podemos hacer nada al respecto sólo ayúdame a descolgarla y démosle sepultura. No puedo creer que la gente de este pueblo se haya atrevido a tanto".

Al sacar el cuerpo de su casa cubierto con una manta, las personas enfurecidas que aguardan afuera de la casa se sorprenden por el espeluznante y desagradable descubrimiento. El silencio envuelve a todos, se puede escuchar la corriente del río Nazas que queda a un kilómetro de distancia. La multitud se compadece de la situación, siguiendo el cadáver de Doña María hacia la iglesia. Le confiesan al padre Segura que nadie se hubiera atrevido a hacerlo, que solamente vociferaban y alardeaban de valientes dando cuerda a su impotencia y desesperación por la epidemia. Nadie del pueblo lo hizo, se lo juran una y otra vez. ¡Ninguno de nosotros es un asesino!, grita la gente, despojándose de los palos, piedras y machetes, ninguno es el asesino. ¡Se lo juramos por nuestros hijos que acaban de morir que no la matamos!

El padre les dijo a los doctores que la depositaran en el fogón junto con los contagiados esperando borrar el incidente de raíz. No quiere dejar una tumba en el cementerio para que recuerde a todos el incidente. De cualquier modo la curandera no tenía ningún familiar. El padre agrega, "Todo indica que ella se suicidó por lo que cometió un pecado mortal ante los ojos de Dios, en estas circunstancias no puede recibir mi bendición ni entrar a la casa de Dios, así que lo mejor es quemarla".

Los doctores regresaron a la casa de Doña María pensando que si ella tenía tanta presión del pueblo cabe la posibilidad del suicidio. A nadie se encontró en el lugar de los hechos y parece que lo hizo desde la noche anterior. Los doctores revisaron la evidencia y determinaron que efectivamente ella se quitó la vida. Todos respiramos profundo y nos volvimos a ver con ojos de gente civilizada.

    Al regresar a la casa, José está como nunca atendiendo a sus hijos. Al sentarme junto a él, me toma de la mano y recordé cuando me propuso matrimonio, desde entonces no había vuelto a sentir su mano tersa sujetando la mía. Me dice con lágrimas en los ojos: "Manuela, quiero que mis hijos se salven, te he fallado como esposo y como padre de nuestros chamacos, pero le prometo a Dios que si los salva dejaré de tomar y de fumar. Cerraré la cantina de Torreón, pondré otro negocio. Si Dios me hace el favor, seré un hombre nuevo y con metas distintas. Así que vamos a rezar juntos por nuestros chiquitos. También quiero que me perdones por los golpes de anoche, perdóname, por favor perdóname". Me hubiera gustado mucho acompañarlo a rezar pero a ese Dios que le suplica ya no creo en él, así espero que le rece con mucho fervor y por los dos porque de parte mía, ese Dios no recibirá ni un Ave María. A ese Dios le debo la desdicha de mi vida y la muerte de 3 hijos, nada me ha dado no tengo nada que agradecerle ni nada que pedirle, para mí no ha sido bueno.

## *CAPÍTULO VEINTIOCHO*
## LOS MILAGROS EXISTEN

Mi suegra aparece dando órdenes como siempre sin el menor remordimiento por su conducta cobarde, no entiendo su comportamiento después de haber perdido 10 de sus nietos. No tiene corazón humano, es una mujer sin entrañas hecha de chatarra oxidada. La epidemia cambió la vida de todo el pueblo. Lupe perdió sus 3 hijas menores, Elvira y mis cuñadas Blanca, Estela y Martha perdieron 3 chiquitos cada una, la mayoría de las familias perdimos por lo menos un niño, algunas hasta 4 chamacos. Todos estamos ahora incompletos, nunca volverá a ser el mismo pueblo alegre y jubiloso de antes. Tal parece que quemamos el espíritu de Torreón en el fogón donde incineramos a nuestros pequeños inocentes.

Los doctores salvaron su pellejo al salvar a mis otros 3 hijos enfermos. José esta cumpliendo su promesa, para asombro de todos cierra la cantina de Torreón "Los Tres Alegres Compadres". Nadie lo puede creer, menos mi suegra. Doña Aurelia no deja de repetirle a José: "¡Eres un tonto, baboso, idiota, tarado, estúpido!", pero nada valió "¿Así es como me pagas? todas las esperanzas y proyectos los echas al pozo, eres un maldito malagradecido". José Salinas cambia de negocio. Las otras cantinas las deja abiertas pero ahora los hermanos se harán cargo de ellas, les dice que las cuiden porque es su patrimonio. No ha tomado una gota de alcohol y no ha fumado ni un cigarrito. Lleva a los niños a las huertas, a los cultivos y hasta al río Nazas para que aprendan a nadar. Muchas mujeres descaradamente lo buscan en la casa pero a todas las manda al demonio, les grita que no vuelvan a molestar y que respeten su casa. La más sorprendida soy yo, nunca me imaginé que mantuviera su palabra después de que su Dios salvara a nuestros pequeños; Enrique, Irma y Carlos.

José habla con los doctores: "Miren pelaos, les agradezco lo que hicieron por mis tres hijos y por el resto de los niños de este pueblo, nunca les podremos pagar que nos hayan ayudado. Les pido perdón por mi actitud cuando murió mi chiquita. Les ofrezco de todo corazón trabajo en este lugar, si ustedes se quieren quedar les construiré un dispensario para sus consultas y unos cuartitos para que vivan mientras se acomodan mejor. Hablaré con el presidente de Torreón para pagarles un sueldo digno, Al principio tendrán que trabajar muy duro para convencer a la gente de que depositen su salud en sus manos. Va a hacer una tarea muy difícil pero como ya no tenemos curandera a quien recurrir. Por otro lado todos están muy agradecidos por su labor en la epidemia creo que ya llevan un tramo recorrido en su labor de convencimiento. Por otro lado Manuela mi vieja les puede echar una manita al principio, para que las mujeres vean que ustedes son gente de bien y pueden curar. Manuela limpiará el dispensario y sus cuartos, así todos los días verán a alguien de confianza entre ustedes. Si ven a mi vieja ahí, los habitantes no tendrán miedo de acercarse". Por las medicinas, no se preocupen. Voy a hablar con un amigo que tengo en la capital para registrar el dispensario al Centro de Salud, que sólo existe en al Cd. de México, así ellos nos pueden subsidiar lo que se necesite para la salud pública. No me tienen que contestar ahora, piénsenlo y díganme sus respuestas mañana antes de que salga el tren que los llevará de regresó a casa. Se pueden tomar unas semanas para que arreglen todas sus cosas en la capital y regresen cuando estén listos para trabajar con agallas en este pueblo. Gracias por todo y espero hagamos negocios doctorcitos, buen viaje".

Los doctores se quedan con la boca abierta por el ofrecimiento tan atractivo, no tuvieron preguntas porque la propuesta es explícita y concreta ningún detalle quedó fuera por parte de José. Los doctores son tres jovencitos recién egresados de la primera escuela de Medicina en la Cd. de México. El ofrecimiento les cayó del cielo, ya que ellos tienen que hacer servicio a la comunidad por dos años, sin salario, pagando ellos hospedaje y alimentación. Así que la propuesta es mucho más de lo que ellos podrían encontrar. No había un pero, el pueblo les agradó y su gente también.

Los doctores no dieron su respuesta inmediata, para no verse desesperados o hambrientos de trabajo, decidieron esperar hasta el día siguiente. Ninguno de ellos pudo dormir placenteramente pensando en la nueva vida que les esperaba en este pueblo lleno de misticismo, tradiciones, solidaridad y católico cien por ciento. La mañana siguiente antes de abordar el tren, ahí se encuentra puntual José Salinas, esperando una respuesta afirmativa. Uno de los doctores dice: "Señor José, le agradecemos sus intenciones y sobre todo su ofrecimiento el cual aceptamos con mucho gusto. La escuela lo único que necesita es el registro del dispensario para que sea oficial y surtan el medicamento utilizando el ferrocarril. Avísenos cuando nos podamos instalar y seguro al día siguiente nos tendrá aquí listos para trabajar y dar lo mejor de nosotros. Sólo recuerde que somos doctores recién egresados y no tenemos mucha experiencia. Habrá casos que necesiten cirugías o tratamientos que nosotros no podremos proveer, espero esté consiente que somos seres humanos y no podemos salvar a todos los enfermos." José se ríe a carcajadas mostrando sus dientes blancos y parejitos. Agregando: "A que mi doctorcitos, por eso no se preocupen, también a la curandera se le morían los pacientes, no se preocupen tanto. Buen viaje, pronto recibirán noticias mías y hasta iré por ustedes, los aseguro que no se arrepentirán, buen viaje".

Se inicia la construcción del dispensario y la casita para los jóvenes doctores de la capital. José inicia una campaña muy positiva para que la gente confíe en los doctores. Pega algunos carteles en la plaza anunciando la apertura del dispensario. La gente espera ansiosa la inauguración y ser atendidos por los capitalinos. La cantina "Los Tres Alegres Compadres" se convierte en una gran tienda de abarrotes, también se vende ropa, artículos para el hogar, herramientas para el arado, etc. Vía ferrocarril se recibe la mercancía proveniente de la capital. Todo indica que tendrá un éxito rotundo, todo lo que toca José se convierte en oro. La tienda se llamará "Sal, si Puedes".

Las maestras de la escuela hablan con José y el presidente de Torreón. Ellas les dicen: "Señores, estamos interesadas en festejar en la escuela el día de la Independencia de México con un acto cívico, un pequeño desfile por las calles principales de Torreón. Esto ayudará a que la gente se familiarice con la historia mexicana y también queremos hacer una kermés afuera de la iglesia, vender platillos típicos mexicanos: tamales, enchiladas, buñuelos, churros, garampiñados, etc. Algo bonito y familiar donde todos se diviertan. Lo que recabemos de las ventas será para comprar material y mejorar la escuela. Recibiremos donativos de los padres de familia de ustedes y de todo el que nos quiera ayudar, la ayuda económica es voluntaria, el día del festejo será el 16 de septiembre y esperamos que se convierta en un festejo de cada año como el 20 de noviembre".

Al presidente le parece interesante la idea. Les da luz verde para sus actividades y les promete ayudarlas en todo lo que pueda. Les dice que para empezar distribuirá propaganda en las poblaciones cercanas para que asistan a la kermés y también les da algunos donativos. José les dice: "Me gusta su propuesta, les prometo traerles el juego de la lotería que es muy popular en la capital, es fácil de jugar, familiar y divertido, también les daré los premios para los ganadores en cada ronda. Aprovecharé la festividad para inaugurar la tienda 'Sal, si Puedes' y el dispensario. Para rematar el día festivo, por la tarde ofreceré una fiestecita gratis para todos los que asistan, con música viva en la Plaza de Armas". "Por cierto", agrega José, "Les daré el día libre a todos los que están trabajando para mí, así podrán asistir a los eventos. Que este 16 de Septiembre festejemos en grande nuestra independencia de los gachupines Españoles, hay que declararlo día de descanso". José presiona al presidente para que declarar al 16 de septiembre como día festivo e inhábil ya que si no lo hace los trabajadores le reclamarían los mismos privilegios que los empleados de José Salinas. Así que el presidente accede proclamando, en una sencilla ceremonia, que el Día de la Independencia de México será festejado y de descanso para todos los trabajadores de Torreón.

En Torreón se escucha un fuerte rumor acerca de una jovencita llamada Graciela de 14 años de edad, dicen que esta embarazada y que el hijo es de José grande, el hermano mayor de José. Eso no tiene nada de malo porque muchos hombres casados riegan hijos por todos lados el problema aquí es que aseguran que Graciela fue víctima de una violación salvaje. Algunos testigos presenciaron la brutalidad de José grande pero debido a el poder que tiene la familia Salinas en el pueblo nadie y ninguna autoridad se atreve a señalarlo como culpable y aunque así lo hicieran una pobre mujer nunca tendrá el apoyo en un mundo de dirigentes machos. A la pobre Graciela además de la humillación y la canallada recibida, sus padres y hermanos la golpearon, la corrieron de la casa según ellos está deshonrada. La familia dice que su pecado lo pagará con el bastardo que traerá al mundo. Se rumora que todo el pueblo la rechaza, nadie querrá casarse con ella después de la vergüenza porque para todos los hombres del pueblo ella provocó la violación.

La pobre muchacha recurre al padre Segura y éste le dice que se puede quedar en la iglesia por unos días pero no para siempre. Graciela anda de arriba para abajo pidiendo comida por las casas, ayudando en las labores del hogar o del campo tan sólo para poder comer. Mal vestida, flaca como una lombriz, demacrada, se le ve afuera de la iglesia pidiendo dinero. Es realmente lamentable que una jovencita en su estado no reciba ayuda. José chico compadeciéndose de ella le da algo de dinero cada mes para que deje de vagar por las calles pidiendo como limosnera. Le dice que pase por la tienda "Sal, sí Puedes" para darle algo de ropa y lo que necesite, a fin de cuentas ese inocente que viene al mundo es su sobrino.

Antes de la inauguración del dispensario, los doctores llegan al pueblo a instalarse en la casa nueva y limpia. Los doctores son tres; uno se llama Ernesto es alto, delgado, bien parecido, de cabello lacio y negro. El otro es Francisco, el prefiere que lo llamen Panchito, es un hombre regordete, pelo negro de cepillo, muy simpático. El otro es Arturo, tiene unos ojos grandes negros, muy expresivos, bajito, gordito, pelo rizado y con un defecto físico en su pierna derecha que al caminar, se le nota un poco. Los tres contagian las ganas de trabajar, son agradables, amigables y parecen buenas personas.

Una tarde, Graciela, la joven embarazada, corre a la casa de los doctores asustada por la cantidad de líquido espeso y sangre proveniente de sus genitales. Los doctores con el nerviosismo a flor de piel demuestran su inexperiencia, nadie sabe que hacer. Los tres hablaban al mismo tiempo, caminan nerviosos, no se ponen de acuerdo en el procedimiento para atender su primera emergencia de parto prematuro con una hemorragia ascendente.

Uno le dice al otro "Mira es madre joven, se nota que esta anémica y no tendrá fuerzas para sacar al bebé". Otro le contesta "¿Cómo le vamos a hacer?" Después de varias horas de confusión, gritos y acuerdos apresurados. Se oye el llanto de un niño de tez morena, arrugado, desnutrido, con reflejos y movimientos torpes. Los doctores están muy optimistas porque el bebé demuestra una gran fortaleza de luchar por su vida. El doctor Panchito le pregunta a Graciela: "Oye muchacha, ¿Cómo le llamarás al bebé? necesita un nombre bonito porque fue muy valiente". Graciela le contesta indiferente: "No lo he pensado, no quiero al bebé, lo voy a dejar en el primer árbol que encuentre o regalárselo a alguien que desee cuidarlo, mantenerlo y quererlo. Yo no lo puedo hacer, este niño trajo toda la desgracia a mi vida, ojala hubiera nacido muerto. No lo quiero cerca de mí, ni me lo enseñe por que lo aviento, se los juro".

El doctor Ernesto le manda llamar al presidente de Torreón y al padre Segura. Los ponen al tanto de la situación. Ellos hablan con ella para convencerla de que tiene que darle leche materna a su hijo para que no se muera. Graciela accede a la petición de amamantarlo, con la condición que sólo temporal hasta que consiga como deshacerse de él.

## *CAPÍTULO VEINTINUEVE*
## LA LEY DE LOS HOMBRES

Todo Torreón se entera de la hazaña de los doctores, el primer bebé que traen al mundo es el de Graciela, es un punto bueno a su favor. Graciela, por consejo del padre Segura, le pone por nombre Eduardo, "Lalo".

Dicen que cuando uno esta deprimido la mejor terapia es mantenerse ocupado. Es la mejor medicina y José sin querer me la puso en bandeja de oro al mandarme al dispensario para mantenerlo limpio y presentable para los doctores. Esto para mí ha sido lo mejor que me ha pasado en la vida. Ahora puedo salir con una justificación ante los ojos de mi suegra aunque ella no está de acuerdo, pero disfruta que trabaje de sol a sol, así que la única condición es que no descuide mis labores en la casa. Al dispensario siempre me acompañan mis hijos mayores; Ofelia, Javier y Víctor. Luisa de 11 años se queda a cargo de los 3 menores (Enrique, Irma y Carlos). Al salir de la casa es como liberarme de las cadenas de Doña Aurelia, creo que son de las únicas veces que he salido por el portón principal ya que siempre uso mi agujero para escaparme de esta cárcel.

Me he fijado que Ofelia se sonroja cuando estamos limpiando la casa de los doctores. En cuanto ve al doctor Ernesto acercarse o pasar cerca de ella se pone nerviosa y tartamudea. No me gusta la idea de que mi hija se fije en algún muchacho que no sea de Torreón porque los doctores no son de aquí, en cualquier momento se van y me la dejan embarazada como a varias de mis amigas con los hombres de la construcción.

Los festejos de la Independencia de México de 1810 fueron

todo un éxito. Todo el pueblo participó de una ú otra manera. Las maestras recabaron el doble del dinero que esperaban. Se comprará material didáctico y pintarán la escuela. También alcanzó para una pequeña parcela escolar en la parte trasera de los salones de clase, se sembrará frijol y las ganancias se repartiéndose equitativamente entre los padres de familia, las maestras y obras materiales en la escuela. Formando así una pequeña sociedad pensando siempre en beneficio de los estudiantes.

La tienda "Sal, sí Puedes" se llena a reventar, todos tiene algo que comprar. La gente llega de otros poblados, en carro, a caballo o caminando para saciar sus necesidades en "Sal, sí Puedes". El dispensario no se queda atrás, los doctores gozan de muy buena fama debido a la recomendación de los que se han aliviado con sus medicinas. Se construyó una sala de espera debido a la demanda de pacientes que llegan para ser atendidos por los doctores. La consulta es económica, el que no trae dinero para pagarla de cualquier manera es atendido. Nadie se va del dispensario sin ser examinado por los doctores. Las medicinas más comunes se encuentran en el consultorio y las que no están en existencia, los enfermos tienen que esperar unos días a que lleguen vía ferroviaria de la Cd. de México.

Los negocios de José han atraído a mucha gente rica, principalmente chinos y árabes, a invertir en Torreón. Los chinos por su parte quieren traer; telas, sedas, comida oriental y juguetes. Los árabes desean abrir zapaterías, perfumerías y joyerías. Los extranjeros llegan a México en barcos. Ellos eran comerciantes en sus países de origen pero por motivos económicos, políticos o religiosos deciden refugiarse y probar fortuna en otras tierras donde puedan iniciar sus negocios, llevar una vida tranquila y sobre todo en paz. Los extranjeros son gente muy trabajadora, emprendedora y visionaria. José que es el único comerciante importante en Torreón no se opone a la competencia. Además José se alegra porque ésto generará empleos, entrará más dinero a Torreón y los campesinos venderán mejor sus productos agrícolas.

Mi vida ahora tiene un sentido, ayudar a los doctores y servir a la comunidad, ahora soy una persona libre por unas horas y las disfruto al máximo. Por fin encuentro un rayito de esperanza en el camino obscuro é infeliz que ha sido mi vida. José grande se marcha a la Cd. de México debido a los comentarios de la gente que dicen: "¿Cómo es posible que ese niño y Graciela anden dando lástimas? parecen unos pordioseros y el padre con tanto dinero, no se puede creer. Primero les prometen las perlas de la virgen a las pobres muchachas y después que les dan la prueba de amor, se hacen los tontos y no responden a sus obligaciones". Todos de una ú otra manera hablan de la situación de Graciela y su pequeño hijo Lalo. Todos critican pero nadie mueve un dedo, excepto José chico, que le da por lo menos para comer.

José grande se va, abandonando a Blanca con sus hijos sin decirle a nadie ni siquiera a sus padres. Su conciencia no lo deja dormir. Como un cobarde huye en la noche llevándose una maleta con ropa y dinero en efectivo. Gonzalo se hace cargo de las cantinas. Por más que trata no logra superar la pérdida de sus hijos. Se está dejando morir poco a poco. No come, no duerme, ahora fuma y de vez en cuando toma. Lo encuentran en el patio llorando y pidiendo que le regresen a sus angelitos para decirles que los quiere mucho y abrazarlos por última vez.

Lupe y Cipriano, se animan y abren la tortillería "La Chiquis". En memoria de una de sus hijas muertas que de cariño le decían así. "La Chiquis" abre sus puertas al público pero pasan los días y ni las moscas se paran. Los vecinos se empiezan a quejar del ruido ensordecedor de las máquinas. La gente prefiere tomar otra calle en señal de protesta. Las amas de casa se sienten insultadas por la osadía y locura de poner máquinas cuando ellas pueden hacer las tortillas mejor y más ricas. Como mi vecina dice: "Nosotras no somos flojas. A nuestros viejos les gustan las tortillas hechas por nuestras propias manos no por unos fierros ruidosos. Lupe está loca y tonta si cree que su negocio resultará".

Torreón es un lugar progresista. Se inauguran varios negocios importantes: Una zapatería llamada "Don Chico Zapatón", propiedad del señor Raymundo Mustaf y su esposa Lisa. Ellos tienen 5 hijos y una hija. Es gente de mucho dinero y aunque no son muy sociables tampoco es gente mala. Los chinos el señor Cuan Lee y su esposa

Rita ellos tienen 4 hijos y 2 hijas. Son personas muy reservadas, respetuosas y tradicionales. Ellos abren un restaurante, una tienda de telas importadas y juguetes de todo tipo.

Mi suegra, indignada por todos los comentarios acerca de su hijo José grande decide callarle la boca a todo el pueblo. Le manda hablar a Graciela citándola en la casa. Sin decir una palabra le quita a su hijo de los brazos y la corre diciéndole: "No quiero que te vuelvas a aparecer en nuestras vidas, ahora este niño tiene un hogar, vete de Torreón, has tu vida por otro lado y olvídate que existimos". La toma del brazo y antes de que la pobre muchacha abra la boca la lleva hasta la puerta pero antes de sacarla le da un sobre con dinero en efectivo y le cierra la puerta en las narices. Me manda llamar. Al llegar a su lado, me pone al niño en los brazos y con voz enérgica me dice: "Manuela, de ahora en adelante te harás cargo de ese chiquillo. Críalo como si fuera de José. Te asigno esta nueva responsabilidad, ya no podrás ir al dispensario, te quedarás en la casa con el mocoso".

¡No lo puedo creer! me esta coartando la poca libertad que tengo, la única luz que me mantiene viva. No lo acepto, no quiero, me voy a morir. ¿Por qué siempre trata de hacerme la persona más infeliz de este mundo?, ¿Qué le he hecho yo para que me trate así? La odio con toda mi alma, la odio.

Graciela le hizo caso a Doña Aurelia, se fue del pueblo. La gente que la vió subirse al tren dice que iba tranquila y hasta la vieron sonreír a través de la ventanilla.

Elvira está muy contenta por el desenvolvimiento de sus gemelos. Me cuenta que el otro día, Toño, borracho le estaba pegando y Ottón se le fue encima y le metió unas patadas y le advirtió que no le volviera a poner un dedo encima a su madre. Toño se calmó por un tiempo, ahora lo piensa dos veces para pegarle a Elvira y cuando lo hace se asegura que no ande cerca Ottón para evitar problemas.

Mi mamá Cuca extraña mucho a mis sobrinos. Ellos le han escrito desde Estados Unidos y le platican que están en un lugar muy bonito cerca de Los Ángeles California, donde se dedican a sembrar tomates, y les ha ido tan bien que ahora ya hasta compraron unas tierras y siguen en la producción de tomates, los cuales han tenido un éxito inigualable. Ahora son conocidos como "Los Reyes del Tomate". Estamos seguras que si sus padres los vieran, estarían muy orgullosos de ellos. Lo mejor de ellos es que nunca se olvidan de su gente, le mandan dinero a mi mamá Cuca y le prometen regresar pronto.

A una de las hijas de Estela, mi cuñada, la esposa de Ángel, se la roba un albañil de unos 30 años. Ese hombre vino de la capital a trabajar en la construcción del restaurante chino. Lo más triste es que mi sobrina sólo tiene diez años. ¡Es sólo una niña! Mi cuñada está desecha, triste, deprimida y desesperada. Ángel le hecha la culpa a ella y le dice que eso pasó porque no la educó bien. No la cuidó y que ojala le sirva de lección para que cuide a las otras viejas tarugas que se van con el primero que se encuentran en su camino. Desgraciadamente no fue la única jovencita que se robaron, fueron varias a las que a la fuerza se llevaron después que terminaron las construcciones.

Las jovencitas secuestradas, no se le puede llamar de otra manera, tuvieron que aguantarse un viajar de 12 horas en la parte trasera de una vieja camioneta llena de material, herramientas y escombro. La más jovencita de ellas, de nombre Nestora (la hija de Estela), se siente desconcertada. Se pregunta qué está haciendo en ese lugar y sobre todo hacia dónde se dirige con el hombre que vió escasas tres veces acariciándole el pelo y diciéndole que era hermosa. Ese hombre que le dijo que se fuera con él, que la haría muy feliz. Una tarde Fernando, un hombre maduro y otros trabajadores dan por terminada la construcción del restauran chino. Con intenciones perversas, toman a las niñas de la cintura y las suben a la camioneta. Sin preguntarle su opinión o por lo menos darles la oportunidad de despedirse de sus padres. Nestora, asustada no se atreve a contradecir la voluntad de un hombre porque como todas las niñas de su edad están educadas para obedecer al sexo opuesto. Nestora se deja llevar por la sorpresa y la promesa de una vida mejor con un hombre totalmente desconocido para ella. Nestora, al igual que las otras jovencitas inocentes que se llevaron con un destino incierto, tiene la esperanza que sea para una vida mejor.

Llegaron a su destino al anochecer. Los hombres se bajan de la cabina, abren la caja de la camioneta, tomando sus herramientas y su respectiva mujer, sin importar la elección, total para lo que les esperaba daba lo mismo si eran bonitas, flacas, bizcas o feas. Todas son mujeres para la cama, limpiar la casa y hacer de comer. La última víctima es Nestora. Fernando la sujeta del brazo y la baja de la camioneta como a una herramienta más. Entran al cuarto húmedo, frío y obscuro. Las paredes están sucias y mantecosas, no hay muebles, sólo una mesa con dos sillas, una cama con patas oxidadas y un pequeño baño lleno de sarro con olor a orines. El cuadro no era muy prometedor para compartir el resto de tu vida con un desconocido y en un lugar así.

Al entrar al cuarto, Fernando le dice a Nestora: "¡Ándale muchacha, quítate la ropa! ya nos vamos a acostar", "perdón señor" le contesta Nestora inocentemente: "Perdón señor, pero yo nunca me quito la ropa para dormirme. Soy muy friolenta y además prefiero dormirme en este rinconcito" señalando el único rincón que no se veía tan sucio. Fernando se ríe como si hubiera escuchado el mejor chiste de su vida y dice: "Muchacha, de hoy en adelante dormirás en esta cama conmigo. Ahora yo soy tu hombre y tengo derechos sobre ti y me vas a dar muchos hijos, así que no me hagas perder la paciencia porque por la buena soy bueno pero cuando me enojo ni yo me reconozco. ¡Quítate la ropa y métete a la cama ahora!". Nestora, sin perder tiempo se quita la ropa e intenta taparse con su pelo largo lo que puedo de su cuerpecito aún sin desarrollarse. Cuando Fernando la ve desnuda, sus ojos desorbitados se cierran varias veces para corroborar lo que tenía en frente, totalmente indignado le pregunta: "¿Cuántos años tienes chamaca?" Nestora le contesta temblando de frío: "Voy a cumplir 10 años el mes que entra señor, si usted me permite, ¿Me puedo tapar? porque tengo mucho frío y estoy cansada". Fernando se dijo a sí mismo "soy un pendejo, debí haberle preguntado la edad a esta mocosa antes de traérmela. A ésta todavía le falta mucho para ser una vieja de a de veras. Y ahora ¿Qué voy a hacer?, no me puedo quedar con las ganas, ya estoy muy entrado y si es lo único que tengo, pues ni modo, la haré mujercita y lo demás ya lo aprenderá con el tiempo. Eso me pasa por pendejo y no probar la mercancía antes de comprarla".

Nestora se acuesta y siente la cama llena de pozos, rechinando como metales viejos. Fernando sin tentarse el corazón la empieza a acariciar y besarla por todo el cuerpo tratando de hacer un esfuerzo por controlar sus instintos salvajes. Nestora empieza a llorar y pedir que la lleven con su mamá, se empieza a resistir a la penetración y a la brutalidad de un desconocido tocando y succionando sus senos planos y vírgenes. Técnicamente violada varias veces durante la noche por un hombre sin moral, sin principios, siguiendo sólo sus instintos sexuales y de hombre poderoso en una sociedad cien por ciento machista.

Al día siguiente, Fernando se despierta antes de tiempo por la incomodidad de estar totalmente mojado. Al levantar las cobijas se da cuanta que es un líquido amarillo, mezclado con sangre y lágrimas de Nestora. No tuvo que pensarle mucho, cualquier tonto se hubiera dado cuenta que es pipí y provienen de una persona: Nestora, la cual duerme profundamente. Fernando arde de coraje por el incidente y la levanta abruptamente, la agarra del pelo y la arrastra al baño echándole una cubeta de agua helada, diciéndole cuanta maldición encuentra en su amplio repertorio de albañil. Nestora, sin conocer el motivo del baño inesperado con sus piernas llenas de mordiscos sus genitales y pechos inflamados, su pelo largo embarañado, su cuello y boca con huellas recientes de los besos apasionados del hombre que de hoy en adelante será su marido, hasta que el hombre decida lo contrario.

Nestora llora como nunca implorando estar en su casa con sus padres, tías, tíos, primos, hermanos y hasta le iría mejor con su abuela Aurelia. Habían pasado sólo unas horas y ya los extrañaba tanto. Fernando le grita que se lave el cuerpo y limpie su cochinero. Nestora dirige su vista hacia la cama, donde Fernando le señala, descubre un charco proveniente del colchón. En ese momento se entera de su situación -esos orines son de ella-.

El primer día de su nueva vida se orinó, el segundo día se orinó y vomitó, el tercero; se orinó, vomitó y le salió salpullido en la boca, el cuarto día; se orinó, vomitó, salpullido en todo el cuerpo, y un hipo incontrolable, etc, etc. Cada día, su cuerpo tiene una reacción a la cama, bueno mejor dicho a Fernando. Desgraciadamente ésto no le ha servido de nada ya que después de tener sexo, Fernando, la avienta al suelo donde Nestora pasa ahí la noche muriéndose de frío orinada, vomitada, con salpullido y con hipo.

## *CAPÍTULO TREINTA*
## LA MUERTE, VISITA MILAGROSA

José pasa más tiempo en familia, ya no toma, ni fuma, llega temprano a casa, no me ha pegado en las últimas semanas ni tampoco grita o golpea a los niños. El verano en Torreón es abrumador y seco, uno puede guisar un huevo en una piedra expuesta unas horas al sol. Las labores del campo y del hogar se hacen agotadoras, las gotas de sudor no dejan de correr por el rostro, las axilas y todos los rincones del cuerpo. Los niños y los ancianos se deshidratan fácilmente si no los protegemos. Esta mañana, José me dice que quiere hablar conmigo. Parece algo importante. Al dirigirme a la huerta donde me espera no puedo evitar sentirme alterada, asustada y lista para protegerme de los golpes. Lo veo recargado en un naranjo lleno de follaje protegiéndose del sol con su traje blanco impecable, me digo a mi misma, "Mi palomo siempre lleno de joyas, oliendo a colonia fina y sin callos en sus manos. Yo no tengo un solo descanso en el día y quien me viera en estos trapos, desarreglada nunca imaginaría que soy su esposa". Al llegar a su lado me dice: "Manuela, quiero que escuches atentamente lo que tengo que decirte. He decidido construir tu casa, aquella que algún día te prometí. Además, creo que ya es hora de salirme de las faldas de mi madre. En esta casa hay tanta gente, tantos niños. Mi madre no lo verá con buenos ojos, pero diga lo que diga nos vamos de esta casa. Ya tengo el terreno y espero terminarla antes del otoño, quiero que sea la primera casa que tenga dos pisos, terraza en el techo, escaleras, un balcón, un gran porche, un jardín con palmeras, atrás una huerta y una pileta para que se bañen los chiquillos. En medio de la huerta quiero una gran higuera para que nos dé sombra, ahí le celebraremos sus quince años a Irma y será una gran fiesta. Es todo lo que te quiero decir Manuela, regresa a tus labores y ve preparando lo que nos vamos a llevar a la casa nueva".

Sin abrir la boca para no mostrar todo el regocijo que me inunda el cuerpo, me doy la vuelta no sin antes darle a José una señal afirmativa con mi cabeza. De regreso a la casa quiero correr de alegría, quiero saltar y besar a todos, no puedo creer que existan los milagros. ¡Por fin me voy a librar de la bruja de mi suegra! ¡Por fin voy a tener una casa que podré llamar mía!, mis sueños se hacen realidad. Desgraciadamente tengo que tragarme todo este júbilo para que nadie me lo eche a perder. Mejor no me hago muchas ilusiones, hasta no ver no creer.

A la mañana siguiente, José sale de viaje a una ciudad llamada Laredo Texas, es un lugar en Estados Unidos. Quiere hacer unos negocios por allá. Mi suegra espera el momento preciso para agarrarme del cabello, arrastrarme a la bodega y golpearme sin piedad con un alambre de púas. El dolor que este alambre provoca es indescriptible, ahora entiendo por que los gatos no paran de maullar cuando se quedan atorados en estos alambres. En mi desesperación trato de saltar la ventana para ingresar a los patios de las casas pero ella me alcanza, me sujete de las piernas, lamentable no logro mi objetivo. Doña Aurelia me grita que he embrujado a su hijo, que José la está abandonando, que soy una mala mujer, una bruja y le quiero quitar al hombre de la casa, a su brazo derecho. Por fin se cansa de pegarme, me deja tirada, llena de sangre y con todo el odio que ha consumido mi alma por años. Ya no me importa que me maltrate, ya me voy y nunca regresaré, ella lo sabe. Estoy segura que esta será la última vez que me ponga una mano encima.

Nuevamente Ofelia, mi hija, con lágrimas en sus ojos me cura las heridas del cuerpo, pero nadie me podrá curar las del alma. El precio que debo pagar para deshacerme de Doña Aurelia será alto, pero no me importa, con tal de que se acabe la pesadilla estoy dispuesta a pagarlo.

José viaja cada vez más, descuidando la tienda de abarrotes.

Una noche Ofelia y Licha le piden a José que las deje estudiar la secundaria. El único lugar donde la ofrecen es la ciudad de México. José extrañado con su petición les dice que lo pensará. A los pocos días, regresa de uno de sus viajes. José manda llamar a Licha y a Ofelia y les dice: "Tengo una sobrina, hija de Ángel y Estela, sus tíos, es aquella sobrina que se la robó un trabajador proveniente de la capital cuando vino a hacer el restaurante de los chinos. Ella vive allá y tiene varios hijos, creo que es buena idea que se vayan con su tía Nestora y la ayudan en los quehaceres de la casa, le hacen caso en todo, se ponen a estudiar y las visitaré cada quince días". Las muchachas parecen entusiasmadas con la noticia, todo suena perfecto.

Llega el día en que Ofelia y Licha se van de la casa, radiantes de alegría, es la primera ocasión que salen de Torreón. El viaje dura 18 horas en carro. Se paran en algunos pueblos para ir al baño y comer algo. Al llegar a la ciudad de México no pueden creer lo hermoso que es ese lugar, construcciones impresionantes, edificios tan altos que casi tocan el cielo, monumentos por todos lados, con interminables filas de carros. Pasan por el castillo de Chapultepec, en la escuela aprendieron que ahí, murieron los niños héroes. Al llegar a la casa de la tía Nestora, no pueden creer lo que sus ojos ven, la famosa tía es una jovencita, unos años más grande que Ofelia. Tiene 3 hijos, visiblemente descuidados. La casa la encuentran toda desordenada y sucia. El recibimiento de Nestora no fue cordial. Su rostro refleja tedio, resentimiento e infelicidad. José se despide de ellas con un golpecito en la cabeza y le deja a la tía Nestora bolsas de mandado y dinero para los gastos de las muchachas. La bienvenida no fue como ellas la esperaban y cuando se fue José, Nestora solamente les indico donde se podían quedar a dormir.

Al día siguiente, la tía les dice que la ayudarán a limpiar la casa y atender a los niños, ellas gustosas por servir lo hacen sin protesar, también hicieron la comida apuradas para poder ir a la escuela, pero éste encuentro nunca llego. Nestora no las llevó. Pasaron los días y la tía encontró la manera de llevar una vida mejor. Le habían caído del cielo sirvientas y un tío rico que los mantuviera. Cuando Fernando, el marido de Nestora conoce a Licha y Ofelia, su deseo de tener sexo con ellas lo hace desvariar. Vivir con la tía Nestora no es lo que ellas esperaban. Nunca las manda a la escuela y la fruta y comida que José les lleva, Nestora lo esconde y sólo se los ofrece a sus hijos. La ropa y zapatos los vende, sólo deja un vestido y unos zapatos bonitos para cada una. Tienen la orden de usarlos solo cuando llega José, que regularmente lo hace cada dos semanas para que José las vea bien vestidas. El tío Fernando las amenazó con golpearlas duramente si se les ocurre abrir la boca y decirle a su padre lo que estaba pasando en su casa.

Ofelia y Licha se duermen en un petate en el suelo, siempre con frío y mucha hambre. Ellas atienden a los niños, la casa y la preparan comida a cambio de malos tratos, hambre y acoso sexual por parte del tío Fernando. Lo que más asco les da es el tener que lavar las sábanas que orina la tía Nestora, huelen horrible. Ellas se preguntan ¿Cómo es posible que a su edad se siga orinando en la cama?, por supuesto, el esposo la trata muy mal y la insulta constantemente. Es un infierno vivir con ellos. Tienen que cuidarse en la noche para que el tío Fernando no las acaricie y trate de besarlas. Nunca se separan, hasta para ir al baño andan juntas. Después de unos meses las muchachas aprenden la lección y crearon un plan para que José sin sospechar nada las regresara a la casa.

Una tarde José llega a visitarlas y le comenta a la tía Nestora que las dos están muy flacas y demacradas. Ella le contesta que se la pasan estudiando hasta muy tarde, que la escuela está muy difícil. Frente a José, las dos se desmayan fingiendo estar muy malas de salud. La reacción de José es de alarma, después de haber perdido varios hijos por enfermedades. Sin pensarlo las mete al carro y las lleva al primer hospital que encuentra, a pesar de los comentarios de Nestora que sólo tienen cansancio y que ya se les pasará. El doctor le informa a José que Ofelia y Licha tienen un grado de desnutrición y anemia severo, les receta unas vitaminas y reposo. José sin despedirse de Nestora las lleva de regreso a Torreón amenazándolas de que es la última vez que salen de la casa a querer estudiar. Ofelia y Licha se sonrieron y aceptaron el castigo gustosas. A pesar de las súplicas de

Nestora y Fernando de que las muchachas volvieran a su casa porque las extrañaban mucho, José Salinas les mata cualquier esperanza de que Ofelia y Licha regresarán (ahí se acabó la gran aventura y no volvieron a mencionar la palabra secundaria).

Ofelia y Licha le piden permiso a José para ayudarle al señor árabe en su zapatería "Don Chico Zapatón" solamente en las tardes, después de sus labores. José accede, sólo porque el dueño es un gran amigo y de toda su confianza. Irma, la más chica de sus hijas de once años de edad decide ayudarlo en la tienda de abarrotes acompañada siempre de su amiga Brandi. A José le da gusto que por lo menos las mujeres quisieron ayudarlo, ya que según él, sus hijos varones le salieron flojos, inútiles y buenos para nada.

Llega el día anhelado y más importante de mi vida, nos cambiamos de casa; a pesar de las habladas y maldiciones de mi suegra. José me compra una estufa de petróleo, unas camas, una sala, un comedor y hasta una lavadero de cemento, Son lo días más felices de mi vida, al llegar a al casa nueva, por primera vez respiro por mis propios pulmones, veo por mis propios ojos y toco por mis propias manos. ¡No lo puedo creer! Ahora José llega temprano a casa, habla conmigo, puedo salir de la casa sin pedir permiso, puedo invitar a mi mamá Cuca y a mi hermana Elvira sin temor a ser descubierta, puedo cantar, bailar y sonreír sin recibir una burla o un golpe. Todo es felicidad, para mí.

Mi suegra desde el día que me salí de su casa, no camina, no habla con nadie, no quiere comer. Está muy enferma. Tal parece que yo soy la que le daba vida y energía para sus maldades. El pelo y los dientes se le están cayendo. Está perdiendo la vista y no sale de su cuarto obscuro y sellado para que no entren los rayos del sol, en pocas palabras me dijo mi cuñada Estela: "Manuela, Doña Aurelia, se esta dejando morir, dice que tú la tienes embrujada".

No hice caso de los comentarios de mi cuñada Estela, estoy tan ocupada y feliz que nada lo opacará. Ahora ayudo a los doctores en el dispensario, a las maestras en la escuela, al padre Segura en la iglesia, atiendo a los niños, sobre todo el que me quita mucho tiempo es Lalo, el hijo que le quitaron a Graciela e hijo de José grande. Lalo no parece un niño normal, tiene algún retraso, no habla bien y le sale baba por la boca, camina con dificultad, siempre está en un rincón jugando con tierra y unos carritos, lo bueno es que es tranquilo. También ayudo en la tienda, visito a mi madre todos los días, le ayudo a mi cuñada Lupe en su tortillería que cada vez le va mejor, atiendo la casa y cocino. No tengo tiempo de pensar en cosas vanas y que me hacen daño.

Doña Aurelia pide a gritos hablar conmigo. Quiere que regrese a su casa. Afortunadamente José anda de viaje, no hay poder humano que me obligue a regresar a verle la cara. Ni siquiera el padre Segura me convence con su Dios, ese Dios que dejó de existir para mí hace mucho tiempo. La salud de mi suegra se agrava y grita que no dejará este mundo hasta que la visite. Para mi mala suerte llega el único que me puede obligar a acudir a su llamado, José Salinas. En cuanto regresa de la casa de su madre me dice: "Manuela mi madre quiere hablar contigo. La veo muy malita y no deja de decir tu nombre, vamos, yo te llevo". Sin poner resistencia agarro mi rebozo y me subo al carro. Durante el camino recuerdo todos lo momentos infelices que esa mujer me hizo pasar. Ella destruyó mi vida, me enseñó a odiar, a vivir tratada como un animal, a maldecir, a vivir temerosa, insegura y sobre todo a ser desdichada. Lo único que me inspira esa vieja es rencor, desprecio, odio y ganas de que se muera teniendo un profundo dolor, sufrimiento y en plena soledad.

Mis cuñadas me platican que a pesar de que está enferma, no deja de gritarles, pegarles, humillarlas y tratarlas con despotismo. Al llegar a la casa revivo mis recuerdos amargos y quiero salir corriendo pero como si mi suegra hubiera reconocido mis pasos, grita desde el cuarto de donde permanece por voluntad propia: "¡Manuela, no te vayas! Entra al cuarto sola ahora mismo y terminemos con esta agonía". Cuando entro siento un frío helado hasta los huesos, un olor a muerte insoportable. El cuarto está totalmente obscuro, en tinieblas. No alcanzo a distinguir nada. Me estremezco al sentir una mano esquelética, fría, rasposa y arrugada tocando la mía, jalándome hacia la cama, todo mi cuerpo empieza a temblar, al tenerla frente a frente distingo su rostro sin dientes, poco cabello, solo unos escasos mechones blancos, su piel pegada al hueso, con voz de ultratumba, me dice: "¡Manuela, ya déjame morir! Deja que me vaya de éste mundo. Por tú culpa estoy así, quiero que me dejes en paz, dime que quieres que me muera. Sólo tú lo puedes lograr porque eres una bruja y desde el día que te conocí trajiste infelicidad a mi vida. Eres la culpable de mi enfermedad, tantos corajes por tu desobediencia me tienen en esta cama. ¡Grita fuerte que quieres que me muera deja que me vaya!".

"Quiero que me prometas que mi funeral será el mejor de este maldito pueblo. Quiero mil flores lindas, decora con ellas todas las calles por donde pase mi cuerpo, ofrece una gran comida para que todo el pueblo asista porque de otra manera no creo que alguien vaya. No te preocupes por el dinero, yo pagaré todos los gastos, tengo un tesoro escondido. Te diré dónde está pero no le digas a nadie. Lo desentierras y con ello pagas mi grandioso entierro. Si no haces lo que yo te pido te juro que regresaré a cobrarme por última vez tú desacato".

"Te diré el secreto de mi tesoro, acércate. Mañana a las cinco de la madrugada, camina por el huerto, hasta el naranjo. Ahí espera el amanecer, el primer rayo de sol reflejado entre las ramas formará un triángulo en el suelo, ese es el lugar indicado, lo desentierras. No te quedes con nada de dinero, todo es para el día de mi muerte. Ahora ¡Lárgate de mi lado y déjame morir tranquila! Quiero que sepas que desde el día que te vi siento odio por ti. Deseo que seas la mujer más infeliz de la tierra, te odio Manuela".

Sin decir una palabra salgo del cuarto, comprobando una vez más que esta vieja no tiene corazón, que no se arrepiente de lo que hizo en su vida. Al salir del cuarto están todos ansiosos por conocer lo que hablamos. Sólo les digo, mi suegra ya está muerta, me dijo de un tesoro que enterró para pagar su funeral. Con la boca abierta todos me ven intrigados, al entrar al cuarto Lupe, mi cuñada, grita: "¡Mi madre está muerta, ya murió!". A la mañana siguiente, hice lo que Doña Aurelia me pidió. Al desenterrar el cofre y abrirlo, efectivamente estaba lleno de dinero. Billetes con la foto de mi General Pancho Villa, dinero que nunca tuvo valor, ni siquiera circuló fuera de la ciudad de Chihuahua, así que su gran tesoro no valía ni un cacahuate. Les mostré a todos los hermanos de José, con lo que se pagaría el entierro, todos se rieron.

El funeral se hizo el mismo día, a pesar de la solidaridad de los del pueblo, casi nadie asiste, nadie ha derramado una sola lágrima por ella, ni siquiera sus hijos ni su esposo Don Anasiano. Todos nos encontramos en el patio velando su cuerpo cuando inicia una tormenta eléctrica aterradora, los relámpagos y truenos caen amenazantes. Todos corremos a refugiarnos y proteger a nuestras familias. Nadie se acuerda del cuerpo tendido de Doña Aurelia. En unos minutos la tormenta convierte los caminos en ríos de lodo llevándose lo que encuentra a su paso. Por seguridad nadie se atreve a salir de sus casas. Pasaron 2 días antes de que cesara el diluvio. La familia trata de encontrar el cuerpo de mi suegra pero la inundación arrasó todo. La tormenta deja escombros por doquier, árboles partidos en dos y animales muertos. Días más tarde voy pasando por el basurero del pueblo, me llama la atención unos perros peleándose por unos huesos. Al acercarme, veo los inconfundibles listones rojos de mi suegra que usaba en sus trenzas. Distingo unos mechones canosos pegados a un cuero cabelludo hediondo y roído por los animales carroñeros. Sigo buscando entre los montones de desperdicios y logro identificar retazos del vestido que escogí para enterrarla. No hay duda, es el cuerpo de mi suegra convertido en desperdicio para los perros. Sin proponérmelo, es una venganza dulce ver con mis propios ojos como termina su existencia en este mundo. ¡Qué se pudra en el infierno, Doña Aurelia! Es una muerte milagrosa y el fin de mi pesadilla.

## *CAPÍTULO TREINTA Y UNO*
## UN RECUERDO DESENTERRADO

Hoy, 20 de noviembre de 1935, cumplo 37 años y presiento que será un día de sorpresas. Mi hijo Logio al que no he vuelto a saber nada de él hoy cumple 22 años, Ofelia 19, Javier 17, Luisa 16, Enrique 15, Víctor 14, Irma 12 y Carlos 11 años. La ventaja es que todos lo celebramos el mismo día. Nos estamos preparando para ir al desfile. Vamos a ver los carros alegóricos, los niños marchando y disfrazados de revolucionarios. Más tarde nos deleitarán con la obra de teatro que la escuela prepara cada año en la plaza de Armas. Rumbo al desfile nos encontramos con algunas familias que llegaron al pueblo hace unas semanas. Me llama la atención una de ellas porque el señor se llama como mi hijo, Eulogio. La señora se llama Doña Paz. Ellos tienen cuatro hijos, Horacio de 17 años, Juan de 16 y dos gemelos idénticos, Leobardo y Víctor de 14 años. Don Eulogio es un señor de 2 metros de alto. Usa botas, sombrero y tiene una voz ronca y autoritaria. Doña Paz es una señora bajita, de un metro de altura. Ella se nota sumisa, tímida y siempre detrás de su marido, mostrando profundo respeto ante su presencia. Los muchachos se ven decentes, bien vestidos y muy guapos. De apellido Calderón López, ellos pretenden establecerse en Torreón están buscando un terreno para construir un gimnasio, donde los hombres vayan a levantar pesas, hacer ejercicios y darse el lujo de tener cuerpos esculturales aumentando su vanidad y poder sobre la mujer. El negocio lo quieren llamar "San Isidro", como el santo milagroso al que su padre le reza fervientemente. Los 4 hermanos respetan y obedecen ciegamente a su padre.

Recuerdo que hace unos años había suficiente espacio para ver el desfile cómodamente, ahora hay tanta gente, la mitad de ella ni la conocemos, ya se mezclaron chinos, árabes, y mexicanos. Llega gente de todos lados, las calles principales de Torreón, están llenas de negocios: "Sal, Sí Puedes", "Don Chico Zapatón", "La Lonchería Torreón", "La Esperanza" (panadería), "Los Lonches de Lechón", "La Copa de Leche", "La Chiquis" (tortillería de Lupe), "La Joyería Lee", "El Café de París", etc. Otros tantos son negocios ambulantes, vendiendo elotes con chile y limón, leche fresca, nieve de garrafa, raspados, tamales, champurrado, manzanas con caramelo (chapeteadas), fruta fresca, vegetales, etc.

Las principales calles ya están empedradas, ahora los domingos después de misa hay corridas de Toros, carreras de caballos y burros, peleas de gallos. Nadie se atreve a poner una cantina, pero de cualquier manera Gonzálo surte al pueblo de licor y cualquier rincón es bueno para echarse unos tragos.

En el desfile, esperamos ver a Irma vestida de Adelita y a Carlos disfrazado de Francisco I Madero. Mi mamá Cuca no disimula su preferencia hacia Irma. Descaradamente dice que es su consentida, su adoración, su chiquita linda. Ahora que recibe dólares de mis sobrinos, le compra lo que quiere. Cuando pasa Irma en el carro alegórico, mi mamá salta de alegría, aventándole flores y besos. Las maestras se lucieron con el desfile y la obra de teatro les quedó muy bonita.

Nos dirigimos a casa de mi mamá Cuca para comer. Al llegar me sorprende ver a Doña Paz Calderón como uno de los invitados al festejo, también están las maestras Carmen y Mely, los doctores Ernesto, Arturo y Panchito, el padre Segura, todas las comadres y vecinas de mi mamá. También llega Lupe y Cipriano, Elvira y su suegra y por primera vez me acompañan mis cuñadas, Blanca, Estela y Martha. Gracias a la muerte de mi suegra mucha gente respira libertad. Por eso todas andamos de sociales y gozando de una nueva vida.

Mi madre sienta a todo en una mesa grande y larga. Les agradece la compañía, nombra a todos sus nietos festejados y a mí. Todos dan un gran aplauso y nos desean felicidades. A la única que le da un regalo es a Irma, su nieta predilecta. Es un vestido hecho por ella de color amarillo, con una crinolina espectacular y una diadema para la cabeza que brilla con la luz. Irma llora de emoción y se mete al cuarto a medirse su vestido espectacular, listo para ser estrenado en una ocasión especial, como el baile de esta noche. Por fin, nos disponemos a comer.

A los pocos minutos de haber empezado a saborear los deliciosos guisos de mi madre, tocan la puerta. Mi mamá voltea a ver si alguien falta, hace una cara de interrogación pensando ¿Quién podrá ser? Se levanta a abrir y se escucha un grito ensordecedor como si hubiera visto a un fantasma. Por unos instantes pensé en mis hermanos perdidos en la revolución. "¡Son mis dos sobrinos, los que viven en Estados Unidos!", les dije a los invitados que se encontraban extrañados por los gritos eufóricos de mi madre.

"Están hechos todos unos hombrecitos", les digo mientras les doy un gran abrazo. Me dicen: "Tía Manuela ¿Cómo cree que se nos olvida su cumpleaños y el de nuestros primos? Además, de una fecha tan importante para todos los mexicanos, siempre nos acordamos de ustedes". Nunca pensé que ellos se acordaran de mí, con cariño, es un halago de cualquier manera. Mi madre orgullosa y radiante de felicidad se los presenta a los invitados. Antes de seguir comiendo, habla el mayor de mis sobrinos y nos informa que sus paisanos, compañeros de trabajo les pusieron un apodo, a él "La Cotorra" porque no para de hablar y a su hermano "El Aire" porque nadie lo ve cuando corre un caballo, él es el mejor jinete y el más veloz. Todos reímos a carcajadas y nos disponemos a terminar de comer.

Mis sobrinos me dicen que pasarán con nosotros los festejos de la virgen de Guadalupe y La Navidad para luego regresar a Estados Unidos, la primer semana de enero. Por otro lado, también vienen para llevarse una mujer, que ya les hace falta formar una familia mexicana. Ellos extrañan la comida y el idioma. "Tía Manuela, nuestro país aunque pobre, es único y especial por eso regresamos para disfrutar de lo nuestro".

Los gemelos de mi hermana Elvira, Ottón y Guille, siguen con sus vidas cruzadas, cosechando éxitos. Él en los concursos de belleza demostrando su feminidad y ella en los jaripeos, demostrando su hombría, ambos felices con lo que hacen. El problema es que a sus 25 años, ya las hormonas les piden a gritos una pareja, pero ellos mejor no le hacen caso a las hormonas y siguen sus vidas de solteros. Los dos han tenido novios, pero, como dicen ellos, de manita sudada solamente. Elvira está muy preocupada por lo que pueda pasar en el futuro, que hagan cosas que no piensen y en un momento de locura se les vaya de control sus atrevimientos o peor aún que alguien los descubra. La gente sería capaz de quemarlos con leña verde por anormales y engañar a todos. Ellos están jugando con fuego y en cualquier momento se pueden quemar. Las mentiras tarde o temprano salen a la luz y más si ellos no se comportan debidamente. Espero que no haya una tragedia que lamentar por el bien de todos.

Mi mamá Cuca nos dice que los niños partirán la piñata en el patio. Todos salimos a cantar el "Dale, dale, dale, no pierdas el tino,

## LETICIA CALDERÓN

porque si lo pierdes, pierdes el camino". Los chamacos lo disfrutan mucho pero los padres no tanto, nos ponemos nerviosos por los accidentes que puedan ocurrir, de cualquier manera esos momentos son únicos, es muy divertido. Nos preparamos para el postre; un pastel enorme de vainilla, unos deliciosos buñuelos, tamales de dulce, acompañados con atole de canela o café de olla. Sin olvidar entonar Las Mañanitas en nuestro honor al partir el pastel. Las vecinas se empiezan a despedir de nosotras porque ellas decorarán el salón para el baile de esta noche. Como es la costumbre, las llevamos a la puerta para despedirlas y darles las gracias, es cuando escucho una voz ronca y agitada gritando vigorosamente: "¡Mamá!, ¡Mamá!, ¿Cómo estás?" al voltear me encuentro con un hombre alto son barba, bigote, y vestido de vaquero. Sin titubear me doy cuenta que es Logio, no porque lo haya reconocido, sino porque me gritó, mamá. Lo abrazo y lloramos como dos niños por su regreso inesperado después de tantos años.

"¡No lo puedo creer!" le digo a Logio, "¡ya eres todo un hombre!" Logio me contesta: "Mamá, te voy a presentar a mi mujer, se llama Lola, ella es del sur de México, de Puebla, un lugar muy lejos de aquí pero hermoso. Hace unos chiles rellenos deliciosos ¿Crees que nos podamos quedar en la casa de la abuela Aurelia?, ¿Crees que mi papá, me deje trabajar en la cantina y me acepte con mi vieja? ¡Ya soy un hombre mamá!". "Hijo" le contesto; "Tu padre ya no tiene la cantina". El día que te fuiste murió Angélica, tu hermanita, es una pérdida irreparable. Hijo, tú padre prometió nunca más fumar ni tomar y lo ha cumplido. Ahora tiene una tienda de abarrotes. Ya no es el pueblucho que era cuando te fuiste. Llegaron muchos inversionistas a poner negocios y gente de todos lados porque ahora Torreón es progresista. Te cuento que ya no conocemos a todos los habitantes de Torreón como antes. Tú abuela Aurelia murió hace tiempo. Logio, habla con tú padre. Te deseo suerte. Ahora pasa a tu mujer para que coman y conozca a tus tías, sobrinos y a mi mamá Cuca".

Mi mamá Cuca me hizo un vestido azul celeste para estrenarlo en el baile, mis hijas se ven muy emocionadas. José anda en Gómez, el pueblo vecino, surtiendo la tienda que inauguró hace un año.

Gonzálo nos acompaña al salón para no llegar solas, no quiero tener un problema con José. Llegamos con mis cuñadas, cuñados y toda la bola de chiquillos y nos sentamos en la mesa de enfrente reservada para la familia Salinas, por órdenes de José, nos sentimos como si fuéramos los anfitriones del gran baile. Los hombres como siempre, se van directo a la barra para disfrutar del tequila y la cerveza. Los músicos están listos para tocar. La gente va llenando el lugar. Los niños pequeños siguen corriendo y resbalándose en la pista de baile recién barrida y trapeada.

Los músicos empiezan a tocar y sin demorar salen los primeros valientes a sacar a las mujeres bonitas antes de que se las ganen. La fiesta patriótica se llena de alegría. Las jovencitas ilusionadas, soñando con este momento, desean escuchar promesas y propuestas románticas. Los hombres deseando que hoy se les haga con alguna muchacha ingenua y virgen.

Alguien se sienta cerca de mí, me toca el hombro y me dice: "Manuela, ¿Quieres bailar?", su voz no me es familiar, lo que si estoy segura es que es un hombre atrevido porque todo Torreón sabe que soy la esposa de José Salinas. Nadie, ni mis cuñados se atrevería a pedirme bailar con ellos. Estoy segura que es un forastero estúpido, que tiene queso en la cabeza. Al voltear para ponerlo en su sitio no veo una cara conocida. El señor se sonríe conmigo, me trata como si me conociera de toda la vida. Le digo: "Perdón señor, acaso ¿Lo conozco? creo que me está confundiendo con otra persona". "No Manuela, te conozco de hace muchos años", agrega el hombre misteriosamente. Sin que tuviera que agregar nada más, descubro sus rizos, sus ojos y su sonrisa. ¡Es Alberto!, mi rizado, mi gran amor. El corazón se me quiere salir del pecho, las manos me sudan, los ojos se me llenan de lágrimas, los pies me tiemblan, no puedo abrir la boca para decirle algo. Alberto, parado, observa mi reacción pacientemente. Se sienta a mi lado y me dice: "Manuela nunca te he olvidado, te sigo queriendo como desde el primer día que te vi. Te pido perdón por la estupidez que cometí. Vengo a robarte. Te propongo que te vayas conmigo. Empezaremos una nueva vida juntos. Llévate a todos tus hijos te acepto hasta con el hijo de José grande, con Lalo. Jamás me casé, siempre he sido tu sombra. Conozco tu vida de miseria e infelicidad, te prometo darte todo mi amor y compensar los momentos amargos que has vivido. Serás mi reina, mi compañera para toda la vida. Tengo dinero, he ahorrado durante años soñando estar contigo para siempre. ¡Vámonos Manuela!, ¡Vámonos juntos!, vivamos nuestra historia de amor y démosle un final feliz".

Siento que me voy a desmayar, no puedo creer lo que estoy oyendo, la realidad supera todos los sueños hermosos que tuve con el rizado. Me voy a ir con él, ésto es lo que siempre desee, dejar todos mis sufrimientos y ser feliz. Creo que me lo merezco. Veo a Alberto fijamente y le digo; "Sí, me voy contigo, pero necesito un favor antes de irnos. Quiero bailar esta canción, es uno de mis sueños, bailar con el hombre que amo". "Encantado" contesta Alberto irradiando júbilo.

Mi mamá Cuca me dice: "¡Manuela estás loca!, ¡No puedes bailar!, eres una mujer casada. Te puedes arrepentir, no hagas estupideces". Le contesto; "Madre, si hoy tengo que morir moriré con una sonrisa dibujada en mi rostro. Siempre he hecho lo que los demás dicen que es correcto, ahora voy a hacer lo que dicta mi corazón, no me importa nada. Quiero vivir 3 minutos de felicidad por todos los años de desdicha".

Es el momento más maravilloso, siento una de sus manos tocando mi cintura y la otra sosteniendo mi mano. Nos deslizamos suavemente por toda la pista. Todos los espectadores enmudecen. Se paralizan al ver a la esposa de José Salinas bailando con un desconocido y luciendo uno de los vestidos más hermosos de la noche. Cuando acaba la canción todos aplauden contagiados del amor y la alegría entre Manuela y Alberto. Hacemos una caravana y nos dirigimos a la mesa, veo la cara de mi mamá Cuca espantada. Despierto abruptamente de mi fantasía hecha realidad al escuchar el detonador de una pistola, maldita bala, hiere de muerte a Alberto. Éste cae al suelo en mis brazos con una sonrisa en sus labios. Volteo al lugar de donde vino el disparo y veo a José, parado en la puerta del salón, con la pistola en su mano y una expresión de satisfacción por haber limpiado su honor. Alberto, con el pecho ensangrentado a punto de morir me dice: "Manuela, gracias por perdonarme y darme estos minutos maravillosos. Me voy de éste mundo contento y lleno de amor por ti, gracias sol de mi camino" y cierra para siempre sus lindos ojos. Me arrepiento de haberme dado el lujo de cumplir uno de mis sueños, esos minutos de dicha me costaron muy caro. Soy una imbécil, una idiota, una burra. Debí haberme ido con Alberto cuando tuve la oportunidad. Soy una mujer condenada al fracaso y al desamor.

¡No puedo creer lo que tuve al alcance de mis manos y lo desperdicié por un baile absurdo y cursi! Nunca me lo perdonaré. Sin demostrar tanto mi amor hacia el hombre muerto y el odio profundo a mi esposo vivo, me quedo inmóvil al sentir a José que se dirige hacia mí. Me sujeta fuertemente de las trenzas y me arrastra por todo el salón, demostrando ante todo el pueblo, su poder y hombría. Me golpea con tanta furia que pierdo el conocimiento. No sé cuanto tiempo estuve inconsciente.

Al despertar me encuentro en mi cama mis hijos llorando y curándome las heridas. A todos les comieron la lengua, nadie me habla de lo que pasó en el baile, es como si no hubiera pasado nada, como si José hubiera amenazado a todo el pueblo para que nadie volviera a decir una palabra. Ni siquiera mi madre me dice lo que pasó esa noche, nadie quiere informarme que hicieron con el cuerpo de Alberto. El pueblo entero le es fiel al poderoso José Salinas. Estoy segura que todos se llevarán el secreto a la tumba antes que traicionar a José.

Para mi mala suerte, José vuelve a pegarnos a mí y a los niños. Lleno de rabia e indignación no me permite salir del cuarto, me humilla, abusa sexualmente de mí y me trata como basura. No me reclama nada verbalmente pero su actitud lo dice todo. Me odia porque lo humillé públicamente, lo deshonré como hombre al exhibirme como una cualquiera bailando con otro que no fuera mi marido. Eso es imperdonable ante la sociedad. Todos murmuran mi pecado y critican duramente mi comportamiento. No es justo que por una acción equivocada te juzguen tan duramente, nadie criticó a mi suegra por tratarme como a un animal o que tal los hombres que maltratan y abusan de las mujeres, eso para mí es peor que lo que yo me atreví a hacer. Que injusta es la sociedad. Que injusta es la vida.

LETICIA CALDERÓN

## *CAPÍTULO TREINTA Y DOS*
## UN ACONTECIMIENTO INESPERADO

Hoy 20 de noviembre de 1935, cumplo 12 años. En unos minutos empieza el desfile y pasaremos por las principales calles de Torreón. Me vistieron de Adelita, una de las mujeres del Gral. Pancho Villa, eso es lo que nos dijo mi mamá. Mi hermano esta vestido de Francisco I. Madero, el que fuera presidente de México. La maestra Mely nos ordena que subamos al carro alegórico. Me pongo mi carrillera y termino de hacerme los moños de mis trenzas, por fortuna mi pelo es tan largo que no tengo que recurrir a las molestas y pesadas trenzas de estambre que la maestra les hizo a las niñas que tienen el pelo corto. Antes de partir, me aseguro que mi hermano Carlos tenga el bigote bien puesto, así como lo tenía el Gral. Francisco I. Madero. Estamos nerviosos, no tanto por el desfile sino por la obra de teatro que presentaremos después del recorrido por las calles. Este festejo se ha hecho tan popular que vienen a verlo de todos los pueblitos cercanos. Es todo un acontecimiento porque muchos de los espectadores vivieron la revolución mexicana muy de cerca, como mi mamá Manuela y mi mamá Cuca.

Cuando pasamos por las calles y la gente nos saluda efusivamente uno se siente importante, pero cuando veo a mi mamá Cuca, mi abuelita, es como si todo desapareciera y sólo la tuviera a ella frente a mí. Le sonrío. Le aviento muchos besos y saludos, ella me corresponde de la misma manera y hasta me echa porras. No tengo palabras para describir mi cariño a esa mujer de pelo blanco, de manos fuertes y callosas de tanto trabajar. Su cuerpo rebosante de energía y aunque usa faldas largas y sus medias hasta las rodillas, aún así se ven torneadas y vigorosas de tanto caminar. La quiero tanto, es con la única que platico, me hace reír, me cuenta sus historias de la revolución sobre todo la de sus hijos que siguieron a Pancho Villa y que ella esta segura que los verá antes de morir.

La obra de teatro en la plaza de Armas esta saliendo como la ensayamos y estamos a punto de terminar. Veo tanta gente que es imposible reconocer a alguien. El pueblo ha crecido tanto que las caras no son familiares. Entre la multitud, mientras espero mi turno, alcanzo a ver a unos jóvenes idénticos, son gemelos, vestidos y peinados igual. Ambos atractivos. Se ven interesantes. Puedo jurar que son los que vienen a poner un gimnasio. Mi amiga Brandi, la hija de la vecina, me platicó que los muchachos nuevos tenían buen porte y no se equivocó. Además si a Brandi le gustó uno de ellos pues para eso hay dos, no pelearemos por ese detalle ¡Son igualitos! Es difícil identificarlos, me parece que uno de ellos es más musculoso que el otro. Espero que vayan al baile de esta noche para verlos de cerca. Ahí decidiremos cual es para Brandi y cual es para mí.

Mi mamá Cuca me espera al término de la obra. Me da un abrazo y un beso y no deja de decir que fui la mejor de todas, "¡Irma, tu eras la más bonitas de todas las Adelitas que he visto!" no deja de adularme. Nos lleva a su casa como de costumbre para celebrar con una deliciosa comida mi cumpleaños, el de mis siete hermanos y el de mi madre. Por coincidencia todos nacimos el 20 de noviembre. Al llegar a la casa de mi mamá Cuca, ¡Creo que me desmayo! lo primero que veo, ¡Son ellos!, sentados en una de las sillas, ¡Son los gemelos!, los tengo a unos metros de distancia, casi los puedo tocar, no lo puedo creer, las piernas me tiemblan y la sangre se me congela. Mi mamá nos presenta con sus padres, Don Eulogio, se llama igual que mi hermano mayor. Doña Paz y sus cuatro hijos: Horacio, Juan, Leobardo y Víctor, se llama igual que otro de mis hermanos. Víctor es el que elijo para mí. Ese nombre suena como música en mis oídos, es una señal, Víctor es el mío y el otro, Leobardo, será el de mi amiga Brandi, ya está decidido.

Saludo a mi tía Elvira y a mis primos, que por cierto mi prima Elvira siempre espectacular, siempre impecable y bien vestida, por algo es la reina de belleza de Torreón, algunos dicen que nos representará en un certamen en la Ciudad de México. Mi primo Ottón, fuerte y valiente, lo raro es que nunca le sale el bigote ni la barba pero es agradable y juguetón. Mi tía Lupe y mí tío Cipriano, tan buenas personas, mis primas que son salvajes -suben y bajan el cerro lleno de nopales, magueyes y piedras-, sin huaraches, descalzas

## LETICIA CALDERÓN

y lo más sorprendente es que no se quejan y no se espinan. Están más locas que una cabra.

Entre los invitados nunca falta el padre Segura, al cual saludamos respetuosamente besándole la mano. Los 3 doctores y las maestras son parte de la familia también, nos acompañan las vecinas y comadres de mi mamá Cuca. Todos los primos jugamos con los pollitos, las gallinas, los patos, los guajolotes, nos paseamos en los caballos, nos mojamos en la pileta. Jugamos a las escondidas, al bebe leche o avioncito, saltamos la cuerda, pretendemos ser las madres de nuestras muñecas de trapo. Nos divertimos tanto que el tiempo se pasa volando. Los adultos se sientan a hablar de cosas aburridas que no entendemos. Mi mamá Cuca pronuncia su discurso para felicitar a todos los cumpleañeros, especialmente a mí. Saca un regalo, enfrente de todos, me lo entrega para que lo abra. Al abrir la caja envuelta con papel canela, saco el vestido amarillo más hermoso que he visto en toda mi vida, llorando de emoción le doy un beso en la mano, un abrazo y salgo corriendo al cuarto para probármelo. Me siento tan contenta y sobre todo por que esta noche lo estrenaré en el baile. El vestido combina perfecto con mis ojos verdes y mi pelo rubio.

Desde el cuarto escucho unos gritos y llantos originados por mi mamá y mi mamá Cuca. Lo primero que me viene a la mente es que pueden ser sus hijos perdidos en la revolución. Pero me equivoco, son dos primos precisamente, hijos de mis tíos perdidos. Mi mamá Cuca tan orgullosa, los presenta a los invitados y a toda la familia. Por cierto nos dijeron que ahora les llamaremos tío "La Cotorra" y tío "El Aire". Es algo chistoso pero si a ellos les gusta el apodo, de ahora en adelante así los llamaremos. Al terminar de comer, nosotros regresamos a jugar. Hemos estado tan ocupados y divertidos que se me olvida que ahí se encuentra el muchacho más guapo que he visto en mi vida.

La fiesta en casa de mi mamá Cuca se termina temprano debido al gran baile de esta noche, por supuesto usaré mi vestido nuevo. Es la primera vez que toda la familia podrá asistir a la fiesta porque mi abuela Aurelia esta muerta ¡Gracias a Dios! porque ella era una persona negativa, frívola, gritona, golpeadora y estoy segura que nunca amó a nadie, ni a ella misma. Era una persona mala, nunca nos dejaba ir a ningún lado.

Rumbo a la casa, mi mamá nos habla a todos los hermanos. La veo acompañada con un hombre barbón como vaquero y una mujer de pelo embarañado y ojos grandes. Al encontrarnos cerca de ellos el hombre dice: "Yo sé que no se acuerdan de mi pero soy su hermano Logio, hace cinco años me fui a probar fortuna. Ahora regreso con mi esposa, ella es Lola, su cuñada, quiero que la respeten y la atiendan bien. Vamos a vivir en la casa con ustedes sólo por un tiempo así que vámonos, debemos descansar un rato y estar listos para el baile".

Lo único que recuerdo de mi hermano Logio es a un joven impositivo y autoritario. No le gustaba comer con ruido, ni comer acompañado, le gritaba a mi mamá si la comida estaba fría o muy caliente. Nos llegó a pegar algunas veces porque corríamos mientras él dormía. En fin no era un hermano fácil o cariñoso. Espero que los años lo hayan cambiado y nos pegue por la nada.

Mi mamá Cuca me apresura para que lleguemos temprano al baile. Todo está listo para una noche mágica llena de amor y romanticismo. Veo entrar a mi mamá con su lindo vestido. Vienen con ella el resto de mis hermanos y mis tías, se sientan al lado nuestro en la mesa que mi papá mandó reservar para su familia, nos sentimos como si fuéramos las anfitrionas del baile. Los hombres como siempre se dirigen a la barra a tomar sus cervezas o tequila. A mi mamá Cuca la puse al tanto de lo que me impresionó el hijo de los Calderón, Víctor. Ella me aconsejó que no le demostrara mi interés desde el primer momento, que me diera a desear. En ese instante entra Víctor con sus hermanos. El salón brilla como si hubiera entrado el sol a iluminar a todos. El corazón se me sale del pecho y las piernas me tiemblan. "Creo que no podré bailar", le digo a mi mamá Cuca, "Yo creo que si", ella me contestó. Por cierto me aclara: "Irma, tienes que bailar antes de que tu padre llegue, aunque José nunca ha venido a estos bailes pero no vaya ha ser el diablo y ahora se aparezca. Si te ve bailando antes de que cumplas tus quince años, olvídate, con José Salinas nadie juega".

Un extraño toca el hombro de mi mamá y le dice algo al oído, mi madre voltea a verlo y después de un intercambio de frases ella se para a bailar. Mi mamá Cuca le dice con voz firme y molesta: "Manuela estás loca, sabes perfectamente que no puedes bailar. Eres una mujer casada. Además José es un hombre conocido por todos, cualquiera le puede ir a avisar. Manuela te vas a meter en un problema, no bailes con ese tipo, es una orden". Mi mamá le contestó: "Perdóneme, mamá Cuca, pero siempre he hecho lo que los demás quieren que haga, éste gusto me lo voy a dar aunque me cueste la vida, no me importa nada, éste es uno de mis sueños y lo voy a cumplir. Si muero hoy tendré una sonrisa dibujada en mi rostro". Sin más, se va de la mano con el hombre y su rostro irradia amor, fantasía, ensoñación, como si fuera su primer baile con el hombre de su vida. Ellos bailan y hablan como si planearan su vida futura. Todos paran de bailar y enmudecen para permitir a los enamorados disfrutar del momento, por tres minutos el mundo se paraliza. Cuando acaba la canción titulada "Si Nos Dejan", no se sueltan las manos, agradecieron con una reverencia, los aplausos de toda la concurrencia. Todos seguimos aplaudiendo emocionados contagiados por el momento. Podemos percibir y oler el amor impregnando en el ambiente.

Veo la expresión de mi madre como nunca la he visto, feliz y complacida. El éxtasis es interrumpido por un ruido ensordecedor, ¡Es un disparo! Cae al piso el señor que acompaña a mi mamá y ella lo recuesta en sus piernas, el señor tiene el pecho lleno de sangre. Volteo a ver quien disparó. ¡Es mi padre! Lleno de rabia es el que sin titubear encañona la pistola aún humeante y caliente. Nadie mueve un dedo. Nadie respira ni abre la boca. Se escuchan los zapatos de mi papá cruzando el salón con paso firme y seguro, convencido que nadie le reclamará su acción. Al llegar cerca de mi madre la agarra del pelo y la arrastra hasta la puerta principal, salen a la calle. Aún dentro del salón, se escuchan los gritos de mi madre después de cada golpe que le propina mi padre. El señor muere en brazos de mi madre después de haber intercambiado unas palabras. Mi padre mata a ese hombre con una bala certera y mortal directa al corazón. Nadie sabe como actuar ni que hacer. Después de varios minutos dejamos de escuchar los alaridos de dolor de mi madre. Todo indica que también la mató. Mi padre entra nuevamente al salón y volvemos a sostener la respiración sin mover un pelo. Agarra al muertito de una pierna, dejando un camino de sangre a su paso y se dirige a la parte trasera del salón. Antes de abandonar el salón, se detiene y con voz esquizofrénica grita: "¡Quiero que borren de sus sentidos, lo que hoy escucharon, vieron, percibieron y tocaron!".

"Aquí no ha pasado nada. Si alguien abre la boca lo pagarán con su vida, de hoy en adelante será nuestro secreto. Nos lo llevaremos a la tumba. Lo que acaban de presenciar nunca pasó. Si aprecian su vida piensen bien antes de traer éste recuerdo a su mente. Ustedes dos limpien la sangre, ustedes (señalando a los músicos) vuelvan a tocar que para eso les pagaron. Ahora, que siga el baile y aquí no ha pasado nada". Sin perder tiempo corren a limpiar la evidencia del asesinato. Se borraba el incidente de nuestras mentes para siempre. Los músicos empezaron a tocar como lo ordenó mi papá y la gente a bailar. Nunca supimos que hizo mi padre con el muertito desconocido. A mi madre la encontramos inconsciente en su cama, golpeada salvajemente, a simple vista pensamos que la había matado también.

Mi hermana Ofelia la cura. Después de varias horas, mi madre despierta y lo primero que pregunta es que le dijéramos que pasó. Todos nos volteamos a ver asombrados por su pregunta y le contestamos que no sabemos nada. Todos estamos seguros que mi padre cumplirá su promesa de matar al que abra la boca, así que nadie lo hará. Después de esa noche trágica, mi padre vuelve a pegarnos por cualquier cosa, nos grita, nos trata como basura, pero lo que más me duele es ver como se porta con mi mamá. No deja de insultarla, humillarla y ofenderla, es un infierno vivir en esta casa. Nada volverá a ser lo mismo.

## *CAPÍTULO TREINTA Y TRES*
## UNA DECISIÓN EQUIVOCADA

Como todas las mañanas, le ayudo a mi mamá en las labores de la casa: preparar el desayuno para mis hermanos y mi papá, regar las flores, barrer la banqueta, lavar la ropa sucia, ir a comprar las tortillas a "La Chiquis", tortillería de la tía Lupe. Darle de comer a los animales, limpiar el frijol, limpiar los chiqueros donde están los marranos, eso es la parte que no me gusta además hay que hacer todos los mandados que mi madre necesita. Por otro lado, también tengo que atender a mi cuñada, la esposa de Logio, mi hermano mayor. Esa mujer de nombre Lola, es muy rara, mandona y no me cae bien. Por supuesto todo lo hago con gusto porque en la tarde me dejarán ir a la tienda de abarrotes "Sal, sí, Puedes" donde mi papá es el dueño. Él me deja ayudarlo por las tardes. Me encanta usar las básculas para pesar el azúcar, el frijol, el arroz, la harina, el grano de maíz, la sal, etc. La mayoría de los productos se venden en cuartos, medio o un kilo. Se tiene que poner en unas bolsas o alcatraces de papel canela. Atender a la gente y dar el cambio es otra cosa que me apasiona hacer, hasta ahora es más fácil que hagan tarugo a mi papá que a mí porque para los números me pinto sola.

Mi maestra Mely dice que soy buena para las matemáticas. La verdad es que me fascinan. Mi maestra es buena pero nos castiga y nos pega con la regla, el borrador o un palo si lo tiene a la mano. El otro día no traje el cuaderno con la tarea, me dijo que extendiera los brazos con las palmas de las manos hacia abajo, en el momento en que la regla de madera se dirigía a golpear mis manos, rápidamente las cambio de posición para que no me doliera tanto el reglazo. La maestra Mely se molesta tanto que me lleva al centro del patio donde me obliga a hincarme con los brazos extendidos. Coloca dos ladrillos uno en cada mano y me ordena quedarme ahí hasta que ella me levantare el castigo. Por un momento pensé que no estaba tan mal, pero después de 15 minutos los brazos se sienten pesados y el sol tan fuerte, quema mi piel. Por un instante trate de bajar los brazos para descansar unos segundos, repentinamente siento un palo en mi espalda golpeándome duramente. Escucho una voz dulce, "Irma no vuelvas a bajar los brazos, ¡Niña desobediente!".

Creo que pasé el resto del día en esa posición, lo demás no me acuerdo porque me desmayé. Cuando desperté me encontraba en la casa. La cara de mi madre no parecía preocupada, más bien tenía una cara de enojo. Afortunadamente me dió unos minutos para recuperarme y después me abofeteó, me jaló del pelo, arrastrándome por el suelo, agarró una rama de pirúl y me dió en las piernas hasta cansarse. Cuando terminó, agregó: "Es la última vez que le faltas el respeto a la maestra, no quiero ni una queja más". Lo bueno es que mi madre no se enteró cuando me castigó la maestra Carmen a la hora del recreo porque le amarré la trenza de Esperanza a la tranza de Eugenia y cuando Esperanza se levantó arrastró a Eugenia aunque ellas no se molestaron por la broma la maestra me castigó. Me sentó en un hormiguero con las manos atadas hasta que se acabará el recreo. Las hormigas me picaron por todo el cuerpo, es un dolor y un ardor espantoso. Siempre he pensado que no fue para tanto. Todos los niños en la escuela han pasado por los castigos de las maestras. Los padres están de acuerdo y las apoyan, de hecho, algunos padres les proporcionan cintos de cuero para que nos den duro si no queremos aprender o nos portamos mal. Lo bueno es que pronto será mi graduación de sexto grado y no volveré a la escuela jamás.

Mi pelo siempre ha sido largo y lacio, aprovechando que mi papá anda de viaje a mi amiga Brandi se le ocurre la idea de cortarnos el pelo en un pequeño salón de belleza. Tienen una promoción, por motivo de inauguración, se cortarán el pelo gratis a las primeras 10 personas que lleguen con el pelo largo y decidida a un cambio. Sin pensar en las consecuencias, cierro la tienda y nos vamos a cambiar de apariencia. Al llegar al lugar hay una fila enorme esperando ser la elegida para el corte gratis y para ahorrarse unos centavos. Pasan unos minutos, abren las puertas y salen a seleccionar a las mujeres con el pelo más largo. La señorita salta a Brandi y me escoge a mí como su modelo para el primer corte de pelo que se efectuará en Torreón, todos me aplauden y paso a la silla de los sueños, según la estilista. Para hacerlo espectacular, me sientan con la vista a la ventana para que ningún curioso se quedara sin ver la transformación y el gran acontecimiento. Me siento, por primera vez en mi vida, el centro de atención de las miradas, es una sensación placentera y cómoda.

Desgraciadamente, no tengo un espejo frente de mí, para ver lo que me están haciendo o como voy quedando, lo único que tengo en frente es a mucha gente haciendo sonidos como: '¡Auch!, ¡Oooooh!, ¡uuuuy!, ¡Híjole!" y "¡Qué valiente!" cada vez que entran las tijeras a mi pelo. Después de unos minutos, la gente empieza a retirarse, logro ver la cara de mi amiga Brandi que trata de decirme algo importante, pero pienso, nada me podrá quitar estos minutos de gloria. Ya casi no hay gente en la ventana, en ese momento, la señorita mueve la silla y me veo al espejo. ¡No lo puedo creer! mi pelo ha desaparecido, ¡Ya no tengo pelo!, ¡Me dejó pelona! parezco un hombre. Mi pelo está pegado al cráneo y hasta me hizo una patilla y un copetito. Me siento desnuda, humillada, tengo frío en el cuello y las orejas. Todos los clientes corrieron sin quedar uno solo, incluso mi mejor amiga Brandi. La señorita después de ver mi cara y la huída de los pocos clientes que se esperaron hasta el final solamente me dijo: "Niña no te preocupes, el pelo te crecerá rápido. Además, ésta es la moda que anda en Europa, gracias por ser nuestra primer cliente y al parecer la única creo que se me pasaron un poco los tijerazos, ahora vete a tu casa que cerraremos el negocio, mañana será otro día". A mí que me importa la moda de Europa, ¿Cómo se lo voy a explicar a mis padres? No puedo llegar sola a la casa, debo llevar refuerzos. Voy directo a casa de mi mamá Cuca, la persona que me defenderá de mi mamá y mi papá. Ellos nunca me pegan delante de ella, no se atreverán, mamá Cuca es sagrada, así que ahí voy.

Cuando mi mamá Cuca me ve exclama: "¡Irma, hija de mi vida!, ¿Qué te han hecho?, ¡No lo puedo creer! ¿Te sientes bien?, ¿Qué dijeron tus padres?". "Mamá Cuca, vengo a pedirle ayuda para que no me vaya tan mal", le contesto llorando. Sin vacilar, mi mamá Cuca cierra la puerta de su casa y nos dirigimos a la mía. Durante el camino, no deja de consolarme y darme fuerzas para enfrentar la situación. Es algo que nunca olvidaré, su apoyo incondicional. Mi mamá Cuca es excepcional, hasta bromas hace de mi tragedia.

Al llegar a la casa para mi mala suerte, veo el carro de mi papá. Acaba de llegar de Laredo, le dije a mi mamá Cuca "Ahora si no me la voy a acabar". Mis ojos están rojos como unos tomates de tanto llorar. Mi mamá Manuela es una mujer dulce y buena pero en muchas ocasiones pierde el control y nos pega brutalmente con lo que encuentra a su alcance, como si estuviera llena de odio, resentimiento y coraje reprimido por años. Los más golpeados son mis hermanos Víctor, Javier, Enrique y por supuesto yo. Mi mamá nos grita que somos hijos de la fregada y que no entendemos de otra manera. Mi papá no se queda atrás, a mis hermanos los encierra en el cuarto y les pega hasta dejarlos inconscientes y llenos de sangre. Estoy segura que esta vez me tocará una de esas tundas que mis padres acostumbran. Mi única esperanza es mi mamá Cuca que la usaré como escudo si es necesario, otras veces ha funcionado, en cuanto empiezan los golpes, corro y me escondo en las naguas de su falda y nadie se atreve a sacarme de ahí por el gran respeto que mi preciosa viejita merece. Otras veces recurro al truco del desmayo, todas mis extremidades se retuercen, simulando tener un ataque o algo así, para que mis padres reaccionen y no me sigan dando de palos. Cualquier recurso es válido cuando se trata de salvar el pellejo.

Al abrir la puerta veo en un rincón a mi madre tomando una taza de café, mientras borda unas servilletas, mi padre le pide a Carlos que le quite los zapatos blancos que siempre usa y así acostarse ha descansar. Todos mis hermanos al ver a mi mamá Cuca dejan sus actividades, corren a abrazarla y besarla, como de costumbre. Lalo, mi primo, grita como si hubiera visto a un fantasma: "¡Irma! ¿Qué te hiciste en el pelo? Te ves muy fea, pareces hombre, Irma parece hombre, Irma parece hombre" sin dejar de reírse repite esta frase, usando un tono de burla, característico de un niño tarados. Al instante siento las miradas de todos en mi cabeza, tratando de buscar mi pelo largo. "Decidí cortármelo para cambiar un poco mi apariencia" fue lo único que se me ocurrió en mi defensa en ese momento.

La primera reacción de mi madre es aventarme la taza llena de café caliente. No pude reaccionar y con un tino increíble, la taza me golpea en la cabeza. Siento lo caliente del café deslizándose por mi frente, los pedazos de barro cayendo en mi cuerpo. Esta vez, sin trucos, caigo al suelo abruptamente. Percibo una corriente de aire frío estremeciendo mi cuerpo, recibo el primer golpe del puño de mi padre, seguido de varios cintarazos. Mi madre detiene a mi mamá Cuca para que protegerla de la furia de mi padre, después de unos minutos, tiempo suficiente para que mi padre me dejara marcada de la espalda y las piernas, mi mamá Cuca se para enfrente de mi papá y le grita con voz enérgica y dispuesta a enfrentar las consecuencias de su atrevimiento. Grita: "José, ya estuvo bueno, puede matar a Irma con un mal golpe, déjala, ya aprendió la lección mire como la tienen llena de sangre, José, respete mis canas, por favor". Mi padre sin decir palabra alguna controla su enojo y se marcha. Esa noche después de ser curada por mi mamá Cuca, me voy a mi cama con mucha hambre, adolorida del cuerpo y agradecida con mi viejita canosa que interviniera, sin ella a mi lado, no sé si hubiera vuelto a ver el sol salir. Para colmo de males, no deja de sangrarme mis partes íntimas. Mi hermana Ofelia se ríe sarcásticamente agregando "Esta sangre que te está saliendo no es por los golpes, ponte éstos trapitos y en unos días se te quitará, pero espérala cada mes, muy puntual siempre llegará. No preguntes más y aprende a vivir con ello por el resto de tus días ¡ah! y si te duele mucho la barriga, tómate un té de manzanilla bien caliente, eso ayuda mucho".

Al día siguiente me prohibieron regresar a la tienda, me advirtieron que nunca me dejarán trabajar ni juntarme con Brandi mi amiga de toda la vida. Mi madre, aún enojada, me grita todo el tiempo. No deja de jalarme el poco pelo que me dejaron y recordarme que me veo horrible. Mi padre dijo que no me quiere ver la cara hasta que me crezca el pelo largo otra vez.

Ofelia de 19 años, es mi hermana mayor, es muy reservada nos cuida y nos ayuda en todo. Es como si fuera mi mamá, la única diferencia es que mi hermana nunca nos pega. Ella anda de novia con el doctorcito del pueblo, se llama Ernesto. El otro día escuché que se la quiere robar, pero ella no quiere irse sin casarse. Creo que le tiene miedo a mis padres. Ernesto no tiene tiempo para esperarla a que se decida, porque él se tiene que regresar a Chihuahua, de donde es originario. Su padre lo ayudará a poner un consultorio, así que el doctorcito se arriesgará a abrirse camino por su cuenta. A la mejor ese es el motivo por el que mi hermana Ofelia no se quiere ir con él, tiene miedo a lo desconocido, pasar hambres e incomodidades a su lado. Ofelia tiene que casarse rápido ya la gente y mis padres comentan que se le esta pasando la fecha para el matrimonio. Le dicen que no la quieren solterona por que después la mandarán al convento a vestir santos. La presión por seguir soltera es fuerte, las vecinas no dejan de murmurar que a la mejor mi hermana está embrujada, por eso no se ha casado, dicen constantemente. Lo cual a mi hermana no le importa.

Javier tiene 17 años, le dicen el "Verde", debido al color de sus ojos. Javier ya terminó la primaria y le ayuda a mi tío Gonzálo con las cantinas. Ahí conoce a una muchacha y rápido se hacen novios. Ella es una mujer de 20 años, se llama Claudia, es una bailarina morena, corpulenta con un cuerpo espectacular, envidiable por cualquier mujer. Ella realiza un show, es una bailarina exclusiva de las cantinas "Los Tres Alegres Compadres". Todo parece que la relación amorosa de mi hermano va en serio, hasta se quiere casar con ella. Sólo falta que mis padres lo autoricen. En esta sociedad machista no se acepta a una mujer que trabaje, mucho menos en una cantina, aunque dicen que es decente, creo que no será fácil convencer a los hombres de su honradez y buenas intenciones de formar una familia con mi hermano.

Al nacer Claudia, sus padres se sorprendieron por sus rasgos y color africano, su pelo chino y sus ojos negros obscuros como la noche. La familia vivió discriminaciones e insultos de la gente, los niños se burlaban de ella y siempre tenían un apodo para su hija mulata. Sus padres cobardemente la dejan abandonada en una iglesia a sus escasos 3 años de edad. El sacerdote de la iglesia la tuvo ahí hasta los 8 años que él se murió y nadie se quiso hacer responsable de ella, por su apariencia excéntrica. La pobre Claudia fue rodando de casa en casa dónde siempre fue la sirvienta, recibiendo malos tratos e insultos. Por fin llega a un circo donde la enseñaron a bailar. El circo acababa de llegar de la India y el baile hindú era una sensación. Los atributos de Claudia eran perfectos para portar el vestuario llamativo y provocativo igual que el baile del ombligo de movimientos candentes. Claudia se ganó el respeto de todos los del circo y de la gente cada vez que salía a bailar con poca ropa y llena de piedras preciosas.

Víctor, de 16 años, es todo un caso. Él es un joven muy delgado, hasta se le ven las costillas, es bajo de estatura, pero a pesar de su aspecto físico es el rey de las peleas en el barrio. Nadie se mete con él porque a los golpes, nadie le gana. Tiene un temperamento a flor de piel y explota a la primera provocación. Todos los hombres del pueblo le tienen miedo y lo respetan considerablemente. Víctor es un adolescente rebelde, no terminó la escuela primaria, sólo terminó tercer grado. Siempre se escapaba de la escuela y llegaba a la casa como si hubiera asistido. Mi madre no se dio cuenta de ésta situación hasta el día de la graduación, todos sus amigos terminaron sexto grado excepto Víctor. Las maestras le dijeron a mi mamá que no conocían a su hijo Víctor, que nunca lo habían visto pisar la escuela. Ningún niño se atrevió a delatarlo por temor a las amenazas de Víctor, de tumbarles los dientes al que abriera la boca.

Víctor tiene un problema, es sonámbulo. Por las noches se levanta, sale de la casa, se para en el poste de la luz y ahí se queda por horas. Regresa y se mete a su cama a seguir soñando. Algunas madrugadas los borrachitos que lo encuentran en el poste de luz lo regresan a la casa sin despertarlo. Mi madre ahora lo tiene que amarrar para que no se escape por las noches.

Mi hermana Licha, de quince años, es dulce, tierna y de buen carácter. Nos ayuda en todo, ella trabaja en la zapatería de los árabes. Mi hermana inicia una relación amorosa con Panchito uno de los doctores de Torreón, pero al parecer tiene por ahí escondidos otros enamorados. Licha es una muchacha de tez blanca, sus ojos café miel la hacen más bonita todavía.

Enrique, a sus escasos 14 años, se mete en muchos problemas. Varias veces ha llegado a la casa con aliento alcohólico y con olor a cigarro. Aprovecha cuando mi padre anda de viaje y abusa de mi tío Gonzalo que actúan de buena fe con él, mi hermano le pide dinero o se presenta en las cantinas a tomar gratis. Mi madre, a pesar de sus constantes enfrentamientos con él, sus gritos y golpes frecuentes, Enrique los aguanta sin reclamar, ya no llora. Después de las paliza propinada por mi madre o mi padre. Actúa como si ya no sintiera las agresiones físicas.

Carlos el menor de mis hermanos, tiene once años. Dentro de poco terminará la primaria. Es un niño regordete siempre anda con muchos amigos, es muy social. La primera bicicleta que llevaron a

Torreón, él la estrenó hace unos días, así que anda con ella por todos lados. Es envidiado por los amiguitos y no deja de prometerles que le traerá a cada uno una bicicleta de la Cd. de México cuando sea Presidente Municipal de Torreón.

No puedo dejar de mencionar a Lalo, el niño que mis padres aceptaron por imposición de mi abuela Aurelia que en paz descanse. Lalo es un joven raro, solitario, tímido. No asiste a la escuela, dicen que porque no tiene la capacidad de aprender, no habla con nadie y se la pasa en los rincones de la casa hablando solo. Le tengo miedo, a veces lo descubro mirándome el cuerpo o las piernas y en cuanto se siente descubierto, corre a esconderse entre los árboles. Lo bueno es que no da problemas, es como una sombra silenciosa.

Mi pelo crece día a día. Mis padres parece que me perdonaron. Espero algún día me permitan regresar a la tienda de abarrotes como antes y me permitan hablarle a Brandi. La última noticia que escuché de ella es que su padre inventó una bebida alcohólica que lleva su nombre "Brandi".

## *CAPÍTULO TREINTA Y CUATRO*
## EL MEJOR COMPAÑERO DE MI PADRE

Estamos esperando a mi padre. Llegará en cualquier momento de uno de sus tantos viajes a la frontera con Estados Unidos. Como siempre, con sus negocios. Ahora vende relojes y anillos. Parece que son muy caros porque los guarda en una caja fuerte. Usa una combinación que solo él conoce y se la sabe de memoria. Al escuchar el carro llegar y después de unos minutos, entra a la casa pero en ésta ocasión no entra solo, llega con un muchacho alto, bien parecido, blanco, con un maletín en la mano. Mi papá le ordena a mi mamá que le sirva algo de comer y prepare una de las camas porque el muchacho se quedará con nosotros algunos días. El joven se presenta: "Hola, me llamo Héctor Camacho", mi padre agrega: "Proviene de una ciudad llamada Chihuahua, al norte de México".

Es tímido, callado y educado, me cae bien, tiene aproximadamente la edad de Logio, mi hermano mayor, unos 20 años. Su sonrisa franca y limpia, inspira confianza y ternura.

Mi papá inmediatamente lo instala en la casa como si fuera uno de sus hijos. A mis hermanos no les cae bien el visitante misterioso. Héctor se vuelve indispensable para Don José Salinas. Ahora lo acompaña a todos lados, se ha llegado a involucrar de tal manera con mi padre, que es su brazo derecho en los negocios y en su vida privada, mi papá le hace caso en todo, por ejemplo, ya no fuma, no toma y cada vez se acerca más a la iglesia y a Dios. Héctor es la única persona que sabe la combinación de la caja fuerte y a pesar de tener su familia en Chihuahua, no se despega de mi padre y en los negocios cada día les va mejor. Hacen la mancuerna perfecta.

Héctor siempre nos trata con respeto y amabilidad, es una influencia positiva para mi padre. Siempre bromeaban, se decían "Cuñao" uno al otro, aunque no sé porque, creo que de cariño.

Mi padre se dedica cien por ciento al negocio de joyas, cierra la tienda de abarrotes por sus constantes viajes y asuntos comerciales. A mis hermanos no les gusta la relación que tiene mi padre con Héctor, a ellos los compara constantemente con él y no deja de decirles que son unos buenos para nada, que son unos inútiles, que ojala algún día fueran como Héctor, ya que él sí es de fiar, trabajador e inteligente. Mis hermanos no lo pueden ver ni en pintura, pero aunque les duela, es la verdad. A ninguno de ellos les gusta andar con mi padre, no les gusta el trabajo, sólo quieren andar noviando, tomando o meterse en problemas.

Unas amigas de mis hermanas nos invitan a una fiesta. Mi madre nos da permiso siempre y cuando vayamos con mi mamá Cuca. Estoy segura que dirá que si nos acompaña. Nos preparamos para el gran baile. Licha me presta un vestido color melón, con una crinolina amplia, con bellos adornos y encaje, es sensacional. Llegamos temprano al salón donde nos esperan algunas amigas de mis hermanas y sus respectivos novios. Alguien me toma de la mano y me dice al oído: "Irma, que hermoso vestido, espero podamos platicar, hace mucho que no te dejas ver. Me enteré lo que hiciste con tu pelo, pero te ves preciosa de cualquier manera". Su voz es inconfundible, lo reconozco inmediatamente, es Víctor Calderón, el gemelo, que me robó el corazón desde el momento en que lo vi. Sí, tiene razón, creo que lo tengo muy abandonado pero nunca he dejado de pensar en él. Me siento cerca de mi mamá Cuca y ella me dice: "Es buen mozo el hijo de la señora Paz, ya te veo como te sonrojas cuando lo ves. Anda, mi hija, invítalo a que se siente aquí y platiquen un rato". "Gracias", le contesto nerviosamente, nunca he platicado con un muchacho tan cerca, hasta siento su respiración cerca de mi oreja.

La noche es exquisita, llena de amor, sueños y fantasías. Mis hermanas también tienen lo suyo, Licha y Ofelia están con los doctores que cada vez están mas enamoradas de ellos, las dos bailan muy acarameladas.

Mi mamá Cuca nos dice que nos despidamos por que tenemos que irnos, ya es tarde y no es correcto que unas señoritas decentes lleguen a su casa después de la media noche. Al despedirme de Víctor, éste me encamina a la esquina. Cuando mi mamá Cuca se da la vuelta, Víctor me toma de los hombros y me roba un beso tibio, suave, húmedo y tierno. Escucho campanitas en el cielo, es un sentimiento de felicidad y nostalgia por no poder prolongar el momento eternamente.

Los días pasan y no puedo dejar de pensar en Víctor. Me manda un recado con uno de los vecinos, me escribe que me quiere ver a solas, en la Alameda. Es un lugar romántico lleno de árboles, flores y bancas para los enamorados. En la parte central venden nieve de sabores, chicharrones de harina con salsa, limonadas y mi bebida preferida; celis con limón, es agua mineral con limón y sal. La Alameda se encuentra a unas cuadras de mi casa pero no tengo pretexto para salir sola. Se me ocurre una idea mejor, le escribo otro recado, pero esta vez se lo mando con Carlos mi hermano menor, que por unos dulces o centavos, le vende su alma al diablo. Lo cito en la casa de mi mamá Cuca. Ahí estaré para entregar unas cosas que le manda mi mamá y aunque me tengo que llevar a uno de mis hermanos, es fácil dales algo para que se vayan por ahí a jugar y me dejen sola con Víctor.

    El encuentro es un éxito, mi mamá Cuca platica con él. Se nota que Víctor le cae bien. Gracias a mi mamá Cuca lo puedo ver todos los días. Vamos a un pequeño cine que inauguraron hace poco, entramos cuando la función ya esta empezada y nos salimos antes de que prendan la luz para evitar ser vistos por alguien que nos pueda descubrir, sobre todos mis hermanos o mi padre.

    A Licha y Ofelia no les gusta que sea novia de Víctor, ellas dicen que tiene otras novias, que lo han visto con varias muchachas en situaciones muy comprometedoras, pero no lo creo, estoy segura que Víctor me quiere tanto como yo a él. Además, mientras yo no lo vea no me importa. Hoy, llega Víctor, a nuestro lugar acostumbrado, su actitud es diferente no plática como otras veces, es como si no supiera de lo que le estoy hablando. Regularmente me comenta de la relación pésima que lleva con su padre y de las ganas que tiene de irse a la capital y dejar a su familia para independizarse. El joven que está hoy conmigo es físicamente igual a Víctor pero su personalidad es diferente, no me inspira confianza, no me dan ganas de darle un beso y aunque lo intenta varias veces me hago la desentendida, busco pretextos para no estar cerca de él, me siento tan incómoda que después de algunos minutos pienso en alguna salida para huir de ese lugar. Sin más preámbulos, le digo que tengo unos pendientes urgentes que hacer y sin permitirle abrir la boca para replicar, me doy la vuelta y regreso por donde llegué.

    Veo a lo lejos a Licha esperándome impaciente en la puerta de la casa, me toma del brazo abruptamente y me hace caminar con ella algunas cuadras sin darme ninguna explicación. Al llega a una esquina me dice: "Irma, espero estés preparada para ver esto, te lo dije tonta" me señala a una pareja pegados en la pared, besándose apasionadamente. Licha con todas sus fuerzas grita, "¡Víctor Calderón!", el muchacho se estremece y voltea rápido a ver quien le gritaba. Al verme, no disimula su sorpresa. ¡No puedo creerlo!, ¡Es Víctor!, entonces ¿Quién es la persona que estaba conmigo tratando de besarme? No puede ser la misma, no puede estar en dos lados al mismo tiempo, no me duele tanto verlo con otra mujer, me duele que me haya engañado. Entiendo la jugarreta que me hizo. Todo parece una cuartada perfecta, mandar a su hermano gemelo Leobardo, para que él pudiera tener sus aventuras libremente. Sin esperar alguna explicación corro a la casa llorando amargamente por la traición y la burla.

Víctor manda un sin número de recados pero no contesto ninguno. Me parte el alma porque lo quiero demasiado pero en estos momentos de ira y desilusión no quiero verlo. Los recuerdos que tengo de él son hermosos y lo que siento ahora es que he sido traicionada y burlada como nunca creí jamás.

Mi padre sigue viajando considerablemente con su inseparable Héctor. Él es querido como un miembro más de la familia, vive con nosotros, mi padre le confiere su confianza, todos lo respetamos y obedecemos.

El matrimonio de mi hermano Logio es cada día peor. Lola su mujer, le grita, él le pega y se sale de la casa dejándola tan molesta que se desquita con nosotros. Ayer Logio, llegó tarde a la casa y Lola lo esperaba en su cuarto bastante molesta, empezamos a escuchar sus acostumbradas peleas, esta ves, la golpea como nunca, todos nos vemos las caras sin poder hacer nada. Por fin vuelve la calma. Ofelia se dirige a la cocina para poner el agua a destilar y en su camino se encuentra con Lola que ésta buscando algo en los cajones. Lola no se percata de la presencia de Ofelia. Mi hermana la observa silenciosamente. Lola esconde algo en su falda y regresa a la recámara donde la espera Logio roncando. Ofelia intrigada regresa al cuarto. Nos dice lo que vio en la cocina. Licha sin pensarlo dos veces se levanta de la cama se dirige al cuarto de Logio, al asomarse por la ventana, ve a Lola con un cuchillo en la mano dirigiéndose a mi hermano con un gran odio y rencor en sus ojos. Licha corre, abre la puerta y grita con todas sus fuerzas. Todos la escuchamos, principalmente mi hermano. Afortunadamente, Licha salva la vida de Logio con su grito salvador. Lola no termina su malévolo plan. El resto de la noche ella duerme amarrada de brazos y piernas hasta que llegaron sus padres de Puebla. Logio les dice que se le lleven a Puebla y les advierte que si la vuelve a ver, la mata sin piedad. Los padres de Lola la recogen y se disculpan por lo sucedido. Espero que nunca regrese. Ella no es una buena persona. A los pocos días Logio nos trae a otra mujer, se llama Alicia. Es una muchacha fuerte, morena, trabajadora y sobre todo cocina delicioso. No cabe duda que un clavo saca otro clavo, como diría mi mamá Cuca.

## *CAPÍTULO TREINTA Y CINCO* SUCESOS ATERRADORES

Mi tío José grande vive en la ciudad de México con mi tía Blanquita. Después de que mi tío huyó de Torreón por el escándalo que protagonizó con Graciela, su esposa lo siguió y desde entonces viven con una paz envidiable. Ellos son buenas personas a pesar de haber dejado atrás su historia con Graciela y Lalo. Ahora Graciela trabaja de sirvienta en una de las haciendas en Gómez Palacio, Durango. Ella ya se casó con un buen hombre y tienen varios hijos. A Graciela le dio por tratar de recuperar a su hijo Lalo, pero mi padre le dice que nunca se lo regresará. Mi padre no quiere desobedecer las órdenes de su madre, aunque esté muerta.

Tenemos una gran huerta donde mi árbol preferido es una higuera verde y frondosa que se encuentra en el rincón, que además de dar los más suculentos higos, es por ahí donde recibo los recados que Víctor me manda para nuestras citas. Hice un pequeño agujero para que me pasen los mensajes, pero como estoy enojada con Víctor, lo voy a tapar para que no recibir noticias de él nunca más. Me encuentro tan distraída con mis pensamientos que no escucho los pasos de Lalo acercándose a mí hasta que ya lo tengo enfrente con una mirada determinante y maliciosa. Sin decir palabra como es su costumbre, me empieza a besar el cuello, me tira al piso, sube su cuerpo sobre el mío, parece como si estuviera poseído por el demonio. Empiezo a gritar tan fuerte cuando recibo el primer golpe en la cara. Siento sus manos hirviendo de deseo tocando mis pechos y mis partes íntimas. Es una situación vergonzosa y humillante, por más que me muevo no logro separarme de él, no puedo. Sus fuerzas son superiores a las mías, es imposible apartarlo de mi cuerpo. Para mi suerte, escucho una voz que grita: "¡Lalo, déjala!, muchacho del demonio, ¡Quítale las manos de encima! ¡Te juro que te voy a matar!". Con los reflejos de una liebre, Lalo se levanta, dejando mi cuerpo lastimado y adolorido. Lalo corre para esconderse entre los árboles frutales, lleno de pánico y aterrado por ser descubierto. Esa voz temblorosa y llena de rabia es la de mi madre. Me ayuda a levantarme y me abraza como nunca antes. Me da un beso amoroso en la frente transmitiéndome seguridad y amor. Es la primera vez que siento a mi madre tan cerca y solidaria. Dirige su mirada al escondite de Lalo y le grita: "¡Quiero que te largues de aquí! ¡No quiero que vuelvas a poner un pie en esta casa!, Eres un mal nacido, maldigo la hora en que nos obligaron a cuidarte, nunca te perdonaré lo que trataste de hacer con Irma, infeliz bastardo, ¡lárgate, lárgate!".

Después de unos minutos recuperándonos de lo sucedido, mi madre aún temblando, entra a la casa y se mete al cuarto de Lalo. Le saca una cobija con algo de su ropa y un sobre en la mano. Con todas sus fuerzas le grita a Lalo que si no sale de su escondite sacará la escopeta y verá de lo que es capaz. Sin hacerla esperar, aparece Lalo con lágrimas en los ojos, muerto de miedo. Mi madre le avienta la ropa le entrega el sobre y le dice: "Aquí hay un mensaje para tu madre, ésta es la dirección de su casa, ve y búscala. No vuelvas jamás, también encontrarás algo de dinero, ahora lárgate ya". Sin abrir la boca, lleno de culpa y remordimientos, Lalo se retira llorando como un niño regañado. Mi madre voltea a verme con una mirada tierna y me dice: "Irma, este será un secreto entre tú y yo, nadie debe saber lo que pasó, nunca se te ocurra divulgar lo sucedido. Quiero que lo borres de tu cabeza y de tu corazón, espero olvides pronto, ahora vamos a limpiar el frijol". Los moretones y el golpe en la cara tardaron varios días en desaparecer, pero el recuerdo de ese horrible incidente jamás se irá de mi mente.

Mi padre llega a la casa después de uno de sus tantos viajes. Viene con Héctor, como de costumbre. Cuando se sienta para comer algo, mi madre inmediatamente le dice: "José, Lalo se fue de la casa hace unos días. Dijo que buscaría a su verdadera madre, tomó algo de ropa y advirtió que no lo siguiéramos. Que era su deber estar con su verdadera madre". Mi padre después de una pausa y volteando a ver a su socio Héctor le dijo: "¿Cómo, ves, cuñao?, ese muchacho es un mal agradecido, ojala que cuando sienta el hambre, no vuelva por acá, porque lo que recibiré con unos balazos. Mira que después de tantos años de tratarlo como a un hijo, me sale con esto, por mí que se esfume, es un mal nacido". Héctor haciendo una mueca en la boca agrega: "No te preocupes, cuñao, todo en este mundo se paga. Así lo dice el evangelio". Estoy segura que mi madre suspira aliviada por no tener que dar más información de la partida de Lalo.

En ese tiempo tanto mi padre como Héctor se metieron a la religión católica con devoción y hasta se podría decir que con fanatismo. Los días que se encuentran en Torreón, van a misa de las 7 de la mañana, ayudan al padre Segura con donativos muy generosos; le regalan ropa, zapatos y hasta joyas. Héctor abre el primer seminario en Torreón para jóvenes católicos que quieran ser sacerdotes. Siempre llevan una Biblia bajo el brazo y un rosario. Aprovechan cualquier momento para rezar, darnos sermones, sacar sus versículos y darnos una lectura de las santas escrituras, como ellos le dicen a la Biblia.

Mis hermanas Licha y Ofelia llegan como de costumbre a su trabajo en la zapatería de los árabes, "Don Chico Zapatón". El dueño les informa que vendió la zapatería a otro señor árabe, el cual recibirá el negocio esa misma tarde. Todas tienen que esmerarse para que la zapatería luzca hermosa, les dice el árabe. Las empleadas visten impecables para impresionar al nuevo dueño, el señor Hasam. El Sr. Hasam viene con su esposa Fátima, una hija, cinco hijos y su hermana Yamile. "Espero que trabajen tan bien como lo hicieron para mí", agrega el árabe con voz melancólica despidiéndose de todos. Al dar las cinco de la tarde entra por la puerta principal el señor Hasam y familia. Es un hombre maduro de mediana estatura con barba, bigote, ojos grandes saltones y complexión delgada. Al saludar se puede apreciar su voz autoritaria y ronca como un sapo. Su regia personalidad impresiona desde el primer momento a todos en la tienda. Los ojos de mi hermana Licha brillan y se dice a sí misma; "Es el hombre más guapo que he visto en mi vida, siento que lo amo desde ahora. No puedo controlar mi corazón que grita en mi pecho; Hasam, Hasam, te quiero". Es una locura lo que el corazón le dice a mi hermana espero no le haga caso a ese desquiciado corazón, primero porque el señor Hasam es el nuevo dueño. Segundo, puede ser su padre, le dobla la edad y tercero, ¡Está casado y tiene hijos de nuestra edad! Es una chifladura, ojala sea un sentimiento pasajero. Estoy segura que mi hermana recapacitará.

Pasan los días y Licha sigue suspirando por el señor Hasam a todas horas del día. Las noches las pasa en vela diciendo su nombre y dibujando su rostro en cuanta superficie plana encuentra. No come, no quiere ir a bailes, ni con mi mamá Cuca, que nadie se resiste ir a visitarla. Rompe su relación de compromiso con su novio, el doctor. Trabaja horas extras como loca para estar cerca del señor Hasam. Creo que se va a morir de amor por él. Lo peor de todo es que él no la mira como mujer, para el señor Hasam ella es una empleada eficiente y nada más. Una tarde, Licha se mete a la bodega. Hay que limpiarla y hacer el inventario para recibir la carga de zapatos proveniente de León Guanajuato, la ciudad del zapato. Al poner la escalera corrediza para subirse a los compartimentos más altos, Licha pierde el equilibrio, cae al vacío pero su dedo índice se atora en uno de los barrotes de la escalera, dejándola colgada por unos instantes. Desafortunadamente, antes de que pueda reaccionar para tratar de sujetarse del barrote cae varios metros golpeándose fuertemente la cabeza y perdiendo el conocimiento. Nadie ha notado su ausencia hasta la hora de la comida. Ofelia la busca para irse a la casa y al percatarse que no está, pone al tanto al señor Hasam. Él se acuerda que la mandó a hacer el inventario. Al llegar a la bodega, la encuentran tirada encima de unas cajas, la cargan, la sube al carro y la lleva al dispensario. El doctor Arturo, su enamorado, la atiende. Cuando Licha reacciona, se percata que no tiene su dedo, grita como desquiciada que le traigan su dedo. El doctor le pide a Ofelia que regrese por el dedo pero a pesar de sus esfuerzos no pudo salvárselo. Es imposible, había pasado mucho tiempo. El dedo está muerto. A mi hermana le costó un dedo para que el señor Hasam se interesara en ella, le diera ciertos privilegios y la tomara en cuenta para todo, incrementándole el sueldo y reduciéndole el trabajo pesado, ahora es su brazo derecho.

Los doctores terminan su labor en Torreón y se les organiza una gran fiesta para despedirlos. En unos días llegarán los nuevos doctores que se harán cargo del dispensario. Después de haber sido los solteros más codiciados, los tres se regresan igual de solteros y con el corazón destrozado. El único que aún tiene esperanzas es el doctor Ernesto, espera ansioso la respuesta de mi hermana Ofelia para saber si se escapa con él esta noche después de la fiesta de despedida. No sé que piensa mi hermana, Ernesto es un buen partido aunque ahora es pobre pero tiene un futuro prometedor y sobre todo la quiere sinceramente, en fin, esa es decisión solo de ella.

En la fiesta de despedida me encuentro a Víctor, me sonríe de una manera que no me puedo resistir y le contesto el saludo, no puedo controlar el amor que siento por él, me derrito cada vez que lo veo, pero cuando veo a su hermano gemelo Leobardo, quiero ahorcarlo por lo que me hizo. Víctor se acerca y me toma de la mano como si nada hubiera pasado. Platicamos toda la noche, por supuesto con la supervisión de mi mamá Cuca. Licha sigue suspirando por el señor Hasam y Ofelia llorando por Ernesto sin decidirse a irse con él. Mi hermana Ofelia deja ir al amor de su vida, no se fuga con él. Lo deja ir deseando que algún día sus destinos se vuelvan a juntar y lleguen a casarse como Dios manda por la iglesia y no separarse jamás. Le deseo suerte a mi hermana porque no siempre se encuentra el amor.

Mis hermanos están entretenidos con sus respectivas mujeres, Logio con Alicia que ahora es su esposa, Enrique con Laura, una muchacha alta y muy bonita, Javier con Claudia, Víctor con Lupe, una chaparrita muy simpática y Carlos es el único soltero.

Mi abuelo Anasiano ha rejuvenecido desde que murió mi abuela Aurelia. A sus setenta años baila como un trompo. Hace unas semanas se robó a una jovencita de 17 años de la ciudad de Lerdo, Dgo. La trajo a vivir a la casa donde vivió mi abuela por años. ¿Qué tal? Donde quiera que esté mi abuela, a de estarse retorciendo del coraje de ver a su viejo bailando como un adolescente, hasta sale polvo de las zapateadas que da en la pista de baile. Es un viejito picarón, parece que por fin es feliz y goza de su libertad como todos los que tuvimos que vivir bajo el yugo de la abuela. Me da mucho gusto verlo tan contento. Su casa ahora es alegre, le quitaron la barda que la mantenía escondida, ahora luce fresca y linda.

Nos preparamos para festejar otro 20 de noviembre, día de la revolución mexicana, la fecha en que celebramos nuestros cumpleaños. Ese día festejo mis 13 años. Ya me gradué de sexto grado de primaria, bailé mi vals con un compañero de la escuela. Estoy muy contenta porque por fin me libré de las maestras golpeadoras. Como es costumbre, mi abuela prepara una comida para la celebración y aunque últimamente no se ha sentido muy bien de salud nunca le falta entusiasmo y sobre todo ganas de vivir y disfrutar la vida al máximo. Es un ejemplo a seguir, vale la pena estar cerca de ella y escuchar siempre sus consejos sabios y optimistas. Por otro lado también preparamos las fiestas de la Virgen de Guadalupe, el 12 de diciembre. Ya estamos ensayando las danzas para las peregrinaciones y las pastorelas, que es una escenificación a los peregrinos pidiendo posada y las tentaciones que enfrentaron para salvar el nacimiento del niño Jesús. Ésta época es la que más me gusta, me siento muy feliz. Espero que dure para siempre.

## *CAPÍTULO TREINTA Y SEIS*
## EL DÍA MAS TRISTE DE MI VIDA

Mi relación con Víctor se mantiene estable, aunque no nos vemos frecuentemente nos vemos lo suficiente para compartir algo de nuestras vidas. Me pide que lo acompañe a su casa para recoger unas botas que se le olvidaron. Víctor maneja un carro viejo que le llamamos la pulmonía porque no tiene vidrios y entra el aire frío por todos lado. Al llegar a su casa escuchamos unos gritos, parece que son emitidos por su madre Doña Paz, son alaridos de dolor y desesperación. Víctor sale corriendo del carro, lo sigo por si necesita ayuda, parece que es algo grave. Desde que su padre perdió todo por culpa de la bebida y los juegos de póker, hasta el gimnasio que tenían, viven en condiciones miserables. Distingo sólo una habitación, una pequeña letrina al costado y unos cuantos animales flacos que hasta se ven enfermos. Cada paso que damos se escuchan trastes que se rompen. Más cerca de la casa se oyen claramente golpes y estrujones. Víctor abre la puerta de una patada. Lo que vemos no es nada alentador. Su padre, Don Eulogio, se encuentra arriba de su madre golpeándola salvajemente. Doña Paz, llena de sangre e inconsciente, yace en el suelo como muerta porque ya no se queja. En el único cuarto que hay en la casa uno puede distinguir la cocina en un rincón, varios catres en el suelo y unas cortinas tratando de separar el lugar donde comen, del lugar donde duermen. Hay ropa tendida usando las ventanas como tendederos, es un panorama deprimente y desolador mostrando la pobreza en la que viven. Ahora entiendo por qué Víctor quiere irse a la capital, huir de esa miseria y del ambiente hostil que lo rodea. Afortunadamente yo vivo en una situación económica buena, nunca he sentido hambre ni frío, siempre he tenido lo que he querido, sobre todo con mi mamá Cuca. Nunca me imaginé que Víctor viviera en esta situación. Siempre anda bien vestido, hasta con sus botas picudas muy boleadas y relucientes, tal parece que lo que ellos ganan no lo comparten con la familia y no es de criticar sabiendo lo que su padre les hizo a su patrimonio.

Don Eulogio al sentir las manos de Víctor jalándolo para evitar que le siga pegando a su madre ya casi muerta. Le tira un golpe a Víctor en la cara y lo tumba al suelo, luego se va contra él como si quisiera terminar de descargar su furia con quien fuera. Afortunadamente en ese momento entran los tres hermanos de Víctor y entre todos controlan a Don Eulogio, tarea que no es fácil ya que el señor mide 2 metros de alto y se ve que tiene una fuerza de locomotora. Lo logran tranquilizar no sin antes recibir algunas patadas y puñetazos cortesía de su padre. Estoy tan asustada que lo único que se me ocurre hacer es acercarme a Doña Paz para asegurarme de que no esté muerta. La señora mide escaso un metro de altura, es menudita, frágil e indefensa. Todos se calman y auxilian a su mamá. Nadie quiso llevarla al dispensario, se nota que tienen experiencia en esos asuntos. El hermano mayor de Víctor, Horacio, dice: "¿Ahora por que se enojaría el viejo tú?", dirigiéndose a Juan, el hermano menor. "No sé", responde desanimado. "¿A poco mi jefe necesita un motivo?", agrega Leobardo. Les ayudo a levantar todo lo tirado y a limpiar la cara de Doña Paz, llena de sangre. Recuerdo tristemente todas las veces que mi padre ha golpeado a mi mamá y el día que mi abuela Aurelia casi la mata por tanto golpe. Días después, la mamá de Víctor se recupera, como tantas otras veces y todo vuelve a la normalidad. Me entero, por Víctor, que el problema surgió porque su padre llegó borracho una vez más y no le gustó la comida que Doña Paz le cocinó ese día.

Por fin llega el día de la celebración del 20 de noviembre, mi mamá Cuca nos ofrece la comida, ahí me veo con Víctor y su familia que han sido invitados a la fiesta. Me sorprende ver que Doña Paz tiene parálisis facial, su boca está torcida y su ojo casi cerrado tiene contracciones espásmicas, un tic cada 5 segundos. Se puede observar la desesperación de Doña Paz por controlar ese defecto facial. Su estado es lamentable. Al preguntarle a Víctor sobre la salud de su mamá, él me contesta: "Ya sabes, otra pelea con su marido. Esta vez dice el doctor que mi madre hizo un gran coraje con mi padre después de haber comido carne de puerco y eso le provocó la parálisis, no podemos hacer nada al respecto, así se quedará hasta que muera. Lo único bueno de todo esto es que mi padre no le pega tanto. Parece que le da lástima la expresión de su cara". Siento mucha compasión y tristeza por Doña Paz.

Víctor me dice que me va a dar un regalo y que me salga un momento con él, últimamente ha estado muy raro y tal vez quiere decirme algo. Vamos por atrás de la casa, donde no hay nadie, todos están disfrutando de la fiesta. Víctor me empieza a besar como nunca antes lo había hecho, su respiración la escucho muy acelerada, transpira sudor por toda la piel, me lleva hasta la pared y me sujeta fuertemente, no pudo moverme, sus manos y su lengua tocan mis senos provocando una sensación extraña, nada placentera. Siento sus dedos que se introducen en mi pantaleta tocando mis genitales, abre abruptamente mis piernas. Me rompe la ropa interior y me sube la falda tan rápido que fue imposible detenerlo. No puedo respirar ni moverme estoy atorada entre la pared y su cuerpo caliente y deseoso de poseerme. Víctor usa sus brazos para abrir nuevamente mis piernas tensas y rígidas. No tengo más fuerzas para resistir, mi corazón se detiene y mi respiración agitada busca salida entre los poros de mi cuerpo tembloroso y agitado. Su fuerza es brutal, siento un líquido pegajoso y caliente deslizándose entre mis partes íntimas, me lastima algo duro que trata desesperadamente de entrar a mi cuerpo. Víctor se mueve vigorosamente sin despegarse de mi cuerpo. Por fin logro zafarme de esa incómoda situación y descubro una mezcla de sangre y baba lechosa en mi vestido y medias. Víctor no para de lanzar unos quejidos haciendo una cara como de dolor, pero al final me mira sonriendo y me dice repetidamente que me quiere mucho y que ese era el regalo que me tenía. Yo me siento confundida, avergonzada y adolorida. Me dice que me arregle para volver a la casa, lo cual hago rápido, no quiero que nadie se entere de lo que paso aquí.

En repetidas ocasiones Doña Paz intenta platicar con mi mamá o con mi mamá Cuca pero los cinco hombres de su casa no sé lo permiten, la tratan mal y le contestan muy irrespetuosos, la critican de cómo habla, la callan en frente de todos, la hacen sentir ignorante y estúpida. Ella tan humilde los justifica diciendo que a pesar de todo ellos la quieren mucho y la corrigen por su bien. Mi madre ya nos hubiera cacheteado hasta por una mirada atrevida hacia ella, creo que nosotros estamos al revés, le tenemos respeto y miedo a las palizas que tanto ella como mi papá nos propinan.

Mi tía Elvira, la única hermana de mi mamá, nunca falta a la celebración. Aunque trate de esconder su rostro con el pelo o el reboso se notan las marcas de golpes recientes. A su esposo, mi tío Toño, nadie lo conoce. Nunca la acompaña a las reuniones familiares, he escuchado que no la trata muy bien, siempre se pelean. También viene la suegra de mi tía Elvira y mis primos tan altos y crecidos. Los que mejor se llevan conmigo a pesar de la diferencia de edades son Ottón y Guille. Sus personalidades son extrañas pero ellos suelen ser divertidos. Otra familia que siempre dice presente es la de mi tía

Lupe, tan amable y cariñosa, todos notamos que mantiene alguna conexión secreta con mi madre. Cuando se cruzan sus miradas, tienen un sabor de complicidad y picardía. Alcanzo a escuchar que mi mamá le está platicando el incidente que pasó con Lalo. Regularmente ella no cuenta las cosas de la familia a cualquier persona a menos que le tenga mucha confianza, como cuando habla con mi tía Elvira.

Entre los presentes no pueden faltar los tíos de Estados Unidos, El Aire y La Cotorra, ellos se robaron unas jovencitas el año pasado pero en esta ocasión regresaron solos porque las esposas están a punto de aliviarse y quieren que los bebés nazcan en Estados Unidos (con hijos nacidos allá es fácil tramitar los papeles para legalizarse como ciudadanos Norteamericanos). Las esposas se quedaron y ellos se vinieron a divertir a Torreón. De cualquier manera ellos vienen a disfrutar la vida, dondequiera me los encuentro muy acaramelados con otras mujeres, espero que no se las quieran llevan con ellos o las dejen alborotadas y embarazadas.

Entre los invitados se encuentra mi tía Estela, la esposa de mi tío Ángel, el segundo hermano de mi papá. Su hija Nestora, la prima que vive en México, se encuentra muy delicada de salud. Recuerdo que hace algún tiempo mis hermanas Licha y Ofelia se fueron a su casa para estudiar la secundaria pero algo les pasó allá porque cuando escuchan hablar de la prima Nestora se voltean a ver nerviosas. Parece ser que mi tío Ángel la quiere traer para que mi tía Estela la cuide ya que el esposo no quiere cargar con el paquete de la enfermedad.

También vino a la fiesta mi tía Martha, esposa de mi tío Gonzálo. A las hijas de mi tío Gonzálo les va de maravilla en la escuela privada que inauguraron en septiembre, ellas no me caen muy bien porque se portan groseras con mi tío Gonzálo que es tierno y noble con ellas. Además mi tía Martha, su esposa, lo esta dejando en la ruina, le exprime el dinero de las cantinas y se lo gasta en ropa y tonterías para sus hijas, dentro de poco lo dejarán sin un cinco en el bolsillo.

No podría faltar el padre Segura, tan viejito pero bien que nos sermonea y hasta nos jala las orejas. Ahora es muy amigo de mi hermano Héctor y mi papá con eso de los golpes de pecho que andan pregonando por todos lados. Ahora están rodeados de sacerdotes y seminaristas. Otras personas importantes que siempre están allí para apoyar a mi mamá Cuca en todo momento son sus comadres ellas siempre están ahí en las buenas y en las malas. Las maestras Mely y Carmen nunca faltan a las pachangas y más aún si hay comida gratis. Son amigas inseparables y aunque se ven de buena posición económica, tal parece que no tiene una buena relación con sus familiares porque nunca se han ido de Torreón. Prefieren permanecer aquí los fines de semana, que irse con sus familias que viven en la ciudad de Durango – a escasas 2 horas de viaje-.

Mi mamá Cuca antes de empezar a comer se levanta y llama la atención de todos los invitados para dar su discurso acostumbrado. Con una voz cansada pero a la vez dulce y firme dice: "Agradezco a todos mis seres queridos por estar aquí, celebrando a Manuela, mi hija, su cumpleaños y por supuesto a mis nietos que adoro con toda mi alma. Manuela, te quiero mucho, te doy las gracias por los nietos que me diste y en especial por mi nieta Irma, que como es sabido por todos, es mi consentida, sin ofender a los demás. He vivido una vida plena aún con sus desgracias, como ya es sabido por ustedes de la desaparición de todos mis hijos varones que valientemente se unieron a la revolución. Estoy segura que se salvaron y que formaron sus familias y algún día nos van a encontrar y me darán la sorpresa de verlos antes de que me muera. Gracias a mis sobrinos por venir este año desde Estados Unidos para acompañarnos, también a mis comadres que nunca me dejan sola, a los Calderón López y sobre todo a Dios que sabe porque hace las cosas. Espero me regale más tiempo de vida para conocer a mis bisnietos. Gracias a todos por estar aquí y disfruten de la comida que con todo mi amor se las ofrezco". Todos le damos un fuerte aplauso y algunos hasta lloramos debido a lo emotivo de sus palabras.

Nunca había escuchado a mi mamá Cuca tan solemne. Es como si estuviera despidiéndose de éste mundo. Efectivamente ha estado muy enferma, le dan unos dolores muy fuertes en el estómago. Todos los días he ido a su casa para estar con ella. Le peino su pelo largo y le hago sus trenzas, en algunas ocasiones me pide que no pase a Víctor a su cuarto porque no se ha bañado y de sus partes íntimas despide un líquido de olor desagradable, prefiere que nadie se le acerque, excepto yo, que la atiendo con un amor desmedido e incondicional. Platicamos de cualquier cosa, sin pudor y sin reservas. Agradezco a Dios por esta bendición en mi camino.

Mi mamá Cuca sonríe con todos, pero la conozco bien y sé que algo le duele. Terminamos de comer más rápido que de costumbre debido a la lluvia que amenaza en convertirse en tormenta. El cielo se torna gris, las nubes están a punto de explotar, como nunca se había visto el cielo antes. Algunos gritan "¡Esto es un chubasco, un chaparrón!, ¡Corran, corran esto se está poniendo de la fregada!" en cuestión de minutos se ven ríos de agua afuera de las casas, se forma una cortina de lluvia espesa, es imposible ver la casa de enfrente. Todos nos miramos con pánico y desconcierto. Los invitados corren a refugiarse a sus casas, es un caos, gritos, maldiciones y empujones tratando de sobrevivir a la furia de la naturaleza. Víctor sin perder tiempo se ocupa de su familia como yo de la mía. Nadie da crédito a lo que estamos viviendo.

Mi mamá Cuca le grita a mi mamá: "Manuela, no te quedes parada, junta a todos los chamacos, nos refugiaremos en mi cuarto, es el más grande de la casa, ¡Ustedes!", dirigiéndose a mis tíos, "traigan esos leños grandes y vamos a sellar la puerta, por lo que veo, pronto subirá el nivel del agua hay que evitar que entre al cuarto tenemos que estar preparados". Al asomarnos por la ventana vemos pasar, arrastrados por la corriente de agua, algunos caballos, burros, perros, gallinas y lo más sorprendente una vaca. El agua se mete por debajo de la puerta al cuarto, llenándolo en cuestión de segundos. Algunos muebles pequeños flotan en aquella alberca de agua. La tormenta es cada vez más agresiva y furiosa, arrastra lo que encuentra en su camino, llevándose trastes, camas, ropa, braceros, costales de frijol, etc. El agua cubre más de la mitad de nuestros cuerpos.

Mi mamá Cuca, tan ecuánime como siempre, vuelve a gritar: "¡Hijos, vamos a la azotea si permanecemos aquí nos ahogaremos! ¡Corran y lleven lo que puedan que nos sirva! Salven si pueden a los animales, no hay que perder tiempo. ¡Manuela, Elvira, traigan a sus chamacos!". Por suerte todos estamos juntos, excepto mi papá y Héctor que se encuentran de viaje, como siempre. Todos nos subimos al techo de la casa y el panorama no es nada alentador. El río Nazas se desborda. Vemos sin dar crédito, como destruye y arrastra las casas que se encuentran en la orilla, llevando a su paso, cuerpos sin vida, distinguimos gente implorando ser rescatada. No se puede hacer nada, ¿De qué manera los podemos ayudar?, nosotros nos encontramos en peligro de ser arrastrados también por las feroces aguas sedientas de muerte y destrucción.

Sentimos que la casa se derrumba, todos nos agarramos de las manos en símbolo de unión y solidaridad. Mi mano siempre se encuentra unida a la de mi mamá Cuca, no la dejo por nada del mundo. Algunos rezan, otros lloramos, otros se encuentran paralizados sin saber que hacer. Escuchamos unos gritos, provenientes del techo de la esquina; "¡Sálvenlo! ¡Sálvenlo! ¡Ayúdenlo, por favor!" al asomarnos vemos al padre Segura tratando de nadar entre las aguas turbias convertidas en una mezcla de lodo, agua, ramas y todo tipo de material que algún día formó parte de un hogar. Mis hermanos tuvieron tiempo de amarrar unas cobijas y sábanas y se las aventaron para que cuando pasaran por nuestro refugio, tuviera una oportunidad de ser salvado. Efectivamente al pasar por el lugar, logra tomar la punta de la cobija con sus manos, la corriente es más fuerte que sus fuerzas decrépitas pero sigue luchando por su vida. Ante nuestros ojos llenos de impotencia imploramos que logre vencer el destino cruel que le espera. Su lucha es admirable, cuando por fin se aferra a la cobija, escuchamos otro grito advirtiendo lo que se avecina. Es un tronco lleno de ramas, en dirección exacta al padre Segura. El padre cierra sus ojos, hasta parece que escuchamos sus rezos y su resignación a la muerte. Suelta la cobija y con sus manos ahora libres nos da su bendición. Todos enmudecimos y lloramos sin control. De cualquier manera el tronco lo hubiera arrastrado hacia una muerte segura. El padre se vence con dignidad y heroísmo.

Ya han pasado 7 días y seguimos en el techo de la casa de mi mamá Cuca, todos rezamos por un milagro, nos estamos muriendo de hambre y de frío, no ha parado de llover, nuestra piel parece de pescado, nadie habla, nadie se mira a la cara. La que más me preocupa es mi mamá Cuca. No tiene sus medicinas, está muy enferma, tiene fiebre y no deja de quejarse de su dolor en el estómago, espero resista. Cada vez son más los cadáveres que vemos pasar por debajo de nosotros, gente conocida, niños, hombres y mujeres por igual, el agua no perdona a nadie. Ya no tenemos nada que decir, nada que hablar es como estar en medio de una pesadilla de terror y esperamos ansiosos que alguien nos despierte y nos diga que todo ha sido un sueño. Estoy segura que mi padre moverá mar y tierra para rescatarnos.

Por fin, el río tomó su cauce natural, tal parece que una mitad de Torreón no se encuentra tan dañada como la otra y hay muchos sobrevivientes pero tienen que esperar a que deje de llover y baje el río para que empiecen a ayudar. Lo único que nos mantiene vivos es el agua que podemos tomar de la lluvia y la fuerza que nos damos unos a otros. La fortaleza de mi mamá es alimento espiritual, ella no deja de darnos ánimos y prometernos una comida exquisita cuando todo esto acabe (mole, es su especialidad).

Después de 10 días de intensas lluvias e inundaciones, aparece un rayito de sol y para de llover. Que bueno que la naturaleza nos levanta el castigo. Volteo para decirle a mi mamá Cuca que pronto vendrán a salvarnos. La noto muy fatigada y me habla muy quedito: "Hijita, gracias por ayudarme, te quiero mucho, cuídate y espero seas muy feliz con Víctor; creo que ya no alcanzaré la ayuda, dile a tu madre que quiero hablar con ella". Mi madre llega rápido sin ser llamada. Mi mamá Cuca le dice: "Manuela, te quiero mucho, prométeme que no dejarás de buscar a tus hermanos, cuando los encuentres dile que siempre los recordé con mucho cariño y amor, que siempre los esperé y que me perdonen por la muerte de su hijo. Diles que nunca perdí las esperanzas de verlos pero que éste dolor en la panza no me lo permitió, cuídate mucho, nunca dejes sola a Irma, mantén a la familia unida, despídeme de todos, de Lupe, de Elvira". Con lágrimas en los ojos y un nudo en la garganta mi mamá, le contesta: "Mamá, ya no hable, usted no morirá, sea fuerte y ya lo verá, ¡Aguante!, ¡Aguante!, no me deje sola. Ha sido lo mejor de mi vida, lo más puro, lo que más quiero, no me deje sola". Es la última palabra que escucha mi mamá Cuca antes de cerrar sus ojos azules, con una sonrisa recibe a la muerte y nos da el adiós.

A pesar de que el nivel del agua baja considerablemente, pasaron otros dos días antes de que pudiéramos bajar de la azotea, El cuerpo de mi abuela tiene más de un día inerte, no he dejado de llorar desde que murió. Éste sin duda ha sido el día más triste de mi vida. Mi madre está inconsolable, se nota que la adora igual que yo. No sé vivir sin mi abuelita linda, sin mi mamá Cuca, ahora ¿Quién será mi cómplice y mi amiga? la voy a extrañar, no olvidaré nunca sus faldas largas en las cuales me escondía para no ser golpeada por mis padres, era mi guarida perfecta, nadie se atrevía a violar esa fortaleza, ahora ¿Quién me protegerá de la ira de los adultos? Mamá Cuca te voy a extrañar. Lo mejor de todo es que me enseñó a ser feliz a pesar de la adversidad, me contagio su optimismo, su amor a la vida. Nunca olvidaré su sabiduría lo que soy se lo debo a ella y su incondicional amor. Gracias mamá Cuca por haberte conocido.

## *CAPÍTULO TREINTA Y SIETE*
## SONIDOS MISTERIOSOS DE LA NOCHE

Pasan dos días antes de que podamos bajar del techo de la casa y atrevernos a caminar entre el agua, escombros, lodo, ramas, troncos, animales muertos y cuerpos inertes. Empezamos a ver rescatistas en lanchas y pequeñas balsas improvisadas auxiliando primero a los niños, ancianos, enfermos, y/o mujeres embarazadas. Un rescatista nos dice: "Sigan derecho hasta la iglesia, ando buscando a la familia del señor José Salinas". Le contestamos que nosotros somos la familia Salinas Flores. El joven nos sube a la balsa y nos transporta junto con el cuerpo de mi mamá Cuca, que por nada del mundo me separo de ella y al que le daremos cristiana sepultura en tierra firme. Distinguimos a mi papá y a Héctor dirigiendo las actividades de rescate, al vernos corremos hacia ellos. Entre balbuceos y gritos les contamos lo sucedido con mi mamá Cuca y con el Padre

Segura y con todo lo que hemos pasado en el techo de la casa. Ellos nos consuelan y nos abrazan por varios minutos.

    Después de la inundación descubrimos que la mitad de Torreón se mantiene en pie. Mi padre y Héctor ayudan a los sobrevivientes, no somos muchos, perdimos a casi todos nuestros ancianos y enfermos. Lloramos, nos abrazamos, y sentimos afecto verdadero unos por otros, aún sin conocernos. De mis seres queridos sólo mi mamá Cuca, el pilar de la familia, pasó a mejor vida. Los demás sobrevivimos a la tragedia. Unos chamacos llegan corriendo a decirle a mi papá que hay cadáveres regados por todos lados. Están desmembrados, el olor es insoportable a muerte y pudrición. Mi papá trae comida, cobijas, ropa, medicinas y muchos voluntarios para ayudarnos a superar la tragedia. Nos llama la atención que en la parte de atrás de la iglesia unas vigas quedaron de pie, formando una cruz, al verlas nos hincamos y rezamos, agradeciendo estar vivos. Observo que mi mamá no reza, no se persigna y no voltea a ver la cruz con devoción como los demás, algo raro le pasa cuando hablamos de Dios, me da la impresión que no tiene fe, que dejó de creer en Dios. Héctor se hace cargo de la iglesia debido a la lamentable pérdida del padre Segura y organiza la primera misa sin comunión. Enterramos los cadáveres a las orillas del pueblo. A mi mamá Cuca le ponemos una cruz blanca para distinguirla de todas las demás. A Héctor se le ocurre una idea de construir un cristo enorme, usando de cimiento, las vigas que quedaron en forma de cruz, él cree que es una señal divina, propone que el cristo se construya en la cima del cerro de las Noas para que todos los habitantes donde quiera que estén, siempre vean al cristo y recuerden su convicción católica. Héctor nos inyecta esperanza e ilusión, tener una meta y luchar para realizarla, nadie objeta la excelente idea. Poco a poco la solidaridad en el nuevo proyecto traerá confort a nuestras vidas y renovación al espíritu. Torreón renacerá con un cristo en el cerro de las Noas.

    Nuestra casa y la de Víctor son de las menos afectadas aunque no se derrumbaron, es imposible habitarlas ya que están a punto de derribarse. Recibimos ayuda de pueblos vecinos y de la Cd. de México. Poco a poco Torreón cura sus grietas y nosotros las heridas del alma. Trabajamos de sol a sol, sin quejarnos, sin poner resistencia a la modernidad y lo más importante hay que respetar el cauce natural del río Nazas para que no vuelva a enojarse y vuelva por lo que es suyo. Recibimos la noticia de que mi tío Toño, el esposo de mi tía Elvira, es uno de los tantos desaparecidos en la inundación, parece que lo arrastró la corriente cuando se encontraba manejando su camioneta rumbo a su casa. Mí tía Elvira, más que preocupada, parece feliz, no hemos visto una lágrima asomarse y rodar por esas mejillas ahora rosadas y rejuvenecidas por la noticia.

Han pasado dos meses desde de la inundación y me siento mal, mareos, vómitos, me duele el estómago. Mi mamá se preocupa pero lo atribuye a los trabajos pesados que todos hacemos, sin importar la edad o el sexo, trabajando por recuperar lo que la naturaleza nos arrebató. Al caminar hacia el dispensario para que me revise el doctor, nos encontramos a mi tía Elvira, con una sonrisa que nunca le habíamos visto, con una ansiedad desmedida, le grita a mi mamá; "¡Manuela, Manuela!, por fin Dios escuchó mis plegarias y me concedió lo que tanto le pedí, es Toño, encontraron su camioneta a varios kilómetros de aquí, y su cuerpo sin vida, lleno de lodo, saben que es él por la camioneta. Su madre ya lo identificó por objetos personales sobre todo la ropa y el cinto, Manuela no hay duda, ¡es él!, ¡ya está muerto! por fin soy libre y te juro que jamás me vuelvo a casar". Los adultos creen que los niños no tenemos oídos ni ojos, que somos invisibles, ellos hablan cosas delicadas delante de nosotros, como si no entendiéramos y después se quejan porque a uno se le sale algún comentario indiscreto de vez en cuando. De lo sucedido con mi tío Toño, me alegro por mi tía Elvira, parece que no era feliz con él.

Al llegar al dispensario nos recibe el doctor nuevo, recién llegado de la ciudad de México, es un joven bien parecido, se llama Germán, es atento y caballeroso. El doctor sospecha a primer vista que estoy desnutrida, por primera vez en mi vida me saca sangre de la vena, con una jeringa gigante, al ver la sangre saliendo de mi cuerpo, me desmayo al instante. Cuando reacciono, estoy en una camita con mi mamá al lado, tomándome de la mano. El doctor le dice a mi mamá que en unos días le entrega los resultados. De regreso a casa me encuentro con mi amiga Brandi y con sus hermanas, le pido permiso a mi mamá para jugar con ellas. Mi madre me contesta que si pero que no me vaya lejos por si necesita algún mandado. Nos divertimos como hace años no lo hacemos, desde aquel corte de pelo. Jugamos toda la tarde a la matatena, al resorte, a brincar la cuerda, al bebe leche, a la lotería, al brinca tu burro, hasta al chinchi laguas y al tiras pelas con las canicas. "Creo que ya nos estamos haciendo grandes", le dije a Brandi porque ya no aguanto tanto juego brusco. "No me he sentido bien últimamente", le digo a mi mejor amiga, "así que vamos a sentarnos y a jugar con las muñecas de trapo". Creo que todas los niños merecemos un descanso después de tanto trabajo, construyendo casas, abriendo caminos, remodelando la iglesia y haciendo nuestro cristo en el cerro. Los adultos creen que los niños no nos cansamos pero yo estoy muerta.

Mi mamá da la noticia de que nacerá en unos meses nuestro primer sobrino, hijo de Logio. Es una sensación extraña saber que pronto habrá un bebé en la familia. Mi cuñada Alicia es buena conmigo porque soy su sirvienta, todo lo que necesita, se dirige a mí y sabe que la voy a obedecer en todo. Se aprovecha y abusa de mi buena voluntad, bueno hasta le lavo los calzones y sus medias gruesas. Espero que se vayan pronto de la casa para tener un poco más de tiempo para jugar y no tantas obligaciones.

Mis hermanos Enrique, Víctor y Javier, van a la cantina de mi tío Gonzálo, según ellos para ayudarlo, pero no es sino para tomar y divertirse de a gratis. Cantan y bailan con las mujeres que trabajan ahí.

Hace unos días cuando mis hermanos se encuentran en la cantina, se abre la puerta y entran dos hombres, padre e hijo, provenientes de Lerdo. Empiezan a tomar sin medida y a pedirle a los músicos que canten para ellos, lo dos bailan con las mujeres que trabajan en la cantina. Llega la hora del show cuando sale Claudia, novia de mi hermano Javier. Es el platillo fuerte de la noche. Los hombres se la comen con los ojos y con piropos aunque todos saben que es una mujer intocable, todos la respetan porque saben a quien pertenece, todos menos los dos hombres que acaban de llegar. Al terminar el show, el hombre joven, corre a encontrarse con Claudia en el camino. Éste, ya borracho, le agarra las nalgas con tal fuerza que si ella no le quita las manos bruscamente, se las hubiera arrancado. En cuestión de segundos, Javier, salta del mostrador y lo empieza a golpear salvajemente, el padre del muchacho se mete al pleito y le rompe una botella de cerveza en la cabeza a Javier. Al instante, todos pelean unos contra otros. Javier trata de sacar al señor de la cantina para proteger la propiedad de su tío. Afuera los empujones no se hacen esperar, ambos borrachos, sus golpes son torpes y desatinados. Javier lo avienta, el señor pierde el equilibrio y se golpea fuertemente en la cabeza con una piedra. Al contacto con ésta, sale un chorro de sangre e inmediatamente se forma un charco rojo cubriendo las piedras. El señor, con los ojos en blanco, exhala el último suspiro de su existencia. El hijo sale buscando a su padre y lo que se encuentra es la escena más horrible de su vida; ver a su padre sin vida hundido y rodeado por sangre.

El hijo trata de ayudar a su padre pero es demasiado tarde, está muerto. Javier, aún paralizado por el accidente, no se defiende de los golpes que recibe por parte del muchacho lleno de rabia. Víctor y Enrique salen a auxiliarlo y entre los dos golpean al muchacho. Mi tío Gonzálo les aconseja que se vayan, que huyan a la Cd. de México, les da algo de dinero en efectivo y la dirección de su sobrina Nestora, hija de mi tío Ángel. Mi tío les dice, "Muchachos, Javier cometió un asesinato, nadie es testigo de lo que pasó. Lo más seguro es que lo metan a la cárcel y le darán muchos años, mejor váyanse hasta que todo pasé. Su padre y yo arreglaremos el asunto. El muchacho está muy tomado y golpeado, no se acordará de lo sucedido con claridad, además es de noche, le podemos cambiar la historia, pero si los ve los reconocerá y será peor. Tomen el tren de la madrugada, que Dios los ayude, yo le explico a sus padres". Mis hermanos siguieron al pie de la letra las sugerencias de mi tío Golzálo, se fueron en el tren de las cinco de la mañana con una muerte en sus consciencias.

Al llegar con mi tía Nestora, la encuentran en una situación deplorable, viviendo en una miseria extrema, la casa casi en ruinas, sus hijos harapientos y desnutridos, su esposo borracho en una silla mecedora. Pero lo más lamentable lo ven cuando entran a la recámara de Nestora, con el pelo canoso, tan largo que llega al suelo como un alambre de púas. Su cuerpo obeso abarca toda la cama, su rostro deformado por la gordura. Nadie pensaría que tiene tan solo 30 años de edad. La gente dice que está embrujada por su suegra que nunca aceptó que su hijo se juntara con una pueblerina analfabeta, la suegra jamás les dio la bendición para casarse como Dios manda. El odio y la venganza la tienen como está ahora, han encontrado cruces de sangre pintadas en la puerta de su casa y hasta corazones de animales destazados en su patio. La tía Nestora se encuentra agobiada por una enfermedad incurable y misteriosa. La gente dice que es obra de la magia negra y la maldad de una mujer, su suegra.

Mis hermanos se presentan con ella y le dicen que debido a las circunstancias buscarán otro lugar para vivir. Mi tía Nestora los convence que se queden en su humilde casa mientras consiguen trabajo y se abran paso en la gran ciudad. Ellos aceptan casi obligados por su situación de no conocer a nadie y contar con poco dinero para sobrevivir. Al caer la noche, mi prima les ofrece unos catres y les indica el lugar para ponerlos, sin abrir la boca, se retira. Es la primera noche para mis hermanos, que dormirán fuera de las comodidades acostumbradas en casa de mis padres. Después de unas horas de haber conciliado el sueño, escuchan ladridos de perros, como si éstos se encontraran en la casa. Más tarde, sonidos de patos, chivos, borregos, caballos, gallinas, gansos, y sobre todo aullidos de lobos y coyotes. Mis tres hermanos se quedan inmóviles, no saben que hacer, no tienen la menor idea de lo que pasa en esa casa. Todo parece venir del cuarto de la tía Nestora. El sol aparece por el horizonte. Nestora llora amargamente, más tarde ríe a carcajadas y luego dice todas las maldiciones conocidas y por último maldice su matrimonio y a su esposo. Se escucha como agua tirándose en el suelo y un olor hediondo a orines, es insoportable. Toda la noche la pasaron en vela y con el corazón en la mano. A veces están seguros que es la tía Nestora, otras parece una niña y algunas más es un hombre de voz ronca, no están seguro de quien hace todo eso pero de lo que si están seguros es de que todos los ruidos provienen del cuarto de la tía

Nestora y ella duerme sola.

Al día siguiente se levantan, nadie comenta nada sobre la noche anterior, nadie se dirige la palabra. Los muchachos desconcertados se van a la calle muertos de hambre y desvelados. Con el poco dinero que tienen se compran unas tortas y empiezan a buscar trabajo. No saben por donde empezar porque nunca han trabajado, nunca les gustó el campo, ni los negocios de mi padre, ni la administración de las cantinas, sólo el dinero fácil que mi madre les daba a espaldas de mi papá. Siempre vivieron de las limosnas que le pedían a mis tíos consentidores. Así que ésta vez se harán hombres y se enfrentan al mundo real, se acabaron las comodidades.

Transcurre una semana, los sonidos misteriosos siguen por las noches pero no les quitan el sueño, saben que es la enfermedad de la tía Nestora. Durante el día, la tía también se transforma, puede ser la mujer más gorda o la más flaca del mundo, la más dulce o la más huraña, la más tímida o la más extrovertida. No se sabe que personalidad va a tener, es como si tuviera varias personas viviendo en su cuerpo, de hecho, cada una tiene una personalidad propia, es una persona diferente cada día. Uno de sus hijos es un delincuente juvenil y todos viven de lo que el roba en un mercado muy concurrido, la Merced, suele robar comida, dinero, joyas, radios y lo que se necesite para vivir al día.

Javier corre con suerte y consigue un empleo con un joyero viudo, que le promete ayudarlo para que estudie una carrera contable y encuentre un mejor trabajo, hasta le ofrece vivir en su casa y así le haga compañía a su único hijo de 15 años. Javier acepta encantado, se cambiará el fin de semana. Víctor nunca aprendió a leer ni escribir, siempre engañó a mi madre y nunca se presentó a la escuela. Para su suerte le ofrecen un trabajo cuidando un gimnasio de boxeo, lo cual le parece caído del cielo, ya que siempre quiso boxer profesionalmente, así que por algo se empieza, espera pronto saltar de velador a boxeador, además tiene resuelto donde vivir. Por otro lado Enrique se inclina por la vida fácil y peligrosa, decide probar fortuna con el primo ratero, hijo de la tía Nestora. Rápidamente aprende el oficio al día siguiente. Lleva comida, cervezas y dinero a la casa, parece que disfruta de sus habilidades para quitar lo ajeno, eso es lo quiere hacer para subsistir y nadie lo impedirá.

El viernes por la tarde se reúnen mis hermanos Javier, Víctor y Enrique. Será la última noche que pasarán juntos, después, cada uno vivirá el camino que eligió. La tía empieza desde temprano revolcándose en la cama, haciendo como cochino, vaca y todos los animales conocidos. La ven brincar en la cama, se orina varias veces en ella, corre por el cuarto como desquiciada, le sale espuma por la boca como perro rabioso, se arranca el pelo y se lo amarra al cuello como si quisiera ahorcarse, se golpea en la pared y en el piso. Nunca la habían visto así, grita que la maten, que ya no quiere vivir de esa manera, grita que le quitemos ese sufrimiento. Sus hijos lloran, sin saber que hacer, frente a los ojos de todos se le inflama la cabeza y el cuerpo a los pocos minutos queda como un esqueleto.

Es indescriptible su dolor y sufrimiento. Haya hecho lo que haya hecho, nadie se merece una vida así. En un momento de lucidez dice: "Soy Nestora, díganle a mis padres que me perdonen por haberlos abandonado que los quiero mucho, hijos, los adoro y los llevo en mi corazón. Lo más importante, díganle a su padre que lo odio desde el primer momento que robó mi inocencia, que siempre he sido infeliz a su lado, que lo maldigo al igual que a su madre que les deseo angustias y lágrimas para que paguen lo que me hicieron. También díganle a Licha y Ofelia que me perdonen por mi comportamiento, ahora me voy de este mundo porque no soporto más padecimientos y ahora que estoy consciente de mis actos esto es lo que quiero hacer con mi vida, no lo impidan por favor, se los suplico. No hagan nada para ayudarme, déjenme morir. Adiós hijos escojan un buen camino para vivir". Mi tía Nestora corre a la cocina, agarra un cochillo y se lo entierra en el corazón, ante los ojos atónitos de todos, es como si su verdadero yo estuviera esclavizado por las otras personalidades y al tener la oportunidad de tomar control de su vida, se suicida y así acabar con todo. Mientras muere, se escuchan voces de súplica, de lamento, sonidos de animales, maldiciones, todas las personas que viven en su ser salen para siempre.

Nadie quiso hacer nada por salvarla, esperaron a que se cumpliera su último deseo. No la velaron debido al líquido amarillento que expide su cuerpo, ni siquiera el padre de la iglesia se digna a darle los santos óleos por haber sido un suicidio y las condiciones deplorables en que queda el cuerpo. Así acabó la vida de una jovencita robada de su casa cuando aún era una niña, Nestora la que siempre se orinó en la cama y tuvo una vida miserable e infeliz terminó en suicidio, descanse en paz mi tía Nestora.

## *CAPÍTULO TREINTA Y OCHO*
## AMOR CONDIMENTO SOCIAL

La noticia de que mis hermanos se fueron de la casa no sorprende a mis padres pero las que no dejan de preguntar por ellos son las novias y sobre todo Claudia. Le digo que no tenemos noticias de ellos a más de un mes de su partida. Lo ocurrido en la cantina se declara oficialmente como lamentable accidente, el joven nunca supo exactamente que había pasado ni quienes lo habían hecho, la gente del pueblo sabe guardar secretos, es gente de fiar. Nadie delata a mis hermanos, nadie abre la boca.

Mientras juego con mi amiga Brandi y sus hermanas, veo a mi tía Elvira venir hacia mí, su rostro muestra enojo, me toma del brazo, sin decir nada y me estruja, nos dirigimos a la casa, sin dirigirme la palabra, creo que estoy metida en un grave problema, pero ¿Qué pude haber hecho ahora?, desde que murió mi mamá Cuca ya no me puedo escapar con Víctor, me he portado bien, no entiendo la actitud de mi tía. Al llegar a la casa, está mi mamá esperándome con una cara peor que la de mi tía, me recibe con una cachetada y una patada en las piernas, me agarra del cabello y me lleva al cuarto sin decir una sola palabra. Entre ellas cuchichean algo sobre mí. Mi mamá y mi tía se ven preocupadas e indecisas sobre algo que decidirán sobre mi vida. Por fin mi madre me dirige una mirada y dice con voz temblorosa y nerviosa: "Irma eres una malagradecida, una cualquiera,

¿Con quién te revolcaste? ¿Quién es el padre de ése bebé que vas a traer a éste mundo? ¡Tienes 3 meses de embarazo! ¿Cómo pudiste hacernos esto? Tu padre te va a matar, eres la deshonra de la familia, ¡Lárgate con el infeliz que te dejó preñada! ¡Huye con él! para que nadie en el pueblo sepa tu libertinaje. Dale gracias que tus hermanos no están aquí para limpiar tu honor. No quiero volver a verte en mi vida huye, con el fulano y no vuelvas más por aquí hija de la mala vida, ya no tienes madre la acabas de matar con esta noticia. ¡Que vergüenza! Si mi mamá Cuca viviera, la hubieras matado de la decepción. Irma, vete lejos esta noche antes que se te note tu pecado".

Las palabras de mi madre no tienen sentido, ¿Por qué me esta diciendo todas esas cosas horribles?, ¿Por qué me está corriendo y me dice que me vaya con Víctor?, ¿Qué hice? No me merezco esas palabras, no he hecho nada malo. Lástima que no está mi mamá Cuca conmigo para que me defienda, por eso se aprovechan porque ya no la tengo a ella. Llorando salgo de la casa, al único lugar que se me ocurre ir es con Víctor.

Llego a su casa, lo miro cortando unos leños con su padre. En cuanto me ve, tira el hacha y camina en dirección a encontrarnos. Al ver mi cara sabe que hay problemas. "¿Qué tienes?" me pregunta alarmado. Con voz temblorosa y sin aliento, le digo lo que me dijo mi mamá. Por su expresión creo que él entiende esas palabras mejor que yo, me dice: "Irma te quiero de verdad, quiero casarme contigo pero ahora no puedo, no tengo nada que ofrecerte y no te quiero traer a ésta casa llena de miserias y malos tratos, precisamente ahora te iba a buscar para comunicarte que mañana tomo el tren de las cinco de la mañana hacia la Cd. de México. Estoy seguro de encontrar un trabajo digno y abrirme un provenir en la capital. Si quieres, ¡vente conmigo! Pero no te quiero presionar, si no te atreves a irte conmigo, te juro que regreso por ti en unos meses. No me contestes ahora, piénsalo. Si te decides, mañana llega a la estación de ferrocarril 20 minutos antes de que salga el tren, compramos tu boleto y nos largamos de éste pueblo. Cuando estemos allá y junte algo de dinero nos casamos y que Dios nos bendiga". Me toma de la mano y recibo el beso más tierno y lleno de amor que jamás me haya dado. No puedo pronunciar ninguna palabra, el corazón lo tengo en la garganta y mis ojos no paran de llorar. ¿A quién le pido un consejo? Es mi vida la que esta en juego.

Regreso a la casa avergonzada, sin entender el pecado tan grande que cometí. Pensando en el rumbo que le daré a mi vida. Pero no tengo otra alternativa, mi madre ya me corrió de la casa, dijo claramente que me largara, que ya no tengo madre. Me voy a ir como un día se fue Lalo, con la cola entre las patas, por lo menos el sí sabía porque.

No les digo nada a mis hermanas, no me despido de nadie excepto de mi mamá Cuca en su tumba. Me alisto para el viaje, meto en una bolsa de papel canela algunos vestidos, ropa interior, cosas personales y la única fotografía que mi madre tiene de mi mamá Cuca. Me dirijo a casa de Brandi. Sin decirle una palabra la abrazo fuertemente y le regalo mis muñecas preferidas. Afortunadamente mi padre se encuentra de viaje, así que todo será más fácil. Mi mamá me llama a cenar, no voy, no le contesto. Me acuesto temprano para poderme levantar a tiempo. Cansada de llorar tratando de encontrarle sentido a todo los acontecimientos que están pasando en mi vida y me quedo dormida rápidamente.

A la mañana siguiente escucho el primer canto del gallo, me levanto, me visto rápidamente y ya estoy lista para irme con Víctor. Al salir de la casa con lágrimas en los ojos alcanzo a ver a mi mamá, sentada en su cama, observándome como me escapo con un hombre que no tiene rostro para ella, esperando me diga algo, como; "¡Irma te quiero mucho! ¡No te vayas!, ¡Quédate todo saldrá bien!", la miro fijamente a los ojos para que me diga algo antes de cerrar la puerta, no escucho ni siquiera un buen deseo para lo desconocido que me espera allá afuera, después de todo tengo sólo quince años. Llego a la estación del tren 10 minutos antes de la salida, Víctor me ve y se baja de unos de los vagones y llega corriendo a la taquilla a comprar mi boleto, me dice: "Pensé que ya no vendrías, me alegra que vayas conmigo en esta aventura, verás que nos va a ir bien". Con un abrazo y un beso me sube al tren.

En mi vida he puesto un pie fuera de Torreón, mis manos

tiemblan, sudan. La pañoleta que cubre mi cabeza para no ser reconocida por nadie se resbala constantemente. Oímos al garrotero gritar: "¡Váaaamonos!, ¡Todos a bordo!, ¡Vaaaamonos!", Entre la gente que despide a sus familiares distingo a una mujer alzando sus brazos en señal de despedida ella corre para alcanzar el tren, para verla mejor me levanto del asiento, corro al cabus para identificar a la mujer que me grita: "¡Irma!, ¡Irma!" despidiéndose de mí. Es mi mamá Cuca, no me podía fallar, es ella diciéndome adiós, contenta como siempre. Por un momento olvido que se encuentra varios metros bajo tierra, juraría que es producto de mi imaginación pero Víctor también la ve y aunque no la distingue bien, ambos estamos seguro que era mi mamá Cuca. Es más probable que mi mamá Cuca haya salido de su tumba a que mi mamá haya doblado su orgullo de madre herida. Gracias mamá Cuca por darnos tu bendición, gracias por darme fuerzas y valor para afrontar lo que nos espera, gracias viejita por tu amor.

Me muero de vergüenza, no puedo ver a Víctor a los ojos, no sé como tomé esta decisión tan descabellada, lo único que estoy segura es que quiero mucho a Víctor estoy segura seré feliz a su lado. Me asomo por la ventana y lloro sin parar, no tengo hambre, me duele la cabeza y no quiero que Víctor me toque ó que me abrace ó que me bese, no faltan los pretextos para evadirlo. Por fin me vence el sueño y me duermo profundamente. He dejado atrás a mi hermana Licha suspirando de amor por el señor Hasam, su jefe árabe, dejo a mi hermana Ofelia llorando por su gran amor Ernesto, dejo a mi madre llena de coraje y sufrimientos, a mi padre que tanto quiero, a mi hermano Héctor con su Biblia en la mano, a mi hermano Logio en espera de su primogénito, a mis 3 hermanos que se fueron a probar fortuna, a mi hermano Carlos, a mi mejor amiga Brandi jugando con mis muñecas de trapo y a mi mamá Cuca que es a la persona que más he querido en éste mundo.

La Cd. de México nos recibe con lluvia, hay charcos de agua por doquier. Pasamos por la Torre Latinoamericana, por el Palacio de Bellas Artes, por el Castillo de Chapultepec, por la Diana Cazadora, por el Ángel de la Independencia y por otros muchos monumentos y lugares históricos tan hermosos que no doy crédito a lo que mis ojos admiran. Lo que más me gusta es el Zócalo. Te sientes orgullosa de ser mexicana. Sin tener a donde llegar, Víctor pregunta por un hotel decente para pasar unos días mientras encuentra trabajo y un lugar estable donde vivir. Entramos al cuarto frío, viejo, sucio con salitre y oliendo a humedad. Me sorprende ver sólo una cama. No quiero pensar que la tendremos que compartir. Víctor sin el menor pudor se quita la ropa frente a mí y se mete a la cama. Yo tímidamente me pongo mi suéter y me acuesto en el suelo, usando mis únicas pertenencias de almohada sin imaginar lo que me espera, cierro los ojos y me dispongo a dormir. Siento sus brazos rodear mi cintura para cargarme y llevarme a la cama, su cuerpo hierve de pasión, me empieza a besar agitadamente, siento su lengua húmeda moviéndose vigorosamente dentro de mi boca, sus manos se dedican a quitarme la ropa y sus piernas a separar las mías. No tengo tiempo de reaccionar porque todo lo hace tan rápido. Mis sentimientos están mezclados. Sus besos hacen que se agite mi respiración y sus manos hacen que mi cuerpo empiece a sudar. Siento miedo y placer al mismo tiempo. Siento algo duro que me penetra. Víctor inicia con movimientos rápidos y decididos a cumplir su objetivo. Me duele tanto que grito y le pido a Víctor que por favor se detenga, que me raspa y me lástima lo que está haciendo. Víctor está convertido en un animal salvaje, no me escucha, sólo gime y gime. Después de unos minutos, se deja caer sobre mi cuerpo, exhalando todo el aire acumulado en sus pulmones, mojado de sudor y arrojando un líquido espeso, pegajoso y oloroso de algo como una tripa que le sale por el cuerpo. Todo indica que Víctor ha terminado su metedera y sacadera, espero que ésto no se repita seguido porque no me pareció nada divertido, no me gustó. Me siento agredida y avergonzada. Pasan unos minutos para que él se quede dormido como un angelito y yo quedo lastimada, adolorida, pegajosa, apestosa y llorando de vergüenza. Extraño a mi familia, a mi casa y a mi mamá Cuca como nunca antes.

## *CAPÍTULO TREINTA Y NUEVE*
## UN HÉROE DE RADIONOVELA

### "CHUCHOELROTO"

Víctor sale todos los días a buscar trabajo de lo que sea. Nos estamos muriendo de hambre y no tenemos para pagar el hotel, en dos días más nos corren. Me pregunto ¿por qué estoy engordando? si cada día como menos, por lo regular hacemos una comida al día. Todas las tardes espero ansiosa a que llegue Víctor con una torta, tacos ó pan de dulce en las manos, cada día me siento más débil, cansada y con mucha hambre.

Han pasado dos meses, Víctor ha trabajado de repartidor de periódico, vendiendo chicles, chofer de camiones colectivos, vendiendo boletos en la taquilla de los teatros, de panadero, de mesero en un restaurante de lujo, hasta cargando cajas de verduras en la Merced, pero sus esfuerzos son inútiles, los sueldos son de miseria y no alcanza ni para pagar el hotel. Una tarde conoce a un señor que le ofrece que trabaje para él, es un director de cine mexicano. Necesita gente para hacer los dobles en algunas producciones. Víctor, de buena presencia y cuerpo atlético, le responde inmediatamente que cuando empieza con los doblajes y lo más importante, el salario. Para nuestra fortuna es lo mejorcito que ha conseguido.

Con el adelanto que le dan a Víctor nos cambiamos inmediatamente del hotel de mala muerte a una vecindad, es un cuartito modesto, vacío pero lo llenamos de amor y esperanzas. Lo primero que compramos es una estufa de petróleo, cobijas, trastes y unos catres para ya no dormir en cajas de cartón. Todos los días intento hacer de comer pensando que es la cosa más fácil del mundo, los frijoles, la sopa, el arroz, los vegetales o los huevos; siempre quedan crudos, quemados, salados o guisados de una manera que es imposible comerlos, así que después de tirar todos los intentos para sorprender a Víctor, terminamos en el puesto de la esquina comiendo tacos o tortas. Lo cual después de tres meses ya no los queremos ni oler.

La suerte me acompaña. Tengo a una vecina, Paty, es un ángel, me enseña a cocinar, a organizar mi tiempo para no aburrirme, nos regala los primero muebles para la casa y algunos vestidos para mí, ya que los que tengo, no me quedan por la gordura. También me lleva con el doctor para que me revise, ella sospecha que no ando bien de salud. El doctor pide hablar con Víctor al día siguiente para darnos juntos su diagnóstico. Ya estando los dos en el consultorio el doctor dice: "El bebé que trae la señora, viene en condiciones muy difíciles, su señora y el bebé tienen una desnutrición extrema, la señora tiene que comer muy bien si quieren que su hijo salga saludable. En éstas condiciones su joven esposa no resistiría lo que resta del embarazo ni el parto".

"Con la vida no se juega, ambos son chamacos, lo único que puedo hacer por su mujer es darle estas vitaminas y hierro gratis, pero con el estómago vacío estos suplementos no funcionan. Así que les deseo suerte espero verlos por aquí para la siguiente consulta". No puedo creer lo que el doctor nos dice ¿Qué? ¿Vamos a tener un bebé? ¿Por qué? ¿Cómo pasó? No me atrevo a abrir la boca ni preguntarle nada a Víctor, solo siento su brazo alrededor de mis hombros, siento su preocupación pero eso no le quita el buen ánimo de tener un hijo y aunque parece que la noticia no le cayó tan de sorpresa por su reacción, creo que él ya sabía. Paty me explica por qué me crece el vientre y que tengo que estar preparada para recibir al bebé que vendrá pronto. A partir de ese día Paty se dedica a cuidarme, a asegurarse que coma nutritivamente y a mis horas. Cuando llega Víctor no hace otra cosa que preguntarse si será niño o niña, ya hasta le tiene nombre; Jorge si es niño y si es mujer, Paz como su mamá. Espero que sea un niño porque el nombre de Paz no me gusta.

No me imagino con un bebé en los brazos, hasta hace pocas semanas estaba jugando con Brandi a las comadres con las muñecas de trapo que me hizo mi mamá Cuca y ahora estoy en la espera de un hijo, es inexplicable y aterradora esta situación, no tengo idea cómo cuidarlo. Lo bueno es que Paty me ayudará.

Los días transcurren sin mucha novedad, Víctor llega cansado, con moretones, rasguños, cortadas y hasta un ojo morado. En el trabajo tiene la oportunidad de conocer a muchos actores y artistas. Entre ellos se encuentra Jorge Negrete, Pedro Vargas, Los hermanos Soler, Abel Salazar, Javier Solís, Luis Aguilar, con los dos últimos ha hecho buena amistad, hasta se dicen compadres. Pero el que más me gusta es Pedro Infante, es guapo, talentoso, carismático, atlético y sobre todo canta precioso, cualquier mujer se volvería loca por tocarlo o hablar con él. Víctor es privilegiado al doblar las escenas peligrosas de Pedro Infante en una película de la revolución mexicana. Lo ve todos los días y me dice que a pesar de su éxito y su fama, es una persona sencilla, amable, alegre, servicial, simpática y muy profesional en lo que hace. Creo que el único defecto de Pedro Infante es que tiene muchas mujeres. Víctor también conoce a Libertad Lamarque, Sarita Montiel, Silvia Pinal, Sara García, que dicen que ella se quita todos sus diente para poder personificar a una viejita, ella hace el papel de la abuelita de Pedro Infante en una de sus películas, María Félix, Blanca Estela Pavón y otras muchas que se parten el alma en la filmación para que nosotros podamos llorar, reír y captar el mensaje que nos dan en todas las películas. Paty y yo nunca nos perdemos los programas de radio en donde escuchamos a Pedro Infante y otros muchos que cantan bien.

El radio es el medio de comunicación más importante que tenemos en estos momentos. Éste nos mantiene en contacto con el resto del mundo, también es el medio en donde suspiramos con las radionovelas como "Rarotonga", "Memín Pinguín" pero la que nos está robando el corazón es "Chucho El Roto" esta historia trata de un joven de 20 años, su nombre Jesús Arriaga. Jesús decide hacer algo ante la miseria que lo ha cobijado toda su vida y después de la muerte de su padre, quiere transformar el ambiente de pobreza que afecta a una capa gruesa de la sociedad mexicana, comiendo diariamente frijoles, tortillas duras y tomando café negro. Chucho trata de sacar adelante a su familia trabajando pero se da cuenta que nunca lo logrará de ese manera, en su desesperación recurre a la delincuencia, le roba a la gente rica y apoderada para ayudar a los pobres de su barrio. Chuco mantiene su identidad en secreto para no ser descubierto, la gente pobre recibe su caridad por la noche. Los ricos, indignados, acuden al gobierno. Empiezan una cacería contra Chucho para atraparlo y mandarlo tras las rejas. El mayor obstáculo del gobierno es la gente pobre que apoya a Chucho "El Roto" y no proporcionan información, por lo que pasaron varios meses antes de que le pudieran echar mano. Un día lo atrapan por un error que comete Chucho. Ahora todos saben su identidad Chuco "El Roto" tiene rostro para las autoridades y para el pueblo que le agradece su ayuda económica. Se llevan a Chucho a la cárcel de San Juan de Ulúa en Veracruz. De esta cárcel es imposible escapar porque es una isla rodeada por tiburones, el que se arriesgue a nadar por esas aguas sería un suicidio.

A Chucho "El Roto" se le despide desde el puerto de Veracruz como a un héroe. Lo llevan esposado rumbo a la cárcel en la isla de San Juan de Ulúa, todos le aplauden y le dan las gracias por ayudar a la gente más necesitada. Al llegar a la isla, los reos lo reciben de la misma manera como a un héroe. Chucho pasa varias semanas pagando por su delito de ayudar a los pobres. Las celdas, que en realidad son cuartos de almacenamiento de armas que fueron usados en una de tantas guerras que tuvo México, son frías, húmedas, malolientes y obscuras. Lo peor de todo es que se encuentran sobrepobladas. La alimentación es precaria y dan ganas de vomitarla. Las relaciones entre los presos son tensas y se puede respirar un ambiente de desconfianza. El hacinamiento es insoportable. Para Chucho el panorama es diferente, todos los respetan y admiran por el valor de desafiar a las autoridades y ayudar a los pobres. La única meta de Chucho es salir de ese infierno y seguir con su misión.

Un día planea escapar de la isla. Está loco, a nadie se le ha ocurrido esa descabellada idea. A la mañana siguiente se reporta su ausencia. Lo buscan sin esperanza de encontrarlo y a las pocas horas lo dan por muerto. Pronto se dan cuenta que Chucho está vivo e inicia nuevamente su misión en la Cd. de México. Chucho asalta el tren, robando todos los objetos de valor y se los entrega a la gente del pueblo más cercano. Chucho no siente la necesidad de taparse el rostro para hacer su trabajo, todos conocen su identidad. Chucho logra evadir a las autoridades una y otra vez, cada vez se arriesga más, ahora también asalta de día, en lugares públicos y hasta a los federales les toca cooperar para regresarle al pobre lo que el gobierno le quita y al rico le sobra a manos llenas. Las autoridades indignadas y humilladas ofrecen precio a su cabeza, lo mismo pasó hace algunos años cuando los gringos ofrecieron una gran recompensa por la cabeza de Pancho Villa, pero igual que en aquel momento, la gente seguía ayudándolo a ocultarse. Chucho comete otro error y cae en la trampa de sus seguidores. Lo llevan nuevamente a la isla de San Juan de Ulúa. La gente lo ovaciona al despedirlo y de nueva cuenta los reos hacen un festejo para darle la bienvenida a lo que será por muchos años su hogar. Los carceleros torturan a Chucho, lo golpean, lo encierran en un calabozo, húmedo y oscuro por varias semanas, casi lo matan de hambre para que les confesara cómo escapó de la isla y cómo evadió a los tiburones hambrientos. Chucho prefiere morir antes de revelarles su secreto. Cansados de castigarlo, lo dejan salir a convivir con los demás reos pero siempre vigilado para que no hable de lo ocurrido. A los pocos días Chucho se recuperó del maltrato recibido.

La mañana siguiente notaron nuevamente su ausencia, sin dar crédito a lo sucedido, ¡Chucho "El Roto" se vuelve a escapar! ¡Se escapa, y burla la seguridad!, nuevamente lo buscan y lo declaran muerto. Chucho inicia sus fechorías, de nueva cuenta. Esta vez se mete a la casa del presidente de México, El General Porfirio Díaz, le roba su caja fuerte, con joyas, mucho dinero en efectivo y papeles importantes. Con ese tesoro ayuda a más de 300 familias pobres incluyendo a la suya. Su osadía y burla causa tal enojo al gobierno que triplican la recompensa por su cabeza y la orden irrevocable que en cuanto lo encuentren lo maten como a un perro sarnoso. Chucho lleva algunos años ayudando a sus pobres, la gente lo ama, lo respeta y lo ayuda incondicionalmente a seguir oculto de las autoridades. El pueblo le compone corridos (canciones populares) y es el nombre de moda que toda familia quiere ponerle a su recién nacido varón.

Una tarde, la mamá de Chucho muere de un ataque al corazón, es la carnada perfecta para atrapar a Chucho, todo el lugar esta vigilado esperando ansiosos a su presa. Para sorpresa de las autoridades, Chucho nunca apareció. Si ellos supieran que la mujer que abrazaba la tumba sin parar de llorar, era Chucho, ahí se hubiera desatado una balacera, así que una vez más se comieron la burla de Chucho "El Roto" el que le quita lo que le sobra al rico para dárselo a los pobres, es nuestro héroe. Pasan varios años de robos fortuitos y entregas a domicilio a la gente pobre. Un día Chucho sube al tren para asaltarlo, descubre que es una emboscada. Inmediatamente salta, pero al caer se rompe una pierna y un brazo. Sin poder moverse las autoridades lo atrapan y lo regresan a la isla. La gente hace una manifestación en el malecón de Veracruz y en el zócalo de la Cd. de México como protesta a su captura. La gente abuchea enojada a los guardias y les gritan: ¡Suelten a Chucho es inocente!, ¡No es un criminal! ¡No es asesino! ¡No ha matado a nadie! ¡Chucho es un buen hombre! ¡No se lo lleven! ¡No lo maten! ¡Es nuestro héroe! ¡Chucho es un buen hombre! ¡No se lo lleven! ¡No lo maten! ¡Es nuestro héroe!... Las manifestaciones de apoyo a la causa de Chucho se notaron en todo el país pero todo es inútil, lo embarcan directo a la isla, directo a su destino; la cárcel y en ésta ocasión para siempre.

Meten a Chucho a una celda incomunicado, lo golpean y azotan 300 veces hasta casi matarlo luego lo encierran en un calabozo y se olvidan de él por varias semanas. Los presos piden clemencia para Chucho, todos cantan sus corridos y esperan impacientes el día que les rebele el secreto de sus fugas. Cualquiera de ellos pagaría lo que fuera para que Chucho les dijera como escapar de ese infierno.

Pasaron varias semanas de castigo para Chucho hasta que su cuerpo no resiste más. Chucho muere en el calabozo de castigo donde nunca volvió a ver la luz del sol, nunca habló con nadie, en condiciones deplorables, solo y como un animal rabioso, se lleva con él el secreto de sus intrépidos escapes. Sus pensamientos fueron su única compañía, esos nadie se los pudo arrebatar. Las muestras de cariño de la multitud en cada de una de sus partidas a San Juan de Ulúa fueron alimento y aliento en sus últimos momentos de vida. Chucho se siente contento con el estilo de vida que eligió vivir, orgulloso con la felicidad que llevó a muchas familias, el rayito de esperanza que le heredó a los pobres por los que vivió y murió. Afortunadamente muchos de sus pobres ahora pueden gozar de una mejor situación. Algunas familias utilizaron el dinero en negocios. Lo invirtieron en algo honrado para vivir.

Chucho está en paz consigo mismo, afirma que si lo sacaran de ese calabozo se volvería a escapar y asaltaría al primer rico que se encontrara para ayudar al primer pobre que se topara en su camino. Chucho muere con una sonrisa de satisfacción dibujada en sus labios, muere recordando las tantas aventuras vividas y el buen sabor de boca que le queda haber burlado y humillado a las autoridades ofreciendo dinero por su pellejo. Chucho se va en paz y aunque se encuentra rodeado por su excremento, orines, humedad, oscuridad, caracoles incrustados en su cuerpo, el estómago vacío, los huesos rotos y roídos por la humedad, su pierna con gangrena y el olor insoportable a pudrición, Chucho se va satisfecho y agradecido con Dios por lo que le permitió vivir.

En la isla de San Juan de Ulúa cuando alguien muere suenan 3 veces las campanas para avisar que manden al lanchero con el doctor que levantara el acta de defunción del preso. Cuando Chucho muere las campanas tocan todo el día en honor a su valentía. Mandan un bote con 20 soldados del ejército y tres doctores para asegurarse que está muerto. La muerte de Chucho es todo un acontecimiento, la gente se entera por la radio y la televisión, el pueblo de México llora su partida. Por respeto a Chucho "El Roto", ningún reo quiere ocupar el calabozo donde murió, la celda es clausurada, los presos hacen una placa con la siguiente frase: "En memoria a nuestro héroe Chucho El Roto. Aquí yace el alma y el espíritu de un hombre valiente y ejemplar, éste calabozo no será pisado por ningún hombre mortal. Tus amigos los presos de San Juan de Ulúa, Veracruz. (1858-1894)". La colocan en la entrada del calabozo para recordarles la promesa que se hicieron de no ocupar la celda donde murió su héroe nacional. No se sabe donde enterraron su cuerpo o que hicieron con él las autoridades, algunos piensan que lo arrojaron al mar que tanto desafió en vida. La historia que nos cuentan en la radio de Chucho

"El Roto", es inspiradora y te identificas con el protagonista. Nunca me la pierdo.

Ésta es la segunda vez que pasan la radionovela pero igual nos mantiene cautivos. Paty me platica que la historia está basada en un hecho real que pasó unos años atrás, dice que en la isla se construyó la cárcel de San Juan de Ulúa cerca del puerto de Veracruz, no estoy segura de ello pero me gusta escuchar la radionovela Chucho "El Roto".

## *CAPÍTULO CUARENTA*
## UN REGALO DEL CIELO

La convivencia de pareja es un proceso complicado, la adaptación es lenta y compleja. La relación 24 horas al día con el hombre de tus sueños te permite descubrir la realidad de sus múltiples defectos y malos hábitos. Parece que vivo con otra persona, ahora es imposible encontrar las cualidades que me ilusionaron de Víctor. Los ronquidos en las noches, los gases tronados y apestosos a cualquier hora, sin ni siquiera intentar evitarlos, los pies oliendo a animal muerto, los calcetines tiesos de tanto sudor, la brillantina en el pelo dejando un olor penetrante en las cobijas y mi cuerpo, sus malos modales al comer como: eructos, sorber la sopa, sonarse la nariz ó escupir en el piso así como la ropa manchada de comida grasosa, el sexo apresurado que no me permite disfrutar de sus besos, el aliento a cigarro y algunas veces a alcohol, el coqueteo con otras mujeres, ese es el Víctor que conozco ahora, el amor de mi vida.

De una ú otra manera tolero todos esos detalles pero lo que odio son las botas picudas, se las tengo que quitar y poner a la hora que sale o llega de la calle. ¡Las odio! Son una calamidad. Lavo cada tercer día en el lavadero debido a la escasa ropa que tenemos. Hago la comida con la ilusión de recibir un piropo por parte de Víctor, diciendo lo sabrosa que sabe mi comida pero lo que escucho la mayoría de las veces es la comparación con la deliciosa comida que le hacía su mamá en Torreón. Hay un cambio drástico en mi vida, no sé como cocinar y no tengo la menor idea de como cuidar a un bebé. Extraño mi vida pasada sin preocupaciones, jugando, ayudando a mi mamá en las labores de la casa sobre todo extraño a mis amigas y a mi mamá Cuca.

En unos días más, cumplo mis 16 años, aquí en la gran Cd. de México que se prepara para el gran desfile del 20 de noviembre, espero que mi hijo no nazca ese día como yo, mis hermanos y mi mamá.

Víctor y yo seguimos en la pobreza, pero por lo menos ahora tenemos que comer, hasta nos compramos algo de ropa y una cama con un colchón suavecito. Víctor me trata bien a pesar de sus malos hábitos, me hace cariñitos y hasta me llama mi amor. Me adapto cada día a éste cambio radical, el pasar de los día me hacen sentir menos arrepentida de la decisión que tomé al escaparme con Víctor. Cansada y fatigada de las faenas del día decido irme a dormir, mi cuerpo no soporta el cansancio, espero Víctor cene solo, me acuesto y en un segundo me duermo profundamente. Escucho unas guitarras sonar, una voz melodiosa canta las mañanitas. Casi dormida me levanto, asustada tratando de localizar el lugar donde proviene esa música celestial. Me asomo por la ventana y veo a un hombre vestido de charro y a unos músicos con guitarras y trompetas. Nadie se me hace conocido. Lo único que estoy segura es que están afuera de mi ventana y la serenata es para mí porque escuché que dijeron Irma durante las mañanitas, además mañana es mi cumpleaños y el único que lo sabe es Víctor pero no lo encuentro.

Cuando terminan de cantar, cuchichean entre ellos y empiezan a cantar otra canción que se llama: "Así, enamorado". Empiezan a cantar y reconozco esa voz, ¡No lo puedo creer, es Pedro Infante! ¡Sí, si es él! ¡Pedro Infante está afuera de mi ventana dándome una serenata! Las piernas me tiemblan, las manos me sudan, me quiero morir de emoción, es la misma voz con la que me duermo soñando en el amor, escucho su voz a todas horas en la radio. Canta como los ángeles, su voz es dulce y encantadora. Mientras Pedro Infante canta, alguien toca la ventana, es Víctor, pidiéndome que la abra.

No tengo coordinación en mis extremidades, mis sentidos no me responden, mi corazón late aceleradamente creo que me voy a desmayar en cualquier momento. Mis ojos se encuentran demasiado ocupados comiéndose vivo a Pedro Infante. Cuando terminan de cantar abro la ventana, me muero de vergüenza, lo saludo y le doy las gracias pensando en lo que pueda hacer para que me crean lo que me esta pasando en ésta noche mágica llena de romanticismo y amor. Tal y como me lo había descrito Víctor, Pedro Infante hizo unas bromas sobre mi timidez y nerviosismo. Pedrito canta varias canciones más, "Cariño", "Amorcito Corazón", "Perdón" entre ellas. Al final se despide con un gritito que solo él sabe dar y como todo un caballero me pide que cierre la ventana para poderse marchar. Antes de que cierre la ventana me dice: "Su marido arriesga la vida por mi, él es mi doble, lo quiero mucho, es un gran amigo, les deseo lo mejor de la vida. Ahora ¡Ándele Irma, váyase a dormir! no le vaya ser mal el sereno de la noche". Es el mejor regalo que me han dado en toda mi vida y estoy segura que ningún regalo igualará éste. No tengo palabras para agradecerle a Víctor por este detalle. Esta noche soñaré con Pedro Infante.

Al día siguiente todas las vecinas, incluyendo Paty, no dan crédito a lo que escucharon anoche. Soy la mujer más envidiada del barrio, todo gracias a Víctor, es el mejor cumpleaños de mi vida. Paty nos invita a comer a su casa, estoy segura que mi mamá Cuca estaría aquí organizando la celebración con una gran comida. Es la primera vez que celebro mi cumpleaños fuera de mi casa, sin la presencia de mi mamá.

Hoy es el 28 de diciembre y se celebra el día de los Inocentes, la costumbre es que este día se pueden hacer bromas a amigos o familiares y después decirles "inocente palomita". Aunque algunos hacen bromas muy pesadas la mayoría son bromas inocentes y otros ni se acuerdan del día. Es en éste momento cuando empiezo a sentir salir agua de mi cuerpo, creo que me estoy orinando, voy al baño y no la puedo controlar, Víctor se encuentra trabajando, le grito asustada a Paty. Ella acude a mi llamado y me dice que ya nacerá el bebé. "Irma", me dice con voz tranquila, "tenemos que irnos al hospital más cercano para que te revisen". Caminamos unas cuadras para llegar al hospital y cuando llegamos la enfermera me dice: "Quítese la ropa, incluyendo la interior y luego se acuesta aquí. Abra las piernas para que el doctor la revise y nos diga cuantos centímetros trae de dilatación, ahora relájese y tranquila".

Lo que escucho es un idioma que no entiendo, además ¿Por qué un doctor me va a tocar mis partes privadas? Es denigrante y humillante para mí. A pesar de mi forma de pensar, el doctor llega y hace lo suyo, me dice que no me vaya a mi casa, que el bebé nacerá en las siguientes horas. Me llevan a un cuarto donde se encuentran muchas mujeres en la misma situación que la mía, sólo que ellas gritan como locas, unas se revuelcan en el piso y otras más golpean la pared, parece que les duele mucho, ¡pobrecitas, es una lástima que tengan que sufrir tanto!

Estoy asustada por los gritos de las demás, llega una enfermera y me pregunta; "¿Todavía no llegan los dolores?". "No" le contesto temerosa. Al poco tiempo empiezo con la primera molestia y así le siguen las demás. Ya no se escuchan los gritos de las otras mujeres porque los míos los opacan, creo que los puede escuchar Paty que se encuentra en la sala de espera. Los dolores son insoportables los siento hasta lo más hondo de mi ser. Después de algunas horas, me acuestan en una cama para que ya nazca el bebé, me dicen que puje, respire y puje hasta que el doctor diga que pare. No tengo ni idea por donde saldrá el bebé, la cadera se abre y percibo una pelota dura saliendo de mi interior, el dolor es intenso. Creo que me voy a morir, no soporto el dolor, mi cuerpo se abre para dejar escapar el cuerpecito que se ha formado en mí los últimos 9 meses. Cuando creo que ya no aguanto más, escucho el llanto de la criatura y la exclamación del doctor; "¡Es un varoncito, es un niño, es un inocente!" Me siento exhausta pero una inmensa alegría me invade al sentir éste pedazo de carne en mis brazos. Si me hubiera guiado por las costumbres de ponerle al niño el nombre del santo según el día en que nació, yo le debería de poner Inocencio, pero se llamará Pedro en honor a Pedro Infante, no creo que Víctor se oponga porque Pedro es su amigo. El bebé se pega a mis pechos para alimentarse de la leche, al tenerlo en mis brazos, chiquito, tierno, frágil, ansioso de ser querido creo que el mundo lo tengo a mis pies, que puedo hacer lo que quiera porque tengo un motivo para luchar en la vida, es lo más hermoso que me ha pasado además de la serenata. En ese momento escucho unos mariachis acercarse a la habitación, es Víctor con unas copas encima y ahora con su amigo Javier Solís acompañándolo en esta locura, aunque Javier no era tan famoso como Pedro, de cualquier manera es un honor y placer oírlo cantar sus canciones tan famosas; "Sombras", "En mi viejo San Juan" y "Payaso" entre muchas de ellas. Cuando termina de cantar, los doctores le aplauden, llegan pacientes y personal del hospital a pedirle su autógrafo. En ningún hospital permitirían la entrada a un mariachi pero tratándose de Javier Solís, nadie se puede negar. Antes de irse me dice que quiere bautizar al bebé, le contesto que con mucho gusto y que gracias por su nobleza de corazón. Con tantas emociones y sorpresas me siento dichosa. Soy la persona más feliz del mundo.

A pesar de que Paty no tiene hijos me ayuda en todo y lo hace muy bien. A Víctor le asignan un cambio en el trabajo, ahora participará en algunas películas de "Clavillazo", "Tin Tan" y "Resortes". El problema es que le pagarán menos y trabajará más, los horarios son horribles y tendrá que viajar para la filmación de algunas escenas. A Víctor no le gusta el cambio y no esta de acuerdo con el salario miserable. No creo que aguante por mucho tiempo esa situación.

Pasamos la navidad con nuestro angelito, comiendo quesadillas y frijolitos refritos. Paty llega más tarde con romeritos y bacalao pero ninguno de sus guisados me gustó. El 6 de enero, día de los Reyes Magos, Pedro recibe su primer regalito, un carrito de plástico con llantas anchas y colores brillantes. Cuando termino de bañar a Pedro ese día, tocan a la puerta y al abrirla el corazón se me quiere salir del pecho al ver frente a mí a Héctor y a mi papá, ¡No lo puedo creer! No sé si correr, abrazarlos o esconderme, no puedo abrir la boca. Me parece que el piso se mueve y me voy a desmayar. Mi padre me abraza tan fuerte que me regresa el corazón a su sitio, Héctor hace lo mismo, me emociona tanto que lloro sin parar. A ellos, aunque lo traten de disimular, les puedo ver sus ojos mojados. Mi padre me dice con voz autoritaria: "Vieja, no me gusta el lugar donde este amigo (refiriéndose a Víctor) te ha traído, además estás bien flaca y hasta demacrada te ves, ¿Pues que no comes?, tú madre dijo que un don nadie te ha embarazado. ¡Háblale, quiero conocerlo! Y ahorita mismo nos vamos al registro civil para casarlos". "Padre, le agradezco la visita pero Víctor no está. Regresa hasta en la tarde pero le tengo una sorpresa" le respondo sin salir de la impresión.

Me voy a la cama y le traigo a su nieto, cuando mi padre lo ve, se le salen las lágrimas y dice orgullosamente que se parece a él. No lo pienso dos veces en decirle que mi hijo llevará su nombre combinado con el de Pedro, se llamará Pedro José. Mi padre se siente como pavo real, esa es la estocada final, le cambia el semblante y me lo hecho al bolsillo. Se quedaron toda la tarde, les hago de comer una sopita. Pasan algunas horas y cuando al final llega Víctor, se sorprende igual que yo por la visita inesperada. Habla respetuosamente y con miedo a la reacción que pudiera tener mi padre, Víctor le dice que se quiere casar conmigo y que hará todo lo que este en sus manos para que seamos una familia feliz. Mi padre agrega firmemente que a eso ha venido desde Torreón, nos ordena que nos preparemos para que al día siguiente nos presentemos temprano ante el juez para casarnos.

A la mañana siguiente, me levanto muy ilusionada, pero al llegar al juzgado, el juez, le informa a mi padre que no nos puede casar, ya que ambos somos menores de edad, a menos que los padres de ambos den el consentimiento y firmen el acta de matrimonio. Así que por el momento tendrán que esperar, nos informa el juez. Mi padre, siguiendo sus ideas geniales, nos saca del juzgado y nos lleva a otro. Al llegar con el otro juez, le dice que Héctor es el padre de Víctor, lo cual es una locura pensar que sean padre é hijo, ya que Héctor es solamente un par de años mayor que Víctor, además físicamente Héctor es blanco como la leche y Víctor es moreno como el café. Al juez no le convence mucho la declaración y les pide el acta de nacimiento de Víctor, la cual no traemos y le optan por decir que regresaremos mañana. Mi padre es el hombre más terco que he conocido, así que antes de que cerraran los juzgados, vamos con un tercer juez y le dice que Víctor es su hijo y que Héctor es mi padre. Ésta vez el juez si se lo cree y hasta dice que Víctor y yo somos idénticos a nuestros padres porque mí papá es moreno y yo soy rubia. Todo sale como mi padre lo planea y finalmente salimos de la oficina como marido y mujer. No puedo ocultar mi felicidad, creo que los días difíciles han quedado atrás. En medio de la euforia, mi padre le ofrece un trabajo a Víctor para que tengamos una mejor calidad de vida. Víctor acepta el ofrecimiento y se quedan de ver al siguiente día en el hotel donde se hospeda mi padre para ponerse de acuerdo en lo que hará y lo más importante, el dinero que ganará. Mi padre y Héctor son dos ángeles en mi camino estoy segura que nos esperan cosas maravillosas por vivir y un angelito que cuidar y educar.

## *CAPÍTULO CUARENTA Y UNO*
## CINCO AÑOS DE ACONTECIMIENTOS

Mi padre cumple su promesa acerca de ayudar a Víctor. Le propone una asociación a partes iguales entre Víctor él y Héctor, el negocio consiste en vender joyas, licor, tabaco, mascadas de seda, casimires finos para hacer trajes de caballeros, plumas de oro, chocolates y dulces finos, todo ello proveniente de Estados Unidos. Toda esta mercancía la pasan por medio de fayuqueros y aunque es un negocio arriesgado y peligroso, ya que si los descubren los pueden mandar a la cárcel, las ganancias son jugosas. Pero ellos sólo son el cerebro del grupo, pues tienen muchos contactos importantes y a mucha gente comprada, no corren tanto riesgo.

A Víctor le gusta la idea, empieza a trabajar tan duro, que en unos meses y con la ayuda de mi padre, mejora nuestra situación económica. Ahora vivimos en uno de los departamentos en una zona residencial de la Cd. de México, la colonia Roma. También nos compramos muebles nuevos y a nuestro gusto, no más pobrezas, ni hambres. Lo único que me duele del cambio es que ya no veo a mi amiga Paty, vivimos lejos y en ésta ciudad las distancias son inmensas, así que casi ya no la veo, la extraño mucho.

Ahora tenemos 3 niños, Pedro José, Héctor (en honor a mi hermano) y una niña de nombre Azucena. Estamos contentos esperando nuestro cuarto hijo. Mi madre perdona mi pecado al igual que mi padre en cuanto conoció a mi primer hijo. A mi mamá se le ablandó el corazón de piedra. Bien dicen que un hijo apacigua las aguas mas turbias. Mis hermanas también han olvidado el incidente porque me platican que cuando me fui de Torreón, mi padre enfureció tanto que ellas recibieron las consecuencias de mi pecado. Mi papá ya no las dejaba salir a ningún lado, las vigilaba las 24 horas del día, hasta las sacó de trabajar un tiempo para que no le fueran a pagarle como yo con un embarazo y una huída. Licha, mi hermana, se moría de tristeza y depresión por no ver a su árabe, no comía, y se la pasaba llorando a toda hora. Mi padre tuvo que levantarles el castigo para que regresaran a sus trabajos. Los pretendientes de ambas estaban espantados por la vigilancia extrema de mi padre. Pobre Licha y Ofelia, me siento responsable por lo que tuvieron que pasar por mi culpa, pero creo que ya no están enojadas conmigo por lo que ocasioné con mis acciones.

Mi madre recibió noticias de mis hermanos Javier, Víctor y Enrique, de la Cd. de México; Javier ya terminó la carrera de Contaduría, trabaja en Banrural en unas oficinas destinadas para atender los problemas y créditos del campo ofrecidos por el gobierno. Por cierto, regresó a Torreón por su bailarina Claudia. Hasta se quiere casar con ella. Enrique por mala suerte se metió al mundo de las drogas y el alcohol donde consigue dinero fácil, robando en los camiones públicos, en los parques y en donde pueda y cuando lo necesite. Sigue juntándose con el hijo de mi tía Nestora, que en paz descanse, ya hasta tiene su banda, se llaman "Los Doberman". Víctor está boxeando profesionalmente. No ha perdido ninguna pelea en la división peso pluma, le llaman "El Piquín" porque es chiquito pero picoso. En unas semanas peleará por el campeonato nacional espero gane y pelee por muchos títulos más.

Al que no le va muy bien es a mi tío Gonzálo. Mi tía Martha y sus hijas lo tratan muy mal. Hace tiempo que ellas construyeron una casa grande y a él lo tienen viviendo en la bodega, en una cama desplegable, parece el jardinero de la casa y no el dueño. Antes manejaba un carro del año y ahora maneja una bicicleta oxidada y vieja. Mi tía Martha y sus hijas manejan los negocios de la familia, ellas se quedan con las ganancias y al pobre Gonzálo no le ofrecen ni siquiera una vida digna ni decente. A estas arpías se les olvida que gracias a él y a su esfuerzo ellas viven como reinas. Lo que más me molesta es que ese pobre hombre es su padre. Es una lástima lo que hacen con mi tío Gonzálo, él es un hombre bueno, responsable y siempre ayudó a mi papá. Hacia nosotros, a él nunca le faltó una sonrisa o una caricia llena de amor.

Fue en labios de mi padre que escuchamos el final de mi tío Gonzálo. Un día como cualquier otro, él llego a su casa, dejo la bicicleta destartalada recargada en el árbol. Se dirige a su recámara al final de la gran casa y se topa con sus hijas, y el como siempre les ofrece un cariñoso saludo, pero la más grande ni lo voltea a ver, la otra hija le saca la vuelta y por último mi tía Martha le dice que necesita dinero porque nunca completa con la miseria que le da. Sin prestar atención al comentario mi tío sigue caminando, se encierra en su cuarto frío, obscuro, lleno de bichos, triques y recuerdos amargos. Agarra su escopeta, la limpia, la carga cuidadosamente, la coloca en su boca, se quita los zapatos para poder disparar el gatillo con el dedo gordo de su pie derecho. Decidido como nunca lo estuvo, dispara y acaba con una vida infeliz.

La ambición de mi tía Martha y sus hijas hace pensar erróneamente que gozarán de la fortuna del difunto, pero lo que ellas nunca imaginaron es que las cantinas son de mi padre y mi tío Gonzálo sólo las administraba. Todos los papeles legales están a nombre de José Salinas, así que ellas no recibirán ni un cinco de los negocios que algún día creyeron serían suyos al morir mi tío. Todas lloran de rabia más que de dolor por la pérdida del tío Gonzálo. Estoy segura que mi tío, a pesar de su equivocada decisión, sabía que su hermano José chico haría lo que jamás él se atrevió ha hacer, dejarlas en la calle por ambiciosas.

Mi padre, sin el menor remordimiento de conciencia, no les dio un centavo, no les permite la entrada al funeral y les grita que lo hubieran tratado como un ser humano mientras estuvo vivo y no llorar en su tumba hipócritamente. Les dice que son unos zopilotes y que abandonen la casa de Doña Aurelia lo más rápido posible porque tampoco era propiedad de Gonzálo. La tía y mis primas se desmayan de la impresión al conocer su situación de pobres, no lo pueden creer, se abrazan, se jalan el cabello, se golpean en la pared y se pelean unas con otras culpándose de su desgracia. Le piden perdón a mi papá de rodillas, pero nada resulta. Mi padre es infalible e inquebrantable cuando toma una decisión.

El hermano mayor de mi papá, José grande, casado con mi tía Blanquita se encuentra viviendo aquí en la Cd. de México. Desgraciadamente al haber perdido a todos sus hijos, Dios le ha negado la fotuna de ser padres nuevamente, están más solos que nunca, con mucho dinero pero sin tener con quien disfrutarlo. Los doctores no se explican el por qué mi tía Blanquita no puede tener hijos si ya tuvo tres embarazos anteriormente pero todos ellos murieron cuando llegó la epidemia de viruela loca a Torreón. Desesperados esperan un milagro. La impaciencia de mi tío José grande lo lleva a cometer una barbaridad. Se acuerda de aquel hijo que tuvo con Graciela, la mujer que violó hace algunos años, ahora se le ocurre recuperar a su hijo, Lalo. Después de semanas de búsqueda, la encuentra en un pueblo llamado Zacatecas. Su hijo efectivamente vive con ella, ya es un joven. Lalo es el sustento de su madre Graciela y hermanastros menores que él. Sin importarle el dolor que le causa a Graciela, José grande le ofrece a su hijo Lalo una posición económica envidiable, una vida llena de lujos sin trabajar, le ofrece mandarlo a una escuela particular para que estudie lo que se le antoje. Lalo lo acepta inmediatamente rompiéndole el corazón a su madre. El esposo de Graciela, un pobre campesino sin parcela, no puede hacer nada ante el poderoso José grande. Lalo es deslumbrado por la vida que le espera, se va con su padre, sin importarle lo que le hizo a su madre en el pasado, ni lo que le está haciendo en ese momento, lo único que pasa por su mente es ser rico.

La llegada de Lalo a la vida de mis tíos es todo un acontecimiento, lo presentan ante sus amistades orgullosos. Lo inscriben en uno de los mejores colegios de la Cd. de México, lo pasean por Europa y Estados Unidos. En unos años lo convierten en un joven arrogante, sin escrúpulos, formándose la idea que con dinero todo se puede lograr, debido a su retraso mental es más fácil manejarlo y moldearlo a su manera. Los problemas no se hicieron esperar, lo empezaron a expulsar de los colegios por conducta indecorosa, falta de respeto a sus mayores y su notorio retraso académico. Pasan los años y su conducta es incontrolable. En una ocasión, le pegó a mi tía Blanquita porque lo acusó con su padre por el comportamiento inadecuado hacia una de sus servidumbres, todas renunciaban sin explicación y sin decir adiós.

Mi tía Blanquita nunca le mencionó a mi tío José grande sobre el incidente del golpe pero utilizó todos sus recursos para convencer a mi tío José de que Lalo se fuera de sus vidas, de que desgraciadamente no cubrió las expectativas que ellos tenían de él, ellos pensaron que Lalo sería el complemento a sus vidas y sobre todo a su vejez. Pero les trajo dolores de cabeza, problemas de todo tipo y mucha infelicidad, Lalo destruye todo lo que toca, es grosero, impertinente, desaseado e irrespetuoso. Mis tíos deciden regresar a Lalo a Zacatecas con su verdadera mamá, la pobre Graciela. Mi tío José grande, recoge su ropa y lo lleva con Graciela, ésta lo recibe con los brazos abiertos pero Lalo no es la misma persona que hace 4 años se fue. Ahora viene con una actitud soberbia. Lalo le dice a Graciela que no lo vuela a besar. Mi tío le entrega dinero a Graciela, pero ella aún en la miseria se lo avienta en la cara y le dice: "Cada vez que te apareces en mi vida es para hacerme daño. Espero sea la última vez que te vea cerca de mí y de mi hijo. Llévate tu cochino dinero, prefiero seguir pobre que recibir tu dinero lleno de culpa y pecados, ahora lárgate y no vuelvas más, maldito". Mi tío no tiene cara de contestar, sale de esa casa arrepentido por lo que hizo.

Lalo desde el primer momento trata a su madre como a una sirvienta, el cambio para él no es nada fácil, en los últimos años llenos de lujos y buena comida ahora a dormir sobre unos cartones, a comer frijoles y tortilla dura. Lalo, aburrido de la vida del campo y la miseria decide probar fortuna en Torreón. Graciela no quiere que regrese a la tierra que le causó tanto sufrimiento pero no tiene eco y Lalo agarra su ropa y se larga. Él sabe que no puede llegar a la casa de mi mamá Manuela debido a la cobardía que se atrevió a cometer conmigo. Lalo recuerda que sus tíos Lupe y Cipriano viven en Gómez y que ellos tienen una tortillería, probablemente le den trabajo y lo ayuden. Graciela sin poderlo detener, le da la dirección de Lupe y Cipriano, es la única que siempre se portó bien con ella. Lalo llega con mi tía Lupe y se presenta, ella lo recibe de buena manera y lo invita a quedarse unos días mientras consigue algún trabajo. Mi tía tiene 6 mujercitas viviendo en la casa, lo cual despierta el instinto perverso de Lalo. Mi tía siempre ocupada en la tortillería sin querer le da toda la libertad a Lalo de acosar sexualmente a sus hijas, ellas no dicen nada, por temor, vergüenza y falta de comunicación con su madre. Las tres hijas menores son presa fácil para él. Lalo lleva una vida sexual activa con las 3 hermanas durante varios meses, abusa de ellas durante el día cuando todos trabajan y nadie se percata de los cambios emocionales y físicos de las niñas.

Mi tía empieza a observar que sus hijas han cambiado, ahora están tristes, lloran por todo, no quieren comer, ya no juegan como antes, algo grave les pasa, ya no quieren subir al cerro corriendo y descalzas, después de los arduos días de trabajo se metían al río a bañarse, ahora están cansadas, deprimidas, pensativas, hurañas y no quieren entrar a la casa por nada del mundo. Mi tía preocupada por su comportamiento las lleva con el doctor, éste le informa que las tres están embarazadas. Al escuchar esa palabra las niñas no tienen idea del significado pero mi tía grita, se jala el cabello como una loca al oír la noticia, le grita al doctor: "¡Doctor!, ¿Esta seguro? ¡No puede ser! Mis hijas son unas niñas, doctor ¿Esta seguro de lo que dice?, no puede ser, son unas niñas inocentes ¿Cómo pudo suceder?, ellas nunca salen de la casa". Mi tía abraza a sus hijas, las besa repetidas veces, le dice que todo estará bien. Recuerda las palabras de mi madre, recuerda el motivo por el cual mi mamá corrió de la casa a Lalo, esas palabras le caen como un balde a agua helada en la cabeza. Sin pronunciar palabra sigue caminando con sus hijas que lloran amargamente, con su inocencia ultrajada, sus sueños destruidos y su infancia robada.

Cuando mi tía les pregunta, quien les hizo algo malo, ellas no saben que esta hablando su madre, ninguna de ellas dice una palabra de lo ocurrido con Lalo, como si lo hubieran borrado de su mente para siempre. Mi tía Lupe no encuentra las palabras para preguntarles, le da pena hablar abiertamente con ellas de quién les había hecho esa atrocidad. Desesperada llega a la casa y encuentra a Lalo desnudo con el pene erecto, acostado sobre otra de sus hijas, tapándole la boca, gozando su virilidad. Lalo no logra consumir su bajeza abusando de otra de sus inocentes víctimas. Mi tía Lupe milagrosamente salva a su hija, con las fuerzas de una leona corre hacia él y lo avienta, lo empieza a golpear y patear. Lalo sale corriendo de la casa sin ropa y sin rumbo, mi tía le arroja unas piedras golpeándolo fuertemente en la cabeza, gritándole cuanta maldición sabía, deseándole que se pudriera en el infierno. Mi tía Lupe se siente culpable por lo sucedido. Les pide perdón a sus hijas y les promete apoyarlas y no abandonarlas en estos momentos difíciles. La parte difícil está por venir, cómo decírselo a Cipriano. Lupe le pide un consejo a su amiga y cuñada Manuela. Mi madre en un arranque desesperado de buscar una solución le recomienda lo siguiente; "Mira Lupe, los hombres no entienden de éstas cosas, no sabes como vaya a reaccionar. A la mejor las corre de la casa por deshonrar a la familia, mejor ocultarle la verdad y si salen embarazadas que es lo peor que puede ocurrir, lo ocultaremos a todos. La temporada de invierno es ideal porque usan mucha ropa y la gente no sale. Cuando llegue la hora del nacimiento mándamelas a mi casa con cualquier pretexto, cuando nazcan los chamacos entonces les diremos que las niñas los encontraron en el río envueltos en unos trapos. Estoy segura que Cipriano aceptará que te quedes con ellos hasta que aparezcan las madres que los abandonaron, pasados el tiempo y encariñados con ellos no tendrá el corazón de abandonarlos a su suerte". Lupe sigue al pie de la letra la recomendación de mi madre.

Una noche de tormenta nacen los tres varoncitos en la casa de mi mamá, mi tía Lupe y mi madre la hacen de parteras para que nadie se entere de la verdadera historia. La mañana siguiente antes de la puesta del sol, sin perder tiempo, se van al río Nazas, envuelven a los bebes con harapos sucios y los meten al agua fría. Todas actúan sorprendidas por el descubrimiento de unos bultos en el río, hacen alboroto y ruido para llamar la atención de las personas que viene a lavar o acarrear agua. En unos minutos hay más de 20 personas ayudando a sacar los bultos del agua. Mi madre y mi tía Lupe se aseguran que se los entreguen a ellas porque ellas los vieron primero. Frente a los espectadores curiosos destapan los bultos y ante la mirada atónita de ellas descubren que son inocentes creaturas abandonadas a su suerte por sus progenitoras.

La gente aplaude y lloran de alegría al haber salvado la vida de tres chiquitines. Mi madre se da cuanta que uno de los bebés no se mueve, "parece que está muerto" le dice a mi tía Lupe. "¡Corre! Vamos a llevarlo con el doctor". La audiencia, sorprendida por los acontecimientos inesperados abre paso y corren tras ella hacia el dispensario. El doctor ratifica que el bebé esta muerto y agrega: "No se sientan mal, este bebé lo mataron antes de aventarlo al agua, lo asfixiaron y luego lo depositaron en el río así que no es culpa de ustedes que no lo hayan rescatado a tiempo, los otros dos están sanitos, van a crecer fuertes como un roble". Mi madre y mi tía Lupe no quisieron averiguar quién de las niñas había sido capaz de matar a su propio hijo porque a esas pobres creaturas les ha tocado vivir momentos horribles, no hay que atormentarlas con acusaciones, quien haya sido que se lleve su secreto a la tumba.

El plan resultó todo un éxito. Las hijas de mi tía Lupe quedaron como todas unas heroínas al hacerse cargo de los niños y como nadie reclamó a los bebes, Cipriano acepta contento que se queden a vivir con ellos. Mis tíos aprovechan la fama, le cambian el nombre a la tortillería, ahora se llama "Los Niños del Río", han aumentado sus ventas considerablemente, ahora venden frijoles cocidos, tostadas, chicharrón, carnitas y cueritos. Todos quieren ver a los niños del río Nazas.

Hoy cumplo 21 años, estoy en la estación del camión esperando a mi madre que viene a ayudarme con mi cuarto hijo. También llegan mis hermanas. Es la segunda vez que vienen a México, pero esta vez vienen muy emocionadas porque cuando vinieron por primera vez a querer estudiar la secundaria a casa de mi tía Nestora, dicen que nunca salieron de la casa. Mis hermanas me platican que dentro de unas semanas Torreón recibirá oficialmente el título de ciudad. Héctor me dice que ya terminaron el cristo del cerro de Las Noas, es blanco y hasta ahora considerado el segundo más grande del mundo. Por cierto el día de la inauguración cientos de devotos asistieron a la misa y a la bendición del cristo. Existen dos vías de acceso al cerro, una es a pie, usando una escalinata hecha con piedras y otro es una carretera empedrada y en muy malas condiciones, más adelante quieren emparejarla y hacerla segura para que todos los carros tengan acceso sin peligro a derrumbes. Al término de la celebración, una camioneta se ofrece a llevar a unas treinta personas para bajarlas a la ciudad, el chofer también lleva a su familia. Es hora de regresar a casa, todos se suben pero al momento de arrancar la camioneta el chofer se da cuenta que tiene el bastón de seguridad entre el volante y el freno para evitar que su vehículo sea robado. Al chofer no le da tiempo de abrir el candado y quitarlo para poder mover el volante o frenar. La camioneta se va lentamente hacia el precipicio desde lo alto del cerro. Algunos pasajeros saltan del camión pero la mayoría ya no tuvieron tiempo. Así, la camioneta cae al vacío impactándose con las rocas de las faldas del cerro, llevándose vidas de niños, mujeres y hombres, incluyendo la muerte al instante del chofer y toda su familia que lo acompañaban en la cabina, algunos sobreviven pero quedan heridos de gravedad, mutilados o paralíticos. Héctor propone construir una capilla en la que se ofreciera la primera misa en memoria de los devotos muertos en las faldas del cerro. La gente apoya su proyecto, todos trabajan de sol a sol para terminar la capilla en donde se podrán oficiar bodas, bautizos, primeras comuniones y cualquier servicio que ofrezca la religión católica. La tragedia en el Cristo de las Noas nunca se olvidará, todos trabajan para construir una carretera segura y que éste tipo de accidentes lamentables no vuelvan a ocurrir.

## *CAPÍTULO CUARENTA Y DOS*
## MI FELICIDAD INTERRUMPIDA

Veo a mi madre bajar del autobús con su abrigo negro de terciopelo y su bolsa de charol, ahora la veo rejuvenecida, llena de vida, como si las cosas se hubieran arreglado entre mi papá y ella. Mi mamá es cariñosa con mis hijos, ellos la adoran. Lo que nunca le dio a sus hijos se los está dando a sus nietos. Nos abrazamos por el gusto de vernos. Mis hermanas, siempre inseparables, ambas aún solteras. Licha suspirando por su árabe casado y Ofelia por su doctor Ernesto también casado y viviendo en Chihuahua. Llegamos a la casa y nos encontramos con una fiesta sorpresa por nuestros cumpleaños. Víctor la organizó para darle la bienvenida a mi familia. Es un gesto muy amable de su parte, las cuatro le agradecemos el detalle y yo como soy chillona, no puedo contener las lágrimas y menos aún cuando escucho al mariachi entrar por el patio de la casa. La fiesta as divertida, es un éxito total, comida, bebida, música y sobre todo rodeada por gente que uno quiere.

Mi madre nos confiesa que ella le tiene mucho miedo a los cumpleaños porque siempre pasa algo inesperado que cambia el rumbo de su vida o la de sus seres queridos, todas nos reímos pero nos quedamos con cierta preocupación, porque al hacer memoria, algo raro, ya sea bueno o malo, sucede cada 20 de noviembre. Mi madre agrega con voz nerviosa, "espero que este día se rompa el maleficio de los sucesos desafortunados en mi cumpleaños". El silencio se apodera de las cuatro por unos segundos nadie dice nada. Es un silencio eterno. Todas rompimos el hielo a carcajadas, nos tomamos de las manos en señal de unión. A las 11 de la noche, alguien toca a la puerta, Víctor me voltea a ver y me pregunta si espero a alguien, pero rápidamente le contesto, "Por supuesto que no, a nadie". Víctor se levanta para abrir la puerta, se escucha un grito de júbilo y dice: "Pasa, pasa, me da mucho gusto verte hermano. Años sin saber de ti, espero te quedes unos días con nosotros, pero pasa para presentarte con mis amigos y sobre todo a mis hijos, ya tengo tres, pasa por favor". Leobardo, el hermano gemelo de Víctor, llega con una maleta en la mano, su ropa está sucia y vieja, parece que no le ha ido nada bien. Víctor presenta a Leobardo con orgullo y alegría. A pesar de su parecido físico, ambos son diferentes. Me quedo pensando y reflexiono: "Espero que mi mamá no me haya heredado sus eventos inesperados cada cumpleaños, porque esto no lo esperábamos y aquí está el hermano gemelo de Víctor –para bien o para mal"

Víctor jamás busco a ninguno de sus familiares, los enterró desde que pisó la Cd. de México. En algunas ocasiones le dije que mi mamá podía llevarle algo de dinero a su madre Doña Paz ó por lo menos preguntarle si se encontraban bien de salud pero Víctor nunca quiso. Yo siempre he respetado su decisión.

Se van uno por uno los invitados, ellos se quedaron platicando y bebiendo toda la cerveza que sobró. Víctor nunca bebe más de 4 cervezas ó cubas, mucho menos cuando al día siguiente tiene que recoger la mercancía en la estación del ferrocarril. Son las cinco de la mañana y se escucha que cantan canciones de Pedro Infante y Javier Solís, más tarde lloran como niños recordando su infancia pobre e infeliz, llena de golpes por parte de su padre. Leobardo le dice que Don Eulogio le sigue pegando a su mamá, que ella no se ha recuperado de la parálisis facial y que su padre tiene planeado cambiarse a la Cd. de México con la intención de visitar a un curandero que le recomendaron llamado "Anacleto", es muy reconocido por sus saneamientos inmediatos. El brujo "Anacleto" se especializa en exorcismos, embrujos, mal de ojo y cualquier enfermedad del cuerpo ó del alma. Así que Don Eulogio quiere atenderse con "Anacleto" porque hace unas semanas Doña Paz, al estarle cortando las uñas, le corta por accidente con la navaja la piel del dedo gordo. Don Eulogio le propina una serie de cachetadas y estirones de cabello por descuidada y la obliga a terminar su tarea. Don Eulogio no le da importancia a la herida y como su higiene no es buena, a las pocas semanas, su dedo gordo se encuentra inflamado, morado y le duele hasta el alma.

Don Eulogio va con el médico, éste le dice: "Don Eulogio, usted tiene azúcar en la sangre, es diabético, usted tiene gangrena en el dedo, es una enfermedad que avanza aceleradamente hacia todo su cuerpo, afortunadamente apenas inicia y sólo tendremos que cortar el dedo gordo de su pie, el de la infección, es la única manera de detener la gangrena, tengo que actuar lo más pronto posible para que no invada el pie y luego la pierna. Le voy a dar una orden para que se traslade al sanatorio que está ubicado en la Cd. de Chihuahua". Mi suegro, indignado, no permite al doctor que termine de hablar, es terco como una mula, sale blasfemando del consultorio, tachando de incompetente y loco al doctor. Por ese motivo consultará a "Anacleto". Esta seguro que el curandero lo sanará.

Leobardo le dice a Víctor que su padre mandó a buscarlo para que lo ayude en estos momentos que lo necesita porque no puede trabajar. Víctor no contesta nada. Le cambia el tema preguntándole por su hermano el mayor, Horacio, Leobardo le contesta: "Horacio es piloto de unas pequeñas avionetas, ellos están haciendo sus pininos en la aviación, ahorita sólo las tienen en vuelos comerciales. En unas semanas empezarán con los primeros viajes con civiles. Sé que tiene mujer pero no hijos, esas son las últimas noticias de él. Nuestro hermano menor Juan", continúa Leobardo, "Se casó con una mujer más grande que él, se llama Olivia, no tiene hijos. Juan tiene una motocicleta y corre en las carreras de los domingos en diferentes estados de la República Mexicana, parece que no le va tan mal".

"Como verás, yo soy el único que no tuve el corazón para abandonar a los jefes pero ahora las cosas cambian, vengo a pedirte una oportunidad de trabajo, ya veo que lo que haces te está dejando un buen billete y que te robaste a Irma. Por cierto la Yolanda sigue preguntando por ti, ¿Qué quieres que le diga?, ¿Que ya la olvidaste? ó ¿Que vas a regresar por ella? Otras tantas también les interesa saber noticias tuyas, ni modo hermano, dejaste varios corazones rotos", agrega Leobardo con un tono adulador.

Víctor se siente como pavo real en celo, mostrando su vanidad de macho. Víctor le contesta que pensará lo de su padre, por lo pronto le dice que se quede unos días para que le muestre exactamente lo que hace. No puedo creer lo que mis oídos escuchan, veo el reloj, son las 6 de la mañana, Víctor tiene que recoger la mercancía a las 8:00, ambos paran de hablar y se quedan dormidos como piedras. A las 7:15, me levanto para tratar de despertar a Víctor, no lo logro, salgo de la casa para pedir el teléfono prestado en la tienda de la esquina, afortunadamente mi padre llega esta mañana de Laredo al hotel de siempre, así que le diré que Víctor está enfermo y no podrá recoger la mercancía. Cuando mi padre me contesta el teléfono, me dice que no me preocupe que ya le llevaran los paquetes al ver que Víctor no se presentó. De regreso a la casa, mi corazón palpita de una manera extraña, como nunca antes, como si me quisiera alertar de algo, no se que sea pero espero que llegue algo bueno a nuestras vidas.

Los hermanos despiertan hasta medio día, muriéndose de hambre y con una cruda criminal. La mirada de Víctor es diferente, es como si durante la noche se transformó en otra persona. Le pregunta a Leobardo que quiere de comer, éste dice cínicamente que unas gorditas de chicharrón con una salsa bien picosa. Cuando Víctor me dice que haga eso de comer, le digo que no tengo chicharrón pero.... antes que termine la frase me agarra del brazo, acerca su rostro al mío, siento su respiración agitada en mi rostro y con una voz autoritaria me dice: "¿Escuchaste? o ¿Estás sorda?. Mi hermano dijo que quiere de chicharrón, así que haber de donde lo sacas, eso es lo que queremos de comer y rápido porque vamos a salir". Víctor me fulmina con los ojos, jamás me había hablado así, nunca me había estrujado de esa manera, me muero de vergüenza, hago lo posible para que mi mamá o mis hermanas no lo escuchen. Odio la manera en que me habló, así que corro al mercado y compro lo que necesito para la comida, antes le aviso a mi mamá que voy a salir y que le encargo a los niños, los cuales ni notan mi ausencia porque se encuentran jugando con sus tías a los indios y los vaqueros.

Víctor empieza a tomar casi todos los días, descuida el negocio, los fines de semana no le vemos el polvo, me trata despectivamente, me da empujones cuando no le hago lo que me pide, siempre y cuando no estemos frente a mi madre que por lo menos la respeta. Una noche invita a las muchachas al cine, es un estreno nacional, "El Exorcista", una película de terror, la pasarán al público a la media noche. Mis hermanas le piden permiso a mi mamá, ella las deja ir tratándose de mi esposo. Yo no voy porque soy muy miedosa y por mi estado avanzado de embarazo. Esa noche empiezan los dolores y mi mamá me lleva al sanatorio Español que se encuentra a sólo dos cuadras de la casa, despierta a mi vecina, la señora Adriana para que cuide a los 3 niños que están dormidos en la recámara. Debido a la caminada, se revienta la fuente y nace el bebé casi en la camilla rumbo a la sala de partos. El doctor me dice que es una niña. Víctor se entera hasta otro día, porque del cine se fueron a "Garibaldi" un lugar donde hay mariachis, según él para que mis hermanas conocieran la ciudad.

Víctor llega al hospital borracho y hasta con las botas vomitadas. Ahora no hubo mariachis con Pedro Infante o Javier Solís, no hubo muestras de felicidad por el nacimiento de su hija, ahora no hubo flores para la mujer que más quiere, ahora no hubo caricias para compensar el sufrimiento de ser madre, ahora cumplió con decir presente en el sanatorio. Víctor se va del hospital porque tiene un fuerte dolor de cabeza, se retira sin saber si fue niña o niño. Las enfermeras me informan que en la habitación adyacente se encuentra la actriz Silvia Pinal donde también nació su hija, casi a la misma hora que la mía. Al salir del sanatorio, acompañada solo de mi madre pues Víctor nunca apareció, me encuentro en el pasillo a la señora Silvia Pinal con su hija en brazos, la saludo y me pregunta que nombre le pondré a mi hijita, sin titubear le digo Rosalba y le pregunto "¿y usted?", ella contesta "Viridiana". Nos despedimos como las grandes amigas, pensando que tenemos algo en común, un lazo de unión, nuestra hijas nacieron el mismo día. A ella la espera la prensa y los reporteros a mí el taxi que me llevará a casa para abrazar a mis hijos y disfrutar de esta chiquita que llevo en los brazos.

Mi madre tiene que regresar a Torreón para atender su casa y mis hermanas a trabajar. Veo a mi hermana Ofelia emocionada con Leobardo, mi cuñado, se despiden muy cariñosamente espero no sea nada en serio. Con lágrimas en los ojos me despido de ellas en la terminal y les doy las gracias por ayudarme todo este tiempo con los niños y la bebita. Mi mamá se pone su abrigo de terciopelo su bolsa de charol y se sube al camión. Las cuatro lloramos y nos duele la despedida, los niños corren a abrazarlas y les piden que se queden a vivir con nosotros. Mi madre les contesta que eso no se puede porque ella tiene más hijos que atender, a un esposo gruñón y otros nietos que también la necesitan (refiriéndose a los de mi hermano Logio). Licha me platica que la situación con Logio y su esposa es insoportable, Alicia les exige que cuiden de sus hijos y les pide que vigilen a Logio cuando sale, sospecha que anda con otras mujeres. Alicia es una mujer celosa, por otro lado los 4 hijos que tienen son groseros, flojos, lloran por todo, Ofelia me comenta que esperan con ansia el día que se larguen de la casa para siempre.

Desde la ventanilla del camión veo la cara de mi mamá y pienso en mi mamá Cuca, lo feliz que sería si hubiera conocido a mis hijos, sus bisnietos. ¡La extraño tanto!

## CAPÍTULO CUARENTA Y TRES
## ADIÓS PEDRITO - ADIÓS HORACIO

Hoy cumplo 22 años. Mi vida ha dado un giro de 360 grados, gracias a mi cuñado Leobardo, que vive con nosotros desde hace un año. Víctor es otro hombre, ahora me humilla constantemente, hasta empujones me ha dado, ya no es cariñoso, no es detallista, se acabaron las serenatas con Pedro Infante, nuestros planes y sueños los tiró por la alcantarilla. Ahora sólo existe su hermano Leobardo, no se separan ni para ir al baño, se visten igual, se peinan de la misma manera, Víctor ya no trabaja con mi papá, se quedó con su idea y sus clientes, ahora ellos tiene su propio negocio, parece que les va muy bien, ya se compraron un carro, todos los fines de semana salen muy perfumados y no regresan hasta el lunes en muy mal estado.

Yo estoy en la casa para atenderlos en lo que necesiten, lavarles la ropa, planchar, limpiar la casa, atender a los 4 niños que ahora tenemos y esperamos al quinto. Víctor también me quiere para que en las noches me abra de piernas sin por lo menos darme un beso o preguntarme si deseo hacer el amor y meta su manguera donde riega mi maseta y sin fallar quedo embarazada nuevamente. Me siento un mueble en la casa y una máquina de hacer hijos.

Mi madre es reservada en sus cosas, pero el otro día que estaba ella en la casa, me dijo: "Irma, no esperes mucho de los hombres, todos están cortados con la misma tijera, después de todo nada te falta, aprende a vivir así, no nos queda de otra, somos mujeres hay que respetar al hombre y darle su lugar, ellos son los que mandan". Sus palabras explotaron en mis oídos como una bomba. Me dije a mí misma, "no creo que la mujer haya nacido para ser esclava del hombre, por lo menos no me gusta este estilo de vida pero como no se hacer otra cosa, apenas sé leer y escribir, con 4 niños y embarazada, ¿Dónde podría trabajar? Y en ¿Qué?, no tengo alternativa, espero Víctor cambie y vuelva a ser como antes".

Hoy espero a mi prima Raquel, una de las hijas de mi tía Lupe la hermana de mi papá, la manda mi mamá para que me ayude en la casa y con los niños, le voy a pagar una mensualidad, vivirá con nosotros, tendrá la oportunidad de ir a la escuela nocturna para aprender a leer y escribir en el INEA, una institución que atinadamente el gobierno crea para alfabetizar millones de mexicanos. Estoy emocionada porque mi prima Raquel es joven y por lo menos tendré alguien con quien hablar todo el día. Mi madre me cuenta que Raquel es alegre ocurrente pero sobre todo inspira lealtad y confianza creo que nos vamos a llevar de maravilla.

Al abrir la puerta, pensando encontrar a Raquel, me sorprende ver a mi suegra, Doña Paz, pidiendo ayuda, me enseña la espalda y abdomen llena de moretones ocasionados por los golpes brutales de Don Eulogio, éste prometió no volverle a pegar en la cara debido a la parálisis facial de Doña Paz, pero nunca menciono el resto del cuerpo. Mi suegro que cada vez está más insoportable desde que le amputaron su pierna por la gangrena, desde entonces está como loco culpando a todo el mundo por su desgracia, dice que él no nació para vivir incompleto, que si no le regresan su pierna prefiere que lo entierren con ella en el panteón. Doña Paz, humildemente, trabaja para mantener la casa porque mi suegro hace tiempo no se mueve de la cama. Mi suegra teje con hilaza y gancho chambritas, zapatitos, bufandas, manteles y chales, No gana mucho pero le queda la satisfacción de no mendigar con sus hijos por frijoles, además se siente orgullosa compartirlo con su viejito golpeador. Leobardo y Víctor pueden hacerle la vida más cómoda pero odian tanto a sus padres por la vida que les dieron, no quieren saber nada de ellos.

Doña Paz vende chochitos naturistas, dice que proporcionan vida, energía y salud. A pesar del aspecto facial de mi suegra, los niños se acercan a darle el beso, juegan, platican con ella y sobre todo la quieren y respetan, lo que nunca hicieron sus hijos. Pedro José, Héctor y hasta Azucena de un año, esperan ansiosos a su abuelita Paz para que les dé sus chochitos milagrosos que los hará, según ella, más inteligentes.

El timbre suena nuevamente, esta vez es mi prima Raquel. Nos saludamos con mucho cariño, llega con unas cajas de cartón con ropa y mandado que nos manda mi tía Lupe y mi mamá. Raquel es una joven jovial, entusiasta, desde el primer momento que entra a la casa se hace cargo del funcionamiento de ésta, corre a saludar a los niños con exaltación. Presiento que se convertirá en un ser indispensable en nuestras vidas.

Al escuchar el timbre por tercera vez, me pregunto "¿Ahora quién será?", son tres señores que me miran de una manera familiar, me sonríen y me preguntan que si no los reconozco. Trato de recordar algún cliente de los innumerables que visitan la casa para recoger mercancía o abonar dinero a sus deudas. Les respondo avergonzada que no tengo idea. Los tres se ríen, me gritan: "¡Feliz cumpleaños!, hermana, somos nosotros tus hermanos; yo soy Javier, el es Enrique y el Víctor". Nunca me hubiera imaginado volver a verlos, sobre todo tan cambiados y hechos todos unos hombres, barbudos, bigotudos totalmente diferentes. Los hago pasar a la casa y los invito a comer, en realidad nunca fuimos hermanos cercanos, la verdad es que son extraños para mí pero no dejan de ser mi sangre. Javier me platica que se regresa a Torreón a casarse con Claudia, Enrique no sienta cabeza para el matrimonio y Víctor, casado con Mariana que vive en Torreón esta a punto de hacerlo padre de su primer hijo. Antes de que le pregunte Víctor mi hermano me dice, ya sé que me vas a preguntar por mi novia de tantos años La Lupe pero ella se fue con otro hombre cuando yo me vine a la capital. El haber huido nos cambió la vida y todo para qué, nunca nadie nos acusó de nada y se determinó que la muerte de aquel hombre había sido accidental que mi carnal Javier se defendió de su ataque, había testigos que lo aclararon todo pero nunca nos pudieron localizar para avisarnos que ya podíamos regresar. Bueno así es la vida ya nos tocaba hacer nuestras vida aquí.

Víctor y Leobardo llegan temprano a la casa para esperar a Toñita, la fayuquera que les trae la mercancía de Laredo. Al escuchar a Víctor llegar pienso preocupada, espero que su reacción sea positiva al ver a mis hermanos en la casa comiendo, espero no me trate mal delante de ellos ó me diga algo desagradable. Víctor reacciona de una manera amistosa, le da gusto tenerlos en la casa, lo que más me sorprende es cuando les ofrece quedarse por el tiempo que lo necesiten. Mis hermanos aceptan, sin hacerse mucho del rogar. Víctor saluda muy cordialmente a Raquel, quien ya se apoderó de la cocina y hasta unas tortillas de harina hizo para la comida.

Mi suegra comenta que su hijo Horacio los visitó ayer, después de 8 años sin saber nada de él, Horacio le platica que está trabajando piloteando avionetas en una compañía de vuelos comerciales, le va bien. Ahora trabaja para Pedro Infante, Horacio lo está enseñando a pilotear, dice que es un buen alumno, el otro día Pedro Infante tuvo un accidente cuando aterrizaba, la avioneta se partió en dos, murieron dos tripulantes. Pedro Infante se salvó de milagro, pasó varias semanas en el hospital, le pusieron una placa de platino en la frente debido a la fractura de cráneo que sufrió, eso lo recuerdo haber escuchado en las noticias. El accidente en el avión no le ha impedido seguir jugándose la vida piloteando las avionetas. Horacio le platica a mi suegra que mañana llevará a Pedro Infante a Yucatán para recoger unas guitarras, lo acompañarán otras personas del medio artístico. Doña Paz le da la bendición a su hijo Horacio y le agradece la visita, los centavitos y el mandadito que amablemente le dio, le dice "Hijo gracias por haber venido a vernos, espero no sea la última vez que lo hagas. Cuídate en esos aviones y que Dios te bendiga".

A la mañana siguiente Horacio se reporta temprano para revisar personalmente su avioneta y hablar con los mecánicos para que todo esté en orden, quiere darle el mejor servicio a su cliente favorito, Pedro Infante. Cuando Pedro llega son sus acompañantes, se asegura que sea Horacio el que los lleve a Yucatán. Ya está todo listo. Sin perder la costumbre, todos se persignan y a volar. Faltando media hora para llegar a su destino, Pedro le dice a Horacio que lo deje al volante, que él quiere aterrizar la avioneta. Horacio le dice que no es buena idea que se cambien de posiciones en pleno vuelo, Pedro le recuerda quién es el jefe y quién es el que paga. A pesar del riesgo que le advierte Horacio, Pedro quiere sentir la adrenalina, la emoción y lo excitante del peligro. Horacio se levanta del asiento del piloto, Pedro pisa una botella vacía de refresco y tratando de mantener el equilibrio, mueve el volante bruscamente provocando un ascenso acelerado en picada. Horacio cae en el asiento del copiloto y tarda unos segundos en tratar de levantarse. La avioneta cae al vacío dando vueltas a merced del viento. Pedro no logra levantarse del piso. Todo da vueltas. Horacio trata de tomar altura horizontal, es demasiado tarde, chocan contra una casa provocando un ruido estremecedor en todo el pueblito. Pedazos de motor y máquina salieron volando por los cielos, todos murieron instantáneamente. Al día siguiente todos nos enteramos de la noticia por el programa de TV "24 Horas" con Jacobo Zabludowsky, los cuerpos están irreconocibles, lo único que les asegura que es Pedro Infante es la placa de platino que tenía en su frente.

La noticia es impactante, por un lado mi cuñado Horacio, que nunca convivimos con él pero de igual manera siento un nudo en la garganta, y por otro ¡Pedro Infante ha muerto! México entero llora a Pedrito. Miles y miles de personas nos dirigimos al panteón para decirle adiós, llorar su muerte y demostrarle nuestro cariño y admiración. No es justo que un artista en la cúspide de su carrera y con tanto talento se vaya de éste mundo sin habernos dejado por lo menos otras 20 películas y otras 100 canciones más. Nunca lo olvidaremos, siempre vivirá en nuestros corazones, siempre será el ídolo de México, el inmortal Pedro Infante. En la historia de nuestro país ninguna figura pública ha causado tanto dolor a un pueblo. En el panteón no se puede caminar, lloramos inconsolablemente. Vemos desfilar artistas que se unen al luto nacional, como Cantinflas, María Feliz, Javier Solís, Los hermanos Pardavé, Joaquín Cordero, Rosita Arenas, Dolores del Río, Silvia Pinal, Chachita, su esposa Irma Dorantes y sus hijos y muchas personalidades más de la industria cinematográfica como Ismael Rodríguez y Víctor Calderón, el doble de Pedro Infante en las escenas de peligro en sus películas. Ambos se encuentran en primera fila para recibir el ataúd y darle el último adiós al mejor artista que ha dado México. Hay tantos admiradores de Pedro Infante que a la carroza fúnebre le es imposible entrar al cementerio, tuvieron que sacar el féretro. Duraron dos horas para llega a la fosa y darle cristiana sepultura a Pedrito. La multitud quiere tocar la tumba, pero son tantos que solo se crea un caos, hay aventones, entre tanta gente que quiere ver la última morada del ídolo solo se hace espacio aventando a los demás, yo no puedo respirar, se escuchan gritos y llantos, no me puedo mover, caigo al suelo casi desmayada por los empujones y el calor. Alguien trata de ayudarme y subirme a un árbol, mi embarazo de seis meses no me permiten trepar por las ramas. Me duele el vientre, corre un líquido amarillento de entre mis piernas, grito pidiendo ayuda pero nadie me oye, hay bullicio y confusión, unos por tratar de salir ilesos del cementerio y otros que tratan de ver el féretro de Pedro Infante por última vez. La situación empeora, creo que me voy a morir, pierdo el conocimiento. Víctor no dejaba de lamentar la muerte desafortunada de su hermano Horacio, nunca se acercó a él ni nunca convivió con él a pesar de vivir en la misma ciudad. Debido a esta mala jugada de la vida, Víctor decide buscar a su hermano menor, Juan y por supuesto reconciliarse con sus padres. Algo bueno trajo la muerte de Horacio. Doña Paz está muy alterada y conmocionada. No deja de decir que Horacio fue a despedirse de ellos ese día que la visitó, ella está segura que Dios lo llevó a su lado para despedirse de él y darle su bendición. Repite una y otra vez: "Dios no se ha olvidado de mi, todavía soy su hija y me quiere, gracias Dios por permitirme despedirme de mi hijo querido".

## *CAPÍTULO CUARENTA Y CUATRO*
## EL PECADO TIENE NOMBRE

Despierto en una cama de hospital, con mi mamá a mi lado. Le sonrío tratando de contarle lo sucedido. El doctor entra solemnemente, me revisa, me toma de la mano y dice: "Irma tiene que ser fuerte, su bebita murió, no sobrevivió, gracias a Dios a usted la logramos salvar de una muerte segura, no quiero que se culpe por lo sucedido, las cosas pasan, usted es una excelente madre y nunca pondría en riesgo la vida de ninguno de sus hijos, nadie se hubiera imaginado que al cementerio asistirían más de 20,000 personas. Irma tiene que ser fuerte porque sus 4 hijos la están esperando afuera para saludarla, ellos la necesitan, no les falle en estos momentos, llore todo lo que quiera pero después a seguir viviendo, dígame cuando esté lista para que la vean sus niños". No puedo creer lo que mis oídos escucharon, ¡Mi bebita está muerta! No pude luchar para que la salvaran, nunca debí haber ido al panteón, me arriesgué demasiado, mate sin querer a mi hijita. Lloro y grito como una loca, me arranco el cabello, me golpeo en la cabeza, no logro entender lo que sucede, quiero perder la razón para no saber nada de lo miserable que será viviendo con estos remordimientos. Veo la cara aterrada de mi madre diciéndome algo que no logro comprender, parece que habla otro idioma. Percibo su rostro desfigurándose y borrándose de mi memoria, todo es obscuro y silencioso, nada tiene sentido en mi vida.

Días más tarde despierto y veo las caritas asustadas de mis hijos, me sonríen y gritan de emoción festejando que su madre regresa del otro mundo para seguir viviendo su destino en la tierra. Mis hijos me abrazan, yo los beso, le doy gracias a Dios por permitirme regresar y encargarme de mis chiquitos. Esa misma tarde salimos del hospital directo a la casa, le pregunto a mi mamá por Víctor, ella dice: "Hay hija, tu esposo está enojado, no se ha parado en la casa desde lo sucedido. Tampoco fue al hospital a verte, sólo habla por teléfono para que le avisen cuando abras los ojos y te den de alta del hospital. El doctor se comunicó con él desde el momento que salimos para que pasara a pagar la cuenta, me parece que estará en la casa esperándonos".

No tengo idea cuanto tiempo estuve en coma pero lo que haya sido fue suficiente para sanarme y llenarme de amor nuevamente para mis hijos, aún siento culpabilidad pero tengo ganas de seguir adelante. Llegamos a la casa, Víctor se encuentra en la puerta, se dirige a mi mamá con voz suplicante: "Doña Manuela se puede llevar a los niños al parque, necesito hablar con Irma, yo voy por ustedes cuando terminemos de conversar, gracias Doña Manuela". Mi mamá les pide a los niños que se agarren de la mano y da la vuelta con dirección al parque.

Volteo mi cara para hablar con Víctor, quiero transmitirle mis sentimientos de culpa pero a la vez mi positivismo para salir adelante de éste trago amargo pero no alcanzo a abrir la boca, Víctor me lanza el primer golpe seguido de otros más. Patadas, empujones, me levanta del pelo y me azota contra la pared, yo le grito ¡Pégame!, ¡Pégame!, ¡Más fuerte!, soy una mala madre, me lo merezco, castígame, tengo que pagar por lo que hice, ¡Pégame!, ¡Pégame!, hasta que te canses, me lo merezco, no voy a meter las manos para defenderme, ¡Si quieres mátame!, no soy digna de ser madre, por favor ¡Mátame!", Víctor reacciona con mis palabras, me levanta del suelo llorando amargamente, me pide perdón, trata de ocultar los golpes y limpia la sangre. Lloramos por nuestra bebita muerta lamentando lo sucedido.

En unos meses cumpliré mis 24 años, estoy embarazada nuevamente, este bebé aliviará las heridas, será mi sexto hijo. Raquel es una compañía indispensable en mi vida, me ayuda en todo, mis hijos la adoran. Hoy tengo que ir al mercado, recoger a los niños a la escuela y terminar la comida, Raquel está muy ocupada lavando la ropa de todos y las mantillas del bebé. Entro a la recámara y me encuentro a Víctor acostado en la cama, leyendo el periódico, se me ocurre que él me puede ayudar. Le pregunto si puede ir por los niños a la escuela. Víctor cierra el periódico bruscamente, con su bota picuda me pega en la pierna, me avienta el periódico en la cara y se levanta diciéndome cuanta grosería encuentra en su repertorio. Me saca del cuarto con un empujón tan fuerte que me golpeo en el marco de la puerta.

Respiro profundamente, guardo mis lágrimas a punto de salir, agarro a Azucena y a Rosalba del brazo, le grito a Raquel que regreso como en una hora. Salgo de la casa apurada porque se me hace tarde y en el camino me encuentro a mi amiga Sarita. Sarita es una vecina del piso de arriba, tiene 3 hijos, María Antonieta, Patricia y Antonio, casi de la misma edad que mis hijos Pedro José, Héctor y Azucena. Su esposo es capitán de un barco en el Puerto de Veracruz. Viaja constantemente y casi no lo ven, ellos viven decorosamente y son excelentes vecinos.

Sarita me acompaña al mercado. Eso me ahorra tiempo. Decido regresar a la casa a dejar el mandado que compré y adelantarle un poco a la comida antes de pasar por los niños a la escuela. Al entrar a la casa, no escucho a nadie en el lavadero, lo cual asumo que Raquel ya terminó de lavar o no completó con los tendederos del patio y se encuentra tendiendo la ropa en la azotea. Dejo a Rosalba, profundamente dormida, en el sillón de la sala, voy a la recámara para cambiar a Azucena de ropa, después del suculento mango que se comió de regreso a casa ahora es una calamidad. Abro mi recámara con precaución, para que no se enoje mi marido, encuentro a Víctor con los pantalones hasta las rodillas gozando su pecado con mi prima adorada Raquel, ésta con el vestido desabrochado y sus pantaletas en el suelo, su rostro sudado reflejando deseo y pasión, al percatarse de mi presencia, Raquel avienta a Víctor y me grita que la perdone, que es la primera vez que lo hace, corre hacia mí, se arrodilla implorando perdón, lo único que se me ocurre hacer en ese momento es taparle los ojos a Azucena le pido a la niña que vaya a la sala a cuidar a su hermanita. Raquel sale del cuarto oliendo a traición.

Víctor como todo un macho, me empieza a pegar, según él por haber interrumpido su privacidad, al sentir los puñetazos en los brazos y en la cara, trato de proteger al bebé que llevo en el vientre, se quita el cinto, me pega en la espalda y las piernas, Raquel trata de detenerlo empujándolo a la cama, me grita que corra, sin pensarlo mucho, salgo del cuarto agarro a Azucena de la mano, cargo a Rosalba y salgo sin rumbo fijo. Mi instinto de madre me lleva a la escuela de los niños, trato de limpiarme la sangre de la boca y la nariz, me peino, me arreglo el vestido y respiro profundamente para que los niños no noten lo sucedido. Víctor desata su ira contra Raquel por intervenir a mi favor, la golpea salvajemente y la corre de la casa, advirtiéndole que si la vuelve a ver cerca de su familia, la matará con sus propias manos.

Los niños salen de la escuela, les digo que los llevaré al zoológico y al parque España, gritan de contentos, comemos unas tortas de carnitas y les compro unos helados. Tengo mucho miedo regresar a la casa pero no tengo otra alternativa, no tengo a donde ir, no conozco a nadie, ¿Cómo puedo sacar a mis hijos adelante? Me doy valor y regreso, para mi sorpresa están mis hermanos tomando con Víctor y esa tarde llegaron mis hermanas de Torreón, afortunadamente Víctor se comporta amable conmigo cuando tenemos visitas.

Licha nos dice que quieren ir a Acapulco a conocer el mar, Víctor se ofrece, como todo un caballero, a llevarla en el carro, Ofelia tiene una relación romántica con Leobardo. Todo está perfecto, los gemelos llevarán a mis hermanas a conocer el mar y la estúpida de Irma se queda a cuidar niños y limpiar la casa. Licha y Ofelia insisten en que yo vaya con los niños pero Víctor les dice que no me he sentido muy bien últimamente, que el doctor no me permite viajar por el embarazo, así que todo arreglado, se van a Acapulco sin mí. Mis padres no saben nada de las vacaciones en Acapulco, ellas le dijeron a mi papá que venían a ayudarme con los niños por unos días, como en otras ocasiones. Pasan 3 días los cuatro cuando finalmente regresan, platican maravillas del mar, los centros nocturnos y los paseos en lancha por el puerto al atardecer, vuelven a Torreón contentas y bronceadas.

A mi hermano Héctor no le gusta nada la relación que tiene Ofelia con Leobardo, por su cuenta inicia una investigación para descubrir si él tiene buenas intenciones con mi hermana ó no. El viernes como siempre, Víctor y Leobardo salen de la casa para irse todo el fin de semana como de costumbre pero en esta ocasión, Héctor los sigue a todos lados. Después de ver varios clientes, toman un camión a Toluca, al llegar a la terminal, abordan un taxi y se bajan enfrente del estadio de fútbol. Leobardo saca de su bolsillo una llave.

## LETICIA CALDERÓN

Abre la puerta de una casa vieja y fea y entran los dos. Héctor espera paciente dos días, el lunes temprano ve salir a los dos bribones de la misma casa, abordan un taxi seguramente con destino a la terminal. Héctor deja pasar prudentemente una hora para saber quien vive ahí. Toca la puerta, sale una mujer con tubos, embarazada, con un mandil grasiento, le pregunta "¿Qué quiere?". Héctor le dice: "Señora, soy de la radio y usted se acaba de ganar dinero en efectivo, fue seleccionado su domicilio, sólo necesito unos datos y el dinero es suyo". La mujer cae en la trampa gritando a otras personas en la casa: "¡Señora, señora, Tina, Tina, vengan para acá, gané dinero!, ¡Vengan, vengan pronto!". Héctor sorprendido, entra a la sala de la casa, ahí está Doña Paz, la mamá de Víctor, también llega otra señora embarazada, desarreglada y sucia como si se acabara de levantar. Héctor les dice: "Empezaré con la primer pregunta: ¿Quién es la dueña de la casa?". "¡Yo, yo!", grita la otra mujer "y ¿Cómo se llama usted?", pregunta Héctor, la mujer contesta: "Me llamo Tina, mi esposo se llama Leobardo, ella es mi suegra, vive aquí por una temporada porque mi suegro la golpea constantemente y ahora que está enfermo no la quiere ver. Ella es Chayo, su esposo es mi cuñado Víctor, de cariño le decimos 'pollito', ellos tiene 3 hijos, se llaman Pedro José, Héctor y Azucena pronto vendrá el cuarto bebé. Mi viejo y yo no tenemos hijos, éste que traigo aquí será el primero. Leobardo dice que si es mujercita le llamaremos Ofelia y que si es varoncito, Horacio como su hermano el muertito. Viven con nosotras mis dos hermanas, María y Susana. Nuestros esposos trabajan en la Cd. de México son agentes secretos del gobierno y para protegernos nos trajeron aquí. Cada fin de semana vienen a vernos. Señor, ¿me gané el dinero?, ¿necesita otra información?, si fue suficiente pues que espera, déme el premio". Héctor se encuentra conmocionado, le entrega un sobre con dinero en efectivo, las felicita y sale de la casa sin poder creer lo que esa mujer le dijo. Héctor regresa a México, busca a Leobardo, lo enfrenta y le dice el descubrimiento de su doble vida, le ofrece un trato, que termine su relación con Ofelia y que le promete nunca abrir la boca y además le dará algo de dinero, Leobardo acepta, inmediatamente termina su relación con Ofelia y nunca le vuelve a dirigir la palabra. Ofelia se siente confundida, humillada, utilizada, despreciada y burlada por un Don Juan que lo único que quería era divertirse con ella y así como si nada romper su compromiso de matrimonio, ese golpe no lo soporta. Mis padres están incrédulos, extrañados y sorprendidos por la decisión de Leobardo.

Héctor no me dice nada de lo que descubrió de Víctor, probablemente cree que ya estando casados y con hijos no ganaría nada al decírmelo, solo más tristezas. De alguna manera le doy la razón, ¿Qué puedo hacer al respecto?, no lo voy a dejar, no es la única vez que me ha engañado, espero cambie y sea un poquito el hombre que fue hace algunos años.

Ofelia llora inconsolablemente, entra en una depresión aguda, no quiere comer, duerme todo el día, no se baña, no se cambia de ropa y empieza a tener pesadillas espantosas, sueña que se sube a un caballo y que la persigue un hombre con barba y un látigo. Ella se cae del caballo y en el suelo es brutalmente golpeada por el hombre que la sigue. Después el hombre le hace el amor salvajemente, le muerde todo el cuerpo, prácticamente abusa de ella, al final la carga y la deja caer en una cascada y cuando Ofelia hace contacto con el agua, despierta bruscamente de la pesadilla. Para su sorpresa al despertar del horrible sueño su cuerpo está marcado con chapetones, sus partes íntimas adoloridos y una jaqueca insoportable. Ofelia no le dice a nadie del incidente pero la pesadilla se repite diariamente, ahora mi hermana evita dormirse, se mantiene despierta el mayor tiempo posible.

Licha la invita a Juan Eugenio Zacatecas, un rancho propiedad de mis tíos, "La Cotorra" y "El Aire", ellos nunca se adaptaron en Estados Unidos, así que ahorraron dinero y ahora administran su propio negocio, se compraron su rancho y exportan ganado a Estados Unidos, les va de maravilla. Ofelia se anima a acompañarlas el fin de semana al rancho de los tíos. Al llegar se la pasan de lujo. Los tíos les hacen comidas, contratan música en vivo, la tambora y mucha diversión, empezando con la carrera de caballos. A Ofelia le dan el mejor caballo que tienen, el más obediente el más fino, un caballo de pura sangre. Empiezan con una vuelta al terreno para que se familiaricen con el animal. El caballo de Ofelia corre desembocado, como si llevara el diablo metido. Ofelia trata de detenerlo pero es imposible. Mi tío "El Aire", el experto en jaripeo, trata de controlar al caballo pero es inútil, el caballo se retuerce, echa espuma por la boca, relincha estrepitosamente, Ofelia no puede sostenerse por más tiempo, vuela por los aires y cae en unas pacas de paja. Solo así se salva de una muerte segura. Nadie puede explicar qué le sucedió al equino, solo agradecen que a Ofelia no le paso nada más que el susto.

Cada fin de semana regresan al rancho "Juan Eugenio" a divertirse y montar a caballo y cada vez que Ofelia se monta a un caballo éste actúa endemoniado, la avienta violentamente como si quisiera matarla. Mi hermana decide no montar más y recuerda las pesadillas constantes acerca de caballos. Mi mamá lleva a Ofelia con varios doctores para que le quiten las pesadillas, las jaquecas o le expliquen las marcas que aparecen inexplicablemente en el cuerpo mientras duerme. Ningún doctor le da respuestas. Desesperada busca al curandero Anastasio famoso por sus curaciones milagrosas.

Mi hermana Ofelia y mi mamá llegan a la ciudad de México, Víctor las transporta directamente con Anastasio, éste vive en la cima de un cerro, aislado de la sociedad pero visitado por mucha gente. Al llegar le dice a Ofelia que brinque en forma de cruz sobre las brazas de carbón encendidas en un bracero, luego la acuesta, la cubre con hojas secas, le quita la blusa y la falda, le embarra cuanto menjurje encuentra, le dice: "Señorita trate de dormir profundamente, huela el incienso, traiga esa pesadilla que la atormenta, quiero conocer al hombre que la molesta, necesito hacer contacto con él. Concéntrense, llámelo suavemente. Yo me encargo del resto, no tenga miedo, si lo trae le juro que será la última vez que lo verá, se lo juro". Ofelia sigue las instrucciones del brujo, lo llama, no tarda mucho tiempo en aparecer los protagonistas de su pesadilla la única diferencia es que Anastasio forma parte del elenco. Anastasio montado en un caballo blanco sigue al hombre del caballo negro, el curandero le ordena que se pare porque quiere charlar un momento, éste se detiene intrigado, como si fueran buenos amigos hablan en un idioma que Ofelia no entiende, por sus rostros parecen enojados. Aún en el sueño Anastasio le pide a Ofelia que se levante el pelo y le muestre el cuello, ahora le pide que le enseñe la planta del pié izquierdo, el hombre con cara de desilusión se sube al caballo y se va galopando.

Ofelia despierta del sueño cansada y agitada. Anastasio la toma de las manos y le dice: "Ese señor del caballo, busca a su esposa que se mató en un caballo cuando lo montaba, él nunca superó la pérdida. El hombre desesperado se suicida, desde entonces busca a su esposa. Usted se parece mucho a ella. Al entrar a su sueño, le pregunté al hombre sobre algunas señas personales de su esposa. Algunas cicatrices. Nos acercamos a usted para que comprobara que usted no las tienes, convencido se fue a buscarla en otro lado. Por el momento no te preocupes, el hombre no regresará. Señorita una advertencia", dijo el curandero, "Nunca debe montar un caballo, la muerte la estará esperando en cualquier caballo. Señorita, cada vez que se enoje, ría o se emocione mucho, su cara se hará flácida y su rostro se deformará, puede tratar lo que quiera pero no logrará curarse, es una secuela y un precio que va a pagar el resto de su vida por seguir entre los vivos". El curandero le dice a Ofelia, "He terminado mi trabajo, vístase y buena suerte". Mi madre le paga lo acordado sin regatear, se retira sin decir una palabra, confiada plenamente de que su hija está curada y sana. Ofelia, después de la sesión extraña e insólita con Anastasio, duerme como angelito y aunque sigue con sus jaquecas y sueños extraños no ha vuelto a tener pesadillas ni marcas en el cuerpo.

## *CAPÍTULO CUARENTA Y CINCO*
## EL DESAMOR TRAE DESGRACIA

Víctor encuentra a su hermano menor Juan. Después de varios meses de búsqueda lo tiene frente a él. Juan es un joven moreno, atractivo y muy diferente a Víctor y Leobardo, su pasión son la motocicletas, está casado con una mujer de nombre Chuya, 20 años mayor que él, ella es posesiva y dominante, lo trata como si fuera su hijo. Juan empieza a visitar la casa frecuentemente, juega con los niños, es un muchacho sano, deportista y saludable, nunca les acepta una cerveza ó vino les dice que tiene competencia al día siguiente y se mantiene firme a pesar de la insistencia de los hermanos para que se tome unas cervezas. A pesar de sus 20 años, es un chico centrado y vive dignamente de los premios que recibe en las competencias, de las apuestas callejeras los fines de semana y del pequeño taller que tiene para reparar motocicletas. Compra motos en mal estado, las arregla y las deja como nuevas y las vende a buenos precios, Juan es el mejor mecánico de motocicletas. A mis hijos les gusta que su tío llegue en su moto para que los pasee por la colonia y les haga algunos trucos muy divertidos pero a la vez peligrosos. Un día, escuchamos el teléfono de madrugada, Víctor no se levanta a contestar. El timbre no deja de sonar. Me levanto con mucho pesar debido a mi embarazo avanzado, al contestar identifico la voz de Juan, mi cuñado, su voz se nota desesperada, nerviosa, temblorosa, puedo escuchar a través del auricular su respiración agitada y su corazón a punto de reventar, parece como si hubiera tomado. Me pregunta por su hermano, lo trato de calmar y corro al cuarto a despertar a Víctor que debido a su estado etílico me contesta que lo deje descansar, me aparta de su lado con un aventón y algunas palabras altisonantes. Corro a hablar con Leobardo el cual reacciona de la misma manera. Regreso al teléfono con Juan, le explico que sus hermanos no se levantan, me dice: "Cuñada, gracias por tu ayuda, dile a Víctor que mañana le hablo, adiós". Me extraña que Juan esté borracho, eso es grave porque él no toma nunca, me dije a mi misma.

Pasaron varios días sin tener noticias de Juan. Chuya, mi cuñada, lo va a buscar a mi casa, preocupada por no tener noticias de él, Víctor y Leobardo lo tratan de encontrar por todos lados, con sus amigos cercanos, con sus clientes del taller, con sus compañeros de las carreras, en la Cruz Roja, los hospitales, en la Cruz Verde y hasta en la fosa común, pero nadie proporciona ninguna información. Por mi cuenta me fui a investigar el motivo que pudo tener Juan para emborracharse y hablarle en la madrugada a su hermano. Con el pretexto de ir al mandado, me voy a la casa de Juan para hablar con Chuya, al pasar por la ventana de su casa, escucho unas voces, es

Chuya hablando muy familiarmente con un hombre.

En el momento en el que me dispongo a tocar el timbre de la casa, escucho a una anciana, vecina de Juan, que habla de manera que yo la pueda escuchar: "Chuya es una maldita perra callejera, mira que engañar al joven Juanito con otro hombre y lo más humillante, ¡en su propia cama!. Yo estaba aquí mismo, cuando Juan regresaba caminando porque su moto se le descompuso a unas cuadras de aquí, se le hizo más fácil regresar a la casa por sus herramientas que al taller. Se detiene unos minutos a hablar con mi hijo acerca de una carrera clandestina de motos el siguiente fin de semana. Juan entra a su casa y unos instantes más tarde escuchamos gritos, golpes, objetos que se tiraban y sobre todo la voz desconocida de un hombre.

Vemos a Juan salir corriendo con la mirada perdida, herido en la cabeza, corriendo sin rumbo y desquiciado. Detrás de él salía Chuya, semidesnuda, herida y con su larga cabellera embarañada como si alguien la hubiera arrastrado por el suelo. Por la ventana lateral sale un hombre en calzoncillos, con ropa en la mano, herido en el abdomen y corriendo hacia el callejón para ocultarse de los curiosos. Uno no necesita ser un erudito para saber lo que la vieja Chuya le hizo al pobre de Juan y lo peor es que nadie a vuelto a ver al joven, más sin embargo el otro fulano no sale de aquí y a todas horas llega a la casa, por supuesto usa la puerta de atrás para no ser visto, pero uno no es idiota. Así que, ¿Quién, es usted?" me pregunta la anciana, le contesto; "Soy la cuñada de Juan y estamos muy preocupados por su desaparición, llevamos días buscándolo sin éxito".

Después de la información que me dio la anciana, ya no sé si es buena idea hablar con Chuya. Además, sólo contaba con 20 minutos. Me decido y toco la puerta, mi cuñada me contesta nerviosa pero no me abre, tal parece que esconde algo. Por fin cuando abre, me pasa a la casa. Está vacía, sin muebles, le pregunto "¿Qué pasa, dónde están los muebles?" ella contesta: "Voy a abandonar a Juan, ya me voy". "No puedes hacerlo, no sabes lo que ha pasado con tu esposo, él no se merece esto". Ella me respondió que ha de andar con viejas ó corriendo motos y que ya no le importaba nada. Ignorando todos mis comentarios y sin la menor pizca de remordimiento, Chuya se fue para siempre. Hasta la fecha no hemos sabido nada de ella.

    Un vecino de Juan se encuentra a Víctor en el Monte de Piedad y le dice que hay un hospital de mala muerte, cerca de ahí, le dice que ahí llevan personas accidentadas sin identificación. Víctor sin pensarlo dos veces le pide que lo lleve al lugar. El olor a muerte y pudrición los guía a la entrada principal, los cuartos están fríos, húmedos, obscuros, con aspecto de fosa común, ese espacio no puede recibir el nombre de hospital, ni la gente que trabaja ahí pueden ser doctores. Es un sitio deprimente, gente tirada por todos lados, unos gritando de dolor, otras con sangre seca en sus heridas y llenas de moscas, otros dormidos entre sus desechos fecales y orines. Las paredes sucias, se ven roedores peleando con los enfermos por un trozo de pan duro. Víctor se tapa la nariz y se dirige con un hombre que lleva una bata blanca percudida, manchada de sangre y muerte. Se sorprende al ver a Víctor, como si nadie buscara a algún ser querido en ese lugar, como si todos estuvieran condenados a morir sin importarles a nadie.

    El pseudo doctor lo lleva a recorrer varias de las salas. Es difícil saber si los pacientes son hombres o mujeres debido a la falta de higiene que presentan. Además les crece el pelo tanto que no se les distingue el rostro, su ropa no ayuda en nada, está desgarrada, sin color ni textura. Víctor al pasar por los pacientes le piden que los ayude y le dicen que son ellos a los que anda buscando, Víctor siente un dolor en su corazón tan grande que sin evitarlo llora silenciosamente, la situación de esa pobre gente es desoladora.

    La última sala es la gente que se encuentra inconsciente y desahuciada, en otras palabras es la antesala de la muerte. En un rincón se encuentra un bulto abandonado a su suerte, al descubrirle la cara y limpiársela un poco con el pañuelo perfumado que siempre lleva Víctor en la bolsa de su pantalón, reconoce a su hermano, lo abraza y lo levanta con facilidad ya que pesaba unos 40 kilos. Le grita; "¡Juan, Juan, soy tu hermano, Víctor! todo va a salir bien, te vas a aliviar, ahora mismo te saco de ésta pocilga". Víctor, llorando como un niño, avienta al doctor. El doctor le dice: "Su hermano llegó inconsciente, sin papeles, lo encontraron por el Desierto de los Leones, manejaba una moto sin frenos, sin placa, sin registro, chocó contra un poste de luz, además estaba ahogado de borracho, nunca nos pudo decir su nombre, lo siento mucho, en estos casos no tenemos recursos para invertir en ellos sin tener la certeza que los familiares pagarán todos los gastos, preferimos dejarlos aquí hasta que los reclame alguien o se mueran". Víctor indignado, se para en seco colmado de tantas excusas baratas y le dice; "No necesita muchos recurso para comprar jabón y lavar las paredes y los pisos, bañar a los enfermos, tratarlos como seres humanos no como animales, ellos necesitan atención, cuidados y un poco de compasión".

"Usted es una porquería de hombre, si mi hermano se muere voy a regresar a partirle su madre con mis propias manos, así que récele a su santo preferido para que no me vuelva a ver la cara en su vida, infeliz doctor de mierda". Víctor se lleva a Juan a un Sanatorio Privado para que sea atendido como un ser humano. Víctor localiza a Leobardo y le pide que se reúna con él en el hospital, le pide que pase por la casa de Don Eulogio y Doña Paz para llevarlos con Juan.

Mi mamá y mis hermanas se encuentran en la casa preparando la pañalera, nos dirigimos a la clínica porque estoy a punto de dar a luz. Entramos al sanatorio veo a Víctor en la sala de espera, me sorprende verlo ahí porque en los últimos partos ni siquiera se asoma, veo que él tiene la misma cara de sorpresa que yo, nunca me imaginé que Juan estuviera ahí luchando por su vida. Le explico a Víctor que ya empezaron los dolores y deseo que Juan se recupere y me mantenga informada. Antes de entrar a la sala de parto saludo a mis suegros y me despido de mi mamá, ella me sonríe sin dejar de cortarse las uñas con sus dientes por lo preocupada que se encuentra.

El doctor me dice que puje y después de unas horas nace un niño precioso, me pasan al cuarto y me avisan que Juan sigue inconsciente, que lo operaron pero no le dan muchas esperanzas. Usando una silla de ruedas, me permiten visitar a mi cuñado acompañada del bebé. Al estar frente a Juan, no puedo creer lo que mis ojos ven, ¿Dónde está ese joven atractivo y atlético? es una lástima que la traición lo haya llevado a ese estado, que haya destruido su vida. Estoy segura que Víctor y Leobardo se sienten culpables por no haber respondido su llamado de ayuda esa madrugada. A lo mejor si yo lo hubiera retenido más tiempo en la línea o le hubiera dicho que fuera a la casa el resultado no hubieras sido tan trágico, ojala no hubiera decidido ir al taller y manejar la primera moto que encontró, sin saber que no tenía frenos, chocando con un poste de luz, partiéndose el cráneo. No puedo dejar de sentirme culpable, alguno de nosotros pudo haber cambiado el destino de este jovencito pero ya no podemos hacer nada, sólo rezar por un milagro. Juan empieza a hablar incoherencias, grita, llora se arranca el suero y el medicamento, dice los nombres de sus únicos sobrinos: "Pedro José, Héctor, Azucena y Rosalba. Con voz desesperada, dice; "Irma, Irma, cuida a los niños, los voy a pasear en la moto, mira como se ríen y se divierten. Irma por favor cuídalos mucho, diles que los quiero. Mamá, papá, Leobardo, Víctor, Horacio los quiero, no dejen que maneje la moto parece que no tiene frenos, no puedo controlarla, ¡sálvenme!, los quiero a todos".

Lloramos al oír sus palabras, somos testigos de que a pesar de su delirio se despide de sus seres queridos, menos de su esposa Chuya, que ni la nombra. Siguiendo un impulso de mi corazón, tomo la mano de Juan y le digo, "Juan, siempre te vamos a recordar con cariño, este bebé que tengo en mis brazo llevará tú nombre, se llamará Juan como tú, es tú sobrino Juanito". Frente a todos, como si me hubiera entendido, Juan dibuja una sonrisa de paz y felicidad exhalando el último suspiro, anunciando su muerte. Se despide de éste mundo con un semblante de gratitud al saber que alguien con su nombre llega a este mundo cuando él lo deja. La familia Calderón me da las gracias por la idea genial del nombre. Era lo menos que podía hacer ante las circunstancias.

Desgraciadamente este año no fue el mejor para Víctor, perdió a sus dos hermanos, ahora solo tiene a Leobardo y a sus padres.

## *CAPÍTULO CUARENTA Y SEIS*
## EL HÉROE DEL EDIFICIO DURANGO

Licha, mi querida hermana me habla por teléfono para decirme que la esposa del árabe Hasam murió esta mañana, me dice;

"cerraron la zapatería para que todos los empleados podamos ir al entierro". Licha se encuentra triste por la noticia pero creo que en el fondo de su corazón hay un rayito de esperanza para que su sueño se haga realidad después de tantos años de espera. El árabe es 20 años mayor que ella, tiene cinco hijos; uno de ellos se fue a Rusia siguiendo las ideas del comunismo, el más chico es un joven muy atractivo que sólo sirve para dos cosas, gastarse el dinero de su padre y acostarse con cuanta mujer se encuentre en su camino. Los otros dos hijos emprenden negocios con el dinero del árabe y en todos fracasan. La única hija que tiene se casará en poco tiempo con un pelirrojo. Los cinco hijos heredaron la misma enfermedad de su madre, diabetes. El doctor les diagnostica una buena calidad de vida si siguen la dieta y toman los medicamentos, de lo contrario no durarán muchos años. Mi hermana Licha no tiene el camino fácil porque si acaso tiene una oportunidad con el árabe tendrá que hacerse responsable de sus hijos que ya están formados y no son viables de moldear.

Reflexiono sobre mi propia vida, pienso que afortunadamente tengo varios motivos para no ser infeliz, mis hijos, a los que quiero con toda mi alma, son la razón de mi vida y la alegría de mi corazón. A ellos les dedico todo mi tiempo, los llevo al parque España, al bosque de Chapultepec, al zoológico, les cuento cuentos en la noche, les canto canciones para dormir como; "Duerme tranquilo" ó "Señora Santana".

Por otro lado les ayudo, dentro de mis posibilidades, a hacer sus tareas todos los días. Siempre estoy al pendiente de su educación y sobre todo de su alimentación. Antes de que ellos se vayan a la escuela, hay que preparar el desayuno, su licuado de plátano con huevo y chocomilk. Preparo los lonches de huevo con frijolitos o de jamón. Llevo a mis hijos grandes a la primaria y luego paso al kinder para dejar al chico. Mientras ellos van a la escuela, limpio la casa, lavo ropa en el lavadero, las mantillas del bebé, voy al mercado, hago la comida y la papilla para el chiquito. Llega la hora de pasar por ellos a la escuela. Regresan a la casa, comen y se salen a jugar un rato para que pueda limpiar la cocina, después vienen las tareas, nos vamos al parque o me quedo a cuidar a los más chicos. Se llega la hora de preparar la cena, coser la ropa, bolear zapatos, les tejo pantuflas, chalecos, suéteres o lo que necesiten, así llega la noche, empieza la bañadera, preparar uniformes, mochilas, planchar las camisas y pantalones. Se duermen los 3 hombres; Pedro José de 10 años, Héctor de 8 y Juan de 3, en una cama matrimonial con su tío Leobardo. Azucena de 6 años y Rosalba de 4 se duermen en una cama individual en mi cuarto, les cuento sus cuentos preferidos; "La Ranita Encantada", "El Caballo de la Cola de los Mil Colores", "Juanito y los Frijolitos Mágicos", etc. A veces mientras les estoy contando un cuento el cansancio me vence y me duermo, los niños me despiertan diciendo: "¡Mami no te duermas es la parte más emocionante!". Les respondo al instante, "Si chiquitos, voy a seguir con la historia" y les cuento otra trama que no tiene nada que ver con la primera, ellos nuevamente gritan que esa no es la que les estaba contando pero ya para entonces volví a cerrar los ojos. Les pido disculpas y sigo mi narración con otra versión diferente. Es difícil seguir la secuencia y mantenerme despierta después de 12 horas de ardua jornada. Los niños me platican que la otra noche cuando me quede dormida durante el cuento que escuchaban con atención, les dije que el Chacal de la Trompeta y Don Francisco tenían miedo en el bosque porque vendría El Payaso Bozo y el tío Gamboín a comérselos, es una combinación extraña pero los niños se divierten con mis historias mezcladas. Los cuentos que no les hacia mucha gracia son los que empezaba el principio de la historia y en la primer dormitada, me despertaban y les contaba el final. Todos me reclamaban que ya no tendría chiste escuchar el resto de la narración porque ya se sabían el final.

Los niños se quedan dormidos con mis historias y cuando por fin creo que ya terminé las faenas diarias, llega Víctor y Leobardo a que les quite las botas, les prepare cena, les caliente el boiler para que se bañen y vean la televisión con su cerveza a un lado. Después de limpiar la cocina por quinta vez, me voy a la cama donde Víctor y yo nos dormimos con Dulce, la más pequeña de la familia. Son las dos de la madrugada ya quiero sentir la cama, cierro los ojos y me duermo profundamente para descansar y estar lista al día siguiente. Víctor me levanta para tener sexo con él, lo hace en unos minutos, me lastima por la falta de seducción y lubricación, no le importa mi estado avanzado de embarazo sólo piensa en satisfacer sus instintos de macho. En estos momentos no me importa lo que quiera hacerme ni si su hermano nos ve o nos escucha, lo que deseo es dormir y descansar. Quiero que se apure y me deje tranquila, que haga lo que quiera hacer pero rápido para por fin cerrar los ojos.

Todo lo que le he aguantado a Víctor es por mis hijos, para que estudien y sean triunfadores en la vida. Aunque no estoy segura que mi esposo les pueda ofrecer esas oportunidades, ya que manda a los niños a vender mascadas de seda, plumas y relojes finos a las casas de gente rica. Por cada artículo que le venden les da un chocolate. Los niños al principio lo hacían como algo divertido pero cada día les exige más y ahora es una obligación, deben vender cada día más mercancía durante varias horas de trabajo, el sábado y el domingo. Víctor se molesta tanto cuando le pido dinero para los útiles escolares, para los uniformes, para la comida, no quiere pagar la renta, ni los servicios de la casa. El dinero lo gasta en otra cosa que no es su familia. Es muy desobligado, debido a sus múltiples compromisos con clientes tanto de mercancía como de dinero, siempre anda quedando mal y cuando lo van a buscar a la casa para cobrarle ó reclamarle alguna mercancía defectuosa, me obliga a salir a dar la cara e inventarles un sinfín de pretextos y excusas para cubrir su falta de responsabilidad. Durante sus borracheras es cariñoso con todos, pero al día siguiente con la cruda realidad no hay quien se le acerque.

En las mañanas, mientras Víctor duerme, entro al cuarto de puntitas para sacarle dinero de su cartera y completar la semana. Aunque sus maltratos siguen yo me refugio con mis hijos que son lo más importante, trato por todos los medio que no se den cuenta de los golpes que recibo de Víctor o las humillaciones, no quiero que vivan lo que yo viví con los ultrajes de mi abuela Aurelia y de mi padre hacia mi madre. También me siento apoyada por mis grandes amigas Lupita, la señora Adriana y la señora Reina. Ellas siempre están conmigo en los tiempos difíciles, ellas son mis confidentes y mi único refugio.

Una tarde, tengo que salir al mercado y le pido a Pedro José que cuide a sus hermanos menores, creo que es lo suficiente grande para darle esa responsabilidad, cumplirá 11 años en diciembre. Dulce, de un año de edad se queda dormida en la cuna. Les saco un juego de mesa "El Turista Mundial" para que se entretengan y no hagan travesuras, principalmente Juanito que a sus escasos 4 años, es un torbellino. Los niños juegan tranquilamente en la mesa de la sala. El edificio donde vivimos tiene 4 pisos, algunos inquilinos que usan gas estacionario lo mandan llenar cada 2 meses. La compañía de gas manda a sus trabajadores a llenar los tanques usando una manguera gruesa conectada a la camioneta, de ahí hasta la azotea donde se encuentra el enorme tanque. Ese día uno de los trabajadores no conecta adecuadamente la manguera y con la presión que llega el gas, revienta los empaques que sostienen la maguera con el tanque y el gas se escapa aceleradamente. Algunos inquilinos se encuentran en ese momento usando sus estufas, lo que provoca una explosión descomunal. Los niños salen volando de las sillas, la explosión los avienta hasta el otro extremo del cuarto, escuchan el sonido ensordecedor de otras explosiones en el edificio. Pedro José reacciona rápidamente y trata de abrir la puerta, pero es imposible porque el refrigerador la obstruye. Sin pensarlo dos veces, agarra una silla y termina de romper la ventana que conecta la casa al patio principal y éste a la salida del edificio. Luego pone una silla afuera y empieza a sacar uno por uno a sus hermanos tirados en el suelo, intoxicados por el humo y asustados por las llamas y el caos en que se encuentran, les pide que reaccionen y trata de reanimarlos, logra que se mantengan de pie. Pedro José regresa a la casa por su hermanita Dulce inconsciente en un rincón. Sale con todos sus hermanos a la calle, donde unos bomberos lo auxilian.

Regreso del Mercado y veo a la gente afuera del edificio, corro para ver de qué se trata, aviento las bolsas y a pesar de mi estado de embarazo corro gritando que mis hijos se encuentran en el departamento 6. Los bomberos no me permiten la entrada debido a que aún no controlaban la fuga de gas ni las llamas. Mis piernas tiemblan y siento un dolor en el corazón tan grande que pienso que me voy morir. Volteo para tratar de reconocer a alguien, todo es blanco, no identifico a nadie. Me desmayo, no sin antes escuchar la vocecita de Pedro José que me dice: "Mamita, todos estamos bien, todos estamos bien".

Los dolores de parto me despiertan, lo primero que veo es a Lupita sosteniéndome la mano y acariciándome el pelo, ella no se encontraba en el edificio cuando ocurrió la explosión, se acerca a mi oído y me dice: "Irma no te preocupes los niños están bien, ellos se encuentran en éste hospital, los tienen con oxígeno para desintoxicarlos, lo único que tienen son los ojos amarillos y algunos moretones pero dice el doctor que en unas semanas se recuperarán. Tu pequeñita Dulce pregunta por ti pero Azucena la cuida en éste momento. Irma parece que te vas a aliviar de tu séptimo hijo, así que te deseo mucha suerte, ya me tengo que ir, ahí vienen las enfermeras a llevarte".

A Víctor nunca lo localizaron, mi mamá como siempre llega a tiempo para recibir a su nieto, "es un niño hermoso", nos dice el doctor. Mi papá nos instala en un hotel mientras remodelan el edificio, me platican que varios muebles de las vecinas los encontraron en mi departamento, varias jaulas con pajaritos abajo de mis camas, desafortunadamente varios inquilinos murieron, ancianos y niños que no pudieron salir, el gas venenoso les arrebató la vida. Los medios de comunicación hicieron pública la hazaña que mi hijo había hecho al salvarle la vida a sus cinco hermanos, por ello le dieron la medalla púrpura por el heroísmo de su rescate, un ejemplo a seguir dijeron los bomberos. Mi hijo salió en todos los noticieros hasta el máximo conductor de televisión, Jacobo Zabludowzky, lo nombra "El héroe de Durango", por su acción en el edifico Durango. Todos los reporteros lo entrevistaron. Los noticieros no dejan de hablar de Pedro José, el niño héroe.

Víctor se da cuenta de lo ocurrido y nos encuentra en el hotel muy molesto porque según él, mi padre lo esta humillando. Es un tonto é inseguro por pensar en su ego de macho y no en la seguridad de su familia. Sin avisarle a mi padre, desocupamos el cuarto y nos vamos sin rumbo. Los niños van felices porque es la primera vez que Víctor nos sube a su carro nuevo y nos lleva a comer a un restaurante. Estoy segura que es para aparentar delante de mi madre que es un buen esposo. Víctor no abraza a su hijo que acaba de nacer, no le da la bienvenida a éste mundo, ni un beso para demostrarle su entusiasmo por convertirse en padre otra vez, lo único que me dice es que se llamará Luis Manuel para hacerle honor al nombre de mi mamá Manuela y el de mi hermana Licha que así le decimos de cariño pero su nombre es María Luisa. A mí me gusta el nombre, Luis por mi hermana y Manuel por mi mamá, suena bonito Luis Manuel. No cabe duda que siguen los acontecimientos extraños cada vez que nace un hijo en ésta familia y con mi séptimo hijo no fue la excepción.

Regresamos a la casa, mi mamá me platica que el árabe esta pretendiendo a mi hermana Licha y ella está contenta, "A la mejor tendremos boda pronto" dice mi mamá. Mi hermana Ofelia aún soltera, quiere ocuparse en algo para no deprimirse y estudia cuanto curso encuentra: Corte y Confección, Mecanografía, Manualidades, Tejido, Estilista, y no se cuantos más. Licha y Ofelia pertenecen a un grupo de la iglesia "La Milicia", hacen actividades para ayudar de diferentes maneras a los niños pobres o familias necesitadas. En ese grupo conocen a dos hermanas simpatiquísimas, Chela y a Nena, con ellas se aventuran por curiosidad a fumar, tomar cerveza y salir a divertirse en las noches. Es una nueva generación de la mujer donde se atreven a hacer cosas que sólo a los hombres se les permite. Antes, ninguna mujer de casa se hubiera atrevido a experimentar placeres exclusivos de los hombres y de las mujeres de la calle.

Mi mamá siempre tan cariñosa con mis hijos, les está dando lo que a nosotros nos negó. Mis hermanos nos siguen visitando, algunas veces se quedan a dormir por varios días, ahora lo hacen más retirado debido a la última borrachera que tuvieron con Víctor y Leobardo en donde se golpearon, todos contra todos, en esa ocasión estaban mis 3 hermanos, los cuales fueron los menos lastimados. Así que por un tiempo no creo que mis hermanos se paren en la casa a saludar a mi marido.

## *CAPÍTULO CUARENTA Y SIETE*
## LA TOLERANCIA TIENE LÍMITE

Hoy el arrendatario del edificio, el señor López, nos da el ultimátum para pagarle la renta, ya le debemos casi un año. Se acabaron las excusas de mi parte, también se acabó la paciencia del señor López, demostrando su lado humano sólo nos pide la mitad de la deuda. Ni Víctor ni Leobardo llegan, tal parece que nos correrán de la casa, sacarán todos los muebles a la calle y nos quitarán la llave.

Con lágrimas en los ojos, el señor López, llega puntual a la cita, con un abogado y la orden de desalojo y embargo. Antes de que él me dijera algo empiezo a llenar cajas de ropa y algunos muebles. El señor López me detiene la mano, puedo percibir su dolor al corrernos, me dice: "Señora Irma, debido a la deuda que su esposo tiene con el dueño, el evaluador esta seleccionando los muebles que meteremos a la mudanza, así se saldará la deuda, le pido una disculpa por las molestias y si le puedo ayudar en algo, sólo dígamelo. No me quiero meter en lo que no me importa pero ¿Ya tienen a donde ir?, no veo a Víctor por ningún lado, espero que Víctor no se haya equivocado de fecha ó de hora". No contesto su pregunta por vergüenza y orgullo porque no quiero dar lástima, le retiro su mano de mi brazo, lleno las mochilas de ropa y nos salimos al parque España. Esa noche la pasamos en las bancas muriéndonos de frío y de hambre. Yo no puedo contener la rabia y el coraje de ver a mis hijos sufriendo la irresponsabilidad de su padre. Me encuentro desesperada y sin saber a quien recurrir.

Cuando amanece, el solecito nos calienta un poco, la señora Adriana y Lupita, mis amigas, me encuentran dormida con mis siete hijos y embarazada del octavo, las dos se alegran de verme y a la vez les entristece lo que pasó, levantan a los niños y nos llevan a sus casas para que esperemos a Víctor. Nos dan de comer, nos dejan darnos un buen baño y me regañan por lo que hice, exponiendo a los niños a que se enfermaran. Mi ánimo se encuentra por los suelos. Pasan varios días y por fin aparece Víctor, tomado y molesto conmigo por no ser capaz de detener el embargo. Recoge los pocos muebles que quedaron, tirados en el camellón y nos lleva a la que el escogió como nuestra nueva casa.

Nos dirigimos a ciudad Satélite, a una hora de camino de nuestra antigua casa en la colonia Roma. La colonia se llama, "Maquinarias", es un lugar que no está pavimentado, hay un terregal espantoso, alcanzo a ver una pequeña tienda de abarrotes con el nombre deteriorado "Don Conrado", pasamos por el mercadito lleno de moscas y despidiendo un olor nauseabundo, veo una iglesia despintada y pequeña, una reparadora de zapatos, por todos lados se encuentran vendedores ambulantes desaseados y aburridos. Se distingue una plaza polvorienta, un establo, un dispensario viejo y desatendido, casas en mal estado, niños mocosos jugando fútbol, gente mal encarada y despreocupada, al final de la calle observo una vecindad sucia, con un portón de lámina oxidado y viejo.

Víctor toca el portón con una moneda, sale una viejita risueña y amable. Víctor le pide la llave, ella me dice "Bienvenidos a su nueva casa, espero les guste". No sé si lo dice de corazón o irónicamente. Al pasar por el patio rectangular y largo como una longaniza, entra por mi nariz el olor hediondo a caño y orines. La viejita nos muestra el baño y la regadera la cual compartiremos con las demás familias que viven en la vecindad. La viejita agrega que no tendremos agua caliente, también nos informa que el lavadero es para uso de todos los inquilinos, cada quien escoge un día para lavar la ropa.

Al entrar a la casa, si es que así se le puede llamar, las despintadas paredes están llenas de salitre por la humedad a que han sido expuestas por tanto tiempo, puedo ver telarañas por todos lados, la cocina atestada de cochambre y cucarachas saliendo de cada hoyo que existe, los pisos cubiertos de mugre acumulada de años. Nunca en mi vida he visto algo similar, de reojo puedo ver la impresión que le causa a los niños, principalmente a Pedro José, él voltea a verme con carita inocente y me pregunta: "Mamita, ¿Dónde, nos vamos a dormir?, mejor regresamos con Lupita o mejor aún, a nuestra casa, éste lugar no me gusta, tengo miedo y ganas de vomitar". Sus palabras no hacen sino describir exactamente lo que yo estoy sintiendo. Me acerco y le doy un beso en su cabeza diciéndole: "No te preocupes mi hijo pronto nos iremos de este lugar". Víctor me interrumpe con coraje y gritando me dice: "Ves lo que ocasionaste, eres una inepta, no fuiste capaz de convencer al señor López para que nos esperara y por lo menos conseguir una casa decente, de plano, con las mulas como tú no se puede confiar, así que ponte a limpiar tu casa nueva y déjala habitable para cuando regrese, adiós". Antes de que se fuera le dije con voz temblorosa, "Recuerda que no hemos comido, que no tengo ni un centavo desde hace varios días". Antes de que terminara la frase, se regresa de la puerta y me lanza un puñetazo en la cara, al tratar de esquivar el golpe, me alcanza a dar en el ojo, en ese instante siento como se me inflama y pierdo la visibilidad. Mi hijo Juanito de tan solo 8 años, corre y lo golpea en los genitales con su cabeza, Víctor se dobla del dolor, gritando y maldiciones a todos, los niños corren asustados y aterrados por la reacción agresiva de su padre. Juanito se queda parado cerca de Víctor, retándolo, con el coraje y las agallas de un hombre. Víctor, humillado sale de la casa, alcanzo a ver unas lágrimas saliendo de sus ojos. Todos aplaudimos la valentía de Juanito.

Ya ha pasado un año desde que nos cambiamos a esta horrible vecindad. Algunos vecinos nos ayudan incondicionalmente, pero otros son de no darles ni el saludo. Doña Pachita es la viejita portera y amiga de todos los inquilinos. Luego nos enteramos que es golpeada frecuentemente por su hijo. Ella vende gelatinas con rompope. Otra vecina, Diana, vive con su hermano Diego y hace unos reventones que duran hasta tres días. También se encuentra "La Veracruzana", una vecina de muy malas pulgas pero que ya tuve un desagradable evento con ella, la muy atrevida le dio unas nalgadas a mi hijo Luisito y la busqué para luego arrastrarla del cabello por todo el patio y dejarle bien entendido que con mis hijos nadie se mete. En el departamento 8 vive la partera Lola, ella me promete atenderme sin costo cuando llegue el momento del nacimiento del bebé. Pero con la que mejor me acoplé es con la señora Reina, ella tiene 8 hijos, ya hasta nos hicimos comadres. Entre nosotras dos nos ayudamos, ella me regala leche y fruta para los niños. La verdad es que me hace sentir querida. Para Víctor y Leobardo la casa es un hotel, llegan el día y a la hora que se les antoja. Víctor me da cada semana mi chivo, es una miseria pero me las arreglo para que los niños coman lo más saludable posible y no pasen hambres.

Los fines de semana Víctor pone un puesto de chácharas y juguetes, el cual es atendido por Azucena, Héctor y Pedro José. Yo hago tortillas de harina y vendo burritos para ganar unos cuantos pesos. A los niños más chicos los manda a ofrecer gelatina y flanes. Víctor aprovecha cualquier evento para hacer negocio, los cuales le dejan buenas ganancias, pero de eso nosotros no vemos un quinto, nos explota, nos trata mal, y nos mata de hambre. Me tiene prohibido localizar a mi papá, a Héctor ó a cualquiera de mis hermanos. Odio a mi esposo con todas mis fuerzas y no quiero tener a éste bebé. Estoy tomando cuanta hierba o pócima que me recomiendan para abortarlo. Deseo quedar estéril para nunca volver a ser madre. Pasa el tiempo y mi panza es cada vez más grande, espero que Dios no me castigue por mis malos pensamientos y acciones renegando del bebé que no tiene la culpa de los problemas entre su padre y yo. Le pido perdón a mi bebé por renegar el ser su madre y le digo que deseo tenerlo en mis brazos para darle todo mi cariño y amor.

Los días pasan y cada vez soy más infeliz. De repente siento dolores ya conocidos del parto. Le grito a Azucena que vaya a buscar a Lola la partera y se haga cargo de los niños. Como pude llego al departamento de Lola y me acuesta en la cama. Los dolores son insoportables, me hacen gritar tan alto que todos los vecinos de la cuadra me pueden escuchar. Después de varias horas de pujar hasta agotar mis fuerzas, escucho el llanto del bebé. La partera grita: "¡Irma, es un torito, un torito enorme!". Mi mente se perturba, pienso, es un castigo del cielo por haberme tomado tanta porquería, por renegar de un ser inocente, es mi culpa el haber tenido un fenómeno, me lo imagino con cola larga y cuernos, por eso Lola dijo que es un torito. Mis ojos están tan apretados, renuentes a ver el fenómeno que creé por mi ignorancia. Escucho a Lola decir: "Irma, abre los ojos, es un niño enorme de 5 kilos de peso, ¡Míralo!, hermoso y cachetón, hasta parece un torito de tan grande, por desgracia no sacó el color verde de tus ojos, ¡Felicidades, Irma!".

Al sentir su cuerpecito en mis brazos y ver a mi hijo sin ningún defecto físico, agradezco a Dios por su misericordia, lo abrazo, lo beso y lo amamanto inmediatamente.

Víctor se entera después de varios días y sin prestarle mayor importancia lo carga unos segundos como por compromiso y me dice con voz autoritaria: "Se llamará, Raúl", y luego me lo entrega haciéndome la aclaración de que no deje llorar a Raulito porque tomará una siesta en el otro cuarto.

Hoy es 20 de noviembre día de la revolución mexicana y cumplo 30 años, los niños participan en la escuela con sus actos cívicos y después todos nos dirigimos a presenciar el desfile. Víctor llega enojado conmigo, sin motivo aparente, me empieza a pegar en la cara, sin importarle que tenga a Raulito cargado. Trato de colocarlo en la cama para que no le toque un golpe. Víctor me grita que le robé mucho dinero de su caja fuerte, que soy una ratera, le recuerdo que nunca he sabido la combinación de su caja. Sin admitir explicaciones me sigue pegando como desquiciado, me dice los peores insultos que jamás haya escuchado. Caigo al suelo y me patea con sus botas picudas, estando en el piso recuerdo los golpes que mi padre y mi abuela le daban a mi mamá. A punto de desmayarme llega Leobardo y lo detiene, los vecinos le ayudan a sacarlo de la vecindad. Azucena se acerca, me ayuda a levantarme y me dice que no me preocupe que se llevaron a todos los niños con la señora Reina para que no vieran lo que estaba pasando. Me limpia las heridas y llora conmigo amargamente como algún momento consolé a mi madre.

Los niños se quedan a dormir con la señora Reina para que no hagan preguntas. A la mañana siguiente después del desayuno me los traen y entonces empiezan las preguntas de mis hijos mayores, solo les contesto que no se preocupen y que pasará en unos días. Al caer la noche los niños dejan de preguntarme por qué tengo moretones en todo el cuerpo y sobre todo les llama la atención los de la cara pero el sueño los vence y se quedan dormidos como angelitos. Me recuesto a darle pecho a Raulito, cuando termino, ya sin fuerzas, me duermo profundamente. Me despierto bruscamente al escuchar la puerta.

Cuando abro, me encuentro con mi padre y mi hermano Héctor, me abrazan y al prender la luz se dan cuenta de mi situación, la cual causa indignación a Don José Salinas, el señor más respetable de Torreón. Llena de vergüenza les digo que me caí del closet, lo cual les provoca mayor indignación y enojo. Mi papá me dice: "Vieja, si quieres te llevo a Torreón, si quieres deja a este pelao y te prometo ayudarte en la educación y manutención de tus nueve hijos, no les faltará nada mientras yo viva. Déjalo y vámonos mañana con tu madre y tus hermanas, no es justo lo que éste amigo les está haciendo, piénsalo y dime tu decisión mañana". Con un nudo en la garganta le contesto, que no tengo que pensarlo, que en éste momento le doy mi respuesta, "Me voy con usted, ya no aguanto esta situación, mis hijos que son lo que mas quiero en la vida, no tienen futuro con Víctor, no quiere darles estudio, ya nos tiene a todos trabajando para él, malcomemos y nos trata mal, así que le pido nos saque de esta miseria y que sea lo que Dios quiera".

Es la decisión más importante de mi vida porque de ésta depende el futuro de nueve personas que para bien o para mal les estoy cambiando su destino, espero que sea lo mejor para todos y algún día no me reprochen el haberlos separado de su padre. Espero comprendan que lo hice por su porvenir. Lo que más me duele es que mi mamá Cuca se equivocó al pensar que Víctor me haría feliz ¡Qué equivocada estaba! fallaron sus predicciones y vaya que luché para salvar mi matrimonio, estoy segura que Víctor es un buen hombre pero se trasformó con la presencia de su hermano Leobardo. Creo que le quiso demostrar lo macho que es y seguir el ejemplo de su padre golpeador, mujeriego y tomador.

Al día siguiente Víctor llega muy temprano, sin dirigirle la palabra le entrego un recado que mi padre le dejó para que se vieran en el hotel donde él se hospeda. Víctor toma la nota sin agregar nada se retira. Llega Héctor, me dice que no me lleve nada de ésta pocilga, que deje todo. Lo único que empaco en unas bolsas son las fotografías que tengo de mis hijos. Héctor se retira pero me deja en la casa a unos amigos por si Víctor regresa agresivo y quiere causar problemas. A las dos horas, Víctor regresa, sorpresivamente tranquilo y seguro de sí mismo, me dice con voz burlona: "Salinas, ya hablé con Don José y dice que te quieres ir con ellos, no me opongo, si es que los niños te quieren seguir, vamos a preguntarles a cada uno si se quieren quedar conmigo o se van contigo". Es la última carta sucia que esta jugando porque sabe que la relación que tiene con Pedro José es muy buena y que probablemente él no me quiera seguir. Espero que su jugada fracase porque de lo contrario no pienso dejar a ninguno de mis hijos en sus manos, prefiero sacrificarme y quedarme a su lado antes de separarme de uno de ellos. Me duele mucho que los niños tengan que pasar por este momento pero si es la única condición, la tomo.

Los niños se formaron en fila frente a él, Víctor les pregunta: "Su madre me quiere dejar y se los quiere llevar con su abuela Manuela, mi morenita Perlita, mi güerito Luisito, mi ratita Dulce, Juanito mi valiente, mi gordita Rosalba, mi flaquita Azucena, mi cocolito Héctor y mi pichito Pedro José, ¿Se quieren quedar conmigo?". La respuesta de todos ellos fue negativa, aún la de su gallo Pedro José, estoy segura que no se esperaba la negativa de mi hijo el mayor, esa fue la puñalada mortal a sus súplicas de padre por retener a sus hijos. Con lágrimas en los ojos, abre la caja fuerte mete todo a su portafolio y se dirige a la puerta. Antes de salir dice: "Son unos malagradecidos, se van arrepentir de lo que me están haciendo, no les deseo nada bueno, hasta nunca y púdranse en el infierno junto con su abuelo y su tío Héctor". Todos lloramos abrazados, les digo a mis hijos "les prometo una vida digna de ustedes, nunca nos separaremos y lucharemos juntos por alcanzar la felicidad, los quiero mucho, nunca lo duden. Gracias por apoyarme en esta difícil decisión, lo hago por ustedes para que tengamos un mejor porvenir."

## *CAPÍTULO CUARENTA Y OCHO*
## UN CAMBIO DE VIDA

Tengo once años y ya estoy en sexto grado de primaria, me encuentro afligida porque es la primera vez que veo que mi papá le pega a mi mamá. No me puedo concentrar en el examen de matemáticas, creo que lo voy a reprobar pero no me importa porque mi padre me dice que tengo mucho futuro vendiendo mis chácharas los fines de semana afuera de la iglesia, así que no necesito estudiar. De repente veo a mi mamá y a mi tío Héctor por la ventana, piden hablar con la maestra, por la cara que traen, se nota que es algo serio. La maestra me pide que salga unos momentos y deje de hacer el examen. Al salir mi tío me abraza y mi mamá me dice que nos vamos a la casa y luego a Torreón con mis abuelitos, regreso al salón por mi mochila, estoy realmente confundida pero emocionada por que vamos a ver a mi abuelita Manuelita. Los niños me despiden con un aplauso y mis dos grandes amigas están llorando, la maestra me da un beso y me desea suerte. Sin comprender la magnitud de la despedida les doy las gracias y salgo del salón con mi mochila en la espalda, dejando mi examen en blanco.

Llegamos a la casa. Mis hermanos muestran cara de susto y estoy segura que ellos ven lo mismo en la mía. Nos forman en una línea de frente a mi papá, él está agitado y nervioso. Mi corazón late aceleradamente, mi padre dirige su mirada a la más chiquita de la familia preguntándole "¿Te quedas conmigo o te vas con tu madre?", todos pasamos por esa pregunta absurda y tonta, al encontrarme con esa mirada amenazadora que me pregunta; "¿Azucena, mi flaquita, te quieres quedar conmigo?", cierro los ojos y contesto sin titubear, "Me voy con mi mamá", todos respondimos lo mismo. Mi papá indignado vacía la caja fuerte, mete todo a su portafolio como si fuera todo lo que tiene de valor en esta casa, se retira no sin antes gritarnos que nos arrepentiremos. Mi padre se fue ofuscado, no estamos seguros si algún día lo volveremos a ver. Mi mamá nos abraza y nos hace jurarle que nunca nos separaremos, que siempre estaremos unidos, pase lo que pase, que construiremos un mejor futuro y sobre todo que nunca nos dejemos de querer, mientras lloramos abrazados lo prometemos 3 veces. Mis hermanos y yo nos subimos al carro de mi tío Héctor, excepto Pedro José y Raulito, mi mamá necesita recoger documentos importantes antes de partir para siempre de la Cd. de México. Nunca tuvimos la oportunidad de despedirnos de nuestros vecinos: María

Antonieta la maestra, Paty la ejecutiva y Peter (Pedro Antonio) el niño de ojos verdes el cual a mi hermana Rosalba y a mí nos roba un suspiro cada vez que lo vemos, es nuestro príncipe azul. Por cierto ayer me dijo que le gustaba y me dio un beso en la mejilla, lo voy a extrañar y lamentar no estar cerca de él. Me da tristeza que no le dijimos adiós a su mamá, Lupita. Tampoco me despedí de los hijos de la señora Reina, Guicho, Chuchín, July y Andrea, todo ha sido tan rápido que en un instante llegamos a Torreón. Mi abuelita, mis tías Licha y Ofelia, mis tíos Enrique, Logio, Javier y Carlos nos reciben de maravilla, siempre nos han tratado muy bien. A los pocos días, mi mamá, Pedro José y el pequeñito Raúl se reunieron con nosotros para cumplir la promesa de nunca volvernos a separar.

Al día siguiente de haber llegado de la Cd. De México empieza nuestra aventura, mi escuela nueva es fea, los compañeros son vulgares, desarrapados, hasta el nombre de la escuela es horrible "Gregorio García" lo peor es que te preguntan que si eres de la "Goyito". Ese nombre es patético. Los maestros son mediocres. La maestra que tengo es una descarada, nos manda a limpiar su casa para que nos ponga un diez en matemáticas. Lo mejor que me pude encontrar en esa mediocridad es una niña que se llama Vicky Cuellar. Ella es una chica rica, su familia es dueña de todos los talleres mecánicos de Torreón. Vicky tiene bastante dinero, poco cariño y nada de atención por parte de su familia. Su padre murió hace algunos años. Vicky hace lo que le plazca, puede ir a todos lados, tiene chofer, dinero, tiempo, y libertad. Vicky me enseña todas las groserías y vulgaridades que jamás en mi vida había escuchado pero las empiezo a decir para defenderme de los niños que me agreden día con día y no dejan de decirme que soy una chilanga creída, que me regrese a chilangolandia, que aquella es mi ciudad. Mi mamá me dice que el apodo de Chilangos no es ofensivo que viene de la palabra chinampas (las chinampas fueron usadas para transportar y vender flores en el lago de Chapala) de ahí surge la palabra Chilanga y Chilangos (gente que vende flores en las chinampas). Mi mamá tiene razón de que no es una palabra que ofende pero de la manera que la utiliza la gente de provincia creo que el significado es de desprecio y no aceptación.

Me siento ofendida cuando usan ese término y por eso de mi boca salen solamente malas palabras y frases altisonantes, me vuelco en una agresividad tal que veo a todos con odio y resentimiento, por supuesto Vicky me transmite su forma de sentir.

Con Vicky conozco las tardeadas. Le miento a mi madre para poder ir al cine con ella a ver películas como la de "Tiburón", "El Exorcista" y hasta pornográficas como "Emmanuel". En cinco meses me transformé en una niña calculadora, desconfiada, grosera y hambrienta para tragarme la vida de un mordisco. Las dos nos preparamos para presentar el examen de admisión para la secundaria. Vicky no pasa el examen para entrar a la secundaría No.1, en ese momento cada una toma caminos diferentes, nos separamos, pero prometemos seguir en contacto y nunca dejar de ser amigas.

Entro a la escuela Federal No.1, la mejor secundaria pública de Torreón, el nivel educativo es excelente, el panorama es totalmente diferente al de la Goyito, me encuentro con chicas ricas, de buenas familias y buenos modales. Conozco a Lily, Renata, y Sandra, desde el primer momento que nos vimos hicimos una química especial, las cuatro pertenecemos a diferente esfera social, educación y costumbres pero nos une una amistad inseparable. En una semana aprendo un nuevo vocabulario, borro el repertorio de vulgaridades que aprendí con Vicky Cuellar y me dedico a cultivar mi lenguaje con frases rosas, de acuerdo a la ocasión. Renata Bustamantes es una chica, seria, tierna, tímida. La familia sufre una violencia intrafamiliar muy delicada y tiene un hermano drogadicto. Renata es mi confidente, a ella le puedo contar mis más íntimos secretos y escucho los de ella. Siempre encuentro en ella un brazo donde llorar o alguien con quien reírme a carcajadas. Ella siempre tiene un buen consejo para mí y yo le doy siempre mi punto de vista sincero. Nunca nos cansamos de reírnos y hablar.

Sandra Camacho es solitaria, servicial, segura de sí misma pero vive en un abandono total, sus padres trabajan como locos en unas tiendas de deportes. Ella es bonita, elegante, coqueta y la atención que no tiene de sus padres la tiene de los muchachos. Su pelo es largo y sedoso huele a shampoo caro -uno nuevo que salió- Flex. Su hermano es un pedante, trata a Sandra como la basura. El padre de Sandra Camacho es el entrenador del equipo de béisbol de Torreón, así que siempre está fuera de su casa y lejos de su familia.

Lily Barrientos es extrovertida, alegre, tiene una familia modelo, todos se quieren mucho, comen juntos, se platican sus logros y fracasos. Su papá fue campeón mundial de box –peso mosca-, me gusta su dinámica familiar. Las cuatro convivimos a diario y somos inseparables.

La vida en casa de mi abuelita se esta volviendo un poco tensa, ya no nos tratan igual, ahora nos regañan por todo. Tenemos áreas prohibidas en la casa como son las recámaras, la sala, el comedor y la cocina, y mucho más el teléfono o que pisemos el suelo recién trapeado. Todos se preparan para la boda de mi tía Licha con su árabe Hasam que le lleva 20 años de edad, ella no quiere que le mencionen la diferencia de edad tan marcada, dicen que es el amor de su vida desde hace 20 años y eso es lo único que importa. Me entristece porque mi tía se va de la casa. Ella siempre ha sido buena con todos nosotros, la vamos a extrañar verdaderamente.

Mi tío Enrique -El Zurdo- como le llaman no tiene mujer, es un vago al que han metido varias veces a la cárcel por robo a tiendas, siempre esta huyendo de la policía. Ha tenido algunas novias muy guapas pero nadie lo aguanta con la vida que lleva sin trabajo y viviendo al día de abusos, sacando dinero de donde pueda y como pueda.

Mi tío Javier por el contrario se casó con su bailarina –mí tía Claudia- que trabajaba en las cantinas de mi abuelito José, tienen dos hijos, la niña se llama Luna y el niño se llama Sol. Ahora mi tía Claudia es una señora rechonchita, juguetona, simpática y de piel obscura parece una mulata. Dice mi Mamá que antes tenía muy buen cuerpo pero que el precio de tener hijos es perder la figura. El peor defecto de mi tía Claudia es que domina claramente a mi tío Javier, es lambiscona y su repertorio de vulgaridades es el más extenso que he escuchado después del de Vicky Cuellar. Mi tío Javier la adora y le perdona todos sus malos modales. Por cierto tiene un amigo sacerdote que no sale de su casa cada vez que hacen fiestas el padre se emborracha con ellos y utiliza un sin fin de vocabulario obsceno, no puedo creer que siendo sacerdote tome alcohol y diga malas palabras.

Mi tío Logio -el mayor de los hermanos de mi mamá- tiene una carnicería para perros, también tiene camiones de transporte público que renta, es muy buena gente. Está casado con mi tía Alicia, ella siempre les ha inculcado a sus 9 hijos (Lulú, Carmelita, Pepe, Memo, Daniel, Mayela, Gerardo, Lupita y Nancy) rencor y odio hacia mis abuelitos y mis tíos, no sé el motivo pero si percibo su odio. Mis primos dicen que nosotros somos los privilegiados, los consentidos y los que les hemos robado el cariño de mis abuelitos y su dinero. Ellos siempre han vivido en la misma ciudad, nunca nos han frecuentado, ni nosotros a ellos, como si las familias no se tolerarán. Las pocas veces que han ido a saludar a mi abuelita, que de seguro ha sido obligados por mi tío Logio, siempre van de mal humor, no quieren jugar y se la pasan preguntando a su mamá que a que hora se van a su casa. Mi tía platica muy a gusto con mi mamá, mis tías y mi abuelita, pero mis primos no saben fingir. Ellos no quieren estar en casa de mi abuelita. Qué lástima, porque estoy segura que nos podríamos divertir en grande jugando fútbol o béisbol. Nosotros no tenemos la culpa que no se hayan sabido ganar ese amor y cariño de mis abuelitos. Creo que mi tía Alicia les ha inculcado odio y sobre todo les ha envenenado su corazón. Es un sentimiento que nunca borrarán y lo manifestarán cada vez que cualquiera de nosotros esté presente.

Por ahí he escuchada que mi tía Alicia se enojó cuando le pidieron que saliera de la casa de mis abuelitos para que mi tío Logio le construyera su propia casa. Ella no quería salir de la comodidad y a raíz de esa petición empezaron los problemas con mis tíos. Mi tío Logio no le construyó la gran casa que ella imaginó, al contrario la llevó a vivir a una vecindad y eso nunca se lo perdonará a mis abuelitos porque después llegamos nosotros a vivir a la casa grande, a la casa de mis abuelitos y ella enfureció.

Mi tío Víctor vive en un cuarto viejo y casi en ruinas, enfrente del bosque "Venustiano Carranza", con su esposa Mariana tiene 8 hijos; Rocío, Linda, Pablo, Rubí, Esmeralda, Pepito, Paula y Hortensia, viven en una pobreza extrema. Mi tía se ha visto forzada a trabajar en un motel de paso limpiando los cuartos para poder medio vivir. Mi tío Víctor dejó su carrera exitosa de boxeador para dedicarse al alcohol, su vicio, ahora trabaja en las casas haciendo trabajos de carpintería, albañilería o jardinería para poder comprar el vino. Su familia hace mucho que no le importa. Mis primos se quedan solos en el cuarto mientras mi tía sale a trabajar, no van ni a la escuela para que las niñas más grandes cuiden a los pequeños, hace unas semanas uno de los niños prendió unos cerillos cerca de la estufa de petróleo y se incendió el cuarto, los niños empezaron a gritar como locos pero no podían salir ya que estaba cerrado con candado por fuera, los vecinos corrieron a auxiliarlos, rompiendo la puerta, los sacaron pero las dos gemelitas dormidas en unas cajas de cartón fueron las primeras que se prendieron, ellas murieron calcinadas, los demás tuvieron quemaduras de tercer grado pero sobrevivieron. Mi tío prometió no tomar más y se los llevó a Cd. Juárez con el propósito de cruzar la frontera, ganar dólares y darles una vida mejor. Mi tía Mariana se moría del remordimiento por haber dejado a sus hijos encerrados por fuera, de lo contrario si los hubieran salvado los vecinos. Es un hecho lamentable pero todos creemos que algo grave tiene que pasar para que mi tío despertara de su alcoholismo y se hiciera cargo de su familia abandonada a su suerte. Esperamos que les vaya bien en Juárez.

Mi tía Ofelia sigue suspirando por su doctor Ernesto. Sigue esperando el amor de un hombre que se case con ella pero a falta de candidatos, su carácter se torna agrio, irritante, lleno de sin sabores. Lo que me gusta de ella es que siempre estudia algo y lo aplica con nosotros, como corte y confección, nos diseña vestidos muy bonitos. Estudió belleza entonces nos corta el pelo de diferentes maneras, luego tomó clases de tejido, nos hace bolsas y mañanitas, etc. Nos deja jugar con sus pinturas, sus zapatos, sus vestidos y usar sus sombreros, pero solo cuando anda de buen humor. Mi tía Ofe duerme varias horas por la tarde y cuando se enoja, su boca se tuerce muy peculiar, como si tuviera parálisis facial. También nos enseña a bailar las canciones de Alberto Jordán, como "La Rosa Roja". Nos divertimos mucho con sus amigas Chela, Nena y Rosa ya que nos compran helados y pasean en la Alameda hasta, nos llevan a los retiros de la Milicia, un grupo de jóvenes católicos que organizan obras de caridad o beneficencia en navidad para regalar juguetes y dulces a los niños de "Boquilla de las Perlas", un rancho como a 2 horas de la ciudad.

Boquilla de las Perlas es un lugar pintoresco con una población de 400 habitantes, cuenta con un presidente municipal, una escuela, dos iglesias, y un manantial. Siempre nos recibe la señora Conchita con su sonrisa jovial ofreciendo su casa para que descansemos y comamos algo. Boquillas de las Perlas tiene una peculiaridad que lo hace especial, la gente está dividida en dos grupos debido a sus creencias religiosas. A la derecha de la carretera se encuentran viviendo los Testigos de la Fe Cristiana y a la izquierda los católicos. Las familias no se hablan ni interactúan entre ellos, los niños tienen prohibido cruzar la carretera sin un adulto, ni pueden jugar con niños que no sean de su misma religión. Cada grupo tiene sus propias tiendas, sus festividades, tradiciones y buscan la mejor manera de sobrevivir entre tanta pobreza. Lo único que los une es la escuela, el manto de agua que se encuentra en lo más alto del cerro. El día que llega la Milicia a hacer la posada en navidad, es cuando no importa la religión todos las familias se reúnen. Cuando el grupo misionero de la catedral les lleva regalos hay unión para recibir regalos y divertirse. Por respeto a sus creencias no cantamos los cantos de la posada ni rezamos. Dejamos que los niños rompan las piñatas, les damos sus bolos, sus juguetes y organizamos juegos para que todos participen. Cuando ellos se retiran y cruzan la carretera entonces entonamos nuestros cantos religiosos y hacemos nuestra posada con los peregrinos María y José. En Boquillas de las Perlas hay un convento de monjas católicas. Su misión diaria es convertir a sus vecinos en católicos. Utilizan cualquier recurso para hacerlos entender que se irán al infierno si no desisten de blasfemar contra Dios y retoman el camino divino. Es un reto difícil porque el grupo Cristiano es sólido e inquebrantable.

Después de la Navidad nos enteramos por las noticias que los maestros de la escuela en Boquilla de las Perlas están constantemente presionados porque los padres les advierten que sus hijos no pueden hablar, jugar ni sentarse con los del otro lado de la carretera. Por éste motivo los maestros decidieron ponerles una etiqueta a los niños para identificarlos y no cometer errores por temor a represalias por parte de los padres de familia. La Secretaría de Educación Pública (SEP) tuvo que intervenir para proteger a sus maestros. Llevaron a cabo una junta con los padres de ambos grupos para advertirles que dentro de la institución educativa todos los estudiantes son iguales y que los maestros no seguirán sus sugerencias ya que son ridículas y obsoletas, agregando que al que no le guste la medida entonces pueden sacar a sus hijos de la escuela. Los padres de familia de ambos grupos indignados por la respuesta de la SEP, intentaron quemar toda la escuela con los maestros adentro. Afortunadamente sólo se quemó un salón, dos maestros resultaron con quemaduras graves, los demás salieron ilesos. La SEP clausura la escuela por tiempo indefinido. Ahora esos pobres niños no serán educados gracias al fanatismo e ignorancia de un pueblo dividido por sus creencias religiosas. Mi tía Ofe no sabe si podremos regresar el año siguiente a entregar regalos y sonrisas a los niños de Boquillas de las Perlas.

Mi tío Carlos es un adolescente inquieto que estudia en la Preparatoria Venustiano Carranza o PVC simplemente. La Prepa tiene una tradición de pelar a rapa a los novatos, así que hace una semana que mí tío luce una brillante calva. No entiendo como los padres de familia permiten ese tipo de bienvenida a los estudiantes de nuevo ingreso a la PVC, algunos estudiantes como ya saben que los van a pelar a rapa, se van a una peluquería y se rapan pero estos malditos se enteran que ellos no los pelaron así que los agarran y refriegan un chile jalapeño en la calva para que les arda hasta los huesos y sirva de escarmiento a quien se atrevió a desafiarlos.

Mi tío Carlos es alegre pero hay algo en él que no me gusta por completo, tiene una mirada rara y cuando me abraza o me da un beso, me incomoda y aunque nos canta y nos cuenta cuentos simpáticos prefiero no estar a solas con él.

Mi mamá siempre ha sido una persona muy alegre, optimista, paciente y aunque siempre la he visto embarazada, con un chamaco en los brazos y otro de la mano, ahora la veo más tranquila, como todos nosotros asimilando el cambio, disfrutando de la paz y la seguridad que nos brindan mis abuelitos y mi tío Héctor. Mientras yo cuido de Raulito y Perlita mi mamá se dedica a agradecer a los que nos ayudan; limpiando la casa, lavando ropa y trastes, haciendo la comida y en todo lo que ella pueda servir pero eso no es suficiente. Las relaciones interpersonales se vuelven tensas e insoportables. A mí abuelita todo le molesta y a mis tíos les es imposible tenernos ahí, les molesta el ruido, en pocas palabras nuestra presencia. Mi abuelito le propone a mi mamá rentarnos una casita independiente para que se acaben los conflictos.

Después de dos años de haber llegado de la Cd. de México, nos vamos. Un día, a la medianoche, como si fuéramos ladrones, nos cambiamos de casa. Podemos sentir el dolor de mi madre y la humillación recibida, pero todos vamos muy contentos porque por fin vamos a tener una casa propia donde podamos escuchar nuestra música, andar por donde queramos y gozar de nuestra libertad. Es una vecindad, mil veces mejor que cuando vivíamos en "Maquinarías", creo que nadie se siente tan mal. Lo importante como dice mi mamá es estar juntos. Mi abuelito José en alguna ocasión le propuso a mi mamá que mi tía Licha me podía dar una mejor vida y mandarme a buenos colegios, mi tío Javier podía hacer lo mismo con mi hermano Héctor pero la repuesta de mi mamá es siempre la misma; "Mis hijos se quedan juntos, si quieren ayudarme, aquí estoy, pero nunca los voy a separar de sus hermanos prefiero pobres pero unidos y no ricos y distanciados".

Mi tío Héctor nos reúne a Pedro José a Héctor y a mí, nos dice con voz solemne: "Ustedes son la cabeza de la familia, les doy la oportunidad de que escojan una carrera universitaria, yo se las costearé pero en el momento en que empiecen a trabajar, ustedes tienen la responsabilidad de ayudar a los demás a cumplir sus sueños, espero elijan bien y le echen muchas ganas". Por supuesto no pudo faltar sus versículos de la Biblia y los ejemplos con los seminaristas, pasajes de la vida de Cristo llena de sacrificios y sobre todos las imágenes y escapularios benditos por el obispo. Creo que mis hermanos y yo entendimos el mensaje.

## CAPÍTULO CUARENTA Y NUEVE
## MIS QUINCE AÑOS

Mi tía Licha vive con su amado árabe, mi tío Hasam y con su cuñada Yamile. Ella es una mujer soltera y rica, vive de la herencia que le dejó su madre al morir, ella es dueña de casas, joyas y una cuantiosa fortuna en el banco. Yamile vive desahogadamente, viaja por todo el mundo, es una mujer bella e independiente. Mi tía Licha también vive con sus 6 hijastros, éstos sólo sirven para gastar el dinero de mi tío Hasam, no estudian no trabajan y creen que la mina de oro les durará para siempre. Mi tía Licha se embaraza a sus 40 años. Tiene una linda niña de nombre Jazmín, es la chiquita mimada de la casa.

Mi mamá por primera vez parece feliz, la veo liberada, sonriente, quiere vivir la etapa que la vida le arrebató, ahora tiene amigas, entre ellas están sus favoritas: Silvia, Queta, Estelita, con ellas platica y se divierte, las tres son señoras casadas y con hijos. También cconoce a Minerva, una chica soltera de mala reputación en el barrio, ésta la lleva a los bares, a las discotecas y a los bailes, la enseña a fumar y tomar vino y cerveza. Le presenta algunos amigos, estoy segura que mi mamá siempre se ha dado a respetar pero esa amistad es como la mía con Vicky Cuellar, no es la más recomendable. Ahora mi mamá llega tarde, se viste diferente, es otra persona, como si quisiera comerse el mundo de una mordida. El otro día estaba un poco pasada de copas y empezó a escuchar la música de Chayito Valdés, ella canta la canción "La Silla Vacía", mi mamá empieza a llorar, no sé si por que extraña a mi papá o por su vida pasada con él. Después de llorar nos abraza a todos y nos pide perdón por tomarse sus copas. Le decimos que no tenemos nada que perdonarle que es la mejor mamá del mundo y lo que ha hecho por nosotros es lo mejor para todos.

Ahora hasta tiene sus pretendientes que se quieren casar con ella. A mi papá no lo hemos vuelto a ver, no sabemos nada de él. No quiere saber de nosotros y mi mamá nunca toca el tema.

## LETICIA CALDERÓN

Mi hermano Pedro José es un muchacho responsable, ahora lo vemos como un papá, él nos autoriza los permisos, nos llama la atención y nos castiga, hasta en algunas ocasiones me ha llegado a pegar por desobedecerlo. Todos le tenemos respeto, admiración y un poco de miedo. Desde el kinder ha sido un alumno ejemplar, ha salido siempre en los primeros lugares en aprovechamiento desde la primaria. En la secundaria siempre estuvo en el cuadro de honor y a pesar de que perdió un año de preparatoria por el cambio repentino a Torreón, él hizo la preparatoria abierta en un centro de educación para adultos, INEA, y se adelantó un año. Ahora está en la facultad de medicina, todo indica que sigue la misma línea de mejor estudiante, es una persona inteligente y tenaz. Le gusta la perfección y la exige a los que lo rodean. Su carisma es innato, su popularidad de ser el mejor estudiante lo hace estar rodeado de muchachas y amigos por doquier. De las cosas que más me sorprenden de él es su manera de estudiar, se acuesta en el sillón, se pone sus audífonos para escuchar la música de los Beatles o Mocedades, abre su librote de anatomía interna y lo lee mientras ve la serie de "Koyak" o "Columbo", después de escasas 2 horas termina de estudiar, platica sobre el show de la televisión, escucha 4 casettes y saca un 10 en el examen. Es única su manera de asimilar los conocimientos haciendo tantas cosas bien al mismo tiempo. Pedro José es un genio y además carismático vive la vida al máximo y no se deja de nadie.

Mi hermano Héctor es el clásico chico estudioso, noble, sus palabras son enseñanzas filosóficas, es calculador, da pasos seguros y siempre tiene un buen consejo. Cuando termine la preparatoria entrará al Tecnológico de la Laguna, quiere estudiar Ingeniero Químico Industrial, se ve tan seguro en todo lo que hace que no dudo que tendrá una vida exitosa. Es un poco serio y tímido, principalmente con las muchachas. Por ahí tiene un amorcito escondido, le decimos la "Jarocha" porque la chica es de Veracruz. Héctor tiene aptitudes de artista, pertenece a una rondalla, toca el tololoche o contrabajo. También dirige el coro de la iglesia y además toca la guitarra. Héctor es tierno y en estos momentos está obsesionado por el ejercicio, claro, después de haber visto la película

"Rocky" todos quieren tener el cuerpo del artista Sylvester Stallone y algún día salir del anonimato. El otro día Héctor intenta hacer unas lagartijas como las que hace Rocky en la película, el ejercicio consiste en hacer la lagartija y aplaudir antes de regresa a tocar el suelo, pero para su mala suerte las manos se resbalan al hacer contacto con el piso y su rostro pega en el suelo rompiéndose los dientes de enfrente. El intento le salió doloroso y caro. Aunque sigue haciendo ejercicio ya no intenta tonterías.

Recuerdo cuando vivíamos en la Cd. De México, en la vecindad, jugábamos todos en el patio mientras mi papá y mi tío se tomaban unas cervezas y mi mamá preparaba la cena. De repente corro por la pelota y siento un golpe muy fuerte en la cabeza. La sangre recorre por mi cabello largo y lacio manchando mi blusa blanca. Grito y corro con mi mamá. Todo es confusión, nadie se explica que pasó. Mi papá se quita el cinto instintivamente y asume que Héctor me aventó una piedra en la cabeza. Héctor le grita que no hizo nada, que no sabe que pasó. Sus suplicas fueron en vano. Mi papá le pega con todas sus fuerzas, mi mamá interviene, gritándole que no puede detener la hemorragia de mi cabeza. Héctor se levanta del suelo con sangre en sus piernas y en la cara. Me ve con sus ojos llorosos y me dice entre dientes: "Yo no te hice nada, yo no aventé la piedra". Me ponen unos parches y controlan la hemorragia, todo parece estar controlado. A los pocos minutos, llega la vecina de la privada de al lado, despeinada, con los ojos hinchados de tanto llorar. Tal parece que alguien la golpeo. Con una voz temblorosa nos pregunta: "Ahí disculpen vecinos, ¿no vieron por ahí mi zapato?, fíjense que mi novio me estaba maltratando y yo para defenderme le aventé mis zapatos. Ya encontré uno pero el otro no lo puedo encontrar, ¿No lo vieron caer por aquí?, le doy veinte centavos al chamaco que me lo encuentre". Mi papá se levantó de su silla, la agarró del pelo y la llevó a donde estaba yo, le acercó la cara para que viera bien la herida que causó su zapato. Después la llevo con Héctor y le dijo: "Por su culpa, vieja infeliz, golpeé a mi hijo pensando que él había descalabrado a mi hija. Ahora ¡Lárguese de aquí! No le meto una paliza porque ya está dada a la fregada, así que ¡Lárguese y no vuelva más! Si regresa, lo aseguro que se arrepentirá". Mi papá con lágrimas en los ojos, cerró los puños y golpeó la pared varias veces hasta sangrar sus manos tratando de enmendar su culpa por haberle pegado a Héctor sin razón.

Tengo muchos recuerdos agradables de cuando vivíamos en la ciudad de México por ejemplo teníamos un refrigerador que daba toques eléctricos cuando mojados o descalzos lo intentábamos abrir, sentíamos la corriente por nuestro cuerpo, así que en varias ocasiones todos mis hermanos nos agarrábamos en mano cadena, el primero de la línea agarraba el refrigerador y el último tocaba la mesa de metal para sentir la electricidad pasar por nuestro cuerpo y electrificarnos. Todos gritábamos y tratábamos de aguantar más tiempo cada vez. Jugábamos a las estrellas infantiles y presentábamos números musicales, mi mamá era el jurado y nos calificaba, también organizábamos un espectáculo entre todos para presentarlo en un cumpleaños o alguna ocasión importante. Uno de nuestros números favoritos era el Himno a la Alegría donde la coreografía nos salía espectacular. En el piso poníamos talco y nos resbalábamos de un cuarto a otro, también con cobijas hacíamos competencias, nos divertíamos demasiado.

Hoy cumplo mis quince años y estoy muy emocionada. Mis tíos me organizan una gran fiesta en el jardín de la casa de mis abuelitos, están haciendo la receta secreta de mi abuelita mole, arroz rojo, frijolitos refritos y barrilitos bien fríos. Mis tíos me permitieron invitar algunos amigos de la secundaria y amigos del barrio. Mi chambelán es Germán, un chico bien parecido que vive a la vuelta de la casa de mi abuelita. De la misa nos vamos a tomarnos la fotografía a un estudio y de ahí a la fiesta. Mis amigos no dejan de llegar, mis tíos están preocupados esperando completar de comida. Nunca les dije que invitaría tantos compañeros de la secundaria.

Todos es mágico, mi vestido, mi sombrero, la gente más importante en mi vida se encuentra aquí en ésta noche de ensueño. Mis tíos, mis hermanos y mi abuelito bailan el vals conmigo, mi abuelito se acerca para decirme que no permitirá que toda la bola de amigos que se encuentran en la fiesta bailen conmigo porque nunca terminaría el vals, así que me mandará al chambelán para que nadie más baile, el único que no le importa la decisión de mi abuelo es a Julio. Se levanta y baila conmigo y me dice: "Azucena hoy luces como una reina, te veo muy bonita". Sus palabras me llagaron de alegría y mi autoestima se eleva hasta las nubes. Cuando esas palabras vienen de uno de mis mejores amigos te las crees porque son sinceras. No he dejado de bailar toda la noche, la cena estuvo estupenda, hasta mis maestras Irma Lozano y Consuelo Almeida dijeron presente. Se ven contentas y hasta bailan con mis tíos, todo ha salido perfecto. Es el momento más feliz y mágico de mi vida. Mi abuelito me dice: "Vieja, despide a los invitados y ayuda a tu madre a limpiar". Para cerrar con broche de oro al terminar la fiesta, Germán mi chambelán me toma de la mano, me ve a los ojos y me dice: "Azucena estaba esperando éste momento tranquilo, lleno de estrellas brillantes, los dos vestido como príncipes para pedirte que seas mi novia, me gustas mucho, eres una chava muy alegre y sincera. ¿Qué me dices?" Mi corazón no deja de latir y mis manos de sudar. Es la primera vez que alguien me declara su amor, es un momento lleno de fantasía y romanticismo, mi boca se abre para decir "¡Sí!", le quisiera decir que me derrito por un beso suyo, que todas las noches sueño con él, que con esta declaración hace de ésta noche una velada inolvidable. Siento su cuerpo acercándose al mío, oigo su respiración agitada, veo el deseo de sus labios unirse con los míos, mis piernas tiemblan de emoción.

En eso alguien toca el hombro y me quita el sombrero, hace que reaccione abruptamente, retirando a Germán de mi lado. Volteo y veo a mi amigo Julio con una sonrisa inocente y fresca, me dice: "Azucena ya nos vamos pero los muchachos se quieren despedir de ti y agradecerte la velada, todo estuvo hermoso y nos divertimos en grande, es el mejor festejo al que hemos asistido, gracias por todo, nos vemos el lunes en la escuela, no se te olvide enseñarnos las fotos cuando las tengas". Me separo de Germán para acompañar a mis amigos a la salida. Nos dirigimos a la calle para unirnos con el resto de mis amigos, ahí esta Berna el muchacho más codiciado por todas las chicas de la secundaria, los gemelos Javier y José Luis

Lee, "El King Star" Pancho, "El Fideo" Iturriaga, "El Menonita" Carrillo, Pérez, "Cachito" Martín, "El Perro" Salas, Sergio, Daniel, Ruth, "Las Halloween" Sonia, Teresa y Gurrola, "Sincesos y Malas Pulgas" Yolanda y Araceli. Por supuesto mis mejores amigas Renata Bustamantes, Sandra Camacho y Lily Barrientos. Al salir todos me echan una porra, me cargan, me aventaron varias veces al aire, me abrazan agradeciéndome la invitación, demostrándome su cariño y amistad. Regreso con Germán para continuar con lo que estábamos haciendo, pero el también me avisa que se tiene que ir, no sin antes agradecerme que ahora soy su novia. Estoy segura que mientras viva no olvidaré estos momentos, es la mejor época de mi vida.

Ha pasado algún tiempo desde mi fiesta y la relación con Germán no está funcionando. Es un muchacho muy posesivo, no quiere que hable con nadie, no le gustan mis amistades, se presenta afuera de la escuela en su camioneta anaranjada y se molesta porque yo prefiero caminar y divertirme con mis compañeros. Nunca pensé que el ser novia de alguien trajera tantas complicaciones y compromisos. Las veces que ha intentado besarme no lo he dejado. Es que no se me antoja, estoy segura que no me va a gustar. Después de varios meses prefiero terminar con el compromiso que me pesa como una cruz en la espalda.

Conozco a una chica de nombre Amelia, pero su abuelito le dice de cariño "Muñeca". Su mamá trabaja en el restaurante "La Copa de Leche", las 2 hermanas mayores que ella trabajan en la zapatería "Don Chico Zapatón", la tienda de mi tío Hasam. Muñeca es menor que yo un año, es una niña con libertad, dinero y ganas de vivir la vida lo más rápido que se pueda. Me invita a las tardeadas dominicales, en el Hotel "Paraíso del Desierto" en una discoteca de nombre "El Sahara". La música es mi pasión, mi debilidad y lo único que me importa en éstos momentos es ir los domingos a bailar, a vivir la vida al máximo, no me importa bailar sola ó a un lado de la mesa, lo único que sé es que el ritmo lo traigo impregnado hasta la última célula de mi cuerpo.

Por desgracia algunas veces mi hermano Pedro José me descubre diciendo mentiras para poderme escapar a las tardeadas. Algunas ocasiones se ha atrevido a cachetearme y en otras muchas me castiga; tengo que planchar todas sus camisas y lavar los trastes todos los días después de la comida, pero esos castigos no me afectan, cualquier sacrificio vale la pena por tal de ir los domingos a bailar. Son cuatro horas de diversión, no me asusta el castigo ó los golpes porque en cuanto escucho la primer nota de música se me olvida todo.

Mientras yo me la paso bailando, muñeca se la pasa besándose apasionadamente hasta con 3 muchachos diferentes en un solo domingo. Parece que su obsesión es saber cual es el chavo que besa mejor en todo el planeta. Conozco a José Juan, un chico vestido casi siempre de blanco, con unos pantalones apretados, ojos de color miel y lo que más me gusta es que baila como John Travolta, es el único que me aguanta las 4 horas bailando sin parar. Con José Juan bailo por primera vez las canciones románticas, nunca lo había hecho antes, los dos sudamos como locos de las manos. José Juan, caballerosamente saca su pañuelo y seca mi mano sudorosa. José Juan estudia en una escuela privada, es hijo único y su mamá es maestra. Su amigo César inicia una relación con muñeca, mi amiga, lo cual nos permite salir juntos varias veces, unas a comer nieve, la famosa nieve de "Chepo" en Lerdo, una ciudad cerca de Torreón, ó a caminar al bosque "Venustiano Carranza", también a pasear a la "Alameda", otras veces ir al cine, etc.

Poco a poco la amistad se convierte en atracción y aumentan las ganas de vernos todos los días. Hoy José Juan se arma de valor, llega a mi casa, pregunta por mí. Para su mala suerte sale Juan mi hermano de 10 años, sin decir una palabra recoge unas piedras del jardín y se las avienta, dejándole muy claro que no se volviera a parar por la casa a molestar a su hermana. Cuando José Juan me dijo lo que pasó no lo podía creer, le pedí una disculpa por el comportamiento de Juan, mi hermano menor. Nunca más regresó a la casa. Quedamos como buenos amigos y los mejores bailadores. Nunca me besó, no por falta de oportunidades sino por falta de deseo de mi parte.

Llega el día de mi graduación de la secundaria y se organizo un gran baile. Mi chambelán es Julio, mi mejor amigo. En la escuela a pesar de que al principio me sentí desubicada debido a la marcada diferencia de clase social, he encontrado excelentes amistades y presiento que serán para toda la vida. Todos estamos gozando la fiesta. Desgraciadamente llega el final del baile, nos abrazamos y lloramos por la despedida. Cada quien toma caminos diferentes y no se sabe cuál de nosotros mantendrá la amistad por siempre ó si nos volveremos a ver. Lo que si estoy segura es que mis amigos Pancho, el "Fideo" Iturriaga, el "Perro" Salas, Julio, Lily, Renata y Sandra estarán por siempre en mi corazón.

Recuerdo las bromas que les hacíamos a los maestros. Pancho escupía los pasamanos de las escaleras para que la maestra de inglés, la "Mojarra", se llenara las manos de saliva al agarrar el pasamano. También, cada vez que se terminaba la clase de música, le cantábamos a la maestra Darwich la canción de un conocido programa de caricaturas, donde el personaje principal es un cerdito y cuando se acaba el programa, todos los animales cantan unas estrofas que van más o menos así; "Lástima, que terminó, el festival de hoy, pronto volveremos con más diversiones. Porky, Porky...". La maestra "Nalwich" como sarcásticamente le decíamos, estaba muy gordita y siempre se molestaba por esos excesos de burla de los que era atacada. Era una clase aburrida donde teníamos que tocar la flauta y siempre las mismas melodías: "Noche de Paz" y "El Himno a la Alegría". Pancho se subía a la tarima del salón y ayudaba a la maestra con el acordeón para darnos el tono, cuando la maestra se descuidaba, él pretendía tocarlo e imitaba a un conocido artista de aquel tiempo llamado "El Piporro", lo imitaba de lo más cómico y nos divertíamos mucho, era de lo mejor en la clase.

La maestra Marianela nos impartía Ciencias Sociales, era una mujer de unos 50 años. Al inicio de todas sus clases nos decía: "Niños, vamos a meditar por unos minutos". Todos nos acostábamos en la paleta del mesa banco y nos veíamos unos a otros, parecíamos tontos haciendo caras chistosas para que los demás se rieran y la maestra los regañara porque hacían ruido. Luego agregaba: "¡Chistes, adivinazas o colmooooos!" Nos pedía que para romper el hielo y empezar nuestro día alegres teníamos que pasar al frente y contar un chiste, una adivinanza o un colmo a toda la clase. Todos queríamos participar, algunas veces los chistes eran de doble sentido. El color de los chistes dependía de si Marianela se estaba cepillando su abundante cabellera o si estaba maquillándose. Ella estaba entretenida en su arreglo personal y nosotros aprovechábamos para contar un chiste grosero y hacer una broma de mal gusto. Un día a la maestra le robaron su carro. En todas sus clases estuvimos en meditación profunda y escuchándola llorar por su carro rojo, haciendo la petición a los cielos de que se lo devolvieran. A las dos semanas y gracias a nuestras oraciones y la unión de nuestra energía cósmica, según describía la maestra muy orgullosa, encontró su carro y todo volvió a la normalidad. A los chistes, adivinanza y colmos.

Cuando teníamos Educación Física con el profesor Nicasio y el profesor Trinidad, teníamos que usar ropa deportiva, para ello llevábamos nuestros artículos en bolsas aparte, pero cuando salíamos al recreo, los más maloras de la clase juntaban todos los tenis de nuestras bolsas, algo así como 50 pares y los amontonaban en un montículo en la parte de atrás del salón. Era difícil encontrar nuestros tenis y más con la presión de que el maestro venía para dar la siguiente clase. A veces las bromas se pasaban de color, como olvidar cuando Sandra Camacho, una de mis amigas, encontró una de sus toallas sanitarias pintada de rojo sobre su pupitre. Sandra casi se desmaya, se hizo un escándalo. Hasta a los padres de familia mandaron llamar. Nadie supo quien fue pero estamos seguros que nadie lo volverá a hacer.

Las maestras que más nos gustaban eran la de español, Consuelo Almeida y la de Matemáticas, Irma Lozano. La más aburrida era la de Ciencias Naturales con el maestro Tobias, a éste maestro sólo le gustaba agarrarnos las piernas cada vez que se pudiera, sobre todo a Diana que era la chica de mejor cuerpo de todas.

La hora de comprar el lonche era toda una aventura. Primero, no existía ningún orden para comprar la comida, nadie se formaba para pedir su lonche de mortadela con lechuga, tomate y un chile jalapeño. Todos nos empujábamos y gritábamos como si los que atendían la tienda nos fueran a atender por el sonido de nuestros

LETICIA CALDERÓN

reclamos. Además de los diez o veinte minutos de estar parado y gritando por nuestro lonche, nos teníamos que cuidar de los chiles jalapeños que volaban por todos lados buscando una cabeza donde aterrizar. Fue en ésta época donde conocí a mis grandes amigos Neto y Bertha. El papá de Neto es el dueño de los juegos mecánicos de la Alameda. La familia de Bertha es de trascendencia China, su mamá llegó con sus padres de China huyendo del comunismo, la mamá es la única de la familia que se casó con un mexicano de casi 2 metros de altura. Mi amiga Bertha Cabrera Cuan es una chica muy alta y habla tanto que creo que habla hasta con su propia sombra si es necesario. Neto Rangel y Bertha son novios desde el día que se vieron por primera vez. Se nota que se quieren mucho y su noviazgo es de los que pinta para matrimonio. Dice Bertha que su hermana Patricia la invitó a jugar básquetbol con unos amigos a la deportiva, cuando llegaron ahí Bertha decidió quedarse sentada observando, Neto que está en la clase con su hermana, empieza a hacer trucos con la pelota y pasar varias veces delante de ella para llamarle la atención, Bertha se ríe y no hace caso de sus trucos, más tarde Neto le lleva una torta de mortadela y una soda, Bertha le dice que no tiene hambre pero él insiste y se la deja de cualquier manera. Desde ese momento empieza el romance entre ellos.

Los momentos que viví en la secundaria son una bellísima parte de mi vida. Siempre agradeceré haber formado parte de éste grupo único de amigos, ellos hicieron mi estancia placentera, divertida e inolvidable.

En unos meses empezaré una nueva etapa de mi vida, orgullosamente apruebo el examen para ingresar a la Escuela Normal Oficial de Torreón. Ser profesora de primaria no es uno de mis sueños pero creo que no me es tan indiferente, además en estos momentos me conviene, es una carrera de 4 años, salgo con trabajo seguro y no tengo que estudiar la preparatoria. Una de las ventajas de ser maestro es que, es dinero seguro, se goza de vacaciones largas, es un horario de 5 horas al día, cinco días a las semana y los frecuentes puentes (días extras que se toman de no trabajar cuando sucede que una festividad cae entre semana y para no desentonar, pues se toman esos días nomás porque sí) son como un bono adicional, creo que es una buena opción. En estos momentos difíciles tenemos que apoyar a mi mamá económicamente para que ella deje de trabajar en la estética donde trabaja como mula. Aunque se ve a gusto y contenta, por otro lado creo que está agotada y muy presionada por las deudas, las labores de la casa y las pocas horas para descansar.

El cambio de escuela secundaria a la Normal es drástico, el 90% del alumnado es femenino, el 50% proviene de rancherías y poblaciones rurales cercanas. Llevamos uniforme y la disciplina es rígida. Mi mejor amiga se llama Lucila. Es una chica hipocondríaca, ella sabe exactamente el órgano interno que le duele, ella se diagnostica, se receta y se cura cuando quiere, es divertida y solemne en cuestiones de estudiar.

Hace unas semanas encontré a mi hermana Rosalba llorando debajo de la mesa, pienso que algo grave le a sucedido, más tarde la veo con mi mamá cuchichiando algo secreto, mi hermana recibe algo en la mano y lo esconde sigilosamente. Mi curiosidad hace que la siga hasta el baño, sostengo la respiración para no ser descubierta y me asomo por la ventana para observar lo que hace. Rosalba se pone una toallita en su pantaleta y se la sube rápidamente. No tengo ni la menor idea de lo que le pasa. Nuestra relación nunca ha sido buena, así que decido preguntarle a mi mamá sobre la misteriosa toallita, ella me contesta con evasivas y me deja más confundida que antes. En la escuela empiezo a indagar y todas se ríen de mí diciendo que tan grandota y no me ha llegado la visita de cada mes, la llamada menstruación. Por vergüenza no vuelvo a preguntar, pero llega un día que siento un fuerte dolor en el vientre y me empieza a salir sangre sin poder detenerla. Siento la sangre correr entre mis piernas y busco las toallitas sanadoras por cuenta propia y me doy cuenta que me pasará cada mes, que a todas las mujeres les pasa y que no estoy enferma, pero si me deja con un carácter que no me aguanto ni yo misma.

LETICIA CALDERÓN

## *CAPÍTULO CINCUENTA*
## MI PECADO ES SER MUJER

Mi primer año en la Normal para Maestros es productivo, cada vez más me gusta la docencia, mi hermano Pedro José está por terminar la carrera de medicina, pronto tendremos un doctor en la familia aunque dice que le falta la residencia y un año de servicio social. Mi segundo hermano Héctor está estudiando la carrera de Ingeniero Químico Industrial. No tengo ni la menor idea cual será su área de trabajo pero pronto se graduará. Mi cuarta hermana, Rosalba, está por recibirse de secretaria. Ella no entró a la secundaria, se inclina por la carrera más rápida, la escuela Comercial Torreón. Es reconocida por egresar eficientes secretarias, salen bien preparadas y listas para trabajar. Mis otros hermanos estudian la primaria y secundaria.

Mi abuelito nos renta una casita a dos casas de la suya, ubicada en la calle 11 entre la avenida Aldama y la Guerrero. Regresamos al barrio con nuestros antiguos amigos: Chayo, Lucero, Martha, Adriana, Muñeca, Sarita, los de la panadería, las de la vecindad y conozco al muchacho más guapo de los alrededores, se llama Jaime, se parece a Jaime Moreno, un actor de telenovelas y películas. Todas las tardes se pone a platicar con sus amigos en la esquina de la calle 11 y la avenida Guerrero. Siempre busco pretextos para ir a la tienda y pasar cerca de él, alcanzo a oler su colonia Jován, la cual me llevo en el olfato todas las noches a mi cama. No dejo de pensar en él, creo que yo no le soy indiferente, también me regresa las miradas y cuando jugamos y me toca a su lado, roza mi piel y me toma de la mano. En mis sueños siento sus labios besando mi pelo, mis mejillas, mis labios, mi cuello y mis manos. Todo mi cuerpo se estremece, creo que ahora si desearía ser su novia.

Hoy recibo un recado de Jaime. Quiere verme cuando termine la escuela. No lo puedo creer. Por fin me declarará su amor. En la escuela nos preparamos para las primeras prácticas del año con niños reales en la escuela primaria "Anexa". Al término de las clases el maestro de Pedagogía me pide que me quede, me hace escribir unas recomendaciones para la práctica de la semana que entra, veo el reloj de pared, ¡son 15 minutos tarde de la hora que Jaime me espera! No estoy segura de lo que estoy escribiendo, sólo me interesa salir corriendo de ahí para encontrarme con mi futuro novio. Me dirijo a la puerta de salida apresuradamente. El director y el maestro de la escuela "Anexa" me gritan, me hacen la seña que regrese con ellos, ¿cómo decirles que tengo una cita con el amor y que no quiero perderla? Me hacen un número interminable de preguntas sobre la práctica, sólo veo como se mueven sus labios, no entiendo nada de lo que dicen, les respondo automáticamente, les quiero callar la boca. Por fin me dejan ir, corro hasta la salida, busco por todos lados pero no encuentro a Jaime, por supuesto se fue, es una hora de retraso. Sin ninguna esperanza, me subo al camión, llevándome tan solo el olor a su colonia Jován que es una señal de que estuvo ahí esperándome. Inconsolable, triste y reteniendo la cascada de lágrimas que buscan frenéticamente una salida, llego a casa y lloro hasta quedarme dormida.

Al caer la noche salimos a jugar como de costumbre, estoy segura que veré a Jaime en la esquina con sus amigos. Para mi sorpresa lo veo con Lucero, una chica amiga de mi hermana y vecina. Jaime la besa con toda la intención de que mis ojos no se perdieran el espectáculo, después de Lucero Jaime besa a varias docenas de muchachas. Jaime siempre se asegura que no me perdiera la función de sus besos apasionados. Lo que mas me duele es que nunca nos dimos la oportunidad de aclarar lo sucedido el día de nuestra cita. Los dos somos demasiado orgullosos y estúpidos para hablar del asunto, él piensa que deliberadamente lo rechacé y un hombre tan macho y guapo no se puede permitir que una chava lo trate de esa manera.

Meses más tarde recibo una noticia espeluznante. ¡Jaime se casa el sábado con Mayela, una amiga de la secundaria! Le pido a mi mamá que me acompañe a la iglesia para ver esa boda con mis propios ojos. Mi mamá sin hacer preguntas me lleva a la iglesia muy temprano, no puedo creer ver a Jaime en el altar separándose de mí para siempre.

LETICIA CALDERÓN

Al término de la misa me acerco para felicitarlo con hipocresía y orgullo, pero con la amargura a flor de piel. Jaime, sorprendido, me da un fuerte abrazo y me dice al oído "Azucena, si tan sólo hubieras ido a nuestra cita, tú serías la que se estuviera casando conmigo, nunca te perdonaré que me hayas rechazado como lo hiciste, nunca nadie lo había hecho, te quiero con toda el alma, nunca te olvidaré, lo siento". Son momentos difíciles, no puedo pronunciar una palabra, le quiero decir tantas cosas pero ya es demasiado tarde. Lo nuestro nunca florecerá, se acaba de extinguir la última llama. Mi mamá me agarra del brazo y me separa de Jaime. Ese día, al salir de la iglesia, enterré a Jaime en el cementerio de los olvidos para siempre.

Mi abuelito nos consciente demasiado. Nos lleva al río y ahí nos enseña a nadar, nos parte melones y sandías para que nosotros nos las comamos. Nos hace columpios en los árboles y organiza competencias de carreras. La pasamos fenomenal. También nos lleva a visitar a su hermana, mi tía Lupe. Ella vive en el rancho Juan Eugenio. Mi abuelo es dueño de más de la mitad de las tierras, mi tío Cipriano, esposo de mi tía es una persona amable y servicial. Sus seis hijas son tímidas pero nos tratan como reyes. Nos dan paseos a caballo, nos llevan al cerro, nos ayudan a atrapar víboras y arañas, son días muy divertidos. A la hora de partir, todos nos queremos quedar para siempre en el rancho. Algunas ocasiones nos visita mi tío José Grande con mi tía Blanquita, ellos no tuvieron hijos, bueno por ahí escuché una vez, que él tuvo un hijo con una mujer, él se lo arrancó de los brazos y después de varios años se lo regresó. Parece que su nombre es Lalo.

Mi tío Ángel, el otro hermano de mi abuelito, viene de vez en cuando a visitarnos, su esposa, mi tía Estela, se la pasa cuidando de sus nietos. Mi abuelo siempre va al panteón a visitar a su hermano Gonzálo que se quitó la vida hace algunos años. Mi abuelito nos enseña tantas cosas que para no perderme sus múltiples actividades me duermo en su cama cuando es posible. Mi abuelito se levanta a las cinco de la mañana, se baña con agua fría porque es lo mejor para el cuerpo dice él, se toma sus veinte limones para darle calcio al cuerpo, riega sus plantas, sus árboles frutales, sus flores, su zacate y sin faltar la gran higuera en medio del jardín. Desayuna huevos tibios, fruta, leche ó avena calientita, por supuesto todo preparado por las manos de mi abuelita Manuela, la cual no de muy buen humor le sirve. Don Panchito y Doña Panchita atienden una papelería en su casa, en la esquina de la cuadra. Alrededor de la 11 de la mañana llega por él, su mejor amigo, Don Panchito. Ambos se dirigen en el carro de mi abuelito a la Alameda, ahí leen el periódico sentados en una banca disfrutando de la naturaleza y admirando piernas de mujeres enseñando algo más que la pantorrilla.

Mi abuelito y Don Panchito regresan a tiempo para comer, darse una siesta y estar listos para su hora de jugar una partida de ajedrez, dominó ó cartas. Antes de terminar el día, mi abuelito hace unas llamadas con sus clientes para cobrar o vender mercancía variada como relojes, anillos, etc., al final del día, cena ligeramente y se duerme a las 7:30 de la tarde para otro día llevar a cabo su misma rutina. La relación entre mis abuelos es deficiente, la comunicación es nula, mi abuelita siempre dice "Yo nunca he querido a tu abuelo, me casé con él por despecho, nunca le perdonaré lo que me hizo". Mi abuela nunca ha dicho lo que le hizo, pero ha de ser algo muy malo porque en su mirada uno puede ver odio y resentimiento, creo que nunca ha sido feliz. Mi abuelito la trata mal y uno puede ver en su mirada desamor y coraje. Sólo ellos saben sus secretos.

Los domingos, mi abuelita nos lleva con su hermana Elvira, la única que tiene. Ella nos cuenta que todos sus hermanos se perdieron en la revolución y jamás supieron de ellos. Mi tía Elvira nos cuenta que el día más feliz de su vida fue cuando murió su esposo, el tío Toño, éste le pagaba constantemente, fue muy malo con ella.

Una tarde, mi mamá se encuentra lavando en el lavadero del patio, mi abuelita está sentada en su sillón predilecto viendo sus interminables telenovelas mientras que mis hermanos y yo jugando a los encantados en la calle con todos los vecinos. Mientras jugamos veo que llega mi tío Carlos manejando el carro de mi abuelito, mi tío le hace una seña a mi hermana Rosalba que entre a la casa, parece que necesita que le haga un mandado. Rosalba me voltea a ver con cara suplicante me pide que vaya con mi tío Carlos ya que ella está encantada dentro del juego y no quiere perder, sin pensarlo entro a la casa, seguramente mi tío quiere agua ó una cerveza de la tienda. Entro a la casa corriendo para no perderme el juego, lo encuentro parado en la entrada de su cuarto y me hace una mueca de apuro, "camina rápido", dice con voz molesta. Cuando llego a su lado le sonrío. De su boca no sale ni una palabra, es como si estuviera poseído por el demonio, su mirada es aterradora y desconocida. Mi tío me jala al interior de su cuarto y me golpea fuertemente en la cara, me tapa la boca con cinta de aislar, me ata las manos con un mecate, las ata a la cabecera de la cama, nuevamente me golpea la cara y con sus manos violentas me rasga la ropa. Su boca asquerosa me besa el cuello, todo el cuerpo, siento su respiración y su corazón agitados, su sudor pegajoso nauseabundo. No puedo gritar, no me puedo mover. Cierro los ojos para no ver su mirada pervertida, llena de deseo desquiciado. Cuando me abre las piernas, todo mi cuerpo y mi alma reciben una descarga eléctrica intensamente dolorosa, cada célula de mi ser grita, ¡no más por favor!, ¡no más! tengo sólo 16 años, nadie me ha besado, nadie me ha tocado, no me lastimes más, no muerdas mis pechos vírgenes, ¡termina tu fechoría de una vez! ¡Ya no me lastimes más por favor! ¿En qué momento se transformó en esta fiera? Después de varios minutos eternos, su respiración vuelve a al normalidad, veo un chorro de sangre saliendo de entre mis piernas, mis manos aún atadas están sangrando debido a la fricción con el mecate. Mi tío, al percatarse de la hemorragia, corre a traer unas gasas, hace presión sin importarle mi dolor y las mantiene en mis partes íntimas por unos minutos, me levanta de la cama y me mete al baño contiguo, abre la regadera y el agua fría me reanima, me alegra quitarme su olor y sudor de encima, aunque creo que nunca me lo quitaré del alma. Me estremezco al pensar que éste momento le tocaría a mi hermanita Rosalba, ya que a ella fue a la que estaba llamando. Estoy humillada, acabada, destruida, lastimada, me quiero morir, no tengo fuerzas para afrontar la vergüenza de éste ultrajo. ¿Qué hice para merecer esto?, ¿Por qué a mí?, ¿Por qué yo?

Mi tío me trae ropa limpia, me cambia y me levanta la cara, me dice con voz amenazante "No quiero que abras la boca, si le dices a alguien te lo volveré a hacer, y a tus hermanitas les pasará lo mismo. Así que más te vale callarte, ahora vete de mi vista y cuidadito con lo que haces, te estaré vigilando". No puedo caminar, creo que me voy a desmayar, me dirijo a mi casa, paso desapercibida enfrente de mi abuelita entretenida en su novela, salgo a la calle y veo a todos jugando contentos y llenos de vida, paso cerca de mi hermano Héctor estudiando para un examen, mi mamá lavando bultos de ropa sucia, nadie nota mi cara de sufrimiento ni mi dolor, me tiro en la cama que comparto con mi hermana Rosalba y me duermo profundamente deseando que todo haya sido una pesadilla.

Por varios días me quedé acostada deprimida y llorando cuando nadie me ve, curando mis heridas físicas y mentales. Mi mamá se inquieta por mi comportamiento pero le digo que son las molestias de la menstruación, ella me cree y sigue con sus propias preocupaciones. No me atrevo a decirle que su hermano me violó, que robó mis sueños y anhelos, no le puedo confesar que deseo quitarme la vida, nadie me va a querer ultrajada, perforada, vacía por dentro, sin alma. Todos extrañados por mi enfermedad, me tratan de animar, no creo que nadie cure la experiencia que me tocó vivir. Dicen que todo se paga en esta vida espero estar presente cuando ese maldito pague lo que me hizo.

## *CAPÍTULO CINCUENTA Y UNO*
## LA VIDA NUNCA ES JUSTA

Mi madre siempre tan ocupada con sus problemas, trabajando en la estética y en la casa sin descanso, mis hermanos con innumerables libros que leer. La relación con mi hermana Rosalba es deplorable, siempre nos peleamos y discutimos por cualquier cosa, ya sea por la ropa, la grabadora, el lugar para ver la tele, el baño, los juegos con las amigas, etc. Mi carácter es irritante y áspero. Ya no soy la joven jovial, risueña, optimista, llena de vida que era antes de la vejación de mi tío, ahora lo único que me queda hacer es tragarme éste dolor y tratar de sobrevivir en éste mundo dominado por hombres. Estoy segura que si dijera lo que ese maldito me hizo, primero mi mamá no lo creería y segundo no creo que la justicia procederían contra los hombres en un caso como éste.

Mis amigas notan mi cambio de ánimo y para reanimarme me invitan a la escuela de Odontología, ésta escuela es famosa en Torreón porque los estudiantes son guapos y de buena posición económica. Todas las tardes durante dos horas abren los consultorios al público para extracción de muelas o tratamientos sencillos. Al estar ahí nos sientan para examinarnos, según ellos nos limpian los dientes. Uno de ellos me pone una inyección para anestesiarme, el practicante para dentista, sin autorización de mi parte me extrae 3 muelas, por supuesto no siento nada porque estoy anestesiada. Al llegar a mi casa me doy cuenta de lo que pasa y lloro de rabia. ¿Cómo pude ser tan estúpida? Desgraciadamente muchas jovencitas tontas como yo van a ese lugar para ver a los chavos guapos y pagarles con una muela o un diente. Me siento mucho peor y la más idiota del mundo.

Hoy, mi hermano Pedro José me invita a escuchar una plática que dará en el hospital Universitario, según él me servirá mucho. Al llegar me doy cuenta lo importante que es mi hermano en su escuela y en todo lo que hace, sus maestros y compañeros se dirigen a él con respeto y admiración, hasta siento orgullo de ser su hermana. El tema del día: "Anticonceptivos", pero ¿Cuál es el sentido de ésta información?, me pregunto mientras pasan las transparencias sobre los diferentes métodos para evitar un embarazo. Mi hermano sin saberlo me pone a pensar en mi retraso menstrual de dos meses, pienso en el acto violento de la que fui víctima, pienso en los síntomas que últimamente he padecido y no he prestado importancia.

Al término de la conferencia, mi hermano menciona que hay un Centro de Salud gratuito para aquellas mujeres que deseen ayuda. Pedro José me presenta a algunos de sus amigos entre ellos está la doctora Camila Villarreal, una señora divorciada con una hija de 7 años, parece que la doctora tiene algo más que amistad con mi hermano, ella menciona que trabaja en el Seguro Social, me sonríe, estrecha mi mano y al despedirse dice: "Azucena, el doctor Pedro José

Calderón me dijo que estás estudiando en la Normal para Maestros, me gustaría extender ésta información a todas tus compañeras ¿Crees que puedas conseguir un permiso con el director de la Normal para distribuir éstas pláticas?". "Ya veré", le respondí, regresándole una sonrisa a su amabilidad.

Al día siguiente llevo una muestra de orina al Centro de Salud para asegurarme que todo esté bien. Tuve que esperar dos largos días para los resultados, y cuando al fin me los dieron, me doy cuenta horrorizada que efectivamente estoy embarazada, ¡voy a tener un hijo de ese maldito, de mi propio tío! no sé que hacer, tengo que pensar cuidadosamente y debo mantener la calma. Ya cuando se me pasa la sorpresa defino tres soluciones a seguir; una es quitarme la vida, otra es tener al hijo y afrontar todas las consecuencias y la otra es abortarlo, ésta última la vi en la conferencia que me llevo mi hermano.

Sin rumbo fijo me subo a un camión y le doy vueltas a la ciudad, reflexionando sobre mis opciones, después de varias horas, paso por un gran edificio que dice Instituto Mexicano del Seguro Social, con un impulso interior me levanto y grito; "¡Bajan, bajan!". En la recepción pregunto por la doctora Camila Villarreal, me pasan a la sala de espera y después de 30 minutos la doctora aparece con su sonrisa amable, me dice: "Azucena, nunca esperé verte tan pronto ¿Vienes a decirme la fecha para la conferencia en tu escuela? "No", le contesto nerviosa. "Le vengo a pedir un favor enorme", sin muchos preámbulos le digo, "Estoy embarazada y quiero que me ayude a abortar. Si no me ayuda lo haré yo misma con un gancho de ropa o con lo que sea". Los ojos de la doctora se desorbitaron, me toma del brazo y me lleva a su oficina, me dice: "Azucena, quiero que veas una película antes de que tomes una decisión precipitada, además el padre del bebé, ¿él, sabe de su existencia? a lo mejor él se hace cargo del niño, te ayuda económicamente y...". No dejé que terminará, con voz firme digo: "El bebé es producto de una violación, no lo deseo, no lo quiero tener, tengo 16 años, no estoy preparada, no quiero ser la vergüenza y deshonra de mi familia y sobre todo no quiero descargar mi odio, frustración y coraje con un ser inocente, así que

¿Me va ayudar o no?. De cualquier manera veré la película, si ese es el requisito". Sin aliento, la doctora, me lleva al audiovisual. La película trata de cómo hacen los abortos, cómo matan a los bebés en la matriz y cómo son sacadas las partes de su cuerpo del vientre, es como si fuera carne molida, las escenas son escalofriantes, siento el corazón desgarrado, lloro por tener que matar de esa manera a un ser humano pero no hay nada en éste mundo que me haga desistir del aborto. ¿Para qué voy a traer a éste mundo a un bebé indeseado?, estoy segura que no lo podré hacer feliz. El destino que le espera no será el óptimo, espero me perdone Dios por mi pecado.

La doctora Camila me presta dinero, juro pagarle hasta el último cinco. La doctora me da la dirección de un médico que hace abortos clandestinos. Sin perder tiempo me dirijo a su consultorio de prestigio. Cuando me presento al médico le extiendo la tarjeta de la doctora Villareal y le explico el porque de mi presencia en su oficina. Él no dice nada más y me da instrucciones de cómo se realizara el procedimiento. Le pago el dinero acordado y me ordena algunos estudios. El único requisito que me pide es que lleve a un acompañante cuando se realice la operación. El domingo será el gran día. La doctora Camila tiene guardia y no puede perder todo el día para estar cuidándome, nunca pensé que la parte difícil sería conseguir quien estuviera conmigo por si algo se sale de control a la hora del aborto. Tengo buenas amigas pero creo que el secreto se convertiría en un chisme barato. En el camión, de camino a casa, aparece en mi camino Julio, mi gran amigo de la secundaria, el cual a pesar de que no hemos tenido contacto últimamente, lo estimo mucho. Veo en la frente de Julio un letrero que dice, yo soy la persona que estás buscando, confía en mí, no te defraudaré.

Sin pensarlo dos veces, le digo que si quiere ir a tomar una nieve a la "Capri", él acepta gustoso. Pido mi nieve de nuez y él de chocolate, hablamos de cosas triviales y graciosas, antes de que terminemos la nieve, lo tomo de la mano y le explico el escenario: la violación y mi decisión. Avergonzada por lo que pueda pensar, no puedo engañarlo, tengo que tomar el riesgo de que me diga que no y guarde el secreto de cualquier manera. Le digo que tiene que firmar unos papeles, que será el responsable de avisarle a mi mamá si algo no sale bien. Me mira a los ojos, me aprieta la mano y dice: "Azucena, agradezco tu confianza, admiro tu valentía por tratar de salir de ésta realidad tan delicada y te apoyo 100 por ciento, gracias por darme la oportunidad de ayudarte, no te preocupes, todo saldrá bien, ánimo y adelante". Me deja sin palabras, nunca pensé que fuera tan maduro, creo que hice una buena elección.

El domingo le digo a mi mamá que iré a un día de campo con mis amigos de la secundaria, Julio pasará por mí. Mi mamá me persigna como todos los días y me pide que no llegue tarde y no haga actos valientes, como meterme al río, le doy un abrazo emotivo, ella se ríe, me besa y me planta una nalgada. Julio nunca llega a mi casa, tal parece que se echó para atrás. Me voy en camión al consultorio, al llegar el doctor me espera, me comunica que si no hay alguien que me acompañe no practicará ningún aborto. Salgo a la calle a ver si Julio llega a último momento. El doctor sale y me dice que se retira y si tiene espacio lo podremos posponer. No puedo tener tan mala suerte, pienso otras opciones pero mi cerebro está en blanco, no recuerdo ningún número telefónico de nadie. El doctor se despide de mí y me pide disculpas, escuchamos unas llantas de automóvil derrapando el asfalto al dar la vuelta, el ruido que hace es estremecedor, frena abruptamente enfrente de nosotros, es Julio en el mustang gris de su madre. Al bajar me da explicaciones que no escucho, solo siento una gran alegría que haya llegado. El doctor me indica que entre y terminemos con ésto lo más rápido posible. Lo abrazo frenéticamente y deposito un gran beso en su mejilla. Nunca me había dada tanto gusto ver a alguien.

Antes de dormirme pienso en mi mamá, en mis hermanos, lo que los quiero y espero no desilusionarlos nunca. Estoy convencida que éste bebé es lo último que me unirá a ese desgraciado. Prometo empezar una nueva vida sin nada que me ate al recuerdo vil y cobarde que sufrí. Juro que nada me impedirá ser feliz, algún día encontraré a un hombre bueno que perdone mi pecado. Dos horas más tarde me encuentro en una camilla, a un lado Julio, animándome a despertar, el doctor dice: "Muchacha, cuando recuperes tus fuerzas te puedes levantar y regresar a tu casa, durante cinco días estarás sangrando como si fuera tu periodo menstrual, no hagas ejercicios pesados, no comas chile, no tomar refresco, reposa lo más que se pueda y a olvidar mi cara, mi nombre, mi consultorio y de lo ocurrido ninguna palabra. Si nos denuncias, le estás quitando la oportunidad a otra chica de enmendar algo que para ellas es irreparable. Mucha suerte y jamás me has visto".

De regreso a la casa, Julio sostiene mi mano en señal de apoyo y complicidad, le agradezco su ayuda, me lleva hasta la cama, me cobija y le dice a mi hermano Juan que no me siento bien que me deje dormir y se retira. Nunca olvidaré lo que mi amigo hizo por mí. Después de vario días vuelvo a la normalidad, entierro mis recuerdos de donde nunca saldrán, jurando a mí misma que jamás por ninguna circunstancia los traeré a mi memoria. Después de ese día tomo otra actitud ante la vida, cuido celosamente a mis hermanas de cualquier riesgo de que les pase lo mismo, no las dejo solas con ninguno de mis tíos, vigilo cada movimiento de ellos para no darles la menor oportunidad de faltarnos al respeto. Mientras viva no permitiré que yo ni ninguna de mis hermanas pasen por esa pesadilla.

Mi hermano Pedro José se gradúa de Médico cirujano, recibiendo el primer lugar de su generación y del estado de Coahuila. Mi hermano decide irse de Torreón, obtiene una beca del CINVESTAV para hacer una maestría en la ciudad de México. Su actitud siempre ha sido tan firme y todo indica que sabe exactamente lo que quiera y como conseguirlo. La despedida es triste porque nos deja solos, sin su apoyo, sin sus consejos y sobre todo sin su ejemplo, estoy segura que a todos nos ha dolido más la separación de Pedro José de nuestras vidas que la que nos causó el abandono de nuestro padre. Mi hermano Héctor sigue en el Tecnológico de la Laguna, mi hermana Rosalba se graduó hace unas semanas de secretaria y mi tío Javier el hermano de mi mamá, le consiguió una oportunidad en un banco, el Banrural, donde él trabaja desde hace unos años, todos estamos muy emocionados porque es la primera en la familia que tendrá un trabajo.

Rosalba se desenvuelve eficientemente en su trabajo. Hoy recibe su primer sueldo, llega con una bolsa llena de pastelillos, golosinas, papitas, cacahuates y refrescos. Una buena manera de festejar su primer sueldo, lo bueno es que lo comparte con todos. Rosalba ayuda a mi mamá, ella se compra vestidos, zapatos, pinturas y todo lo que una secretaria necesita para lucir bella. Me siento especial cuando Rosalba me compra mis primeros zapatos a mi gusto, con la señora Torres, también me compra una blusa y una falda en abonos. Quisiera trabajar rápido para también aportar algo. Mi abuelito y mi tío Héctor nos pagan la renta, los servicios de la casa, nos compran zapatos y ropa a todos, de cualquier manera mi mamá no se da abasto con todo lo demás. Espero que mi hermano Pedro José también nos ayude un poco económicamente y no se olvide que los cuatro mayores ayudaremos a los más chicos a seguir estudiando, tratando que cumplan sus sueños. Ese fue el trato.

En la Normal para maestros escasea el material masculino, de lo poco, mis amigas están locas por un joven nuevo que llega a la escuela ingresando al tercer grado. Tengo la curiosidad de conocer la persona que causa tal alboroto entre las chicas. A la hora del descanso, nos dirigimos a donde se encuentra y para nuestra sorpresa lo encontramos rodeado de muchachas y él les canta una canción de Rafael, el cantante de España. Recuerdo cuando era niña suspiraba con sus canciones. La canción se llama "Como Yo Te Amo", tiene una voz mágica que endulza hasta el corazón más amargo. Mi amiga me aventó con el codo y me dijo, "Espera a que le veas la cara y el cuerpo". Efectivamente, al voltear, quedo encantada con sus ojos su sonrisa y su cuerpo atlético. Ninguna de nosotras se siente celosa al compartirlo con las demás. Rafael es el chico más guapo que he conocido, no le encuentro ningún defecto, así lo bautizamos porque todavía no sabemos su nombre. Un día mi amigo Eleazar, me dice que me quiere presentar a alguien, al darme la vuelta me encuentro frente a él, las piernas me tiemblan y la voz no me sale. Él me extiende la mano y me dice: "Mucho gusto. Me llamo Luis Alfredo", es el nombre más hermoso que he escuchado. De los nervios, le digo mi nombre y me despido de Eleazar precipitadamente. Me doy a la fuga para que no vea mis ojos muriendo de amor por él.

LETICIA CALDERÓN

## *CAPÍTULO CINCUENTA Y DOS*
## GOLPES DUROS DE LA VIDA

Mi tío Eulogio, el mayor de los hermanos de mi mamá, maneja un camión urbano de pasajeros en la ruta "El Campo Alianza", trabaja 12 horas sin parar, sus hijos le ayudan de vez en cuando. Pepe, Memo y Carmelita son los únicos primos que se acercan a la casa a visitar a mi mamá, de los demás ni de sus nombres me acuerdo.

Mi tía Licha sigue secuestrada con su hija Jazmín, por el árabe. Mi tío Hasam no la deja visitar a mi abuelita. Si la lleva algún domingo, nunca la deja sola, es como si controlara todos sus movimientos. Por desgracia, el árabe ha tenido la mala suerte de enterrar a casi todos sus hijos los cuales nunca se cuidaron de la diabetes, enfermedad controlable pero mortal si no sigues la dieta y el tratamiento. Cuatro de sus hijos jóvenes, gastaron su vida dando pasos gigantescos. Al último de ellos, le amputaron una pierna, después, la otra, luego perdió la vista, más tarde, se le cayó el cabello y los dientes, aún así no dejaba de tomar ni de fumar, su carácter irritante y agresivo mantenía a toda la gente que deseaba ayudarlo alejada de su entorno. Mi tía Yamile lo apoyó como si fuera su hijo, para que la agonía de su sobrino no fuera tan miserable, como la vida que éste un día decidió vivir. El hijo menor de mi tío Hasam, exhaló su último suspiro lleno de humo, en la mano su cigarrillo encendido y en la otra una botella vacía de tequila.

Hoy se gradúa Héctor. Estamos esperando que empiece su examen profesional. Héctor entra seguro de sí mismo, con un temple de triunfador, con su tesis producto de un arduo trabajo investigativo. Héctor apaga la luz del cuarto audiovisual y todos prestamos atención a su exposición. El proyector muestra un sinfín de diagramas extraños e incomprensibles. Veo la cara de mi mamá, alegre, con lágrimas en los ojos, orgullosa de su hijo. Observo a mi hermano, contestando como erudito todas las preguntas del jurado. Al término todos aplaudimos emocionados, yo sigo sin entender una palabra, tenemos que esperar afuera del audiovisual para la deliberación del jurado. Al regresar, felicitan a Héctor y le otorgan mención honorífica a su trabajo. Todos gritamos y lo abrazamos. Es un sentimiento indescriptible de triunfo compartido.

Héctor nos comunica que se irá de Torreón, se va a León Guanajuato, donde espera encontrar mejores oportunidades. En la ciudad de León se encuentran las tenerías más importantes de México y Latinoamérica, que son curtidoras de pieles para la elaboración de zapatos, bolsas, chamarras, cintos, etc. La noticia nos deja sin habla, tristes pero a la vez le deseamos lo mejor. Mi mamá como siempre, incondicionalmente nos apoya. Lo llena de bendiciones, recomendaciones, buenos deseos y amor.

Ahora siento el peso en mis hombros, tengo que darles un buen ejemplo a mis hermanos y ayudar en lo que pueda en la casa. Consigo un trabajo los fines de semanas en el INEA, la misma escuela donde Pedro José curso un año para adelantarse en sus estudios. Tengo que transportarme a varios ranchos para aplicarles los exámenes de primaria y secundaria a los adultos que estudian la educación abierta. No es mucho dinero pero ayuda a pagar mis camiones diarios a la escuela y material didáctico que piden en la normal.

Mi tía Licha nunca pudo controlar el despilfarro económico de sus hijastros así que el día que muere mi tío Hasam, mis dos tías y Jazmín quedaron en la ruina y llenas de deudas, desesperadas por la situación, mi tía Yamile decide vender algunas de sus propiedades recuerda que tres de sus casas están habitadas por sus hermanos en calidad de préstamo. Los hermanos al recibir la noticia de la venta o renta de las casas, éstos reaccionan indignados porque según ellos mi tía Yamile los esta corriendo de la propiedad que por más de 20 años han ocupado sin que se les cobrara renta o se les molestara, así que los hermanos forman un frente común y despojan de cuanta propiedad posee mi tía, en pocas palabras sobornan a los abogados y la dejan sin nada.

Mi tía cae en una depresión profunda pero el coraje y el hambre la hace trabajar con mi tía Licha que inicia un pequeño negocio de comida y repostería árabe. A la gente le gusta su sazón y más pronto de lo que ellas piensan se hacen de un restaurante, aunque suene imposible pero todavía mi tía Yamile es timada y saqueada por sus innumerables sobrinos, creo que nunca tendrá el carácter para ponerles un alto. Lo bueno es que mi tía Licha ha salido adelante y tras la muerte de su árabe y a pesar de su gran dolor, ella ahora se ve más alegre, son mujeres admirables con una gran fortaleza, creo que el éxito les sonreirá siempre y se lo merecen.

Mi tío Víctor, el hermano de mi mamá, después que dejó el boxeo y enterró a sus 2 hijas en el incendio, se fue a Cd. Juárez, la frontera con Estados Unidos. Ellos tomaron un terreno junto con otros paracaidistas y empezaron a hacer casas de cartón, padeciendo las inclemencias del clima extremo que sufre esa ciudad. Pasar las nevadas sin un calentón es muy sufrido. Mi tío se pasa de mojado por el río Bravo todos los días para trabajar de lo que sea por unos dólares. Aunque tiene bastante trabajo, las malas influencias y su falta de autoestima lo inducen al alcoholismo, gasta casi todos sus ingresos en cervezas y vino. Para su mala suerte, conoce a una mujer 20 años mayor que él, que aprovechándose de su condición de ilegal, le consigue innumerables trabajos, pero es ella quien administra el negocio. La señora recibe todo y a mi tío le llega sólo unos cuantos dólares, ella abusa constantemente de él, económica, emocional, moral y sexualmente, obligándolo incluso al pseudo masoquismo, lo embriaga, lo encadena, lo golpea para excitarse y llegar al orgasmo. Mi tío Víctor tiene 6 hijos, la mayor de ellas tiene 16 años y se fugó con un fulano y ya espera su tercer bebé. La segunda de 15 años se casó con un chico bien parecido, cada fin de semana se emborracha y la golpea hasta casi matarla, mi prima siempre corre a refugiarse a la casa de mi tío, pero a los pocos días su esposo se aparece, le pide perdón y ella regresa con el pretexto de que no quiere que sus hijos se quede sin padre, es un cuento de nunca acabar. La tercera de 14 años está en la cárcel por haber matado a su suegra accidentalmente. Ella cuenta que su marido llegó drogado con una pistola, amenazándola de muerte. Ella trata de defenderse pero la suegra se mete a defender a su hijo, ayudándolo para que la golpee, al forcejear la pistola se dispara y la suegra recibe el balazo en el corazón, muere instantáneamente, a mi prima se la llevan presa y sus dos hijos se quedan en la casa con mis tíos. Todo parece que la condenarán a 20 años por homicidio premeditado ya que el esposo consigue varios testigos que acceden a mentir en contra de mi prima, debido a las amenazas recibidas por el drogadicto. La cuarta de sus hijas está embarazada, no sabe de quien es el hijo que espera, así que será una madre soltera que vivirá son mis tíos hasta que encuentre un miserable que destruya su vida. El quinto es un jovencito de 10 años, es estudioso, tiene aspiraciones en la vida y mi tío no le niega nada de lo que le pide y constantemente le dice que es su orgullo. El más pequeño tiene 8 años, sus ademanes afeminados lo han arrastrado varias veces por el camino del suicidio. Siente el rechazo de la sociedad que no deja de juzgarlo por algo que él no eligió, le gritan, "Maricón, joto, puñal, mujercita", etc. Aún en su propia casa se burlan de él y mi tío no deja de insultarlo y rechazarlo a todo momento. Mi tía Mariana con tanto problema ya parece una anciana de 60 años, con un esposo alcohólico, nietos que mantener, yernos golpeadores, una pobreza extrema y para acabar el cuadro, llega uno de mis tíos a vivir con ellos, prometiéndoles que será sólo por unos días. A pesar de todo mi tía sigue luchando por salir adelante y sacar a su familia del hoyo profundo en la que ha caído.

Otro de los hermanos de mi mamá es mi tío Enrique, él se va de la casa cuando tiene 16 años debido a los malos tratos, desamor, incomprensión y sobre todo la constante comparación con su hermano adoptivo Héctor. Mi abuelito lo humilla y lo ahoga con sus reglas estrictas, según mi tío, exageradas e inútiles. La verdad es que a él no le gusta trabajar, y desde que conoce a los hijos de mi tía Nestora, que en paz descanse, se dedica a obtener el dinero fácil y rápido, fuma marihuana, asalta a mano armada y hasta mata a sueldo y organiza secuestros. La última vez que vino a Torreón, robó el banco de la calle Morelos. La policía le sigue la pista, sólo esperan a que cometa un error y lo atraparán. Una noche alguien toca la puerta, mi mamá se levanta a abrirla, rápidamente prende la luz, grita que lo ayudemos, para sorpresa de todos es su hermano Enrique, lleno de sangre. Parece que alguien lo hirió. Mi mamá sin pensarlo dos veces lo cura, le da algo de comer y sin preguntarle nada lo deja que se quede en la casa hasta que se recupere. Al otro día escuchamos en las noticias que una joyería fue asaltada por unos delincuentes, fracasaron en el intento de robo, invitan a los ciudadanos a denunciarlos ya que son peligrosos, algunos de ellos están heridos, son maleantes sin escrúpulos dispuestos a matar por placer.

Mi mamá, nos pide que no le digamos nada a nadie. Mi abuelita va a la casa para ver a su hijo Enrique, éste le pide ayuda moral y económica, ella le dice: "Hijo, no te puedo ayudar, tu padre me mata si sabe que hago algo por ti, él ya no quiere que sigas ensuciando su apellido, no tengo dinero ni puedo esconderte en la casa, estoy segura que tu padre te denunciará, así que vete de aquí, ya no expongas a tu hermana Irma, la policía te sigue, desaparece, regresa hasta que hayas arreglado tu vida y seas un hombre de bien. Espero que la vida te brinde otra oportunidad de enderezar el camino". El semblante de mi abuelita esta lleno de impotencia y dolor al ver a su hijo derrotado frente a sus ojos sin poder ayudarlo.

Mi tío aprovecha la oportunidad de estar en una casa donde la ausencia masculina era notoria, rápidamente cambia su rol de refugiado pasajero por el de cabeza de familia. Empieza a dar órdenes, apoderarse de la televisión, el estero, la sala, el baño y sobre todo la voluntad de mi mamá. Nos mandaba a comprar cervezas y cigarros con el dinero de la leche, no le importa si alcanza la comida para todos, él se asegura de llenar su barriga. Mi mamá no tiene el valor para correrlo de la casa a patadas, ella dice que no hace nada de mala fe, que pronto se irá. No lo creo porque aquí tiene comida segura, no hace nada en todo el día porque según él lo puede agarrar la policía, nos tiene a nosotras como sirvientas que le hacen todo, no veo la razón por la que se quiera ir de la casa.

Una noche mientras todos duermen se mete a mi cama y empieza a tocarme el busto, y a mi cuerpo no permito que nadie lo toque. Lo aviento tan fuerte que se cae de la cama y corre al sillón. Por varias noches no duermo, vigilo a mis hermanas ya que juré que jamás alguien abusaría de mí o de ellas. La presencia de mi tío Enrique en la casa cada día es insoportable, ahora lleva amigos cuando mi mamá no está, toma mucho y hasta creo que se droga. Siempre me aseguro que no tenga ningún contacto físico con mis hermanitas. Una tarde mi mamá cambia su turno en el trabajo y llega tres horas antes a la casa, yo me encuentro en la cocina estudiando para un examen de filosofía, los demás están dormidos, no escucho a mi tío llegar. Escucho los gritos histéricos de mi mamá: "Lárgate, malagradecido, infeliz, maldito, perro desgraciado, lárgate y no vuelvas, vete mal nacido, vago, así me pagas la ayuda que recibiste de mí, eres de lo peor, la siguiente vez que te vea te juro que te mato, lárgate o le hablo a la policía!". No tuve que preguntar nada, la escena lo dice todo, mi tío subiéndose los pantalones, con el pene erecto, parecía que se estaba masturbando y mi hermanita la más pequeña de tan solo 6 años tirada en la cama con el calzoncito abajo, todo indica que mi mamá llega a tiempo para evitar lo que la mente enferma de su hermano tenía planeado hacer con mi hermanita, su carita asustada y desconcertada, seguramente la despertaron los gritos abruptos de mi mamá. Dicen que las mamás tienen un sexto sentido, estoy segura que es verdad. Mi tío por fin se marcha de la casa sin dejar rastro de su paradero, estoy segura que buscará alguna otra inocente para hacer sus fechorías.

## *CAPÍTULO CINCUENTA Y TRES*
## AMOR, DESEO O SEXO

En la normal organizan un baile por el día del estudiante, mi vecina Chayo me presta un vestido elegante, Silvia la amiga de mi mamá, me peina y me presta unos aretes y un collar, Rosalba mi hermana me deja usar sus zapatos nuevos. Me siento como una reina aunque sea todo prestado. Entro al baile disfrutando el momento y ahí encuentro a mis amigas Lucila y Angélica. El ambiente está prendido y todos bailan "La Sirenita" de Rigo Tovar. Al pasar mi vista por el salón de baile, vienen a mi mente las pláticas de mi abuelita Manuela sobre aquellos tiempos en donde las mujeres no podían bailar hasta que cumplieran sus quince años, todas las chicas esperaban el 20 de noviembre ansiosas para asistir al único baile del año, ahora hay bailes a todo momento, no necesitamos que los padres nos acompañen, las parejas se besan en público sin ningún pudor y todos bailamos con quien queramos, ¡vaya que los tiempos han cambiado! como diría mi abuelita.

Mis ojos no pueden creer lo que ven, estoy frente a Luis Alfredo, el muchacho de la Normal, el que tiene ojos bonitos y una sonrisa encantadora. Me reconoce y me saluda cándidamente. Las manos me sudan, mi cuerpo se paraliza al sentir su mano estrechando la mía. Toda la noche suspiro por él, mis amigas dicen que es un mujeriego, que lo han visto besándose con cuanta chava le hace jalón y como es guapo no se le hace difícil encontrar mujeres, dicen que es un rompe corazones empedernido.

El baile llega a su fin, me subo al camión "Ruta Dorada" y para mi sorpresa Luis Alfredo lleva el mismo rumbo. Al verme solo, se cambia de asiento y empieza a platicar conmigo de cosas triviales, se nota que tiene experiencia en tratar con muchachas. Al llegar a mi casa, pido la parada y él se baja conmigo, cruzamos el bosque "Venustiano Carranza" y en un árbol se detiene para darme un beso, un beso tierno, dulce, todo va bien hasta que abre su boca y saca la lengua, buscando la mía, en ese momento lo aviento, me hizo recordar lo que el asqueroso de mi tío hizo hace algunos años. Corro sin decir una palabra y a pesar de sus preguntas imperativas, mis sentidos se cierran, el odio inunda mis pensamientos. La noche la he pasado en vela, llorando de rabia e indignación al ver que el culpable de mi frustración, vive tranquilamente en Juárez con un puesto corrupto en el gobierno, casado con Fátima, una jovencita de 18 años, aparentando ser un hombre respetable, feliz y maduro pero yo lo conozco. Estoy segura que sigue violando jovencitas como lo hizo conmigo, a mí no me puede engañar.

Luis Alfredo sigue buscándome a la salida de la escuela, creo que le interesa descubrir el misterio de mi actitud, tal parece que nunca se esperó la reacción que tuve ante sus encantos. Ofrece llevarme a la casa, es de los pocos estudiantes que tiene un carro, un viejo bocho color naranja con una figura de plástico incrustada en la antena del radio. Tal parece que quiere que todos reconozcan su carcancha donde quiera que se estacione. Acepto que me lleve a mi casa. Nos vamos platicando de cosas de la escuela. Así ya pasaron varias semanas, hasta que un día, a las afueras del bosque Venustiano Carranza y tomando una nieve de nuez de la Capri, me pide ser su novia y sin pensarlo dos veces acepto la propuesta, ¡Encantada! Lo único que Luis Alfredo me pide es que no se lo diga a nadie, ya que tiene mala fama y no quiere que me molesten con tonterías.

Me muero de ganas por contarles a mis amigas lo que me sucede, el romance que llevo con el chico codiciado de la Normal pero no puedo romper mi promesa, así que cerré mis oídos a los comentarios mal intencionados de ellas acerca del comportamiento de mi novio. Sin darme cuenta, poco a poco me estoy convirtiendo en su esclava, hago sus tareas, los trabajos, los proyectos, las manualidades, estudio los temas y le explico lo más importante para que presente su examen y saque buenas notas. A mí no me importa estar a su disposición mientras siga siendo su novia, todo vale la pena. Empiezo a soportar que me bese, que me abrace pero lo que no puedo superar es que me trate de tocar mis partes íntimas. Él argumenta que es lo normal, que es lo que hace toda pareja, tener sexo, disfrutar, gozar la vida y hacer lo que queramos, por eso somos jóvenes. Yo no pienso de la misma manera, el sexo es porquería y hace hijos indeseados.

Hoy es la graduación de Luis Alfredo, será un maestro titulado, éste día es especial porque me presenta como su novia oficial con su familia. Después de tres años de relación secreta hoy por fin le diré a todos que Luis Alfredo es mi novio, mi abuelita y mi mamá me acompañan al baile, conocen de cerca al chavo que se apodera de mi corazón y mi voluntad y que por varios años a tratado por todos los medios de convencerme a tener relaciones sexuales con él y no lo ha logrado.

Hemos tenido momentos malos, recuerdo que un día fuimos a casa de Eleazar, a escuchar música, sin darme cuenta todos salieron de la sala hasta dejarnos solos, Luis Alfredo empieza a besarme el cuello de una manera inusual, pasa su lengua por mi cara y sus manos incontrolables recorren mi cuerpo, no me gustaba nada lo que estaba pasando, así que tratando de zafarme, él se pega a mi cuello y me succiona con todas sus fuerzas dejándome unas marcas horribles en la piel, su risa de triunfo me ofende, cuando abre la puerta, todos estaban ahí presenciando la osadía. Nunca me había sentido tan humillada y pisoteada, salgo corriendo de la habitación. Por varios días usé maquillaje y una toalla alrededor del cuello aparentando haber terminado mi clase de aeróbicos. Luis Alfredo me ha sido infiel varias veces, lo he perdonado porque lo quiero y siento que estoy correspondida. Si no fuera así, no seguiría conmigo.

Cuando Luis Alfredo tenía 2 años su abuelita enviudó y se quedó muy sola a cargo de una tienda de abarrotes, así que la mamá de Luis Alfredo, su hija, le regaló a uno de sus 4 hijos para que le hiciera compañía. Ella eligió a Luis Alfredo para terminarlo de criar convirtiéndolo en un joven frívolo, calculador, materialista y vanidoso. Un día, Luis Alfredo me platicó que cuando él tenía 11 años su vecina de al lado le encarga unas cosas de la tienda y le pide que se las lleve a cambio de una propina, la abuelita lo deja ir sin ningún problema. Después de varios encargos a domicilio, la vecina empieza a seducirlo, lo recibe en camisón o incluso hasta desnuda. Luego lo invita a bañarse con ella, lo deja que la acaricie, poco a poco le enseña el arte del sexo, cada vez las visitas son más frecuentes, hasta que un día la señora le dice que está embarazada y que el hijo que espera es de Luis Alfredo. Él casi se desmaya, ¡sólo tiene 12 años! La señora desaparece repentinamente y nadie vuelve a saber de ella, algunos vecinos dicen que uno de los amantes la mató y la enterró en el jardín de la casa, otros dicen que se fue con uno de sus amantes, otros que huyó con el padre del hijo bastardo que esperaba. Luis Alfredo nunca volvió a saber de ella y mucho menos del hijo. A raíz de la partida de su vecina, Luis Alfredo necesitaba sexo, buscando cuanta jovencita encontraba para satisfacer su instinto precozmente desarrollado.

En el baile puedo ver la cara de mi abuelita, asombrada y lista para bailar, las familias de ambos se llevan bien pero creo que no le caigo muy bien a la abuelita de Luis Alfredo, sin embargo a mi abuelita Manuela le encanta mi novio, me dice al oído que es un galán muy atractivo. Ese día tan especial para mí, nunca lo olvidaré. Mi abuelita Manuela y mi mamá bailan como trompos y se divierten en grande.

A Luis Alfredo lo mandan a un pueblo llamado San Miguel de Allende en el estado de Guanajuato, lugar histórico, pintoresco y escenario de varias telenovelas, como la famosa "De Pura Sangre" con Humberto Zurita y Cristian Bach, dos artistas muy conocidos en el ámbito artístico. Luis Alfredo no quiere irse pero es donde le ofrecen el trabajo de maestro así que no le queda de otra. Nos despedimos y nos prometemos amor eterno y suerte. Mi abuelito José lucha contra el cáncer pulmonar, el hombre fuerte, recio y elegante se encuentra en el hospital debatiéndose entre la vida y la muerte, le van a quitar un pulmón. Mi abuelo siempre ha sido duro de pelar. Recuerdo el día que fue a la Alameda en una de sus acostumbradas visitas vespertinas con su amigo inseparable Don Panchito. Ambos se encontraban en la banquita leyendo su periódico, de repente se desprende de raíz un árbol contiguo y cae sin avisar directo a la cabeza de mi abuelito. El golpe abrupto lo deja sin sentido tirado en el suelo en un charco de sangre, todos lo dan por muerto, nadie sería capaz de sobrevivir ante semejante golpe en la cabeza. Lo llevan de urgencia al hospital sin esperanzas, sólo esperando que la huesuda se lo llevara. Milagrosamente y ante la admiración de los médicos, mi abuelito lucha por su vida venciendo su destino, hasta la fecha es recordado como el milagro de la Alameda. Deseo con todas mis fuerzas que en esta ocasión también luche y venza a la muerte.

Mi abuelito regresa a casa lleno de tubos y aparatos. Mi abuelita lo instala en el cuarto de la planta baja por comodidad y para que no subiera escaleras. Mi abuelo pasa meses quejándose de dolores, tosiendo y escupiendo flemas de color amarillo verdoso y con un olor insoportable, toda la casa huele a podrido. Nunca ha vuelto a ser Don José Salinas. Ya no es el mismo hombre fuerte y dinámico que nos llevaba al río a comer sandías y melones, el que me enseñó a manejar, a jugar dominó, el que caminaba por el bosque todas las mañanas tempranito, el que se iba a la Alameda todos los días a leer su periódico vestido pulcramente de blanco, el que regaba sus plantas y árboles frutales, el que con solo una mirada conquistaba mujeres, el que presumía brillantes y diamantes en su cuello, manos y dedos. Al que todos respetaban y envidiaban, el hombre exitoso de negocios. El jugador de dominó y barajas. Ese hombre ahora se encuentra postrado en una cama luchando por su vida. Ya ha pasado un año y sigue agonizando escupiendo en una tina todos sus pecados. A la segunda operación, mi abuelito se rinde, muere un 14 de Febrero de 1983, mi abuelito deja de luchar debido al sufrimiento y a la piltrafa de hombre en el que se convirtió, se lleva con él el odio acumulado por años de mi abuelita Manuela que no dejaba de decir que se merecía lo que estaba sufriendo, que estaba pagando el infierno que hizo de su vida. Para cerrar con broche de oro, aparecieron en el funeral 2 mujeres argumentando que son las esposas de mi abuelito y que tienen hijos de él. Mi abuelo registró a esos niños con su apellido, ahora ellas reclaman parte de sus bienes, a nadie le sorprende lo de las mujeres con hijos, lo que si es de mal gusto es que se presenten en la funeraria peleando el dinero, sin derramar una sola lágrima o acercarse a ver por última vez el cuerpo ya sin vida del padre de sus hijos.

Nunca había sentido tanto dolor en mi pecho, no sé lo que ese hombre haya hecho en su pasado con mi abuelita pero lo que deja en mi corazón es cariño y amor. Mi abuelito se ha ido para siempre pero nos ha dejado sus enseñanzas y tantas aventuras inolvidables como el día que nos llevaba la corriente en el río Nazas en una cámara vieja y él nos salvó de una muerte segura o el día que me hizo su cómplice para salir con la ex novia de mi hermano Pedro José, en fin, tantos recuerdos hermosos.

Abuelito te vamos a extrañar, nunca te olvidaremos. Antes que cierren la caja introduzco en la bolsa de su saco una carta que escribí anoche, con muchos dibujos coloridos para que cuando se encuentre abajo, solito, la abra, la lea y piense en cosas bonitas para que no tenga miedo. Te quiero mucho abuelito José.

Luis Alfredo regresa al saber la noticia y mitiga un poco mi dolor. Después del entierro me lleva a la casa de su mamá para que descanse, al llegar me recuesta sobre el sofá y me dice que preparará un té, al preguntarle por su mamá, me contesta que se está bañando que pronto estará con nosotros, al oír eso me tranquilizo y relajo mi cuerpo dispuesto a descansar. Unos minutos más tarde siento su boca en mis senos, al tratar de moverme su cuerpo arriba del mío me impiden hacerlo, le pido que respete la casa y a su madre a unos metros de ahí, Luis Alfredo se ríe sarcásticamente, me dice que estamos solitos y que ahora si no me voy a negar a sus deseos sexuales.

Su miembro viril, duro, erecto y fuera de su bragueta hace que recuerde la parte obscura de mi vida. No puedo creer que mi novio de años esté haciendo éste acto de cobardía, me prometí a mí misma que nadie volvería a tocar mi cuerpo sin mi consentimiento. Busco algo en la mesa contigua, encuentro un cenicero de vidrio, lo aviento con todas mis fuerzas a la ventana, la logro quebrar, provocando que mi novio reaccione, se para inmediatamente, me grita que estoy loca, me insulta y me pega en la cara. Corro hacia la ventana, la cruzo sin importarme cortarme las piernas y los brazos, sin rumbo fijo, aturdida me subo al primer camión que encuentro. Afortunadamente mi familia se encuentra hundida por el dolor por la pérdida irreparable de mi abuelito y gracias a ello no notaron mis cortadas y golpes, cada uno está demasiado enfocado en su propia pena como para fijarse en la ajena. Nunca le perdonaré a Luis Alfredo esta humillación.

## *CAPÍTULO CINCUENTA Y CUATRO*
## PESADILLA Y VENGANZA

Mi tío Carlos regresa de Cd. Juárez a la casa con el pretexto de la muerte de mi abuelito y para según él acompañar a mi abuelita. Ahora que se queda tan solita, regresa con su esposa Fátima y una hija. En la casa de mi abuelita Manuela vive también mi tía Ofelia, soltera, acostumbrada a no trabajar y vivir bien, ella se ha metido a todos los curso existentes, ahora está estudiando la secundaria nocturna. Sabe hacer muchas cosas y tiene habilidad para muchas labores, como cortar el pelo, pero jamás le ha sacado ningún provecho económico a sus conocimientos.

La relación de mi tía con mi abuelita no es buena, mi abuelita parece su sirvienta, le tiene miedo hasta cuando va a despertarla al medio día, mi abuelita no sabe ni que cocinarle, con eso de que se la pasa con dietas interminables y muy variadas, como la dieta de la luna, la de Angélica María (famosa actriz y cantante mexicana), la de los licuados, la del ayuno, en fin, la que en ese momento esté de moda. Mi abuelita no se da abasto y nunca la tiene contenta. Mi tía Ofelia le contesta de mal modo, siempre está de mal humor y hasta le ha llegado a gritar. Su amargura le invade el alma a todos los que la rodean. Viviendo tan cerca de la casa de mi abuelita es imposible no darse cuenta de sus problemas y ellos de los nuestros.

Veo a mi abuelita contenta, tranquila, como si hubiera salido de la cárcel, sí, una celda que le construyó primero su suegra y después mi abuelito según sus propias palabras. Poco a poco su hijo Carlos se apodera de todos sus movimientos, sus pensamientos y sobre todo de su confianza y cariño. La somete a una esclavitud inconsciente, la cual mi abuelita se siente segura y no quiere reconocer el abuso que su hijo hace de su persona, así que muy poco le duró el gusto de ser libre, ahora tiene a otro verdugo en su casa y éste es peor que los otros porque tiene dos caras, es silencioso, calculador y nunca sabes por donde te llegará la puñalada.

De mi hermano Pedro José no hemos sabido nada. Se fue a la ciudad de México hace algunos años y no hemos recibido ni una carta o telegrama, ojala esté bien y recuerde que ocho hermanos y su mamá lo quieren mucho y lo necesitan. Mi hermano Héctor vive en León, Guanajuato. Desde que se consiguió trabajo en una curtidora de pieles, no ha dejado de mandarle dinero a mi mamá. Pobre, solo él sabe por las carencias que está pasando y a pesar de todo no se olvida de nosotros. Cuando llegan sus cartas mi mamá nos reúne a todos para leerlas, a todos nos levanta el ánimo y al final lloramos con mi mamá porque lo extrañamos mucho, sobre todo por sus consejos incondicionales. Rosalba sigue trabajando en Banrural, ahora siempre anda muy arreglada a pesar de que no nos llevamos bien, la quiero mucho, en realidad los problemas que tenemos es por la manera en que le contesta a mi mamá, no le hace caso, no quiere ayudar en la casa, ella ha de pensar que con dar dinero es suficiente. Mis hermanos, los más chicos, siguen estudiando y son buenos en la escuela.

Se acerca mi graduación de la Normal y por fin voy a poder contribuir en algo a la casa, no sé donde me vayan a dar el trabajo de maestra pero donde sea me tengo que ir, de lo contrario será difícil conseguir algo decente en esta ciudad. Me encuentro profundamente dormida, cuando escucho unas guitarras tocar afuera de mi casa, todos nos despertamos, mi mamá se asoma y me dice: "Azucena, Azucena, es para ti, es Luis Alfredo" Estoy sorprendida y me apresuro a la ventana, pero mi mamá me para y me dice "No vayas a salir hasta que toquen la segunda canción, tienes que hacerte del rogar un poquito". Por supuesto que estoy emocionada, nunca me habían traído serenata, tengo muchos sentimientos encontrados, Luis Alfredo me gusta pero no me inspira confianza, no creo que sea el hombre que estoy buscando. De cualquier manera, al abrir la puerta me encuentro cara a cara con él, una rosa roja y en el tallo un anillo de compromiso.

Luis Alfredo para la música abruptamente y le pide a mi mamá que salga de la casa, cuando ella está a mi lado, le pide formalmente mi mano para casarnos en cuanto yo lo disponga. Las manos me tiemblan, veo el rostro de mi madre alegre pero pensativa. Le digo a Luis Alfredo que venga mañana para darle mi respuesta. Toda la noche pienso en unir mi vida con ese hombre, vanidoso, conquistador pero atractivo y seductor. Siento que cualquiera de mis amigas se sentiría alagada con la propuesta, creo que soy afortunada de que un chavo como él se fije en alguien como yo para formar una pareja. Al día siguiente le doy el sí pero con una condición; que me deje trabajar, con los ojos llenos de lágrimas mi novio acepta la condición.

La plaza que me dan de maestra es afuera de la ciudad, en un pueblito que solo se llega en tren. Me pongo a pensar como mi mamá siempre nos ha apoyado en todos nuestros proyectos y decisiones y ella ha sido una mujer íntegra, ejemplar. Saber que tendré que separame de ella y de los muchachos me duele mucho, pero tengo que ayudar a la familia económicamente. Además soy privilegiada porque el trabajo que me están ofreciendo como maestra rural no se lo ofrecen a cualquiera. El recorrido a éste pueblito es como de unas 4 horas, el pueblito se llama "San Juan de Guadalupe", Durango pero se encuentra dentro de los límites de la Comarca Lagunera. A la mayoría de mis compañeros de la normal los mandaron al sur de México, que son más de 20 horas en camión, pero esos fueron los afortunados, hubo otros a los que no les dieron empleo, así que no me puedo quejar, fui de las mas acomodadas.

Mi mamá se prepara para llevarme y conocer el lugar al que su hija servirá por primera vez a la comunidad. La supervisora, una maestra gorda, desarreglada, malhumorada y malvada, nos cita en la estación de tren un domingo a las 8:50 de la mañana, 50 maestros de nuevo ingreso vamos nerviosos y emocionados por lo que nos espera en un lugar desconocido. El [1]garrotero anuncia la hora de marcharnos. Viajamos por 3 horas, llegamos a Simón, un pueblito que parece fantasma. Todos bajan corriendo del tren dirigiéndose a un camión de pasajeros sin vidrios y en muy malas condiciones, que espera ansioso partir. A pesar de todo el movimiento alcanzo un asiento para mi mamá. Después de algo así como una hora de camino, llenas de tierra y polvo, llegamos a nuestro primer destino, a "San Juan de Guadalupe", la cabecera municipal de 30 poblados marginados a la redonda.

En ésta región, hay muchos poblados incomunicados donde la gente vive miserablemente, donde uno de los artículos más deseado es el medio de transporte, ya sea un carro de mulas o los más agraciados que cuentan con alguna camioneta destartalada y que utilizan para llegar a la cabecera y vender su frijol, algunos animalitos, sombreros de paja o lo que sea para poder comprar víveres y petróleo. Como pueden ayudan a los maestros a llegar a su comunidad para que eduquen a sus hijos. "San Juan de Guadalupe" es llamado por los maestros "La zona de castigo" debido a que es la región más alejada de la Comarca Lagunera y es el lugar donde mandan a los profesores que según el sindicato se portan mal. El sindicato es un organismo

---

1 official de tren que recoge boletos y anuncia la salida y llegada del mismo.

que aparenta ayudar a sus agremiados, no importando la falta que haya cometido, éste organismo se encarga de defender sus derechos y no los de los alumnos o padres de familia. Los delegados sindicales son personajes que se encargan de darles otra oportunidad a aquellos maestros que recurren a faltas en los estatutos, pero que mandándolos a lugares lejanos les permiten que sigan haciendo sus fechorías y que cometan sus porquerías con los más débiles y los más vulnerables, aquellos que nos abren sus casas y corazones sin ningún prejuicio, los campesinos.

Por tener un alma limpia y sin malicia, les llega la basura docente e irónicamente también les llega lo nuevecito, lo que acaba salir de la fábrica, de las escuelas normalistas y ahí aparezco yo, llena de sueños y metas de hacer de la educación mexicana un verdadero recinto educativo y poner en práctica todo lo que aprendí durante cuatro años en la Escuela Normal de Torreón.

Los maestros venimos de diferentes Normales entre ellas, la de Lerdo, Gómez Palacio y Durango. A una maestra y a mí nos designan al poblado de la "Barranca", la escuela cuenta con cerca de 65 niños entre 6 y doce años. Mi compañera Carmen es designada la directora comisionada, es una chava fresa de familia de clase media-alta, sabe karate, es vegetariana y muy antisocial. Su mamá la lleva en camioneta y le deja rejas de fruta y vegetales para su dieta. La mamá de Carmen amablemente se ofrece a llevar a mi mamá de regreso a Torreón. Cuando ya estamos acomodadas se acerca la hora de la despedida, mi mamá me da su bendición y se sube al vehículo. Veo a mi mamá alejándose sentada en la caja de la lujosa camioneta roja, llorando sin control con sus ojos verdes totalmente rojos con su cara llena de nostalgia y dolor por separarnos, correo detrás de la camioneta queriendo retenerla, con el alma partida, llorando como una niña, no puedo creer que voy a pasar la primer noche fuera de mi casa sin mis hermanos, lejos de mi mamá, le grito a todo pulmón: "¡Mami, te quiero mucho! ¡Nos vemos el siguiente fin de semana! ¡Gracias por todo, te quiero mucho, cuídate y besos a los muchachos, diles que los quiero mucho, nunca lo olviden, los quiero mucho!".

Cada fin de semana tengo la oportunidad de regresar a Torreón para ver a Luis Alfredo y a mis hermanos pero sobre todo a mi mamá. Por otro lado me hago a la idea que cuando me case, me iré definitivamente de la casa. Mi mamá deja de trabajar en la estética por petición de mi hermano Héctor, para lo cual le propone darle un poco más de dinero. Yo pronto empezaré a recibir un sueldo y la ayudaré en todo lo que pueda. El estar con mi mamá de nuevo es maravilloso, ahora todos comemos juntos y calientito pero sobre todo gozando de la compañía de ella, siempre alegre y optimista ocultando sus preocupaciones para que nosotros nos dediquemos a estudiar o a trabajar.

Mi mamá invita a unos amigos de ella a la casa, ahí conocemos a Rubén, Charlie (Pompeyo) y José Luis, eran sus clientes en la estética. Son unos muchachos tan diferentes a nosotros. Rubén trabaja en una oficina de Gobernación, trae una placa de oro que le da poder, es influyente, con su charola abre cualquier puerta, cierra ojos y calla bocas de cualquier autoridad. Rubén tiene un corazón noble y sincero. Charlie es el clásico hijo de familia que nunca ha trabajado, disfruta la vida sin pensar en el futuro, sus sentimientos son transparentes y es alguien con el que puedes confiar. José Luis es el atractivo del grupo, tiene porte de príncipe, vive de lo que sus mujeres le dan por noches de placer, es alegre y leal. Los tres son diferentes pero tiene algo en común: les gusta la bebida alcohólica más que nada en este mundo. Poco a poco los hicimos parte de nuestra familia, es como si quisiéramos sustituir a nuestros hermanos ausentes.

Mi mamá, como toda mujer, tiene su corazoncito y empieza a tener algunos pretendientes que la rondan, recuerdo hace algunos años cuando se veía a escondidas con Miguel, un joven alto que se parecía a un artista muy famoso y guapo llamado Roberto Carlos, el cantante brasileño, yo la ayudaba para que pudiera salir de la casa sin que mi abuelito o mis hermanos le hicieran preguntas. En una ocasión Pedro José y Héctor sospecharon de sus frecuentes salidas injustificadas y nos siguieron para saber a donde nos dirigíamos. Al llegar al callejón donde ella se quedaba mientras yo jugaba con mi amiga Muñeca, llegan mis hermanos preguntándome por mi mamá, sus rostros descompuestos y rabiosos, les dije que no sabía. Furiosos corren al callejón y detrás de ellos me voy yo, al llegar se distinguen dos figuras besándose, ellos llegan y gritan; "¡Mamá, mamá!, ¡Sal rápido!", sin más preámbulo, mi mamá grita cuando mis hermanos la jalan. Ellos golpean a Miguel, lo amenazan y le advierten que no se vuelva a acercar a la casa. Con la cara inundada de vergüenza y lágrimas, mi mamá corre a la casa. Yo para consolarla le digo, "Mami yo no dije nada, te lo juro". El romance lo cortaron de raíz, nunca más se volvieron a ver.

Recuerdo al vecino enamorado, Raúl, un muchacho bien parecido, hasta se atrevió a pedirle la mano a mi abuelito, le dijo que él quería a mi madre con toda su alma y que la haría feliz, que la quería tanto que hasta se la llevaría con todos sus hijos. Por supuesto mi abuelito lo tomó como una broma de borracho y le dijo: "Mira, viejo, mi hija ya hizo su vida, su tiempo de esposa ya pasó ahora tiene que sacar adelante a esos muchachos que la necesitan, tú deberías de buscarte una mujer sin compromisos, joven y sobre todo que no tenga un padre como yo, porque mientras viva, mi hija se dedicará a sus hijos, búscale por otro lado y no te quiero ver cerca de ella, ja, ja, ja, ¡A que pelao!". Y así le quitó a un pretendiente más. Unos meses más tarde nos enteramos por los periódicos de la tragedia que ocasionó Raúl, se había casado y su esposa joven tenía 3 hijas. A las 2 mayores las violó brutalmente y a la más pequeña la mató tratando de abusar de ella, lo agarraron y le dieron cadena perpetua. En unos días se lo llevarán a las Islas Marías. La noche en que mi mamá supo la noticia, no dejaba de llorar, nos abrazaba y besaba, pensando en lo que nos pudo haber pasado.

También llegó a su vida el maestro de primaria, un tipo de ojos color miel y una voz fascinante. A mi mamá le bastaba con saludarlo a las ocho de la mañana mientras barría la banqueta. El maestro le sonreía y le decía, "Buenos días, señora", eso era suficiente para alegrarle la mañana hasta que regresara a medio día y lo encontrara rumbo a las tortillas, donde se deleitaba al escuchar, "Buenas tardes, señora". Poco a poco se involucraron las miradas, traspasando el hola y saliendo por primera vez a tomar un café, sus miradas limpias, sin pecado, sin malicia, con besos llenos de amor, hasta que mi hermana Rosalba empezó a interponerse entre ellos, enojada, celosa, le tiraba agua en los zapatos mientras pasaba en las mañanas, le gritaba cosas feas cuando pasaba por la casa en las tardes regresando del trabajo.

Para rematar el asunto, Rosalba asiste a una cena ofrecida a los empleados del banco, ahí conoce la verdadera identidad del maestro, la secretaria del gerente general es nada más y nada menos que la esposa del maestro puro y santo que sale con mi mamá. El maestro reconoce a mi hermana y con la cola entre las patas se retira de la fiesta y desaparece de la vida de mi mamá sin darle explicación. El sufrimiento de mi madre es notorio, Rosalba le confiesa la verdad y a pesar de su dolor, mi madre jura nunca interponerse en la vida de un matrimonio. Unos meses más tarde el maestro encontró que su esposa tenía relaciones con el gerente del banco en su oficina, nunca se divorciaron porque gracias a los favores de su esposa al gerente del banco, el matrimonio vivía decorosamente.

Recuerdo al carpintero, trabajaba cerca de la casa que por cierto me caía muy bien, le decían el "Pollo". El "Pollo" suspiraba por mi mamá, siempre dispuesto a repararle todos los muebles de la casa. Le arreglaba las puertas de las recámaras, las repisas de la sala, la mesa del comedor, los gabinetes, los marcos de las puertas y las cabeceras de las camas. Sus honorarios eran económicos. El "Pollo" se conformaba con estar cerca de mi mamá y oler su perfume de olor a flores silvestres. Mi mamá nunca le permitió que se sobrepasara con ella. Lo que si le gustaba era que le amueblara la casa, era una manera segura de ahorrarse dinero, que buena falta nos hacía.

El otro galán que también hizo su lucha fue el Señor Cavazos, un joven atlético, bien proporcionado, durante el día trabajaba en un taller mecánico y por las noches era parte de un grupo masculino que bailaban "Solo Para Damitas", ahí fue donde lo conoció mi mamá en una de sus escapadas con Minerva, su amiga de parrandas. Ellas quedaron impactadas por los bailarines. Minerva, experta en hacer citas, los invita a su estética, que también es su nido de amor, y las dos parejas inician un romance de película, donde la adrenalina está siempre al tope ya que en cualquier momento se puede aparecer el esposo de Minerva o cualquiera de sus 3 hijos. La pareja de Minerva —el bailarín- también tiene su matrimonio, pero pues ¿a quién le dan pan que llore? Su relación se encuentra basada en el pecado y el engaño a sus parejas se convierte en un reto a lo prohibido.

Mi mamá sigue la relación con su musculoso Cavazos. Él tiene una relación pasada de donde tuvieron tres hijos, los cuales tienen una enfermedad extraña que los tiene condenados a una muerte lenta y dolorosa. Su compañera no lo obliga a estar con ella pero cualquier padre estaría cerca de sus hijos en esos momentos cruciales. A los pocos meses de empezar ésta relación clandestina con mi mamá se dejan llevar por el amor apasionado que sintieron desde el momento que se vieron. El Señor Cavazos le juró a mi madre que en cuanto sus hijos dejaran este mundo le gustaría casarse con ella.

Una tarde mi mamá se encuentra al compañero de Cavazos, el novio de Minerva, él le dice que los tres hijos de Cavazos acaban de morir, el impulso de mi mamá es ir al hospital a consolar a su amado. Llega al hospital, antes de llegar a la sala de espera, distingue a Cavazos llorando bajo el regazo de una mujer que le acaricia el pelo y le dice: "No te preocupes mi amor, todo volverá a la normalidad, Dios nos quita 3 hijos pero nos está mandando otro para que arreglemos nuestras vidas, éste bebé será mujercita y dice el doctor que ésta maldita enfermedad sólo les da a los varones, así que roguemos porque la niña nos devuelva todos estos años de sufrimiento y distanciamiento entre nosotros. Te amo. ¿Quieres volver a intentarlo?", mi mamá impaciente, espera la respuesta que marcará su destino y cuando escucha la respuesta afirmativa la siente como una estocada en el corazón. Frente a ésta realidad no importaron los momentos maravillosos que pasaron juntos. Ella mejor que nadie sabe que los hijos son lazos difíciles de cortar y con mares de lágrimas rodando por su rostro se despide en silencio de su gran amor, deseándole paz y suerte en el intento por reconstruir su familia. Tiempo después, ella se entero que Cavazos la buscó por mucho tiempo pero mi mamá jamás cedió a sus encantos, ella as toda una mujer incapaz de interponerse en una pareja.

Por otro lado sigo con los preparativos de mi boda con Luis Alfredo. Es difícil para mí estar trabajando en San Juan de Guadalupe y organizar mi boda en Torreón así que mi mejor amiga, Miriam, se ofrece a ayudarme a arreglar todo lo necesario. Hoy lunes llegamos temprano a trabajar después de varios días de interminables tormentas, la escuela se encuentra en un charco de lodo y las aulas casi inundadas por las lluvias. Con ayuda de los niños limpiamos todos los escombros. Nos disponemos a empezar las clases cuando vemos por las ventanas que llegan los campesinos corriendo gritando que salgamos de los salones y corramos a la iglesia. No sabemos que sucede pero todos nos apresuramos a salir y proteger a los alumnos. La confusión no nos permite escuchar con claridad el motivo de la emergencia.

Al encontrarnos en la iglesia, el padre nos dice que el río se desbordó, el agua viene hacia el pueblo y como la iglesia esta en lo alto de un cerro tenemos más oportunidades de sobrevivir. Afortunadamente todos alcanzamos a subir al cerro antes que nos llegara el agua mezclada con lodo y escombros. Los destrozos son considerables. Las autoridades evacuaron el lugar y a todos los maestros nos ordenaron regresar a Torreón debido al peligro inminente de una catástrofe mayor.

Los maestros como podemos nos subimos al tren para que nos regrese a la ciudad. Llego a la casa y mi mamá como siempre se encuentra haciendo algo rico para comer, se sorprende al verme llegar y no el viernes como de costumbre. Le platico lo sucedido y se alegra que este bien. Decido ir a visitar a mi amiga Miriam para que me informe donde vive la costurera que hará mi vestido. A una cuadra antes de llegar a la casa de Miriam, veo el carro de Luis Alfredo. No me extraña con tantas decisiones que tomar para la boda que se encuentren juntos, además no puedo pensar maliciosamente porque ella es mi mejor amiga y el mi prometido. Al acercarme al carro, me asomo para hablar con ellos y me llevo la sorpresa de mi vida. Miriam se encuentra con él besándose como eternos enamorados. Mi respiración se detiene por unos minutos, escucho las voces de mis amigas diciéndome la clase de tipo que es mi novio, se repite en mi mente la tonta contestación que sale de mi boca; "Ojos que no ven, corazón que no siente". ¡Ahora sí! Los ojos lo ven y el corazón lo siente. Tengo el impulso de correr al carro y reclamarles su traición pero me doy la vuelta, regreso a mi casa y con todo el odio acumulado en cada célula de mi ser, planeo la manera de vengarme de ellos. Todo el camino voy llorando y recordando una historia que me contó mi abuelita Manuela sobre su novio Alberto, al que quiso tanto y lo encontró besándose con otra en un callejón, ella de despecho se casó con "El Palomo" o sea mi abuelito José.

Ella dice que siempre se arrepintió de no pasar por alto su infidelidad. Mi mamá en varias ocasiones encontró a mi papá con sus aventuras y a pesar de que las toleró por mucho tiempo al final rompió con el patrón, así que si mi madre pudo, creo que yo también tengo el derecho a ser respetada como mujer y ser humano. Termino de cruzar el bosque "Venustiano Carranza" y derramar un caudal de lágrimas. Respiro profundamente y me encuentro en mi camino una empleada de la imprenta, viene a entregarme las invitaciones para mi boda, dejo la amargura a un lado y empiezo a planear un plan perfecto para vengarme de ese traidor y de esa que dice ser mi mejor amiga.

Los preparativos de nuestra boda siguieron su marcha. Desde el instante que lo vi engañarme con mi mejor amiga, no he permitido ni que me bese en la boca ni estar a solas con él, me provoca asco y ganas de vomitar. Cada minuto saboreo el momento que le espera. Las invitaciones para mis invitados no son entregadas, mi familia no tiene ni idea de la fecha, convencí a Luis Alfredo que la fotografía del estudio la tomáramos hasta después de la iglesia debido a una superstición familiar. Ahora todo es esperar el día, todo está arreglado. En mi trabajo consigo un permiso de tres meses sin goce de sueldo, quiero encontrarme lejos el día de mi supuesta boda.

Luis Alfredo llega a la iglesia con su traje blanco de pingüino. Ahí se encuentra toda su familia lista para recibir a la novia que nunca llegará, porque me encuentro tomando el tren rumbo a León Guanajuato a visitar a mi hermano Héctor. Dice que la ciudad es bonita. Estaré un tiempo en León mientras se calman las cosas. El novio, todo ilusionado y ansioso por la noche de bodas, se queda estupefacto esperando en la iglesia con todos sus invitados y por supuesto su amante Miriam. Después de una hora de espera llega un chamaco con una caja grande dirigida al novio, al abrirla desesperadamente encuentra el vestido blanco de su ex novia y una nota que dice: "Querido Luis Alfredo,

Miriam me contó de sus amoríos ocultos, cásate con ella o con cualquiera de tus amantes, si es que te puedes acordar con precisión de alguna de ellas, nunca me busques. Mi único consuelo es que jamás me entregué a ti, ese será un trofeo que no podrás presumir. Púdrete en el infierno y gracias por ser tan descarado. Nunca dejaré de agradecer que me diera cuenta de lo que eres antes de unirme a ti. De la que me salvé". Sus manos tiemblan mientras lee el recado, avienta la caja con el vestido adentro, les grita a todos que se larguen con voz encolerizada. Le grita a Miriam que desaparezca de su vida para siempre. Todos corren, lo dejan solo con la vergüenza del rechazo y la venganza consumada. Estoy segura que no me buscará y si lo hace no me encontrará. Me gustaría haberle visto la cara pero me la imagino. Espero haya aprendido la lección de respetar a las mujeres.

## *CAPÍTULO CINCUENTA Y CINCO*
## VIOLACIÓN, ABUSO Y CORRUPCIÓN

Han pasado tres años de ir y venir en tren. Me voy los domingos en la noche y regreso los viernes en la tarde. La supervisora de la zona escolar es nuestra peor pesadilla. A todos los maestros nos trata con malas palabras, se burla de nosotros porque lloramos al despedirnos de nuestros seres queridos en la estación del tren, nos grita, nos humilla, tal parece que su misión en éste lugar es hacernos sentir miserables. Unas semanas después de que la conocimos nos enteramos que la mandaron a ese lugar porque un año antes perdió a toda su familia, su esposo y sus tres hijos en un accidente automovilístico. Su depresión la llevo a su actual gordura, varias veces ha intentado suicidarse. Debido a las tantas quejas de maestros y padres de familia por el maltrato que recibían sus hijos a su cargo de maestra de primer grado por más de 20 años, el sindicato le propone el puesto de supervisora para que se haga cargo de 35 maestros de nuevo ingreso y otros 30 maestros mañosos, corruptos y listos para defender su terreno de cualquier intruso que se interponga en el camino que llevan ganado.

Para llegar a la escuela en la Carmen y yo que trabajaremos, hay dos caminos; uno largo para el tránsito vehicular, que en verdad era escaso y otro corto para los que no tenían carro, usado primordialmente por los pastores y por nosotras para llegar a "La Barranca", nuestro destino de todos los días. Cada mañana es un reto pasar por el único camino corto transitable. Éste camino siempre estaba resguardado por un ganso enorme y salvaje que se enfurece al sentir cualquier presencia. Siempre sale por el lugar menos esperado y en varias ocasiones nos ha mordido desgarrándonos la ropa o las mochilas donde tenemos nuestro material escolar. Su táctica es infalible, se acerca silenciosamente y cerca del riachuelo nos sorprende aleteando sus enormes alas. Su mirada y el sonido que hace superaban cualquier película de terror que recuerde. Todos los habitantes del pueblo se quejan de sus agresiones pero nadie se atreve a matarlo porque el dueño es un anciano ciego y curandero muy respetado en el pueblo, así que no importaba las corretizas o la adrenalina activada al sentir el ataque del ganso salvaje, nadie se aventura a tocarlo por temor a las represalias del curandero. Estoy segura que ese ganso tiene inteligencia y sabe lo que nos hace. Es un reto diario pasar por sus dominios.

En ese lugar apartado de la civilización he conocido familias que se quitan el pan de la boca para dárselo a un maestro. Los niños y los adultos te respetan y nuestra palabra es ley para ellos. En una ocasión nos persiguieron unos perros, nos mordieron la pierna y a pesar del dolor y nuestros gritos ellos no nos soltaron el pedazo de pierna hasta que llegaron unos niños con piedras y palos a rescatarnos. Nos fuimos a la pequeña clínica donde nos pusieron 12 inyecciones en el ombligo para prevenir la rabia. Es de las cosas más dolorosas que he sentido. En otra ocasión nos tumbó una yegua preñada que por equivocación montamos, por suerte caímos arriba de unos arbustos, de lo contario probablemente hubiéramos quedado paralíticas o peor, con la velocidad de la yegua y su deseo de aventarnos, la caída hubiera sido fatal.

San Juan es un pueblo tranquilo, monótono y sin novedades,

hasta que un acontecimiento cambia la santa armonía de sus habitantes. La gran fiesta del 20 de noviembre, día de la Revolución Mexicana. Siempre se hace un desfile, un acto cívico organizados por la escuela y un baile en la noche patrocinado por la presidencia municipal. Todo trascurre normalmente hasta que dos jóvenes de 14 años, Jacinto y Genaro están borrachos. Ellos empiezan a discutir por una tontería, saber quién es el más valiente, los dos forcejear y se golpean en la cara, Jacinto saca un cuchillo que le regaló hace algunos días su padre en su cumpleaños, sin pensarlo dos veces y dejándose llevar por su inmadurez y por el tequila consumido, le corta la cara a Genaro. Éste rápidamente desenfunda su pistola, regalo de su abuelo paterno, lleno de furia la dispara cinco veces sobre el pecho de su mejor amigo, su amigo de la infancia y confidente. Jacinto lo ve incrédulo y le dice: "Genaro somos amigos, no quiero morir, ¡ayúdame!, no quiero morir", demasiado tarde, Jacinto sucumbe al instante. Genaro lleno de sangre por la herida recibida en la cara, asustado por el estruendo proveniente de su arma de fuego, sale corriendo del salón, descontrolado, asustado, llorando por lo que el licor y su inexperiencia lo hicieron hacer. Se aleja gritando: "¿Qué le hice a mi amigo? ¡Yo no lo quería hacer! ¡Fue un accidente! ¡Lo juro, fue un accidente! ¡Jacinto es mi amigo!". Nadie se puedo mover, nadie respira, es como si el planeta tierra se parara por unos instantes.

Es la primera vez que veo como un ser humano le arrebata la vida a otro en unos segundos. Vaya que la vida as vulnerable. Siento que alguien me toma del brazo bruscamente, al voltear es uno de los maestros, Nemesio, me lleva corriendo a su casa, debido a mi estado de conmoción y parálisis nerviosa.

No pude dormir en toda la noche. Al día siguiente todos hablan de la desgracia. Los dos chicos habían crecido juntos, Jacinto, el muerto, era hijo del jefe de los judiciales, del Sr. Blanco. El que disparó el arma, Genaro, es hijo del presidente municipal, dueño de la mitad del pueblo, el Sr. Matamoros. Genaro se fugó sin dejar rastro, el Sr. Blanco veló a Jacinto en el patio de su casa, su esposa y doce hijos más lloran amargamente por la pérdida. Jacinto deja desamparada a una niña de 9 meses de edad y su esposa embarazada.

Nadie lo puede creer. El Sr. Matamoros no se presentó al velorio. Dicen que tiene miedo de la reacción de su compadre Blanco, amigo entrañable desde hacía muchos años. Después del entierro nadie volvió a mencionar el asunto. Las familias involucradas no se hablan, ni siquiera se miran, sus forma de mirar han cambiado. Pasan varios meses, un día alguien pasa la voz de que vieron a Genaro llegar en el tren de la noche, escabulléndose como un fantasma para saludar a su familia, recoger víveres y dinero.

Antes del ocaso, se forma un alboroto en la placita frente a la iglesia, encontraron a Genaro sin vida con un tiro de gracia en la frente, sus articulaciones desprendidas del cuerpo. Todo indicaba que fue torturado antes de morir. El Sr. Matamoros no lo puede soportar, agarra las extremidades y trata de unirlas al cuerpo aún caliente de su hijo, grita como una hembra pariendo. De sus ojos salen lágrimas de sangre y odio. Su madre, su abuela, nueve hermanos y la viuda con una criatura en los brazos no lo pueden creer. Velaron a su hijo en la casa como es la costumbre del pueblo. El Sr. Blanco no se presentó, nadie duda quién es el asesino pero nadie se atreve a abrir la boca porque podría ser el siguiente.

Todos estamos seguros que será el fin del odio de ambas familias. Ya los dos están a mano y en santa paz. Peor el siguiente mes apareció el hijo más pequeño del Sr. Blanco en el río mutilado y sin ojos, después siguió la viuda de Jacinto, le abrieron el vientre antes de matarla. En un año las dos familias fueron asesinándose lentamente, sin importar el sexo o la edad, mataron a las esposas, a las abuelas, a los niños y hasta a los bebés sin nacer, mataron a los primos lejanos que ni vivían en San Juan. El odio no los deja pensar. Viven sólo para pensar en como eliminar hasta el apellido. Un domingo en la plaza se encuentran cara a cara los últimos sobrevivientes de la cadena de venganza y dolor.

El Sr., Blanco y el Sr. Matamoros, armados y decididos a vengar la vida de los suyos. Sus ojos destellaban chispas de rencor, sufrimiento y resentimiento. Quién lo diría, después de crecer juntos hacerse compadres de varios de sus hijos, ser amigos de parranda, socios de varios negocios, hasta compartían sueños y proyectos, quién lo diría, pudo mas el odio que la amistad. En un momento todo acabará, ésta tarde es la última de sus vidas. Los dos compadres se toman su último tequila para darse valor y enfrentar a la muerte. Empezaron los disparos y la sangre, los dos se arrastraban gimiendo y queriendo destazar al otro, hasta el último aliento de vida. Los dos quedaron tendidos en el suelo rodeados de veneno rojo. El doctor llega al lugar de los hechos para testificar los decesos. Revisa el pulso por rutina. El Sr. Matamoros muerto, el Sr. Blanco aún con pulso, lo llevan a la clínica y después de varias horas y una operación arriesgada e improvisada, le amputa las dos piernas y un brazo. El doctor desconcertado, no sabe si la decisión que tomó de dejarlo minusválido le vaya a parecer bien al Sr. Blanco pero su ética de médico le exige hacer lo imposible para salvar la vida de un ser humano. Además no tiene ningún familiar que decida en esos momentos, todos están muertos. El Sr. Blanco después de unos meses regresa a su puesto como jefe de los judiciales. Parece que no le importa estar postrado en silla de ruedas y un garfio como mano y como dice él "Mi mente no esta atrofiada". A todos no da miedo estar cerca de él porque sabemos de lo que es capaz, nadie lo contradice, pronto se lleva a su casa a 3 jovencitas y las embaraza para que continúe su apellido. Éste es el sello de su triunfo sobre el Sr., Blanco, perpetuar su apellido.

Cuando por fin todo vuelve a la tranquilidad, aparece un Sr. Misterioso que nadie conoce, se mete a la casa del Sr. Blanco, lo acribilla asegurándose que esté bien muerto, mata a las 3 jovencitas embarazadas y se dirige a la iglesia con la cabeza degollada del Sr. Blanco, le pide al padre un sobre que el Sr. Matamoros le dejó y dice con voz ronca y fuerte, "el Sr. Matamoros me contrató para que en caso de que el Sr. Blanco lo matara primero, yo por dinero vengaría su muerte, así que aquí tienen la cabeza del último Blanco muerto con toda su descendencia. El Sr. Matamoros es el vencedor". Riéndose como loco se va como vino sin que nadie lo note. Es increíble que gente como ellos puedan matar a quemarropa a quien quieran y nadie haga nada, todos estamos a merced de unos locos dirigentes. Las celebraciones nunca volvieron a hacer iguales. El apellido Blanco y Matamoros quedaron malditos para siempre.

A la supervisora gorda y malvada cada vez la aguantamos menos. No entiendo como nuestro sindicato permite que en lugar de irse a un centro psiquiátrico o por lo menos que le den un cargo administrativo la mantengan destruyendo todo lo que pasa por su camino. Además, le dan poder y le pagan un salario. Entre los maestros castigados por el sindicato hay violadores, homosexuales acusados de acoso sexual a jovencitos, rateros que se quedan con el ahorro de los niños, adictos a la marihuana o cocaína, en otras palabras llega la escoria del magisterio solapada por las autoridades. No es justo que los manden a educar, a convivir con niños y padres de familia inocentes que pronto se convierten en víctimas de sus artimañas.

No puedo soportar ni un día más, siento asco, ausencia de compasión para esos maestros maleantes. El SENTE (Sindicato Educativo Nacional de los Trabajadores del Estado) dirigido por el Profesor Ruelas y la SEP (Secretaría de Educación Pública) dirigida por el Profesor Altamirano, es un verdadero nido de ratas, a todos los maestros de nuevo ingreso nos robaron descaradamente nuestra primer quincena que con tanta necesidad esperábamos por nuestro trabajo realizado. Ellos argumentaron que la primera quincena siempre se pierde, que nunca llega. Claro que nunca llega porque pasa primero por sus bolsillos. También se quedaron con la mitad de nuestro aguinaldo, un bono navideño que reciben los trabajadores. Es una lástima que esa gente nos dirija y presuma de defensores de los derechos laborales cuando de ellos son de los que nos tenemos que cuidar, bola de ladrones burocráticos.

Me resisto a presenciar los abusos constantes de los maestros hacia la comunidad y los niños, tengo que hacer algo. Sin pensarlo dos veces me voy a la ciudad de Torreón para hablar con los del sindicato y exponerles la situación insana de la escoria que mandaron como maestros, incluyendo a la supervisora. Uno tiene que esperar horas para que se aparezcan los dirigentes sindicales además que te hagan el favor de escucharte, llegan como si fueran artistas de Hollywood, todos detrás de ellos tratando de exponerle al Delegado Sindical su problema o solicitarle algo a lo que tienen derecho. La fila es interminable pero su actitud de amo todopoderoso es peor.

No doy crédito a la burocracia en su máximo esplendor. Me acerco a uno de los 10 asistentes que tiene al delegado (como si fuera un rey). Le expongo mi problema y con una sonrisa burlona me dice: "Maestra, el profesor Ruelas sólo atiende casos de emergencia, todos estos maestros que ve aquí han venido por más de una semana diario y no han tenido la fortuna de que el Profe Ruelas los reciba en su oficina, él trabaja sólo una hora y luego se va porque tiene cosas que hacer, así que le recomiendo paciencia, nos vemos".

Mi indignación fue mayor en cuanto se abrió la puerta de su majestad Ruelas, corrí y empujé a uno de sus arrastrados, nadie me detendría para hablar con el estúpido que se cree Dios. Los ojos de los que se encontraban en la oficina no salían de su asombro al verme ahí frente a nuestro representante sindical al que le pagamos quincenalmente para que nos atienda y represente dignamente. Lo miré a los ojos y le dije, "Yo trabajo en San Juan de Guadalupe Durango, a ese lugar están mandando la escoria del magisterio, según ustedes para castigarlos porque es un lugar apartado de la ciudad pero ¿sabe qué?, nos mandan una maniaca depresiva de supervisora que nos está destruyendo nuestra autoestima, mandan violadores de niños, drogadictos, homosexuales, y toda sarta de degenerados. Usted tiene que denunciarlos ante las autoridades, que paguen lo que le han echo a la sociedad o que reciban la ayuda médica adecuada a su problema. Déjeme decirle que los castigados son los inocentes que reciben a esos delincuentes que no tienen un delegado sindical que se faje los pantalones, los corra del sistema o los denuncie, en lugar de ocultarlos para que sigan haciendo sus fechorías. No puedo creer que no le importe lo que pasa en esas comunidades, tiene que hacer algo porque sino lo hace le diré a los padres de familia quienes son los maestros a los que hospedan en sus casas y gozan de toda su confianza". Ruelas se me quedó viendo tratando de pensar con la única neurona motora que tiene en su cerebro y dice: "Maestra, atenderemos su problema inmediatamente". Salí de la oficina temblando y con lágrimas en los ojos. Lo mismo hice al día siguiente al presentarme en la SEP para hablar con Altamirano, el secretario de educación, la misma burocracia, me dijeron que no tenía cita y que se encontraba muy ocupado en una junta. Al entrar por la fuerza a la oficina del Lic. Altamirano lo encontré leyendo el periódico disfrutando de panecillos con café, así es como trabajan nuestros dirigentes. Le dije lo mismo que al otro imbécil.

No sé cual de mis entrevistas dió resultado pero a la semana, la neurótica de la supervisora recibió una carta de prejubilación y nueva asignación, claro que ella estaba encolerizada por esta noticia, pero tuvo que irse, ya que al día siguiente llegaría el nuevo supervisor, el profesor Fausto, un tipo jovial, lleno de energía y aunque era un grillo político de hueso colorado, no dejaba de emanar regocijo, positivismo y sobre todo nos trataba como seres humanos. Un gran amigo llegó a ser para todos. Desgraciadamente murió a los pocos meses, manejando su carro rumbo a Durango se le atravesó una vaca. No pudo esquivarla. Murió instantáneamente, estoy segura que, "Difinitivamente", como decía él, se fue con una sonrisa dibujada en su boca.

A los pocos días llega otra supervisora gordita, ojos tiernos, voz dulce, siempre cantando la canción; "Si Nos Dejan", decía que le recordaba un amor que nunca pudo ser. Ella me eligió como su secretaria. Dejé el grupo por unos meses y empecé a viajar más seguido a Torreón, poco a poco me dí cuenta que estuvieron cambiando a los maestros con antecedentes delictivos, lo cual me dió mucho gusto. No sé si los hayan reasignado a otras comunidades nuevamente a trabajar con niños o por lo menos los tengan en puestos administrativos, pero por favor que no expongan más a los niños. Mis nuevas tareas eran ayudar a los maestros a llenar la papelería con las calificaciones de sus grupos.

También asistía a los eventos oficiales a las comunidades más alejadas de San Juan. Es una experiencia única que termina en unos meses. Nos ofrecen una oportunidad de pertenecer a los Grupos Culturales. Es un proyecto nuevo y ambicioso para formar museos escolares en cada plantel educativo y sus propias bibliotecas, así que por tal de salir de ese rincón apartado de la civilización y hacer algo diferente, me inscribí y salieron conmigo 15 de mis compañeros.

De esta manera salgo de San Juan, un pueblito místico y lleno de aventuras que difícilmente podré borrar de mi memoria.

## *CAPÍTULO CINCUENTA Y SEIS*
## EN BUSCA DE UN SUEÑO

A los pocos meses de servicio como profesora del gobierno federal me doy cuenta de la corrupción que corroe al sistema educativo, desde el Sindicato de Maestros (SENTE) hasta la Secretaría de Educación Pública (SEP), todo es una mafia, un nido de ratas y escoria inmunda que lo único que les importa es enriquecerse y acomodar en cualquier posición disponible a sus familiares, amigos y conocidos. Ellos se encargan de que gocen de los mejores puestos aunque no cubran los requisitos que por ley un maestro o administrativo debe poseer, en otras palabras; el compadrazgo y los puestos fantasmas son pan de cada día en estas instituciones gubernamentales. Tristemente la burocracia no permite el avance, padecemos de una falta de organización administrativa que fortalezca los planes para mejorar el desarrollo de los alumnos y todo este vértigo de negligencias contagia a la mayoría de los decentes a seguir esos pasos corruptos.

Me siento decepcionada y al mismo tiempo siento un impulso interno de ser diferente y no dejarme llevar por la marea de mediocridad, es por eso que decido salir de la ineficiencia educativa en que el magisterio nos tiene.

Siempre hay una luz en el camino y eso es para mí la Universidad Pedagógica Nacional (UPN). Durante cuatro años estudio con los mejores profesores que he conocido, los que salieron del montón, los que abrieron sus mentes y decidieron salir de la oscuridad magisterial, los que no mendigan un puesto al sindicato porque ellos se lo ganan en una selección justa y digna de profesores que estudian maestrías y doctorados en educación, ellos pelean por el puesto con su mejor arma integridad y conocimientos. El más apto se queda con la posición sin tener que pagar dinero por el puesto. Eso hace a la UPN la mejor universidad para maestros que existe en la Cd. de México, así debería ser el proceso de selección magisterial, justo, basado en los conocimientos y capacidades del profesor y no en el parentesco con los dirigentes.

Al estudiar las primeras materias en la UPN, mi mente se resiste a despertar, a leer, a comprender y tener la capacidad de expresar mis conocimientos en los diferentes temas y lo más difícil de todo, a criticar y expresar mi punto de vista Todo ello para mi es demasiado porque nunca me enseñaron de esa manera. Me he educado por más de quince años con un método cien por ciento conductivista, unilateral. El maestro sabio y poseedor de todo el conocimiento le pasa su sabiduría al estudiante, a su vez, el estudiante aprende macheteando las definiciones de memoria para pasar el examen requerido, y en muchos casos si lo reprueba, el maestro le da una ayudadita para que no le afecte su estadística semestral o anual. Al sistema educativo no le importa la opinión de un estudiante, ni el análisis ante un texto leído, en otras palabras, el alumno es pasivo y reproduce lo aprendido para una evaluación, para ello no necesita pensar ni opinar. Por años pasamos por ese proceso sin darnos cuenta que nos están preparando para ser trabajadores sin opiniones y lo más triste, sin pensamientos para cambiar la corrupción en la que todos los mexicanos vivimos.

La maestra Carolina es la primera que me enseña a viajar por el mundo con la imaginación, despierta mi interés por los grandes filósofos Platón y Sócrates, hasta siento que los amo. La maestra Marú con su alegría contagiosa me propina el primer garrotazo en la cabeza. Hace que despierte. Aprendo poco a poco a leer, comprender, analizar, corregir mi ortografía, gramática y sobre todo a cambiar mi manera de hablar y comunicarme cotidianamente. Gracias a la maestra Marú me propongo la meta de eliminar de mi repertorio lingüístico toda palabra que empobrece nuestro español. Quiero enriquecerlo con palabras con significado y que hacen que nuestro idioma se escuche más hermoso de lo que es. La misión no es fácil. Empecé por excluir palabras con léxico deformado que desgraciadamente las utilizaba a todo momento y para cualquier situación que se me presentara, entre ellas: "gacho", "onda", "este", "bato", "carnal", "guey", "un chorro", "no mames", "chido", "méndigo", "aliviánate", "¡qué padre!", "la neta" etc. Es asombroso darme cuenta que si elimino estas palabras ya no tengo vocabulario para expresar mis ideas o estados de ánimo. El esfuerzo trajo sus frutos en seis meses. Prescindí de esas horribles palabras que arruinan nuestro lenguaje español precioso, ahora siempre trato de buscar palabras nuevas que describan mejor lo que quiero transmitir y en la escritura también cambié mis hábitos. No quiero ser una maestra corriente y vulgar.

Las matemáticas nunca han sido mi materia preferida, pero el profesor Arellano me transmite su pasión por los números y aunque mis calificaciones no son buenas, el aprendizaje autodidacta es invaluable. El profesor Leopoldo es uno de los responsables de que me convierta en otro ser humano. Hablamos por primera vez en una clase sobre un tema intocable y prohibido en México, la religión católica. Me hizo pensar y cuestionar mis creencias. Los profesores de la UPN me van convirtiendo paso a paso en una maestra responsable, creativa, crítica, pensante, independiente y sobre todo lista para participar en el cambio educativo, formando niños capaces de arriesgarse por sus metas, niños seguros de sí mismos y explotar sus capacidades al máximo para que no sean robots del sistema y sean la esperanza del cambio que tanto necesitamos.

La UPN no es fácil. Hay que estudiar en serio. No tengo vacaciones en verano. Llego del trabajo los viernes directo a la escuela, dejo de ir a las fiestas o al cine con los amigos por estudiar para el examen o hacer la tarea. Por cuatro años me esfuerzo al 100% para obtener el título de Licenciada en Educación y estoy segura que todo vale la pena. Al graduarme de la UPN me siento otra persona. Ahora soy toda una licenciada que puede cambiar la forma gris que por tantos años hemos enseñado, siento que me puedo comer el mundo de una sola mordida. Desgraciadamente en México uno se topa con la mediocridad, corrupción y falta de interés de las autoridades por mejorar el sistema educativo.

En una ocasión nos mandan una circular que dice:

"Nuestro honorable Delegado Sindical el Profesor Ruelas, como siempre pensando en los intereses de los maestros sindicalizados y como uno de tantos beneficios que el SENTE ha logrado con su lucha constante por sus agremiados, les propone lo siguiente: 1) Los maestros pagarán una cuota quincenal de 100 pesos durante diez meses. Cuando el maestro muera por cualquier motivo, la familia recibirá un millón de pesos como indemnización por parte del sindicato, aumentando la cuota cada año de acuerdo a la estabilidad de la moneda nacional".

La propuesta no suena tan descabellada pero el procedimiento sí. No había un banco de por medio que avalara la transacción. Los talonarios de depósito son tan informales como los que venden en cualquier papelería o tienda de la calle, hasta en la de mi tío, la "Sal si Puedes". Nadie está convencido de las buenas intenciones de nuestro delegado sindical, pero nadie se atreve a decir nada por temor a represalias del sindicato. A pesar de la presión de mis compañeros de trabajo nunca les dí un cinco de mi salario porque todos sabemos que ese dinero nunca lo verán nuestras familias. El profesor Ruelas nos está robando descaradamente y nadie hace nada por impedirlo. Al año de su grandiosa idea, nuestro ratero sindical renuncia a su cargo y se lleva varios millones en los bolsillos. Se lleva con ellos las esperanzas y buenas intenciones de los maestros por proteger a sus familias en caso de que ellos faltaran.

Las autoridades no pudieron hacer nada porque los documentos que los maestros firmaron no tienen validez legal, así que los compañeros se conformaron con escuchar la versión de que al rufián de Ruelas no lo volveremos a ver en el sindicato. Por supuesto que no lo volveremos a ver en ese lugar, estoy segura que ahora vive en Cancún con su familia, gozando del dinero que los maestros depositaron en su cuenta personal. ¡A que tipo tan mañoso! ¡A que maestros tan pendejos!

Sin ninguna motivación para seguir luchando contra la corriente, decido irme a probar fortuna a Cd. Juárez, la frontera norte con Estados Unidos. Quiero cruzar el río Bravo para trabajar en Estados Unidos, no me importa lavar baños o limpiar casas. Pretendo hacer algo diferente con mi vida. Pido un permiso en el trabajo sin goce de sueldo y así tener la posibilidad de regresar a trabajar como maestra si no me va bien en la frontera. Cd. Juárez Chihuahua es un lugar desconocido, peligroso, lleno de perversión, alcohol, drogas, prostitución, sexo libre. Lo único bueno que encuentras es trabajo en abundancia. Mi mamá me da permiso de irme de Torreón con la condición de que me hospede en la casa de su hermano Víctor. No tengo objeción porque de cualquier manera no conozco a nadie en esa ciudad. Mi mamá me despide en la terminal de autobuses, llorando y persignándome con amor y dulzura como es su costumbre. Al llegar a la casa de mi tío Víctor, me encuentro con una familia extremadamente pobre, desintegrada, resignada a su destino de ignorancia, sin más sueños que el de trabajar en las maquiladoras, mis primas no tienen otras aspiraciones que conseguir un hombre, llenarse de hijos y sobrevivir en la miseria.

Fueron pocos las semanas que pude vivir en esa situación; temperaturas bajo cero, la casa sin vidrios, durmiendo arriba de mis maletas para no congelarme en el suelo, cobijándome con mi ropa para calentar un poco mi cuerpo, hay que hacer una fogata con leña para calentar el agua si deseas darte un baño. Soportando los gatos, ratas y perros callejeros que se refugian durante la noche en tu cuerpo para no morir congelados en las bajas temperaturas. Siempre amanecemos con varios animales callejeros en los pies. Es un sacrificio que tengo que soportar porque no quiero regresar fracasada a mi casa, no quiero darme por vencida en las primeras semanas, tengo que luchar por abrirme paso en éste ambiente hostil e incierto.

Mi tío Víctor trabaja en el Paso Texas, nadando cruza el río Bravo cada semana, visita a su familia el fin de semana. Mi tío lleva una relación extraña con una señora que nadie sabe su nombre, sólo le llaman señora. Esa mujer lo explota y abusa porque mi tío es indocumentado. Mi tío trabaja como burro toda la semana, hace un sinfín de trabajos como me cuenta mi tía desde pintar, remodelar casas, jardinería, construcción, instalaciones eléctrica, y no se cuantas cosas más, pero solo así gana sus buenos dólares aunque esa señora se lo administra y en caso de alguna objeción, lo amenaza con la deportación.

La señora abusa de los sentimientos de un pobre hombre que lo único que quiere es tratar de sacar a su familia del hoyo miserable en el que viven. A la señora no le importa, hasta lo obliga a tener sexo pseudo masoquista con ella, lo humilla y le mantiene el vicio etílico para que no le haga cuentas de su merecido sueldo. Siempre lo manda con moretones en la espalda, marcas de haber sido golpeado con látigos, cadenas, quemaduras de cigarros marcas de esposas en sus muñecas, el pene irritado e inflamado, el otro día hasta un arete traía en los testículos, todo esto lo oí de mi tía cuando se lo contaba a una de sus vecinas en tono de confidencia. Mi tía Mariana, necesitada de dinero, espera ansiosa la llegada de mi tío del Paso Texas los viernes en la tarde. Casi siempre mi tío llega borracho, sólo viene a desquitarse de su situación con los menos culpables; su familia. A todos les grita, los golpea y hasta a mí me han tocado sus insultos.

En una ocasión, mi tío Víctor, llega con bolsas llenas de comida, chocolates americanos, palomitas de maíz, galletas de buena marca; todos nos saboreamos la boca. Frente a nuestros ojos lo mete en una pequeña caja fuerte, le pone varios candados, se dirige a nosotros y nos dice: "Esto que está aquí, no quiero que nadie lo toque, si alguien se atreve a desobedecerme le juro que le corto la mano". Con lo ojos desorbitados, pasamos saliva a nuestra garganta seca y jamás se nos ocurre ni voltear a ver la caja. Así empezó el tormento para todos, mientras no olemos o vemos los suculentos dulces y chocolates, todo marcha bien, pero en cuanto mi tío llega y se sienta enfrente al televisor a comer como rey enfrente de sus súbditos, sin compartir con nadie sus manjares. Al oler las palomitas, los cortes de sirlón asándose en el comal y sin poder probar un pedacito, eso sí que es tormento chino. Si alguno de sus hijos se le ocurre molestarlo o pedir algo para probar, lo corre con un golpe en la cabeza, llevándose mil insultos y groserías, en ocasiones todos los que lo rodeamos también recibimos nuestra dotación de humillaciones y uno que otro golpe si su mano nos alcanza.

Los fines de semana los odiamos porque es cuando llega borracho, agresivo y a martirizarnos con la comida. Tal parece que está haciendo unos trabajos extras con un matrimonio gringo y que ellos le pagan con mandado para su familia aunque la ironía es que nunca lo comparte con ellos.

La frontera es peligrosa. He tratado de buscar alguna oportunidad en los Estado Unidos pero hay muchas ofertas de trabajo sospechosas como una a la que hablé la semana pasada, el clasificado dice: "Se solicita señorita con buena presentación para atender a un niño con necesidades especiales, no experiencia ni inglés se requiere. Excelente sueldo. Comunicarse con el doctor Smith al 555-7651." Cuando leo este anuncio digo como muchas, éste trabajo es para mí, es todo lo que he estado buscando. Al comunicarme con el doctor, me contesta muy amable y me hace algunas preguntas poco comunes: "¿Con quien vives? , ¿Tienes buena relación con tus padres?, ¿Tienes novio?, ¿Sabes leer y escribir?, ¿Tienes disponibilidad inmediata?, ¿Si se requiere, puedes trabajar de noche?" jamás me preguntó mi experiencia docente, por lo menos y cuando pregunto: "¿Te gustan los niños?" me sonó muy sospechoso, así que seguí mi instinto y descarté cualquier aviso que te ofrecieran el sueño americano en bandeja de plata. Unas semanas más tarde leí en el periódico que habían descubierto una banda bien organizada de tratado de blancas, recluyendo víctimas por medio de anuncios clasificados. Esa noche no pude dormir pensando en todas las jóvenes que cayeron en la trampa sucia y que afortunadamente yo decidí darle la vuelta.

Mi tío Enrique, el otro de los hermanos de mi mamá, ese al que corrió hace algunos años de mi casa por casi abusar de una de mis hermanitas, llega a la casa y habla con mi tía Mariana para quedarse unos días mientras encuentra trabajo. Me hierve la sangre cuando lo veo, trato de advertirle a mi tía la clase de tipo que es, pero desgraciadamente el que tiene la última palabra es mi tío Víctor y decide aceptarlo. Solo me queda la esperanza que con el carácter que tienen cuando llega de El Paso, lo corra y no deje que se quede. Al llegar el fin de semana, mi tío llega alcoholizado como de costumbre y al ver a mi tío Enrique le da la bienvenida y le dice que puede quedarse el tiempo que necesite. Estoy segura que eso terminará de arruinar a su familia.

Un sábado me preparo a salir para buscar empleo y mi tío Enrique se ofrece amablemente en acompañarme, le digo que no pero él insiste, hasta invita a mis primas, creo que lo hace para que le tenga confianza. Al final acepto la ayuda después de tanta insistencia. Sin dilatarse mucho para quitarse el antifaz de sus verdaderas intenciones, nos subimos al camión y nos dice: "Ustedes no necesitan trabajar en las maquilas por unos cuantos pesos, hay maneras más fáciles y rápidas de tener mucho dinero, fíjense bien en lo que voy a hacer". Se levanta de su asiento con determinación y se dirige hacia el otro extremo del camión. Se tropieza intencionalmente y casi tumba a un señor que se encuentra parado, mi tío sacude la ropa al pobre hombre y le pide disculpas, le grita la parada al chofer y nos hace una seña para bajarnos. Sin abrir la boca nos mete a un restaurante y antes de que llegue el mesero nos enseña la cartera perteneciente al señor del camión. Al abrirla trae sus identificaciones, dinero en efectivo, como 600 pesos que de seguro era todo su sueldo de una quincena de trabajo. Mi tío dibuja una sonrisa radiante en su rostro, se dirige a nosotras y agrega: "¿Se fijaron lo que hice? nadie se dió cuenta, ni siquiera el dueño de la cartera. Es bueno hacerlo los días de quincena, todos traen efectivo. Con éste dinerito ya me ahorré muchas horas de explotación, pero no crean que es fácil, tiene su riesgo. Algunas veces me han atrapado pero no duro más de dos días en la cárcel porque es un delito menor o a veces comparto con la policía mis ganancias para que no tengan ojos ni oídos. A ver, ¿qué les pareció el negocio? ¿Le quieren entrar?, bueno mejor no me contesten ahora", agrega con voz maliciosa, "vamos a divertirnos un poco". Seguía sin salir de mi asombro.

Aunque yo no aprobaba la manera en que consiguió el dinero, me deje llevar por el momento y remilgosamente acepte seguir con ellos. Comimos delicioso, fuimos al cine, nos compró todo lo que se nos antojó y hasta un vestido nos regaló a cada una. De regreso a casa, en el camión roba otras dos carteras y nos enseña algunos trucos de como seleccionar a los clientes, nos dice cuales son las mejores rutas y los horarios y fechas para tener más éxito en el arte de ser carterista. No puedo creer que por unas horas me haya deslumbrado lo fácil que es hacer dinero sin esfuerzo.

Es sorprendente que me atreva siquiera a pensar en una posibilidad de robar, siendo yo una profesora que debe formar buenos ciudadanos, honrados, independientes, responsables, personas que puedan cambiar esta porquería en lo que hemos convertido nuestro querido México. Ahora hemos convertido nuestro hermoso país en un lugar corrupto, lleno de delincuencia, secuestradores, hombres fumadores y/o alcohólicos. Quiero cambiar las generaciones que se están formando para que mis hijos tengan un mejor futuro. Me siento sucia porque por algunos momentos tuve la debilidad que el dinero fácil pudiera comprara mis valores, mi moral y sobre todo mi integridad como ser humano. Al llegar a la casa le regresé a mi tío el vestido y le dije, "A mí no me compras con tus actividades de delincuente", él se río y me contestó: "Azucena, ya vendrás cuando te estés muriendo de hambre en tu mundo honrado".

A los pocos días le dije a mi tía Mariana lo que había pasado pero creo que llegué un poco tarde, ella ya probó los manjares que mi tío Enrique le ofreció. Por primera vez en mucho tiempo comieron carne, compraron pañales para los niños, mis primas dejaron de trabajar en las maquiladoras, ahora todo es diferente, salen de la casa a medio día, trabajan unas horas y las demás se la pasan viendo televisión charlando, visitan a mi prima, la menor de ellas, que está en la cárcel por haber asesinado a su suegra, aunque fue un accidente pero su esposo la hundió por medio de declaraciones falsas. Además platican con las vecinas o asisten a los entrenamientos que mi tío les ofrece porque se le olvidó decirles un pequeño detalle no es su única profesión a la que se dedica, también es asesino a sueldo, y su especialidad son los políticos. Pero sigo sin salir de mi asombro cuando nos enteramos que otra de sus caras es ser coyote, nada el río Bravo para cruzar a los indocumentados con la ayuda de unas llantas de tractor, y claro que les cobra un buen dinero. Mis primas consiguen a los inocentes clientes y mi tío los engaña prometiéndoles hasta trabajo en los Estados Unidos por 500 dólares y los abandona a su suerte al cruzarlos el río. La mayoría de ellos son atrapados por los agentes de inmigración y los deportan a México el mismo día, sin dinero, desmoralizados y sin poder recurrir a las autoridades. Mi tío usa diferentes caracterizaciones en su persona para no ser identificado por ninguno de los ilegales estafados.

Mi tío también vende droga en el barrio, lo conocen como "El Zurdo", es un hombre alto, delgado, musculoso, bien parecido y dispuesto a matar a cualquier ser querido por unos cuantos pesos. Mi tío se da cuanta de las necesidades y debilidades de la familia de su hermano rápidamente con su habilidad de tramposo, en pocas semanas elimina de raíz los elementos que no le sirven; primero golpea con un bat a los esposos de mis primas, advirtiéndoles que si vuelven a la casa los matará. Luego busca a la señora que explota a mi tío y le dice que él le dará dinero para que mantenga a su hermano en El Paso.

La señora inventa la mentira de que lo ayudará a arreglar los papeles legales y uno de los requisitos es que no vaya a México hasta que le llegue su residencia permanente, la llamada "green card". Mis primos de 8 y 13 años se quedan a merced de las malvadas intenciones de mi tío Enrique. Forma una verdadera familia con sus 4 mujeres, a mi tía y a mis primas las hace sus esposas por medio de un ritual, inventado por su malévola mente. Al niño más chico lo viola por diversión cuando está aburrido y el otro afortunadamente se escapa de la casa, jura encontrar a su padre, rescatar a su familia y vengarse de mi tío. No tengo idea a donde puede ir un jovencito de 13 años, espero que en su camino se crucen personas buenas que lo ayuden a salir adelante y no caiga en manos más perversas.

No puedo más con esta situación, tengo miedo de algún abuso sexual por parte de mi tío y aunque no tiene la necesidad ya que mis primas y mi tía lo complacen a su antojo, de cualquier manera no me siento segura. Una noche hablo con mis primas para llevármelas de ese lugar, pero ellas me contestan: "Azucena, estás loca, aquí somos felices, tenemos que comer, no nos matamos trabajando, nadie nos pega y aunque mi tío se acuesta con nosotras por lo menos no nos golpea, nos trata bien y no tenemos hambre, así que no te preocupes, si tu quieres vete y no vuelvas más". No cabe duda que nunca se termina de conocer a las personas. Salgo una noche, sin avisarle a nadie, con la maleta llena de sueños frustrados pero con la moral intacta. Quiero llevarme a mi primito porque lo veo sufrir pero me siento débil, sólo tengo 21 años para enfrentarme a la bestia que es mi tío. Espero que algún día me perdonen mis primos por abandonarlos pero por primera vez en todos estos meses que estuve con ellos, los veo felices disfrutando de la vida, vestidos decentemente, con el estómago lleno y lo mejor es que ahora si mi tía tiene una sonrisa en el rostro.

Estoy de acuerdo que la felicidad no la puedes basar en la desgracia de otros, no es correcto lo que están haciendo y espero que el día que ajusten cuentas con la ley caigan y paguen los verdaderos culpables. Me subo a un camión sin rumbo fijo, no puedo regresar a Torreón con una maleta llena de fracasos y un mundo falso. Pero aún tengo fuerzas para empezar de nuevo y olvidarme del pasado.

En el camión rumbo a mi nuevo destino, me encuentro con una gran sorpresa, ahí está Julio, mi gran amigo de la secundaria en Torreón y que lo siento como si fuera de mi familia. Le doy un abrazo muy fuerte. Juntos recordamos tantos momentos divertidos que compartimos, llenos de travesuras, risas fugaces, bailes dominicales pero sobre todo él tiene el mayor de mis secretos, ese aborto al que sin ninguna pregunta me acompañó hacer hace algunos años. Nunca le dije lo que en realidad había pasado pero creo que eso es lo de menos, tenemos un lazo para toda la vida. De lo que si estoy segura es que nunca saldrá de nuestros labios un comentario al respecto.

Me platica sus planes ahora que se graduó de Licenciado en Biología. Ha buscado por varios meses trabajo de biólogo, por lo que según él ha nacido, sin encontrar un empleo digno, él ganó el premio por el mejor estudiante de su generación en todo el estado de Coahuila. Es un cerebro desperdiciado en una oficina. Julio busca algo más que un salario mínimo o un puesto burocrático, es un insulto a su intelecto. Por primera vez desde que lo conozco, tenemos la oportunidad de compartir nuestros planes, me gusta como piensa y su manera de ver la vida. Nos intercambiamos direcciones, aunque yo todavía no sé a donde iré a parar, pero aún así le digo que yo lo buscaré, por su parte él regresará en unos días a Torreón y a mí me faltan 2 meses para decidir si me voy o me quedo.

## *CAPÍTULO CINCUENTA Y SIETE*
## FANATISMO, PASIÓN Y REENCUENTRO

Paso un mes buscando un trabajo decente pero la mayoría busca sexo, drogas o dinero fácil, ese ambiente no es para mí, con dolor de mi corazón resuelvo volver a mi casa. Me encuentro desolada en la central camionera, llorando silenciosamente, pensando en mi derrota, triste por no llevar ni un solo triunfo en esta maleta para ofrecérselo a mi familia en Torreón, cuando el destino me tiene preparada otra sorpresa que cambiará mi rumbo una vez más, me encuentro con Antonio, un viejo vecino y amigo de mi hermano Héctor. Ambos estudiaron Ingeniería en el Tecnológico de la Laguna. Antonio esta casado con Bety una joven de ojos grandes, mirada profunda, tez blanca, de dientes grandes, cuando sonríe su encía es visible. Hace algunos años Antonio se enamoró de ella desde que la vió pasar con su uniforme de la escuela comercial. Su amor por ella duro varios años, sintiendo un amor no correspondido, hasta que un día Bety a pesar de no amarlo, corresponde a su insistencia y tenacidad. Se casan a los pocos meses de noviazgo formando una pareja relativamente estable emocionalmente. Bety trabaja de empleada en la compañía de Teléfonos de México, tiene un puesto que le ofrece muchas satisfacciones profesionales, un buen sueldo, la oportunidad de socializarse, atender su arreglo personal y ser independiente. Al recibir la noticia de la llegada de su primer bebé ambos se sienten bendecidos por Dios. Los padecimientos del embarazo no se hacen esperar; vómitos, náuseas, ascos, mareos, etc. A Bety no le gustan los síntomas. Lo que más le afecta a Bety es su aspecto físico, su figura deformada, sus estrías pronunciadas y no tolera verse al espejo. Los celos que crea en su mente no la dejan ser feliz. Antonio no puede ver a nadie, no puede hablar con ninguna mujer porque Bety lo insulta y le dice que como ella ya no se ve normal ahora anda buscando otras mujeres. Bety piensa erróneamente que él la abandonará con la primera que le haga caso a sus insinuaciones sexuales.

Por supuesto todo esto está en su cabeza, Antonio siempre la ha idolatrado, sería incapaz de ver a otra mujer con ojos lujuriosos, como ella imagina. Ahí es cuando empieza el infierno para Antonio por los celos descontrolados de Bety. Ya han pasado tres años y Bety se encuentra embarazada de su tercer hijo. Bety pasa por un estado de depresión cada vez más agudo. La frustración por no poder regresar a su trabajo de Teléfonos de México la hacen sentirse miserable e inútil. Antonio no le permite retornar a su trabajo por el argumento de que sus hijos no pueden quedarse con ninguna persona extraña. Antonio actúa machista e irracional ante la situación que le plantea Bety. Antonio es determinante e inflexible en sus convicciones y le dice a Bety que en el momento que la mujer es madre tiene que asumir sus responsabilidades, dedicarse en cuerpo y alma a sus hijos, marido y hogar. Ideas que Bety no comparte y la hacen infeliz. Ahora su cara se encuentra manchada de paño, tiene una figura redonda que no le permite lucir su ropa de hace algunos años cuando trabajaba en la oficina. Bety se queja todos los días de la miserable vida que tiene con 3 hijas, un marido macho y una silueta por nadie envidiable.

Por el inmenso cariño que Antonio le tiene a Bety, acepta la idea de que su suegra venga de Torreón a pasar una temporada con ellos. El plan es que la mamá de Bety le ayude con los niños, entonces Bety pueda regresar al trabajo y si eso la hace feliz entonces Antonio será más feliz. Éste es el momento en que yo aparezco en sus vidas. Me encuentro a Antonio en la central camionera esperando a que llegue su suegra de Torreón. Bety está muy contenta tanto así que al escuchar lo mal que me fue en este lugar y que estoy a punto de comprar el boleto para irme de Juárez, me ofrece su casa, me dice: "Azucena no te vayas, quédate con nosotros, la casa está muy grande y hasta alberca tenemos. Además estoy segura que te llevarás bien con las niñas y mi mamá. ¡Ándale, ándale di que sí!". Imaginando mi respuesta positiva, Bety le dice a Antonio que lleve mi maleta a su carro.

Sin hacerme del rogar acepto su propuesta con la condición que en cuanto encuentre trabajo los ayudaré con los gastos de la casa. Antonio me dice; "Azucena, Héctor es como mi hermano, ¿No te acuerdas cuantas veces tú mamá me dió de comer cuando tenía hambre o me dejó pasar la noche cuando lo necesité?, en tu casa nunca se le negó a nadie los frijolitos con tortillas de harina recién hechas. Tu mamá sin darse cuenta me educó como a uno de ustedes, le debo mucho a tu familia, así que cuenta conmigo para todo. No te preocupes todo saldrá bien y triunfarás en esta ciudad como yo lo he hecho. Fíjate que ahora soy el gerente general de Phillips. Tengo un puesto ejecutivo, 3 hijas preciosas y estoy casado con el amor de mi vida, que más le puedo pedir a la vida, estoy seguro que encontrarás lo que buscas".

La llegada de la suegra a la casa de Antonio y Bety complica la situación. Primero porque Bety le debió haber llamado a su mamá hasta que encontrara empleo. Ahora es difícil contratar a una ama de casa sin ningún curso de actualización, con varios años de inexperiencia, esto es un factor importantes. Ya las cosas no son como hace algunos años cuando Bety dejó el trabajo. Ahora piden que las secretarias hablen inglés y que manejen la computadora. Ya ni usan la taquigrafía ni el conmutador. Además, el aspecto desafortunadamente en nuestro país cuenta mucho, las gorditas son discriminadas y también las madres con varios hijos porque los empleadores saben que los permisos por enfermedad de sus pequeños serán frecuentes. Por otro lado los gastos de seguro social son mayores y los turnos de las empleadas son limitados porque no tienen con quien dejar a los niños. Así que Bety tiene todo eso en su contra, le es imposible encontrar trabajo. Todos los días Bety regresa deprimida, cansada, llena de odio hacia sus hijas y sobre todo hacia su esposo, causantes según ella, de su gordura, inexperiencia profesional y amargura.

Antonio se queja con Bety del descuido en el que tiene a las niñas, la casa y a él. Le dice que no le gusta la comida que hace su mamá, que no lava la ropa como a él le gusta y sobre todo que sus hijas ya no reciben su amor. Bety explota como nunca: "¿Sabes qué?, estoy gorda, fea, incompetente ante los hombres para trabajar, quiero mi vida pasada antes de que tuviera hijas, me quiero morir, odio todo lo que me rodea, tú dices que me das todo lo que necesito pero no es así. Me robaste mi independencia, mi felicidad, mis sueños de producir algo en esta sociedad, de sentirme capaz de dirigir una empresa como los hombres. Mis hijas me robaron mi belleza física, gracias a ellas luzco como tinaco, gracias a tu educación machista nunca pude regresar a trabajar porque una mujer se debe a su hogar y a su hombre. No dejaste que me cuidara de no tener hijos porque tu objetivo era llenarme de chiquillos y tenerme atada a ti. Me tienes en una casa preciosa y comida abundante pero eso no compensa mi infelicidad ante la vida. ¡Los odio a todos!". Antonio se queda perplejo ante semejante revelación. Después de escuchar a Bety expresar su amargura me pongo a pensar "Tengo que encontrar un trabajo rápido para poderme salir de la casa de Bety porque las cosas se están poniendo feas y complicadas".

Finalmente encuentro un trabajo en el departamento de pastelería de un restaurante elegante que abrieron sus puertas hace unas semanas. Los pasteles y la repostería son exquisitos, el trabajo es agotador pero pagan bien. En este lugar me puedo bañar, uno de los beneficios es poder comer tres veces al día sin costo al empleado, es una gran ventaja no tener que molestar a Antonio y a Bety ahora que tienen tantos problemas de pareja. Antonio decide que es tiempo que su madre se vaya porque piensa que es una mala influencia para su esposa y sus hijas. Gracias a su suegra ahora las niñas ven telenovelas, comen dulces a la hora que quieren, se duermen y se levantan tarde, andan sucias y ahora tienen malos modales.

Bety no está de acuerdo pero Antonio le advierte que si ella no habla con su mamá para que se vaya, él lo hará y no de muy buena manera. La señora regresa a Torreón triste y llorando por su hija y sus nietas. Bety se hunde en una depresión sin salida. Una tarde tocan a la puerta, Bety abre y se encuentra a una mujer vestida con harapos, le pide un poco de comida para ella y sus 5 hijos. Bety le permite la entrada la invita a pasa a la terraza y empiezan a platicar, la mujer le dice que ella encontró a Dios en la religión Cristiana. La mujer le cuenta que antes vivía como ella, con lujos y excesos de cosas materiales pero no era feliz, se dió cuenta que lo único que vale la pena es lo espiritual, la fe en Dios y el amor al prójimo.

La señora describe, al pie de la letra los sentimientos de Bety, su estado de ánimo pero sobre todo su frustración ante la vida. La señora la envuelve con sus palabras bíblicas y le dice que ella es muestra de como la gente puede vivir feliz aún sin nada que comer o vestir. Estos comentarios hacen reflexionar a Bety "Ahora la vida tiene sentido. Si encuentro el camino del sacrificio sanaré mis heridas, purificaré mi alma, mi espíritu y sobre todo buscaré el perdón de Dios a todos mis pecados por medio de la oración. Moriré por mis hermanos, empezaré por destruir todo lo material, todo lo que nos hace infelices, todo lo pagano". Repite Bety una y otra vez en su cerebro.

Al siguiente día veo a una Bety totalmente sumergida en sus pensamientos, poseída frente a mis ojos. Es otra persona, la veo caminar lentamente entrando a su recámara. Lleva al patio las 5 televisiones, los 3 stereos, el microondas, la cafetera, el teléfono, la plancha, vestidos, joyas, etc. Prende fuego a todos los aparatos electrónicos y artículos que según ella son manejados por el diablo. Quiere desconectarse del mundo real y buscar su propio espacio. No pude evitar la tragedia, nunca me imaginé lo que Bety haría con todas las cosas que llevaba al patio. La ropa de Antonio y de las niñas las corta con las tijeras para que parezcan viejas y usadas. No pude localizar a Antonio en la planta, así que para cuando él llega todo era un montón de cenizas.

Por primera vez Antonio le pega tan fuerte a Bety que tuve que intervenir para que no la lastimara demasiado. Bety no metía las manos, solo rezaba y rezaba, decía que eso se lo merecía por haber vivido con lujos por varios años, que Dios le mandó esa golpiza para lavar sus culpas. Toda golpeada, va con Antonio y le besa la mano dándole las gracias por los golpes.

Al día siguiente una vecina toca el timbre de la casa, Antonio despierta y abre la puerta. La vecina pálida y alarmada le dice que Bety se encuentra pidiendo limosna afuera de la iglesia y las niñas están comiendo unos desperdicios que encontró en el bote de su basura. Antonio incrédulo corre a la recámara de las niñas y no las encuentra. Sale corriendo y ahí está su esposa rezando y recogiendo un bocadillo del suelo.

Antonio se la lleva directo al hospital a que le hagan estudios neurológicos. Bety goza de excelente salud, su problema es psíquico, le dicen los doctores. Antonio desesperado acude a la corte para que le den legalmente a las niñas mientras ella se recupera en algún hospital de Torreón. El juez le concede la custodia. El hospital no la admite porque para ellos no está loca ni demente, solamente quiere otro estilo de vida pero ella esta consciente de todos sus actos por más absurdos que parezcan. Así que Bety se dedica a vagar por las calles de Torreón para ganarse la gloria y el perdón de Dios por su vida pasada.

Con tristeza me despido de Antonio, le digo que regreso a Torreón para reactivar mi empleo, si no lo hago perderé mi trabajo como maestra. Le deseo lo mejor para él y las niñas. Aunque no triunfé como hubiera querido, regreso complacida y con ganas de ver a mi familia y abrazar a mis hermanos, sobre todo a mi mamá y decirle cuanto los quiero y sobre todo lo mucho que los extrañé.

La llegada a Torreón fue muy emotiva, mi mamá me dice que sabía que iba a regresar y que me extrañaba mucho. Dejamos correr nuestras lágrimas sin cesar. Empiezo a poner orden en la casa. Con el dinero que traigo ahorrado, compro unas camas, un boiler para que nos podamos bañar con agua caliente, compro la línea de teléfono y una salita de fibra de vidrio para recibir a las visitas. Empiezo a estudiar durante los veranos en la ciudad de Saltillo una carrera de Educación Especial "Terapista de Lenguaje", me gustaría trabajar con niños que tengan impedimentos auditivos y/o anomalías de lenguaje. Me reencuentro con mis viejos amigos entre ellos Julio, Pancho, Iturriaga, Salas, Neto y Bertha. Todos salimos a divertirnos; vamos a la avenida Morelos, una calle hermosa llena de palmeras donde los carros pasan lentamente, se pueden hacer citas amorosas, hacer nuevos amigos o simplemente divertirse al ver pasar jóvenes y chicas.

Mi mamá sigue trabajando en la estética, y continúa la amistad con Rubén, Pompeyo y José Luis, ahora no salen de la casa. Rubén me pretende abiertamente, con serenatas, regalos costosos y detalles simpáticos. Es agradable platicar con él pero no es mi tipo. No me gusta que tome cerveza y fume. Además su trabajo en el gobierno no le permite ser él mismo, siempre tiene que actuar como los demás quieren que actúe, y el dinero puede comprar todo según él. Rubén insiste en ser mi novio utilizando todos sus recursos y su pasión de hombre enamorado, a tantos detalles no me queda otra que darnos una oportunidad de conocernos, acepto ser su novia.

Rubén me llena de atenciones, me presenta con su familia, con su círculo social, me manda un chofer para que me lleve y me traiga al trabajo. Nunca un hombre me había tratado como una reina. No estoy enamorada de él pero me divierto, me siento protegida y segura con su compañía. A las pocas semanas de relación con pocos besos y muchos apapachos me invita a ver una corrida de toros con Curro Rivera, el torero más famoso de México. Curro Rivera termina la última faena, el público se pone de pie gritando y aplaudiendo ante su impecable participación. El juez le otorga el máximo reconocimiento a un torero, el rabo y las dos orejas del toro. Todos seguimos de pie emocionados sin cansarnos de aplaudir. Curro Rivera levanta un letrero que dice: "Azucena, eres la mujer de mi vida, ¿Te quieres casar conmigo? Te amo. Rubén". No lo puedo creer, el corazón se me sale, le doy un beso emocionada a Rubén. La gente y Curro Rivera esperan mi respuesta, veo a Rubén con lágrimas en los ojos, todos gritando y esperando un ¡SI, SI!, sin pensar las consecuencias de mi palabra y debido a la presión y emoción, de mis labios sale un SI. Toda la plaza de toros explota de regocijo. Rubén me abraza y me carga en hombros. Le agradecemos a Curro Rivera su amabilidad y el haberse prestado a la locura de Rubén.

Rumbo a la casa, reflexiono sobre lo que hice y me arrepiento profundamente porque lo que menos quiero es engañarme sobre mis verdaderos sentimientos. Rubén no se merece casarse con una mujer que no lo ame. Estoy segura que no estoy enamorada de Rubén, ni lo quiero como para casarme con él. Me voy a la cama con un pensamiento: "Espero pueda zafarme de este problema sin tener que lastimarlo demasiado".

Rubén cambia totalmente. Esa misma tarde al regresar de la Plaza de Toros me dice con un tono de voz que jamás había escuchado antes: "Azucena, ahora que aceptaste ser mi esposa las cosas serán diferentes. No quiero verte sola por todos lados, ahora eres una mujer comprometida y tu futuro esposo no te quiere compartir con nadie. Así que les dices a todos tus amiguitos de la secundaria y los de tu barrio que a una mujer comprometida no se le puede visitar en su casa. Tienes que avisarme donde andas para que el chofer te lleve y te traiga. No debes de usar las falditas o andar muy despechugada, recuerda que ahora tienes dueño, se llama Rubén. Como ya tengo casa completamente amueblada, sólo falta que vayas a Cimaco para que el decorador te oriente de lo que le queda mejor a la recámara. Con respecto a tener hijos, a mí no me gustan mucho y para evitar una infidelidad de tu parte me voy a operar, me haré la vasectomía, así mataré dos pájaros de un tiro no niños y no engaño", y el discurso seguía y seguía, "con lo que respecta a la recepción de la boda mi familia organizará todo como es la costumbre, irá la crema y nata de Torreón. Tus invitados se limitarán a tus familiares directos, hermanos, porque no creo que quieras que se sientan incómodos acerca de la famita de tu familia, ¿Verdad? Bueno me muero de ganas por darle la noticia a tu mamá y a todos mis seres queridos, se van a volver locos de alegría".

Nunca en mi vida había escuchado tantas estupideces juntas provenientes de una sola persona. Mi corazón se detiene, no puedo hablar de la impresión. Al llegar a mi casa, le da la noticia a mi familia. Mi mamá se pone contenta pero pensativa, me hace una mueca para hablar conmigo a solas. Al estar frente a mi mamá le digo, "no te preocupes es un mal entendido yo lo arreglaré".

Todos los días llegan a mi casa flores, regalos, muñecas, vestidos, zapatos, joyas y hasta un sobre con dinero en efectivo. Todos los regalos acompañados por una notita "Rubén, siempre tuyo". Su chofer me sigue a todos lados, le informa el más mínimo de mis movimientos, no me deja ni respirar, me reclama porque platico con mis amigos o amigas. La familia de Rubén organiza una despedida de soltera en el exclusivo hotel "Río Nazas", donde recibo cerca de 300 regalos.

Esa noche termino exhausta. Me invita a su casa para que me enseñe las cosas que compró. Al entrar me sienta en un sillón de piel negro, muy cómodo, me ofrece una bebida, la cual rechazo porque no me gusta el alcohol y él lo sabe perfectamente. Se escucha música suave y una luz tenue alumbra la sala. No me gusta ese ambiente, así que antes de que pase algo tonto por su cabeza le corto la inspiración y le digo con voz sin tregua, "Llévame a mi casa". Su respuesta es darme un beso caliente y mojado, no me gusta esa sensación, me agarra el pelo, me besa el cuello, no es tan fácil empujarlo porque es un hombre de casi dos metros y 120 kilos. Me toma la mano para que toque su pene duro caliente y diminuto. Grito tan fuerte que las sirvientas pueden oírme pero no responden a mi llamado de auxilio. Me trato de resbalar en el sillón y con todas mis fuerzas lo logro, corro a la puerta, escucho unas risas detrás de los sillones, al voltear veo que son sus amigotes. Rubén dice: "Azucena, acabo de ganar una apuesta, estos idiotas dijeron que no eras virgen que eras una mujer fácil y que te calientas al primer hervor. Gracias por ser como eres, voy a hacer el hombre más afortunado del mundo". Respiro profundamente para pensar lo que le diré a ese perfecto imbécil.

"Mi cielito", le digo conteniendo la respiración, "número uno perdiste la apuesta porque no soy virgen, número dos, no es que no sea fácil, es que tú no tienes la capacidad de despertar mi pasión ni mi apetito sexual y número tres tus requisitos para ser tu esposa no los cubro. Tú quieres un monigote metido en tu jaula de oro, quieres un mueble más en tu casa. Tus complejos, tu poder y tu dinero no dejan que veas más allá de tus narices, adiós y si me vuelves a buscar les diré a todos tus compañeros de trabajo que tu pene parece un chile de árbol, lo que te sobra de pendejo te falta de pene. Púdrete en el infierno". Rubén se sonroja, se queda perplejo, sus amigos se ríen y se burlan, le gritan pene de chile de árbol. Rubén no puede creer que alguien se haya atrevido a ofenderlo de esa manera.

Mientras corro rumbo a mi casa, siento sobre mi cuerpo un aire tibio que me libera de un compromiso. Voy recuperando el aliento y con ello mi libertad. Fue humillante pero efectivo para que reaccionara y me diera cuenta del error que cometería. Rubén me conoce perfectamente y sabe de lo que soy capaz así que estoy segura que no me volverá a buscar.

## LETICIA CALDERÓN

### *CAPÍTULO CINCUENTA Y OCHO*
### LA BASURA DE NUESTRA EDUCACIÓN

Decido buscar nuevamente fortuna en Cd. Juárez pero esta vez tramito un cambio para llevarme la plaza de maestra de Torreón a Cd. Juárez. Olivia, una chica joven de nuevo ingreso, trabaja en la escuela "Espinoza Villanueva" y se cambiará a mi lugar en la escuela de audición y lenguaje "Jean Piaget. El trámite es rápido, en unas semanas me encuentro en la escuela Villanueva trabajando con primer grado, ningún profesor lo quiere por que es complicado enseñar a leer y escribir, por lo regular se lo dan a los nuevos en la escuela. A mí me fascina la idea de trabajar con el primer año. Al llegar al plantel, inmediatamente me doy cuenta que el personal docente está dividido en dos bandos: la mafia del inspector corrupto, entre ellos su hermana la directora, su nieto el conserje, sus cuñadas y su esposa la maestra de apoyo escolar; por otro lado están los maestros intelectuales. Estos últimos desean fervientemente acabar con los malos manejos de los recursos humanos y económicos del magisterio, por lo menos de la zona escolar.

Sin pensarlo y como si fuera imán me identifico con el segundo grupo. No porque me considere una intelectual sino porque me apasiona la idea de acabar con los profesores fantasmas, esos que solamente aparecen en la nómina, se presentan a cobrar cada quincena y nunca los vemos en los grupos trabajando. El inspector tiene a toda su familia en algún puesto de la zona escolar, desde directores hasta conserjes, es un virus que se reproduce aceleradamente, alguien tiene que detenerlo.

Desgraciadamente los vicios están tan arraigados que necesitaremos un buen dirigente en la SEP, en el Sindicato de Maestros y sobre todo un buen Presidente de México para que termine con los maestros fantasmas, con los perezosos, con la corrupción, con la mentalidad magisterial que vive con el lema: "El gobierno hace como que me paga pues yo hago como que trabajo", es triste encontrarte con maestros que siguen pensando que: "Las letras con sangre entran". Les pegan a los alumnos y no hay ninguna autoridad que los castigue por el abuso infantil que están cometiendo, los directores nunca hacen su trabajo. A los inspectores sólo se les ve por las escuelas en algún convivió donde haya comida y cerveza, uno nunca conoce a los jefes de sector, éstos cobran lo triple de mi sueldo y ni su nombre sabes. Todos esos puestos no sirven para nada, son aviadores, filtradores de presupuesto económico que se llevan a sus bolsillos. Cuando el jefe de sector recibe dinero, éste jamás llega a las escuelas y si por suerte el director de la escuela recibe algún material didáctico para los estudiantes o los maestros éste se encarga de distribuirlos entre sus nietos o venderlo para completar la quincena.

La realidad es triste, todos sabemos que los libros de texto en México son gratuitos pero en las comunidades donde no llegan los medios de comunicación encontré maestros que se los vendían a los padres de familia, fuera por unos cuantos pesos, comida, gallinas, marranitos, lo que fuera para su beneficio personal. En la escuela Espinoza hay de todo, el maestro Adán, se la pasa leyendo el periódico mientras sus alumnos están haciendo dibujitos a la hora en que debe enseñar matemáticas, ó como el Profe Alejo, todas las mañanas saca a sus estudiantes de primer grado al solecito y les dice: "A ver niños van a buscar piedritas -cinco minutos- ahora las van a lavar muy bien – cinco minutos- ahora las van a dejara en el solecito para que se sequen –10 minutos- ahora las van a volver a mojar – cinco minutos- ahora las van a llenar de tierra antes de que se sequen –cinco minutos-, muy bien ahora traigan más piedritas". Me parece que el maestro lo que pretendía es calentarse bajo el sol ó como la esposa del inspector. La maestra Rosario que se roba el ahorro de los niños sin el menor pudor.

En las juntas de maestros se intercambian sarcásticamente métodos para pegarles a los niños para que no les quede huella de los golpes. La maestra Coco nos comparte su estrategia: "Si pones un palo y lo envuelves con muchos periódico y cartones; les pegas a los niños en la espalda o la cabeza, les duele en el alma pero no les dejas moretón, ja, ja, ja".

Me indigna el caso de la maestra Socorro que destruye cada día el autoestima de sus estudiantes de primer grado. Su amargura por ser madre soltera y ser rechazada por los hombres la llevan a expander su odio a los inocentes, les grita los peores insultos, les pega con lo que encuentra a su paso, los castiga como si fueran animales, pero todos se hacen de la vista gorda, nadie se atreve a decir nada, el sindicato la protege. En una ocasión cuando tenía sexto grado, unas estudiantes no entraron a la escuela, se fueron de pinta (como se dice cuando los estudiantes no entran a clases y se van por ahí). Unos policías las encontraron en un centro comercial y las regresaron a la escuela, les hablaron a sus padres y las niñas dijeron: "Ya no queremos ir a la escuela con la maestra Socorro porque nos pega mucho y nos dice cosas feas, se burla de nosotras y le tenemos miedo".

Los padres denunciaron a la maestra ante el DIF (Desarrollo Integral de la Familia), ellos prometieron proteger los derechos de las niñas, pero el sindicato llega al acuerdo con los padres de que le permitieran a la maestra terminar el año escolar. A la "pobre" Socorro que sin el menor remordimiento o arrepentimiento por lo que hace con los niños, con su cara de burla y poder no dejaba de decir que las niñas junto con sus padres son unas haraganes, mediocres, malagradecidas porque ella lo hace todo para que sus alumnos aprendan. Es de los acuerdos más estúpidos que he escuchado. Los padres de familia asustados aceptaron. La maestra sigue con sus fechorías y todos contentos excepto los estudiantes. Al término del ciclo escolar, le llega el cambio a Socorro y le dan la oportunidad de crear una escuela nueva, ese fue el "castigo" por haber maltratado tantas vidas durante 15 años. Desgraciadamente seguirá destruyendo vidas inocentes ante la mirada de toda la sociedad, las autoridades y sus compañeros maestros.

Los directores de mi escuela, directores del turno matutino y vespertino, no conocen el sentido de responsabilidad o ética profesional. Y como la mayoría de los directores de nuestro sistema educativo, ellos no conocen sus funciones como tales ni les importa la seguridad o el bienestar de los estudiantes. Un ejemplo muy claro es cuando tienen que regresar a los grupos de cualquier grado porque la maestra no llega a trabajar, pero para eso están los directores ¿no?, se supone que una de sus tantas funciones es enseñar y atender a los estudiantes cuando la situación lo amerite. Para ellos lo más cómodo es mandarlos a sus casas y lavarse las manos sin importar si los niños llegan a salvo a sus casas o si tienen quien los cuide.

Otro ejemplo es cuando su personal educativo goza indebidamente de una hora de recreo cuando deben ser sólo 30 minutos. Otra atrocidad que se comete es que ningún director o maestro supervisa los recreos, los niños se pueden matar afuera pero el almuerzo del maestro es sagrado. Es común que los maestros salgan de la escuela con la señora de enfrente a comer quesadillas de tortilla de harina, fingiendo que desde ahí se escucha el timbre, sin importarles lo que pase con los alumnos durante su hora de juego libre. Es vergonzoso que se hagan juntas para planear la posada de los maestros o algún evento social que no tiene nada que ver con la educación de los estudiantes cuando se supone que los alumnos tienen que aprender. Mientras tanto los niños se encuentran en los salones haciendo dibujitos o planas a merced de la buena suerte que no haya algún accidente. Varias veces los directores escuchan el rumor de que viene una supervisión y mal organizan seminarios según ellos para capacitar al personal docente, así que al vapor, se pega un letrero en la puerta de la escuela y se le avisa a los padres: "Mañana no habrá clases", el que lo leyó que bueno y el que no, mañana se dará cuenta cuando su hijo regrese solo a su casa con la novedad de que no hay clases.

Si hace mucho frío se regresan los niños porque no hay calentón o porque esta lloviendo y se gotea el salón, se regresan porque hace calor y no hay aire acondicionado ni ventiladores, irresponsablemente se suspenden las clases, sin importar los peligros para los niños al regresar solos a sus casas, nadie piensa si hay alguien que los reciba en la casa, lo único que importa es que uno pueda tener el día libre. La mayoría de las escuelas urbanas no cuentan con teléfono para llamadas de emergencias. Afortunadamente nosotros tenemos ese servicio en la escuela. Nuestro teléfono se encuentra en la dirección. Funciona de la siguiente manera, el director, que siempre esta en su oficina leyendo el periódico o tratando asuntos personales, cuando suena el teléfono contesta las llamadas que entran a cualquier hora del día. Pasa las llamadas a los maestros que nos encontramos en las aulas enseñando a nuestros alumnos. Los maestros abandonamos el aula dejando a un niño encargado del grupo y les decimos que suspendan su trabajo para que se pongan a dibujar o copiar una lección del libro de texto por si nos tardamos, uno nunca sabe cuanto tiempo estará en el teléfono. Antes de dejar el salón amenazamos a los niños diciéndoles: "Pobre del que se porte mal. Si cuando regrese el niño encargado me da una queja, nadie saldrá al recreo y tendrá que hacer varias planas escribiendo –me debo portar bien cuando la maestra no está en el salón- Ese será su castigo".

Los alumnos desconcertados tratan de seguir las instrucciones pero su naturaleza de niños no se los permite así que cuando regresamos al salón, los encontramos saltando en las bancas, rayando el pizarrón, saltándose por las ventanas y por supuesto haciendo todo el ruido posible, otros golpeándose aunque eso les cueste un buen castigo. Los estudiantes no tienen la culpa. Todo eso se puede evitar si los maestros no dejamos a los grupos desatendidos durante horas de clase.

Lo triste de todo esto es que los padres de familia están acostumbrados, nadie dice nada, nadie se queja, nadie lo ve como problema, todos felices y contentos. Así es nuestro sistema. Hasta que los padres de familia exijan calidad educativa, exijan respeto para sus hijos, hasta que exijan maestros capaces y responsables, hasta que griten estamos hartos de ustedes, estamos cansados de su corrupción, estamos hartos de la mediocridad en la que tiene a nuestros hijos, hasta que las autoridades desquiten su sueldo y conozcan la palabra profesionalismo, ética, responsabilidad y sobre todo la palabra vocación. Hasta que los padres griten ¡BASTA, BASTA!, no más maestros desobligados, no más maestros incompetentes, no más maestros mediocres. Hasta ese momento, las cosas no cambiarán y los estudiantes seguirán teniendo maestros holgazanes.

Los padres no se den cuenta de la magnitud de su poder. Ojala que se unan y no tengan miedo a defender sus derechos, espero que entiendan que ellos nos pagan. Hasta que ya no puedan más con la ineptitud educativa. Hasta el día que los padres de familia quieran, seguirán existiendo los maestros mediocres, rateros, golpeadores, irresponsables, negligentes, fantasmas charros y retrógrados. Padres, ¿Qué esperan?, ¿Cuándo van a reaccionar?, háganlo ¡Ya! No me quiero dar golpes de pecho porque en muchas ocasiones uno se deja llevar por la corriente de la mediocridad y forma parte de las juntas o seminarios y recreos prolongados porque es más cómodo fingirse minusválido que educar. Yo también soy parte de la mediocridad, de la ineficiencia educativa pero jamás le he pegado a un estudiante ni le he destruido su autoestima de eso jamás me podrán acusar.

Afortunadamente he reaccionado, la Universidad me ha abierto los ojos, me ha rescatado de las garras de la pereza, me ha enseñado el valor de la educación y el papel tan importante que jugamos los educadores, en la sociedad. He aprendido a fijarme como meta principal moldear niños auto-didactas, independientes, responsables, seguros de sí mismos y sobre todo que sean pensantes y dueños de sus vidas. Ellos guiarán el futuro de México, ya no pretendo formar estudiantes tontos, que sólo obedezcan órdenes que no puedan decidir nada sin que alguien les diga que hacer. Ya no quiero eso. Ahora espero que los niños luchen por lo que crean que es justo y sin faltar el respeto expongan sus desacuerdos. Eso es un sueño hermoso pero los maestros lo podemos lograr, estoy segura que ahora enseño de diferente manera, ahora educo con un sistema menos conductista-memorístico y más pensante-creativo. Me gusta que los niños piensen más que memorizar, estoy segura que ya no soy una maestra del montón y por ende no seré una madre que se cruce de brazos, voy a exigir respeto a mis hijos y calidad en la educación, no me quedaré callada ante las injusticias de los profesores, quiero ser una madre comprometida en la educación de mis hijos y juro que no permitiré la mediocridad. Ya no soy participe de los recreos prolongados, ya no apoyo las juntas durante las horas de educación ya no permito que se regresen a los niños cuando falta un maestro, yo no regreso a mis niños porque esta lloviendo y he prometido enseñar con principios y respeto.

De las peores negligencias educativas que me ha tocado presenciar es cuando llega a mi escuela el maestro de educación especial (grupos integrados). Una mañana, el profesor se va al banco a unas cuadras de la escuela, deja a sus estudiantes solos, encerrados con candado, no es la primera vez que lo hace, según nos enteramos después. Ese día se escuchan gritos aterradores de alumnos que se están peleando, se pueden oír hasta el último rincón de la escuela, Al identificar el lugar corremos pero nos percatamos que el salón tiene el candado por fuera por otro lado el salón de clases cuanta con ventanas tan altas y una puerta de madera enorme sin manera de ver lo que esta pasando adentro. No podemos auxiliar a los estudiantes inmediatamente, por los gritos de los niños sabemos que algo terrible esta pasando, el conserje traen un hacha y al romper la puerta, vemos sangre por todos lados, uno de los niños con retraso mental tiene un lápiz metido en su ojo, debido a los problemas mentales de los demás nadie es capaz de explicarnos que fue exactamente lo que pasó.

El niño pierde su ojo sin que se haga justicia y pague el verdadero culpable. La SEP les dice a los padres que fue un lamentable accidente. Al maestro encargado nunca lo acusaron legalmente de negligencia o como responsable por el accidente, sólo lo transfirieron a otra escuela para que siguiera aprovechándose de estudiantes con deficiencias mentales o discapacitados. Insisto, nuestro sistema es una porquería. Es increíble como resuelven nuestros dirigentes sindicales y autoridades educativas las ineficiencias, negligencias y crímenes educativos en nuestro México.

Afortunadamente, aunque es la minoría, también encuentro maestros excelentes, dedicados, honrados, honestos, formando ciudadanos pensantes, inyectándoles amor, sabiduría y respeto. Esos maestros son cautelosos y no hablan mucho con los maestros nuevos como yo, por temor a que uno sea espía del inspector o alguno de los tantos familiares que éste tiene. Con el pasar del tiempo me gano la confianza de los maestros que quieren una mejor educación, un mejor sistema y un mejor país. Allí conozco a mis mejores amigas Dora, Nora, Carmelita y Chela, me invitan a participar a las juntas clandestinas que llevan a cabo desde hace algún tiempo. Su principal meta, es proponer a unos de los suyos como delegado sindical de la zona escolar para que éste empiece a limpiar y manejar los recursos equitativamente.

Nuestro líder, un profesor de edad avanzada de nombre Margarito, él no tiene pelos en la lengua como vulgarmente decimos, es un líder innato, tiene carisma, es trabajador, y reúne todas las cualidades para confiar plenamente en él. En las juntas me siento identificada con las ideas, me siento como conspirando para una revolución. Nuestra labor es conseguir votos de profesores para que en las siguientes elecciones, ganar por mayoría. No es fácil convencer a mas de 50 profesores, muchos de ellos tiene miedo a las represalias, tiene miedo a defenderse de la corriente de mediocridad, tienen miedo a abrir la boca, tiene miedo a defender sus derechos y acabar con la corrupción.

Nuestro primer paso de la estrategia planeada es ir a Chihuahua, la capital del estado para que nos aseguren que las elecciones para el delegado serán secretas. Que los Profesores no tendrán que levantar la mano para que todos vean por quien están votando, de esa manera podemos ganar más votos. La gente de Chihuhua nos asegura que así será. Otra de nuestras peticiones en es que manden a otro dirigente sindical para presidir la junta, sugerimos que sea el profesor Arámbula, nos han dicho que no tiene tantas mañas de corrupción porque es joven.

El día de las elecciones, durante la junta formal pido la palabra para decirles unas cuantas verdades y auque ya todos las saben nadie se había atrevido a decírselas en su cara, mucho menos frente a los delegados de Chihuahua. Les digo con tono firme, "Estamos viviendo la peor corrupción magisterial. El señor inspector tiene un poder desmedido, ha acomodado a toda su familia en todos los puestos vacantes que ha encontrado, en otras ocasiones crea puestos como el de su esposa, ella tiene uno de ellos, perdón tiene dos puestos y nunca se presenta a trabajar pero muy puntual es la primera que recibe su quincena. La hermana del inspector, es la directora de mi escuela. Ella si se presenta pero no hace nada, calienta el asiento de su oficina. Por cierto, su hijo es el conserje en la misma escuela y nunca lo hemos visto barrer un salón de clases'.

'Queridos maestros, les puedo mencionar a otros 30 familiares del inspector pero todos los casos son similares, no tengo palabras para expresarles la impotencia y el sentimiento repugnante que estas personas me provocan porque no les podemos llamar profesores. Ellos son la escoria y la vergüenza de nuestro sistema educativo pero parece que las autoridades no lo ven, pero mientras sigan solapando estos vicios seguiremos en un bache educativo profundo y formando alumnos insignificantes en la sociedad. Les pido que voten por primera vez inteligentemente y nos unamos para acabar con esta escoria, nosotros proponemos el cambio con el Profesor Margarito, estamos seguros que él defenderá nuestros derechos y no se dejará sobornar por nadie para beneficios personales. Gracias compañeros y votemos por el cambio". El inspector junto con toda su familia no se esperaban un discurso de esa magnitud.

Todos los maestros empezamos a atacar como lo planeado. Ellos no tienen argumentos para debatir nuestras acusaciones. El golpe mortal para ellos fue cuando el delgado de Chihuahua nos dice que el voto será secreto y que todos escriban en un papel membretado por ellos. El candidato que deseen sea el nuevo delegado. El inspector con su mafia no lo pueden creer y por mas que lo debatieron no pudieron hacer nada. Ganamos por dos votos de diferencia, nuestra hambre de cambio fue inminente. Ante la incredulidad de los corruptos celebramos y saboreamos el triunfo.

El profesor Margarito es el nuevo delegado sindical de la zona escolar #32. Arriesgándonos a las represalias, a perder nuestras plazas de maestros pero eso no importa si tenderemos una esperanza de cambio. A los pocos meses, tristemente, nos enteramos que al profesor Margarito le llegaron al precio, de la noche a la mañana le dieron doble plaza como director, le dieron trabajo a cuatro de sus hijos sin ser maestros y hasta a su esposa la acomodaron como secretaria sin tener experiencia alguna. Nuestra esperanza de cambio se vendió y con ello todas nuestras expectativas de limpiar la mediocridad. El profesor Margarito destruyó nuestros sueños, nos traicionó, nos dio una puñalada en el corazón y otro en la espalda, nunca lo hubiéramos esperado de él. No nos imaginamos que se vendiera tan rápido. Ahora las reuniones son dirigidas por su suplente, Margarito no tiene el valor para darnos la cara, ni nos dirige la palabra parece un ratón acorralado y amenazado.

La decepción es abrumadora, algunos maestros quieren seguir con las juntas clandestinas pero nadie tiene el ánimo ni la disposición para continuar. La puñalada fue mortal. Ahora la ilusión que nos queda es que el PAN ganó las elecciones en el estado de Chihuahua y el Lic. Barrios, ahora gobernador electo, promete acabar con los fantasmas del sistema educativo y promete revisar las nóminas de pago visitando cada escuela para comparar si efectivamente el maestro que cobra la plaza es el que se encuentra trabajando frente al grupo escolar. Estos cambios no se hicieron esperar por mucho tiempo. Hoy llegaron del departamento de nóminas directamente de Chihuahua, nos citaron en la dirección, nos exigieron para podernos pagar la quincena que nos identificaremos y firmaremos enfrente de ellos para corroborar la firma de la nómina. La directora se orina de los nervios porque ellos descubrirán sus fechorías ya que hay 3 maestros y un conserje que no están laborando en la escuela y que cobran su sueldo todas las quincenas bajo nuestro plantel educativo. La directora titubeando no sabe que contestar, no puede decir que no sabe porque es parte de su personal y ella es la encargada de recibir la nómina y pagar a los maestros. De seguro la corren por encubrimiento delictivo.

Los delegados de Chihuahua le dijeron que no se preocupara que su puesto no peligrara siempre y cuando presentara la documentación oficial y el examen de oposición por el cual la eligieron como directora de entre varios candidatos. La directora no puede hablar, está a punto de llorar y salir corriendo. Los delegados del PAN se retiran y nos advierten que todos los charros y fantasmas desaparecerán. El gobierno del Lic. Barrios limpia al magisterio de por lo menos el 60% de los maestros fantasmas, entre ellos los hijos del profesor Margarito y su esposa por no haber podido presentar sus títulos de maestros y secretaria –que poco le duró el triunfo de la traición a sus principios-. Gracias al gobierno del PAN por la iniciativa que tanto necesitamos ojala haya mas gobiernos como éste que se fajó los pantalones, agarrando al toro por los cuernos y aunque el sindicato de maestros trató de hacer marchas, manifestaciones y paros laborales, el gobierno no dio tregua atrás e hizo justicia a nuestra lucha por un cambio. El inspector tuvo que jubilarse antes de tiempo para no ser investigado y 25 de sus familiares incluyendo nuestra directora tuvieron que decir adiós a sus salarios quincenales y los corrieron del sistema educativo del estado de Chihuahua. Gracias gobernador por su intervención a tanta corrupción.

## *CAPÍTULO CINCUENTA Y NUEVE*
## NO HACE FALTA ESPERAR

Mi amiga Nora me invita a bailar a una discoteca llamada "Electric Q". Es un lugar exclusivo donde dicen que se reúnen los narcotraficantes de la frontera. El ambiente esta prendido y la música fenomenal. Después de unos momentos de espera llega el mesero y al verlo lo reconozco inmediatamente. Es Julio, mi amigo de Torreón, no lo puedo creer, nos damos un gran abrazo, nos atiende muy bien, lo mejor es que no me cobra las bebidas. Quedamos de vernos después. Nunca pensé que fuera tan pronto, al día siguiente me habla y me invita a una reunión con nuestros viejos amigos de la secundaria que se encontraban de visita en Cd. Juárez, jugamos inocentemente al juego de la botella, me toca darle un beso a Julio, y todos gritan: "¡En la boca, en la boca!", se lo doy tan rápido que ni siquiera rozo sus labios, por varias rondas me toca el mismo castigo.

El último beso, Julio me agarra la cabeza y me da un beso lleno de fuego, pasión, romanticismo y electricidad. No pude controlarme a su destello de energía y le respondo de la misma manera como si fuera el último beso de mi vida. Nuestros labios no se quieren separar, siento todo mi cuerpo estremecerse como nunca. Es como si todas las células de mi ser me gritaran: "¡No te separes de él!, ¡Es tu otra mitad!, ¡no dejes que se te vaya!". Al despegarnos, me muero de vergüenza porque abruptamente regreso a la realidad. Nos despedimos como de costumbre con un beso en la mejilla, sin vernos a los ojos.

Julio es un chavo sin vicios, no fuma, no toma, está trabajando como mesero en la discoteca para pagarse sus estudios de Ingeniería

Computacional en el Tecnológico de Cd. Juárez. No tiene en que caerse muerto, su situación económica no es buena pero lo que me llama la atención es que se nota que es un joven lleno de sueños, de grandes aspiraciones y metas en la vida, sabe lo que quiere y a donde va. Sin duda lo logrará. Su determinación y seguridad en sí mismo lo llevarán lejos. A este muchacho lo conozco desde hace muchos años y es la primera vez que en verdad compartimos nuestros pensamientos. No cabe duda que es un ser humano excepcional. No ha pasado mucho tiempo desde nuestro primer beso, ahora somos novios y la pasamos de maravilla. Es como si leyera mis pensamientos, existe una comunicación más allá de las palabras. Vivimos una relación única, a pesar de que Julio no es el hombre más guapo del mundo, es interesante y su cuerpo atlético, llenan cualquier expectativa. Estoy enamorada hasta la médula. No dejo de pensar en él. Escribo su nombre en cualquier papel, en el espejo del baño, en el aire, con la sopa de letritas, con los frijoles refritos, todo me hace pensar en su amor.

Una noche comiendo burritos del puesto de "Crisóstomo", me seduce con su mirada, con el contacto de sus manos cuando le paso la salsita. Huelo su aliento a cebolla cuando me da un beso en el hombro, ni el lugar ni el momento es romántico pero deseo con todo mi cuerpo y mi corazón que estuviéramos en otro lugar porque transpiro excitación por juntar mi cuerpo con el suyo. Acaricio su piel desnuda, es una sensación incontrolable. Pero no deja de interponerse los malos recuerdos del pasado y el pudor moralista de nuestra sociedad.

Ya han pasado varios meses de noviazgo de besos y mano sudada. Esta noche le propongo ir a un hotel, sin respiración, sin habla, Julio me hace una seña con la cabeza de afirmación, nunca se espera una petición sexual proveniente de una mujer. La tradición machista es que sea el hombre que proponga ese paso porque si lo hace la mujer entonces es una dama fácil, pero Julio no se resiste porque siente el mismo deseo de estar juntos que yo. Por fin, llega el día que tengo que superar mi experiencia negativa. El amor, los besos y las caricias de Julio me hacen arrancar de raíz todos mis temores, la hora que pasamos en el hotel no tuvimos la fortuna de consumir nuestro amor él por su inexperiencia, yo por mis recelos a las relaciones sexuales. Después de varios intentos infortuitos llega el momento más maravilloso de mi vida, la pasión y el entendimiento entre nosotros es tan fuerte que anulan todo lo malo de mis sentimientos acerca del verdadero amor.

Nace en mí una manera diferente de ver la vida. Aprendo a vivir a través de su ser. Es como si los dos nos hubiéramos fundido en uno y vuelto a separar, impregnados para siempre por ambas almas. Lo que he vivido con Julio es extraordinario, jamás lo hubiera imaginado. El conoce el más íntimo de mis secretos y sin interrogarme me acepta con mi pasado y por supuesto con mis sueños de ser alguien diferente a los demás, de ser original, de ser única.

Me siento una mujer plena y con ganas de luchar por mis ideales. Siempre había pensado que el hombre es un instrumento para tener hijos pero no para compartir la vida, la relación negativa de mi abuelita Manuela, mis tías, mi mamá y mi propia vida hace que reconsidere la idea de unirme a un hombre para siempre. Esta relación hace que reflexione sobre la posibilidad de formar una familia. La imagen que tenía de los hombres era reprobable. Quería tener hijos pero no esposo, no quería a un hombre en mi entorno, no quería que me humille, que me golpeé, me haga sentir basura o abuse de mi, mejor sola que mal acompañada, ese fue mi lema por años hasta que se cruza el amor puro y verdadero en mi camino de oscuridad, todo eso queda atrás en el instante que me enamoro de Julio.

Ya han pasado cinco años de tórrido romance con Julio. No cabe duda, es mi alma gemela. De la manera más sencilla y sin tanto preámbulo decidimos casarnos, no precisamente por recibir la bendición de Dios sino por la presión social. Mi mamá quiere ver a sus hijas casadas legalmente, de blanco y ante el altar. No seré yo quien le quite esa satisfacción e ilusión de toda madre mexicana. Estoy segura que si hablara con ella de mis sentimientos y las ganas que tengo de vivir con Julio, ella comprendería, me apoyaría y nunca me daría la espalda, pero la familia de Julio no piensa igual. Para ellos sería una indecente, inmoral, libertina que no merece el amor de su hijo virgen y puro. No nos perjudica hacer las cosas que por tradición y buena costumbre nos dicte la sociedad.

Hace mucho que dejé de creer en nuestra religión católica (el crédito se lo lleva el Profesor Polo, él me abre los ojos e influye en mis creencias), el día que mi propio tío me violó dejé de rezar y tener fe en el poder divino, no creo en los sacerdotes católicos ellos son seres humanos igual que todos, ellos violan, asesinan y hasta en el Vaticano mataron a un Papa, ellos cometen los pecados tan viles como cualquier civil pueda cometer. No creo ni en los santos ni en las vírgenes que nos han impuesto desde las conquista de los españoles. Me considero una persona honrada, decente, con buenos sentimientos, buena ciudadana, trabajadora, sincera y si puedo ayudar en algo al próximo lo hago sin esperar recompensa divina, sin esperar el cielo. Conozco mucha gente que se da golpes de pecho en la iglesia y cuando sale, se va con el o la amante, o el que abusa sexualmente de su hija, el que roba en el trabajo o en la calle, o la que es indiferente ante la miseria, el que es arrogante, o el mentiroso, el hipócrita o el que se emborracha y golpea a su mujer y con la excusa de ser perdonados a través de la confesión, "Ya el padre perdonará mis pecados y rezaré para sanar mi alma", dicen continuamente los abusadores y barbajanes. No puedo concebir que teniendo un Dios bueno haya maldad en el mundo haya asesinos matando y masacrando jovencitas en Cd. Juárez. Gente buena muriendo de cáncer, sufriendo por haber sido violados, las calles llenas de drogadictos, jóvenes en pandillas y personas muriendo por el SIDA.

No entiendo porque Dios quiere ver el sufrimiento de sus hijos pero los católicos tiene una explicación a todos estos acontecimientos: así pasó porque "Así lo quiso nuestro Padre Dios", "Resignación, Dios te quiere porque eres su hijo", "No blasfemes Dios te va a castigar", "Dios se lo llevó al cielo", "Pídeselo a Dios, él te escuchará", "Dios aprieta pero no ahorca", "Ten fe y reza para tener consuelo", "La fe mueve montañas". Esas frases ridículas y usadas indiscriminadamente me purgan, me enferma, no entiendo su fe pero la respeto. Nadie puede arrojar la piedra, nadie me puede decir que sus creencias son la verdad, nadie ha muerto y regresado para saber si hay paraíso, nadie puede imponer o criticar las creencias de los demás, debemos aprender a respetar y si esa persona es feliz y lleva una vida sana, pues dejen de tratar de salvarle el alma imponiéndole el camino de la verdad.

Julio afortunadamente no es una persona devota, ni fanática. Nunca va a la iglesia ni siquiera los Domingos, no reza en las noches, no se persigna al pasar por una iglesia, nunca dice: "Que Dios te bendiga" ni "Gracias a Dios", ni "Los hijos que Dios nos quiera dar", ni "Si Dios quiere" y aunque no se atreva a aceptarlo creo que tampoco cree en Dios nunca me lo ha dicho abiertamente pero por sus comentarios eso parece. De cualquier manera yo le expuse mis ideas sin omitir nada porque no quiero que el día de mañana que tengamos hijos y no los lleve a la iglesia o no los ponga a rezar, no se sorprenda o me reclame por no cultivarles en sus almas la religión católica. Julio agradeció mi sinceridad y siguieron los trámites para la boda.

Nos casamos en Torreón. Una boda sencilla, costeada por nosotros. Invitamos a nuestras familias, excluido por razones obvias el maldito hermano de mi mamá. Fueron nuestros amigos más cercanos. Bailamos hasta que nos cansamos. Nuestro amor y júbilo llenaban todos los rincones del salón. La fiesta la disfrutamos al máximo. Todo salió de maravilla y lo más importante fue que regresamos a Juárez para vivir para siempre juntos, como en los cuentos de hadas.

Hoy cumplimos 5 años de habernos casamos, un 16 de junio. Hemos trabajamos sin parar para comprar una casa y nuestro primer carro usado. Tenemos 2 hijos: el primero lo llamamos Julio, que siguiendo la tradición de machos mexicanos de ponerles el nombre del padre. Julio tiene 4 años, el segundo se llama Irving, nombre sacado de una novela con una popular actriz (Ana Martín) "El Pecado de Oyuki" y el actor protagonista se llamaba Irving, mi chiquito tiene 2 años. Los embarazos fueron por vía natural aunque ahora se acostumbra la epidural para que las mujeres no sientan los dolores del parto, pero yo no quise ni la epidural ni el ultrasonido para saber el sexo del bebe. Ahora la tecnología es avanzada, no más parteras como en los tiempos de mi abuelita, ahora controlamos la natalidad y los hombres se hacen la vasectomía para no tener hijos. Julio e Irving nacieron en Torreón, en el ISSSTE, hospital para maestros. Tuve la fortuna de que mi madre me acompañara y estuviera conmigo en esos momentos difíciles para una mujer al convertirse en madre.

Desafortunadamente nos falta mucho a las mujeres para alcanzar nuestra plena libertad y ser completamente independientes. En mi caso aunque soy muy feliz, aún soy la única que limpio, que cocino, que baño a los niños, que lavo los trastes, la ropa y me encargo de todos las actividades que por ser mujer nos toca hacer. Julio me ayuda de vez en cuando pero no es parte de su rutina, si el no lo hace, lo tengo que hacer yo. Nunca me ha pesado atender a mis hijos y la casa pero creo que es hora de que ellos tengan responsabilidades y obligaciones como uno. Julio es el amor de mi vida, lo amo cada día más, es mi conciencia y mi alegría, pero creo que es importante que compartamos las labores del hogar, no es justo para nosotras. Por otro lado debo educar a mis hijos para cambiar el concepto de ser un hombre de verdad y respeten a la mujer y sus derechos en esta sociedad.

Por otro lado me cambio de escuela, ahora trabajo en la primaria "Gabino Barreda", con mi inseparable amiga y confidente Nora. Julio se gradúa de Ingeniero en Computación y trabaja en el gobierno en una dependencia llamada Servicios Públicos, con su gran amigo Hugo. Hugo tiene una propuesta para trabajar al este de los Estados Unidos cerca de Washington D.C. y quiere que Julio también se vaya con él, es una invitación interesante, tentadora, llena de retos, sobre todo el idioma y la cultura de los gringos. Suena emocionante y llena de aventuras.

## CAPÍTULO SESENTA
## UNA NOTICIA DEVASTADORA

Mi mamá me habla por teléfono a Cd. Juárez para avisarme que mi abuelita está en el hospital enferma, sin pensarlo dos veces preparo mi maleta. Julio se queda con los niños, tomo el camión a Torreón para ver a mi abuelita Manuelita, me espera una noche larga, más de doce horas de viaje. Sin poder conciliar el sueño, vienen a mi mente los recuerdos de mi abuelita, cuando nos visitaba en la Cd. de México, llegaba con su abrigo negro de terciopelo y su bolsa negra de charol se veía tan elegante y distinguida. En las noches notábamos algo raro en su voz y su cara, no sabíamos que era, lo descubrimos cuando vivíamos en su casa, una noche mi hermana Rosalba y yo fuimos a tomar leche, cuando todos dormían, al prender la luz de la cocina, nos encontramos un vaso lleno de agua con la dentadura de mi abuelita. Sus dientes cadavéricos mostraban una sonrisa congelada, nos asustamos tanto que gritamos, corrimos a la cama, muertas de miedo, nos abrazamos debajo de las cobijas y después de varias horas nos venció el cansancio. Ahora conocemos el secreto de su radiante sonrisa durante el día y su flácida y apagada sonrisa por las noches.

Nunca se me olvida lo que nos platica de su eterno enamorado Alberto que murió en sus brazos, la pesadilla que vivió con su suegra Aurelia y lo infeliz que siempre fue con mi abuelito José pero lo que más me fascina que me platique es lo que vivió en los tiempos de Pancho Villa y como sobrevivieron en medio de la revolución mexicana, es tan emocionante e inverosímil. Mi abuelita Manuelita es una persona que siempre ha sido gobernada por alguien. Ahora desgraciadamente cayó en las manos de su hijo Carlos. Ese maldito que anda como buitre apoderándose de todo lo que pueda, dice mi mamá que ya vendió todo lo de la casa de mi abuelita, que mandó traer un cerrajero para que abriera la caja fuerte de mi abuelito, sacó todas sus joyas y dinero en efectivo, engañando a mi abuelita haciéndola firmar documentos donde él queda como su único albacea de todos los bienes que dejó mi abuelito José. Cambiando su voluntad de dejárselo todo a su esposa y a su única hija soltera, mi tía Ofelia.

Lo peor es que no sólo se ha apoderado de los bienes materiales, tiene el control total de la vida de mi abuelita, ella le tiene que pedir permiso hasta para ir al baño. Mi tío, su esposa Fátima y 4 hijos (Guadalupe, Carlitos, Carlita y Fatimita), todos ellos la tratan muy mal, los niños le gritan groserías, le dan patadas y hasta le escupen en la cara. Mi mamá la quiere ayudar y sacarla de esa casa donde sólo recibe malos tratos y humillaciones pero ella no quiere; dice que su hijo Carlos la quiere mucho, le prometió construirle una casita para ella sola, no hay nadie que la saque de su error porque ese maldito controla su voluntad. Estoy segura que mi abuelita no esta a gusto viviendo esa situación pero se resigna a su suerte.

Por fin llego a mi destino, me bajo del camión, tomo un taxi directo al hospital ISSSTE, al llegar al lugar, no puedo creer lo que veo, parece una manifestación afuera del sanatorio. Es como si una persona famosa estuviera internada. Saludo a mis tías, me presentan a primos que nunca conocí, vecinos, amigos de la familia, ahí esta Juanito el de la carnicería, Don Chano el de las verduras, Lucita la de los tacos, Don Adrián el ciego que pide limosna afuera de la iglesia, Minerva la del salón de belleza, Margarita la costurera, Juanita la de la lavandería y muchos más que ni conozco. Mi tía Licha, hermana de mi mamá me dice: "Azucena, que bueno que llegaste, voy a hablar con la enfermera para que entres a ver a mi mamá porque vienes de lejos y solo dos personas pueden estar en el cuarto con ella, mi mamá no ha querido que Irma, tu madre, se separe de ella, tu mamá es la única persona que no se puede mover de su lado porque mi mamá no la deja".

"Estamos esperando que salga tu hermano Pedro José, llegó esta mañana de la Cd. de México, esta examinando a mi mamá, hablando con los médicos para saber si la van a operar o no, mi mamá está estable pero en cualquier momento puede reventársele el estómago porque lo tiene muy inflamado, que bueno que estas aquí, tu abuelita no deja de preguntar por todos tus hermanos, ya sabes como los quiere".

"Tu hermano Héctor llegó anoche, el que no va a poder venir es Juan parece que el lunes es su primer día de trabajo y no puede faltar. Rosalba, Dulce, Luis, Perlita y Raulito están con la vecina, la señora Terrazas, ella los va ha traer cuando toda esta gente haya pasado a saludar a mi mamá. Nadie se quiere mover de aquí hasta que salga del hospital, así que se están organizando para traer colchonetas para dormirnos en la banqueta. Cada familia hace comida para todos, gracias a nuestras amigas Chela y Nena que trabajan aquí, nos dan ciertos privilegios. Cambiaron a mi mamá de cuarto con vista a la calle para que nos pueda saludar desde la ventana, ¡Mira! es ese que se ve allá arriba (señalando con su dedo hacia el octavo piso del hospital), de repente la ponen en la ventana para que nos pueda ver y nos diga hola con su mirada tierna y cansada, gracias a Chela y a Nena están atendiendo mejor a mi mamá".

"Azucena, te agradezco que hayas venido, tenerlos a todos juntos es reconfortante, te quiero mucho". "Yo también tía Licha te quiero, madrinita", le contesto con cariño.

Veo a mi tía Ofelia, la única hija soltera de mi abuelita. Me saluda besándome en la mejilla, me dice: "Azucena, es bueno verte por aquí, tú sabes lo que le ayudará a mi mamá ver a sus nietos consentidos, porque siempre hemos convivido más con ustedes. Ya ves, los de tu tío Logio ni siquiera han venido, ni porque viven aquí. Llegan pero de puro compromiso. Se nota que vienen a la fuerza. Viene tu tío Javier como siempre altanero, sintiéndose el todopoderoso, lo que no puede hacer en su casa quiere venir a hacerlo aquí, como allá es un mandilón, ya sabes, Claudia –la bailarina- lo sigue tratando como un trapeador, sus dos hijos fresas no quieren entrar al hospital por temor a contagiarse al estar rodeados de enfermos y como no es un hospital privado, prefieren quedarse abajo".

"La hija de Licha, está aún tan pequeña que ni se entera de la situación. Los que si vinieron desde Juárez es tú tío Enrique con tu tía Mariana y las niñas, bueno yo les sigo diciendo niñas pero ya son todas unas mujeres, todas tiene por lo menos dos hijos, más tarde llega tu tío Víctor, parece que le dieron permiso para salir de Estados Unidos porque le están arreglando la residencia permanente, ya era hora, ¿No crees?, ya sabes que mi mamá se fue a Juárez varia veces a pasarse unos días y siempre llegaba muy contenta, decía que la trataban como reina. Mi mamá esta contenta por ellos porque por fin su hijo Enrique sentó cabeza y hasta las está ayudando, gracias a Dios porque ellos vivían en la miseria". Pienso para mi misma, se exactamente cuál es el precio del bienestar económico, de mi tía y mis primas.

"El que no se ha aparecido por aquí es tú tío Carlos, su esposa, tu tía Fátima vino a traernos café caliente y galletas pero él ni sus luces. Creo que no puede con la conciencia negra que tiene por todo el daño que le ha hecho a mi mamá, con decirte que ya nos corrió de la casa, ¡Sí, como lo oyes! ¡De la casa de mi mamá!, según la ley me corresponde a mí por ser la única mujer soltera, pues al infeliz no le importó. Te cuento que un día llegó borracho, se peleó con la esposa y la empezó a golpear, se enojó conmigo por meterme a defenderla, pues el maldito nos pegó a todos hasta a mi mamá le tocó trancazos de su cobardía. Fue entonces cuando nos gritó que ya todo eso era de él, que en ese momento nos fuéramos de su casa. Al tratar de empacar algo de ropa, nos agarró del brazo y nos aventó a media calle como sí fuéramos costales de basura. Desesperadas nos fuimos a casa de Licha, mi hermana, ya ves que ella tiene espacio y un corazón de oro. Pensé que mi mamá se moriría de la impresión y los golpes recibidos por su propio hijo. Pero todo lo contrario creo que le ha servido mucho, ahora hasta canta en las mañanas, ni siquiera pregunta por él, es como si fuera una chiquilla mocosa haciendo lo que se le da la gana. Creo que se siente libre y sin el yugo en el cuello".

"Azucena, la semana pasada, como te avisamos, murió su única hermana, mi Tía Elvira. Nadie quería decirle a mi mamá, por temor a que se enfermara del impacto pero mi mamá le dijo a Licha: "Ándale ya no me ocultes las cosas, ya se que murió mi hermana Elvira. Si creen que me voy a sentir culpable por no haberle hablado en años, están equivocadas. El problema que tuvimos hace más de 10 años es tan grande como el orgullo de las dos de nunca pedirnos perdón y mira se va de este mundo con su soberbia hasta la médula, de que le sirvió, ser testadura. A poco eso la hizo feliz. Así que, Licha –le dijo mi mamá- quiero ir al entierro, hablar con ella por última vez, aunque ya no me responda, quiero verle la cara". Nunca nadie supo el motivo de su discusión. Lo único que se sabe es que un domingo, como de costumbre en la casa de mi tía Elvira, ellas estaban en el cuarto recordando como tantas veces viejos recuerdo, de repente se escucharon gritos por parte de mi tía Elvira, le gritaba tan fuerte a mi mamá que todos las escuchábamos, la amenazaba con golpearla si no se iba de su casa en ese momento.

Mi tía Elvira le gritaba; "Asesina, bocona, lengua suelta, chismosa, revelaste mi secreto más sagrado, maldita Manuela, lárgate de mi casa ahora mismo, tu los mataste, chismosa". Mi mamá no se defendía, solamente le respondía, "Cálmate, nunca pensé que terminara en tragedia. No me grites Elvira y cálmate, las cosas ya no tienen remedio, nunca creí que las cosas se salieran de control", ¿cómo crees que lo hice con intención?, jamás pensé en las consecuencias. Mi tía Elvira no dejaba de maldecirla, correrla de su casa y de su vida, la última frase que mi tía Elvira dijo fue: "Jamás vuelvas a hablarme y haz de cuenta que tu hermana se murió". Mi mamá nos dijo que nos fuéramos y jamás dijo una palabra de lo ocurrido. Tuvo que haber sido algo muy fuerte porque ellas siempre fueron muy buenas hermanas, se adoraban, estaba segura que su amor era inquebrantable, nunca las volvimos a ver juntas.

En el entierro, mi mamá se acercó frente a la tumba y dijo: "Elvira, hermana querida, nunca quise hacerte daño, lo que pasó con Otón y Elvira no fue mi culpa, me dolió en el alma cuando supe que los habían encontrado violados, torturados, mutilados y encontrados en medio de la plaza de Armas con un letrero que decía; Mueran los homosexuales. A la única persona que se lo dije fue a Carlos, mi hijo. Un día que veíamos un programa donde salieron homosexuales, Carlos dijo que el odiaba a esas personas y a mi se me hizo fácil decirle de que te quejas si en tu familia tienes dos homosexuales, convives con ellos cada domingo, los quieres como hermanos y hasta de beso los saludas. Elvira te juro que mi hijo no tiene nada que ver con esa tragedia, él es un buen hijo y padre de familia, jamás se atrevería a hacerle daño a su propia familia, eso te lo juro y aunque ya no me oigas, te perdono por tus insultos y tus malos pensamientos acerca de mi hijo. Que descanses en paz". "Azucena", me dice mi tía Ofelia; "Te juro que nadie podía creer lo que escuchábamos.

Por supuesto que Carlos será lo que será pero no creo que sea un asesino, ya se que odia a los homosexuales pero nunca se atrevería a matar, eso nunca". "Tía Ofelia", le contesto con odio en las palabras,

"¿Cómo puedes defenderlo?, es un maldito cerdo, acaba de correrlas de su propia casa. A su propia madre la dejó en la calle", le dije llena de rencor, "Sí Azucena, es un maldito", me contestó mi tía, "pero no lo creo capaz de matar a alguien, eso si es muy bajo".

Sin tener el valor de gritarle lo que fue capaz de hacer conmigo, estoy segura que él es el violador de jovencitas que después de hacer lo inimaginable con ellas avienta sus cuerpos al desierto de Juárez, sospecho de él porque viaja cada mes a Cd. Juárez, Chihuahua, según él para negocios, pero todas las fechas coinciden con las chicas desaparecidas. Mi instinto me dice que mi tío Carlos es el autor de esos horrendos crímenes. Su cuartada es perfecta, tiene un puesto en el gobierno, es padre de familia con hijos y no viven en la ciudad donde se cometen los asesinatos. Ahora que vivo en Juárez, mi amiga que trabaja en la central camionera, me informa cuando llega y cuando regresa, varias veces sólo se tarda unas horas en la ciudad y se marcha el mismo día, es muy raro pero en cualquier momento lo denunciaré ante las autoridades. Primero tengo que recabar pruebas para que lo refundan en la cárcel. Lo único que me detiene es que tiene influencias corruptas y aunque lo encuentren culpable de más de 300 jovencitas violadas, brutalmente asesinadas y tiradas como basura en el desierto no creo que lo metan a la cárcel. No le tengo confianza a nuestro gobierno ni a nuestra justicia mexicana. Ese maldito seguirá haciendo de las suyas mientras vivamos y tengamos estas autoridades mediocres y sucias. Pero algún día veré cómo paga lo que ha hecho. Por supuesto no le puedo decir ésto a nadie. Sin escuchar lo que mi tía Ofelia me dice por estar con mis propios pensamientos, mi tía me toma del brazo y me pregunta que si la estaba escuchando, le digo "Perdón tía ¿qué decías?".

Mí tía Ofelia prosigue: "Como te decía, que mi hermano Javier, se movilizó rápido y parece que pudo salvar una parte de la casa y tu mamá ya la está vendiendo antes de que Carlos se entere y también no se la quite. No te creas, hemos sufrido mucho pero te juro que si mi mamá sale de esta ahora si me pongo a trabajar como técnica dental. Ya vez que terminé la carrera, hasta compré los aparatos y ahí los tengo arrumbados. Azucena que gusto verte. Por cierto, ¿sabes quién pregunta mucho por ti?", "no", le contestó intrigada. "Nuestra amiga Lilia Laura. ¿Recuerdas cuando se sacó la lotería en Torreón?". "Tía", le contesto con una sonrisa de oreja a oreja, "¿Cómo crees que se me va a olvidar? Con el dinero del premio Lilia Laura se compró su casa y un carro nuevo. Pero lo que más recuerdo es que nos pagó a ti y a mí un viaje inolvidable a las playas de Mazatlán. Esa fue la primera vez que conocí el mar y usé un traje de baño. Tía Ofe, tengo tantos buenos recuerdos de Lilia Laura, tantas parrandas juntas. ¿Sabes por qué no tomo cerveza? Un día me animé a tomarme unas copitas con Lilia Laura para experimentar qué se sentía tomar vino y emborracharse. La experiencia fue desagradable, primero nos reímos hasta cansarnos, luego lloramos como tontas, más tarde nos peleamos y la acusé de haber salido con mi novio, lo cual siempre tuve mis sospechas y nunca me atreví a decírselo en la cara. Después vomitamos y terminamos mareadas y con un terrible dolor de cabeza. Ninguna de las dos nos acordamos en que momento nos quedamos dormidas en el suelo. Al día siguiente comprendí que esa fue la primera y la última vez que tomaría alguna bebida alcohólica. Eso del alcohol se los dejo a los idiotas que quieren tirar su dinero. Tía, ojala pueda ver a Lilia Laura y platicar de nuestras aventuras".

Mi tía Ofelia continuó: "¿Te acuerdas, cuando le tejía a ti y a Rosalba sus sombreros y vestidos de rafia, de estambre, hasta de mecate?, ¿Cuándo les hacía sus vestidos, les cortaba el pelo, las dejaba que usaran mis cosméticos, mis esmaltes, mis zapatos y jugaban a ser modelos frente al tocador?, ¿Qué las enseñábamos a bailar "La Rosa Roja" de Alberto Jordan? Que tiempos aquellos que los esperábamos con ansia, cada verano, tú y tus ocho hermanos siempre han formado una parte importante en nuestros corazones, los queremos mucho, gracias por venir en estos momentos difíciles." Le digo; "Tía, están totalmente correspondidos", al retirarme lo hago con un beso y un gran abrazo.

## *CAPÍTULO SESENTA Y UNO*
## UNA AGONÍA LATENTE

Sigo saludando a la familia. Todos esperamos noticias de los doctores sobre el estado de mi abuelita Manuelita. Veo a mi hermano Pedro José bajando de las escaleras con su sonrisa contagiosa, sus botas vaqueras, tejana y su atuendo impecable. Nos damos un abrazo sincero, lleno de cariño y gusto de volvernos a ver. Todos se acercan a él para escuchar las últimas noticias sobre la salud de mi abuelita. Nos dice optimista: "No se preocupen, todo saldrá bien, creo que lo más recomendable es que la operen del estómago, si no lo hacen se reventará en cualquier momento y de esa, nadie se salva. Creo que esas decisiones los hijos de mi abuelita las deben de tomar, así que, déjenlos que lo platiquen y hablen con el doctor rápido para que se hagan los preparativos. Por lo pronto Azucena (dirigiéndose a mí), puedes pasar a ver a mi abuelita".

Al llegar al cuarto veo a mi mamá sentada en la cabecera de la cama peinando el pelo blanco, largo y húmedo de mi abuelita. Mi abuelita renegando porque no se quería bañar. Al percatarse de mi presencia, voltea a verme, abre sus brazos escuálidos, arrugados y llenos de amor. Me abraza fuertemente, sus ojos lagrimosos me dicen lo que significa para ella esta visita. Mi mamá salta de la cama, nos besamos y lloramos de emoción al reunirnos después de varios meses sin vernos. Después de los saludos de rigor y el ¿como estás? requerido, mi abuelita me dice: "Ándale Azucena platícame, ¿Cómo están tus hermanos?". "Hace mucho que no sé de ellos, tu madre no le gusta platicar conmigo". Volteo a ver a mi mamá y nos reímos porque ambas sabemos que si alguien habla de mis hermanos y de sus vidas es mi mamá, siempre tan orgullosa de sus hijos, más bien lo que quiere decir mi abuelita Manuelita es que le gusta escuchar otra vez lo que pasa con mis hermanos.

Sin mas preámbulo empiezo mi relato: "Abuelita como ya sabes, Pedro José se recibió con honores de la escuela de medicina, se ganó el premio Robinson, el trofeo más anhelado entre los doctores pero ya conoces a tu nieto, modesto y despreocupado, ni le interesó presentarse en la ceremonia para recibirlo así que en su lugar se presentó mi mamá, esponjada como un pavo real, recibió el galardón en nombre de su hijo, todos le aplaudieron mucho y ¿Sabes qué abuelita?, creo que es una forma de que Pedro José le pagara a mi mamá sus esfuerzos, ya que no le manda ni un cinco por lo menos la llena de honores y premios. Ahora está en la Cd. de México, trabaja en el CINVESTAV, tiene una puesto muy importante, es el jefe del departamento de Bioquímica, también trabaja en varios hospitales de la ciudad, ejerciendo su profesión de doctor. Ya sabes, es un joven muy inteligente, su personalidad es carismática, alegre, es un perfeccionista empedernido. Su defecto es que cree que siempre tiene la razón, la manera tan directa de decirte las cosas hace que se gane más de un enemigo a su alrededor pero abuelita, nadie es perfecto, lo bueno de Pedro José es que es un ejemplo a seguir".

"Tú nieto hace lo que se le da la gana, viaja por todo México, goza de un excelente sueldo, tiene un sin fin de proyectos en la vida, ahora le ha dado por la escalada de montaña, sus campamentos a lugares inexplotables, sus aventuras sin límites, lo bueno es que se casó con una chica tan loca como él que lo sigue a casi todas partes, lo adora, lo idolatra y sobre todo está de acuerdo en todas su extravagancias. Aunque ya decidieron no tener familia, me parece que al final de cuentas ellos saben perfectamente lo que hacen. Tú sabes lo que todos queremos a Pedro José, lo admiramos y lo respetamos, él estuvo por varios años como cabeza de nuestra familia, aunque en algunas ocasiones abusaba de su autoridad al pegarnos por no obedecerlo o al castigarnos por no pedirle permiso. A mí en varias ocasiones me propinó unas cuantas cachetadas guajoloteras. Una vez porque me encontró saliendo del cine con José Juan, Muñeca y Juan Carlos. Te juro que sólo vimos la película. Las otras veces se enojaba porque me iba a la discoteca "El Sahara", pero abuelita sólo íbamos los domingos en la tarde, nunca hice nada malo, ni novio tenía. Pedro José era implacable, me ordenaba planchar sus camisas y lavar los trastes toda la semana de castigo aparte de mi dosis de cachetadas".

"Con Juan mi hermano fue otra historia porque a él si que le daba sus golpes porque no le hacía caso. Tú sabes abuelita, Juanito siempre ha sido el rebelde de la familia. Un día Pedro José le estaba pegando muy fuerte, Juanito decidió que era el momento de defenderse y así lo hizo. Juan le regresó los golpes como todo un hombre y le advirtió que no le volviera a poner una mano encima porque ya no era el niño débil. Le advirtió que de ahora en adelante se defendería y le regresaría cada golpe que recibiera. Pedro José inteligentemente jamás lo volvió a tocar".

"No le guardo rencor a Pedro José porque era un joven de 17 años al que le tocó madurar más rápido y llevar a cuestas una familia numerosa. Era el responsable de nuestra educación y sobre todo el apoyo emocional de mi mamá. A pesar de todo me da gusto que se haya ido a la ciudad de México a estudiar porque no era justo para un jovencito cargar con tanta responsabilidad. Hizo lo que su corazón y sus sueños le indicaron. El valor de dejar todo atrás y buscar el triunfo es algo que muchas personas no se atreven a hacer por miedo al fracaso. Ahora Pedro José tiene su propia vida y aunque no lo vemos seguido estoy segura que nos quiere tanto como nosotros lo queremos a él". Pedro José vive su vida al máximo como si fuera el último día que va a vivir, es excepcional.

"Te cuento que el otro día fui a la Cd. De México a tomar un curso. Visité a Lupita Ambrisi de Troncosi, la amiga de mi mamá cuando vivíamos en México. Sigue muy triste por la muerte de su segunda hija Paty, muerta hace algunos años en un accidente automovilístico. El carro donde Paty viajaba lo manejaba su hermana María Antonieta, también iba Peter su hermano y otras dos personas. Lamentablemente los envistió otro carro lleno de borrachos. Paty murió en la ambulancia de la Cruz Roja, camino al hospital. Las últimas palabras de Paty fueron hacia sus hermanos, les dijo que los quería mucho y que le dijeran a su mamá que era la mejor madre del mundo. Paty cerró sus ojos para siempre dejando sus sueños interrumpidos y un futuro brillante como ejecutiva. Cuando Lupita llegó al hospital, se volvió loca, no podía creer que su hija consentida haya muerto. Siempre ha dicho que María Antonieta fue la culpable de la muerte de su hija Paty. María Antonieta se fue de la casa huyendo de las constantes recriminaciones de su madre, señalándola como responsable de la muerte de su hermana. Afectada emocionalmente se refugió en sus estudiantes de primaria, se casó tuvo dos hijos y nunca regresó a su casa. Peter afectado psicológicamente pero con la responsabilidad de su madre, siempre se quedó a su lado. Hasta la fecha no se ha casado y creo que nunca lo hará, él prefiere estar con su mamá y acompañarla hasta el fin de sus días".

"Cuando vi a Lupita me platica que ha llorado tanto después de la muerte de Paty que ya está perdiendo la vista. Aún conserva el cuarto de Paty intacto, lo asea pero no ha cambiado nada de lugar, lo tiene igual que como Paty lo dejó esa noche trágica que nunca regresó. Lupita llora como si acabara de pasar el accidente. Maldice a María Antonieta y le reclama a Dios. Según Lupita, Dios se equivocó de hija, debió haber dejado a Paty con ella. Me da tristeza que una madre piense así y haya destruido a toda su familia por una mala jugada de la vida. Por cierto abuelita Lupita te manda muchos saludos y te desea una pronta recuperación".

"¿Qué crees? También tuve la oportunidad de ir al edificio Durango donde vivimos cuando estábamos chicos. Abuelita, todavía estaban escritos nuestros nombres"Pichi" (así le decíamos a Pedro José), "Cocol" (era Héctor), Azucena, Rosalba, Juan, Luis, Dulce y Perlita (Raulito no había nacido). Esos nombre los escribimos cuando jugábamos en el patio nuestros favoritos juegos como: Las Escondidillas, Los Encantados, Bote Pateado, Las Cebollitas, Chinchin lagua, Brinca tu Burro, Los quemados, Los Hilos de Colores, El Avión, El Resorte y la Matatena. Nos divertíamos como locos, nuestro edificio siempre fue un lugar seguro y bien resguardado por el mejor empleado del Sr. López, Don Genaro".

"Por cierto abuelita, ¿Recuerdas a Don Genaro?, sí, el portero del edificio Durango, aquel edificio de la colonia Roma". Mi abuelita me contesta extrañada: "Claro que si lo recuerdo. Por cierto murió hace varios años". "Bueno abuelita, una Navidad nos encontrábamos todos los inquilinos cenando y celebrando en el gran patio del edificio. Pedro José, Héctor, Rosalba, Juanito, varios vecinos y yo jugábamos en sala de la casa. De repente escuchamos a alguien que nos gritaba de la azotea, alguien estaba arriba llamándonos por nuestros nombres. Todos salimos al patio, volteamos a la azotea para ver quién nos hablaba. Los muchachos y yo distinguimos una silueta, con la mano nos hacía la seña de reunirnos con él. Caminamos hasta el centro del patio para ver mejor. Era Don Genaro, como otras tantas veces lo vimos, en esa barda de la azotea, pidiéndonos que subiéramos para que nos diera un dulce. Todos lo vimos y nos reímos con él, hasta que alguien gritó ¡Don Genaro está muerto!, ¡Vámonos! ¡Vámonos!, ¡Don Genaro está muerto! Al escuchar esas palabras la sangre se nos congeló, todos corrimos hacia donde estaban nuestros padres. Los adultos se alteraron al escuchar lo sucedido. El Sr. Ezequiel subió corriendo las escaleras casi cayéndose de borracho, rumbo a la azotea donde por muchos años vivió Don Genaro con su familia. Pasaron algunos minutos de silencio y tensión. El Sr. Ezequiel regresa y dice: "No se preocupen, acabo de hablar con Don Genaro, me dijo que está vigilando como siempre. No tenemos porque tener miedo y nos deseó feliz Navidad". Mi mamá con voz temblorosa agrega: "Compadre Ezequiel, los niños están asustados porque según ellos vieron a Don Genaro y usted regresa de la azotea diciendo que platicó con él. Compadre, Don Genaro se murió el año pasado. ¿Nos esta tratando de asustar, verdad?". El Sr. Ezequiel se puso amarillo sus ojos se desorbitaron y su cuerpo tembloroso se desvaneció abruptamente hasta golpearse con el piso. Entre varios vecinos llevaron al Sr. Ezequiel a su casa. Nadie dijo una palabra mientras caminábamos a nuestros departamentos. Mi mamá nos acostó y nos dijo: "Siempre recuerden que Don Genaro los quería mucho y era bueno con ustedes. Doña María, su esposa, me dijo que cuando el Sr. López despidió a Don Genaro después de 50 años de ser el portero de este edificio, Don Genaro se enfermó de tristeza, duró varios meses en la cama hasta que murió. Siempre pensó que estaba en el edificio Durango, abriendo el portón y cuidando los departamentos y a sus inquilinos. También he escuchado que varias personas lo han visto que recorre el edificio como antes y que lo ven pasar a media noche por el patio para asegurarse que todo este bien. Hijos no tengan miedo de Don Genaro, el viene para cuidarnos.

Ahora a dormir y que sueñen con los angelitos". Abuelita después de esa experiencia no me dan miedo los muertos estoy convencida que vienen a cuidarnos y decirnos que nos quieren mucho".

"Abuelita, tú sabes que mi mamá nunca olvida decirnos sus frases hermosas como: "Cuídense mucho chiquitos", "Qué Dios los bendiga", "Mi amor, ¿cómo les fue?", "Mi vida, ¿Están bien?", "¡Ándale mi cielo, come espinacas para que estés como Popeye!" y la que nunca faltaba, "Mis chiquitos, hasta mañana y que duerman con los angelitos". Abuelita ahora hago lo mismo con mis hijos. Les hablo con amor y les digo cosas bonitas para que se sientan importantes y queridos como mi mamá nos lo enseñó".

A mi mamá no le gusta mucho hablar con nadie sobre las cosas negativas o los problemas que tenemos pero creo que en este momento por el que mi abuelita esta pasando no le interesa lo que yo le pueda contar de la familia. Así que prosigo con el relato.

"Héctor como ya sabes, se graduó de Ingeniería Química Industrial, por cierto fuimos a su examen profesional y aunque no entendimos nada, los jurados le dieron mención honorífica. Fue un honor estar ahí. Ahora esta por terminar una maestría, a pesar de su juventud, es un chavo que sabe lo que quiere en la vida y ¿sabes qué, abuelita?, lo va a lograr porque tiene una fuerza de voluntad impresionante. No sé si sabes pero ya se divorció de su primer esposa peleando con uñas y dientes la custodia de su hijo Hectorín, es su adoración, sus ojos y su motivación para ser mejor cada día. Por cierto después de ganar legalmente la patria potestad de su hijo, se casó con el amor de su vida, sí, la muchacha de Brasil que conoció en su trabajo. Ahora tiene una niña preciosa, viven en una casa hermosa, les ha ido tan bien que, hace unos mese inauguraron otro de sus sueños se compraron un terreno y lo convirtieron en una casa de campo".

"Empezaron hace algunos años con un terrenito lleno de escombros, cada año invierte más en su granja, el año pasado que fui tenía una palapita, recámaras, baños, regaderas, sala, cuarto de juegos con un futbolito, jacuzzi, alberca, canchas de basquetbol, un caballo que se llama six, animalitos de granja, unos perros San

Bernardo, columpios, resbaladillas, una casita en el árbol con tele, una cuatrimoto, estufa, refrigerador, bueno no le falta nada. Lo más importante es que esa granja está hecha con amor pensando en que algún día todos sus hermanos y su mamá puedan disfrutar de ella y lo estamos haciendo, así que te tienes que aliviar para que te llevemos a la granja. Lo que más admiro de mi hermano Héctor es que a pesar de los momentos difíciles que ha pasado, se está recuperando, ha salido adelante de su depresión y aunque le va bien económicamente, su corazón sigue lleno de bondad y sentimientos positivos para todos, incluyendo sus Bonsáis (unos árboles enanos), su debilidad, su vicio, se esmera en atenderlos, cuidarlos y aunque ya perdió la cuenta de cuantos tiene, los puede identificar a cada uno con los ojos cerrados, tanto los que tiene en la granja como en su casa. Abuelita, Héctor le compró una casa a mi mamá en León y no pierde la esperanza de que mi mamá se decida y se vaya a vivir definitivamente allá. No dudo que lo logrará, Héctor es tenaz y paciente. Héctor, no cabe duda que es un hijo ejemplar y un ser humano excepcional".

"Abuelita, deja te cuento aquel día que fuimos a Sombrerete, Zacatecas. Queta y su esposo el señor Abelardo nos invitó a toda la familia para pasar la semana Santa en casa de sus familiares. Nos fuimos en un camión de redilas, apenas cabíamos, éramos más de 30 personas en la parte de atrás. El viaje duró cinco horas, fue insoportable ir sentados, apretados y sin podernos movernos durante todo el camino. Pero eso no nos importaba, cantábamos, decíamos chistes y escuchábamos las historias de espantos que los adultos nos relataban. Al llegar a Sombrerete nos llevaron a conocer el pueblo, la plaza, la iglesia, el kiosco y lo que más nos gustó, el manantial de aguas termales. Aunque el agua del manantial olía a huevo cocido, el agua estaba tibia y azul. Nos divertíamos como nunca cuando a mi hermano Pedro José se le ocurrió la idea de jugar a "Las escondidillas". Todos salimos del agua corriendo para escondernos. A mi me tocó buscarlos y tratar de encontrarlos entre tantos lugares donde uno se puede esconder y no ser descubierto en días. Me cubrí los ojos con las manos para no ver donde se esconderían y conté hasta 25. Lo más fácil fue encontrar a Rosalba que estaba escondida cerca de mí, detrás de una roca donde se veía todo su cuerpo menos la cabeza. Cuando la descubrí, me dijo molesta que había hecho trampa, me reí y le dije que la siguiente vez escogiera una piedra más grande".

"Escuchamos unos gritos aterradores provenientes del otro lado del manantial. Todos corrimos sin la menos idea de lo que ocasionaba esos gritos implorando auxilio. Encontramos a Héctor en el suelo, retorciéndose de dolor y agarrando su pierna derecha bañada en sangre. Antonio, su amigo, que se encontraba cerca de él cuando pasó el accidente nos dijo que Héctor trató de cruzar la cerca pasando entre los alambres de púas, su pierna quedó atorada y con el impulso que llevaba su cuerpo, la púa le hizo una herida de unos 40 centímetros de largo y unos dos de profundidad. Pedro José ya estaba a cargo de la situación, le lavó la herida con jabón y agua limpia. Con su playera le aplicó un torniquete parando la hemorragia. Cerró la herida con unos pedazos de cinta para aislar, que fue lo único que pudo encontrar. Le dijo a Héctor: "Hermano no te preocupes tu pierna va a quedar bien, confía en mí y aunque todavía no soy médico sé lo que estoy haciendo. Ahora descansa y aguanta como los meros machos hasta que lleguemos al hospital de Torreón. En este rancho bicicletero no hay ni curitas para los raspones". Esa tarde todos nos subimos al camión de redilas y partimos para Torreón pero esta vez no hubo chistes, ni canciones ni cuentos que contar. Reinaba un silencio de preocupación y esperanza que mi hermano alcanzara a llegar al hospital".

"Héctor como todo un triunfador sobrevivió a las eternas horas de camino, con calentura y dolores insoportables logró ser atendido a tiempo. Le salvaron su pierna y sólo le quedó una cicatriz enorme que parece una serpiente. Abuelita, mientras vivamos nunca olvidaremos ese accidente. Héctor tiene una estrella de triunfador, irradia quietud y una paz interior inigualable. Es y siempre será un valiente triunfador".

"Rosalba, es la que se siente incomprendida, la más sensible y la que según ella es el patito feo de la familia. Rosalba está casada felizmente con su eterno amor. Tiene dos hijos. Ya no viven en Saltillo, están por irse a León donde quieren empezarán de cero y con nuevos aires, estoy segura que les irá bien porque es una familia muy unida y a pesar de los arranques de Rosalba, su esposo le tiene mucha paciencia y la quiere tanto que morirán viejitos uno cerca del otro y llenos de amor. Abuelita creo que me equivoco al decir eso del esposo de Rosalba porque con eso de que fuma tanto no creo que llegue a viejo. Su hija Sofía, la mayor, es muy inteligente siempre es la mejor de su clase, es una niña dulce y buena, su segundo hijo es un poco rebelde pero al final terminan domándolo. Rosalba renunció a su puesto de secretaria del Gerente General de Banrural, fue su primer trabajo y duró ahí más de 17 años. Quiso cambiar de estilo de vida y seguir a su esposo en su nueva aventura así que se fueron a Saltillo. Todo en la vida tiene un sacrificio y uno se tiene que arriesgar te puede ir mal o bien pero hay que hacerlo. En Saltillo les fue bien mientras su esposo trabajaba en el gobierno pero esos puestos son temporales. Ahora se van a León a abrir otra página en sus destinos".

"Ya se abuelita, que Rosalba es de tus nietas consentidas ¿Te acuerdas cómo platicaba contigo y te acompañaba en las tarde a ver tus novelas?, también lo contenta que te pusiste cuando te dijo que su novio se llamaba Alberto, hasta los ojos te brillaron, luego, luego le dijiste que se casara con él, que no lo perdiera. ¡Hay abuelita! nunca olvidarás a tu amorcito de juventud. Ya han pasado más de 86 años desde que fue tu noviecillo de manita sudada. Pero mira abuelita, Rosalba te dió gusto y se casó con Alberto. Tú sabes abuelita que Rosalba y yo siempre tuvimos una relación pésima, nos odiábamos, nos golpeamos en varias ocasiones, nos insultamos hasta que nos cansamos. ¿Te acuerdas cuando me fui de la casa por tal de no estar cerca de ella hasta que se casara y se fuera definitivamente de la casa? Mi experiencia fuera de la casa fue espantosa. Por fin Rosalba, se casó y sin pensarlo dos veces regresé con mi mamá".

"La relación entre las dos empezó a mejorar. Ahora hasta es madrina de mi primer hijo, Julio. Rosalba es una buena persona pero no le digas ningún secreto porque dejará de serlo en minutos, te dice 5 malas palabras y 3 albures en una frase, además tiende a exagerar las cosas y es experta haciendo chismes y contando la versión a su manera. Su problema es y siempre será que se siente menos que los demás, que piensa que todos la hacen menos porque a ella no le ha ido muy bien económicamente. Lo que no me gusta de ella es que también les hereda a sus hijos sus resentimientos, rencores y odios. Más vale tenerla de amiga que de enemiga porque siempre se hace la sufrida y la víctima de la situación. A tenido problemas con todos, les deja de hablar y ella siempre es la ofendida. Si estamos en la casa de mi mamá y algo no le gusta o escucha un comentario que según ella están haciendo menos a sus hijos o cualquier excusa es buena para hacerse la importante, entonces se levanta y le dice a su esposo y a sus hijos que ya recojan sus cosas para irse. Mi mamá es la primera que le pide que por favor no lo haga y luego llegan los demás casi rogándole que reconsidere su decisión y no se retire (hasta la salen a buscar a la calle). Rosalba se siente importante y después de que le ruegan y le imploran que no se vaya, ella lo reconsidera y se queda como para hacer el favor de que sigamos gozando de su compañía. Rosalba es experta manejando estos acontecimientos. Abuelita, pero lo que si te puedo decir es que Rosalba nunca te va a dejar morir sola y a pesar de su actitud de víctima es un ser humano maravilloso. La mejor parte de ella es que se quita el pan de la boca por ti o a cualquiera que lo necesite está contigo en las buenas y en las malas siempre encuentras en ella un hombro para llorar y te ofrece cualquier momento para reír. Es una mujer valiosa".

"Juan también vive en León. Siempre ha sido el niño travieso de la familia. ¿Recuerdas cuántas descalabradas se dió en la cabeza? En el Sanatorio Español era cliente exclusivo. Cuando mi mamá iba al mercado y me dejaba cuidando a los niños, yo le suplicaba que me dejara a todos menos a Juan porque era un diablillo y con tanta energía era seguro que se lastimara saltando en las camas o en los muebles. Con él las cosas no han sido fáciles. ¿Te acuerdas del pleito que Juan tuvo después de un partido de basquetbol en el bosque "Venustiano Carranza"? Algunos jugadores del equipo contrario lo estaban esperando, escondidos en los árboles, los cobardes, le salieron todos para golpearlo porque les ganó el juego por muchos puntos. Según ellos los humillaron, acusaban a Juan de que hizo trampa, lo cual es mentira. Los malditos lo tiraron al piso y lo empezaron a patear a uno de ellos se le cae un cuchillo al suelo, el cual agarra Juan sin pensarlo, se lo entierra a uno en sus genitales, retorciéndolo con todas sus fuerzas, lo saca y se lo avienta a otro dándole en un ojo, después agarra una vara del suelo y los golpea con todo su coraje. Unos de ellos salen corriendo dejando a sus amigos heridos, desangrándose como marranos en el matadero. Juan corre a la casa a unas cuadras de distancia, con su cara desfigurada y su cuerpo adolorido. Pero lo primero que hizo fue hablar a la Cruz Roja para que auxiliaran a los muchachos que lo habían golpeado en el bosque".

"Al otro día por los periódicos nos enteramos que el muchacho perdió el ojo, al otro le amputaron el pene, el tercero esta estable con heridas leves. Juan dejó su carrera de Ingeniería a medias y se fue huyendo de las autoridades y de las familias que buscaban venganza por lo sucedido. Héctor lo trató de ayudar pero desafortunadamente Juan se encuentra solo a sus 19 años acompañando de su inocencia, inexperiencia, encontrando malas amistades en su camino y a una mujer 20 años mayor que él y con una hija de 9 años llamada Vanesa. Esta mujer lo llena de atenciones y regalos caros. Rápido lo convence de que vivan juntos y Juan sin avisarle a nadie se casa con ella por el civil. Pronto la señora le da una hija hermosa muy parecida a Juan, la llama Alejandra. Los amigos de Juan lo incitan en el vicio de drogas y alcohol. A los amigos no les importa prostituírse con mujeres mayores de edad que pagan cualquier precio a jovencitos para que les den placer. Los muchachos necesitan dinero para comprar drogas y alcohol y esa es una manera fácil de obtenerlo. Juan se pierde de la realidad y vive en el ambiente de las drogas. Mi mamá sospecha que algo anda mal porque no tiene noticias de Juan, ni mi hermano Héctor sabe nada de él. Mi mamá decide viajar de Torreón a León y con su instinto de madre amorosa, inicia una búsqueda exhaustiva de varias semanas hasta que da con él".

"Llega a una colonia de mala muerte y efectivamente encuentra a Juan en un estado miserable, sin decir palabra lo abraza, le promete ayudarlo. Juan lleno de vergüenza llora amargamente y le promete a mi mamá recuperarse, salir adelante y buscar a su hija Alejandra".

"Héctor lo lleva a su casa, después de varios meses de crisis se recupera. Hasta aumentó de peso. A pesar de lo que pasó nunca se ha separado de una foto que tiene de Alejandra, a la cual le jura que saldrá de la mala racha para regresar por ella. A los pocos meses ya tiene trabajo como Ingeniero en una tenería, también se encuentra limpio de sus vicios. Es hora de buscar y recuperar a su familia. Contrata un abogado para que lo ayude. Por fin tiene la dirección de su esposa y su niñita Ale, al llegar al lugar el olor a perro muerto le provoca asco. Se planta en la puerta con una muñeca en la mano y unas flores en la otra con los nervios a flor de piel por ver a su hija. Al abrir la puerta se encuentra con una chiquilla desnutrida de 7 años, con marcas evidentes de maltrato físico y un semblante trágico, Ale le grita; "Papito, papito, viniste por mí, yo sabía que vendrías por mí", Juan se derrite ante tal recibimiento, la abraza y besa como si quisiera recuperar los dos años perdidos sin ella, le pregunta por su madre y ella contesta que no está, que anda con un hombre. La niña le cuenta que su mamá le pega y que la pellizca porque se porta mal. Que su hermana mayor, la hija del hombre que vive con mi mamá, la golpea y nadie la quiere. Ya no voy a la escuela y tengo que tener lista la comida y limpia la casa antes de que lleguen, "Papito", le dice la niña, "¿Crees que me puedas ayudar a hacer la comida, para que no se enojen conmigo?".

"Juan sin decir palabra le deja una nota a su mujer, abraza a la niña y se la lleva con el abogado para levantar una demanda por amasiato y abuso físico y psicológico a un menor. Los trámites inician pero el camino no será fácil le dice el abogado. Uno de cada 500 casos el papá gana la custodia de los hijos aunque tenga todas las pruebas a su favor. "Juan, -le dice el abogado- no se haga muchas ilusiones, ahora tiene que regresar a la niña con su madre, sino lo acusarán de secuestro y eso no nos conviene, recuerde amigo, piense con la cabeza no con el corazón". Le dice el abogado.

"Juan no quería dejar abandonada a su hija pero es mejor hacer un plan para conseguir pruebas, por sugerencia del abogado Juan le dio a la niña una grabadora para que grabara todo lo que le gritaban, también le dió un celular para que le avisara si se encontraba en peligro. Instaló una video cámara al día siguiente mientras ellos no se encontraban en la casa, así que solo era esperar unos días. Juan vivía con la angustia cada día pidiendo a Dios que no lastimaran aún más a su hija Ale. Juan se apareció una tarde como si fuera la primera vez, la esposa no lo podía creer y le dijo que le habían informado que él estaba muerto. La esposa le reclamó su ausencia y le dijo que ya no se podía quedar en esa casa porque ella ya había hecho su vida con otra persona. Le pidió que no hiciera las cosas difíciles y que se marchara. Le dijo que la niña había estado muy enferma, que necesitaba dinero para las medicinas, Juan le dió dinero sin pedirle explicaciones porque sabía que todo se estaba grabando, los chantajes y los malos tratos hacia la niña no se hicieron esperar. Al día siguiente Juan recibió una llamada de la niña escondida en el baño pidiendo auxilio. Juan llegó en 3 minutos y la sacó por la ventana del baño. Luego les mandó a la policía. Todo iba bien pero el abogado le recomendó que buscara una pareja sentimental, aunque fuera sólo para los trámites de la tutoría, el abogado le dice que cuenta mucho para los ojos del juez que tuviera un hogar estable que ofrecerle a su hija. Además, inicia los trámites legales del divorcio, ya tenía los testimonios de los vecinos de que tiene dos años viviendo con ese hombre y de los golpes a Ale. La maestra de la escuela también estaba de su parte para atestiguar en contra de la mamá".

"Juan por su hija es capaz de todo, así que hace un trato económico con una joven atractiva que alguien le presenta en una fiesta. Ella es perfecta para que finja ser su pareja amorosa y vivir con él por un tiempo para que sus vecinos atestigüen después. También tiene que ser dulce y amorosa con su hija, cosa que no le resulto difícil. Más tarde ambos se enamoran de verdad, ya no tienen que fingir, ambos disuelven el convenio que tenían. La joven, queda embarazada de Juan y le confiesa que tiene 3 hijos más viviendo con su mamá en un pueblo cercano. El amor que Juan le tiene a ella no le importa y los trae a vivir juntos como una gran familia, demostrando una vez más su nobleza y el amor que siente por ella. Por fin después de 2 años de conflictos, jueces, golpes, insultos, desilusiones, videos, grabaciones, etc. Juan gana la custodia de Alejandra, su razón de vivir y por la que lucha todos los días. Ahora Juan vive con su familia feliz, disfrutando a cada momento la segunda oportunidad que le dió la vida para ser buen padre, esposo y un hijo ejemplar. Juan tiene un corazón de oro, una valentía inquebrantable, ojala no cambie porque sus sentimientos son los que lo hacen una ser humano especial". Abuelita no creas que ahí acaba la historia de Juan porque el es tan bueno que hace unas semanas su pareja actual lo deja en la calle, lo saca de su casa y vende todos los muebles porque según ella Juan la está engañando con otra mujer. Juan se va a vivir con mi mamá y a la semana la esposa le pide perdón y ya regresó con ella. Juan vuelve a comprar muebles y todo lo necesario para dejar su casa nuevamente habitable. Dice mi mamá que no es la primera vez que se lo hace que ya van varias veces que lo deja en la calle y cuando regresan el menso de mi hermano vuelve a creer en ella. Espero que un día se dé cuenta que él vale mucho y encuentre en su camino una buena mujer que lo valore y no lo explote. La mujer con la que vive ahora se la pasa en el salón de belleza, comprando ropa, haciéndose cirugías, ella no trabaja, Juan le tiene sirvienta, un carro del año, además mantiene a las hijas de ella. Pobre de mi hermano ojala salga de esa situación rápido. Lo bueno es que no esta casado legalmente con ella espero sea una ventaja cuando decida dejarla definitivamente. Mi hermano Juan es el mejor ser humano que conozco.

Mi abuelita me interrumpe y se dirige a mi mamá: "Hija, Irma, ironías de la vida, Héctor y Juan luchando como fieras por sus hijos y tu esposo dejo ir a nueve, abandonó a todos sus hijos y nunca a luchado por ningunos de ellos, que bueno que tus hijos no salieron a él. Es triste pero es la verdad. Afortunadamente no le han tenido que pedir ni un cinco ni siquiera cariño porque eso les ha sobrado por todas partes, que ironías de la vida".

"Bueno abuelita, mañana te veo porque abajo hay una larga lista de espera para pasar a saludarte, así que mañana te seguiré contando de los muchachos": "No, por favor", me dice mi abuelita, con voz suplicante, "Quédate. Irma, mándales decir con la enfermera que estoy dormida, ya les avisaremos cuando suban. Irma hija, recuerda que mañana es 20 de noviembre, cumpleaños de todos nosotros, mañana cumplo 101 años, ya ves que el mundo está de cabeza, y los terroristas andan por todos lados ya ves lo que acaba de pasar con las torres gemelas en Nueva York, lo más seguro es que no pase de ese día, así que me quiero morir tranquila, no quiero que me operen, quiero que le digas a mi nieto Pedro José el doctor que me traiga mis cigarritos y me deje fumar, aquí en el balconcito, que ordene mi cabrito, que no me quiero ir de este mundo sin probarlo otra vez, que me traigan mi mariachi para que me canten todas las canciones de Pedro Infante, quiero que me entierren con mis dientes, mi abrigo negro y mi bolsa de charol".

"Irma no quiero que me entierren cerca de José tu padre, tampoco dejen mi cuerpo en la iglesia, si puedes encontrar el lugar donde está mi mamá Cuca, ahí estaré feliz. Como sabes soy la última sobreviviente de la dinastía Flores, soy la última que queda en este mundo de apellido Flores. He tenido la desgracia o fortuna de enterrar a toda mi familia y ahora me toca partir. No me voy triste, me voy contenta porque ustedes rompieron el ciclo doloroso que yo viví. Me da gusto que tu madre no educó machos golpeadores ni hembras sumisas, estoy segura que tus hijos formarán una sociedad más justa para las mujeres, por eso me voy tranquila y contenta. Por favor Azucena cuéntame ahora de mi flaquita Dulce, la he extrañado mucho, ándale siéntate y no pares de hablar, yo te escucho".

Yo no me hago del rogar y continuo, "Pues Dulce, como sabes, se casó con su amor Nacho. Tienen 2 niños José Ignacio y Juan Ángel, una niña, Dulce –como ella- y está embarazada de otra niña, ya ves que ahora la moda es que te enteres del sexo de tu bebé antes de que nazca, la llamará Paulina. Dulce ya viven en León, cerca de la casa donde vivirá Rosalba cuando se cambie a León. Dulce se dedica al hogar, siempre corriendo de aquí para allá, vende productos de belleza para ayudar con los gastos de la casa, aunque trabajó un tiempo como secretaria antes de casarse, ahora trata de hacerlo desde su casa. Hace unos meses se compró una computadora, ahora hasta hace pedidos extraños por la Internet para sacar algo de dinero. Como las personas que quieran comprar una pedazo de luna, porque un loco esta vendiendo propiedades para cuando la luna sea habitable, o el otro loco que vende las estrellas del cielo para ponerles tu nombre, también esta la camarera de un hotel en Nueva York que vende la prueba de embarazo que se hizo Madona y la dejó en el bote de la basura de su cuarto. Alguien más vende los calzones usados de Ricky Martín después de un concierto o los calcetones apestosos de Valenzuela cuando los Dogers de Los Ángeles fueron campeones de béisbol o la banda sudada que Sylvester Stallone esa que usó en la cabeza cuando hizo la película de Rambo, hasta puedes encontrar la guitarra que tocó Pedro Infante en su última película, un mechón de pelo de algún artista famoso cuando se van a cortar el pelo, el guante que usó Michael Jackson para agarrarse sus genitales muchas veces durante su concierto, en fin tantas cosas imposible de creer que alguien pueda pagar por ellas, pues si hay gente que lo haga, no sé si les sobra el dinero o les falta cerebro pero las hay. Dulce se dedica a buscar las conexiones, los que quieren vender con los que quieren tirar su dinero, negocia los precios y hace las transacciones, le ha ido muy bien y gana su buen dinero. Nacho no es una persona muy comunicativa, trabaja tiempo completo en una carpintería haciendo muebles de buena calidad".

"Nacho en varias ocasiones le deja la carga de la casa y los niños a Dulce, pero ella lo resuelve de maravilla es como si las mujeres estuviéramos dotadas de dos tanques de energía. Dulce es emprendedora, organizada y sobre todo ahorrativa, viven decentemente y estoy segura que cumplirá todo lo que se proponga". La otra cualidad de Dulce es que adora a sus hijos y aunque es gritona y mandona los atiende bien y les demuestra su amor todos los días.

"Luis Manuel es un muchacho muy atractivo, creo que es el carita de la familia. Casado con Cory. A ella la conoció en el coro de la iglesia. Luis también es el más religioso de los hermanos, siempre va a misa los domingos, reza y siempre da gracias a Dios por todo lo que le sucede en la vida. Lo más valioso de él es su rectitud, honestidad y honradez. Es un buen ciudadano, buen esposo e hijo pero sobre todo es un padre ejemplar, siempre al pendiente de sus 3 hijos (Luisito, Lupita y José Manuel). El les cambia los pañales, les lava las mamilas, les prepara la leche. Los lleva al doctor cuando se enferman, los baña, les da su comida. Hasta le fecha los trae para todos lados y los atiende como reyes, vive para sus hijos. Ya ves abuelita otro de tus nietos que no salió como mi padre".

"Luis se graduó de Contador Público. Trabaja en un despacho de abogados. Hace las auditorías para Hacienda, declarando los impuestos de sus clientes. Le va bien y sobre todo le gusta lo que hace. Su esposa Cory trabaja en el juzgado de Torreón. Tiene un buen horario y buenas prestaciones. Compraron una casa en las afueras de la ciudad pero Cory no puede vivir lejos de su mamá, todos los días comían y se la pasaban ahí, así que inteligentemente decidieron rentar su casa, pedir un préstamo y construir unas recámaras en la parte de arriba de la casa de su mamá y así todos felices. Afortunadamente, la mamá de Cory quiere mucho a Luis, lo quiere tanto que hasta lo consiente. Es que quien conoce a Luis es difícil no quererlo y reírse de sus constantes chistes. Es una persona con sentimientos transparentes, bromista, siempre te hace reír a carcajadas, su sentido del humor es único, te platica de la tía Toña, de mi tío Logio (el chupa chichi), y de otros tantos personajes creados por su imaginación. Mi hermano es un joven ambicioso, precavido y a pesar de los momentos difíciles que ha tenido que vivir, como la enfermedad que tuvo su hijo el mayor, siempre se ha mantenido ecuánime y confiado en sus creencias sobre Dios. Luis es un ser humano original, su espíritu limpio y bondadoso le abren puertas de amistad y amor por doquier. Si es que existe un Dios y un cielo, estoy segura que Luis será el primero en la lista en reunirse con su Dios".

"Abuelita, no vas a creer lo que te voy a contar de Perla, se casó con aquel joven, Rosendo, al que conoció cuando Pedro José organizó las conferencias aquí en Torreón, llegó de Monterrey. Cuando Perlita y Rosendo se conocieron no pudieron evitar enamorarse al instante. Si, amor a primera vista. Desde ese momento no pueden vivir uno separado del otro, a los dos meses de haberse conocido Rosendo le pidió a Perlita casarse con él. Rosendo era un chavo que tenía un puesto de repartidor de productos Sabritas, no tenía mucho que ofrecerle a Perlita pero su amor y sus ganas de ser alguien para ella fueron suficientes".

"Mi mamá siempre nos ha apoyado en nuestras decisiones y aunque en esta ocasión Perla tenía escasos 18 años y su galán 25, aún así le dió su bendición para casarse. Rosendo trabajaba horas extras, no se perdía ningún entrenamiento. A pesar de que se graduó de Ingeniero en Bioquímica y Alimentos, no dejó de estudiar hasta terminar una maestría. Empezó a ascender rápidamente de puesto, Ahora es Gerente General de la Zona Norte, es un puesto importante que se lo ha ganado con trabajo arduo y dedicación. Mi hermana tiene 3 hijas Ilse, Bianca y Miranda y 1 hijo; Rodrigo. A pesar de que ella trabajó muy poco tiempo como secretaria, ahora se da la gran vida, tiene 3 sirvientas, cocinera, chofer. Se va tranquilamente al gimnasio y al café con las amigas, a jugar canasta, tenis, a sus clases de inglés y está estudiando la preparatoria, todo es felicidad y armonía, pero todo esto esta por cambiar cuando recibe una llamada misteriosa. El sueño de Perla había sido ser una modelo famosa, hace varios años mandó una solicitud con su fotografía, sus datos personales y una carta explicando por qué quería ser modelo. Pues bien, tenía en sus manos la gran oportunidad de asistir al primer casting que se llevaría a cabo en México escogerían modelos para el desfile más importante en Nueva York. Mi hermana casi se desmaya al recibir la noticia, no lo puede creer, pero todos la animamos porque ella tiene unos rasgos poco comunes; ella es morena, alta, delgada, pelo negro largo, sedoso, lacio y brillante, sus ojos grandes negros, sus pestañas largas y risadas, su cuerpo a pesar del parto natural de 4 hijos sigue teniendo una elegante y espigada figura, en fin creemos que todavía tiene la oportunidad de hacer su sueño realidad. Perla, temblando de emoción, le entrega la carta a Rosendo. Este la lee y no lo puede creer, al instante le dice que no lo piense dos veces que tiene todo su apoyo y amor para asistir al casting".

"Con los nervios a flor de piel, Perla se presenta sin nada de maquillaje, ella es bonita al natural, su teoría es que las mujeres estamos cansadas de ser muñecas de plástico en las revistas, ¿Por qué no darle algo natural? la belleza existe sin tener que forzarla y engañar al público. A los organizadores les gusta la idea y le toman cientos de fotos en todas las tomas posibles. Perla se siente exhausta y le llueven propuestas indecentes y algunas propuestas de desnudos o poses indecorosas. Ella firme con sus convicciones moralistas, rechaza de manera contundente las ofertas con muchos ceros en los cheques. Perla siente un escalofrío tan solo de pensar que si esto se lo hubieran ofrecido hace 6 años no sabría si hubiera tenido la misma respuesta a tanta tentación. Afortunadamente la compañía de mi mamá la ayudó a poner los pies sobre la tierra. Perla firmó un contrato para modelar en las pasarelas más importantes del mundo. La rutina entre el modelaje y sus cuatro hijos la dejó agotada pero con un agradable sabor de boca porque cumplió su sueño y aunque las puertas las tiene abiertas para seguir en el ambiente, ella decidió que ese estilo de vida no lo quiere para su familia. Rosendo siempre respetó sus ideas y a pesar de haber ganado tanto dinero, prefirió la vida tranquila de un ama de casa. Con la pequeña fortuna acumulada, ahora diseña ropa para niñas "Mi Ilbi" el nombre lo forman las primeras dos letras de sus 2 hijas (Ilse y Bianca). Le ha ido muy bien, ahora vivirá en Acapulco. Ya sabes que ella ha recorrido casi toda la república mexicana porque a Rosendo lo cambian de ciudad cada 2 años. Siempre la veo muy contenta y aunque tiene un carácter fuerte y dominante, es dulce, bonita, inteligente, confidente y madura cuando se trata de dar un consejo o una opinión. Es sencillamente un estuche de monerías".

"Por fin abuelita, terminaré de platicarte de tus nietos, porque la verdad me da pena con tu compañera de cuarto que no tiene cara de buenos amigos, me echa unas miradas no muy agradables (le dije a mi abuelita en susurro)", mi abuelita, me contesta: "No le hagas caso, se nota que es una amargada, ni me saluda, parece que tiene cáncer, ya está muy avanzado, la he escuchado que llora amargamente y nadie, pero nadie la ha venido a ver, ni siquiera sus familiares, es triste que al final de tus días a nadie le importes, dicen que lo que siembras cultivarás. A la mejor no fue buena persona, se llama Rebeca, las enfermeras no la quieren, es grosera y las trata mal. Creo que es reportera de una estación de radio, esa sección amarillista que se llama

## LETICIA CALDERÓN

"La Verdad Aunque Duela", donde no les importa decir mentiras de los famosos con tal de tener audiencia, allí es donde escuché que Luis Miguel murió en un accidente, dicen que a Juan Gabriel lo encontraron violando a un jovencito en el albergue que tiene en Cd. Juárez, también que Ana Gabriel y Daniela Romo son lesbianas. En fin, una de intrigas y calumnias que solo la gente estúpida se las cree. Estoy segura que ella es de las que inventa semejante basura. Ayer le pidió a la enfermera que prendiera el radio y lo dejara en esa estación, todo el programa se la pasó hablando por el celular enojada por lo que escuchaba, ni porque se esta muriendo deja en paz a los demás. No te preocupes por ella Azucena, sigue contándome del más chico de mis nietos, del Torito, de Raulito que ya ha de estar tan grandote, ¿verdad?". "Si abuelita", le digo tratando de apresurar la conversación para que alguien más la pase a ver y saludar.

"El Torito", como le llamamos de cariño porque nació pesando 5 kilos y la doctora le gritó a mi mamá que había tenido un torito por lo grande que estaba. "Raúl es el más chico de los nueve hermanos, es un joven tierno que se recibió de Ingeniero en Electrónica del Tecnológico de La Laguna. También fuimos a su examen profesional. Hizo una alarma contra robo para cualquier casa, la armó y presentó ante el jurado, todo salió de maravilla, mi mamá como siempre orgullosa y acompañando a sus hijos en cualquier evento importante para nosotros. Raúl contraería matrimonio con su novia de hace más de seis años, pero el día antes de la boda le quiso dar una sorpresa y le llevó serenata con unos amigos por la parte de atrás de su casa, la ventana que daba directo a su recámara. Al llegar silenciosamente, la sorpresa se la llevó él, al encontrarla revolcándose con un fulano en el pasto, sin decir palabra, Raúl, se fue, la novia le gritaba que la perdonara pero Raúl no la escuchó, corrió lo más rápido que pudo para sacar el coraje, la desilusión y el engaño que embargaba su corazón".

"Al llegar a la casa le dijo a mi mamá que cancelara la boda, les avisaré a todos que ya no me casaré dijo Raúl, mi mamá sin hacer preguntas, le dió su bendición como siempre lo hacía y lo besó, lo abrazó y le dijo que pensara bien las cosas, recuerda que la vida siempre tiene algo para nosotros debajo de la manga. Te quiero mucho y cuídate".

"Agarró una maleta con un poco de ropa y partió a León con Héctor y Juan para que lo ayudaran a conseguir trabajo. Raúl es una persona inteligente. No le fue difícil encontrar puertas abiertas. Cayó en una depresión muy extraña, no recurrió al alcohol, ni a las drogas, no dejó de comer, ni se trató de suicidar; por el contrario, con su primer sueldo, se inscribió a un gimnasio y todo su tiempo libre se la pasaba haciendo ejercicio, levantando pesas, haciendo abdominales moldeando su cuerpo. Cuando logro tener un cuerpo musculoso y muy atlético empezó a participar en varios concursos importantes como Mr. México, Mr. Universo y Mr. Mundo, todos los ganó mi hermano fue el que más premios ganó. Su cuerpo envidiable, codiciado por los medios y las chicas. Así como Raúl empezó su pasión por el gimnasio, así terminó la euforia, ahora lo hace pero ya no concursa porque el amor tocó a su puerta. A los pocos años de haberse ido de Torreón, nos avisaron que se casaba con una educadora, con tres meses de embarazo, parece que eso apresuró la boda. Hasta el día del casamiento religioso la conocimos. Es una chica simpática, se nota que se quieren, Raúl, ahora tiene 5 hijos, 2 hijas Juliana y Paula, 3 hijos Raulito, Fabricio y Juan Daniel. Sus hijos son su adoración los trae para arriba y para abajo con él, los carga a todos al mismo tiempo, con ellos hace sus ejercicios, los atiende con una devoción impresionante, les tiene una paciencia envidiable, no cabe duda que ninguno de mis hermanos heredaron la irresponsabilidad de mi papá. Al contrario, probablemente por lo que nosotros vivimos, ahora lo compensamos con nuestros hijos".

"Los hijos de Raúl son unos torbellinos y traviesos pero Raúl tiene un carisma con los niños excepcional, los deja hacer lo que se les da la gana. Le brincan en el cabeza y solamente les dice: "Ya hijos", sus regaños parecen cariños y sus nalgadas caricias. Es un padre pasalón y querendón. Tal parece que Raúl quiere seguir teniendo más hijos. Su esposa esta pensando seriamente en abrir una guardería para que sus hijos sean los primeros clientes. Abuelita, Raúl sigue siendo un niño grande y musculoso, tiene una inocencia que lo caracteriza, su bondad va más allá de toda malicia, nunca te niega un favor, es espléndido y sobre todo su corazón lleno de alegría y lindos sentimientos, todos lo queremos mucho. Parece un tipo rudo por su físico atlético pero cuando hablas con él es un niño hermoso y juguetón. Su defecto es que llega tarde muy seguido pero lo compensa con su tierna sonrisa". Me cuenta mi mamá que ya la mujer dejó a Raúl con sus 5 hijos, bueno después de tantos problemas de celos por parte de ella y por supuesto Raúl no es tan inocente. Estoy segura que Raúl es el papá más afortunado del mundo teniendo a sus hijos cerca de él para atenderlos y mimarlos, ojala que encuentre a una buena mujer que lo valore y sobre todo quiera a sus hijos. Lo que tiene Raúl de músculos es lo que vale en oro.

"Bueno abuelita, creo que ya te dormiste con mi plática". "No hija, como crees," contesta mi abuelita quejándose y agarrándose el abdomen, agrega "Es que ya empezó a darme este dolor de estómago. Dime que sabes de Lalo, lo he traído en la mente desde hace varios días". "Abuelita, no son muy buenas noticias pero si tu insistes. Lalo instaló una agencia para convertir jovencitas en cantantes y estrellas famosas, desgraciadamente muchas cayeron en sus garras malévolas. Las recluía en su clan de abuso y perversión, sus víctimas eran niñas entre 12 y 14 años de edad. Primero trabajaba con los padres para que le tuvieran confianza, después de varias clases de baile y canto para las niñas empezaba la seducción de hombre solitario y ansioso de amor. Ellas, debido a su inexperiencia e inocencia, caían rendidas a sus pies pensando que estaban enamoradas de ese pobre hombre incomprendido y desafortunado en el amor. Su bajeza calculadora y paciente daba la última estocada al consumir su relación sexual con la nueva integrante de su clan. Todas las jovencitas participaban en el convencimiento de la nueva recluta para que se convenciera de que ese era su destino, si querían ser estrellas y triunfar como cantantes. La reputación de Lalo entre la farándula era respetada por todos, había representado a varias cantantes haciéndolas famosas internacionalmente, por este motivo las inocentes niñas y sus familias se ilusionaban con las promesas de Lalo. Sin imaginar por el abuso sexual y físico que sufrían sus hijas en manos de ese depravado sexual".

"Todas las chicas del clan se observaban entre sí para que ninguna traicionara a Lalo, si una de ellas se atrevía a contrariar a Lalo o tratar de escapar del clan, recibía de parte de Lalo golpes con el cinto, las dejaba varios días sin comer, dormían desnudas en la tina del baño o en el patio sin importar el crudo invierno. Les practicaba las peores atrocidades para que no volvieran a desobedecerlo o intentar abandonarlo. Abuelita, hace unas semanas descubrieron sus atrocidades cuando una jovencita logro escapar del clan. Resulta que están en medio de un concierto donde ellas se presentaban, cuando de repente empieza a temblar el teatro y se cuartea. Caen pedazos de techo en el escenario, todos corren gritando y golpeándose al tratar de salir. Varias jovencitas aprovechan la confusión, salen despavoridas entre la multitud sin sentir miedo del temblor sino pánico a que Lalo o alguna de las otras chicas las descubrieran huyendo".

"Al salir del teatro respiran por primera vez por sus propios pulmones, se sienten desorientadas, después de años de sólo recibir órdenes, se sienten incapaces de tomar el rumbo de sus vidas y tomar sus propias decisiones. Caminan sin rumbo fijo, llenas de miedo y angustias. Se dirigen a sus casas, sus padres se sorprenden al ver a sus hijas sin previo aviso y sin la compañía de Lalo o alguna de las compañeras. El instinto de padres les alerta de que sus hijas se encuentran en peligro. Las jovencitas piden de comer como si hace meses no probaran alimento, se meten a bañar para lavar sus culpas y pecados. Una de las chicas sale de la ducha y se encuentra sorpresivamente con la presencia de Lalo en la sala de su casa, los padres derrochan alegría y felicidad al recibir la noticia que el famoso y reconocido representante de artistas le esta proponiendo matrimonio a la jovencita pero como es menor de edad necesita el permiso de los padres los cuales aunque sorprendidos por la noticia, aceptan la relación porque su hija les confirma que efectivamente esta enamorada de su verdugo y se quiere casar con él por sobre todas las cosas (Lalo no necesita palabras para amenazar a sus súbditas)".

"Mientras tanto, otra jovencita recibe la visita de las compañeras advirtiéndole que Lalo llegará en cualquier momento con una propuesta importante y que todo será diferente. Lalo se lleva a la jovencita de su casa con el pretexto de que saldrán de gira esa noche. Los padres aún incrédulos, aceptan, pensando que es lo mejor para su hija que sueña con ser famosa. Con la bendición de sus padres la joven regresa al clan más triste que nunca, deseando morir antes que regresar".

"Lalo promete a la familia de la segunda jovencita que se escapó lo mismo, una boda. Lalo se casa con las dos y las somete al mismo régimen que a las demás chicas pero en esta ocasión es el marido de ambas, ya no tiene que fingir con los padres. Varias jóvenes del clan tienen hijos de Lalo, para ser exacta 10 chiquitos inocentes que en cuanto cumplieron cinco años de edad los sometió sexualmente (a los varones y hembras) sin importarle que sean sus propios hijos. Paco, el mayor de los hijos de Lalo cumple diez años y decide valientemente enfrentar la situación del maltrato y abuso a todos los que viven en esa casa apartada de la sociedad. Paco planea por varios meses un plan para escapar de ese lugar del cual nunca ha salido más allá de las mallas que rodean el patio del rancho. Paco espera paciente el momento oportuno para llevar acabo su plan, una noche espera a que todos duerman, aguarda paciente la llegada de su padre abusador a su recámara como en tantas noches pero en esta ocasión lo acompaña un cuchillo sostenido en su mano, desea destazar a su padre por todos los años de abuso sexual e infelicidad que le ha dado a él y a todos los que viven bajo su control".

"Lalo llega completamente desnudo, abre abruptamente la puerta del cuarto de los niños anunciando su llegada. Todos tiemblan de miedo porque no saben si hoy les tocará ser violados, golpeados, insultados o torturados por el hombre asqueroso que no los deja ni respirar. Lalo se mete a la cama de su hija Olivia de 7 años, la viola salvajemente. Sus gemidos se escuchan por todos los rincones del rancho. Los gritos de Olivia implorando piedad se deslizan por las puertas añorando clemencia y justicia a su dolor pero aunque todos la oyen nadie puede hacer nada al respecto, lo que les puede pasar a cualquiera que se atreva a desafiar a Lalo es peor que los gritos de auxilio de Olivia".

"Paco por primera vez ruega ser el siguiente, la adrenalina invade su cuerpecito, esta a punto de explotar. Lalo se mete a la cama de Paco con el pene erecto decidido a terminar lo que empezó con la pequeña Olivia. Paco sin esperar un segundo le corta el pene de una tajada, un chorro rojo de sangre sale de los genitales de Lalo, un grito de dolor retumba en el desolado rancho. Lalo corre despavorido sin tumbo, maldiciendo a Paco y a todas las muchachas. Paco aún con el pene en la mano corre a la cocina, lo mete a la licuadora, agrega agua y lo licua por unos segundos, después lo tira por el escusado, hace pipí y le baja disfrutando el momento de ver como se va hasta el último pedazo de lo que le hizo tanto daño".

"Sin perder concentración, rompe la ventana y saca uno por uno a sus hermanastros. Le grita a su mamá que ya es hora de salir de esa cárcel inmunda. Las muchachas se resisten a salir de lo que ha sido por años su jaula de humillaciones y abusos. Temblando de miedo por la reacción de Lalo, cinco muchachas se atreven a dar un paso fuera de la casa sin el permiso de Lalo, ellas se aventuran a seguir el plan de Paco, llevando consigo a los niños. El rancho donde están secuestrados se encuentra a varios kilómetros del pueblo mas cerca. Al llegar a la civilización piden ayuda a las autoridades y les advierten que Lalo es peligroso y capaz de todo por tal de no ser descubierto".

"Para fortuna de Paco, Televisión Azteca se encuentra en ese remoto pueblecillo de Pachuca Hidalgo, entregando juguetes que el Señor Salinas Pliego hace cada año con el juguetón. Azteca inmediatamente manda unos reporteros para que cubran la noticia de la vida oculta del famoso representante de estrellas Lalo Ortiz. Televisión azteca se hace cargo de los pequeños, los lleva a un hotel para darles de comer, vestirlos porque parecen pordioseros, aprovechan la oportunidad para arrancarles una sonrisa y les regalan juguetes. Paco no pude creer en su buena suerte, por primera vez en toda su vida llora de alegría y ve a su mamá contenta, sus hermanastros gozan del momento, gritan de alegría y regocijo con sus regalos en la mano, nunca habían recibido un juguete. Siempre fueron piedritas y ramitas del patio. Las autoridades encontraron el lugar que les describió Paco. Las condiciones en las que se encontraban eran deplorables, infrahumanas y desoladoras. Lalo yacía tirado con un pañuelo en los genitales desangrándose lentamente, lo llevaron de emergencia al hospital. Nadie encontró el pene que Lalo tanto pedía, la búsqueda fue inútil. Las chicas secuestradas estaban desorientadas y sin voluntad propia, tímidas, temblando de miedo, no se decidieron a hablar hasta después de varios meses que recibieron ayuda psicológica y legal. Lalo esta preso en Almoloya, los prisioneros de la cárcel lo esperaban impacientes para hacerle pagar todo lo que les hizo a tantas niñas inocentes. Lalo no se pudo sentar en un mes del dolor por todas las violaciones que los reclusos le cobraron por más de 50 que él cometió en su miserable vida, solo esas son las que salieron a la luz".

"Abuelita, la historia no termina allí, Lalo saldrá libre en unos meses que por falta de pruebas, ya sabes como somos en México donde hay dinero hay mano negra. Espero que se pudra en la cárcel y nunca salga a seguir violando jovencitas, ese maldito animal nunca cambiará pero lo dudo mucho así de injusta funciona la justicia en nuestro país". Otro de los cargos que lo hacen responsable es que mato a uno de sus hijos, que destazo el cuerpo y lo mandó tirar al río pero las autoridades dicen que si no hay cuerpo no hay delito y así tengan tantos testigos no le podrán hacer nada. ¡Lo puedes creer!

Hace unos meses recibí la noticia de que mi amiga Bertha tiene cáncer de mama –le quitaron uno de sus senos-, es una triste noticia pero ella es una de mis heroínas ella no quiso que nadie se enterara de su enfermedad porque dice que no quiere la compasión de nadie. Ella dice que la gente cuando tiene lástima por alguien le transmite energía negativa y esa vibra no le hace bien al enfermo. Bertha fue a mi casa en Juárez y la llevé a El Paso Texas para que le hicieran una prótesis y una peluca. Hasta este momento nadie se ha dado cuenta por lo que ella y Neto –su esposo- están pasando. Cuando regresa de las quimioterapias no se acuesta, se pone a limpiar la casa y se mantiene ocupada como si nada hubiera pasado, atiende a los niños y los lleva a la escuela. El doctor esta sorprendido de cómo a reaccionado Bertha al tratamiento, ella come lentejas, frijoles, garbanzos, hígado, pescado, espinacas y un sin fin de alimentos frescos y nutritivos. Le esta dando una lucha incansable al cáncer, es una mujer increíble con una fortaleza inquebrantable y estoy segura que vencerá a esa enfermedad y sino por lo menos le robará a la muerte algunos años más. ¡Bertha es lo máximo!

Mi abuelita con voz impaciente me dice: "Azucena baja y dile al doctor que estoy esperando el cabrito que pedí y mis cigarros". "Sí, abuelita", le contesto apresuradamente desde la puerta del cuarto. En el pasillo me encuentro con todos mis hermanos, nos abrazamos todos y como siempre Rosalba esta llorando, Juan y Raúl traen el cabrito de mi abuelita en unas cajas, "¡Vente rápido!", me dice Héctor, "Vamos al cuarto de mi abuelita, Dulce viene atrás con los mariachis y Luis Manuel fue por los cigarros. El director nos da permiso por ser la última voluntad de mi abuelita, por supuesto las influencias de Pedro José están de por medio, el director dice que a la mejor también la música les ayuda a los demás pacientes para que no se sientan tan mal, así que regrésate al cuarto para comer todos con mi abuelita" me dice Héctor apresurado, "Probablemente por última vez, como sabrás no dejarán que la operen y Pedro José dice que no sobrevivirá" agrego afligida. "Con mayor razón", me dice Héctor, "Hay que estar con ella lo más que podamos y que sienta nuestro cariño. Ahí viene mi tía Licha y mi tía Ofelia con Perla y Raúl".

Al entrar al cuarto, la enfermera me dice: "Tómense su tiempo, la paciente, compañera de tu abuelita estará fuera por dos horas para unos estudios así que no habrá nadie en el cuarto, la verdad es que es bonito que una paciente sea tan querida, es lindo lo que están haciendo por tu abuelita, estoy segura que por dura que haya sido su vida o los ratos amargos que vivió, cualquiera de nosotros se sentiría bendecido por tener una familia tan grande y unida como la de ustedes, bueno ya me voy, que la pasen bien, solo llámame si me necesitan".

Pedro José la inyecta para que se le quite el dolor y disfrute su cabrito. El mariachi empieza a cantar las canciones de Pedro Infante y mi abuelita se echa unos gritos, todos comemos cabrito y consentimos a mi abuelita y a mi mamá que ya lleva varias semanas en el hospital sin separarse de mi abuelita. Es una fiesta de despedida, es una celebración de 101 años de vida. El mariachi se va, se acaba el cabrito y mi abuelita termina de fumarse su cigarrillo y pide la palabra. "Ahora", dice ella "Es hora de la despedida" dice con voz determinante y dulce: "Gracias por estos momentos de felicidad que me han dado, por no dejarme morir sola y triste, por estar juntos y unidos. Ya me conocen, nunca fui muy expresiva ni cariñosa pero quiero que sepan que los llevo en mi corazón y en mis pensamientos. Les quiero pedir que no estén tristes por mi partida que ya viví mucho años que me voy agradecida con la vida por saber que todos ustedes son felices y encontraron el amor, gracias por todo lo que me han dado, prométanme que siempre estarán juntos y sobre todo felices. Cuídenme a mis hijas, ya que se quedan solas. Irma, gracias por tu amor incondicional eres una hija excepcional y una madre invaluable, tú rompiste el círculo del abuso y la infidelidad, le diste a tus hijos valores y principios inquebrantables, gracias por todo, los quiero mucho. Díganle a los que están afuera que no me moriré hasta que salude a todos, que las noches que han pasado en vela afuera a la intemperie, con frío y malcomiendo, díganles que se los agradeceré a todos en persona. Ahora, ándeles, ya váyanse porque no quiero llorar". Todos la abrazamos, lloramos con ella, no podemos decirle que se recuperará porque ella sabe que es una mentira, sólo nos resta despedirnos de ella.

Después de nosotros había una fila interminable de personas que deseaban saludar a mi abuelita, el doctor les dijo que las dejaría pasar a todos pero que no demoraran la visita. Es impresionante la gente que está esperando desde hace unas semanas demostrando su amor y apoyo a Manuelita Flores.

En la noche, nos quedamos afuera, algunos en el carro otros en el suelo con cobijas, otros en las bancas de la Alameda, en fin, todos estamos ahí, para cualquier noticia milagrosa o nefasta. En la mañana muy temprano me manda llamar mi mamá para decirme que si me quedo en su lugar, cuidando a mi abuelita, para que ella se vaya a la casa a dar un baño y saber como va todo con mis hermanos. Mi abuelita duerme profundamente. La vecina que comparte el cuarto no tiene buen semblante, se queja maldiciendo a las enfermeras y a los doctores. En ese momento se empieza a convulsionar, retorciendo su cuerpo y gritando su dolor. La ayuda no se hace esperar pero ya es demasiado tarde, la mujer muere, Rebeca termina sus días sola como un perro sin que nadie reclame su cuerpo, sin que nadie le mande unas flores, eso sí que es triste, lo más seguro es que manden su cuerpo a la fosa común, lo bueno es que a mi abuelita no le pasará lo mismo.

Al despertar mi abuelita, no le dimos la noticia. Mi abuelita me dice: "Fíjate, que anoche estuve platicando con la señorita Rebeca la vecina, le platiqué cosas que jamás había comentado con nadie, le dije secretos de un siglo de mi vida, espero que se los lleve a la tumba porque con eso que es reportera no vaya a decirlos al aire en su programa radial, aunque no me lo prometió pero pude ver en sus ojos que no los compartiría con nadie, además nadie viene a verla. Pobrecilla me da lástima. Espero se mejore y que escoja otro estilo de vida y aproveche, si es que la vida le da otra segunda oportunidad".

"Azucena, tengo hambre", dijo mi abuelita. "Ya te traen tu avena, le contesto". Mi abuelita agrega: "Azucena dame razón de tu tío Héctor, como sabes, desde que murió tu abuelo José dejó de visitarme, de darme dinero, me gustaría verlo antes de morir porque lo quiero como un hijo creo que más que a un hijo porque siempre me dió amor, atención y dinero cuando se enfermó José. Es el único hombre que no abusó de mi en mi condición como mujer". "Abuelita" le contesto con voz entrecortada porque yo también lo quiero mucho, "te acuerdas que la última vez que lo vimos se estuvo quejando de su columna vertebral, pues lo operaron en Estados Unidos. Todo salió bien. Ahora vive en Monterrey en el hotel "Las Pirámides" sigue ayudando a los padres de cualquier iglesia católica que se encuentra en su camino. Ayuda a los seminaristas, a los pordioseros y limosneros que encuentra a su paso. Organiza misas los domingos en las cárceles para que los presos escuchen la palabra de Dios. Su vida ha sido transparente, honesta, desinteresada cuando se trata dar amor a sus semejantes. Su carácter autoritario pero justo. Nunca se ha casado pero estoy segura que siempre ha sido feliz. Abuelita, mi tío Héctor te dejó de visitar por que tú se lo pediste, después de los problemas que tuviera con tu hijo Carlos ¡Acuérdate! ese tiempo cuando ese miserable te tenía bajo su voluntad. No te preocupes, ya le hablamos a mi tío por teléfono y llegará en cualquier momento para que lo saludes y le digas lo mucho que lo quieres y le des tu bendición como a todos nosotros. Estoy segura que nunca nos lo hubiera perdonado si no le hubiéramos avisado".

"Hija, ¿dónde está tú mamá?", fue a darle una vuelta a los muchachos, que anda de cabeza, abuelita, no se tarda. "Azucena, háblale por teléfono dile que no se tarde, quiero que esté aquí todo el día por lo que se ofrezca, quiero tenerla a un lado mío para cuando llegue la hora" me dice mi abuelita afligida. Para calmarla un poco le digo: "Ya te han mandado varios arreglos florales por tu cumpleaños ¡Felicidades abuelita! También le han llegado a mi mamá, como saben que vive aquí contigo ja, ja, ja", las dos nos reímos. "Azucena, no me terminaste de platicar de mis nueve nietos", me agrega mi abuelita, acomodándose una almohada para escuchar otra historia, pero la interrumpo, no me faltó nadie, abuelita. "Claro que te faltó alguien, nunca me dijiste tu historia, ándale, dime que has hecho", agrega con entusiasmo y lista para escucharme.

"Abuelita, hace algunos años me gradué de maestra, de la Normal de Torreón. Llevo enseñando algunos años a nivel primaria y me gusta mucho lo que hago, disfruto cada momento con esos niños inocentes que me hacen reír y alimentan mi espíritu todos los días. Por otro lado me iba casar dos veces una vez con aquel muchacho que te gustaba, ¿te acuerdas?, si, Luis Alfredo. Ese de los ojos bonitos pero no lo hice. Después llegó Rubén y tampoco me animé, ese no te gustaba. Después encontré al amor de mi vida, mi alma gemela, mi media naranja, mi complemento, sí Julio, el de la bicicleta que me decías que ya venía a entregar el pan, sí, con él me casé. Terminó su carrera de Biología y después hizo otra de Ingeniero en Sistemas Computacionales. Fue el primer lugar en su generación. Trabaja en Juárez para el gobierno, tenemos 2 hijos, Julio e Irving y una niña preciosa, Wendy. Son nuestra razón de vivir. Julio es una persona que sabe lo que quiere y adonde va. No le teme arriesgarse en la vida. Tiene muchos sueños y poco a poco los vamos cumpliendo. Ya compramos nuestra primera casa y un carro del año. Soy muy feliz, es el padre perfecto para los niños, juega con ellos, les brinda atención, cariño, los trata con respeto y sobre todo les inculca buenos principios. Parece que nos compenetramos perfectamente, hasta me atrevería a decirte que nos comunicamos sin palabras, es un chavo inteligente, sin vicios y con muchas metas en la vida, hemos recorrido gran parte de la república mexicana, nos fascina viajar y estar juntos. Ya me prometió que viajaremos a Europa en la primera oportunidad, visitaremos Francia, España, Italia y hasta China iremos –nada cuesta soñar-. Abuelita, con él quiero vivir el resto de mi vida, llegar juntos a la vejez y si se puede, morir ancianitos".

"Ahora le están ofreciendo un puesto como Ingeniero en Estado Unidos. Nos pagarían todo el viaje, le dan un buen sueldo, creo que nos iremos para vivir la aventura de otra cultura, otro idioma, otro país. Total ¿Qué perdemos? Rentaremos nuestra casa, yo pediré un permiso de 6 meses sin goce de sueldo, así que si no nos gusta o no nos va bien, nos regresamos y no pasó nada. Lo más seguro es que nos vayamos pero ya lo decidiremos después".

"Azucena, te quiero preguntar algo, no tienes que contestarlo si no quieres pero ya que estamos con los secretos quiero que me digas porque odias tanto a tu tío Carlos ¿Qué pasó entre ustedes? ahora no lo puedas ver ni en pintura". En estos momentos mi sangre hierve y mi cuerpo arde, "mira abuelita", le digo respirando profundamente, "te voy a decir mi secreto sin rodeos. Ese infeliz hijo tuyo, me violó cuando tenía 16 años y de ese acto cobarde llegó un inocente que no tenía la culpa de nada, así que aborté clandestinamente, arriesgando mi vida, ese desgraciado acabó con mi inocencia, mis sueños y mis ganas de vivir pero ¿Sabes qué?, no le dí el gusto de verme destruida, así que me dediqué a cuidar a mis hermanas para que no corrieran con la misma suerte y estoy segura que no fui la primera ni la última, es más, estoy casi segura que él, es el violador de Juárez y aunque no tengo pruebas, mi corazón me dice que es mi tío. Ese animal ponzoñoso que ya pagará por todo el daño que ha hecho".

"Abuelita espero no se te haya olvidado lo que te hizo, cómo te trataba en tu propia casa. Las dejó en la calle y hasta se atrevió a pegarte y ¿Todavía preguntas que por qué lo odio? Te juro que lo quisiera ver en la cárcel o mejor aún muerto". Mi abuelita con sus ojos azules llenos de lágrimas no daba crédito a tan cruel revelación que por años ahogaba mi pecho. Sin decir ni una palabra, mi abuelita abre sus brazos y me da el abrazo más tierno y consolador que he recibido en mi vida, por fin saqué la amargura de mi alma, estoy segura que seguirá siendo secreto. Mi abuelita me dice al oído; "¿Sabes qué?, creo que también abusó de mis sobrinas, las hijas de tu tía Lupe, y está molestando a sus propias hijas porque una noche escuché que una de ellas lloraba y al dirigirme a su cuarto, Carlos iba saliendo sin ropa interior, él no me vio, esperé a que se fuera, al entrar a la recámara estaba tu prima con una sábana llena de sangre, estaba temblando, parecía un animalito asustado y lastimado. No le presté importancia. Al día siguiente cuando le pregunté lo que pasó, me dijo que no me importaba y su esposa, tú tía Fátima se soltó llorando".

"Nunca me imaginé algo tan moustroso. Al día siguiente fue cuando nos corrió de la casa". Antes de que mi abuelita terminara, se apareció mi tío Carlos en la puerta. Con la cola entre las patas y con su cara de hipócrita. Se arrodilla frente a mi abuelita y le pide perdón, llorando le besa la mano y le suplica a mi abuelita que tenga piedad de él. La quiere mucho y que en cuanto se recupere la llevará a una nueva casa que está construyendo para ella y mi tía Ofelia. Por un instante le creí su teatro pero mi abuelita le dijo con voz indiferente: "Hijo mío, no tengo nada que perdonarte, lo único que te pido es que no te aparezcas en el entierro y el día en que todas tus víctimas inocentes te perdonen ese día podrás dormir tranquilo. Si eres tan hombrecito y quieres mi perdón quiero que te entregues a las autoridades y confieses todos tus crímenes, empezando por el abuso a tus hijas y a tus sobrinas. Si eres responsables por las muertas de Juárez, deja que el peso de la ley caiga sobre ti y pagues lo que debes en la tierra. Pero como sé que eres un gusano cobarde, lárgate de mi vista. Me muero maldiciendo tu nombre y el día en que te dí la vida, ahora ¡Lárgate! y déjame morir en paz".

Antes de que se levantara del suelo, se escucha mucho ruido de gente corriendo apurada por el pasillo, la policía entra abruptamente sin darle oportunidad a que mi tío reaccionara, le caen encima y lo esposan. Le dicen que no diga nada porque todo se usará en su contra, mi tío pregunta porque lo están deteniendo. Su esposa sale, abre las cortinas y le grita: "Te denuncio por abuso a mis hijas, ¡Violación, robo, violencia doméstica, y las violaciones y muertes de tantas jovencitas de Juárez! Carlos, ya me cansé de ser tu cómplice. Te voy a hundir Carlos, te voy a hundir, ya les entregué pruebas demostrando que tu eres el violador de Juárez, ojala te pudras en la cárcel y recibas tu merecido ¡Maldito, perro desgraciado!". "Gracias señora" la dice el oficial, "Ya no se involucre más, sólo queríamos que lo identificara, gracias y no agregue una palabra más". Antes de llevárselo, voltea a ver a mi abuelita y le dice, con voz suplicante: "Por favor perdóneme jefecita, por favor déme su bendición". Claro que te perdono le contesta mi abuelita, "Tienes mi perdón porque estoy segura que pagarás por tus errores".

Mi tío nunca se percató de mi presencia pero yo seré una de las que atestigüe en su contra. Diré todo lo que sospecho, si de algo sirve para hundirlo. Me parece que no tendré necesidad de hacerlo ya que tal parece que su propia esposa lo tiene en sus manos y no descansará hasta verlo en la prisión con cadena perpetua.

Mi mamá llega corriendo pensando que su mamá se había ido sin despedirse de ella. Cuando mi mamá llega mi abuelita la abraza con tanta fuerza que casi le rompe la columna, le dice, con voz agitada y dificultad para respirar: "Irma ya vi pasar el padre Manuelito, no me quiero confesar ni quiero que me perdone por mis pecados, no lo dejes entrar, dile que se vaya, sigo pensando igual sobre la religión, no creo en Dios ni en los sacerdotes, estoy tranquila y no le tengo miedo al infierno, no me condenaré, dile que se vaya por favor. Me voy contenta y agradecida con la vida, después de todo – por favor, no lo dejen entrar-. Mi mamá le contesta que no le permitirá la entrada pero que Héctor viene con él.

Irma, no se te olvide ponerme mis dientes cuando me entierren. Diles a todos que los llevo en mi corazón y espero ver a Héctor antes de morir". Al decir esta última frase, Héctor se aparece en la puerta y mi abuelita dibuja una sonrisa en su rostro demostrándole su cariño y amor. Héctor le toma la mano y le dice, la quiero mucho gracias por su amor y por ser mi segunda madre, nunca olvidaré su generosidad. Mi abuelita deja de sostener la mano de mi mamá y la de mi tío Héctor, con un suspiro de dolor se desprende el alma de su cuerpo para morir con una cara de satisfacción delineada en su rostro. Todos recibieron la noticia con resignación, mi mamá y mis hermanos prometimos estar unidos y apoyarnos siempre.

Su funeral fue sencillo pero lleno de flores y gente. Mi mamá nos preocupa porque no derrama una sola lágrima. El entierro fue digno de mi abuelita. Con su música de Pedro Infante, sus dientes puestos, con su abrigo y la entierran con su mamá Cuca, todo lo que ella pidió para su entierro.

Me quedo unos días más para acompañar a mi mamá. Me comunica que decidió irse a vivir a León a la casita que mi hermano Héctor le compró. Se me hace una estupenda idea, le aseguro que un cambio de ciudad le hará mucho bien. Todos mis hermanos nos despedimos con nostalgia sin saber cuando el destino nos volverá a juntar. Cada uno tiene su vida hecha y sus metas definidas, así que será difícil que nos volvamos a reunir pero nadie lo sabe.

Al llegar a Juárez abrazo a mis hijos y saludo a Julio con un beso lleno de amor. Veo la fotografía que se encuentra en la mesita de centro, con mi familia, mi esposo, mis tres hijos y pienso; ellos escribirán otra historia y tendrán sus propios secretos. Me pregunta Julio: "Azucena, ¿Cómo estuvo todo?" Le contesto, "todo salió a la altura de una persona que tuvo la oportunidad de vivir 101 años y se llevó con ella los secretos de un siglo".

*FIN*